LES DÔMES DE FEU

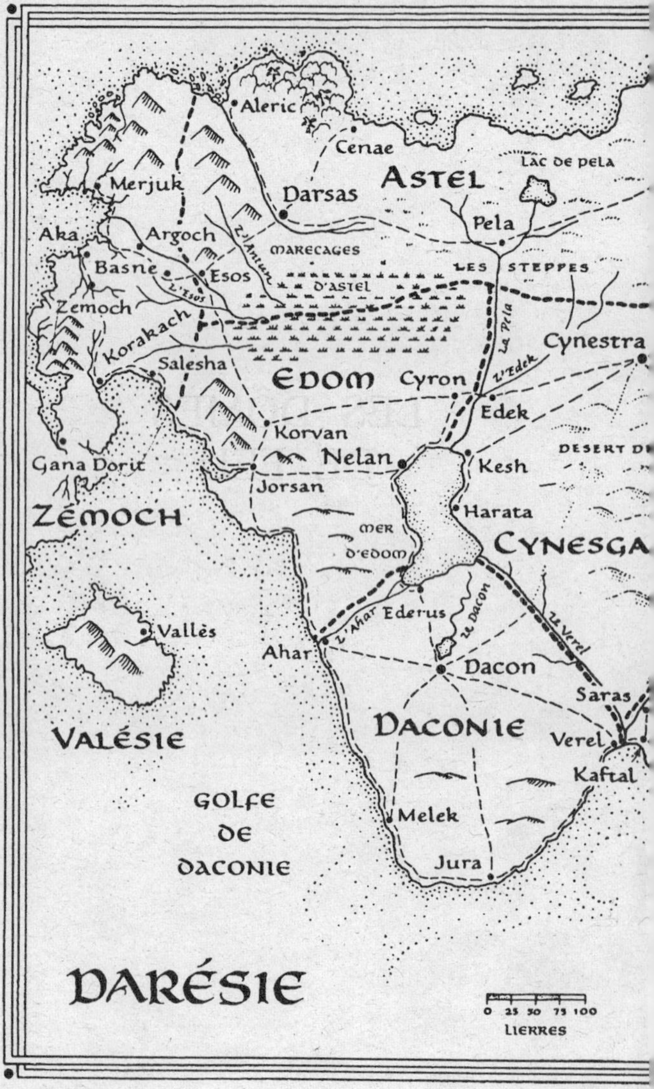
Aleric
Cenae
Lac de Pela
Merjuk
Astel
Darsas
Aka
Argoch
Pela
L'Antun
Marecages
Basne
Esos
Les steppes
L'Esos
d'Astel
Zemoch
Korakach
La Pela
Cynestra
Salesha
L'Edek
Edom
Cyron
Edek
Korvan
Nelan
Kesh
Gana Dorit
Jorsan
Harata
Zémoch
Mer d'Edom
Cynesga
Le Dacon
Vallès
L'Ahar
Ederus
Le Verel
Ahar
Dacon
Saras
Daconie
Valésie
Verel
Kaftal
Golfe de Daconie
Melek
Jura
Darésie
0 25 50 75 100
Lieues

MER
DE
TAMOULIE
ATAN
Sarsos
Atana
Lebas
Le Lebos
Etalon
Tualas
Sama
Dirgis
LAC
DE
SAMA
La Sama
Sarna
Dasan
Tosa
Mathérion
CYNESGA
Samar
TAMOULIE
Micae
Saranth
La Tamoule
Téga
La Sarna
Tiana
Sopal
Mer d'Arjun
Anan
Ile de
Téga
Arjun
L'Arjun
Deral
Delo
ARJUNA
N
Beresa
Lydros
© 1992 Claudia Carlson

DES MÊMES AUTEURS
CHEZ POCKET

LA GRANDE GUERRE DES DIEUX

LES PRÉQUELLES (*Collection Rendez-Vous Ailleurs*)

1. Belgarath le sorcier
   Les années noires
2. Belgarath le sorcier
   Les années d'espoir
3. Polgara la sorcière
   Les années d'enfance
4. Polgara la sorcière
   Les temps des souffrances

LA BELGARIADE (*Collection Pocket S.-F.*)

1. Le pion blanc des présages – N° 5357
2. La reine des sortilèges – N° 5356
3. Le gambit du magicien – N° 5419
4. La tour des maléfices – N° 5424
5. La fin de partie de l'enchanteur – N° 5425

LA MALLORÉ (*Collection Pocket S.-F.*)

1. Les gardiens du Ponant – N° 5482
2. Le roi des Murgos – N° 5481
3. Le démon majeur de Karanda – N° 5519
4. La sorcière de Darshiva – N° 5522
5. La sibylle de Kell – N° 5523

LA PIERRE SACRÉE PERDUE

LA TRILOGIE DES JOYAUX (*Collection Pocket S.-F.*)

1. Le trône de diamant – N° 5555
2. Le chevalier de rubis – N° 5577
3. La rose de saphir – N° 5631

LA TRILOGIE DES PÉRILS (*Collection Rendez-Vous Ailleurs*)

1. Les dômes de feu
2. Ceux-qui-brillent
3. La cité occulte

SCIENCE-FICTION
Collection dirigée par Jacques Goimard

DAVID EDDINGS

LES DÔMES DE FEU

POCKET

Titre original :
DOMES OF FIRE

Traduit de l'américain par Dominique Haas

Si vous souhaitez recevoir régulièrement
notre zine « **Rendez-vous ailleurs** », écrivez-nous à :

« Rendez-vous ailleurs »
Service promo Pocket
12, avenue d'Italie
75627 PARIS Cedex 13

PRESSECO
PAPIER RECYCLÉ
NATURE PROTÉGÉE

ISBN 2-266-06925-X

Ce livre est dédié à deux dames très spéciales :
à Veronica, pour son aide,
et à Maria, pour son enthousiasme.

PROLOGUE

Extrait du chapitre second de : L'Affaire de Cyrga, étude des récents événements. *Dossier établi par le Département d'Histoire contemporaine de l'Université de Mathérion.*

Il apparut bientôt que l'Empire était confronté à un péril gravissime, d'une nature qu'il était incapable d'appréhender. Le Conseil impérial s'appuyait depuis longtemps sur l'armée atana pour ramener le calme lors des crises sociales et autres incidents inévitables dans un empire constitué d'une mosaïque de peuples placés sous la férule d'une autorité centrale très forte. Mais les troubles ne semblaient pas le fait de quelques têtes brûlées issues des campus universitaires et descendues dans les rues pour exprimer leur révolte et surtout se libérer de la tension consécutive aux examens de fin d'année. Ce genre de manifestations spontanées est relativement facile à réprimer et l'ordre est vite restauré, avec un minimum d'effusion de sang.

Cette fois, la situation était différente. D'abord les trublions n'avaient rien à voir avec des étudiants exaltés, et la paix sociale ne revint pas avec la rentrée universitaire. Les autorités auraient réussi à maintenir l'ordre si les émeutes n'avaient été que l'expression de la ferveur révolutionnaire habituelle. La seule présence des guerriers atans suffisait d'ordinaire à calmer les esprits les plus enthousiastes. Ensuite, les actes de vandalisme qui accompagnent souvent les désordres de ce genre paraissaient d'origine surnaturelle. Au gouvernement impérial, les regards se tournèrent automatiquement vers les Styriques de Sarsos. Mais une enquête menée par des membres styriques du Conseil impérial dont la loyauté envers la couronne ne pouvait être mise en doute prouva que le Styricum n'avait rien à voir dans ces événements. Les manifestations paranormales étaient d'une telle ampleur qu'on ne pouvait les attribuer aux menées de quelques renégats styriques et leur origine était impossible à déterminer. Les Styriques se déclarèrent incapables de les identifier, et même le légendaire Zalasta, le plus puissant des magiciens styriques, dut s'avouer dépassé par les événements.

Il fut toutefois l'instigateur des mesures que prit le gouvernement de Sa Majesté : il suggéra d'aller demander aide et assistance à l'Éosie, et de faire plus particulièrement appel à un homme appelé Émouchet.

Tous les représentants de l'Empire en poste sur le continent éosien reçurent aussitôt l'ordre de faire parvenir, toutes affaires cessantes, le maximum d'informations le concernant au gouvernement de Sa Majesté. Les rapports confidentiels commencèrent à affluer d'Éosie, et le Conseil impérial put se faire une image précise de cet Émouchet, de sa personne physique et morale, et de son passé.

Ils apprirent ainsi que sire Émouchet était un chevalier pandion, c'est-à-dire un membre du bras armé de l'Église d'Élénie. C'était un grand gaillard mince, dans la force de l'âge, au visage buriné, à l'intelligence vive et aux manières abruptes. Les chevaliers de l'Église d'Élénie étaient des guerriers intrépides, et sire Émouchet était le plus valeureux d'entre eux. À l'époque de l'histoire du continent éosien où les quatre ordres combattants de l'Église furent fondés, la situation était tellement désespérée que les Élènes oublièrent leurs antiques préjugés et autorisèrent les chevaliers à recevoir une instruction dans les pratiques occultes du Styricum.

C'est ce qui leur permit de l'emporter lors de la Première Guerre zémoch, cinq siècles auparavant.

Sire Émouchet occupait un poste sans équivalent dans notre empire. Il était le Champion héréditaire de la maison royale d'Élénie. La culture des Élènes de l'Ouest comportait de nombreux aspects archaïques et reposait en particulier sur la chevalerie. Tout membre de la noblesse qui s'estimait, pour une raison ou une autre, atteint dans son honneur, lançait un « défi », autrement dit une déclaration en duel, à son offenseur. Il est stupéfiant de noter que les monarques régnants n'étaient pas dispensés de relever ces défis. Afin d'éviter d'avoir à répondre aux impertinences et aux provocations les plus saugrenues, les souverains d'Éosie avaient pour coutume de se faire représenter par un guerrier habile et qui inspirait le respect. La réputation de sire Émouchet était telle que même les nobles les plus belliqueux du royaume d'Élénie finissaient généralement par estimer, toute réflexion faite, n'avoir pas été vraiment insultés. Il faut rendre justice à sire Émouchet : grâce à son sang-froid et à ses dons de bretteur, il fut rarement amené à tuer son adversaire au cours de ces démêlés, une coutume ancestrale voulant qu'un combattant blessé puisse obtenir la vie sauve en demandant grâce et en retirant son défi.

Après la mort de son père, sire Émouchet se présenta au roi Aldréas, le père de l'actuelle souveraine d'Élénie, afin de lui prêter serment d'allégeance. Aldréas était un monarque faible, un jouet entre les mains de sa sœur, Arissa, et de l'amant de celle-ci, Annias, le primat de Cimmura, qui lui donna un fils bâtard, Lychéas. Annias, qui était, *de facto*, le chef temporel des Élènes, caressait l'espoir de ceindre un jour la tiare d'archiprélat de l'Église d'Élénie, dont le siège était la ville sainte de Chyrellos. La présence à la cour du chevalier de l'Église, austère et moraliste, faisait obstacle à son ambition. Aussi obtint-il d'Aldréas qu'il envoie sire Émouchet en exil au royaume de Rendor.

Le roi Aldréas étant devenu par trop encombrant, le primat Annias et la princesse Arissa l'empoisonnèrent, à la suite de quoi la princesse Ehlana, sa fille, monta sur le trône. Elle était jeune, mais elle avait été, dans son enfance, l'élève de sire Émouchet, et elle manifesta très vite une beaucoup plus grande autorité que son père. C'était une épine dans le pied du primat Annias, qui l'empoisonna à son tour. Les compagnons pandions de sire Émouchet appelèrent à la rescousse leur instructrice en sciences occultes, une Styrique appelée Séphrénia. Celle-ci lança un enchantement qui scella la reine dans un cristal, la maintenant en état de vie suspendue.

Les choses en étaient là quand sire Émouchet rentra d'exil. Les ordres combattants ne voulaient pas voir le primat de Cimmura accéder au trône d'archiprélat, aussi des champions des trois autres ordres furent-ils envoyés auprès de sire Émouchet afin de l'aider à chercher un remède destiné à guérir la reine Ehlana. Elle avait naguère refusé à Annias l'accès de son trésor, et les chevaliers de l'Église pensaient que, si elle recouvrait la santé, il ne serait pas près d'obtenir les fonds dont il avait besoin pour mener sa candidature à bien.

Annias s'allia à un Pandion renégat appelé Martel, qui avait été, comme tous les Pandions, initié à la magie styrique. Il accumula des obstacles matériels et surnaturels sur le chemin d'Émouchet et de ses compagnons, mais ceux-ci découvrirent enfin que la reine Ehlana pouvait être sauvée par un objet magique connu sous le nom de « Bhelliom ».

Les Élènes de l'Ouest sont un peuple étrange : ils ont atteint un niveau de civilisation parfois supérieur au nôtre dans le domaine matériel, et en même temps ils attachent foi, d'une façon presque enfantine, aux formes de magie les plus triviales. Ce « Bhelliom » serait, selon eux, un énorme saphir qui aurait jadis été taillé en forme de rose. Les Élènes de cette région sont fermement convaincus que c'est l'œuvre d'un artisan troll. Nous ne nous étendrons pas sur cette absurdité.

Quoi qu'il en soit, sire Émouchet et ses compagnons surmontèrent toutes les difficultés et parvinrent à obtenir ce talisman très spécial qui rendit, disent-ils, la santé à la reine Ehlana — bien qu'on soupçonne fortement leur tutrice, Séphrénia, d'avoir accompli cette tâche seule et sans aide, l'apparente intervention du Bhelliom n'ayant été qu'un subterfuge pour la protéger de la bigoterie virulente des Élènes de l'Ouest.

À la mort de l'archiprélat Cluvonus, les hiérarques de l'Église élène se réunirent à Chyrellos pour « élire » son successeur. (L'élection est une pratique spécifique consistant en l'affirmation d'une préférence. Le candidat qui reçoit l'investiture d'une majorité de ses collègues est élevé à la dignité concernée. C'est une procédure contre nature, certes, mais le clergé d'Élénie étant censément voué au célibat, on comprend que l'archiprélature ne puisse être héréditaire.) Le primat de Cimmura soudoya un certain nombre de membres influents de la Hiérocratie, sans réussir à obtenir la majorité requise. Son comparse, le Martel susnommé, mit alors le siège devant la ville sainte dans l'espoir de contraindre la Hiérocratie à élire le primat Annias. Sire Émouchet et une poignée de chevaliers de l'Église parvinrent à le maintenir hors de la Basilique où la Hiérocratie délibérait. La majeure partie de la ville de Chyrellos fut très sérieusement endommagée lors de l'assaut.

La situation devenait critique lorsque les assiégés reçurent l'aide des armées élènes de l'Ouest. (On notera, au passage, que la politique élène ne fait pas dans la dentelle.) Les liens entre le primat de Cimmura et Martel le renégat furent mis en lumière en même temps que la complicité des deux hommes avec Otha, l'empereur du Zémoch. Offusquée par la perfidie d'Annias, la Hiérocratie rejeta sa candidature et les suffrages allèrent au patriarche de Démos, Dolmant, lequel paraît compétent, même s'il est encore un peu tôt pour l'affirmer.

La reine Ehlana d'Élénie était à peine sortie de l'enfance, mais elle fit vite preuve d'une volonté et d'une vitalité peu communes. Il y avait longtemps qu'elle aimait sire Émouchet, bien qu'il fût de plus de vingt ans son aîné ; et sitôt qu'elle eut recouvré la santé, on annonça leurs fiançailles. Le mariage eut lieu après l'élection de Dolmant à l'archiprélature. Chose assez étonnante, la reine conserva son autorité, même si l'on soupçonne généralement sire Émouchet d'avoir sur elle une influence considérable, dans les affaires d'État comme sur les questions domestiques.

L'intrusion de l'empereur du Zémoch dans les affaires internes de l'Église d'Élénie fut, évidemment, considérée comme un *casus belli*, et les armées d'Éosie de l'Ouest, menées par les chevaliers de l'Église, marchèrent vers l'Est. Elles traversèrent le Lamorkand pour rencontrer les hordes de Zémochs stationnées sur la frontière. La Seconde Guerre zémoch que l'on redoutait depuis si longtemps avait commencé.

Pendant ce temps, sire Émouchet et ses compagnons évitèrent le tumulte et la confusion des champs de bataille en prenant vers le nord puis vers l'est. Ils traversèrent les montagnes du nord du Zémoch et firent subrepticement route vers la capitale, à la poursuite d'Annias et de Martel.

Malgré tous leurs efforts, les agents de l'Empire en poste à l'ouest ne purent établir avec précision ce qui se passa à Zémoch. On est à peu près sûr qu'Annias, Martel et même Otha y trouvèrent la mort, mais ils n'étaient que des fétus de paille emportés dans le torrent de l'histoire. La cité fut le théâtre d'événements d'une autre portée : Azash, le Dieu Aîné du Styricum, qui manipulait Otha et ses Zémochs, y périt lui aussi, c'est indéniable, et de la main de sire Émouchet, cela ne fait pas de doute non plus. Les forces surnaturelles qui se déchaînèrent sur Zémoch furent d'un niveau qui passe de loin notre entendement, et force nous est d'admettre que sire Émouchet était investi de pouvoirs dont aucun mortel n'avait jamais disposé. Le fait que la cité de Zémoch ait été complètement détruite lors de la confrontation témoigne de la prodigieuse violence des éléments qui s'y déchaînèrent.

Zalasta le Styrique avait manifestement raison : sire Émouchet, le prince consort de la reine Ehlana, était le seul homme au monde susceptible de régler la crise en Tamoulie. Seulement sire Émouchet n'était pas un ressortissant tamoul, et l'empereur ne pouvait le convoquer à Mathérion, la capitale impériale. Le gouvernement de Sa Majesté était fort embarrassé en vérité. L'empereur n'avait aucune autorité sur cet Émouchet, et s'avouer contraint de faire appel à un homme qui était, au fond, un citoyen privé eût été une humiliation impensable.

La situation de l'Empire s'aggravait de jour en jour, et l'intervention de sire Émouchet devenait de plus en plus urgente. La nécessité de préserver la dignité impériale demeurait néanmoins tout aussi absolue. C'est un brillant diplomate, Oscagne, le premier secrétaire du département des Affaires étrangères, qui trouva le moyen de sortir de cette impasse. Nous développerons le stratagème fulgurant de Son Excellence au chapitre suivant.

[illegible]

[illegible]

Les [illegible] de l'Empire [illegible]

[illegible] des Affaires étrangères, qui trouva le moyen de sortir [illegible] télégramme [illegible] suivant : [illegible]

PREMIÈRE PARTIE

ÉOSIE

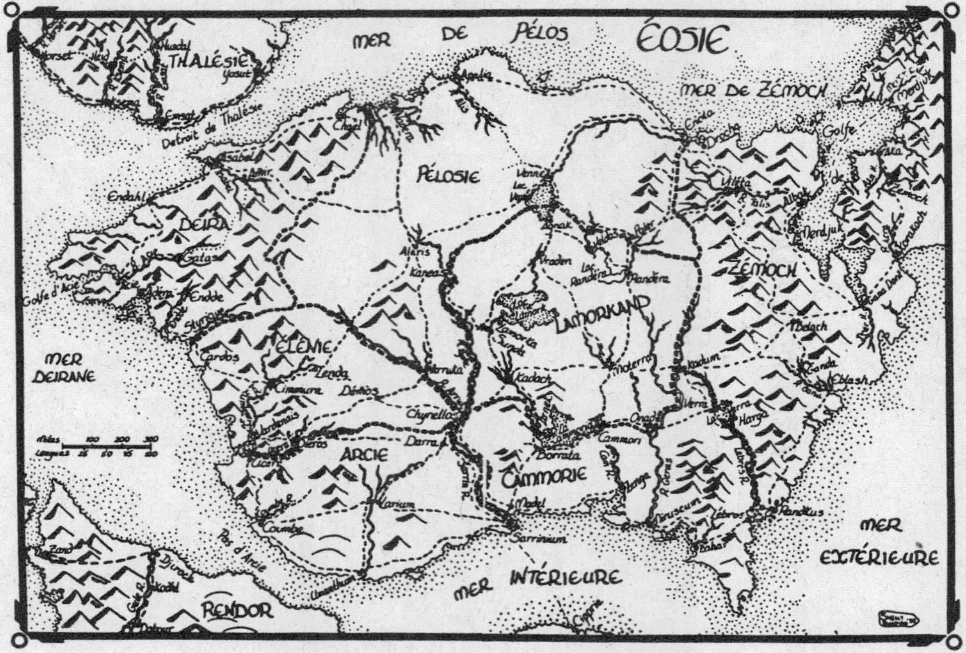

ÉOSIE
MER DE PÉLOS
MER DE ZÉMOCH
THALÉSIE
Yosut
Emsat
Détroit de Thalésie
PÉLOSIE
Apalia
Chyel
Asabel
Endahl
DEIRA
Gatas
Golfe d'Arcie
Endde
ÉLÉNIE
Cardos
Lenda
Cimmura
Démos
Chyrellos
Darra
ARCIE
Larium
Coombe
Pas d'Arcie
RENDOR
Djuroch
Alaris
Kanea
Venne
Vradon
Randera
LAMORKAND
Kadach
Moterra
Borrata
Cammori
CAMMORIE
Madel
Sarrinium
MER INTÉRIEURE
Cyppria
ZÉMOCH
Vileta
Albak
Merdjuk
Korakach
Cenda
Eblash
Kadum
Harga
Randitus
Lebros
MER DEIRANE
MER EXTÉRIEURE
Miles 100 200 300
Lengues 25 50 75 100

CHAPITRE PREMIER

C'était le début du printemps, mais l'hiver s'attardait dans la douce bruine argentée qui tombait du ciel nocturne et drapait les énormes tours de guet. Des torches étaient fichées de part et d'autre du passage, et les gouttelettes arrachaient de minuscules sifflements aux flammes dont le reflet dansait sur les pierres noires et brillantes comme si on les avait cirées. Un cavalier solitaire approchait de la porte est de Cimmura. Il était emmitouflé dans une lourde cape de voyage et montait un grand cheval rouan au long nez et aux yeux plats et vicieux. Le voyageur était un grand gaillard tout en os, gréé de tendons noueux. Il avait le cheveu raide, noir, et s'était cassé le nez à un moment de son histoire. Il chevauchait tranquillement, avec cette sorte de vigilance particulière aux guerriers.

Il s'arrêta devant la porte, dans la lueur avare des torches, et le grand cheval rouan s'ébroua distraitement pour chasser la pluie de sa robe épaisse.

Un garde mal rasé sortit d'un pas mal assuré de la guérite ménagée au pied d'une des tours. Son casque et son pectoral étaient piqués de rouille. Sa cape verte, reprisée, pendait négligemment sur une de ses épaules. Il interpella le voyageur.

— Je ne fais que passer, voisin, répondit calmement le grand gaillard en repoussant son capuchon.

— C'est vous, prince Émouchet ! répondit le garde d'une

voix avinée. Je ne vous avais pas reconnu. Bon retour, monseigneur !

— Merci, répondit Émouchet.

— Vous voulez que je fasse prévenir vos gens, au palais, monseigneur ?

— Pas la peine de les déranger. Je peux desseller mon cheval tout seul.

Émouchet détestait les cérémonies. Surtout à cette heure de la nuit. Il se pencha et fourra une petite pièce dans la main du garde.

— Rentre vite, voisin. Tu vas attraper mal sous cette pluie.

Il talonna son cheval, franchit la porte et s'engagea dans une ruelle étroite qui traversait les faubourgs de la ville. Dans ces quartiers pauvres, les maisons étaient étroitement serrées les unes contre les autres, leur unique étage surplombant la rue. Les murs des taudis tout proches renvoyaient en écho le claquement lent des sabots de son cheval sur le sol jonché de détritus. Le vent s'était levé, et les enseignes rudimentaires identifiant les échoppes délabrées, aux portes et aux volets clos, se balançaient en grinçant au bout de chaînes rouillées.

Un chien sortit d'une cour et se mit à gueuler sur leur passage. Le cheval d'Émouchet tourna légèrement la tête vers le roquet et le foudroya du regard. Le stupide animal cessa net d'aboyer et recula piteusement, la queue entre les jambes. Le gros rouan se dirigea ostensiblement vers lui. Le chien eut un gémissement, jappa, fit demi-tour et détala sans demander son reste. Le cheval d'Émouchet eut un reniflement supérieur.

— Tu te sens mieux, Faran ? demanda Émouchet. On peut continuer ? ajouta-t-il comme l'animal remuait les oreilles.

Une torche crépitait à un coin de rue, éclairant une jeune putain gironde, vêtue d'une robe bon marché, trempée. Ses cheveux noirs étaient plaqués sur son crâne, le rouge de ses joues dégoulinait. C'était l'image même de la résignation.

— Naween ! Que fais-tu dehors, par un temps pareil ? demanda Émouchet en retenant sa monture.

— Je t'attendais, Émouchet, répondit la fille d'un ton malicieux, et une lueur espiègle éclaira ses prunelles noires.

— Mouais. Moi ou un autre, hein ?

— Bah, c'est le métier, Émouchet. Mais j'ai une dette envers toi. On devrait s'installer ensemble, un de ces jours.

Il ignora cette réplique.

— Que fais-tu dans la rue ?

— On a eu des mots, Shanda et moi. J'ai décidé de me mettre à mon compte.

— Tu n'es pas assez vicieuse pour faire le trottoir, Naween.

Il plongea les doigts dans la bourse accrochée sur sa hanche et lui tendit quelques pièces.

— Tiens, dit-il. Prends-toi une chambre quelque part et restes-y un jour ou deux. Je vais parler avec Platime ; nous tâcherons de te trouver quelque chose.

— Tu n'es pas obligé de faire ça, Émouchet, répondit-elle en plissant les paupières. Je suis capable de me débrouiller.

— Ben voyons. C'est pour ça que tu es plantée là, sous la pluie. Fais ce que je te dis, Naween. Il est trop tard et il fait trop mauvais pour discuter.

— Maintenant, j'ai deux dettes envers toi, Émouchet. Tu es vraiment sûr que… ? fit-elle, laissant sa phrase en suspens.

— Absolument sûr, petite sœur. Je suis marié, maintenant, tu n'as pas oublié, quand même ?

— Et alors ?

— Alors rien. Allez, va te mettre au chaud.

Émouchet s'éloigna en secouant la tête. Il aimait bien Naween, mais elle était rigoureusement incapable de s'en sortir toute seule.

Il traversa une place déserte. Toutes les boutiques étaient fermées. Il n'y avait pas grand monde dehors, ce soir, et les commerçants avaient préféré fermer.

Il laissa ses pensées vagabonder sur les événements des six dernière semaines. Il n'avait rien appris d'utile au Lamorkand. Dolmant, l'archiprélat, était un homme avisé. Il en connaissait un rayon sur la doctrine et la politique de l'Église, mais il ne comprendrait jamais la façon de penser des gens ordinaires. Émouchet avait vainement usé sa salive à lui expliquer qu'envoyer un chevalier de l'Église à la pêche aux renseignements était un coup d'épée dans l'eau. Dolmant n'avait pas voulu en démordre. Et c'est ainsi qu'Émouchet avait perdu un mois et demi de sa vie dans les affreuses cités du sud du Lamorkand, où personne n'avait consenti à aborder avec lui un sujet plus profond que la pluie et le beau temps. Et le pire, c'est que Dolmant rejetait sur lui la responsabilité de sa propre boulette.

Ils suivaient une sombre ruelle où l'eau ruisselant sur les toits gouttait avec un bruit monotone sur les pavés lorsque Faran renâcla.

— Pardon, dit-il tout bas. J'avais la tête ailleurs.

On les observait. Il prit tout à coup conscience de la présence hostile qui avait alerté son cheval. Faran était un cheval de bataille ; il avait un sixième sens pour ces choses-là. Émouchet marmonna quelques paroles magiques en styrique, dissimulant les gestes d'accompagnement sous sa cape. Il lança lentement le sort pour ne pas alerter l'espion, quel qu'il soit.

Ce n'était pas un Élène, Émouchet le sentit tout de suite. Il lança un coup de sonde vers lui et fronça les sourcils. L'homme n'était pas seul ; ils étaient plusieurs, et ce n'étaient pas des Styriques non plus. Il rétracta son pseudopode mental et attendit passivement qu'un détail trahisse leur identité.

Sa révélation lui fit un choc. Les espions n'étaient pas humains. Il se redressa légèrement sur sa selle et posa la main sur la poignée de son épée.

Puis l'impression d'être observé disparut. Faran eut un frémissement de soulagement, tourna son vilain museau vers son maître et lui jeta un regard suspicieux.

— Ne me pose pas de questions, Faran, répondit Émouchet. Je n'en sais rien non plus.

Enfin, ce n'était pas tout à fait vrai. Ce contact mental, dans le noir, lui rappelait vaguement quelque chose et amenait à son esprit toute une vague de questions. Des questions qu'il n'avait pas envie d'aborder de front.

Il s'arrêta à la porte du palais le temps d'interdire fermement aux soldats de réveiller toute la maisonnée, puis il mit pied à terre dans la cour.

Un jeune homme sortit de l'écurie et s'approcha de lui sous la pluie.

— Émouchet ! Vous auriez dû nous faire prévenir de votre arrivée, fit-il tout bas d'un ton de reproche.

— Les défilés et les grandes retrouvailles au milieu de la nuit, très peu pour moi, répliqua Émouchet en repoussant son capuchon. Que fais-tu debout à cette heure, Khalad ? J'avais promis à tes mères de veiller à ce que tu te reposes. Tu vas m'attirer des ennuis.

— Très drôle, ronchonna l'écuyer en prenant les rênes de Faran. Entrez, Émouchet. Vous allez rouiller si vous restez sous cette pluie.

— Tu es aussi terrible que ton père !

— C'est de famille, répondit Khalad en menant le cheval ombrageux par la bride.

Deux lanternes projetaient une lueur dorée dans l'écurie qui sentait bon le foin. Khalad était un jeune homme costaud aux cheveux noirs, raides, et à la courte barbe noire. Il était vêtu de cuir noir, des bottes au gilet sans manches en passant par le pantalon moulant. Une lourde dague était accrochée à sa taille, et il avait des poignets de force en acier. Il lui rappelait tellement son père… Émouchet ne se remettrait jamais de sa disparition.

— Talen ne devait pas revenir avec vous ? reprit l'écuyer en dessellant Faran.

— Il a pris froid. Sa mère — et la tienne — ont décidé qu'il ne devait pas sortir par ce temps, et je n'avais pas envie de discuter avec elles.

— Sage décision, commenta Khalad en flanquant machinalement une tape sur le nez de Faran qui essayait de le mordre. Comment vont-elles ?

— Tes mères ? Oh, très bien. Aslade espère toujours qu'Elys va se remplumer et elle la gave comme une oie, mais elle n'a pas beaucoup de succès. Comment as-tu découvert que j'étais en ville ?

— L'un des coupe-jarrets de Platime vous a vu arriver. C'est lui qui m'a prévenu.

— J'aurais dû m'en douter. J'espère que tu n'as pas réveillé ma femme, au moins ?

— Pas possible : Mirtaï monte la garde devant sa porte. Donnez-moi votre cape mouillée, monseigneur. Je vais la mettre à sécher aux cuisines. La cotte de mailles aussi, avant qu'elle ne soit complètement rouillée.

Émouchet s'exécuta en bougonnant : d'abord la cape, puis l'épée, enfin le jaseran, ce qui n'alla pas tout seul.

— Comment marche ton entraînement ? demanda-t-il enfin.

— Je n'ai rien appris de nouveau, répondit Khalad avec un bruit indélicat. Mon père était bien meilleur que les instructeurs du chapitre. Votre idée ne marchera pas, Émouchet. Les autres novices sont tous des aristocrates, et quand nous leur flanquons une branlée à l'exercice, mes frères et moi, ils le prennent mal. Nous nous faisons des ennemis chaque fois que nous tirons l'épée.

Il déposa la selle de Faran sur un rail, en haut d'une stalle proche. Il gratifia le grand cheval rouan d'une brève caresse, ramassa une poignée de paille et entreprit de le bouchonner.

— Réveille un palefrenier, il va s'en occuper, grommela Émouchet. Il y a encore quelqu'un aux cuisines ?

— Les boulangers sont sûrement déjà levés.

— Fais-moi préparer quelque chose à manger en vitesse.

Je n'ai rien avalé depuis le déjeuner et j'ai l'estomac dans les talons.

— J'y vais. Qu'est-ce qui vous a retenu si longtemps à Chyrellos ?

— J'ai fait un petit détour par le Lamorkand. Personne ne parvient à ramener le calme là-bas, et l'archiprélat voulait que j'aille un peu fouiner dans le secteur.

— Vous auriez dû faire prévenir votre femme, Émouchet. Elle s'apprêtait à envoyer Mirtaï à votre recherche, fit Khalad avec un grand sourire. Je pense que vous allez vous faire engueuler.

— J'ai l'habitude. Kalten est au palais ?

Khalad acquiesça d'un hochement de tête.

— L'ordinaire est meilleur ici, on ne lui demande pas de prier trois fois par jour, et puis je crois qu'une des femmes de chambre lui a tapé dans l'œil.

— Ça n'aurait rien d'étonnant. Et Stragen, il est là ?

— Non. Il a dû retourner à Emsat à l'improviste.

— Va réveiller Kalten et dis-lui de nous rejoindre aux cuisines. Je veux lui parler. Je vais faire un tour à la salle de bains et je reviens tout de suite.

— L'eau ne sera pas chaude. Ils baissent les feux, la nuit.

— Nous sommes des soldats de Dieu, Khalad. Et les soldats de Dieu sont censés être d'une bravoure indicible.

— J'essaierai de m'en souvenir, monseigneur.

L'eau des bains n'était vraiment pas chaude, aussi Émouchet n'y fit-il qu'un bref passage. Il s'emmitoufla dans une robe de tissu blanc, moelleux, et parcourut les corridors obscurs menant aux cuisines vivement éclairées où Khalad avait réussi à traîner Kalten, lequel dormait debout.

— Salut à toi, noble prince consort, dit-il sèchement.

Sire Kalten appréciait médiocrement d'être tiré du lit au beau milieu de la nuit.

— Salut à toi, noble compagnon de jeunesse du noble prince consort, répliqua Émouchet.

— Très flatté, grinça Kalten. Je comprends que pareille déclaration n'ait pu attendre demain matin. Elle ne se serait pas conservée.

Émouchet s'assit à une table, et un boulanger en blouse blanche lui apporta une assiette de bœuf rôti et une miche de pain qui sortait du four.

— Merci, voisin, fit-il.

— Où étais-tu passé, Émouchet ? lança Kalten en s'installant face à lui, une carafe de vin dans une main et un gobelet d'étain dans l'autre.

— Sarathi m'a envoyé au Lamorkand, répondit Émouchet en attaquant la miche de pain.

— Ta femme nous en a fait voir de toutes les couleurs, ici, tu sais.

— C'est toujours agréable de savoir qu'on manque à quelqu'un.

— Oui, eh bien, pour nous, c'était beaucoup moins agréable, je t'assure. Et pourquoi Dolmant t'a-t-il expédié au Lamorkand ?

— Il voulait des informations. Il doutait de certains des rapports qu'il avait reçus.

— Qu'avaient-ils de si incroyables ? Les Lamorks s'adonnent à leur sport favori, la guerre civile, un point c'est tout.

— On dirait que c'est un peu différent cette fois. Tu te souviens du comte Gerrich ?

— Celui qui avait assiégé le château du baron Alstrom quand nous étions là-bas ? Son nom me dit quelque chose, oui.

— Il paraît qu'il est beaucoup question de lui dans l'ouest du Lamorkand. Tout le monde ou à peu près s'imagine qu'il convoite le trône.

— Et alors ? rétorqua Kalten en chipant un bout de pain. Tous les barons du Lamorkand ont des visées sur le trône. Pourquoi Dolmant se laisse-t-il obnubiler par celui-ci ?

— Gerrich a conclu des alliances hors des frontières du Lamorkand. Certaines baronnies limitrophes de la Pélosie se sont plus ou moins affranchies du roi Soros.

— Comme tout le monde en Pélosie. Soros n'est pas un roi très puissant. Il passe beaucoup trop de temps en prière.

— Drôle de prise de position pour un soldat de Dieu, murmura Khalad.

— Il faut conserver un certain recul, Khalad, répliqua Kalten. L'excès de prières a un effet émollient sur le cerveau.

— Enfin, poursuivit Émouchet, si Gerrich veut vraiment renverser le roi Friedahl et s'il réussit à mouiller ces barons pélosiens dans l'affaire, Friedahl ne pourra faire autrement que de déclarer la guerre à la Pélosie. L'Église a déjà une campagne sur les bras au Rendor, et Dolmant n'est pas très chaud à l'idée de guerroyer sur un second front. Mais je suis tombé sur autre chose en surprenant une conversation qui ne m'était pas destinée. Le nom de Drychtnath te dit quelque chose ?

— C'était le héros national des Lamorks, il y a je ne sais combien de temps, répondit Kalten avec une moue évasive. On dit qu'il faisait douze pieds de haut, qu'il mangeait un renard au petit déjeuner et qu'il buvait un crâne de porc d'hydromel tous les soirs. D'après la légende, il fendait les roches rien qu'en fronçant le sourcil et il pouvait arrêter le soleil d'une seule main. Cela dit, c'est le genre d'histoire que les mères racontent à leurs enfants, alors elle comporte peut-être une part d'exagération.

— Ha, ha. Eh bien, d'après les gens dont j'ai surpris la conversation, il serait revenu.

— Ça, ce serait fort. J'ai entendu dire qu'il avait été tué par son meilleur ami. Il l'aurait frappé dans le dos et lui aurait passé une épée à travers le cœur. Tu sais comment sont ces Lamorks.

— C'est un drôle de nom, nota Khalad. Que veut-il dire ?

— Drychtnath ? répéta Kalten en se grattant la tête. Si je

me souviens bien, ça veut dire Forteresse en Marche, ou quelque chose dans ce goût-là.

Il vida son gobelet et retourna la carafe au-dessus. Il en tomba quelques gouttes.

— Bon, tu en as encore pour longtemps ? demanda-t-il. Parce que si nous devons passer la nuit à discuter, il va falloir qu'on me rapporte de *ça*. Pour être honnête avec toi, Émouchet, je préférerais retourner dans mon bon lit bien chaud.

— Et votre bonne soubrette bien chaude ? insinua Khalad.

— Elle risque de s'ennuyer, sans moi, répondit Kalten en haussant les épaules, puis il se rembrunit. Drychtnath voulait régner sur le monde, et chaque fois que les Lamorks se remettent à parler de lui, ça ne rate pas : c'est qu'ils se sentent à l'étroit chez eux et commencent à lorgner de l'autre côté de leurs frontières à la recherche d'un peu d'espace vital.

Émouchet repoussa son assiette.

— Bon, nous n'allons pas refaire le monde à cette heure-ci. Retourne te coucher, Kalten. Toi aussi, Khalad. Nous reparlerons de tout ça demain. Il est temps que je rende une visite de courtoisie à ma femme, conclut-il en se levant.

— Une visite de courtoisie ? C'est tout ? releva Kalten.

— La courtoisie peut revêtir toutes sortes de formes, Kalten.

Des chandelles largement espacées trouaient l'obscurité qui régnait dans les couloirs du palais. Émouchet passa devant la salle du trône et se dirigea vers les appartements royaux. Mirtaï somnolait dans un fauteuil à côté de la porte, comme toujours. Émouchet s'arrêta et observa la géante tamoule. Son visage au repos était d'une beauté poignante. La lueur des chandelles exaltait l'éclat doré de sa peau et dessinait l'ombre de ses cils sur ses joues. Elle tenait fermement la poignée de son épée, posée en travers de ses cuisses.

— N'essayez pas de vous glisser sournoisement devant moi comme ça, Émouchet, fit-elle sans ouvrir les yeux.

— Comment saviez-vous que c'était moi ?

— Je vous ai senti. Vous êtes drôles, vous, les Élènes. Vous donnez toujours l'impression de penser que nous n'avons pas de nez.

— Comment pouvez-vous dire ça ? Je viens de prendre un bain.

— Oui. Je l'ai remarqué aussi. Vous auriez dû laisser le temps à l'eau de se réchauffer un peu. Où étiez-vous passé, Émouchet ? demanda-t-elle en ouvrant les yeux. Ehlana était folle d'inquiétude.

— Comment va-t-elle ?

— A peu près comme d'habitude. Vous ne la laisserez donc jamais grandir ? Je commence à en avoir assez d'être esclave d'une enfant.

Mirtaï se considérait comme l'esclave de la reine Ehlana. Ce qui ne l'empêchait nullement de régir la famille royale d'Élénie d'une main de fer, décidant arbitrairement de ce qui était bon pour eux et de ce qui ne l'était pas. La reine avait plusieurs fois proposé de l'émanciper, mais elle avait sèchement écarté cette idée, avançant qu'elle était une Atana et que sa race n'était pas faite pour la liberté, c'était une question de tempérament. Émouchet était assez d'accord avec elle. Il estimait que, si on la laissait suivre son instinct, Mirtaï était de taille à dépeupler plusieurs villes en un rien de temps.

Elle se leva avec une grâce exquise. Elle faisait quatre bons pouces de plus qu'Émouchet. Il eut, comme chaque fois qu'il levait les yeux sur elle, l'impression étrange d'avoir rétréci.

— Qu'est-ce qui vous a retenu si longtemps ? demanda-t-elle.

— J'ai dû aller au Lamorkand.

— C'était votre idée ou on vous l'a soufflée ?

— C'était un coup de Dolmant.

— Tâchez de le faire comprendre tout de suite à Ehlana. Si elle s'imagine que c'était une de vos lubies, ça va être la bagarre pendant des semaines, et toutes ces chamailleries me tapent sur les nerfs. Autre chose, fit-elle en regardant Émouchet bien en face. Vous lui avez beaucoup manqué, et elle a besoin d'une preuve tangible de votre affection. Alors pensez à mettre le verrou de la chambre à coucher. Votre fille est encore un peu jeune pour apprendre certaines réalités de la vie.

Elle tira une grosse clé de sa poche et déverrouilla la porte de l'appartement royal.

— Voyons, Mirtaï, vous êtes vraiment obligée de nous enfermer à double tour tous les soirs ?

— Oui, absolument. Je dors mieux quand je sais qu'aucun de vous ne se balade dans les couloirs la nuit.

Émouchet soupira.

— Au fait ! ajouta-t-il. J'ai vu Kring à Chyrellos. Il ne devrait pas tarder à revenir vous demander votre main.

— Il serait temps, répondit-elle avec un sourire. Il y a trois mois qu'il ne me l'a pas demandée. Je commençais à me dire qu'il ne m'aimait plus.

— Vous avez l'intention d'accepter un jour ?

— On verra. Allez réveiller votre femme, Émouchet. Je vous laisserai ressortir demain matin.

Elle le poussa doucement et referma la porte à clé derrière lui.

La fille d'Émouchet, la princesse Danaé, était roulée en boule dans un grand fauteuil, au coin du feu. Danaé avait six ans, maintenant. Elle avait la peau d'une blancheur d'albâtre, des cheveux et d'immenses yeux noirs comme la nuit, et une petite bouche pareille à un bouton de rose. C'était une jeune personne aux manières graves et sérieuses, presque adultes, mais son meilleur ami était encore un animal en peluche qui avait dû en voir de rudes, à en juger par son aspect, et qui « répondait » au nom de Rollo. La princesse Danaé l'avait hérité de sa mère. Ses petits pieds étaient tachées de vert, selon sa bonne habitude.

— Tu es en retard, Émouchet, lâcha-t-elle d'un ton peu amène.

— Écoute, Danaé, répondit-il, tu sais que tu ne dois pas m'appeler comme ça. Si ta mère t'entend, elle va commencer à se poser des questions.

— Elle dort, répliqua Danaé.

— Tu en es sûre ?

— Évidemment, répliqua-t-elle en le foudroyant du regard. Je ne suis pas du genre à faire ce genre d'erreur, tu le sais. Bon, où étais-tu ?

— J'ai dû aller au Lamorkand.

— Et il ne t'est pas venu à l'idée de prévenir ma mère ? Elle a été absolument insupportable ces dernières semaines.

— Je sais. C'est ce que tout le monde me dit depuis que je suis arrivé. Je ne pensais pas en avoir pour si longtemps. Enfin, je suis content de te trouver éveillée. Tu pourras peut-être m'aider.

— On va voir. Si tu es gentil avec moi.

— Arrête ça. Que sais-tu de Drychtnath ?

— C'était un barbare, mais comme c'était un Élène, ça n'a rien d'étonnant, après tout.

— Je savais bien que tu étais pleine de préjugés.

— Nul n'est parfait. À quoi devons-nous ce soudain intérêt pour les choses du passé ?

— On raconte au Lamorkand des histoires ébouriffantes selon lesquelles Drychtnath serait revenu. Tout le monde fourbit ses armes, un sourire extatique accroché à la figure. Qu'est-ce que ça veut dire au juste ?

— C'était leur roi, il y a trois ou quatre mille ans de ça. Peu après que les Élènes de ton espèce eurent découvert le feu et furent sortis de leurs cavernes.

— Fais-moi grâce de ce genre de commentaires, tu veux ?

— Bref, Drychtnath en imposait aux Lamorks. Il a réussi

à les fédérer dans une sorte d'unité et les a envoyés conquérir le monde. Seulement il adorait les anciens Dieux lamorks, et comme ton Église élène n'appréciait pas de voir un païen s'asseoir sur le trône, elle l'a fait assassiner.

— L'Église n'aurait jamais fait une chose pareille, objecta-t-il platement.

— Tu veux que je te raconte l'histoire ou tu préfères discuter théologie ? Après la mort de Drychtnath, les prêtres lamorks ont sacrifié quelques poulets et farfouillé dans leurs entrailles afin d'y lire l'avenir. Quelle pratique répugnante, Émouchet, fit-elle en frissonnant.

— Certes, mais que veux-tu que j'y fasse ?

— Enfin, ces prétendus augures ont annoncé que Drychtnath reviendrait un jour finir sa tâche et mener les Lamorks à la domination mondiale.

— Tu veux dire qu'ils y croient vraiment ?

— Ils y croyaient dans le temps.

— D'après certaines rumeurs, ils auraient recommencé à adorer les anciens Dieux païens.

— Il fallait s'y attendre. Quand les Lamorks se mettent à penser à Drychtnath, ils tirent automatiquement les anciens Dieux du placard. Quelle stupidité ! Ils n'ont pas assez de vrais Dieux comme ça ?

— Parce que, pour toi, les vieux Dieux Lamorks seraient de faux Dieux ? Les Dieux des Trolls m'ont paru bien réels, à moi.

— Ça n'a rien à voir, Père. Un enfant de quatre ans comprendrait ça.

— Bon. Je te crois sur parole. Et si tu allais te coucher ?

— Tu ne m'as pas encore embrassée.

— Oh ! pardon ! J'avais vraiment la tête ailleurs.

Il l'embrassa. Elle sentait l'herbe et les arbres, comme toujours.

— Tu devrais aller te laver les pieds, dit-il.

— Oh, la barbe ! s'exclama-t-elle.

— Tu veux passer une semaine à expliquer à ta mère d'où viennent ces taches d'herbes ?

— C'est tout ce que tu me rapportes ? protesta-t-elle. Un pauvre petit baiser de rien du tout et un sermon ?

Il éclata de rire, la prit dans ses bras et l'embrassa à nouveau — plusieurs fois. Puis il la reposa.

— Allez, maintenant, au dodo !

Elle fit la moue, poussa un soupir et repartit vers sa chambre en traînant négligemment Rollo derrière elle.

— N'empêche pas ma mère de dormir toute la nuit, fit-elle avec un coup d'œil impertinent par-dessus son épaule. Et tâchez de ne pas faire trop de bruit. Pourquoi faut-il que vous fassiez tellement de bruit ? Eh, mais tu rougis, ma parole ! ajouta-t-elle d'un petit ton innocent.

Sur ces mots, elle éclata de rire et ferma la porte de sa chambre.

Il se demandait toujours jusqu'à quel point sa fille savait ce qu'impliquaient ces sous-entendus. Il entra dans la chambre qu'il partageait avec sa femme, ferma la porte et tira le verrou.

Le feu n'était plus que braises, mais leur lueur lui permettait amplement de voir la jeune femme qui était l'alpha et l'oméga de son existence. Ses cheveux d'or pâle étaient étalés sur l'oreiller, et elle avait l'air très jeune et très vulnérable ainsi endormie. Il resta un instant au pied du lit à la regarder. Il retrouvait sur son visage les traits de la petite fille qui avait été son élève. Il soupira. Ce genre de pensées le plongeait toujours dans une profonde mélancolie, parce qu'elles lui rappelaient qu'il était décidément trop vieux pour elle. Ehlana aurait dû épouser un homme plus jeune, plus beau, moins amoché. Il se demanda distraitement à quel moment il avait fait l'erreur qui l'avait indéfectiblement attachée à lui, au point qu'elle ne puisse même pas envisager un autre choix. Qui mesurerait jamais l'effet que le geste le plus anodin pouvait avoir sur autrui ?

— Je sais que tu es là, Émouchet, dit-elle sans ouvrir les yeux, d'un ton manquant de chaleur.

— J'admirais le spectacle.

Une certaine légèreté pouvait contribuer à dissiper les menaces d'orages. Enfin, il n'était pas interdit de rêver…

Elle ouvrit ses yeux gris.

— Viens un peu par ici, ordonna-t-elle en tendant les bras vers lui.

— J'ai toujours été le plus fidèle serviteur de Votre Majesté, fit-il avec un grand sourire en s'approchant.

— Vraiment ?

Elle referma ses bras sur son cou et l'embrassa. Il lui rendit son baiser, et cela dura un certain temps.

— Si tu attendais demain pour me passer ce savon, mon amour ? Je suis un peu fatigué, ce soir. Nous pourrions nous embrasser, nous faire des mamours, et laisser le reste à plus tard.

— Quand je serais moins remontée ? Ne dis pas de bêtises. J'ai une longue liste de choses à te dire.

— J'imagine. Dolmant m'a envoyé au Lamorkand voir ce qui se passait. Ça m'a pris plus longtemps que prévu.

— Ce n'est pas juste, Émouchet, dit-elle d'un ton accusateur.

— Quoi donc ?

— Tu n'aurais pas dû dire ça tout de suite. Tu aurais dû attendre que je te demande des explications. Maintenant, c'est fichu.

— J'espère que tu arriveras à me pardonner un jour, fit-il d'un air faussement contrit en l'embrassant dans le cou.

Il avait découvert que sa femme adorait ces petits jeux.

— Je vais y réfléchir, dit-elle en riant.

Elle lui rendit ses baisers. Décidément, les femmes de la famille étaient très démonstratives, décida-t-il.

— Pff, comme tu as tout gâché, autant me dire ce que tu as fait, et pourquoi tu ne m'as pas prévenue que tu étais retardé, soupira-t-elle enfin.

— Tu sais ce que c'est que la politique, mon amour. Et tu connais Dolmant. Le Lamorkand est au bord de l'implosion. Sarathi voulait un avis professionnel, et il ne tenait pas à ce qu'on sache que j'allais là-bas à son instigation. Il craignait une fuite si je t'envoyais un messager.

— Il est temps que j'aie une petite conversation avec notre vénérable archiprélat, dit Ehlana. On dirait qu'il a du mal à se rappeler qui je suis.

— Je te le déconseille, Ehlana.

— Oh, je ne vais pas lui voler dans les plumes, mon amour. Je vais juste lui remettre en mémoire les règles élémentaires de la courtoisie. Avant de donner des ordres à mon mari, il est censé m'en parler. Je commence à en avoir par-dessus la tête de Sa Grâce. Alors je vais lui apprendre les bonnes manières.

— Je pourrais assister à la leçon ? Ça pourrait être édifiant.

— Émouchet, dit-elle entre ses dents, si tu veux éviter une réprimande officielle, il va falloir que tu prennes des mesures significatives pour atténuer notre royal déplaisir.

— J'y songeais justement, dit-il en resserrant son étreinte.

— Je commençais à me demander ce que tu attendais, lui souffla-t-elle à l'oreille.

— Alors, Émouchet, qu'as-tu découvert au Lamorkand ? demanda la petite reine en s'étirant langoureusement.

Un bon moment avait passé. Le royal déplaisir semblait beaucoup moins vif, et la reine ne pouvait longtemps se retenir de penser à la politique.

— Rien ne va plus dans l'ouest du Lamorkand. Je suis tombé là-bas sur un certain Gerrich, comte de son état. Nous avons eu affaire à lui quand nous courions après le Bhelliom. Il était de mèche avec Martel pour l'élaboration d'un de ses stratagèmes destinés à empêcher les ordres combattants d'entrer à Chyrellos, pendant les élections.

— Ça en dit long sur la personnalité du comte en question.

— Peut-être. D'un autre côté, Martel était très doué pour manipuler les gens. Il avait semé les germes de la discorde entre Gerrich et le frère du patriarche Ortzel. Cette campagne semble avoir considérablement élargi les horizons du comte. Il aurait des visées sur le trône.

— Pauvre Freddie, soupira Ehlana. (Le roi Friedahl du Lamorkand était son lointain cousin.) Tu n'aurais pas pu me donner son trône, non ? Enfin, pourquoi l'Église se soucie-t-elle du problème ? Freddie dispose d'une assez grande armée pour régler son compte à ce présomptueux.

— Ce n'est pas si simple, ma tendresse. Gerrich a conclu des alliances avec d'autres nobles dans l'ouest du Lamorkand. Il est maintenant à la tête d'une armée presque aussi vaste que celle du roi et il aurait entrepris des tractations avec les barons pélosiens des environs du lac Venne.

— Ces bandits ! dit-elle avec mépris. N'importe qui pourrait les acheter.

— On dirait que la région n'a pas de secrets pour toi.

— Forcément. J'ai une frontière commune avec la Pélosie. Les désordres actuels nous menacent-ils d'une façon ou d'une autre ?

— Pas pour le moment. Gerrich regarde plutôt vers l'est — et la capitale.

— Je devrais peut-être proposer une alliance à Freddie, fit-elle d'un ton méditatif. Si la guerre éclate dans la région, je pourrais me tailler un joli morceau de la Pélosie du Sud-Ouest.

— Votre Majesté développerait-elle des ambitions territoriales, par hasard ?

— Pas ce soir, Émouchet, répondit-elle. J'ai d'autres idées en tête, à vrai dire.

Et elle tendit à nouveau les bras vers lui.

Beaucoup, beaucoup plus tard — l'aube n'allait plus tarder —, la respiration régulière d'Ehlana confirma à Émouchet qu'elle dormait. Il se glissa hors du lit et s'approcha de la fenêtre. Il avait gardé de la vie militaire l'habitude de se réveiller avant le lever du jour et d'aller voir le temps qu'il faisait.

Il ne pleuvait plus, mais il y avait beaucoup de vent. Il était heureux d'être rentré chez lui, car le temps avait peu de chance de s'améliorer au cours de la journée. C'était le début du printemps, et ça ne s'arrangerait pas vraiment avant plusieurs semaines. Il regarda les torches qui flamboyaient, chahutées par les bourrasques.

Et comme toujours lorsqu'il faisait mauvais, il se revit dans ce pays où il ne pleuvait jamais, dans la cité de Djiroch, sur cette côte du Rendor où le soleil frappait comme un marteau sur une enclume, où les femmes encapuchonnées, voilées de noir, se rendaient au puits dans la lumière gris acier de l'aube naissante. Il songea à ces nuits que la femme appelée Lillias embrasait de cette chose à laquelle elle donnait le nom d'amour. Mais il ne se souvenait pas de cette nuit à Cippria où les assassins de Martel avaient failli lui ôter la vie. Il avait réglé ses comptes avec Martel au temple d'Azash, à Zémoch, et il aurait pu définitivement rayer de ses pensées le parc à bestiaux de Cippria, où le tintement des cloches du monastère l'avait tiré des ténèbres.

L'impression fugitive d'être observé et qu'il avait éprouvée dans cette ruelle, en rentrant au palais, le narguait toujours. Il se passait quelque chose, il ne savait quoi, et il aurait payé cher pour pouvoir en parler avec Séphrénia.

CHAPITRE II

— Voyons, Majesté ! On ne s'adresse pas sur ce ton à l'archiprélat ! protesta le comte de Lenda en regardant d'un air chagriné le parchemin que venait de lui tendre la reine. C'est tout juste si vous ne le traitez pas de voleur et de chenapan !

— Allons bon, j'ai oublié ça ? s'exclama-t-elle. Simple omission.

Ils s'entretenaient, comme toujours à cette heure de la matinée, dans la salle du conseil tendue de bleu.

— Vous ne pouvez pas la raisonner, Émouchet ? implora Lenda.

— Voyons, Lenda, fit Ehlana en riant, émue par la silhouette du frêle vieillard. Ce n'est qu'un brouillon, et j'étais un peu irritée lorsque je l'ai griffonné.

— Un peu irritée !

— Je sais que je ne puis envoyer cette missive sous sa forme présente. Je voulais juste vous faire comprendre ce que m'inspire cette affaire avant de reformuler ma pensée dans un langage plus diplomatique. Ce que je veux dire, c'est que Dolmant outrepasse ses prérogatives. Il est archiprélat et non empereur. L'Église n'a que trop d'influence, déjà, sur les affaires temporelles, et si personne ne donne un coup d'arrêt à ce Dolmant, tous les monarques d'Éosie seront bientôt ses vassaux. Je regrette, messieurs. Je suis une vraie fille de l'Église, mais je ne m'agenouillerai pas devant Dolmant et je ne me ferai pas re-couronner par lui au cours d'une petite cérémonie guindée qui n'a d'autre but que mon humiliation.

Émouchet fut un peu étonné par la maturité politique de sa femme. La structure du pouvoir sur le continent éosien avait toujours reposé sur un équilibre précaire entre l'autorité de l'Église et celle des divers rois. Lorsque cet équilibre était rompu, les choses commençaient à mal tourner.

— Sa Majesté n'a pas complètement tort, Lenda, dit-il pensivement. Les monarques éosiens de la dernière génération ne se seront vraiment pas illustrés par la force. Aldréas était...

Il s'interrompit comme s'il cherchait le terme adéquat.

— Débile, poursuivit froidement sa femme, résumant la personnalité de son père en un mot.

— Je n'irais peut-être pas jusque-là, murmura-t-il. Wargun est détraqué, Soros est un dangereux fanatique, Obler est gâteux, si Friedahl reste sur le trône, c'est parce que ses barons le veulent bien, Dregos est un pantin entre les mains de sa famille, Brisant de Cammorie est un débauché et je ne connais même pas le nom de l'actuel roi du Rendor.

— Ogyrin, répondit Kalten. Pour ce que ça change...

— Bref, poursuivit Émouchet en se carrant dans son fauteuil, pendant ce temps-là, la Hiérocratie aura compté un certain nombre d'hommes très compétents. Tout se passe comme si le vide laissé par Cluvonus avait encouragé les patriarches à prendre de l'ascendant. S'il y avait un trône vide quelque part, on pourrait faire bien pire que d'y mettre un Emban, un Ortzel ou un Bergsten. Même Annias était un fin stratège. Quand il y a carence du pouvoir royal, l'Église reprend du poil de la bête. Parfois un peu trop.

— Vide ton sac, Émouchet, grommela Platime. Tu veux dire que nous devrions déclarer la guerre à l'Église ?

— Pas aujourd'hui, Platime. Mais gardons cette idée en réserve. Pour le moment, je pense que nous devrions commencer à envoyer des signaux à Chyrellos, et notre reine est probablement la mieux placée pour ça. Après avoir vu comment elle a traité la Hiérocratie lors de l'élection de Dolmant, il est probable qu'ils lui prêteront une oreille attentive. Dans le fond, Lenda, je me demande s'il faut vraiment édulcorer sa missive. Si elle nous permet d'attirer leur attention...

— Voilà comment il faut les manier ! s'exclama Lenda avec enthousiasme, les yeux très brillants tout à coup.

— Si ça se trouve, Dolmant ne s'est même pas rendu compte qu'il passait les bornes, remarqua Kalten. Il a très bien pu envoyer le précepteur intérimaire Émouchet au Lamorkand en oubliant complètement qu'il était aussi prince consort. Ce pauvre Sarathi a beaucoup de choses en tête, en ce moment.

— S'il perd les pédales, il n'a rien à faire sur le trône d'archiprélat, décréta Ehlana en plissant les paupières, ce qui n'était jamais bon signe. De toute façon, je pense qu'il faut lui mettre les points sur les i : il a heurté ma sensibilité. Qu'il se donne un peu de mal pour arrondir les angles, et je pourrai peut-être en profiter pour récupérer ce duché, au nord de Vardenais. Lenda, voyez-vous un moyen d'empêcher les gens de léguer leur fief à l'Église ?

— C'est une si vieille coutume, Majesté...

— Je sais, mais la terre appartient à la couronne, au départ. Nous devrions avoir notre mot à dire sur sa destination. On pourrait estimer que le domaine de tout noble mort sans héritiers devrait me revenir, mais chaque fois qu'il y a un noble sans enfants en Élénie, les hommes d'Église tournent autour de lui comme des vautours et le baratinent jusqu'à ce qu'il abandonne tous ses biens à l'Église.

— Abolissez quelques titres, suggéra Platime. Et promulguez une loi selon laquelle un aristocrate sans enfants ne saurait disposer de sa terre après son décès.

— Ça va être une levée de boucliers dans la noblesse, objecta Ehlana.

— L'armée n'est pas faite pour les chiens, répondit Platime en haussant les épaules. Elle est là pour éteindre les incendies. Je vais vous dire, Ehlana : édictez cette loi, et je veillerai à ce que les plus grandes gueules aient des accidents très publics et très répugnants. Les aristocrates ne sont pas très futés, mais ils devraient assez vite comprendre.

— Vous croyez que ça passera, Lenda ? demanda Ehlana.

— Votre Majesté n'y songe pas sérieusement, j'espère ?

— Écoutez, Lenda, je ne peux pas rester les bras croisés pendant que l'Église dévore mon royaume acre après acre. Chaque fois qu'elle prend possession d'un fief, ça fait autant d'impôts en moins pour la couronne. Ce pourrait être un moyen d'attirer l'attention de l'Église, comme le suggère Émouchet, reprit-elle après réflexion. Et si nous pondions un projet de loi scandaleusement répressive, qui tomberait « accidentellement » entre les mains d'un ecclésiastique d'un rang pas trop élevé dans la hiérarchie ? On peut raisonnablement estimer que Dolmant en aurait connaissance avant que l'encre n'ait fini de sécher.

— Ce n'est pas très orthodoxe, ma reine, objecta Lenda.

— Je suis bien contente, messire, d'avoir votre approbation. Bien, autre chose ? demanda-t-elle en les parcourant du regard.

— Oui, Ehlana : des brigands sévissent illégalement dans les montagnes du côté de Cardos, grommela Platime.

Le grand barbare à la barbe noire était confortablement installé, les pieds sur la table, une carafe de vin et un gobelet à portée de la main. On aurait dit qu'il avait dormi avec son pourpoint sur lequel on pouvait, en outre, lire le menu de la semaine, et ses cheveux hirsutes lui tombaient dans les yeux. Platime était viscéralement incapable d'appeler les gens par leur titre, mais la reine avait décidé une fois pour toutes qu'il avait tous les droits.

— Illégalement, releva Kalten, amusé.

— Tu sais bien ce que je veux dire, marmonna Platime. Ils n'ont pas l'autorisation des guildes d'opérer dans cette région, et ils enfreignent toutes les lois. Je n'en ai pas de preuve formelle, mais je pense que ce sont d'anciens hommes de main du primat de Cimmura. Là, Ehlana, vous avez fait une gaffe : vous auriez dû attendre qu'ils soient tous sous les verrous avant de les mettre hors la loi.

— Nul n'est parfait, soupira-t-elle en haussant les épaules.

Elle avait des relations particulières avec Platime. Elle avait compris qu'il ne respecterait jamais l'étiquette en vigueur à la cour, et elle acceptait de sa part un comportement qui l'aurait offusquée venant d'un autre. Malgré ses défauts, Platime était un conseiller lucide et avisé, et elle faisait grand cas de ses remarques.

— Je ne suis pas surprise que les ex-complices d'Annias se soient recyclés dans le brigandage, dit-elle. Ont-ils jamais fait autre chose, d'ailleurs ? Et puis, il y a toujours eu des brigands dans ces montagnes, alors une bande de plus ou de moins, ça ne fera pas grande différence.

— Ehlana, soupira-t-il, je vous aime comme ma sœur, mais il y a des moments où je vous trouve bien naïve. Les bandits dûment brevetés connaissent les règles : ils savent quels voyageurs on peut dépouiller ou tuer, et ceux à qui il vaut mieux fiche la paix. Personne ne s'affole quand un marchand un peu trop fortuné se fait dérober sa bourse et un peu couper le kiki, mais qu'un représentant officiel du gouvernement ou un noble de haut rang trouve la mort dans ces montagnes, et les autorités se croient obligées de prendre des mesures pour montrer qu'elles font leur boulot. Cette intrusion de la loi est très mauvaise pour les affaires. D'innocents criminels sont arrêtés et pendus. Le brigandage n'est pas un travail d'amateur.

« Et ce n'est pas le seul problème : ces bandits racontent aux paysans du coin qu'ils ne sont pas de vrais voleurs mais des patriotes en révolte contre un cruel tyran — vous, ma chère. Il y a toujours assez de mécontentement dans les campagnes pour susciter une certaine sympathie envers ce genre de menées subversives. Les aristos et le banditisme font mauvais ménage. Ils finissent toujours par y mêler la politique.

— Voyons, mon cher Platime, dit-elle d'un petit ton malicieux, je croyais que vous le saviez : la politique, c'est du banditisme.

— J'adore cette fille ! s'exclama le gros bonhomme en éclatant d'un rire tonitruant. Ne vous en faites pas, Ehlana. Je vais essayer d'infiltrer quelques hommes à moi dans leur bande, et quand Stragen reviendra, nous chercherons un moyen de mettre fin aux agissements de ces malfrats.

— Je savais que je pouvais compter sur vous, dit-elle en se levant. Si c'est tout, messieurs, j'ai rendez-vous avec ma couturière. Tu viens, Émouchet ?

— Tout de suite. J'ai juste deux mots à dire à Platime. J'ai vu Naween, hier soir, en rentrant en ville, dit-il comme Ehlana se dirigeait vers la porte. Elle fait le trottoir, maintenant.

— Naween ? C'est ridicule ! La moitié du temps, elle oublie de faire payer ses clients.

— C'est bien ce que je lui ai dit. Elle s'est engueulée avec Shanda et elle racolait au coin de la porte Est. Je l'ai envoyée dans une auberge, qu'elle ne reste pas sous la pluie, au moins. Tu n'aurais pas quelque chose à lui proposer ?

— Je vais voir ce que je peux faire, promit Platime.

Ehlana n'avait pas encore quitté la pièce, et Émouchet oubliait parfois combien elle avait l'ouïe fine.

— Qui est cette Naween ? demanda-t-elle d'un petit ton pincé.

— Une putain, répondit Platime sur le ton de l'évidence. Une amie d'Émouchet.

— Platime ! s'étrangla Émouchet.

— Ce n'est pas vrai, peut-être ?

— Eh bien, si on veut, en quelque sorte, mais dit comme ça..., bredouilla Émouchet.

— Oh, je ne disais pas ça *comme ça*, Ehlana. Pour autant que je sache, votre mari vous est complètement fidèle. Naween est une putain, c'est son métier, mais ça n'a rien à faire avec les sentiments. Ça ne veut pas dire non plus qu'elle n'a pas fait des propositions à Émouchet. Mais elle en fait à tout le monde. Un vrai cœur d'artichaut, cette pauvre fille.

— Écoute, Platime, j'aimerais mieux que tu t'abstiennes de prendre ma défense, gémit Émouchet.

— Naween est une fille bien, Ehlana, poursuivit Platime. C'est une bonne travailleuse, ses clients sont très contents d'elle, et elle paie ses impôts rubis sur l'ongle.

— Parce qu'elle paie des impôts ! s'exclama Ehlana. Vous voulez dire que mon gouvernement encourage ce genre de comportement, qu'il le légalise en le fiscalisant ?

— Vous vivez sur la lune ou quoi, Ehlana ? Bien sûr qu'elle paie des impôts. Comme tout le monde. Lenda y veille. Naween a aidé Émouchet à retrouver ce Krager, quand vous étiez malade. Comme je vous disais, elle lui a aussi proposé ses services pour autre chose, mais il l'a aimablement envoyée promener. Elle lui en a toujours un peu voulu.

— Il faudra que nous ayons une petite conversation à ce sujet, Émouchet, fit Ehlana entre ses dents.

— Il en sera selon votre bon plaisir, Majesté, soupira-t-il alors qu'elle quittait la pièce comme emportée par un vent de tempête.

— Elle ne connaît pas grand-chose aux dures réalités de la vie, hein ?

— Elle a eu une éducation très protégée.

— Comme c'est toi qui l'as plus ou moins élevée, tu n'as qu'à t'en prendre à toi-même. Bon, je vais demander à Naween de passer ici et de lui expliquer les choses elle-même.

— Non, mais je rêve ou tu as vraiment perdu l'esprit ?

Talen rentra de Démos le lendemain, avec sire Bérit. Émouchet et Khalad les accueillirent à la porte des écuries. Le prince consort rasait les murs en attendant que sa petite reine ait oublié de se poser des questions sur Naween.

Talen avait le nez rouge et les yeux gonflés.

— Comment se fait-il que tes mères t'aient laissé partir avant que tu sois complètement guéri ? s'étonna Émouchet.

— Je ne pouvais plus supporter d'être materné comme ça, répondit Talen en mettant pied à terre. Une mère, c'est déjà pénible, mais deux... Si je vois encore une tasse de bouillon de poule, je crois que je vais vomir. Hé, salut, Khalad.

— Salut, Talen ! grommela le jeune écuyer d'Émouchet en toisant son demi-frère. Dis donc, tu as vu tes yeux ?

— Je les vois de l'intérieur et crois-moi, c'est pire, rétorqua Talen. Vous croyez qu'il y aura quelque chose à manger aux cuisines ?

Le jeune voleur mangeait presque sans arrêt, en ce moment. Il faut dire qu'il avait quinze ans et était en pleine croissance. Émouchet aurait parié qu'il avait grandi de trois pouces au cours des six dernières semaines. Une bonne longueur de poignet et d'avant-bras dépassait de sa manche.

— J'ai des papiers à te faire signer, Émouchet, annonça Bérit. Rien de très urgent, mais j'ai sauté sur ce prétexte pour faire la route avec Talen.

Bérit portait une cotte de mailles et une large épée à la ceinture. Son arme préférée, toutefois, était toujours la hache d'arme fixée au pommeau de sa selle.

— Tu retournes au chapitre ? s'enquit Khalad.

— A moins qu'Émouchet n'ait besoin de moi ici...

— Alors je repars avec toi. Sire Olart a prévu de nous entraîner au maniement de la lance, cet après-midi.

— Si tu le désarçonnais une fois pour toutes ? suggéra Bérit. Après ça, il te ficherait la paix. Tu pourrais y arriver, tu sais. Tu es déjà meilleur que lui.

— Ce serait une terrible blessure d'amour-propre, fit Khalad avec un haussement d'épaules.

— Sans parler de l'effet que ça aurait sur ses côtes, ses épaules et son dos, renchérit Bérit en s'esclaffant.

— N'est-il pas un peu présomptueux de surpasser son instructeur ? objecta Khalad. Les autres novices ont déjà du mal à avaler que nous leur en remontrions, mes frères et moi-même. Nous avons essayé de leur expliquer, mais nous ne sommes que des paysans, et ils ne le prennent pas bien. Vous savez comment c'est. Vous n'aurez pas besoin de moi cet après-midi, monseigneur ?

— Non, répondit Émouchet. Va donc faire quelques entailles dans l'armure de sire Olart. Il surestime tragiquement ses compétences ; il n'aura pas volé que tu lui donnes une petite leçon d'humilité.

— J'ai vraiment faim, Émouchet, ronchonna Talen.

— Eh bien, allons aux cuisines. Et puis je pense que nous devrions aller voir le tailleur, ajouta-t-il après un regard critique à la tenue de son jeune ami. Tu pousses comme une mauvaise herbe !

Khalad alla seller son cheval tandis qu'Émouchet et Talen partaient en quête de nourriture. Une heure plus tard, ils entraient dans les appartements royaux. Ils trouvèrent Ehlana, Mirtaï et Danaé au coin du feu. Ehlana feuilletait des documents, Danaé jouait avec Rollo et Mirtaï affûtait une de ses dagues.

— Eh, mais voilà mon noble prince consort et mon page vagabond, fit Ehlana en levant les yeux de ses documents.

Talen s'inclina et renifla bruyamment.

— Tu n'as pas de mouchoir ? protesta Mirtaï.

— Si m'dame.

— Comment vont tes mères ? s'enquit Ehlana.

Tout le monde utilisait cette expression en s'adressant à Talen et ses demi-frères. C'était la traduction littérale de la réalité. Aslade et Elys maternaient excessivement et impartialement les cinq fils de Kurik.

— On ne peut pas faire un pas dans cette maison sans les avoir sur le dos, ma reine, répondit Talen. C'est une véritable épreuve que de tomber malade chez elles. La semaine dernière, je crois qu'on m'a administré tous les remèdes connus contre le rhume.

Le ventre du jeune homme émit un drôle de grincement.

— Ce n'est pas ton estomac qui hurle comme ça ? avança Mirtaï. Aurais-tu de nouveau faim ?

— Non. Je viens de manger. Je ne devrais pas avoir besoin de recommencer avant un quart d'heure à peu près. La petite bête se tenait si tranquille que je l'avais oubliée, poursuivit Talen en portant la main au-devant de son pourpoint, et il se pencha vers Danaé qui attachait un bonnet sous le menton de son chien en peluche. Je vous ai apporté quelque chose, princesse.

Les yeux de la fillette s'illuminèrent. Elle écarta Rollo sans cérémonie et attendit avec impatience.

— Mais pas d'embrassades, la prévint-il. Un simple « merci » suffira. J'ai un rhume, et je ne tiens pas à ce que vous l'attrapiez.

— Qu'est-ce que c'est ? demanda-t-elle avidement.

— Oh, juste une petite chose que j'ai trouvée sous un buisson, au bord de la route. Elle est un peu trempée et couverte de boue, mais vous devriez pouvoir la sécher et la brosser. Enfin, j'imagine. Ce n'est pas grand-chose, mais je me suis dit que ça vous plairait... au moins un petit peu, poursuivit Talen, qui avait décidé de faire durer le plaisir.

— Je peux voir ce que c'est ? implora la fillette.

— Bah, je pense que oui, acquiesça-t-il en plongeant la main dans son pourpoint.

Il en tira un chaton tout crotté qu'il posa par terre, devant elle. C'était un petit chat de gouttière rayé de la pointe des oreilles au bout de la queue, et aux yeux bleus empreints d'une intense curiosité. Il s'approcha timidement de sa petite maîtresse.

Danaé poussa un piaulement ravi, ramassa le chaton et le pressa contre sa joue.

— Qu'il est mignon ! s'exclama-t-elle.

— Adieu tentures et rideaux, soupira tragiquement Mirtaï.

Talen repoussa en douceur la petite fille qui se pendait à son cou avec exubérance.

— Je vous répète que j'ai un rhume, Danaé !

Émouchet songea que le pauvre garçon n'échapperait pas éternellement aux démonstrations d'affection de sa fille. Par ce geste spontané, sans arrière-pensée, le jeune homme avait scellé son sort. Émouchet, qui se demandait distraitement, il y avait quelques jours à peine, ce qui lui avait attaché l'indéfectible affection de sa femme comprit qu'en lui offrant ce misérable chaton Talen avait commis une erreur fatale — ou au moins la première. Il haussa mentalement les épaules. Talen ferait un excellent beau-fils, quand Danaé l'aurait pris en main.

— Je peux, Majesté ? demanda Talen, l'arrachant à ses pensées. Lui donner cette petite bête, je veux dire ?

— Il est un peu tard pour poser la question, non ? rétorqua Ehlana.

— Je ne crois pas, non, répondit-il impudemment. Je pense avoir programmé ça juste comme il fallait.

Ehlana regarda sa fille qui dorlotait le chaton, le serrait contre son visage, humait sa fourrure. Tous les chats sont des opportunistes nés. Celui-ci lui pétrissait la figure avec ses pattes et lui collait son nez sur la joue, comme ils savent si bien faire.

— Comment pourrais-je refuser maintenant, Talen ?

— Ça paraît difficile, en effet, Majesté, acquiesça le gamin en reniflant comme un perdu.

Mirtaï lâcha sa dague, se leva et s'approcha de lui. Elle tendit la main et il esquissa un mouvement de recul.

— Oh, ça va, dit-elle en posant la main sur son front. Tu as une fièvre de cheval.

— Ce n'est pas ma faute.

— Tu devrais le mettre au lit, Mirtaï, suggéra Ehlana en se levant à son tour.

— Il faudrait d'abord le faire suer, décréta la géante. Je vais l'emmener aux bains et le faire un peu mariner, fit-elle en le prenant fermement par le bras.

— Vous n'allez pas m'emmener aux bains ! protesta-t-il en rougissant furieusement.

— Silence ! coupa-t-elle. Ehlana, dites aux cuisines de préparer un cataplasme de moutarde et du bouillon de poule. Nous lui appliquerons l'emplâtre quand je le ramènerai des bains, et nous lui ferons prendre la soupe à la cuillère.

— Vous allez rester planté là et les regarder me torturer, Émouchet ? s'exclama Talen d'un ton lamentable.

— Que veux-tu, gamin ? rétorqua l'intéressé. Je volerais bien à ton secours, mais je dois d'abord penser à ma santé.

— Je voudrais être mort, geignit Talen alors que Mirtaï l'entraînait hors de la pièce.

Stragen et Ulath arrivèrent d'Emsat quelques jours plus tard et furent aussitôt escortés vers les appartements royaux.

— Tu prends du ventre, Émouchet, lâcha abruptement Ulath en ôtant son casque à cornes d'ogre.

— J'ai peut-être pris quelques livres, convint Émouchet de bonne grâce.

— Voilà ce que c'est que la vie de château, grommela l'immense Thalésien blond.

— Comment va Wargun ? s'enquit Ehlana.

— Il a complètement perdu la tête, répondit tristement Ulath. Il vit cloîtré dans l'aile ouest du palais et il passe son temps à délirer.

— Je l'aimais bien, dans le fond, soupira Ehlana. Quand il n'était pas ivre mort.

— Je doute que son fils vous inspire la même sympathie, Majesté, répliqua sèchement Stragen.

Stragen était un voleur, comme Platime, mais il avait de bien meilleures manières.

— Je ne l'ai jamais rencontré, nota Ehlana.

— Remerciez le Créateur qui, dans sa grande mansuétude, vous aura évité ce contact, Majesté. Il s'appelle Avin. Un petit nom insignifiant pour un petit personnage insignifiant.

— Il est vraiment si lamentable que ça ? demanda Ehlana.

— Avin Wargunsson ? Stragen est bien indulgent, décréta Ulath. C'est un minable. Il redoute tellement d'être traité comme quantité négligeable qu'on ne peut pas sortir d'Emsat sans être chargé d'une missive royale. Quand il a su que je venais ici, il m'a fait convoquer au palais et m'a remis un message pour vous. Il a passé deux heures à tenter de m'en mettre plein la vue.

— Et ça a marché ?

— Pas vraiment, lâcha Ulath en tirant de son surcot un parchemin scellé à la cire.

— Qu'est-ce que ça dit ? demanda la reine.

— Je l'ignore. Je ne lis pas les lettres des autres. À mon avis, ce sont des considérations oiseuses sur la pluie et le beau temps.

— Vous avez fait bon voyage ? demanda Émouchet.

— Je ne conseille à personne de prendre la mer à cette époque de l'année, rétorqua Stragen. J'aimerais avoir une petite conversation avec Platime, ajouta-t-il, et le bleu de ses yeux évoqua tout à coup les glaces polaires. Nous avons été attaqués par des bandits de grands chemins dans les montagnes, en venant de Cardos. Les brigands sont mieux inspirés, d'ordinaire.

— Ce ne sont pas des professionnels, expliqua Émouchet. Platime est au courant, et il va prendre les mesures qui s'imposent. Vous avez eu des problèmes ?

— Nous, non, répondit Ulath. Mais je ne pourrais pas en dire autant de ces amateurs. Ils ont passé un sale quart d'heure. Nous en avons laissé cinq dans le fossé et le reste s'est soudain rappelé qu'il avait un rendez-vous urgent à l'autre bout du pays. (Il s'approcha de la porte sur la pointe des pieds, jeta un coup d'œil dans le couloir, la referma et scruta les murs avec méfiance, comme s'il pensait y voir soudain pousser des oreilles.) Il y a des serviteurs ou des gens comme ça dans les parages, Émouchet ? demanda-t-il.

— Mirtaï et notre fille, c'est tout.

— Bon. Komier m'a demandé de te prévenir qu'Avin Wargunsson avait été en contact avec le comte Gerrich, au Lamorkand. Gerrich convoite le trône du roi Friedahl, et Avin n'est pas très futé. Il n'aura pas assez de jugeote pour rester à l'écart des querelles intestines au Lamorkand. Komier pense qu'il pourrait y avoir un arrangement secret entre eux. Le patriarche Bergsten a transmis le même message à Chyrellos.

— Ce Gerrich va finir par agacer Dolmant s'il continue comme ça, répliqua Ehlana. Il essaie de conclure des alliances tous azimuts, en violation des lois élémentaire de la diplomatie. Les guerres civiles lamorks ne sont pas censées concerner les autres royaumes.

— Ces pratiques sont vraiment régies par des lois ? releva Stragen, incrédule.

— Évidemment. Si les barons lamorks étaient libres de s'allier avec les nobles des autres royaumes, le continent serait plongé dans la guerre tous les dix ans. C'est d'ailleurs ce qui se passait jusqu'à ce que l'Église tape du pied et y mette bon ordre, il y a un millier d'années de ça.

— Et toi qui pensais que notre société obéissait à de drôles de règles, s'esclaffa Stragen en regardant Platime.

— C'est complètement différent, sire Stragen, répondit Ehlana d'un petit ton supérieur. Nos spécificités relèvent de la politique d'État. Les vôtres sont simplement affaire de bon sens. Ça fait une grande différence.

— C'est ce que j'ai cru constater.

Émouchet les regardait tous les trois à cet instant, aussi le doute n'était-il pas permis : lorsqu'il éprouva ce frisson particulier, lorsqu'il perçut ce vague frémissement de ténèbres à la limite de son champ de vision, ils en eurent également conscience.

— Émouchet ! s'écria Ehlana, alarmée.

— Oui, répondit-il. Je sais. Je l'ai vu, moi aussi.

— Qu'est-ce que c'est ? s'exclama Stragen en portant la main à son épée avec une rapidité quasi féline.

— Une impossibilité, déclara sèchement Ehlana, mais elle jeta un coup d'œil un peu troublé à son mari. N'est-ce pas, Émouchet ? demanda-t-elle d'une voix un peu tremblante.

— C'est exactement mon avis, confirma-t-il.

— Ce n'est pas le moment de parler par énigmes, protesta Stragen.

Puis l'ombre et le frisson passèrent.

— C'était bien ce que je pense ? avança Ulath en interrogeant Émouchet du regard.

— En tout cas, ça y ressemble étrangement.

— Quelqu'un daignera-t-il me dire ce qui se passe ? protesta Stragen.

— Tu te souviens de ce nuage qui nous a suivis en Pélosie ? fit Ulath.

— Bien sûr. C'était Azash, non ?

— Non. C'est ce que nous pensions, mais Aphraël nous a expliqué que nous nous trompions. L'ombre que nous venons de voir était les Dieux des Trolls. Ceux qui sont emprisonnés dans le Bhelliom.

— Dans le Bhelliom, hein ?

— Ils cherchaient un endroit où se cacher après avoir perdu quelques batailles avec les Dieux Cadets du Styricum.

— Je croyais que tu avais lancé le Bhelliom dans la mer, objecta Stragen.

— En effet.

— Et que les Dieux des Trolls ne pouvaient pas en sortir ?

— C'est ce qu'on nous avait raconté.

— Tu aurais dû trouver un océan plus profond.

— Il n'y en a pas de plus profond.

— C'est bien dommage. On dirait que quelqu'un a réussi à le repêcher.

— C'est la seule solution logique, Émouchet, reprit Ulath. Les Dieux des Trolls étaient prisonniers du Bhelliom. Lequel Bhelliom ne pouvait s'échapper de cette cassette plaquée or, Aphraël nous l'a certifié. S'ils ne sont plus au fond de l'eau, c'est donc que quelqu'un a retrouvé cette cassette.

— J'ai entendu dire que les pêcheurs de perles pouvaient descendre à de grandes profondeurs, nota Stragen.

— Pas si profond, affirma Émouchet. Et puis, il y a quelque chose qui cloche.

— C'est maintenant que tu t'en rends compte ? ironisa Stragen.

— Ce n'est pas ce que je veux dire. Quand nous étions en Pélosie, vous avez tous vu ce nuage.

— Pour ça oui, confirma Ulath avec véhémence.

— Mais avant qu'il se matérialise, quand il était encore sous forme d'ombre, nous étions seuls à la voir, Ehlana et moi, grâce à nos anneaux. Ce qui vient de nous apparaître était une ombre, pas un nuage, je suis formel. Alors comment se fait-il que vous l'ayez vue aussi, tous les deux ?

Stragen écarta les mains devant lui dans un geste évasif.

— Ce n'est pas tout, reprit Émouchet. La nuit où je suis rentré du Lamorkand, j'ai senti qu'on m'observait. Ce n'étaient ni des Élènes ni des Styriques, et je pense que ce n'étaient même pas des humains. Ça m'a fait exactement la même impression que l'ombre qui vient de passer à l'instant.

— Je regrette que nous ne puissions pas en parler avec Séphrénia, marmonna Ulath.

Émouchet était à peu près sûr qu'il y avait un moyen, mais il ne pouvait pas le leur dire.

— Penses-tu que nous devions mettre quelqu'un au courant ? demanda Stragen.

— Attendons d'en savoir un peu plus long, décida Émouchet.

— D'accord, acquiesça Stragen. Nous aurons tout le temps de semer la panique plus tard. Et des tas de raisons pour ça, si tu veux mon avis.

Le temps s'améliora au cours des jours suivants, et le moral des troupes remonta sensiblement. Émouchet passa un moment enfermé avec Platime et Stragen, puis les deux voleurs envoyèrent des hommes au Lamorkand afin de recueillir des informations sur la situation.

— C'est ce que j'aurais fait dès le début si Sarathi m'avait laissé carte blanche, constata Émouchet. Notre vénéré archiprélat n'est pas exempt de carences. Il ne peut pas se fourrer dans le crâne que les investigateurs officiels pourraient retourner toutes les pierres d'un pays sans rien trouver dessous.

— C'est typique de ces abrutis d'aristos, fit Stragen de sa voix traînante. Enfin, ça facilite bien la vie des gens comme Platime et moi.

Émouchet ne releva pas.

— Dites quand même à vos hommes de faire attention, reprit-il. Les Lamorks ont une fâcheuse tendance à régler les problèmes au fil de l'épée, et un espion mort ne rapporte pas beaucoup de renseignements exploitables.

— Dis donc, c'est pas bête, ça, ironisa Stragen. Je me demande comment nous n'y avons pas pensé plus tôt, Platime et moi.

— Ça va. Je t'accorde que ce n'était pas très subtil, admit Émouchet.

— C'est le moins qu'on puisse dire. Pas vrai, Platime ?

— Je vais m'absenter quelques jours, Émouchet, grommela Platime.

— Où vas-tu ?

— Ce ne sont pas tes oignons. J'ai à faire ailleurs, c'est tout.

— Bon. Mais reste en contact.

— De plus en plus subtil, Émouchet ! fit le gros bonhomme en se grattant la panse. Je vais parler à Talen. Il saura où me joindre si la reine a besoin de moi d'urgence. Aah, geignit-il en se levant. Il faudrait vraiment que je perde quelques livres, marmonna-t-il, puis il se traîna jusqu'à la porte avec cette démarche en canard propre aux vrais obèses.

— Il n'est pas à prendre avec des pincettes, aujourd'hui, remarqua Émouchet.

— Il a des soucis, répondit Stragen en haussant les épaules.

— Tu as tes grandes et tes petites entrées au palais d'Emsat, je crois ?

— J'y ai quelques contacts. Tu as besoin de quelque chose ?

— J'aimerais beaucoup faire capoter les contacts entre Avin et le comte Gerrich. Cet animal commence à avoir un peu trop d'influence dans le nord de l'Éosie. Il a conclu des alliances en Pélosie et en Thalésie. Il y a peu de chance qu'il oublie la Deira, et la situation est un peu chaotique là-bas, en ce moment. Je voudrais que tu dises à Meland de regarder tout ça.

— Ce Gerrich commence à t'inquiéter, pas vrai ?

— Je ne comprends pas ce qui se passe au Lamorkand, et je ne voudrais pas qu'il prenne trop d'avance sur moi en attendant le jour où j'y verrai plus clair.

— Ça se tient. Enfin, si l'on peut dire…

Khalad se releva, l'œil un peu vitreux. Un filet de sang coulait de son nez.

— Tu vois ? Tu as trop tendu le bras, encore une fois, fit Mirtaï.

— Comment faites-vous ça ? demanda l'écuyer d'Émouchet.

— Je t'expliquerai. Allez, Kalten, venez un peu par ici.

— Ça, sûrement pas, répondit-il en battant en retraite.

— Ne soyez pas ridicule. Je ne vais pas vous manger.

— C'est ce que vous avez dit à Khalad avant de l'expédier sur ces dalles de grès.

— Il vaudrait mieux que vous fassiez ce que je vous dis, Kalten. Vous finirez au tapis, de toute façon, mais ce sera moins pénible pour vous si vous obéissez sans discuter. Allez, enfoncez-moi votre épée dans le cœur.

— Je ne voudrais pas vous faire de mal, Mirtaï.

— Vous, me faire du mal ? Ha ! fit-elle avec un rire sardonique.

— Vous n'avez pas besoin de vous montrer blessante, protesta le jeune homme d'un ton mortifié en tirant son épée.

Tout avait commencé alors que Mirtaï était tombée sur Kalten qui donnait une leçon d'escrime à Khalad dans la cour du palais. Elle avait fait quelques commentaires désobligeants. Une chose en entraînant une autre, c'est elle qui leur avait infligé une leçon impromptue au cours de laquelle Kalten et Khalad auraient au moins appris l'humilité à défaut d'autre chose.

— Plantez-moi votre épée dans le cœur, Kalten, répéta Mirtaï.

Il faut dire à la décharge de Kalten qu'il essaya vraiment. Ça fit beaucoup de bruit quand il s'affala, les quatre fers en l'air, sur les dalles de la cour.

— Il a commis la même erreur que toi, constata Mirtaï. Il a trop tendu le bras. Un bras tendu est un bras noué, or le coude doit toujours rester souple.

— On nous apprend à porter le coup depuis l'épaule, protesta Khalad.

— Ce ne sont pas les Élènes qui manquent, bien sûr, alors un de perdu, dix de retrouvés, hein ? concéda-t-elle avec un haussement d'épaules. Ce que je me demande quand même, c'est pourquoi vous croyez tous indispensable d'enfoncer votre épée tout du long dans le corps du client. Si vous ne lui avez pas percé le cœur avec les six pouces du bout de la lame, ce n'est pas en faisant passer trois pieds d'acier de plus par le même trou que vous y changerez grand-chose.

— C'est peut-être pour la beauté du geste, hasarda Khalad.

— On tue les gens pour faire joli, chez toi ? C'est méprisable et dangereux. Juste le genre d'idées qui remplissent les cimetières. Il faut toujours garder son arme disponible pour le candidat suivant. Les gens se plient en deux quand on les passe au fil de l'épée, et après on est obligé de dégager sa lame à coups de pied, ce qui fait perdre du temps.

— J'essaierai de m'en souvenir.

— Tu ferais bien. Je te trouve plutôt sympathique, et je déteste enterrer des amis.

Elle se pencha, releva la paupière de Kalten d'un index expert et jeta un coup d'œil au globe oculaire vitreux.

— Tu devrais lui jeter un seau d'eau, suggéra-t-elle alors qu'Émouchet s'approchait d'eux. Il n'a pas encore appris à tomber. Ça fera l'objet de la prochaine leçon.

— La prochaine leçon ?

— Naturellement. Si tu veux faire ce métier, autant apprendre à l'exercer convenablement. Vous voulez essayer ? demanda-t-elle à Émouchet en lui jetant un regard de défi.

— Euh… non, merci, Mirtaï. Pas tout de suite.

Elle réintégra le palais, l'air assez contente d'elle.

— Tu sais, Émouchet, je me demande si j'ai vraiment envie d'être chevalier, tout compte fait, déclara Talen, non loin de là. Ça a l'air horriblement désagréable.

— Où étais-tu passé ? Ma femme a envoyé tout un bataillon à ta recherche.

— Je sais. Je les ai vus faire les pitres dans les rues. J'ai dû aller voir Platime dans sa cave. Il est tombé sur quelque chose et il s'est dit que ça t'intéresserait. Tu connais ces brigands qui sévissent dans les collines, non loin de Cardos ?

— Pas personnellement, non.

— Ah, ah. Très drôle, Émouchet. Bref, il a découvert que

leurs activités étaient plus ou moins commanditées par une de nos vieilles connaissances.

— Ah bon ? Et qui ça ?

— Tu ne vas pas me croire. C'est Krager. Je vais te dire, Émouchet, tu aurais dû le tuer quand tu en avais l'occasion.

CHAPITRE III

La brume monta de la rivière peu après le coucher du soleil. La nuit, à Cimmura, était toujours brumeuse, au printemps. Quand il ne pleuvait pas. Émouchet, Stragen et Talen quittèrent le palais à cheval, emmitouflés dans des capes passe-partout, et se dirigèrent vers le quartier sud-est de la ville.

— Tu n'as pas besoin de dire à ta femme que j'ai dit ça, Émouchet, nota Stragen en regardant autour de lui avec dégoût, mais sa capitale est l'une des plus vilaines cités du monde. Le climat y est vraiment la-men-table.

— Ce n'est pas si mal en été, protesta Émouchet.

— Ben, j'ai raté l'été dernier. J'ai dû piquer un roupillon, un après-midi, et l'été est passé pendant que je dormais. Bon, où allons-nous ?

— Voir Platime.

— Si je me souviens bien, sa cave est près de la porte ouest de la ville, reprit le géant blond. Tu nous emmènes dans la mauvaise direction.

— Nous allons d'abord à une certaine auberge. On nous suit, Talen ? demanda-t-il en jetant un coup d'œil par-dessus son épaule.

— Évidemment.

— Il fallait s'y attendre, grommela Émouchet.

Des volutes de brouillard s'enroulaient autour des pattes des chevaux, et les maisons disparaissaient dans un néant grisâtre. Quand ils arrivèrent à l'auberge de la rue des Roses, un portier revêche les fit entrer dans la cour et referma les portes tandis qu'ils mettaient pied à terre.

— Ce que vous allez voir entre ces murs n'est pas destiné à tous les yeux, annonça Émouchet, puis il tendit les rênes de Faran au portier et le mit en garde. Tu connais ce cheval, Frère ?

— C'est une légende vivante, Émouchet, répondit l'homme. Ce que vous cherchez est dans la pièce en haut de l'escalier.

— Comment sont-ils, ce soir ?

— Gueulards, puants, et presque tous soûls comme des vaches.

— C'est nouveau, ça. Sérieusement, ils sont nombreux ?

— Quinze ou vingt. Il y a trois hommes à nous parmi eux ; ils savent ce qu'ils ont à faire.

— Parfait. Merci bien, sire chevalier.

— Y a pas de quoi, sire chevalier.

Émouchet gravit l'escalier, Talen et Stragen sur ses talons.

— Je suppose que cette auberge n'est pas tout à fait ce qu'on pourrait croire, observa Stragen.

— Elle appartient aux Pandions, confirma Talen. Ils viennent ici quand ils ont besoin de discrétion.

— C'est vrai, mais ce n'est pas tout, remarqua Émouchet.

Il ouvrit la porte en haut de l'escalier et fit passer ses compagnons devant lui. Stragen regarda d'un air dégoûté les blouses de toile bleue accrochées à des patères.

— Je vois. Nous allons encore nous déguiser.

— Ce n'est pas très original, j'en conviens, soupira Émouchet. Allez, dépêchez-vous. Je voudrais être rentré avant que ma femme n'envoie un bataillon à ma recherche.

C'étaient des blouses d'ouvrier usées, rapiécées et ornées de quelques taches fort artistiques en vérité. Il y avait aussi des jambières de laine, des bottes à semelle épaisse et des couvre-chef déformés qui paraissaient plutôt conçus pour abriter des intempéries que par souci d'élégance.

— Le but du jeu étant de passer inaperçus, tu vas me laisser ça ici, ordonna Émouchet en indiquant la rapière de Stragen.

— Tu as vu les types qui surveillent la porte de l'auberge, hein, Émouchet ? fit Talen.

— Je leur souhaite une bonne soirée. Nous ne ressortirons pas par là.

Il leur fit retraverser la cour et ouvrit une petite porte donnant dans une sorte de cellier au sol couvert de paille moisie. La chaleur était étouffante, et ça puait la bière aigre et la crasse. Le réduit comportait une autre ouverture fermée par un rideau.

— Où sommes-nous ? chuchota Talen.

— Dans une taverne, répondit Émouchet sur le même ton en s'approchant du rideau. Dans quelques minutes, une bagarre va éclater. Nous profiterons de la confusion pour nous glisser dans la salle, dit-il en agitant le rideau. Tâchez d'éviter les mauvais coups. Quand la mêlée sera générale, nous nous éclipserons. Marchez comme si vous étiez un peu ivres, mais n'en faites pas trop.

— Je suis très impressionné, commenta Stragen.

— Je suis plus qu'impressionné, renchérit Talen. Même Platine ne doit pas connaître la porte de derrière de cet endroit.

Pour une bagarre, ce fut une belle bagarre avec beaucoup de bruit, de cris et de bousculade, ponctuée de quelques horions. Quand les esprits se furent un peu calmés, on retrouva deux malheureux assommés dans un coin, mais à ce moment-là, il y avait belle lurette qu'Émouchet et ses amis avaient disparu.

— Pas très professionnel, commenta Stragen avec un reniflement. Les spectateurs ne devraient pas être impliqués dans ce genre de mise en scène.

— C'est autorisé quand les spectateurs en question sont peut-être à la recherche d'autre chose qu'un coup à boire, protesta hautement Émouchet. Les deux gaillards qui se sont retrouvés à l'horizontale n'étaient pas des clients réguliers de la maison. Ils étaient peut-être innocents comme l'agneau qui vient de naître, mais ce n'est pas prouvé. Au moins, comme ça, nous n'avons pas à nous demander s'ils nous filent le train ou non.

— C'est bien plus compliqué que je ne pensais d'être un chevalier pandion, remarqua Talen. Ça va peut-être me plaire, en fin de compte.

Ils parvinrent, par les rues noyées de brume, au quartier sordide qui se trouvait près de la porte ouest. Après avoir suivi un dédale de ruelles tortueuses, ils s'engouffrèrent dans une sente de terre battue et tombèrent sur un gros bonhomme appuyé à un mur décrépit, à côté d'un escalier de cave aux marches couvertes de boue.

— Z'en avez mis du temps, lâcha-t-il d'une voix atone.

— Nous avons dû déjouer une filature, répondit Talen.

— Allez-y, fit l'homme. Platime vous attend.

L'atmosphère de la cave ne s'était pas améliorée. Elle était toujours aussi sombre, enfumée, et servait de repaire aux mêmes voleurs, putains et autres malandrins à la voix rauque, avinée.

— Je me demande comment Platime peut supporter cet endroit, fit Stragen en réprimant un frisson.

Platime trônait dans un immense fauteuil, de l'autre côté d'une fosse à feu qui dégageait une fumée épouvantable. Il se leva avec effort en voyant entrer Émouchet.

— Qu'est-ce que vous fabriquiez ? beugla-t-il d'une voix tonitruante.

— Nous avons dû semer quelques curieux, répondit Émouchet.

L'obèse acquiesça d'un grognement et les mena vers le fond de sa tanière.

— Il est là, dit-il. Il est très inquiet pour sa santé, faut comprendre ça, alors je le garde un peu en isolement.

Il s'insinua dans un réduit où un petit bonhomme à l'air nerveux, au crâne dégarni et qui donnait l'impression de vouloir rentrer dans un trou de souris était assis sur un tabouret. Il dorlotait un quart de métal plein de bière dont la mousse était retombée.

— Je vous présente Pelk, voleur à la tire de son état, annonça Platime. Je l'ai envoyé à Cardos, voir de quoi il retourne et ce que trament certaines personnes de notre connaissance. Dis-leur ce que tu as appris, Pelk.

— Eh bé, mes bons maît', commença le petit bonhomme d'un ton pleurnichard, m'â fâllu un moment pour âpprocher ces gârs-lâ, j'vous jure, mais j'âs su m'rend' utile, et z'ont fini par m'âccepter. J'âs dû m'plier â tout un cérémoniâl, prêter serment, m'faire bander les yeux les premières foués qu'y m'ont emmené â leur camp et tout c'qui s'ensuit, pis au bout d'un moment, y s'sont pus méfiés et j'âs pu âller et v'nir plus ou moins comme j'voulais. Bref, Plâtime vous â sûr'ment dit, on croyait au début qu'c'était juste une bande d'âmâteurs qui connaissaient pas trop la règ' du jeu. On en voué d'toutes les couleurs, pâs vrai, Plâtime ? Générâl'ment, c'genre d'engeance s'fait pincer et on lâ r'trouve pendue...

— C'est pas dommage ! commenta Platime de sa voix tonitruante.

— Enfin, mes bons maît', continua Pelk, Plâtime et moi, on s'disait qu'c'était que d'lâ râcâille qui coupait l'cou des voyageurs pour l'plaisir et un peu la gâgne, si vous voyez c'que j'veux dire. Mais y s'trouve que certains d'entre eux étaient d'une aut'sorte : leur chefs sont six ou sept âristos qu'ont été déçus d'vouère les grands projets du primât Ânniâs tomber dans l'lâc, et qu'ont vraiment pâs aimé qu'lâ reine met' leurs têtes â prix — ces nob' ont pâs l'hâbitude d'êt' traités com' çâ.

« Bref, mes bons maît', ces nob' que j'vous dis s'sont

réfugiés dans les montagnes âvec juste eun' p'tit' longueur d'avance su' l'bourreau, et â s'sont mis â âttâquer les voyâgeurs pour faire bouillir la mârmite, et â passer l'reste du temps â traiter la reine de vilains noms.

— Au fait, Pelk, coupa Platime d'un ton excédé.

— Pour sûr, mes bons maît'. Çâ â duré comme çâ un p'tit bout d'temps, et pis c'Krâger, comme y l'âppellent, est ârrivé au camp. Certains d'ces nob' que j'vous disais sâvaient qui c'était. Y leur â dit qu'y connaissait des étrangers qui les aideraient â s'en sortir s'y s'maient âssez la pânique lâ-bâs en Élénie pour empêcher lâ reine et ses gens d's'intéresser d'trop près â c'qui s'pâssait au Lâmorkand. Même que c't'âffaire pourrait ben êt' un moyen d'retourner l'sort qui leur était pas fâvorâb' d'pis qu'Ânniâs s'était fait trucider. Eh bé, mes bons maît', ces ducs et ces comtes et j'sais pâs quoi encore ont été rud'ment intéressés pâr c'discours, et y nous ont dit â tous d'âller pârler aux paysans du coin, d'commencer â faire un mauvais pârti aux collecteurs d'impôts et d'ben râconter qu'c'était pâs normâl qu'un pays qui s'respecte soué gouverné pâr une femme qu'était jâmais qu'un genre ed' criâture. On d'vait soul'ver ces paysans et les faire parler entre eux d'lâ fâçon dont l'peuple d'vait s'libérer en fichant la reine â bâs d'son trône et tout c'qui s'ensuit, et pis les nobles ont pendu quéqu' collecteurs d'impôts et y z'ont distribué l'ârgent au peuple â qui alle aurait jâmais dû êt' volée pour commencer, et çâ â ben plu aux paysans, j'vous dis qu'çâ : z'étaient heureux comme des cochons dans la boue. Bref, mes bons maît', poursuivit Pelk en se grattant le crâne, j'croué qu'j'vous âvons â peu près tout dit. C'est comme çâ qu'çâ s'pâsse dans les montâgnes en c'moment. Y â c'Krâger qu'â d'lârgent plein les poches et qui *la* distribue â pleines pouégnées, âlors ces nobles qui crevaient lâ dâlle d'pis un moment y font les yeux doux.

— Pelk, coupa Émouchet, vous êtes un as.

Il lui fourra une poignée de pièces dans la main et quitta le réduit, ses acolytes sur les talons.

— Qu'est-ce qu'on fait, Émouchet ? demanda Platime.

— Il va falloir prendre des mesures, répondit Émouchet. Combien ces « libérateurs » sont-ils ?

— Une centaine à peu près.

— Il va me falloir quelques douzaines d'hommes qui connaissent le coin.

— Tu vas faire donner l'armée ? avança Platime.

— Pas pour l'instant. Je pense qu'une troupe de Pandions devrait faire une impression plus durable sur les populations qui croient avoir des griefs contre notre reine.

— C'est une solution assez radicale, non ? objecta Stragen.

— Je veux que la leçon porte, Stragen. Je tiens à ce que tout le monde en Élénie sache ce qui attend les comploteurs. Je n'aimerais pas être obligé de recommencer, alors je préfère frapper fort du premier coup.

— Il ne parlait pas vraiment comme ça, Émouchet ? demanda Ehlana en ouvrant des yeux ronds.

— Si, si, à peu près, confirma Émouchet. Stragen a vraiment un don pour imiter les accents.

— Ce phrasé a quelque chose de presque hypnotique, je trouve... Notez ça, Lenda, ajouta-t-elle avec un sourire malicieux : « z'étaient heureux comme des cochons dans la boue ». Il faut absolument que nous placions ça dans un communiqué officiel !

— A vos ordres, Majesté, fit le noble vieillard d'un ton neutre, mais Émouchet savait que cette idée devait le révulser.

— Bon, que faisons-nous ? demanda la reine.

— Émouchet a dit qu'il allait prendre des mesures, Majesté, fit Talen. Mais vous préférerez sans doute que nous vous fassions grâce des détails de leur application.

— Ne fais rien qui pourrait m'embarrasser, Émouchet, marmonna-t-elle entre ses dents.

— Voyons, tu me connais, répondit-il imperturbablement.

Les choses furent rondement menées. Les hommes de Platime connaissaient ces montagnes comme leur poche et les bandits ne faisaient pas le poids devant les trente chevaliers pandions qu'Émouchet, Kalten et Ulath menèrent contre eux. Les nobles survivants furent mis à la disposition de la justice royale tandis que le chef de la police locale prenait livraison des brigands afin de leur réserver le sort qu'ils méritaient.

— Eh bien, messire de Belton, disait Émouchet à un comte recroquevillé sur une souche d'arbre, la tête entourée d'un bandage ensanglanté et les mains liées derrière le dos. Les choses ne se sont pas passées comme prévu, on dirait ?

— Maudit sois-tu, Émouchet ! cracha Belton. Comment avez-vous découvert notre repaire ?

— Voyons Belton, fit Émouchet en riant, tu n'espérais tout de même pas échapper éternellement à ma femme ! Sache qu'elle s'intéresse beaucoup à son royaume. Elle connaît chacun de ses arbre, de ses bourgades et de ses paysans. On dit même qu'elle appelle les cerfs par leur petit nom.

— Alors pourquoi ne nous avez-vous pas arrêtés plus tôt ? railla Belton.

— La reine était occupée. Elle a fini par trouver le temps d'arrêter certaines décisions vous concernant, tes acolytes et toi-même. Et je doute que ces décisions vous plaisent, mon pauvre vieux. Quant à moi, ce que je voudrais, c'est que tu me dises ce que tu sais sur ce Krager. Il y a un moment que je ne l'ai pas vu, et il me manque effroyablement.

— Tu ne tireras rien de moi, Émouchet, bredouilla Belton, mais son regard démentait son ton bravache.

— On parie ? lança Kalten. Tu éviterais pas mal de désagréments en crachant le morceau tout de suite. Tu ne vas quand même pas te faire écorcher vif pour les beaux yeux de cette vermine de Krager.

•

— Allez, Belton, vide ton sac, insista Émouchet.

L'homme s'effondra. Il blêmit et se mit à trembler de tous ses membres.

— Je... je ne peux pas ! Je t'en supplie, Émouchet. Si je parle, je suis perdu.

— Je ne donne pas cher de ta peau, de toute façon, lâcha froidement Ulath. Alors autant soulager ta conscience.

— Pour l'amour du Ciel ! Vous ne savez pas ce que vous me demandez !

— Je ne te *demande* rien, Belton, rétorqua Émouchet, le visage fermé.

Tout à coup, sans raison apparente, un froid glacial envahit les bois, et la chaude lumière de l'après-midi baissa. Émouchet leva les yeux. Le ciel était toujours bleu, mais le soleil paraissait voilé, malsain.

Belton poussa un cri d'horreur.

Un nuage d'encre sembla surgir des arbres environnants et se referma sur le prisonnier qui se mit à hurler de plus belle. Émouchet poussa un juron de surprise et recula d'un bond en portant la main à son épée.

Des ténèbres qui environnaient Belton émanaient à présent des sons horribles, des craquements d'os fracassés, des bruits flasques de chairs lacérées. Le hurlement strident cessa, mais les sons atroces se poursuivirent pendant un moment qui leur parut interminable. Puis le nuage disparut comme il était venu.

Émouchet détourna la tête avec dégoût. Le prisonnier avait été réduit en lambeaux sanglants baignant dans une mare de sang.

— Juste ciel ! hoqueta Kalten. Que s'est-il passé ?

— Tu le sais, ce qui s'est passé, Kalten, répliqua Émouchet. Nous avons déjà vu ça. N'essaie pas d'interroger les autres. Il est clair qu'ils ne pourraient pas nous répondre.

Émouchet, Ehlana, Kalten, Ulath et Stragen étaient réunis

dans les appartements royaux, et l'ambiance était assez sombre.

— C'était le même nuage ? demanda Stragen d'une voix tendue.

— À quelques nuances près, répondit Émouchet. Il m'a fait une impression un peu différente, je ne saurais dire pourquoi.

— Quel intérêt les Dieux des Trolls pourraient-ils avoir de protéger Krager ? demanda Ehlana, l'air profondément intrigué.

— Je ne pense pas qu'ils protègent Krager, mais plutôt ce qui se passe au Lamorkand. Quel dommage que Séphrénia ne soit pas là ! s'exclama Émouchet en flanquant un coup de poing sur le bras de son fauteuil. Je déteste avancer dans le noir comme ça !

— Vous auriez quelque chose contre un peu de logique, à ce stade ? demanda Stragen.

— Au point où nous en sommes, je n'aurais rien contre une séance d'astrologie, rétorqua amèrement Émouchet.

— Bon, fit pensivement le voleur thalésien en arpentant la pièce. D'abord, nous savons que les Dieux des Trolls ont trouvé le moyen de sortir de cette cassette.

— Ça, ce n'est pas prouvé, Stragen, objecta Ulath. Pas formellement, en tout cas.

Stragen s'arrêta net.

— C'est vrai, dans le fond, admit-il. Ce n'est qu'une hypothèse. Tout ce que nous pouvons dire avec certitude, c'est que nous avons été confrontés à un phénomène qui ressemble à une manifestation des Dieux des Trolls. Ça vous va comme ça, messire Ulath ?

— Ça me convient, messire Stragen.

— Vous m'en voyez ravi. Bien, connaissons-nous une autre chose qui produise un effet comparable ?

— Non, répondit Ulath, mais nous ne savons pas tout. Il peut y avoir des douzaines de choses dont nous n'avons jamais entendu parler et qui prennent la forme d'ombres ou de nuages, réduisent les gens en lambeaux et donnent le frisson aux êtres humains sur leur passage.

— Je ne suis pas sûr que nous allions loin avec la logique, convint Stragen.

— Ce n'est pas la logique qui est en défaut, Stragen, intervint Ehlana. Votre point de départ est erroné, c'est tout.

— Vous aussi, Majesté ? gémit Kalten. Je pensais qu'il y aurait au moins une personne dans cette pièce qui préférerait faire appel à son bon sens plutôt qu'à cette satanée logique.

— Eh bien, messire Kalten, reprit-elle d'un petit ton pincé, que vous dit votre bon sens ?

— D'abord, il me dit que vous prenez tous le problème à l'envers. Je pense que nous devrions commencer par nous demander ce que Krager a de tellement spécial pour que quelque chose de surnaturel se donne la peine de le protéger, et si la nature de cette chose a une importance pour l'instant.

— Là, il n'a pas tout à fait tort, nota Ulath. Krager est un sale reptile puant, fondamentalement. Sa seule raison d'être est de finir écrasé sous le talon.

— Je n'en suis pas si sûre, objecta Ehlana. Krager était à la solde de Martel, et Martel travaillait pour Annias.

— En réalité, ma chérie, c'était plutôt le contraire, rectifia Émouchet.

Elle écarta l'objection d'un revers de main.

— Belton et ses acolytes avaient partie liée avec Annias, et Krager faisait la liaison entre Annias et Martel. Belton et sa bande connaissaient sûrement le rôle jouée par Krager, l'histoire de Pelk le confirme. Mais quel rôle joue-t-il maintenant que les renégats ont été mis hors d'état de nuire ? continua-t-elle en fronçant pensivement le sourcil.

— C'est un marchepied, grommela Ulath.

— Pardon ? demanda la reine, déconcertée.

— La chose, quelle qu'elle soit, ne veut pas que nous puissions remonter jusqu'à l'actuel employeur de Krager.

— C'est pourtant assez évident, Ulath, fit Kalten avec un reniflement ironique. Il travaille pour le comte Gerrich. Pelk a dit textuellement à Émouchet que quelqu'un au Lamorkand voulait que nous soyons trop occupés ici, en Élénie, pour aller écraser la révolte là-bas. C'est forcément Gerrich.

— Ce n'est qu'une hypothèse, Kalten, objecta Ulath. Tu as peut-être raison, mais pour l'instant, rien ne le prouve.

— Vous voyez où mène la logique ? demanda Kalten à la cantonade. Que veux-tu, Ulath ? Une confession signée de la main même de Gerrich ?

— Si tu en as une sous la main, je suis preneur. Tout ce que je dis, c'est que nous ne pouvons exclure aucune hypothèse pour l'instant.

On toqua fermement à la porte — pour la forme car elle s'ouvrit aussitôt —, et Mirtaï passa la tête par l'entrebâillement.

— Bévier et Tynian sont arrivés, annonça-t-elle.

— Je les croyais au Rendor, s'exclama Émouchet. Que font-ils ici ?

— Vous n'avez qu'à le leur demander, rétorqua Mirtaï. Je vous les envoie.

Les deux chevaliers firent leur entrée. Bévier était un grand Arcien à la peau olivâtre et Tynian un Deiran blond, un peu râblé. Ils étaient tous les deux en armure.

— Alors, comment ça va, au Rendor ? demanda Kalten.

— Toujours pareil : aride et torride, désertique et hystérique. Tu sait comment c'est.

Bévier mit un genou en terre devant Ehlana. Malgré tous les efforts de ses amis, le jeune chevalier cyrinique restait d'un formalisme rigide.

— Majesté..., murmura-t-il d'un ton proche de la vénération.

— Levez-vous, voyons, mon cher Bévier, répondit-elle avec un sourire. Nous sommes amis, pas de ça entre nous. Et puis vous grincez comme une charnière rouillée quand vous vous pliez en quatre comme ça.

— J'en fais peut-être un peu trop, Majesté, admit-il.

— Que fabriquez-vous ici, tous les deux ? demanda Émouchet.

— Nous apportons des dépêches, répondit Tynian. Darellon, qui dirige les opérations, veut que tous les précepteurs puissent suivre les événements de près. Nous allons ensuite à Chyrellos mettre l'archiprélat au courant.

— Comment se déroule la campagne ? demanda Kalten.

— Mal, répondit Tynian avec un haussement d'épaules. Nous n'avons pas d'armée à affronter. Les rebelles ne sont guère structurés. Ils se cachent parmi la population, sortent la nuit pour mettre le feu et assassiner les prêtres, puis ils filent se terrer dans leur trou. Le lendemain, nous exerçons des représailles : nous incendions des villages, nous massacrons les troupeaux de moutons et tout ce qui s'ensuit. Rien de tout ça ne nous mènera très loin.

— Ils n'ont pas de chef, depuis le temps ? demanda Émouchet.

— Ils en sont encore au stade des discussions, répondit Bévier. Des discussions assez animées. Il n'est pas rare que nous retrouvions des candidats morts dans les ruelles, le matin.

— Sarathi a fait une grosse bourde, commenta Tynian. Je ne voudrais pas offenser les convictions religieuses de notre jeune ami ici présent, poursuivit-il tandis que Bévier manquait s'étrangler, mais c'est la vérité. La plupart des prêtres qu'il a envoyés au Rendor étaient beaucoup moins soucieux de réconciliation que d'exercer des représailles. Nous avions une chance d'établir une vraie paix digne de ce nom au Rendor et nous l'avons manquée parce que Dolmant a laissé la bride sur le coup de ses missionnaires. Vous me croirez si je vous dis que j'ai vu un imbécile en soutane déchirer les voiles des femmes dans la rue ? ajouta le chevalier deiran en posant son casque sur une table et en défaisant son ceinturon. La foule s'est emparée de lui, et il m'a ordonné de le défendre. Voilà le genre de prêtres que l'Église envoie au Rendor.

— Et tu l'as fait ? s'enquit Stragen.

— Je ne sais pas pourquoi, mais je n'ai pas très bien compris ce qu'il me disait, rétorqua Tynian. La foule faisait trop de bruit, tu comprends.

— Et que lui est-il arrivé ? s'informa Kalten, hilare.

— Ils l'ont pendu. Du beau boulot, je dois dire.

— Tu n'as même pas essayé de voler à son secours ? s'exclama Bévier.

— Nos instructions sont on ne peut plus claires, Bévier : nous avons pour ordre de protéger le clergé contre les attaques sans provocation. Ce triple crétin avait attenté à la pudeur d'une douzaine de femmes. Si ce n'est pas de la provocation, je me demande ce que c'est ! Il n'a eu que ce qu'il méritait. Si la foule ne l'avait pas pendu, je l'aurais probablement fait moi-même. C'est ce que Darellon veut que nous expliquions à Sarathi. Il pense que l'Église devrait rappeler tous ces missionnaires fanatiques jusqu'à ce que les choses se tassent au Rendor, après quoi il suggère que nous en envoyions un nouveau contingent — un peu moins fervents, ceux-là. Et ici, que s'est-il passé ? demanda le chevalier alcion en se vautrant dans un fauteuil.

— Mettez-le au courant, vous autres, soupira Émouchet. J'ai deux mots à dire à quelqu'un.

Il quitta discrètement les appartements royaux et partit à la recherche de sa fille.

Il la trouva en train de jouer avec son chaton. La petite princesse avait décidé de le baptiser Mmrr, un bruit qui, lorsqu'elle l'émettait, ressemblait tellement au ronronnement du chat qu'Émouchet avait parfois du mal à dire lequel des deux le produisait. La princesse Danaé avait des tas de dons.

— Il faut que nous parlions, commença Émouchet en fermant la porte derrière lui.

— Allons bon. Que se passe-t-il encore ? demanda-t-elle.

— Tynian et Bévier viennent d'arriver.

— Je sais.

— C'est encore un de tes tripatouillages ? C'est toi qui réunis délibérément tous nos amis ici ?

— Évidemment, Père.

— Et ça t'ennuierait de me dire pourquoi ?

— Nous allons avoir besoin de quelque chose d'ici peu. Je me suis dit que si je faisais venir tout le monde ici, ce serait autant de gagné.

— Tu ferais peut-être mieux de me dire de quoi il retourne.

— Je n'en ai pas le droit.

— Comme si tu étais du genre à obéir à quelque règle que ce soit !

— Là, ce n'est pas pareil, Père. Nous ne sommes pas censés parler de l'avenir. Si tu réfléchis un tout petit peu, je suis sûre que tu comprendras pourquoi. Aïe !

Mmrr lui avait mordu le doigt. Danaé lui dit sa façon de penser en quelques paroles sans équivoque — une série de petits grognements, un ou deux miaulements, et conclut par un ronronnement indulgent. Le chaton réussit à prendre l'air contrit et entreprit de lécher le doigt meurtri.

— Ne parle pas chat, Danaé, s'il te plaît, protesta Émouchet. Si une femme de chambre t'entend, nous en aurons pour un mois à lui expliquer.

— Personne ne m'entendra, Émouchet. Tu as un autre problème ?

— Je voudrais parler à Séphrénia. Il y a des choses que je ne comprends pas, et j'ai besoin de son aide.

— Je suis là, moi.

— Tes explications m'amènent généralement à me poser plus de questions qu'elles ne m'apportent de réponses, fit-il en secouant la tête. Tu pourrais entrer en contact avec Séphrénia ?

— Pas ici, Père. Pas au palais. Nous aurions trop de mal à

expliquer certaines choses si on nous surprenait.

— Tu vas de nouveau être en deux endroits à la fois ?

— On peut dire ça, fit-elle en haussant les épaules. Si tu trouvais un prétexte pour m'emmener faire une promenade à cheval, demain ? Nous pourrions trouver un endroit hors de la ville. Tu n'auras qu'à raconter à ma mère que tu veux me donner une leçon d'équitation.

— Tu n'as pas de cheval, Danaé.

— Seigneur ! fit-elle avec un sourire angélique. Alors il va falloir que tu m'en donnes un, pas vrai ?

Il la regarda un long moment, fixement, sans ciller.

— Tu aurais fini par m'en donner un, de toute façon, Père. Un poney blanc, ajouta-t-elle après réflexion. Il faut absolument qu'il soit blanc, Émouchet.

Puis elle serra son chaton contre sa joue et ils se mirent à ronronner à l'unisson.

Émouchet et sa fille quittèrent Cimmura après le petit déjeuner, le lendemain matin. Le temps était couvert, et Mirtaï avait protesté avec véhémence jusqu'à ce que la princesse Danaé lui dise d'arrêter ces jérémiades. Cette expression l'avait mise en transe, allez savoir pourquoi. La géante tamoule avait quitté la pièce en vociférant dans sa propre langue.

Émouchet avait mis des heures à trouver un poney blanc pour sa fille, et quand il y fut enfin parvenu, ce fut avec la conviction absolue qu'il avait trouvé le seul cheval blanc de toute la ville. Lorsque Danaé accueillit le petit quadrupède comme si elle l'avait toujours connu, il commença à avoir des doutes. Ils avaient passé ces dernières années à accoucher dans la douleur, sa fille et lui, d'une liste de choses qu'elle n'était pas censée faire. L'entreprise avait commencé assez brutalement dans les jardins du palais, par un bel après-midi d'été, alors qu'il l'avait trouvée, au détour d'une haie, en train de superviser la pollinisation des fleurs par un petit essaim de fées. Elle avait probablement raison quand elle affirmait que les fées étaient bien plus douées pour ce travail que les abeilles, n'empêche qu'il avait fermement tapé du poing sur la table. Mais après réflexion, il décida, cette fois, de ne pas faire une histoire du fait que sa fille avait manifestement rusé pour se faire offrir un poney bien particulier. Il avait besoin de son aide, et elle pourrait objecter non sans raison qu'il était illogique de lui interdire une forme de « tripatouillage », comme ils disaient, pour lui demander d'en pratiquer une autre.

— Ça va être spectaculaire ? demanda-t-il lorsqu'ils furent à quelques lieues de la ville.

— Comment ça, spectaculaire ?

— Tu n'auras pas besoin de voler ou je ne sais quoi ?

— Ce ne serait pas très pratique, mais si ça peut te faire plaisir…

— Non, non, Danaé, ne te donne pas cette peine. Je voulais juste savoir si ce que tu allais faire risquait de surprendre les éventuels voyageurs.

— Personne ne verra rien, Père, lui assura-t-elle. Nous allons nous installer sous cet arbre, là-bas.

Elle ne fit même pas mine de talonner son poney ou de le guider, et malgré tous les efforts de Faran, le poney atteignit l'arbre avec vingt bonnes toises d'avance. Lorsqu'il le rejoignit enfin, le gros cheval de bataille rouan regarda le petit poney aux pattes courtes d'un air suspicieux.

— Tu as triché, fit Émouchet d'un ton accusateur.

— Bah, à peine.

Elle mit pied à terre, s'assit en tailleur sous l'arbre, leva son petit menton et se mit à chanter d'une voix flûtée une succession de notes trillées. Puis elle s'arrêta net et resta parfaitement immobile, le visage inexpressif, pendant quelques instants. Il eut l'impression fugitive qu'elle avait cessé de respirer, et éprouva le sentiment troublant d'être absolument seul, bien qu'elle fût visiblement assise à cinq pas de lui.

— Qu'y a-t-il, Émouchet ? articula-t-elle enfin, mais la voix qui s'exprimait par sa bouche était celle de Séphrénia.

Et quand Danaé ouvrit les yeux, leur couleur avait changé : les prunelles de Danaé étaient noires ; celles de Séphrénia, d'un bleu profond, presque lavande.

— Tu nous manques, petite mère, dit-il en s'agenouillant pour embrasser les paumes de sa fille.

— Tu m'appelles du bout du monde pour me dire ça ? Je suis très touchée, mais…

— Il y a autre chose, Séphrénia. Nous avons revu cette ombre. Et le nuage aussi.

— C'est impossible.

— C'est ce que je croyais, moi aussi, mais nous les avons vus quand même. Enfin, ça ne fait pas tout à fait la même impression, et cette fois, nous ne sommes plus seuls à le voir, Ehlana et moi. Stragen et Ulath l'ont vu aussi.

— Tu ferais aussi bien de me dire exactement ce qui se passe, Émouchet.

Il décrivit l'ombre en détail et raconta brièvement l'incident qui avait eu lieu dans les montagnes des environs de Cardos.

— Quoi que ce soit, conclut-il, cette chose semble bien déterminée à nous empêcher de découvrir ce qui se passe au Lamorkand.

— Pourquoi ? Il y a des problèmes, là-bas ?

— Le comte Gerrich tente de soulever le peuple. Il donne l'impression de penser que la couronne lui irait bien. Il fait courir le bruit que Drychtnath est revenu. C'est ridicule, hein ?

— L'ombre qui vous est apparue était-elle exactement comme celle que vous aviez vue, Ehlana et toi ? demanda-t-elle, et son regard devint distant.

— Je ne sais pas pourquoi, elle m'a paru un peu différente.

— Tu as senti les consciences multiples emprisonnées dedans ?

— Ça, ça n'a pas changé. C'est un petit groupe, mais un groupe quand même, et le nuage qui a mis le comte de Belton en pièces était le même, j'en suis sûr. Les Dieux des Trolls auraient-ils réussi à s'échapper du Bhelliom ?

— Laisse-moi réfléchir, Émouchet, répondit-elle en se plongeant dans ses pensées, et il s'émerveilla de voir comme elle imprimait d'une certaine façon ses traits au visage de Danaé. Il se pourrait que nous ayons un problème, mon petit, dit-elle enfin.

— C'est ce que j'avais cru remarquer, petite mère.

— Fais-moi grâce de ces saillies, Émouchet. Tu te rappelles les Hommes-de-l'aube qui étaient sortis de ce nuage, en Pélosie ?

Émouchet réprima un frisson.

— J'ai mis un point d'honneur à chasser ce souvenir de mon esprit.

— On ne peut pas complètement écarter la possibilité que les histoires ahurissantes de ce Drychtnath aient un fond de vérité. Les Dieux des Trolls ont le pouvoir d'aller chercher des êtres et des créatures dans le passé et de les ramener à notre époque. Il est possible que Drychtnath soit de retour.

Émouchet poussa un gémissement.

— Les Dieux des Trolls auraient donc réussi à se libérer ?

— Je n'ai pas dit ça, Émouchet. Ce n'est pas parce qu'ils l'ont fait une fois qu'ils sont seuls à pouvoir le faire. Pour ce que j'en sais, Aphraël en est peut-être capable. C'est à elle que tu devrais poser toutes ces questions, tu sais.

— Hmm. Il y a une question à laquelle je doute qu'elle puisse répondre. Je ne sais pas pourquoi, elle donne l'impression de ne pas pouvoir comprendre la notion de limite.

— Ah, tu as remarqué, dit-elle sèchement.

— Allons, allons. C'est ma fille, après tout.

— C'était ma sœur, avant, je te rappelle ; ça me donne une certaine autorité en la matière. Et à quelle question la crois-tu incapable de répondre ?

— Est-il vraiment exclu que nous ayons affaire à un être humain ? Un magicien, styrique ou autre, ne pourrait-il être derrière tout ça ?

— Non, Émouchet. Sûrement pas. En quarante mille ans, seuls deux magiciens styriques ont réussi à remonter le temps, et encore, très imparfaitement. Pour toutes sortes de raisons pratiques, les phénomènes en cause passent de loin les facultés humaines.

— C'est ce que je voulais savoir. Nous avons donc affaire à des Dieux ?

— C'est probable, Émouchet. C'est même très probable, hélas.

CHAPITRE IV

« Précepteur Émouchet,

« Nous espérons que la présente vous trouvera en bonne santé, votre famille et vous-même.

« Un problème assez délicat nous amène à requérir votre présence à Chyrellos. L'Église vous ordonne de vous présenter toutes affaires cessantes à la Basilique et de vous incliner devant le trône afin d'y recevoir des instructions complémentaires. Nous savons qu'un vrai fils de l'Église ne saurait retarder le moment de se mettre en route. Nous comptons donc vous recevoir dans la semaine.

« Dolmant, archiprélat. »

Émouchet baissa la lettre et regarda les autres comme pour les prendre à témoins.

— Cet excellent Dolmant n'a jamais été du genre à tourner autour du pot, observa Kalten.

La reine Ehlana ne put retenir plus longtemps le hurlement de rage qui l'étouffait et se mit à frapper la table du conseil à coups redoublés de ses petits poings.

— Tu vas te faire mal, ma douceur, l'avertit Émouchet.

— Comment ose-t-il ? explosa-t-elle. Comment ose-t-il ?

— Ça, il ne s'encombre pas de précautions inutiles, convint prudemment Stragen.

— Émouchet, tu vas ignorer ces instructions puériles ! fulmina la petite reine.

— Je ne peux pas.

— Tu es mon mari et mon sujet ! Si Dolmant veut te voir, il doit d'abord me demander l'autorisation ! C'est un outrage !

— Il est de fait, Majesté, que l'archiprélat a le droit de convoquer à Chyrellos le précepteur de chacun des quatre ordres combattants, fit prudemment le comte de Lenda.

— Émouchet, mon ami, tu portes trop de casquettes, remarqua Tynian. Tu devrais démissionner de quelques-unes de ces fonctions prestigieuses.

— C'est sa personnalité fascinante, renvoya Kalten. Sans parler de tous ces dons prodigieux. Les gens ne peuvent se passer de lui. Hors de sa présence, ils s'étiolent et dépérissent.

— Je m'y oppose formellement ! décréta la reine en fulminant.

— Je ne peux pas me défiler, Ehlana, expliqua Émouchet. Je suis un chevalier de l'Église.

— Très bien, fit-elle en serrant les dents. Ah, Dolmant veut mener tout le monde à la baguette ! Sa Grâce donne des ordres à mon mari ! Eh bien, nous allons obtempérer à ces stupides directives. Nous allons tous nous rendre à Chyrellos et nous installer à la Basilique. Et il a intérêt à mettre à notre disposition des appartements et un personnel dignes de nous, tout ça à ses frais. Nous allons régler nos comptes, tous les deux, c'est moi qui vous le dis !

— Ça promet, observa Stragen. La rencontre devrait entrer dans les annales de l'Église.

— Je vais faire regretter à ce crétin pompeux le jour où il est né ! décréta Ehlana, la fumée lui sortant des naseaux.

Émouchet savait qu'il n'avait pas le pouvoir de faire changer sa femme d'avis. Et pour tout dire, il n'essaya pas vraiment, parce qu'il comprenait un peu son point de vue. Dolmant n'y allait pas de main morte. Il avait parfois tendance à prendre les rois d'Éosie de haut, et l'affrontement était probablement inévitable entre la reine d'Élénie et l'archiprélat. Le malheur, c'est qu'ils s'aimaient sincèrement, tous les deux, et que s'ils s'opposaient ce n'était pas par orgueil, ou parce qu'ils s'estimaient personnellement offensés. Dolmant affirmait l'autorité de l'Église, et Ehlana exprimait celle du trône d'Élénie. Ils n'étaient plus des individus, ils étaient devenus des institutions. Et le problème d'Émouchet, c'est qu'il était pris entre l'arbre et l'écorce.

Il était sûr que l'archiprélat n'avait jamais voulu donner ce ton arrogant à sa lettre. Ça devait être l'œuvre d'un scribouillard somnolent, qui rédigeait machinalement des phrases toutes faites. Dolmant avait très probablement lâché une remarque du genre : « Dites à Émouchet que je voudrais le voir », mais le message qui était arrivé à Cimmura avait eu le don de faire grincer Ehlana des dents, et elle s'apprêtait à en faire regretter chaque mot à son signataire.

Elle commença par faire la liste de ceux qui devaient l'accompagner. Le palais serait complètement dépeuplé. La reine avait besoin de demoiselles de compagnie. Les demoiselles de compagnie avaient besoin de servantes. Et tout ce petit monde avait besoin de valets de pied et de domestiques. Lenda et Platime, qui devaient rester à Cimmura pour assumer les fonctions gouvernementales, seraient pratiquement obligés de se débrouiller seuls.

— C'est la mobilisation générale, dis donc, remarqua facétieusement Kalten alors qu'ils descendaient les marches du palais, le matin de leur départ.

— J'espère que l'archiprélat ne va pas s'imaginer que ta

femme veut mettre le siège devant la Basilique, murmura Ulath.

Lorsque la cour d'Élénie au grand complet, ou à peu près, fut hors des murailles de Cimmura, une symphonie de robes multicolores s'étendit sur des lieues sous le ciel d'un bleu printanier. Sans la lueur d'acier qui brillait dans les yeux de la reine, cette expédition aurait pu n'être que l'une des « sorties » dont raffolaient tant les courtisans désœuvrés. Ehlana avait « suggéré » qu'Émouchet, en tant que précepteur intérimaire de l'ordre pandion, soit dignement accompagné, lui aussi. Ils avaient débattu hargneusement du nombre de Pandions qui devaient l'escorter jusqu'à Chyrellos. La reine avait proposé qu'il emmène l'ordre entier avec lui, alors qu'il se serait contenté de Kalten, de Bérit et d'un ou deux autres peut-être. Ils avaient fini par transiger sur une vingtaine d'hommes en armures noire.

Il était impossible de faire avancer à vive allure un tel équipage. Ils se traînèrent lamentablement à travers l'Élénie, avancèrent à une allure d'escargot vers Lenda, à l'est, rampèrent vers Démos, au sud-est, et se dirigèrent enfin vers Chyrellos. Leur passage offrait aux paysans un prétexte pour s'octroyer un peu de repos, et la route était bordée, tout le long de leur chemin, de foules de paysans venus les admirer.

— Une chance que nous ne fassions pas ça tous les jours, remarqua Émouchet alors qu'ils sortaient de Lenda.

— Ah, moi j'aime assez ce genre de sortie, répondit Ehlana.

La reine et la princesse Danaé voyageaient dans un carrosse somptueusement décoré, tiré par six chevaux blancs.

— Ça, je n'en doute pas, mais c'est la saison des semailles. Les paysans devraient être dans les champs. Si ces promenades royales se multipliaient, ce serait la famine dans le pays.

— Tu me désapprouves, n'est-ce pas, Émouchet ?

— Je comprends tes raisons, Ehlana, et je ne suis pas loin

de les approuver. Dolmant a besoin qu'on lui rappelle que son autorité n'est pas absolue, mais je trouve cette façon de faire un peu frivole, c'est tout.

— Bien sûr que c'est frivole, convint-elle calmement. C'est voulu. Dolmant me prend toujours pour une petite sotte. Eh bien, il va voir si je suis une petite sotte ! Et puis quand il aura compris, je lui expliquerai entre quat'z'yeux qu'il serait beaucoup plus facile pour lui de me prendre au sérieux. J'ai bon espoir d'arriver à lui faire entendre raison. Ensuite, nous pourrons passer aux choses sérieuses.

— Il y a toujours une motivation politique derrière chacun de tes actes, pas vrai, Ehlana ?

— Euh… pas vraiment tous, Émouchet.

Ils firent halte à Démos, où Khalad et Talen emmenèrent le couple royal, Kalten, Danaé et Mirtaï voir leurs mères. Aslade et Elys maternaient tout le monde sans discrimination, et Émouchet n'était pas loin de penser que c'était l'une des raisons pour lesquelles sa femme ne ratait pas une occasion de venir à Démos. Elle avait terriblement manqué d'affection dans son enfance, et elle sautait sur tous les prétextes pour se réfugier dans leurs jupes. La cuisine d'Aslade était un endroit chaleureux, avec ses murs couverts de chaudrons de cuivre. On s'y sentait comme chez soi. Les odeurs à elles seules auraient suffi à gommer tous les soucis de quiconque y mettait les pieds, et ça devait répondre à un besoin profond chez la reine d'Élénie.

Elys, la mère de Talen, était une femme blonde, radieuse, et Aslade, la mère de Khalad, une vivante ode à la maternité. Elles s'adoraient. Aslade avait été la femme de Kurik, et Elys sa maîtresse, mais il semblait n'y avoir aucune ombre entre elles. C'étaient des femmes pratiques, et elles avaient compris, l'une comme l'autre, que la jalousie était un sentiment inutile, encombrant, qui ne faisait de bien à personne. Émouchet et Kalten furent aussitôt bannis de la cuisine. Khalad et Talen reçurent l'ordre de dresser une clôture pendant que la reine d'Élénie et son esclave tamoule poursuivaient leur initiation aux arts culinaires et qu'Aslade et Elys dorlotaient Danaé.

— Je ne me souviens pas quand j'ai vu une reine préparer de la pâte à pain pour la dernière fois, remarqua Kalten.

— Je crois que c'était un fond de tarte, rectifia Émouchet.

— De la pâte, c'est de la pâte, Émouchet.

— Rappelle-moi de ne jamais te demander de me faire une tarte.

— Ça, y a pas de danger, s'esclaffa Kalten. Mirtaï avait l'air très à l'aise, remarque. Elle est habituée à découper des tas de choses et de gens. Je préférerais quand même qu'elle n'utilise pas ses propres dagues. On ne sait jamais d'où elles peuvent sortir.

— Elle les nettoie toujours soigneusement après usage.

— C'est l'idée, Émouchet, reprit Kalten avec un frisson. Brr, à cette seule pensée, je sens mes os se liquéfier.

— Eh bien, n'y pense pas.

— Nous prenons du retard, tu sais, lui rappela Kalten. Dolmant t'avait laissé une semaine pour rallier Chyrellos.

— Je n'y peux rien.

— Tu veux que j'aille le prévenir de ton arrivée ?

— Pour gâcher la surprise que lui prépare ma femme ? Tu n'y penses pas !

Ils étaient à une lieue à peine au sud-est de Démos, le lendemain matin, lorsqu'ils tombèrent dans une embuscade. Une centaine d'hommes étrangement vêtus et armés surgirent de derrière une colline en poussant des cris de guerre et se jetèrent sur eux. Ils étaient pour la plupart à pied. Les rares hommes à cheval paraissaient être les chefs.

Les courtisans s'enfuirent en poussant des cris de terreur pendant qu'Émouchet hurlait des ordres à ses Pandions. Les vingt chevaliers en armure noire formèrent le cercle autour de la voiture de la reine et repoussèrent aisément le premier assaut. L'infanterie n'a jamais fait le poids face à la cavalerie.

— Quelle langue parlent-ils ? demanda Kalten en hurlant.

— On dirait du lamork ancien, répondit Ulath. Ça ressemble beaucoup au vieux thalésien.

— Émouchet ! brailla Mirtaï. Ne leur laissez pas le temps de reformer les rangs !

Elle pointa son épée ensanglantée vers les assaillants qui se regroupaient au sommet de la butte.

— Là, elle n'a pas tort, commenta Tynian.

Émouchet procéda à une rapide évaluation de la situation, déploya certains de ses chevaliers pour protéger Ehlana et rassembla le reste de ses forces.

— Chargez ! rugit-il.

C'est la lance qui rend le chevalier en armure si redoutable pour les troupes à pied. Le fantassin est sans défense contre une telle arme ; il n'a même pas la ressource de prendre la fuite. Un tiers des attaquants étaient tombés lors de l'assaut initial ; une vingtaine de plus succombèrent, embrochés, au cours de l'attaque menée par Émouchet. Les chevaliers firent ensuite usage de leurs épées et de leurs haches. La lochabre de Bévier était particulièrement meurtrière. Il ouvrit de vastes tranchées de morts et d'agonisants en se frayant un chemin dans les rangs serrés des assaillants maintenant en déroute.

Mais c'est Mirtaï qui les stupéfia le plus en se livrant à une démonstration de barbarie à l'état pur. Son épée était plus légère que les grandes lattes des chevaliers de l'Église, et elle la maniait avec la même délicatesse que si elle avait brandi la rapière de Stragen. Elle frappait rarement au corps et visait plutôt la tête, la gorge ou les jambes. Elle portait des coups mesurés, parfaitement contrôlés, et préférait atteindre les tendons que les muscles. Elle faisait plus de blessés que de morts, et ses victimes hurlantes et gémissantes faisaient de ce champ de bataille le lieu d'une terrifiante cacophonie.

La tactique standard des chevaliers en armure confrontés à des troupes à pied consiste à charger la lance en avant, puis à utiliser le poids de leurs chevaux pour presser leurs adversaires les uns contre les autres si étroitement qu'ils s'empêchent mutuellement d'agir. Il était facile de les massacrer lorsqu'ils étaient ainsi réduits à l'impuissance.

— Ulath ! beugla Émouchet. Dis-leur de rendre les armes !

— Je vais essayer ! répondit Ulath sur le même ton, puis il poussa un rugissement incompréhensible destiné aux troupes désordonnées.

Un homme à cheval, portant un casque à la décoration grotesque, hurla quelque chose en réponse.

— Celui au casque orné de petites ailes est leur chef, Émouchet, expliqua Ulath en tendant sa hache ruisselante de sang.

— Et qu'est-ce qu'il dit ? s'informa Kalten.

— Il a fait des remarques désobligeantes sur ma mère. Excusez-moi un instant, messieurs. Je vais lui remettre les idées en place et je reviens.

Il fit décrire une volte à son cheval et s'approcha du gaillard au casque ailé, qui brandissait lui aussi une hache de guerre.

C'était la première fois qu'Émouchet assistait à un combat à la hache, et il nota avec un certain étonnement que l'affrontement exigeait plus de finesse qu'il ne l'aurait imaginé. La force pure comptait pour beaucoup, évidemment, mais les changements soudains de direction selon laquelle les coups étaient portés impliquait un grand niveau de sophistication. Les hommes s'abritaient derrière de lourds boucliers ronds, et les coups qu'ils paraient ainsi étaient autrement plus violents que s'ils s'étaient battus à l'épée.

Ulath se dressa sur ses étriers et leva sa hache haut au-dessus de sa tête. Le guerrier au casque ailé leva son écu pour se protéger la tête, mais l'immense Thalésien renvoya le bras en arrière à s'en déboîter l'épaule et lui porta un coup par en dessous, l'atteignant sous les côtes. Le chef des assaillants se plia brusquement en deux, les mains crispées sur l'estomac, et tomba de cheval.

Un mugissement de désespoir parcourut les rangs des agresseurs encore debout. Puis, comme une nappe de brouillard dissipée par la brise, ils vacillèrent et disparurent.

— Où sont-ils passés ? hurla Bérit en regardant autour de lui avec un mélange de stupeur et d'inquiétude.

Il ne devait jamais recevoir de réponse. À l'endroit où se tenaient une quarantaine d'hommes à pied, il n'y avait plus personne. Un silence de mort s'abattit sur le champ de bataille alors que les blessés hurlants disparaissaient à leur tour. Seuls les morts restèrent sur place, et même ceux-ci semblèrent avoir subi une étrange métamorphose : leurs cadavres étaient curieusement ratatinés, momifiés. Le sang qui maculait leurs membres n'était plus rouge vif mais d'un vilain noir croûteux.

— Quel sortilège est-ce là, Émouchet ? hoqueta Tynian.

— Ça, je n'en ai pas idée, avoua Émouchet, estomaqué. Quelqu'un joue à un drôle de jeu, et je n'aime pas ça du tout.

— Du bronze ! s'écria Bévier, non loin de là.

Le jeune chevalier cyrinique avait mis pied à terre et examinait l'armure de l'un des cadavres desséchés.

— Ils portent des armures de bronze, Émouchet. Leurs armes, leurs casques sont en acier, mais cette cotte de mailles est en bronze.

— Que se passe-t-il ici ? s'exclama Kalten.

— Bérit, retourne à Démos, ordonna Émouchet. Rassemble tous les frères encore capables de porter l'armure. Je veux les voir ici avant midi.

— Entendu ! répondit vivement Bérit.

Il fit tourner son cheval et s'éloigna à bride abattue.

Émouchet parcourut rapidement les environs du regard.

— Par là, dit-il en indiquant une colline assez escarpée, de l'autre côté de la route. Rassemblez-moi le troupeau en haut de cette butte, faites-lui creuser des tranchées et planter une forêt de pieux sur le pourtour de cette butte. Je veux que tout le monde s'y mette, les courtisans comme les valets. Je ne sais pas où sont passés ces hommes en armure de bronze, mais je tiens à ce que nous soyons prêts au cas où ils reviendraient.

— Jamais on ne m'a parlé sur ce ton ! s'exclama d'un ton offusqué un nobliau paré comme une châsse à qui Khalad avait transmis ses instructions. Vous ne savez pas qui je suis !

— Oh si, répondit le jeune écuyer d'Émouchet en serrant les dents. Vous êtes le type qui va ramasser cette pelle et commencer à creuser. Ou, si vous préférez, vous pouvez être le gars qui va ramper à quatre pattes pour retrouver ses dents dans la gadoue, ajouta Khalad en balançant le poing dans une attitude suggestive, et le courtisan ne pouvait faire autrement que de le remarquer, car il s'agitait à moins d'un pouce de son nez.

— On se croirait revenus au bon vieux temps, s'exclama Kalten en riant à gorge déployée. J'ai l'impression d'entendre parler Kurik.

— Oui, acquiesça sobrement Émouchet. On devrait en tirer quelque chose, si les petits cochons ne le mangent pas avant. Va chercher les autres, Kalten. Nous avons à parler.

Ils se regroupèrent devant la voiture d'Ehlana. La reine était un peu pâle, et elle serrait sa fille contre elle.

— Très bien, dit Émouchet. Qui étaient ces hommes ?

— Des Lamorks, c'est évident, répondit Ulath. Qui d'autre pourrait parler le lamork ancien, de nos jours ?

— Mais pourquoi le lamork ancien ? releva Tynian. Il y a mille ans que personne ne parle plus cette langue.

— Et encore plus longtemps que personne ne porte d'armures de bronze, renchérit Bévier.

— Quelqu'un a lancé un sort que je ne connaissais même pas, déclara Émouchet. A qui avons-nous affaire, ici ?

— Ça me paraît évident, répondit Stragen. Quelqu'un qui

a le pouvoir de remonter dans le passé, comme les Dieux des Trolls en Pélosie. Un puissant magicien qui a de drôles de distractions.

— Ça se tient, grommela Ulath. Ils parlaient une langue morte depuis mille ans ; ils brandissaient des armes et portaient un accoutrement antiques, ils ne connaissaient pas les tactiques modernes de guerre. Et quelqu'un a manifestement fait appel à la magie pour les renvoyer là d'où ils venaient — sauf les morts.

— Il y a plus grave, ajouta pensivement Bévier. C'étaient des Lamorks, or les troubles qui agitent actuellement le Lamorkand sont plus ou moins associés au retour de Drychtnath. Cette attaque démontre que ces histoires ne sont pas que des rumeurs et des fabulations de fin de beuverie. Le comte Gerrich aurait-il réussi à obtenir l'aide d'un magicien styrique ? Si quelqu'un a vraiment ressuscité Drychtnath, rien ne ramènera les Lamorks au calme. Ils s'embraseront à la seule mention de son nom.

— Tout ça est très intéressant, messieurs, intervint Ehlana, mais nous n'avons pas été attaqués par hasard. Compte tenu de la distance à laquelle nous nous trouvons du Lamorkand, je dirais que vos guerriers de l'antiquité se sont donnés beaucoup de mal pour nous assaillir, nous et personne d'autre. La vraie question c'est *pourquoi*.

— Nous vous répondrons, Majesté, promit Tynian.

Bérit revint peu avant midi avec trois cents Pandions en armure, et la suite du trajet jusqu'à Chyrellos ressembla de plus en plus à une expédition militaire.

Leur entrée dans la Ville Sainte puis le majestueux défilé dans les rues causa un certain remue-ménage. L'archiprélat apparut en personne à un balcon pour observer leur arrivée sur la place, devant la Basilique. Même à cette distance, Émouchet vit que Dolmant avait les narines pincées et les mâchoires serrées. Ehlana arborait quant à elle une expression de défi digne et glacé.

Émouchet pêcha sa fille dans le carrosse et l'assit devant lui.

— Ne t'éloigne pas, lui murmura-t-il à l'oreille. J'ai à te parler.

— Plus tard, répondit-elle tout bas. Il faut d'abord que je fasse la paix entre Dolmant et ma mère.

— Ce serait un bel exploit.

— Regarde bien, Émouchet. Et prends-en de la graine.

L'accueil de l'archiprélat fut d'une fraîcheur voisine de la glacialité polaire. Il fit clairement comprendre qu'il mourait d'envie d'avoir une bonne conversation avec la reine d'Élénie et envoya chercher son premier secrétaire, le patriarche Emban, entre les petites mains grassouillettes duquel il remit — d'un ton assez hautain — le problème de l'installation de la suite d'Ehlana. Le prélat s'éloigna en marmonnant, le front barré par un pli soucieux.

Puis Dolmant invita la reine et son prince consort à le suivre dans une salle d'audience privée.

— Pas d'échange d'horions, fit Mirtaï d'un ton menaçant en se postant devant la porte.

— Drôle de femme, murmura Dolmant en jetant un coup d'œil à Mirtaï, par-dessus son épaule, puis il prit un fauteuil, et foudroya Ehlana du regard. Bien. Passons aux affaires sérieuses. Serait-ce trop demander à la reine d'Élénie que de m'expliquer le pourquoi de tout ceci ?

— Pas du tout, archiprélat Dolmant, murmura-t-elle en poussant sa lettre vers lui, sur la table. Dès que vous m'aurez expliqué *ça*.

Sa voix charriait des glaçons.

Il ramassa la lettre et la relut.

— Ça me paraît assez clair, à moi. Quels mots n'avez-vous pas compris ?

À partir de là, les choses se dégradèrent assez vite.

Ehlana et Dolmant étaient sur le point de rompre tous liens diplomatiques lorsque la princesse royale Danaé fit son entrée, traînant le jouet royal Rollo par une patte de derrière. Elle traversa gravement la pièce, grimpa sur les genoux de l'archiprélat et l'embrassa. Émouchet était bien placé pour connaître l'effet dévastateur des baisers que sa fille pouvait donner quand elle voulait quelque chose. Dolmant était cuit.

— J'aurais dû relire cette lettre avant de la laisser partir, admit-il à regret. Les scribes ont parfois tendance à grossir le trait.

— J'y suis peut-être allée un peu fort, avoua Ehlana.

— J'ai des tas de soucis, en ce moment, s'excusa Dolmant d'un ton qui valait une offre d'armistice.

— J'étais de mauvaise humeur le jour où votre lettre est arrivée, contra Ehlana.

Émouchet se carra dans son fauteuil. La tension était sensiblement retombée dans la pièce. Dolmant avait changé depuis son élévation à l'archiprélature. Avant, c'était un homme effacé, tellement effacé que ses collègues de la Hiérocratie n'auraient jamais pensé à avancer sa candidature à la dignité suprême de l'Église. Il avait fallu qu'Ehlana leur signale les nombreuses qualités qui le rendaient irremplaçable. L'ironie de la chose n'avait pas échappé à Émouchet. Maintenant, pourtant, Dolmant semblait parler avec deux voix : celle, familière, de leur vieil ami, et une autre, autoritaire et sévère, qui était la voix de l'archiprélat. La fonction semblait peu à peu leur prendre le Dolmant qu'ils aimaient. Émouchet poussa un soupir. C'était sans doute inévitable, mais il ne pouvait s'empêcher de le regretter.

Ehlana et l'archiprélat continuèrent à échanger des excuses et des regrets. Au bout d'un moment, ils convinrent de se respecter mutuellement et de prêter plus d'attention désormais à ces petites marques de courtoisie.

La princesse Danaé, qui était toujours assise sur les genoux de l'archiprélat, lança un clin d'œil à Émouchet. La performance qu'elle venait d'accomplir comportait un certain nombre d'implications politiques et théologiques, mais

Émouchet n'avait pas vraiment envie d'y réfléchir.

La convocation péremptoire qui avait failli mener à une guerre privée entre Ehlana et Dolmant avait été motivée par l'arrivée d'un haut dignitaire de l'Empire tamoul sur le continent darésien, cette grande étendue de terre qui se trouvait à l'est du Zémoch. Il n'existait pas de relations diplomatiques formelles entre les royaumes élènes d'Éosie, d'une part, et la Tamoulie d'autre part. Mais l'Église envoyait, par habitude, des émissaires ayant rang d'ambassadeurs plénipotentiaires à Mathérion, la capitale impériale, en partie parce que les trois royaumes les plus occidentaux de l'Empire tamoul étaient peuplés par des Élènes, et que leur religion était assez voisine de celle de l'Église d'Éosie.

L'émissaire était un Tamoul, un homme de la même race que Mirtaï, sauf qu'on en aurait taillé deux comme lui dans la carcasse de la guerrière. Il avait la peau de la même couleur de bronze, les yeux en amande et les cheveux noirs striés d'argent sur les tempes.

— Il est très fort, les avertit tout bas Dolmant, alors qu'Emban et l'émissaire échangeaient des plaisanteries devant la porte de la salle d'audience où ils étaient assis. Par certains côtés, je le trouve même plus fort qu'Emban. Faites attention à ce que vous direz en sa présence. Les Tamouls sont assez sensibles aux nuances de langage.

Emban escorta l'émissaire en robe de soie vers l'endroit où ils étaient tous assis.

— Votre Majesté, commença le petit bonhomme grassouillet en s'inclinant devant Ehlana, j'ai l'honneur de vous présenter Son Excellence l'ambassadeur Oscagne, représentant de la cour impériale de Mathérion.

— Si grande est ma joie de faire la connaissance de Votre Divine Majesté que je me sens défaillir, proclama l'ambassadeur en se fendant d'une révérence extravagante.

— J'espère que Votre Excellence s'en remettra, fit Ehlana avec un petit sourire.

— Ça devrait, admit-il sans de démonter le moins du monde. C'est plutôt une clause de style qu'autre chose, mais il me semblait que c'était assez bien tourné. Le compliment vous a-t-il paru exagéré ? Je ne suis pas très versé dans les us et coutumes de votre peuple, vous comprenez.

— C'était parfait, Votre Excellence, dit-elle avec un petit rire.

— Je dois dire, toutefois, si Votre Majesté m'y autorise, que vous êtes une jeune personne d'une beauté renversante. J'ai connu quelques reines au cours de ma carrière, et les compliments de rigueur me valaient ordinairement des scrupules de conscience.

L'ambassadeur Oscagne parlait un élène irréprochable.

— Puis-je vous présenter mon mari, le prince Émouchet ? suggéra Ehlana.

— Le légendaire sire Émouchet ? J'en serai enchanté, ma chère. Je viens du bout du monde pour faire sa connaissance. Heureux de vous rencontrer, messire Émouchet, fit Oscagne en s'inclinant bien bas.

— Votre Excellence, répondit Émouchet en s'inclinant à son tour.

Ehlana lui présenta ensuite les autres, et l'échange de reparties diplomatiques se poursuivit ainsi pendant près d'une heure. Oscagne et Mirtaï parlèrent ensuite un bon moment en tamoul, langue qu'Émouchet trouva très musicale.

— Avons-nous achevé les ronds de jambes et autres génuflexions exigés par les règles de la courtoisie ? demanda enfin l'ambassadeur. L'étiquette varie selon les cultures, bien sûr, mais en Tamoulie, on n'est pas censé sacrifier plus de trois quarts d'heure aux échanges de politesses.

— Ça me paraît suffisant à moi aussi, acquiesça Stragen avec un grand sourire. Et puis si nous en faisons trop, les honneurs risquent de lui monter à la tête.

— C'est bien vu, messire Stragen, approuva Oscagne. Mes

amis, la raison de ma visite est assez simple en vérité : j'ai des ennuis, fit-il en les parcourant du regard. Je m'interromps le temps de vous laisser pousser les hoquets de surprise convenus et d'essayer de vous faire à l'idée qu'on puisse chicaner un personnage aussi spirituel et charmant que votre serviteur.

— Il me plaît, murmura Stragen.

— Tu serais difficile, grommela Ulath.

— Racontez-nous ça, Excellence, nous vous en prions instamment, fit Ehlana d'un ton pressant. Comment, au nom du ciel, quelqu'un pourrait-il chercher noise à votre personne ?

Le langage fleuri de l'ambassadeur était contagieux.

— J'ai quelque peu exagéré, pour ajouter un peu de piment à la scène, admit Oscagne. Le drame n'est pas si grand. Il se trouve simplement que Sa Majesté Impériale m'a envoyé à Chyrellos pour appeler à l'aide, et que je suis censé présenter la requête de telle sorte qu'elle ne soit point humiliante.

Les yeux d'Emban devinrent très, très brillants. Là, il était dans son élément.

— Je pense que la meilleure façon de procéder consiste à tout mettre à plat devant nos amis, sans fioritures, suggéra-t-il. Ils pourront ainsi se concentrer sur le vrai problème qui consiste à éviter d'embarrasser le gouvernement de Sa Majesté Impériale. Ils sont tous d'une intelligence prodigieuse. Je suis sûr que, s'ils creusent bien le problème tous ensemble, il finira par en sortir quelque chose. Dites-leur donc ce qui se passe de si grave en Tamoulie pour que Sa Majesté Impériale se soit crue obligée de vous envoyer ici chercher du secours.

— Promettez-moi de ne pas rire, demanda Oscagne à Ehlana.

— Je m'efforcerai de réprimer mes royaux ricanements, promit-elle.

— La Tamoulie est le théâtre de certains désordres civils, leur annonça Oscagne.

Ils attendirent tous en retenant leur souffle.

— Et voilà, poursuivit Oscagne d'un ton mélancolique. Je ne fais, bien sûr, que répéter les paroles de l'empereur. Vous comprendrez quand vous le connaîtrez. Il préférerait mourir plutôt que d'être pris à exagérer. Je l'ai entendu une fois traiter un cyclone de « petite brise », et la perte de la moitié de la flotte d'« inconvénient mineur ».

— Très bien, Votre Excellence, coupa Ehlana. Nous savons à présent comment votre empereur définit le problème. Et vous, en quels termes le décririez-vous ?

— Eh bien, reprit Oscagne, puisque Votre Majesté à la bonté de me le demander, c'est le mot catastrophe qui me vient tout de suite à l'esprit. Ou bien les expressions tragédie, cataclysme, dévastation et autres termes anodins de la sorte. Je pense vraiment que vous devriez accéder à la requête de Sa Majesté, mes amis, parce que nous avons tout lieu de croire que ce qui se passe sur le continent darésien risque fort de s'étendre à l'Éosie. Et si cela se produisait, ce serait probablement la fin de la civilisation telle que nous la connaissons. Je ne sais pas trop ce que vous, les Élènes, pouvez penser de ce genre de chose, mais en Tamoulie, on est plus ou moins convaincus qu'il faut tout mettre en œuvre pour repousser cette menace. Nous ne pouvons pas laisser le monde aller à sa perte toutes les semaines ou à peu près. Ça crée des précédents fâcheux. Il me semble, je ne sais pas pourquoi, que ça émousse la belle confiance que le peuple accorde à son gouvernement.

CHAPITRE V

— Par où commencer..., fit pensivement l'ambassadeur tamoul en s'appuyant au dossier de sa chaise. Pris séparément, les incidents paraissent presque triviaux. C'est leur accumulation qui a mis l'Empire au bord du gouffre.

— Nous sommes bien placés pour comprendre ce que dit Votre Excellence, lui assura Emban. Il y a des siècles que l'Église est au bord du gouffre. Notre Sainte Mère va de crise en crise en titubant comme un matelot ivre.

— Emban, le gourmanda gentiment Dolmant.

— Pardon, s'excusa le petit prélat grassouillet.

— On a parfois cette impression, n'est-ce pas, Votre Grâce ? reprit Oscagne avec un sourire. Je suppose que la hiérarchie de l'Église n'est pas très différente du gouvernement de l'Empire. Les crises sont indispensables à la survie des bureaucrates. S'il n'y en avait pas de temps en temps, quelqu'un pourrait décider d'élaguer un peu l'organigramme.

— C'est ce que j'ai souvent constaté, approuva Emban.

— Il semble toutefois que les désordres qui agitent la Tamoulie ne soient pas des troubles fomentés dans le but de conforter la position de l'un ou de l'autre. Quand je dis que l'Empire est au bord du gouffre, ce n'est pas une hyperbole. Contrairement à ce qui se passe en Éosie, la Darésie est une mosaïque de peuples, poursuivit-il alors que son visage olivâtre se rembrunissait encore. Il y a cinq races sur le continent darésien : nous, les Tamouls, à l'est, les Élènes à l'ouest, les Styriques autour de Sarsos, les Cynesgans au centre et les Valésiens dans leur île. Il n'est peut-être pas naturel que tant de gens si différents cohabitent sous le même toit. Nous n'avons ni la même culture ni la même religion, et chaque race est persuadée d'être le parangon de l'univers. Elles s'en sortiraient probablement mieux si elles vivaient chacune de leur côté, soupira-t-il.

— Seulement voilà : à un moment quelconque du passé, quelqu'un a nourri de grandes ambitions…, avança Tynian.

— Tout au contraire, sire chevalier, répondit Oscagne. On pourrait même dire que les Tamouls ont fondé l'Empire sans le vouloir. Et en voilà la raison, ajouta Oscagne en tendant le doigt vers Mirtaï qui était tranquillement assise, Danaé sur les genoux.

— Je n'y suis pour rien, Oscagne, se récria-t-elle.

— Je ne vous accuse de rien personnellement, Atana, dit-il avec un sourire. C'est à votre peuple que je faisais allusion.

— On ne m'a pas appelée « Atana » depuis des années, nota la géante en souriant.

— Qu'est-ce que ça veut dire ? demanda Talen, intrigué.

— Guerrière, répondit-elle en haussant les épaules.

— Guerrières, au pluriel, précisa Oscagne. Je ne voudrais pas être désobligeant, ajouta-t-il avec un froncement de sourcils, mais la langue élène manque de subtilité dans l'expression de certaines nuances. Votre Majesté a-t-elle remarqué que son esclave n'était pas exactement comme les autres femmes ? demanda-t-il en regardant Ehlana.

— C'est mon amie, protesta Ehlana, pas mon esclave.

— Nc faites pas la bête, Ehlana, coupa sèchement Mirtaï. Bien sûr que je suis une esclave. C'est pour ça que je suis faite. Mais continuez votre histoire, Oscagne. Je leur expliquerai plus tard.

— Vous croyez vraiment qu'ils comprendront ?

— Non, mais je leur expliquerai quand même.

— C'est là, vénérable Archiprélat, reprit Oscagne en se tournant vers Dolmant, que se trouve la clé de l'Empire. Les Atans se sont placés sous notre égide il y a une quinzaine de siècles afin d'empêcher leurs instincts homicides d'éradiquer leur race entière. Le résultat est que nous avons la plus belle armée du monde — même si nous sommes un peuple fondamentalement pacifiste. Nous surmontions généralement par la négociation les inévitables incidents avec les autres nations. À nos yeux, nos voisins sont des enfants incapables de se débrouiller seuls. L'Empire a vu le jour pour l'amour de l'ordre avant tout. Encore une fois, croyez bien qu'il n'est pas dans mon intention d'être blessant, ajouta-t-il en regardant les chevaliers de l'Église, mais la guerre est probablement la plus stupide de toutes les activités humaines. Il y a des moyens bien plus efficaces d'amener les gens à changer d'avis.

— Les menacer de leur lâcher les Atans dessus, par exemple ? suggéra malicieusement Emban.

— Ça ne marche pas mal, en effet, Votre Grâce, admit Oscagne. La présence des Atans suffisait naguère à empêcher la plupart des différends politiques de s'envenimer. Les Atans sont d'excellents chiens de garde. Vous avez sûrement noté que j'ai dit « naguère », ajouta-t-il avec un soupir. Ce n'est plus vrai, hélas. Un empire constitué de peuples disparates doit s'attendre à voir se manifester à tout moment des sursauts de nationalisme et de discorde raciale. C'est la nature des êtres insignifiants que d'essayer de trouver un moyen de se mettre en avant, et le racisme est souvent leur dernière ressource. C'est pathétique, mais c'est comme ça. Ces manifestations d'insignifiance sont assez peu répandues d'ordinaire, mais une véritable épidémie s'est répandue comme une traînée de flamme, d'un bout à l'autre de l'Empire tamoul. Tout le monde s'est mis à broder des drapeaux, à chanter des hymnes nationaux et à mitonner des insultes choisies destinées aux « chiens jaunes » — nous, bien sûr. Quoique nous n'ayons pas la peau vraiment jaune, fit-il en regardant sa main d'un œil critique. Elle serait plutôt...

— Beige ? avança Stragen.

— Je ne trouve pas ça beaucoup plus flatteur, messire Stragen, répondit Oscagne avec un sourire. Enfin, nous laisserons Sa Majesté désigner un comité chargé de définir une fois pour toutes la nuance de notre carnation. Quoi qu'il en soit, les sursauts occasionnels de nationalisme et la discrimination raciale ne poseraient pas un réel problème aux Atans, même s'il s'en produisait dans toutes les villes de l'Empire. Les incidents non naturels nous préoccupent infiniment plus.

— Je savais bien qu'il y avait autre chose, murmura Ulath.

— Il y a d'abord eu des « démonstrations de magie » destinées à la populace, poursuivit Oscagne. Toute culture a son héros mythique : un personnage remarquable qui a unifié le peuple, forgé son caractère, et lui a donné une fierté nationale. Le monde moderne est complexe et déroutant, et les gens simples ont la nostalgie du passé, de l'époque où les héros étaient plus grands que nature, où les finalités nationales étaient faciles à exprimer et où tout le monde connaissait sa place. Quelqu'un, en Tamoulie, est en train de ressusciter les héros de l'antiquité.

Émouchet eut soudain l'impression que ses cheveux se dressaient sur sa tête.

— Des géants ? demanda-t-il.

— Eh bien, fit Oscagne en réfléchissant, c'est peut-être une bonne façon de décrire les choses ; elle a au moins le mérite de la simplicité. Au fil des siècles, les événements perdent de leur netteté et les héros culturels ont tendance à prendre une dimension formidable. J'imagine que lorsque nous pensons à eux, c'est bel et bien sous la forme de géants. C'est une description très pertinente, messire Émouchet.

— Je n'ai aucun mérite à cela, Votre Excellence. Nous avons constaté le même phénomène ici.

Dolmant lui jeta un regard acéré.

— Je vous expliquerai plus tard, Sarathi. Mais je vous en prie, Oscagne, continuez. Vous disiez que celui, quel qu'il soit, qui semait la panique en Tamoulie avait commencé par redonner vie à des héros nationaux. Ça veut dire qu'il ne s'est pas arrêté là.

— En effet, messire Émouchet. Il est allé beaucoup, beaucoup plus loin. Toutes les cultures ont leurs héros, mais aussi leurs croque-mitaines. C'est à ceux-là que nous avons maintenant affaire : des monstres, des loups-garous et des vampires. Nos Atans ne font pas le poids devant ce genre de chose. Ils sont entraînés à se battre contre des hommes, pas contre tous les monstres que l'imagination humaine a pu enfanter depuis la nuit des temps. Voilà notre problème : nous avons neuf cultures différentes en Tamoulie, et tout à coup, chacune d'elles s'est remise à poursuivre ses finalités historiques. Quand nous envoyons nos Atans restaurer l'ordre et réaffirmer l'autorité impériale, des horreurs se dressent devant elles. Nous ne sommes pas de taille à lutter. L'Empire est en train de se désagréger. Ses diverses composantes se délitent. Le gouvernement de Sa Majesté Impériale espère que votre Église fera cause commune avec lui. Si la Tamoulie s'effondre et se divise en neuf royaumes rivaux, ce sera le chaos, et on peut craindre que l'onde de choc n'ébranle aussi l'Éosie. C'est la magie qui nous inquiète le plus : nous savons comment écraser des révoltes ordinaires mais nous ne sommes pas équipés pour lutter contre une conspiration à l'échelle d'un continent et qui brandit des armes magiques. Les Styriques de Sarsos n'y comprennent rien ; tout ce qu'ils ont tenté a échoué avant même qu'ils aient le temps de passer véritablement à l'action. On raconte des histoires sur ce qui s'est passé dans la cité de Zémoch, et c'est à vous personnellement que je fais appel, messire Émouchet : Zalasta de Sarsos est le plus puissant magicien de tout le Styricum, et il nous a assuré que vous étiez le seul homme au monde à disposer du pouvoir nécessaire pour trouver une solution.

— Zalasta se fait une idée exagérée de mes compétences, remarqua Émouchet.

— Vous le connaissez ?

— Nous nous sommes rencontrés. En réalité, il faut que Votre Excellence le sache, je n'ai joué qu'un petit rôle dans les événements de Zémoch. Quand on va au fond des choses, j'ai été l'instrument d'un pouvoir supérieur, le vecteur d'une force que je serais bien en peine de vous décrire.

— Vous pouvez raconter ce que vous voulez, vous êtes

notre seul espoir. Quelqu'un conspire manifestement pour renverser l'Empire. Nous devons l'identifier. Et si nous ne parvenons pas à remonter à la source de nos problèmes, l'Empire est perdu. Acceptez-vous de nous aider, messire Émouchet ?

— La décision ne m'appartient pas, Votre Excellence. C'est à ma reine et à Sarathi, ici présent, que vous devez poser la question. S'ils m'en donnent l'ordre, j'irai en Tamoulie. S'ils me l'interdisent, je ne pourrai y aller.

— C'est donc sur eux que je vais exercer mon formidable pouvoir de persuasion, répondit Oscagne en souriant. Mais même en supposant que je réussisse — et je ne doute pas d'y arriver — nous serons toujours confrontés au même problème : une requête d'un gouvernement à un autre, c'est une chose, mais une requête du gouvernement de Sa Majesté à une personne privée, citoyenne d'un continent étranger, c'en est une autre. Voilà l'autre casse-tête qui se pose à nous.

— Je pense que nous n'avons pas le choix, Sarathi, dit gravement Emban.

La soirée tirait à sa fin. L'ambassadeur de Tamoulie s'était retiré dans ses appartements et tous les autres, auxquels s'était joint Ortzel, le patriarche de Kadach, au Lamorkand, s'étaient réunis pour peser sérieusement les termes de sa requête.

— Nous n'approuvons peut-être pas toujours la politique de l'Empire tamoul, mais la stabilité de notre grand voisin est vitale pour nous. Nous sommes très engagés dans notre campagne au Rendor. Si la Tamoulie vole en éclats, il faudra que nous en retirions le gros de nos troupes — et les chevaliers de l'Église — afin de protéger nos intérêts au Zémoch. Je vous accorde que ce n'est pas un endroit formidable, mais vous connaissez l'importance stratégique de ses montagnes. Depuis deux mille ans, elles sont occupées par une force hostile qui mobilise toute l'attention de notre Sainte Mère. Si nous permettons à un autre peuple hostile de remplacer les Zémochs, tous les efforts qu'Émouchet a déployés dans la capitale d'Otha seront réduits à zéro. Nous nous retrouverons au même point qu'il y a six ans. Nous devrons à nouveau abandonner le Rendor et reprendre la mobilisation pour affronter une nouvelle menace venue de l'est.

— Nous savons tout cela, Emban, protesta Dolmant.

— Certes, mais réfléchir tout haut permet parfois de faire le tri dans ses idées.

— Dites-moi, Émouchet, reprit Dolmant, si je vous envoyais à Mathérion et que votre femme vous ordonne de rester, que feriez-vous ?

— Il est probable que je chercherais la lumière pendant plusieurs années dans un monastère.

— Notre Sainte Mère l'Église est confondue par votre piété, sire Émouchet.

— Je m'efforce en permanence de lui plaire, Sarathi. Ne suis-je point son fidèle chevalier ?

— Il semblerait donc que nous n'ayons d'autre issue que de trouver un compromis, Ehlana et moi, n'est-ce pas ? soupira Dolmant.

— Une telle sagesse ne peut qu'être inspirée par Dieu, observa Émouchet en prenant ses compagnons à témoins.

— Je vous en prie, lâcha sèchement Dolmant, puis il regarda la reine d'Élénie avec résignation. Annoncez votre prix, Majesté.

— Je vous demande pardon ?

— Nous n'allons pas nous faire des ronds de jambe toute la nuit, Ehlana. Votre champion m'a mis le dos au mur.

— Je sais, répondit-elle. Il m'impressionne tellement que c'est tout juste si j'arrive à le supporter. Il faudra que nous en discutions en privé, tous les deux, Votre Sainteté. Nous ne tenons pas à ce que sire Émouchet prenne pleinement conscience de sa valeur, n'est-ce pas ? Il ne manquerait plus qu'il aille s'imaginer que nous ne le payons pas à son prix.

— Je n'aime pas ça du tout, fit Dolmant comme pour lui-même.

— Je voudrais que nous évoquions brièvement un autre sujet, suggéra Stragen. La situation en Tamoulie, telle que nous l'a décrite l'ambassadeur, paraît étrangement similaire à celle à laquelle nous sommes confrontés au Lamorkand. Les Lamorks sont tous persuadés que Drychtnath est de retour ; c'est à peu près ce que nous a raconté Oscagne. Et puis, sur la route de Cimmura, nous avons été pris à partie par un groupe de Lamorks qui semblaient bien venir de l'antiquité. Ils portaient des armures de bronze et parlaient le lamork ancien. Quand sire Ulath a tué leur chef, tous ceux qui étaient encore vivants ont disparu ; seuls les morts sont restés, et ils étaient desséchés.

— Ce n'est pas tout, intervint Émouchet. Ce printemps, des bandits ont sévi dans les montagnes à l'ouest de l'Éosie. Ils étaient menés par d'anciens complices d'Annias, et ils se sont démenés pour amener la paysannerie à se révolter. Platime a réussi à infiltrer un espion dans leurs rangs, et nous avons appris que le mouvement était suscité par Krager, le vieux comparse de Martel. Nous avons réussi à capturer les brigands, mais quand nous avons essayé d'en interroger un au sujet de Krager, un nuage comme celui que nous avions vu en allant à Zémoch s'est formé autour de l'homme et l'a déchiqueté. Il se passe quelque chose de pas naturel ici aussi, et tout laisse à penser que l'origine des troubles se trouverait au Lamorkand.

— Vous pensez que les événements sont liés ? avança Dolmant.

— C'est la conclusion logique, Sarathi. Il y a trop de similitudes pour que nous les ignorions. Ce serait fort imprudent. Ça va peut-être poser quelques problèmes domestiques, reprit-il avec un soupir navré en regardant sa femme, mais je pense que nous devrions réfléchir sérieusement à la requête d'Oscagne. Quelqu'un ramène à notre époque des choses et des gens disparus depuis des milliers d'années. Quand nous avons été confrontés à des phénomènes comparables en Pélosie, Séphrénia nous a dit que seuls les Dieux étaient capables de ce genre de chose.

— Ce n'est pas tout à fait exact, Émouchet, rectifia Bévier. Elle a dit que quelques-uns des plus puissants magiciens styriques pouvaient aussi ramener les morts à la vie.

— Je pense que nous pouvons écarter cette possibilité, objecta Émouchet. J'ai eu l'occasion d'en parler avec Séphrénia, et elle m'a dit qu'en quarante mille ans, seuls deux Styriques en avaient eu le pouvoir, et encore ne le dominaient-ils que très imparfaitement. Ces résurrections de héros et d'armées se sont produites simultanément dans neuf nations de Tamoulie et au moins un pays d'Éosie. Il y a trop de similitudes pour qu'il s'agisse d'une coïncidence, et le plan d'ensemble, quel que soit son but, paraît trop complexe pour être l'œuvre d'un individu qui ne maîtriserait pas parfaitement le sort.

— Les Dieux des Trolls ? hasarda Ulath d'un ton morne.

— On ne peut pas écarter cette hypothèse. Ils l'ont fait une fois, dans le passé, et nous savons qu'ils en sont capables. Mais pour l'instant, nous n'avons que des soupçons basés sur des connaissances théoriques. Nous avons désespérément besoin d'en savoir plus.

— Ça, Émouchet, c'est notre rayon à Platime et moi, intervint Stragen. J'imagine que tu vas partir pour la Darésie ?

— Je ne vois pas comment je pourrais faire autrement, répondit Émouchet avec un coup d'œil d'excuse à sa femme. Je laisserais volontiers quelqu'un d'autre y aller à ma place, mais je crains qu'il ne sache pas trop quoi chercher au juste.

— Il vaudrait mieux que je t'accompagne, annonça Stragen. J'ai des associés là-bas comme en Éosie, et dans notre branche on peut obtenir des informations beaucoup plus rapidement que dans la tienne.

Émouchet acquiesça d'un signe de tête.

— Nous pourrions peut-être partir de là, Votre Grâce : comment toutes ces histoires ébouriffantes de Drychtnath sont-elles nées ? demanda Ulath en regardant le patriarche Ortzel. Comment la réputation d'un personnage, si impressionnant soit-il, a-t-elle pu se maintenir plus de quatre mille ans ?

— Drychtnath est une création littéraire, messire Ulath, répondit l'austère prélat blond en ébauchant un pâle sourire.

De même que Dolmant avait changé depuis son accession au trône, Ortzel n'était plus tout à fait le même maintenant qu'il vivait à Chyrellos. Le provincial rigide qui avait quitté le Lamorkand était encore loin d'attacher le même intérêt aux choses terrestres qu'Emban, mais le raffinement de ses collègues de la Basilique avait déjà un peu déteint sur lui. Il parvenait désormais à se fendre d'un sourire de temps en temps et semblait doté d'un humour glacial et assez fin. Émouchet l'avait rencontré à plusieurs reprises depuis que Dolmant l'avait ordonné prélat de Chyrellos, et il commençait à l'apprécier. Ortzel n'avait pas abandonné tous ses préjugés, bien sûr, mais il lui arrivait d'admettre le bien-fondé de points de vue différents du sien.

— Ce serait donc une invention ? releva Ulath, incrédule.

— Pas complètement. Il y a bien eu quelqu'un qui s'appelait Drychtnath, il y a quatre mille ans. Sans doute une grosse brute qui pensait avec ses biceps : pas de cou, pas de front, et du fromage mou entre les oreilles. Mais après sa mort un poète en manque d'inspiration s'est emparé de l'histoire, l'a enjolivée, parée de toutes les conventions éculées du genre et en a fait une épopée héroïque intitulée « la saga de Drychtnath ». Le Lamorkand se porterait sûrement mieux si cet animal n'avait jamais su lire et écrire.

Émouchet crut discerner une touche d'humour dans ces paroles.

— Un simple poème n'aurait jamais pu avoir un tel

impact, Votre Grâce, objecta Kalten d'un ton empreint de scepticisme.

— Vous sous-estimez le pouvoir d'une histoire bien racontée, messire Kalten. Il va falloir que je vous la traduise, comme ça vous pourrez juger par vous-même, conclut Ortzel en se calant contre le dossier de son fauteuil.

« Oyez ce conte d'un temps où la terre était peuplée de héros, commença-t-il en fermant à demi les yeux, et sa voix sèche s'adoucit, devint presque vibrante. Entends, bon peuple du Lamorkand, les exploits de Drychtnath le forgeron, le plus puissant guerrier d'antan.

« Or donc, comme le savent les hommes, l'Âge des Héros était un âge de bronze. Massives étaient les épées de bronze, cruelles les haches de bronze des héros du temps jadis, et puissants les muscles des hommes qui les maniaient dans l'allégresse du combat. Et du nord au sud du Lamorkand, nul n'était plus puissant que Drychtnath le forgeron.

« Grand était Drychtnath, et larges ses épaules de taureau, car son travail l'avait forgé tout comme il forgeait le métal rougeoyant. Épées et lances de bronze, lances aussi affûtées que des dagues, voilà les armes qui de ses mains naissaient. Et voyaient aussi le jour des haches et des boucliers, des heaumes étincelants et des cottes de mailles qui donnaient aux coups des ennemis félons la faiblesse de simples gouttes de pluie.

« Ainsi est-ce sans compter que les guerriers des sombres forêts de Lamorkland donnaient leur bon et bel or en échange du bronze de Drychtnath, et voilà comment le feu de la forge valut la fortune au puissant forgeron.

Émouchet détourna les yeux du visage d'Ortzel et parcourut les autres du regard. Ils écoutaient tous, captivés, la voix du patriarche de Kadach s'enfler et retomber au rythme de l'antique mélopée d'un barde mort depuis des milliers d'années.

— Seigneur, souffla Bévier comme le patriarche s'interrompait. C'est fascinant, dites donc !

— C'est tout le danger de ce genre de chose, acquiesça Ortzel. Le rythme endort l'esprit et fait courir le sang dans les veines. Les gens de ma race sont sensibles à l'émotion distillée par la saga de Drychtnath. Il suffit de réciter les passages les plus exaltants pour plonger une armée de Lamorks en transe et l'envoyer au combat.

— Et alors ? demanda avidement Talen. Que se passe-t-il ensuite ?

Ortzel lui répondit d'un gentil sourire.

— Comment un jeune voleur attaché aux biens de ce monde pourrait-il se laisser captiver par un vieux poème poussiéreux ? lâcha-t-il suavement, et Émouchet dut se mordre les joues pour ne pas éclater de rire. Le patriarche de Kadach avait manifestement subi une mutation plus profonde qu'il n'y paraissait.

— J'ai toujours aimé les histoires, murmura Talen. Mais c'est la première fois que j'en entends une aussi bien racontée.

— Tout est dans le style, souffla Stragen. Le plus important n'est pas forcément ce qu'elle raconte mais la façon dont elle le raconte.

— Alors ? insista Talen. Que s'est-il passé ?

— Drychtnath apprit qu'un géant appelé Kreindl avait découvert un métal capable d'entrer dans le bronze comme dans du beurre, répondit Ortzel sur le ton de la conversation. Il se rendit dans le repaire de Kreindl avec son marteau de forgeron en guise d'arme, lui arracha le secret de ce mystérieux métal et lui réduisit le cerveau en compote avec son marteau. Puis il rentra chez lui, apprit à forger le nouveau métal — de l'acier — et en fit des armes. Bientôt, chaque guerrier du Lamorkand — ou plutôt de Lamorkland, comme on disait à l'époque — tint à se procurer une de ces nouvelles épées d'acier, et Drychtnath accumula une fortune considérable. Je vous demande toute votre indulgence, fit-il humblement en fronçant les sourcils. La traduction simultanée est un exercice assez pénible.

Il réfléchit un instant et reprit son récit :

« Or donc il advint que la réputation de Drychtnath, le puissant forgeron, passa les frontières de l'État. Il était grand de plus de dix empans, si vous m'en croyez, et larges étaient ses épaules. Ses muscles étaient d'acier, celui-là même qu'il forgeait, et fort avenant son visage. Bien des filles de nobles familles soupiraient pour lui dans le secret de leur cœur.

« Le chef des Lamorks de ce temps-là, le roi Hygdahl, était fort âgé en vérité. Ses boucles blanches plaidaient pour sa sagesse. De fils point ne devait engendrer, mais les Dieux lui avaient fait don, sur ses vieux jours, d'une fille aussi belle que la rosée du matin et appelée Uta. Grande était l'angoisse de roi Hygdahl à l'idée que, son âme étant retournée auprès de Hrokka, la ruine et la désolation s'abattent sur les terres des Lamorks tandis que les héros se livraient combat pour son trône et pour la main de la belle Uta, car telle était la double récompense qui attendait le vainqueur. Aussi le roi Hygdahl résolut-il d'assurer mêmement l'avenir de son royaume et de sa fille en faisant savoir aux quatre coins de son vaste royaume que le destin de Lamorkland et de la belle Uta aux yeux de braise serait scellé en combat singulier. L'amour, la fortune et le pouvoir étaient à conquérir à la force du poignet. Le plus puissant héros du pays les emporterait.

— Ça fait combien, un empan ? souffla Talen.

— Neuf pouces, répondit Bérit. La distance comprise entre l'extrémité du pouce et celle du petit doigt lorsque la main est ouverte en grand.

Talen fit rapidement le calcul dans sa tête.

— Sept pieds et demi ? demanda-t-il, incrédule. Il faisait sept pieds et demi de haut ?

— C'est peut-être un peu exagéré, répondit Ortzel avec un sourire.

— Et qui était Hrokka ? s'enquit Bévier.

— Le Dieu de la Guerre des Lamorks, répondit Ortzel. À

la fin de l'âge du bronze, les Lamorks sont retombés dans le paganisme. Drychtnath a remporté le tournoi, naturellement.

« Et c'est ainsi », poursuivit Ortzel après s'être éclairci la gorge, « que Drychtnath le forgeron, le plus puissant héros de l'antiquité, conquit la main de la belle Uta aux yeux de braise et devint l'héritier du roi Hygdahl.

« Dès la fin du repas de noces, l'héritier d'Hygdal alla trouver le roi. Et Drychtnath de dire : "Sire, puisque j'ai l'honneur d'être le plus puissant guerrier du monde, il est juste que le monde m'échoie en partage. À cette fin je porterai tous mes efforts sitôt que Hrokka vous aura rappelé à lui. Je conquerrai le monde et le plierai à ma volonté. Je mènerai les héros de Lamorkland dans Chyrellos et je mettrai à bas les autels des faux dieux de cette Église de femmelettes, qui méprise la force et amollit ses guerriers par ses prêches moralisateurs. Je renverserai ses chefs et quand chez nous je ramènerai les héros de Lamorkland, ils ploieront sous le fardeau de toutes les richesses du monde."

« Une grande joie emplit Hygdahl à ces paroles, car Hrokka, le Dieu de l'Épée de Lamorkland, se repaît de guerres et de batailles, et apprend aux enfants à aimer le bruit des épées qui s'entrechoquent et la vue du sang qui étanche l'herbe assoiffée. Et le roi de dire : "Va, mon fils, et reviens en conquérant. Châtie les Péloïs, écrase les Cammoriens, anéantis les Deirans, et surtout détruis cette Église qui pollue en vérité la virilité des Élènes par ses conseils de paix et de vile conduite."

« Quand on eut vent des desseins de Drychtnath à la Basilique de Chyrellos, grand fut le trouble des prélats. Les princes de l'Église tinrent conseil en tremblant de crainte et résolurent de faire verser le sang du noble forgeron, de crainte qu'il ne parvienne à la déposséder et que ses trésors ne partent dans des charrettes sur les routes de Lamorkland où le conquérant les exhiberait dans sa salle du trône. Ils conspirèrent donc d'envoyer un guerrier de grand mérite à la cour de l'héritier d'Hygdahl afin d'abattre l'orgueil de Lamorkland et de ses sombres forêts.

« Starkad était le nom de ce guerrier félon — un Deiran, par naissance — qui, sous des dehors trompeurs, fit route vers la salle du trône de Drychtnath et présenta hypocritement ses civilités à l'héritier du roi Hygdahl. Il convainquit le héros de Lamorkland de le prendre pour vassal. Le cœur de Drychtnath ignorait si bien la fausseté et le subterfuge que point ne pouvait croire à la perfidie d'autrui. C'est de grande foi qu'il accepta la feinte amitié de Starkad, et les deux hommes furent bientôt comme deux frères, ainsi que l'avait voulu le traître.

« Et tandis que les héros de la cour vaquaient à leurs occupations, par beau temps comme dans la tourmente, au combat ainsi que dans les plaisirs qui suivent la bataille, Starkad était toujours à la main droite de Drychtnath. Les contes qu'il narrait réjouissaient fort Drychtnath et le puissant forgeron reconnaissant couvrait son ami d'or, de pierreries et d'autres trésors inestimables. Starkad acceptait les libéralités de Drychtnath avec une gratitude apparente et, tel le ver patient, s'insinuait toujours plus profondément dans le cœur du héros.

« Or donc, au moment choisi par Hrokka, le sage roi Hygdahl rejoignit la compagnie des Thanes Immortels dans la Salle des Héros, et Drychtnath gravit les marches du trône de Lamorkland. Il avait bien établi ses plans, et sitôt qu'il eut ceint la couronne royale, il réunit ses héros et marcha vers le nord afin de soumettre les farouches Péloïs.

« Innombrables furent les batailles que le terrible Drychtnath remporta dans les plaines des Péloïs, et immenses ses victoires. C'est pourtant là, dans les terres des hommes-chevaux, que s'accomplit le dessein de l'Église de Chyrellos. Séparés de leurs amis par des légions de Péloïs en délire, Drychtnath et Starkad massacraient les ennemis, baignant la prairie de leur sang impie. Le terrible Drychtnath était au faîte de sa gloire et la fleur de son héroïsme pleinement épanouie lorsqu'il fut anéanti. Profitant de ce moment d'accalmie où chacun s'écarte un peu pour reprendre des forces avant que de retourner combattre, le traître deiran saisit sa lance maudite et la plongea dans le large dos de son seigneur.

« Drychtnath se sentit le cœur étreint par les doigts glacés de la mort tandis que l'acier étincelant de Starkad le perçait. Plus atteint par la trahison que par le coup porté, il se retourna vers l'homme qu'il appelait son ami et son frère. Et ce héros de demander : « Pourquoi ? »

« Et Starkad de répondre : "Pour le Dieu des Élènes." Des larmes de feu jaillirent de ses yeux, car il aimait en vérité le héros qu'il venait d'abattre. Et ce traître de dire : "Ne songe point que c'est moi qui te frappe, mon frère, car c'est, de fait, notre Sainte Mère l'Église qui ravit ton souffle vital." Sur ces paroles, il leva encore une fois sa terrible épée, et de dire encore : "Défends-toi, Drychtnath, car si je veux ta mort, point ne souhaite t'assassiner."

« Et le noble Drychtnath de dire, en levant le visage : "Je n'en ferai rien, car si mon frère a besoin de ma vie, c'est de grand cœur que je la lui donne."

« Et Starkad de répondre, en brandissant à nouveau le fer mortel : "Alors pardonne-moi."

« Et le héros de soupirer : "Cela, je ne le puis. Ma vie est à toi, mais mon pardon, jamais ne l'auras."

« Et Starkad de dire : "Ainsi soit-il", et sur ces paroles, de plonger sa lame dans le cœur vibrant de Drychtnath.

« Le héros se tint un instant debout, puis, lentement, majestueusement, comme tombe un chêne millénaire, s'abattit et avec lui tout l'orgueil de Lamorkland. Et la terre et les cieux retentirent de sa chute.

— Il s'en est tiré ? demanda avidement Talen, les larmes aux yeux. Le meurtrier, je veux dire. Personne ne lui a fait payer sa félonie ?

— Allons, je n'ai que trop pris de votre temps, déjà, avec

cette vieille histoire éculée, se récria Ortzel, une lueur malicieuse dans le regard.

Émouchet dissimula son sourire derrière sa main. Ortzel avait beaucoup changé, décidément.

— Je ne sais pas ce qu'en pense Talen, intervint Ulath, mais moi, je voudrais bien connaître la suite.

Il y avait manifestement des affinités entre les cultures de la Thalésie contemporaine et de l'antique Lamorlkand.

— Eh bien, reprit Ortzel, nous pourrions peut-être passer un marché. Combien d'actes de contrition êtes-vous prêts à offrir à notre Sainte Mère en échange de la fin de l'histoire ?

— Voyons, Ortzel, fit Dolmant d'un ton réprobateur.

— Ce genre de marchandage est parfaitement légitime, Sarathi, se récria le patriarche de Kadach. l'Église y a souvent procédé par le passé. Quand je n'étais encore qu'un pasteur de campagne, j'y avais régulièrement recours pour m'assurer de la présence des fidèles à l'office. Mes ouailles étaient réputées dans tout le pays pour leur piété. Jusqu'au jour où je suis tombé à court d'histoires, ajouta-t-il en éclatant de rire, à la surprise générale : ils auraient tous juré que l'austère, le rigoureux patriarche de Kadach ne savait pas rire. Allons, je plaisantais, dit-il au jeune voleur et à l'immense Thalésien. Mais je vous encourage vivement à songer au salut de votre âme.

— Finissez votre histoire, ordonna Mirtaï.

Ce n'était pas une guerrière pour rien. Elle paraissait fanatisée par ce récit héroïque.

— Eh, mais je crois que je vais faire une prosélyte, susurra Ortzel.

— Ce que je crois, moi, c'est que vous allez avoir de gros ennuis de santé, Ortzel, répliqua-t-elle froidement.

Mirtaï ne donnait jamais leur titre aux gens.

— Allons, allons ! s'esclaffa à nouveau Ortzel, et il reprit sa traduction. « Oyez, bonne gens de Lamorkland, oyez ce qu'il advint de Starkad. Il versa quelques pleurs sur la dépouille de son frère et retourna sa colère monstrueuse contre les Péloïs qui fuirent devant lui en hurlant. Il quitta aussitôt le champ de bataille et regagna la Ville Sainte de Chyrellos afin d'avertir les princes de l'Église que leur volonté était faite. Et quand ils se furent assemblés dans la Basilique qui était la perle de leur orgueil démesuré, Starkad leur narra la triste fin de Drychtnath, le plus puissant héros du temps jadis.

« Les princes amollis, pervertis, se réjouirent de la chute du héros. Ils crurent, dans leur orgueil, que leur pouvoir, leur position étaient assurés. Ils firent tous l'éloge de Starkad et lui offrirent plus de bon et bel or qu'il n'en méritait assurément pour le forfait qu'il avait accompli.

« Mais le cœur du héros était glacé. Il baissa les yeux sur les petits hommes qu'il avait servis, et il songea en versant moult pleurs au grand homme qu'il avait abattu pour leur complaire. Et Starkad de dire : "Pensez-vous, petits seigneurs de l'Église, pensez-vous que tout votre or serait une rétribution suffisante pour ce que j'ai fait en votre nom ?"

« Et les princes perplexes de répondre : "Et que pourrions-nous t'offrir d'autre ?"

« Et Starkad de dire : "Je veux le pardon de Drychtnath."

« Et les princes de dire : "Cela, point ne pouvons te le donner, car le redoutable Drychtnath gît dans la Maison des Morts d'où nul ne revient. Nous te prions, puissant héros, de nous dire ce que nous pouvons t'accorder en récompense du grand service que tu nous as rendu."

« Et Starkad de répondre, avec une mortelle gravité : "Une seule chose."

« Et ces hommes de demander : "Et quelle est cette chose ?"

« Et Starkad de répondre : "Le sang qui coule dans vos veines." Sur ces mots, il bondit vers la lourde porte et la ferma avec de puissantes chaînes d'acier afin que nul ne lui échappât. Puis il tira Hlorithn, l'épée de lumière du terrible

Drychtnath, qu'il avait amenée avec lui jusqu'à Chyrellos dans ce seul but. Alors Starkad le héros se rétribua comme il convenait de l'action qu'il avait commise dans les plaines des Péloïs.

« Lorsqu'il s'estima suffisamment rétribué, l'Église de Chyrellos tout entière gisait, décapitée, dans la Basilique, car aucun de ses princes ne vit le soleil se coucher ce soir-là. Pleurant toujours la mort de son ami, Starkad fit ses adieux à la Ville Sainte et n'y remit jamais les pieds.

« On dit dans les sombres forêts de Lamorkland que les oracles et les augures parlent encore du terrible Drychtnath et du jour où Hrokka, le Dieu de la Guerre, libérera son esprit. Il remerciera le Thane immortel qui le sert dans la Cour des Héros et lui permettra de revenir en Lamorkland afin de poursuivre son immense dessein. Alors le pas puissant du Destructeur, de Drychtnath le Tant Redouté, à nouveau le monde ébranlera, et trembleront les rois, et rouge coulera leur sang, et toujours entre ses mains seront la couronne et le trône du monde, ainsi qu'il était prévu de toute éternité. »

La voix d'Ortzel retomba. Il avait fini son histoire.

Au grand dam de Talen.

— C'est tout ? vociféra-t-il.

— J'ai résumé un certain nombre de passages, concéda Ortzel. Des descriptions de combats. Et puis les Lamorks de l'antiquité avaient une fascination morbide pour les chiffres : ils tenaient absolument à savoir combien de tonneaux de sang, de livres de cervelle et de toises d'entrailles étaient répandus au cours de leurs réjouissances.

— Ça finit en queue de poisson, protesta Talen. Drychtnath est le héros jusqu'à son meurtre par Starkad, et à partir de ce moment-là, c'est lui qui devient le héros de l'histoire. Ce n'est pas juste. Les méchants ne devraient pas pouvoir se racheter comme ça. C'est trop facile.

— Voilà un point de vue intéressant, Talen. Surtout venant de vous.

— Je ne suis pas un mauvais bougre, Votre Grâce. Je ne suis qu'un voleur. Ce n'est pas la même chose. Enfin, au moins les hommes d'Église ont eu ce qu'ils méritaient.

— Eh bien, Émouchet, tu n'es pas sorti de l'auberge avec celui-ci, observa Bévier. Nous aimions tous Kurik comme un frère, mais qu'est-ce qui nous prouve, au fond, que son fils est fait pour devenir un chevalier de l'Église ?

— Je m'en occupe, répondit Émouchet d'un ton rêveur. Alors, voilà l'histoire de Drychtnath... Dites-moi, Votre Grâce, jusqu'à quel point le peuple de Lamorkand y croit-il ?

— Ça va bien au-delà de ça, Émouchet, rétorqua Ortzel. Nous avons cette histoire dans le sang. Je suis voué corps et âme à l'Église, mais quand j'entends la saga de Drychtnath, l'espace d'un instant, je redeviens irrémédiablement païen.

— Eh bien, intervint Tynian, nous savons maintenant à quoi nous en tenir. C'est la même chose au Lamorkand qu'au Rendor. Nous sommes cernés par les hérétiques. Mais ça ne résout pas le problème. Comment allons-nous nous rendre en Tamoulie, Émouchet et nous, sans offenser gravement l'empereur ?

— Vous pouvez considérer ce problème comme résolu, Tynian, répondit Ehlana. C'est si simple que vous allez avoir honte de ne pas y avoir songé avant moi.

— Éclairez-nous de vos lumières, Majesté, répliqua Stragen. Faites-nous rougir de notre stupidité.

— Le moment est venu pour les royaumes occidentaux d'Élénie d'amorcer des relations diplomatiques avec l'Empire tamoul, expliqua-t-elle. Nous sommes voisins, après tout. Il serait de bonne politique que j'aille à Mathérion en visite officielle. Et si vous êtes très gentils avec moi, messieurs, je vous inviterai à m'y accompagner. Mais ce n'est pas le plus grave de nos problèmes, conclut-elle en fronçant les sourcils. Nous en avons un beaucoup plus sérieux à résoudre.

— Et quel est ce problème ? s'enquit Dolmant.

— Eh bien, Sarathi, je n'ai absolument rien à me mettre.

CHAPITRE VI

Émouchet avait eu le temps, depuis son mariage avec la reine d'Élénie, d'apprendre à ne pas trahir ses émotions, mais il arborait un sourire légèrement crispé lorsque la réunion prit fin. Kalten lui emboîta le pas alors qu'ils quittaient la salle du conseil.

— Je doute que tu sois très content de la solution que notre reine apporte au problème, observa-t-il.

Émouchet était un ami d'enfance de Kalten. Son visage buriné n'avait pas de secrets pour lui.

— C'est le moins qu'on puisse dire, répondit Émouchet entre ses dents.

— Tu veux un conseil ?

— Tout ce que tu veux, répondit Émouchet, qui était effectivement prêt à tout à ce stade.

— Si nous descendions dans la crypte, sous la Basilique ?

— Pour quoi faire ?

— Tu aimerais peut-être te défouler un peu avant d'aborder la question avec ta femme. Tu peux être très mauvais quand tu es en colère. Tu risquerais de heurter sa sensibilité.

— Tu te crois drôle ?

— Oh, pas du tout. J'éprouve à peu près la même chose que toi, et j'ai eu une éducation très pittoresque. Si tu manques de jurons, je pourrai t'en fournir d'inédits.

— Allons-y, fit Émouchet en négociant en virage à angle droit au coin d'un couloir.

Ils traversèrent rapidement la nef en se fendant d'une génuflexion symbolique devant l'autel et descendirent dans la crypte qui renfermait les ossements d'une éternité d'archiprélats.

— Évite de taper sur les murs, l'avertit Kalten alors qu'Émouchet commençait à faire les cent pas en jurant et en gesticulant. Inutile de t'amocher les mains, en plus.

— C'est complètement dingue, Kalten ! hurla Émouchet lorsqu'il fut à court d'invectives.

— Si ce n'était que ça ! Ce n'est pas la dinguerie qui manque dans le monde, et ça permet parfois de rigoler un peu. Non, le problème c'est que c'est dangereux. Nous ne savons pas ce qui nous attend en Tamoulie, et nous n'avons aucun moyen de le savoir. J'adore ta femme, mais si nous l'emmenons avec nous, elle risque de nous encombrer plutôt qu'autre chose.

— Nous encombrer !

— Tu préfères que je dise « nous emmerder » ? Bien. Seulement tu ne réussiras jamais à la convaincre de rentrer à la maison. Autant y renoncer tout de suite. Elle est manifestement décidée à y aller, et elle est d'un rang supérieur au tien. Tu as intérêt à prendre ça du bon côté si tu veux éviter l'humiliation de t'entendre dire de la fermer et d'aller au dodo sans dîner.

Émouchet émit un grognement.

— Non, je pense que nous ferions mieux d'en parler avec Oscagne. Nous allons emmener la chose la plus précieuse de toute l'Élénie sur le continent darésien où la situation est loin d'être de tout repos. Ta femme y va pour rendre une faveur personnelle à l'Empereur de Tamoulie ; il se doit de la protéger. Sa Majesté pourrait peut-être nous témoigner son appréciation sous la forme de quelques douzaines de légions atanas nous accueillant à la frontière d'Astel.

— Pas bête, Kalten. Pas bête du tout.

— C'est qu'il y en a là-dedans, tu sais, fit-il en se frappant le front. Bon, Ehlana s'attend probablement à ce que tu lui dises de tout en lui agitant le poing sous le nez, alors ne le fais pas. Elle va nous accompagner, il n'y a rien à faire, tu es bien d'accord ?

— A moins de l'enchaîner à son lit...

— Mmm, c'est une idée intéressante...

— Ça va, laisse tomber.

— Bref, il est toujours désastreux de livrer un combat perdu d'avance, alors accorde-lui cette victoire et profites-en pour obtenir, par exemple, qu'elle ne lève pas le petit doigt sans ta permission tant que nous serons sur le continent tamoul. Ça devrait nous permettre d'assurer sa sécurité à peu près comme si elle était restée dans son boudoir. Avec un peu de chance, elle sera si contente que tu ne lui cries pas après qu'elle acceptera sans discuter.

— Kalten, il y a des moments où tu m'épates, avoua Émouchet.

— Je sais, répondit-il modestement. Ce faciès stupide est parfois très utile.

— Où as-tu appris à manipuler les royaux personnages comme des marionnettes ?

— Je ne manipule pas un personnage royal, Émouchet. Je manipule une femme, et ça, ça me connaît. Les femmes raffolent de ces petites transactions. Quand tu abordes une femme en lui disant : "Je fais ça pour toi à condition que tu fasses ça pour moi en échange", il y a de bonnes chances qu'elle soit disposée à t'écouter. Les femmes adorent négocier. Ne perds pas de vue ce que tu veux obtenir et tu devrais normalement avoir le dessus. C'est une image, bien sûr, ajouta-t-il très vite.

— Qu'est-ce que vous mijotez, Émouchet ? demanda Mirtaï d'un ton suspicieux en le voyant approcher des appartements que Dolmant avait mis à la disposition d'Ehlana et de ses proches. (Du coup, Émouchet effaça prudemment le petit sourire qui flottait sur ses lèvres et se forgea, à la place, une expression grave et solennelle.) N'essayez pas de me la faire,

Émouchet, reprit-elle. Si vous touchez à un cheveu de sa tête, je serai obligée de vous tuer, vous le savez.

— Je n'ai pas l'intention de lui faire le moindre mal, Mirtaï. Je ne vais même pas hausser la voix.

— Vous, vous avez une idée derrière la tête.

— Très juste. Quand vous aurez refermé la porte à double tour derrière moi, collez l'oreille à la porte et écoutez. Comme d'habitude, d'ailleurs, ajouta-t-il perfidement.

Sa peau dorée prit une jolie teinte vermillon, puis on eût dit qu'un nuage d'orage voilait un coucher de soleil. Elle ouvrit la porte à la volée.

— Entrez là-dedans, Émouchet ! ordonna-t-elle.

— Eh bé, on est encore de bon poil, aujourd'hui !

— Allez !

— Oui, m'dame.

Ehlana l'attendait manifestement de pied ferme. Elle portait une robe d'intérieur rose pâle qui lui allait particulièrement bien, et elle avait fait des trucs à ses cheveux. Son regard avait néanmoins une certaine dureté.

— Bonsoir, mon amour, murmura suavement Émouchet. Quelle journée, dis donc ! Ces réunions sont vraiment épuisantes.

Il s'approcha d'elle, lui planta un baiser sur la joue et repartit se verser un gobelet de vin.

— Je sais ce que tu vas me dire, Émouchet, grinça-t-elle.

— Ah bon ? fit-il en ouvrant de grands yeux.

— Tu m'en veux, hein ?

— Moi ? Absolument pas, voyons ! Et de quoi pourrais-je bien t'en vouloir, d'abord ?

Elle parut un peu moins sûre d'elle tout à coup.

— Tu ne m'en veux pas ? répéta-t-elle, un peu déstabilisée. Moi qui pensais que tu serais fou de rage ! D'avoir décidé d'aller en Tamoulie, je veux dire.

— Mais pas du tout, ma chérie. Je trouve même que c'est une excellente idée. Évidemment, il faudra que nous prenions certaines précautions pour assurer ta sécurité, mais nous y sommes habitués, pas vrai ?

— Quel genre de précautions au juste ? fit-elle d'un ton méfiant.

— Rien de très particulier, mon chou. Il vaudrait mieux que tu évites d'aller te promener toute seule dans la forêt ou dans des repaires de brigands. Je n'envisage rien d'extraordinaire, vraiment, et tu as déjà l'habitude de faire attention, alors… C'est juste que nous serons dans un pays étranger, dont nous ne connaissons pas les mœurs. Mais je sais que tu me feras confiance, et que tu ne discuteras pas si je te dis qu'un endroit est trop dangereux pour que tu y ailles. Nous nous en sortirons très bien, j'en suis sûr. Je suis payé pour te protéger, après tout, et nous n'allons pas nous disputer bêtement pour des questions de sécurité, hein ?

Il veilla à débiter sa tirade d'un ton anodin, comme s'il énonçait une évidence, de façon à ne lui donner aucune raison de l'interroger sur les mesures de sécurité qu'il avait en tête au juste.

— Tu en sais plus long que moi sur ces questions, mon amour, convint-elle. Alors je m'en remets entièrement à toi. Quand une fille a la chance d'avoir pour champion le chevalier le plus brave du monde, il faudrait qu'elle soit stupide pour ne pas l'écouter, hein ?

— C'est exactement ce que je pense, acquiesça-t-il avec chaleur.

C'était une petite revanche, certes, mais quand on a affaire à une reine, les plus petites victoires sont toujours bonnes à prendre.

— Eh bien, dit-elle en se levant, puisque nous n'allons pas nous bagarrer, si nous allions nous coucher ?

— Bonne idée !

Mmrr, le chaton que Talen avait donné à la princesse Danaé, avait une détestable habitude : les bébés chats détestent dormir seuls, et celui-ci avait découvert qu'Émouchet dormait en chien de fusil, et que le creux situé derrière ses genoux était l'endroit idéal pour se nicher. Émouchet avait généralement les couvertures remontées jusqu'au menton, mais ce n'était pas un problème. Une truffe froide, humide, se collait sur sa nuque, lui arrachant un mouvement de recul machinal suffisant pour laisser le passage à un chaton entreprenant. Mmrr trouvait cette technique assez satisfaisante et même plutôt amusante.

Émouchet n'était évidemment pas de cet avis. Il émergea de sa chambre peu avant l'aube, les cheveux en désordre, les yeux encore embrumés et pas très dans son assiette.

Il tomba sur la princesse Danaé qui arpentait le salon en traînant distraitement Rollo derrière elle.

— Tu n'as pas vu mon chat ? demanda-t-elle.

— Il est au lit, avec ta mère, répondit-il sèchement.

— J'aurais dû m'en douter ! Il adore l'odeur de ma mère. C'est lui qui me l'a dit.

Émouchet parcourut rapidement la pièce du regard et ferma prudemment la porte de la chambre.

— J'ai de nouveau besoin de parler à Séphrénia, annonça-t-il.

— Aucun problème.

— Mais pas ici. Il faut que nous trouvions un endroit.

— Que s'est-il passé hier soir ?

— Nous partons pour la Tamoulie.

— Je pensais que tu allais t'occuper de ce Drychtnath.

— C'est ce que je fais faire. On dirait que celui — ou *ce* qui manipule Drychtnath est en Darésie, et nous en saurons sûrement plus long en allant là-bas qu'en restant ici. Je vais prendre les dispositions nécessaires pour te faire ramener à Cimmura.

— Ça, sûrement pas, décréta-t-elle. Tu vas m'emmener, au contraire. Dans ton propre intérêt.

— C'est rigoureusement hors de question.

— Écoute, Émouchet, quand seras-tu enfin raisonnable ? Je vais t'accompagner parce que tu auras besoin de moi là-bas. Et puis aussi parce que tu ne pourras pas m'en empêcher, ajouta-t-elle en balançant négligemment son chien en peluche dans un coin. Tu n'auras qu'à inventer une bonne raison. Sans ça, il faudra que tu expliques à ma mère comment j'aurai réussi à vous devancer et à me retrouver assise sous un arbre le long de je ne sais quelle route. Allez, Père, habille-toi et trouve un endroit où nous pourrons parler tranquillement.

Un peu plus tard, Émouchet et sa fille gravissaient le petit escalier en colimaçon montant à la coupole qui coiffait le dôme de la Basilique. Il n'y avait probablement pas d'endroit plus discret au monde, d'autant que les marches de bois menant au clocheton ne grinçaient pas quand on mettait le pied dessus : elles hurlaient.

Lorsqu'ils arrivèrent à la petite tourelle ouverte à tous les vents qui dominait la ville de Chyrellos, Danaé passa plusieurs minutes à contempler le panorama.

— C'est fou ce qu'on voit de cette hauteur, dit-elle. C'est à peu près la seule raison que j'ai trouvée de voler.

— Parce que tu peux voler ?

— Évidemment. Pas toi ?

— Tu sais bien que non, Aphraël.

— Je disais ça pour te taquiner, Émouchet, fit-elle en riant. Bon, allons-y...

Elle s'assit en tailleur par terre, leva son petit visage et poussa le chant étrangement modulé qu'il avait entendu à Cimmura. Puis, comme l'autre fois, elle ferma les yeux et son visage blêmit alors que les notes mouraient sur ses lèvres.

— Qu'y a-t-il encore, Émouchet ? fit la voix de Séphrénia d'un ton un peu sec.

— Il y a un problème, petite mère ?

— Tu te rends compte que c'est la nuit, ici ?

— Vraiment ?

— Vraiment, oui ! Le soleil est de ton côté du monde, en ce moment.

— C'est stupéfiant. Enfin, maintenant que tu le dis… Mais je te dérange, peut-être ?

— Eh bien, si tu veux le savoir, oui, tu me déranges.

— Que peux-tu bien faire à une heure pareille ?

— Ça ne te regarde pas. Bon, qu'est-ce que tu veux ?

— Nous partons pour la Darésie.

— Quoi !?

— L'empereur a demandé que nous allions le voir. Enfin moi. Les autres me collent au train, c'est tout. Pour la galerie, Ehlana va en visite officielle à Mathérion, c'est le prétexte que nous avons trouvé pour débarquer là-bas tous ensemble.

— Non, mais tu as complètement perdu la tête ? La Tamoulie est un endroit très dangereux en ce moment.

— Pas plus que l'Éosie. Nous avons été attaqués par des Lamorks ressuscités de l'antiquité en venant de Cimmura.

— C'étaient peut-être des Lamorks d'aujourd'hui en costume d'autrefois ?

— J'en doute fort, Séphrénia. Ils ont disparu en voyant que leur attaque avait échoué.

— Tous ?

— Sauf les morts. Tu es prête pour un petit exercice de logique ?

— Non. Si, mais fais vite.

— Nous avons de bonnes raisons de penser que nos agresseurs étaient d'anciens Lamorks, et nous avons appris par l'ambassadeur Oscagne qu'en Darésie aussi quelqu'un suscitait des héros de l'antiquité. Il est logique de penser que cette histoire de résurrection a son origine en Tamoulie, et qu'elle a pour but de réveiller des sentiments nationalistes afin d'affaiblir le gouvernement central — l'Empire tamoul en Darésie, et l'Église, ici, en Éosie. Si nous avons bien deviné l'origine de toute cette activité, si elle se trouve effectivement en Tamoulie, c'est là-bas qu'il faut logiquement que nous commencions nos investigations. Bon, où es-tu en ce moment ?

— À Sarsos, à l'est de l'Astel, avec Vanion. Tu ferais mieux de venir ici, Émouchet. Ces conversations à longue distance ne sont pas très commodes.

Émouchet réfléchit un instant en essayant de se représenter la carte de Darésie.

— Nous allons venir par voie de terre. Je trouverai bien un moyen de faire accepter ça aux autres.

— Essaie de faire vite, Émouchet. Il est vraiment important que nous parlions face à face.

— Entendu. Dors bien, petite mère.

— Je n'étais pas en train de dormir.

— Ah bon ? Et que faisais-tu donc ?

— Tu n'as pas entendu ce qu'elle t'a dit, Émouchet ? fit la voix de sa fille. Ce ne sont pas tes oignons.

— Quelle idée stupéfiante, Majesté ! s'exclama Oscagne un peu plus tard dans la matinée, alors qu'ils étaient à nouveau réunis dans la salle d'audience privée de Dolmant. Je n'y aurais jamais pensé tout seul. Les chefs des nations sujettes de Tamoulie ne vont à Mathérion que sur convocation de Sa Majesté Impériale.

— On est moins guindé en Éosie, Votre Excellence, répondit Emban. Les chefs y sont libres de leurs mouvements.

— C'est stupéfiant. L'Église n'a donc aucune autorité sur eux, Votre Grâce ?

— Seulement dans les affaires spirituelles, hélas, et vous n'imaginez pas comme ça peut être gênant, fit Dolmant avec un soupir, en jetant à Ehlana un regard de bête blessée.

— Allons, allons, murmura-t-elle.

— Personne n'est vraiment responsable ici, en Éosie ? Personne n'a un pouvoir de décision sur tous les autres ?

— La responsabilité est partagée, Votre Excellence,

expliqua Ehlana. Nous adorons nous répartir les tâches, n'est-ce pas, Sarathi ?

— C'est ça, oui, fit Dolmant d'un ton funèbre.

— La nature un peu brouillonne de la politique éosienne présente un intérêt certain, Votre Excellence, fit Stragen de sa voix traînante. Cette politique du consensus, que d'aucuns appellent des chicaneries, donne lieu à l'expression d'un large éventail de points de vue.

— Mouais. On trouve plus pratique, en Tamoulie, de n'avoir qu'un seul point de vue.

— Celui de l'empereur, peut-être ? Et que se passe-t-il quand l'empereur est inepte ? Ou fou ?

— Le gouvernement réussit la plupart du temps à le circonvenir, admit platement Oscagne. Et puis ces infortunes impériales sont généralement condamnées à brève échéance.

— Ah ah, commenta Stragen.

— Bien, si nous nous mettions au travail ? suggéra Emban en s'approchant d'une grande carte du monde connu accrochée au mur. Le plus rapide serait d'y aller en bateau, commença-t-il. Nous pourrions prendre la mer ici, à Madel, en Cammorie, traverser la mer Intérieure, contourner la pointe sud de la Darésie et accoster sur la côte Est de Mathérion.

— Comment ça, nous ? releva Tynian.

— Allons bon, je ne vous ai pas dit ? Je vous accompagne, bien sûr. À titre, officiellement, de confesseur de la reine Ehlana. En réalité, j'y vais comme envoyé personnel de l'archiprélat.

— Il me paraît raisonnable de conserver à cette expédition sa coloration élénienne, expliqua Dolmant. Aux yeux du public, du moins. Ne compliquons pas les choses en envoyant deux missions simultanées à Mathérion.

Émouchet devait agir vite, et il n'avait pas beaucoup d'atouts dans sa manche.

— Le fait d'aller là-bas en bateau présente des avantages, convint-il, mais j'y vois un inconvénient majeur.

— Allons bon ! Et lequel ? demanda Emban.

— Il ne nous fera guère progresser vers la solution du problème qui nous amène en Tamoulie. Votre Excellence, que se passera-t-il vraisemblablement lorsque nous arriverons à Mathérion ?

— Comme d'habitude, répondit Oscagne avec un haussement d'épaules. Vous serez traînés, pardon, conviés à des audiences, des banquets, des défilés militaires, des concerts, bref le genre d'activités fascinantes dont nous raffolons tous.

— Exactement, acquiesça Émouchet. Rien de tout ça ne nous mènera très loin. Or nous n'allons pas en Tamoulie pour faire la fête mais pour découvrir la raison de tous ces troubles. Et nous avons plus de chances de trouver des informations dans l'arrière-pays qu'à la capitale. Je pense donc que nous devrions y aller par voie terrestre.

C'était une suggestion pratique, et elle dissimulait assez bien la vraie raison pour laquelle Émouchet voulait traverser le continent.

— Ça va prendre des semaines, objecta Emban, l'air chagrin.

— Si c'est pour nous enfermer à Mathérion, Votre Grâce, autant rester ici. Il faut que nous sortions de la capitale.

— Vous tenez absolument à me faire passer des mois à cheval, n'est-ce pas, Émouchet ? gémit Emban.

— Vous pouvez rester ici, Votre Grâce, proposa Émouchet, bon prince. J'aimerais autant emmener le patriarche Bergsten. Il nous serait plus utile en cas d'échauffourée.

— Émouchet ! Ça suffit, le tança vertement Dolmant.

— La politique consensuelle est vraiment une chose fascinante, observa Oscagne. A Mathérion, nous aurions suivi les directives du primat d'Ucera sans émettre d'objection.

— Bienvenue en Éosie, Votre Excellence, fit Stragen avec un bon sourire.

— Je peux dire quelque chose ? fit poliment Khalad.

— Évidemment, répondit Dolmant.

L'écuyer se leva et s'approcha de la carte.

— Un bon cheval peut couvrir dix lieues par jour. Un bon vaisseau peut en parcourir trente pour peu que le vent soit favorable. Pourquoi Talen n'est-il jamais là quand on a besoin de lui ? grommela-t-il. Il est doué pour les chiffres, lui. Il va falloir que je compte sur mes doigts.

— Il a dit qu'il avait quelque chose à faire, expliqua Bérit.

Khalad répondit d'un grognement.

— Ce qui nous intéresse, en fait, c'est ce qui se passe en Darésie, nous n'avons donc pas besoin de traverser toute l'Éosie à cheval. Nous pourrions partir de Madel en bateau, comme le suggère le patriarche Emban, traverser la mer Intérieure, longer la côte du Zémoch jusqu'à... Salesha, ici. Ça fait neuf cents lieues, soit trente jours de traversée. Si nous devions y aller par voie terrestre, la distance serait probablement la même, mais ça nous prendrait deux bons mois de plus.

— Ce serait toujours deux mois de gagnés, constata Emban.

Émouchet était à peu près sûr qu'ils pouvaient gagner plus de soixante jours. Il regarda sa fille qui jouait avec son chaton à l'autre bout de la pièce, sous l'œil vigilant de Mirtaï. La princesse Danaé assistait souvent à des conférences où elle n'avait rien à faire, et, chose étrange, les gens ne se demandaient jamais ce qu'elle faisait là. Émouchet savait que la Déesse-Enfant Aphraël avait le don de jouer sur le passage du temps, mais il ignorait si elle avait le pouvoir de le faire aussi discrètement dans sa présente incarnation que lorsqu'elle était Flûte.

La princesse Danaé croisa son regard, leva les yeux au ciel d'un air résigné qui en disait long sur ce qu'elle pensait de sa compréhension limitée des choses, et hocha gravement la tête.

Émouchet poussa un soupir de soulagement.

— Bien. Nous en arrivons maintenant à la question de la sécurité de la reine, poursuivit-il. Oscagne, quelle est la taille de l'escorte que ma femme peut emmener avec elle sans susciter l'étonnement ?

— L'étiquette ne le précise pas expressément, monseigneur.

Émouchet consulta ses amis du regard.

— Si je pensais que ça pourrait passer, j'emmènerais bien les ordres combattants au grand complet, déclara-t-il.

— Nous sommes censés être en visite, pas envahir le continent, objecta Tynian. Pensez-vous, Votre Excellence, qu'une centaine de chevaliers en armure risqueraient d'inquiéter Sa Majesté ?

— C'est un nombre assez symbolique, acquiesça Oscagne après réflexion. Suffisamment important pour impressionner les foules sans paraître menaçant. En traversant l'Astel, vous pourriez prendre une troupe d'Atans à Darsas, la capitale. Une telle escorte ne devrait pas susciter trop de questions.

— Que dirais-tu, Émouchet, de vingt-cinq chevaliers de chacun des ordres ? suggéra Bévier. Les différentes couleurs des surcots devraient produire une impression décorative alors qu'une centaine de Pandions proprement dit pourrait préoccuper certains observateurs.

— C'est bien vu, acquiesça Émouchet.

— Il y a des Péloïs dans les steppes d'Astel central, intervint Mirtaï. Ce sont les descendants des ancêtres de Kring. Il pourrait avoir envie de rendre visite à ses cousins de Darésie.

— Ah oui, fit Oscagne. Les Péloïs. J'avais oublié que vous aviez aussi de ces sauvages en Éosie. C'est un peuple ombrageux et on ne peut pas toujours s'y fier. Vous êtes sûr que ce Kring sera disposé à nous accompagner ?

— Il se jetterait au feu si je le lui demandais, affirma Mirtaï.

— Le domi en pince pour notre Mirtaï, Votre Excellence, expliqua Ehlana avec un sourire. Il vient trois ou quatre fois par an à Cimmura, la demander en mariage.

— Les Péloïs sont des guerriers, Atana, nota Oscagne. Ce ne serait pas déchoir aux yeux de votre peuple que d'accepter de l'épouser.

— Les maris ont souvent tendance à considérer leur femme comme un meuble, Oscagne, objecta Mirtaï. Un prétendant est beaucoup plus attentif. Et j'aime assez les attentions de Kring. Il écrit de très jolis poèmes. Il m'a comparée à un lever de soleil, une fois. J'ai trouvé ça très flatteur.

— Tu ne m'as jamais écrit de poèmes, Émouchet, fit Ehlana d'un ton de reproche.

— La langue élène est assez limitée, ma reine, susurra-t-il. Aucun des mots qu'elle comporte ne te rendrait justice.

— Mmm, joli, commenta Kalten, *mezzo voce*.

— Bien, je pense que nous allons tous avoir des quantités de lettres à écrire et de dispositions à prendre, fit Dolmant. Je vais mettre un bâtiment rapide à votre disposition, Oscagne. Je compte sur vous pour annoncer la visite de la reine d'Élénie à votre empereur.

— Si Votre Grâce m'y autorise, je préférerais l'en informer par dépêche plutôt que de vive voix. Les différentes parties de l'Empire se caractérisent par des spécificités sociales et politiques assez subtiles. Je devrais pouvoir faciliter la vie de Sa Majesté en l'accompagnant.

— Je serai très heureuse, Votre Excellence, de voyager en compagnie d'un gentilhomme aussi raffiné, minauda Ehlana. Vous n'avez pas idée de ce que ça peut être de faire la route avec des gens qui ont un forgeron en guise de tailleur et qui vont voir le maréchal-ferrant quand leur costume a un accroc.

Talen fit son entrée sur ces entrefaites, l'air tout excité. La même question fusa des quatre coins de la pièce :

— Où étais-tu passé ?

— C'est agréable de se sentir apprécié, fit le gamin avec une courbette ironique. Je suis confondu par cette unanimité.

— Ce serait trop long à vous expliquer, Oscagne, fit

Dolmant avec lassitude. Mais si vous avez des choses de valeur sur vous, surveillez-les bien quand ce gamin est dans les parages.

— Allons, Sarathi, protesta Talen. Il y a près d'une semaine que je n'ai rien volé.

— C'est toujours un début, approuva Emban.

— Chassez le naturel, il revient au galop, fit Talen avec un sourire sardonique. Enfin, puisque vous mourez tous d'envie de le savoir, j'étais en ville. Je fouinais un peu par-ci par-là quand je suis tombé sur un vieil ami. Vous n'allez pas me croire : Krager est ici, à Chyrellos !

DEUXIÈME PARTIE

ASTEL

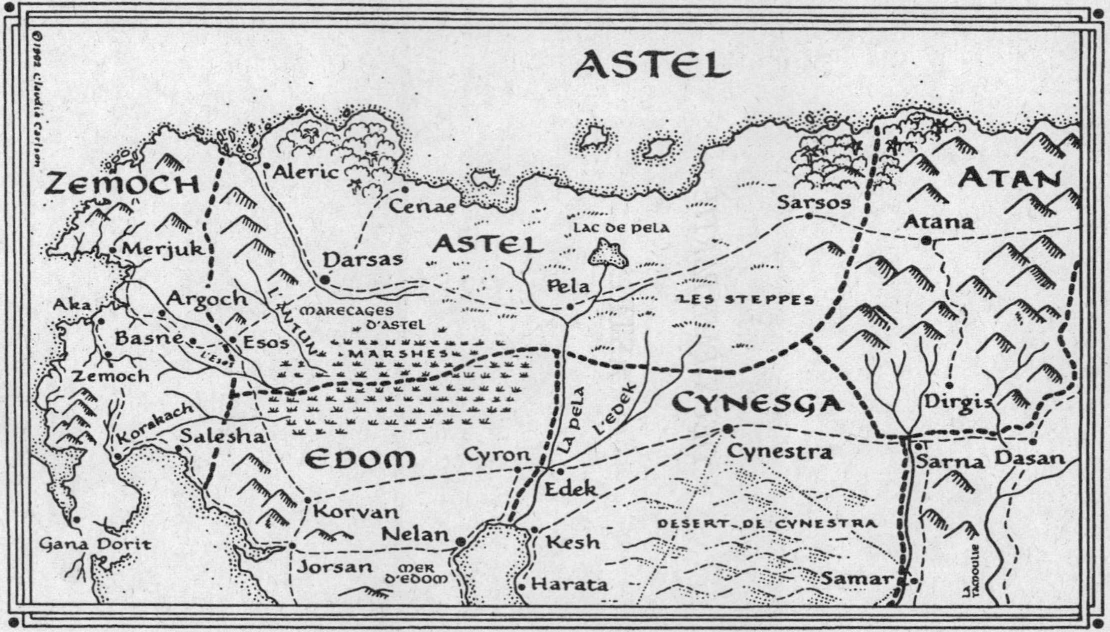
ASTEL
ZEMOCH
Aleric
Cenae
Sarsos
ATAN
Atana
Merjuk
Darsas
ASTEL
LAC DE PELA
Pela
LES STEPPES
Aka
Argoch
L'ANTUN
MARECAGES D'ASTEL
Basne
Esos
MARSHES
L'ESOS
Zemoch
Korakach
Salesha
EDOM
Cyron
LA PELA
L'EDEK
CYNESGA
Dirgis
Cynestra
Sarna
Dasan
Edek
Korvan
Nelan
Kesh
DESERT DE CYNESTRA
Gana Dorit
Jorsan
MER D'EDOM
Harata
Samar
LA TAMOULIE
©1992 Claudia Carlson

CHAPITRE VII

« Komier, écrivit Émouchet, Ma femme part en visite officielle à Mathérion, en Tamoulie. Tout semble indiquer que les troubles dont le Lamorkand est la proie sont fomentés en Darésie, et nous profitons du voyage d'Ehlana pour aller voir là-bas ce qui s'y trame. Je te tiendrai au courant. J'emprunte vingt-cinq chevaliers génidiens du chapitre local pour étoffer notre garde d'honneur.

« Il serait bon que tu essaies d'empêcher Avin Wargunsson de sceller des alliances avec le comte Gerrich, au Lamorkand. Gerrich est mouillé jusqu'au cou dans je ne sais quel plan ambitieux qui s'étend bien au-delà des frontières du Lamorkand. Dolmant apprécierait sûrement que vous trouviez, Darellon, Abriel et toi, un prétexte pour aller là-bas et faire mordre la poussière à ce drôle. Méfiez-vous tout de même : Gerrich a partie liée avec quelqu'un qui en connaît un rayon, question magie. Ulath t'envoie tous les détails.

« Émouchet.

— Ce n'est pas un peu abrupt, mon chou ? demanda Ehlana en lisant par-dessus l'épaule de son mari.

Elle sentait rudement bon.

— Komier est lui-même d'un genre assez abrupt, répondit Émouchet en posant sa plume d'oie. Et je n'ai jamais aimé écrire.

— Ça, j'avais remarqué.

Ils avaient passé la journée dans le somptueux appartement aménagé dans l'un des bâtiments de l'Église jouxtant la Basilique, à rédiger des missives destinées à des gens disséminés aux quatre coins du continent.

— Tu n'as pas de lettres à écrire ? demanda Émouchet.

— J'ai fini, répondit Ehlana en repoussant une mèche de cheveux blonds de son front. À vrai dire, je me suis contentée d'envoyer un mot à Lenda. Il sait ce qu'il a à faire.

Elle jeta un coup d'œil à Mirtaï qui épointait patiemment les griffes de Mmrr, à l'autre bout de la pièce. Et Mmrr ne le prenait pas très bien.

— La dépêche que Mirtaï a envoyée à Kring a été beaucoup plus directe, reprit Ehlana avec un sourire. Elle a appelé un messager péloï et lui a ordonné de dire à Kring de foncer ventre à terre à Basne, sur la frontière entre le Zémoch et l'Astel avec une centaine d'hommes de sa tribu. Elle a ajouté que, si elle ne le trouvait pas là-bas en arrivant, elle comprendrait qu'il ne l'aimait plus.

— Pauvre Kring, fit Émouchet avec un petit sourire. C'est le genre de message qui le ferait se lever d'entre les morts ! Tu crois qu'elle finira par l'épouser ?

— Ça... Tout ce que je peux dire, c'est qu'il ne la laisse pas indifférente.

On frappa à la porte. Mirtaï se leva et fit entrer Kalten qui portait un somptueux pourpoint de brocart vert.

— Nous aurons un temps magnifique pour le voyage, annonça-t-il.

— Comment cela s'annonce-t-il ? demanda Émouchet.

— Nous sommes prêts, répondit-il en s'inclinant cérémonieusement devant Ehlana. Et même plus que prêts. Nous en sommes au stade où tout le monde se mue en inspecteur des travaux finis.

— C'est-à-dire ? demanda Ehlana, intriguée.

— Chacun vérifie le travail des autres comme s'il se croyait seul capable de faire les choses convenablement, répondit le jeune homme avec un haussement d'épaules. Nous sommes cernés par les mouches du coche. Je te préviens, Émouchet, si Emban me demande encore une fois où en sont les préparatifs des chevaliers, je l'étrangle ! Il n'a aucune idée des problèmes que pose le déplacement d'un groupe aussi important. Figurez-vous qu'il voulait nous faire prendre le même bateau, avec les chevaux et tout le fourniment !

— Nous aurions peut-être été un peu tassés, convint Ehlana avec un sourire. Combien de bâtiments a-t-il finalement décidé d'affréter ?

— Ça, je l'ignore. Je ne sais même pas combien nous sommes au juste. Chacun de vos serviteurs est absolument convaincu que sans lui, vous êtes perdue, Majesté. Ils sont une quarantaine à faire leurs paquets.

— Tu devrais faire le tri, Ehlana, suggéra Émouchet. Je ne tiens pas à traîner toute la cour à ma suite.

— Nous ne pouvons pas partir seuls, Émouchet, ne serait-ce que pour sauver les apparences.

Talen apparut sur ces entrefaites. Le gamin portait ce qu'il appelait sa « tenue de chasse » : des vêtements passe-partout, un peu dépareillés et passablement élimés.

— Il est toujours là, déclara-t-il, les yeux brillants.

— Qui ça ? demanda Kalten.

— Krager, répondit Talen d'une voix qui passait drôlement du soprano au baryton. Il rôde dans Chyrellos comme un chiot perdu à la recherche d'un maître. Stragen a chargé des membres de la guilde locale des voleurs de le filer. Nous n'avons pas réussi à savoir ce qu'il trame au juste. En tout cas, il ne s'arrange pas. Il a l'air plus lamentable que jamais. On dirait que quelqu'un lui a frit les yeux dans le saindoux.

— Arrête, je vais pleurer, coupa Émouchet. Il commence à me courir sur le haricot. Il y a dix ans que ça dure, qu'il se rappelle régulièrement à moi, un peu comme un ongle incarné. Ou comme un agent de la partie adverse qui serait trop insignifiant pour qu'on s'en inquiète vraiment.

— Stragen pourrait demander à un des voleurs de la région de lui couper le cou, suggéra Talen.

— Non, répondit Émouchet après réflexion. Krager a toujours été un précieux indicateur. Dis plutôt à Stragen que, s'il pouvait m'arranger ça, j'aimerais lui dire deux mots. La menace de faire des nœuds avec ses jambes a généralement pour effet de lui délier la langue.

Une demi-heure plus tard, Ulath passait la tête par la porte.

— Tu as fini ta lettre à Komier ? demanda-t-il à Émouchet.

— Il est arrivé à bout du brouillon, sire Ulath, répondit Ehlana. Mais il aurait bien besoin d'être revu.

— Inutile de fignoler, Majesté. Komier est habitué aux lettres bizarres. Un jour, il a reçu d'un de nos frères un rapport écrit sur de la peau humaine.

— De la *quoi* ? releva-t-elle en ouvrant de grands yeux.

— Il n'avait rien d'autre sous la main. Enfin, un chevalier génidien vient d'arriver avec un message de Komier. Il repart pour Emsat, et il pourrait emporter la lettre d'Émouchet si elle est prête.

— Voilà, fit Émouchet en repliant le parchemin et en le scellant à la cire. Que raconte Komier ?

— De bonnes nouvelles, pour une fois. Tous les Trolls ont quitté la Thalésie pour une raison inconnue.

— Et où sont-ils allés ?

— Qui peut le dire ? Et ça intéresse qui, de toute façon.

— Les gens qui vivent là où ils sont allés, par exemple, avança Talen.

— Ça, c'est leur problème, rétorqua Ulath. Enfin, c'est quand même drôle. Le moins qu'on puisse dire, c'est que les Trolls n'ont pas l'instinct grégaire. Je me demande ce qui a pu les décider à prendre leurs cliques et leurs claques et à partir tous ensemble. J'aurais bien voulu être petite souris pour assister aux discussions préliminaires. D'habitude, ils s'entre-tuent au premier coup d'œil.

— Je regrette de ne pas pouvoir faire grand-chose de plus pour vous, Émouchet, fit gravement Dolmant lorsque les deux hommes s'entretinrent en privé, un peu plus tard. L'Église n'est pas unifiée en Darésie. Aucun des chapitres ne reconnaît l'autorité de Chyrellos, alors je ne puis leur donner l'ordre de vous aider.

Dolmant avait l'air préoccupé, et par contraste avec ses cheveux blancs, son teint paraissait d'un jaune malsain. Il régnait au sens propre du terme sur un empire qui s'étendait de Thalésie en Cammorie, et pour être prestigieuse, cette fonction devait être écrasante. Les changements qu'ils avaient constatés chez leur ami au cours des années venaient de là et non d'un sentiment exacerbé de sa propre importance.

— Vous recevrez un meilleur accueil en Astel qu'en Édom ou en Daconie, poursuivit-il. La doctrine de l'Église d'Astel est assez proche de la nôtre pour que nous reconnaissions le clergé astellien. L'Édom et la Daconie ont rompu tous liens avec l'Église astellienne il y a des milliers d'années pour suivre leur propre chemin, fit l'archiprélat avec un sourire attristé. Les sermons, dans ces deux royaumes, se résument à une dénonciation hystérique de l'Église de Chyrellos, et plus particulièrement de ma personne. Ils refusent la hiérarchie, comme au Rendor. Si vous passez par là, vous risquez de vous heurter à l'hostilité du clergé. Je doute que vous en receviez beaucoup d'aide. Votre nature de chevalier pandion jouera plutôt contre vous qu'en votre faveur. On y raconte aux enfants que les membres des ordres combattants ont des cornes et une queue fourchue. Ils s'imagineront sûrement que vous venez incendier leurs églises, égorger leurs prêtres et les réduire en esclavage.

— Je tâcherai d'éviter ces endroits, Sarathi, lui assura Émouchet. Et qui est le chef de l'Église d'Astel ?

— L'archimandrite de Darsas. C'est un titre tombé en désuétude, à peu près équivalent, chez nous, à celui de patriarche. L'Église d'Astel est organisée autour de la vie monastique. Ils n'y a pas de clergé séculier. Pour le reste, les pratiques et notamment la liturgie diffèrent un peu des nôtres, mais ça ne devrait pas vous poser de problème, car je doute qu'on vous demande de dire la messe. Ce qui est aussi bien ; je vous ai entendu faire un sermon, une fois...

— Nous servons chacun à notre façon, Sarathi, rétorqua Émouchet avec un grand sourire. Notre Sainte Mère ne m'a pas recruté pour prêcher la bonne parole. Comment dois-je m'adresser à l'archimandrite de Darsas, au cas où je le rencontrerais ?

— Appelez-le « Votre Grâce », comme un de nos patriarches. C'est un homme imposant, avec une grande barbe, et il sait tout ce qui se passe en Astel. Il a des prêtres partout. Ils ont la confiance du peuple et ils envoient des rapports hebdomadaires à l'archimandrite. L'Église jouit d'un pouvoir phénoménal, là-bas.

— Ça, c'est original.

— Ne me faites pas la vie plus dure qu'elle n'est déjà, Émouchet. J'en bave assez comme ça.

— Vous voulez un petit conseil, Dolmant ?

— Si ça me concerne personnellement, je m'en passerai.

— Il ne s'agit pas de vous. Vous êtes trop vieux pour changer. Non, ça concerne votre politique au Rendor. Votre idée de départ était bonne, mais vous avez pris les choses à l'envers.

— Prenez garde, Émouchet. J'ai fait enfermer des hommes dans des monastères *ad vitam aeternam* pour moins que ça.

— Votre politique de réconciliation avec le Rendor était très avisée. J'ai passé dix ans de ma vie dans la région, je sais ce qui se passe dans la tête des gens. Le peuple aurait vraiment apprécié de faire la paix avec l'Église, ne serait-ce que pour se débarrasser de tous les fanatiques qui prêchent dans le désert. Le principe était bon, mais pas les prêtres que vous avez envoyés là-bas pour l'appliquer.

— Tous ces prêtres connaissaient la doctrine sur le bout des doigts.

— C'est bien le drame. Vous avez envoyé des fanatiques doctrinaires, acharnés à punir les Rendors pour leur hérésie.

— L'hérésie est un problème, Émouchet.

— L'hérésie des Rendors n'est pas théologique, Dolmant. Ils adorent le même Dieu que nous, le dogme n'est pas en cause. Les divergences d'opinion entre eux et nous tiennent uniquement au gouvernement de l'Église. L'Église était corrompue lors du schisme des Rendors. Les membres de la Hiérocratie envoyaient leurs parents au Rendor pour occuper des positions prestigieuses dans l'Église, et ces parents étaient des parasites beaucoup plus avides de vider les poches de leurs ouailles que d'assurer le salut de leur âme. Quand on va au fond des choses, c'est pour ça que les Rendors ont commencé à mettre les prélats et les prêtres à mort — et c'est pour ça qu'ils continuent aujourd'hui. Vous ne réconcilierez jamais l'Église et les Rendors si vous vous entêtez à les châtier. Ils se fichent de savoir qui dirige notre Sainte Mère. Ils ne vous verront jamais en personne, mon ami, mais le prêtre local, ils le voient tous les jours. S'il passe son temps à les traiter d'hérétiques et à déchirer les voiles de leurs femmes, ils le massacreront. C'est aussi simple que ça.

— J'ai peut-être commis une erreur, admit Dolmant, l'air sincèrement troublé. Évidemment, si vous racontez à qui que ce soit ce que je viens de vous dire, je dirai que c'est un mensonge.

— Naturellement.

— Bon, alors que me suggérez-vous de faire ?

— Il y a un vicaire dans une pauvre église de Borrata, répondit Émouchet. Je ne connais pas d'homme qui incarne davantage l'idée que l'on se fait de la sainteté, et je ne connais même pas son nom. Mais Bérit sait de qui je veux parler. Déguisez des enquêteurs en mendiants et envoyez-les en Cammorie pour l'observer. C'est l'homme qu'il vous faut.

— Pourquoi ne pas l'envoyer chercher sans perdre de temps ?

— Il n'osera jamais vous parler, Sarathi. Le mot humble a été inventé pour lui. Et puis il ne quitte jamais ses ouailles. Si vous le faites venir à Chyrellos pour l'expédier ensuite au Rendor, il est probable qu'en six mois ce sera un homme mort. Il est comme ça.

— Vous me troublez, Émouchet, soupira Dolmant, les yeux soudain pleins de larmes. Vous me troublez. C'est l'idéal que nous avons tous quand nous entrons dans les ordres. Comment se fait-il que nous nous en éloignions autant par la suite ?

— Vous vous impliquez trop dans les affaires temporelles, Dolmant, répondit gentiment Émouchet. L'Église ne doit pas se couper du monde, mais le monde la corrompt beaucoup plus vite que nous n'arrivons à le sauver.

— Quelle est la réponse à ce problème, Émouchet ?

— Honnêtement, je ne sais pas, Sarathi. Il n'y en a peut-être pas.

Émouchet... fit la voix de sa fille, dans sa tête, alors qu'il traversait la nef de la Basilique. Il s'agenouilla rapidement comme s'il priait pour qu'on ne voie pas ce qu'il faisait en réalité.

Qu'y a-t-il, Aphraël ? demanda-t-il en silence.

Tu n'as pas besoin de te prosterner devant moi, Émouchet, ironisa la voix.

Je ne me prosterne pas devant toi, mais je ne tiens pas à ce qu'on me pincé à parler tout seul. Ça me vaudrait probablement d'être envoyé à l'asile.

Tu as l'air très révérencieux, dans cette position. Je suis extrêmement émue.

Bon, tu avais quelque chose d'important à me dire ou tu

voulais juste faire de l'humour ?

Séphrénia veut te parler.

Très bien. Je suis dans la nef. Viens me chercher et nous monterons dans la coupole.

Je te retrouve là-bas.

Il n'y a qu'un escalier pour y aller, Aphraël. Il faut bien que nous l'empruntions.

Toi, peut-être, mais pas moi. Je n'aime pas entrer dans la nef, Émouchet. Ton Dieu m'arrête chaque fois pour bavarder, et il est tellement rasoir...

Émouchet sentit son esprit se coaguler à cette pensée.

Les marches de bois millénaires qui montaient en tournicotant jusqu'au sommet du dôme protestèrent avec véhémence sous le poids d'Émouchet. L'escalade lui parut interminable et il était à bout de souffle lorsqu'il arriva enfin en haut.

— Tu en as mis du temps, remarqua Danaé.

Elle portait une tunique blanche de coupe résolument styrique, mais qui pouvait passer pour une robe de petite fille.

— Je me demande quel plaisir tu trouves à me lancer ce genre de piques, fit Émouchet d'un ton accusateur.

— Allons, allons, c'était juste pour te taquiner, Père, répondit-elle en riant.

— J'espère que personne ne t'a vue arriver. Le monde ne me paraît pas prêt à accepter l'idée d'une princesse volante.

— Personne ne m'a vue, Émouchet. Fais-moi confiance, va.

— Comme si j'avais le choix ! Enfin, passons. Nous n'avons pas de temps à perdre si nous voulons vraiment partir demain matin. J'ai encore des tas de choses à faire.

Elle s'assit docilement près d'une des énormes cloches, leva le visage, comme à l'accoutumée, et fredonna le même petit air flûté. Puis sa voix mourut et son visage devint livide.

— Où étais-tu passé ? demanda Séphrénia en regardant son disciple par les yeux de Danaé.

— Arrêtez ça tout de suite, vous deux, soupira-t-il, ou je change de métier.

— Allons, c'est Aphraël qui te taquine, hein ? demanda-t-elle.

— Évidemment. Tu savais qu'elle pouvait voler ?

— Je ne l'ai jamais vue faire, mais je le pensais bien.

— Bon, pourquoi voulais-tu me parler ?

— J'ai entendu des rumeurs inquiétantes. Les Atans du Nord ont vu d'énormes créatures velues dans les forêts, près de la côte septentrionale.

— C'est donc là qu'ils sont allés !

— Ne fais pas de mystères avec moi, mon petit.

— Komier a prévenu Ulath que les Trolls avaient quitté la Thalésie.

— Les Trolls ! s'exclama-t-elle. C'est impossible ! La Thalésie est leur foyer ancestral !

— Va dire ça aux Trolls. Komier jure qu'il n'en reste plus un seul en Thalésie.

— Il se passe des choses très, très bizarres, Émouchet.

— C'est exactement ce que dit l'ambassadeur Oscagne. Les Styriques de Sarsos y comprennent-ils quelque chose ?

— Non. Zalasta y perd son darésien.

— Tu vois qui pourrait être derrière tout ça ?

— Nous n'avons même pas idée de sa nature ou de son espèce, Émouchet.

— Nous en revenons toujours plus ou moins à l'idée qu'il s'agit encore des Dieux des Trolls. Pour faire quitter la Thalésie aux Trolls, il fallait quelque chose qui ait une sacrée autorité sur eux, et qui cela semble-t-il montrer du doigt sinon leurs Dieux ? Sommes-nous absolument certains qu'ils n'ont pas réussi à se libérer ?

— Il ne faut écarter aucune hypothèse quand on a affaire à des Dieux, Émouchet. Je ne sais quel sort Ghwerig a employé quand il les a emprisonnés dans le Bhelliom ; j'ignore par conséquent s'il peut être rompu.

— C'est donc possible.

— C'est exactement ce que je te disais, mon cher enfant. Tu as revu cette ombre, ou ce nuage, récemment ?

— Non.

— Et Aphraël, elle l'a vu ?

— Non.

— Elle pourrait te le dire, elle. Mais je préfère éviter de l'exposer à cette chose, quelle qu'elle soit. Nous arriverons peut-être à trouver un subterfuge pour l'attirer quand tu arriveras ici, afin que j'y jette un coup d'œil. Quand partez-vous ?

— Demain matin, à la première heure. Danaé m'a plus ou moins dit qu'elle pouvait jouer avec le temps, comme lorsque nous marchions vers l'Arcie avec l'armée de Wargun. Nous y serions plus vite, mais pourrait-elle faire ça maintenant de telle façon que ce soit indécelable, comme lorsqu'elle était Flûte ?

De la cloche qui se trouvait derrière la forme immobile de sa fille monta une note grave et douce.

— Pourquoi ne m'interroges-tu pas directement, Émouchet ? fit la voix de Danaé dans le bourdonnement de la cloche. Je suis là, tu sais.

— Comment voulais-tu que je le sache ?... Bon, alors, tu peux le faire ? demanda-t-il comme elle ne lui répondait pas spontanément.

— Bien sûr que je peux, Émouchet, fit la Déesse-Enfant avec agacement. Ce que tu peux être ignare !

— Ça suffit, gronda Séphrénia.

— Il est tellement balourd…

— Aphraël ! Ça suffit, je te dis ! Tu ne dois pas manquer de respect à ton père. Même si c'est un indécrottable balourd, ajouta-t-elle, et un sourire retroussa les lèvres de la petite princesse en transe.

— Je peux vous laisser, si vous voulez, toutes les deux ? protesta Émouchet. Vous serez plus tranquilles pour commenter mes défauts.

— Mais non, mais non, Émouchet, fit Aphraël d'un petit ton badin. Nous sommes tous frères ; nous n'avons pas de secrets les uns pour les autres.

Ils quittèrent Chyrellos le lendemain matin, sous un soleil radieux. Ils prirent la route du sud qui longeait la Sarin du côté arcien de la frontière. Ils étaient escortés par une centaine de chevaliers de l'Église en armure d'apparat. L'herbe était d'un vert luxuriant, le long de la rivière, et de petits nuages laineux moutonnaient dans le ciel. Après une brève discussion, Émouchet et Ehlana avaient décidé que les serviteurs indispensables à une personne de son rang pourraient être presque tous prélevés parmi les chevaliers de l'Église.

— Stragen leur dira ce qu'ils ont à faire, avait avancé Émouchet. Il a une certaine expérience de la chose. Je suis sûr qu'il arrivera parfaitement à donner à d'honnêtes chevaliers l'allure de papillons futiles.

Il avait tout de même consenti à leur adjoindre une dame de compagnie, la baronne Mélidéré, une jeune femme de l'âge d'Ehlana, aux cheveux de miel, aux yeux très bleus et à l'air complètement écervelée. Ehlana emmena aussi une de ses caméristes préférées, une fille aux yeux de biche qui répondait au nom d'Aleanne. Les deux jeunes femmes voyageaient dans la même voiture que la reine, Mirtaï, Danaé et Stragen, qui avait revêtu ses plus beaux atours et les distrayait par son badinage élégant. Émouchet se dit qu'entre Stragen et Mirtaï, sa femme et sa fille n'avaient pas grand-chose à craindre en cas d'échauffourée.

Le patriarche Emban allait poser plus de problèmes, Émouchet le comprit avant qu'ils aient parcouru une lieue. Sa Grâce montait à cheval comme une gueuse de fonte et ne cessait de geindre.

— Ça ne marchera jamais, tu t'en rends bien compte, observa Kalten vers le milieu de la matinée. Homme d'Église ou pas, si les chevaliers doivent subir ses jérémiades continuelles, je te garantis qu'il va lui arriver des bricoles avant que nous arrivions à Mathérion. D'ailleurs, si personne ne s'en charge, je suis prêt à le noyer de mes mains dans cette rivière qui longe fort commodément la route...

Émouchet médita un instant la question. Il regarda la voiture de la reine.

— Ce landau ne sera jamais assez grand, répondit-il. Il nous faudrait quelque chose de plus imposant. Six chevaux font toujours plus d'effet que quatre, de toute façon. Essaie de me trouver Bévier.

Lorsque l'Arcien au teint olivâtre s'approcha, Émouchet lui expliqua la situation.

— Si nous ne faisons pas descendre Emban de ce bourrin, il va nous falloir un an pour arriver de l'autre côté de la Darésie. Tu es toujours copain avec ton cousin Lycien ?

— Nous sommes les meilleurs amis du monde. Pourquoi ?

— Pars en avant et va discuter avec lui. Je voudrais une voiture assez grande pour huit personnes, et tirée par six chevaux. Nous mettrons Emban et l'ambassadeur Oscagne dedans avec ma femme et sa suite. Dis-lui de te trouver ça.

— Ça risque de coûter cher, Émouchet, fit Bévier, dubitatif.

— Aucun problème. C'est l'Église qui finance. Au bout d'une semaine de cheval, Emban achètera n'importe quoi les yeux fermés pourvu que ça n'ait pas de selle sur le dos. Oh, tant que tu y seras, fais remonter la rivière à nos bateaux, qu'ils s'amarrent aux docks de Lycien. Madel n'est pas une ville assez touristique pour qu'on ait envie d'y séjourner plus longtemps que nécessaire, et les docks de Lycien sont assez commodément placés.

— Autre chose, Émouchet ? demanda Bévier.

— Pas pour l'instant. Mais tu es libre d'improviser. Ajoute tout ce qui te passera par la tête en cours de route. Pour une fois que nous disposons d'un budget plus ou moins illimité ! Les coffres de l'Église nous sont grands ouverts.

— À ta place, je me garderais bien de raconter ça à Stragen ou à Talen ! s'esclaffa Bévier. Bon, on se retrouve chez Lycien.

Il talonna son cheval et partit au galop vers le sud.

— Pourquoi ne lui as-tu pas demandé de prendre une deuxième voiture pour Emban et Oscagne ? s'étonna Kalten.

— Parce que je ne tiens pas à devoir en défendre deux quand nous arriverons en Tamoulie.

— Mmm, pas bête !

Ils arrivèrent chez le marquis Lycien en fin d'après-midi. Ils y retrouvèrent Bévier en compagnie de son cousin trapu et rubicond sur le gravier du cours qui s'étendait devant la maison. Le marquis s'inclina profondément devant la reine d'Élénie et insista pour qu'elle accepte son hospitalité pendant son séjour à Madel. Kalten dispersa les chevaliers dans le domaine.

— Tu as trouvé une voiture ? demanda Émouchet.

Bévier eut une moue dubitative.

— Mouais. Mais quand Emban saura ce que ça coûte, il est à craindre que ses cheveux ne blanchissent d'un coup.

— Pas sûr, fit Émouchet. D'ailleurs, nous allons lui demander ce qu'il en pense.

Ils traversèrent l'allée de gravier et rejoignirent le patriarche d'Ucera. Il avait mis pied à terre et se cramponnait au pommeau de sa selle telle une vivante allégorie du désespoir.

— Belle petite promenade, pas vrai, Votre Grâce ? demanda gaiement Émouchet.

Le petit prélat grassouillet poussa un gémissement à fendre l'âme.

— Je ne pourrai plus marcher pendant une semaine.

— Bah, ce n'était qu'une petite promenade de rien du tout, poursuivit Émouchet. Il faudra que nous pressions l'allure quand nous serons en Tamoulie. Je peux vous parler franchement, Votre Grâce ? demanda-t-il d'un ton plus grave.

— Je ne pourrais pas vous faire taire même si j'en avais envie, alors…, fit aigrement Emban.

— Exact. Vous nous ralentissez, vous savez.

— Je vous en demande bien pardon.

— Votre Grâce n'est pas faite pour monter à cheval. Toutes ses qualités sont concentrées dans la tête ; son postérieur est *nul*.

Emban étrécit les paupières tel le chacal choisissant l'endroit à mordre.

— Continuez, dit-il d'un ton engageant.

— Puisque nous sommes pressés, nous avons décidé de vous mettre des roues sous les fesses. Votre Grâce ne seraitelle pas mieux dans une voiture capitonnée ?

— Émouchet, je vous embrasserais !

— Je suis marié, Votre Grâce. Et ma femme ne comprendrait peut-être pas. Pour des raisons de sécurité, une voiture vaut mieux que deux, alors j'ai pris la liberté d'en louer une plus grande que celle dans laquelle Ehlana est venue de Chyrellos. Je me suis dit que vous pourriez monter, l'ambassadeur Oscagne et vous, dans la voiture de la reine et de sa suite. J'espère que ça ne vous ennuie pas de faire la route avec eux ?

— Je baiserais le sol sur lequel vous marchez, Émouchet !

— Ce ne sera pas nécessaire, Votre Grâce. Tout ce que je vous demande, c'est de signer l'autorisation de louer la voiture. Nous sommes en mission pour l'Église, après tout. Et vous ne nierez pas le bien-fondé de cette dépense.

— Où dois-je signer ? demanda Emban avec avidité.

— Une voiture de cette taille coûte forcément assez cher, Votre Grâce, poursuivit Émouchet, pour amortir le coup.

— Je mettrais la Basilique au clou pour ne jamais revoir ce canasson.

— Tu as vu ? demanda Émouchet à Bévier alors qu'ils s'éloignaient. Ce n'était pas la mer à boire.

— Comment savais-tu qu'il accepterait si facilement ?

— Le vrai stratège est celui qui sait choisir son moment, répondit Émouchet d'un petit ton suffisant. Plus tard, il aurait pu être tenté de discuter. Il fallait l'entreprendre sur le sujet alors qu'il était encore à l'agonie.

— Le problème avec toi, Émouchet, c'est que tu as un mauvais fond ! fit Bévier en s'esclaffant.

— C'est drôle, tout le monde me dit ça.

— Mes gens auront fini ce soir de charger les provisions pour votre traversée, Émouchet, annonça le marquis Lycien alors qu'ils allaient à cheval vers le village et les quais situés en bordure de son domaine. Vous devriez pouvoir partir demain matin avec la marée.

— Vous êtes un véritable ami, messire, répondit Émouchet. Vous êtes toujours là quand nous avons besoin de vous.

— Vous exagérez mes bienfaits, messire Émouchet, fit Lycien en riant. Je réalise un très joli bénéfice en équipant vos bâtiments.

— Ça fait toujours plaisir de savoir qu'on a des amis qui réussissent.

— Vous êtes l'homme le plus heureux du monde, Émouchet, observa Lycien en jetant un coup d'œil par-dessus son épaule à Ehlana qui montait un palefroi gris, derrière eux. Votre épouse est la plus belle femme que j'aie vue de ma vie.

— Je le lui dirai, messire. Je suis sûr que ça lui fera plaisir.

La reine d'Élénie et le patriarche d'Ucera avaient décidé de les accompagner, la première pour inspecter les aménagements apportés aux vaisseaux, le second pour examiner la voiture qu'il venait d'acheter.

La flottille amarrée aux quais de Lycien consistait en une douzaine de gros bateaux si bien équipés que les navires de commerce voisins avaient piètre allure à côté.

Lycien leur fit traverser le village qui avait poussé comme un champignon autour des quais et ils arrivèrent bientôt à la rivière étincelante.

— Maître Cluff ? fit une voix qui évoquait une corne de brume.

Émouchet se tourna sur sa selle.

— Hé, mais c'est le capitaine Sorgi ! s'exclama-t-il avec un plaisir sincère.

Il aimait beaucoup le capitaine aux cheveux d'argent et aux manières abruptes avec qui il avait passé tant d'heures. Il bondit à terre et serra chaleureusement les mains de son ami.

— Maître Cluff ! fit Sorgi avec enthousiasme. Qu'êtes-vous devenu depuis tout ce temps ? Êtes-vous toujours poursuivi par ces cousins ?

Émouchet tira un nez long d'une aune et poussa un soupir funèbre. Il ne pouvait laisser passer une si belle occasion.

— Non, répondit-il d'une voix entrecoupée de sanglots. J'ai commis l'erreur de m'arrêter pour prendre une chope de bière dans une taverne d'Apalia, dans le nord de la Pélosie. Ce fut une chope de trop.

— Vous avez réussi à leur échapper, quand même ? demanda Sorgi, l'air sincèrement préoccupé.

— Ils étaient douze, mon pauvre ami. Ils se sont jetés sur moi avant que j'aie le temps de lever le petit doigt. Ils m'ont enchaîné et traîné jusqu'au domaine de l'immonde héritière dont je vous parlais.

— Ils ne vous ont quand même pas obligé à l'épouser ? s'exclama Sorgi, consterné.

— Si, hélas, répondit Émouchet d'un ton tragique. C'est elle, sur le cheval gris, là-bas, fit-il en indiquant la radieuse reine d'Élénie.

Le capitaine Sorgi en resta comme deux ronds de flan.

— Horrible, n'est-ce pas ? reprit Émouchet d'une voix tremblante.

CHAPITRE VIII

La baronne Mélidéré était une jolie fille aux cheveux de miel et aux yeux bleus comme le ciel d'été. Elle était complètement écervelée, ou du moins était-ce ce qu'elle s'ingéniait à faire croire, car, en fait, elle était probablement plus intelligente que la majorité des gens à la cour d'Ehlana. Elle avait appris très tôt dans la vie que les gens aux capacités intellectuelles limitées se sentent menacés par les jolies jeunes femmes, et elle avait mis au point un sourire évaporé, parfaitement débile, un regard totalement ahuri et un petit gloussement stupide derrière lesquels elle s'abritait lorsque la situation l'exigeait, et elle se gardait bien de dire ce qu'il en était en réalité.

La reine Ehlana l'avait percée à jour et même encouragée à poursuivre cette stratégie. Mélidéré était très observatrice et avait l'oreille fine. Les gens ne se méfiaient pas des têtes de linotte de son espèce ; ils disaient, devant elle, des choses qu'ils auraient normalement gardées pour eux. Mélidéré s'empressait de rapporter ces écarts à la reine, qui la trouvait décidément très précieuse.

Mais il y en avait un que Mélidéré rendait absolument fou : Stragen. Il *savait* qu'elle ne pouvait pas être aussi bête qu'elle en avait l'air, mais il n'arrivait pas à la prendre en défaut.

Aleanne, la camériste de la reine, n'était pas d'une intelligence exceptionnelle, mais elle avait une si bonne nature qu'on ne pouvait s'empêcher de l'aimer. Elle était douce, tendre et aimante, timide et réservée. Elle avait les cheveux bruns et de grands yeux de biche, et Kalten la considérait comme sa proie, car Kalten était un loup. Il adorait les servantes. Il ne se sentait pas menacé par elles, et il pouvait les entreprendre sans craindre qu'elles le repoussent.

Ils quittèrent Madel par ce beau matin de printemps à bord d'un bâtiment particulièrement bien gréé. Il appartenait à l'Église et avait été construit spécialement pour convoyer des prélats de haut rang et leurs serviteurs d'un port à l'autre de l'Éosie.

Toutes les cabines de bateau étaient plus ou moins identiques, avec leurs parois de bois teinté en noir pour le protéger contre l'humidité, leurs meubles boulonnés au sol pour leur éviter de se déplacer d'un bout à l'autre de la cabine par gros temps. Et comme le plafond était en réalité le dessous du pont sur lequel s'activaient les marins, les poutres sombres qui le supportaient étaient d'une robustesse à toute épreuve.

Mais le vaisseau à bord duquel embarquèrent la reine d'Élénie et sa suite était équipé à l'arrière d'une grande cabine dotée d'une vaste baie vitrée. Cette espèce de salle d'audience flottante était idéale pour les réunions. Grâce aux fenêtres entourant complètement la poupe, on y avait une impression d'espace, et comme le bâtiment voguait le plus souvent par vent arrière — c'était le propre de tous les voiliers — les odeurs d'eau de cale étaient chassées vers l'avant et vers les quartiers exigus où logeait l'équipage.

Le second jour de la traversée, Émouchet et Ehlana revêtirent des vêtements pratiques, utilitaires, et montèrent dans ce qu'ils appelaient la « salle du trône », qui se trouvait juste au-dessus de leur cabine. Aleanne préparait le petit déjeuner de la princesse Danaé sur un dispositif fort astucieux qui tenait de la lampe et du fourneau.

On frappa à la porte et Kalten et Stragen entrèrent. Kalten se comportait assez étrangement en vérité : il marchait plié en deux, tordu sur le côté, et paraissait souffrir le martyre.

— Que t'arrive-t-il ? demanda Émouchet.

— J'ai essayé de dormir dans un hamac, gémit Kalten. Je pensais que c'était la chose à faire quand on était en mer. Je crois que je me suis pété quelque chose.

Mirtaï quitta le fauteuil qu'elle occupait près de la porte et s'approcha de lui avec détermination.

— Ne bougez pas, lui dit-elle d'un ton péremptoire.

— Qu'est-ce que vous faites ? demanda-t-il, sur la défensive.

— Restez tranquille.

Elle lui palpa délicatement le dos du bout des doigts.

— Couchez-vous par terre, ordonna-t-elle. À plat ventre. Allez !

— Et puis quoi encore ?

— Vous voulez que je vous y colle moi-même ?

Le jeune homme s'allongea péniblement sur le sol.

— Ça va faire mal ? demanda-t-il entre deux grognements.

— À moi, non. Détendez-vous, dit-elle en ôtant ses sandales, puis elle lui monta sur le dos et marcha dessus.

Il y eut des craquements, on entendit sauter des choses. On entendit aussi des cris et des hoquets de douleur. Puis elle s'arrêta, malaxa pensivement un nœud de muscles entre ses omoplates avec ses orteils, se dressa sur la pointe des pieds et se laissa retomber de tout son poids sur le dos de l'infortuné jeune homme.

Kalten exhala un cri étranglé, les poumons soudains vidés de tout l'air qu'ils contenaient. Son dos fit entendre un affreux claquement, un peu comparable au bruit qu'aurait fait un tronc d'arbre cassé en deux. Kalten resta un moment à plat ventre, à pousser des gémissements entrecoupés de hoquets.

— Ne faites pas de simagrées, lui dit impitoyablement Mirtaï. Allez, debout !

— Impossible. Je suis mort.

Elle le prit par un bras et le remit en position verticale.

— Marchez ! lui ordonna-t-elle.

— Marcher ? Je ne peux même plus respirer.

Elle tira une de ses dagues.

— Holà, ça va ! Ne vous fâchez pas. Je marche, vous voyez...

— Balancez les bras d'avant en arrière.

— Pour quoi faire ?

— Faites ce que je vous dis et c'est tout, Kalten. Il faut que vous détendiez ces muscles.

Il fit les cent pas dans la cabine en remuant les bras et en tournant prudemment la tête d'un côté et de l'autre.

— Hé, ça me fait mal au ventre de vous dire ça, mais je me sens mieux. Bien mieux, en réalité.

— Évidemment, dit-elle en rengainant sa dague.

— Vous auriez pu y aller plus doucement, quand même.

— Je peux vous remettre dans le même état que tout à l'heure, si vous voulez.

— Merci, Mirtaï, ça ira, dit-il très vite en reculant d'un pas.

Pas qui le rapprocha fort opportunément d'Aleanne.

— Vous n'avez pas pitié de moi ? fit-il d'un ton insinuant.

— Kalten ! gronda Mirtaï. Non !

— M'enfin...

Elle lui flanqua une chiquenaude sur le nez comme si elle tentait de faire lâcher une paire de chaussures à un chiot.

— Hé, vous m'avez fait mal ! ronchonna-t-il en se pétrissant le nez.

— C'était voulu. Fichez-lui la paix.

— Tu la laisses faire, Émouchet ? protesta Kalten.

— Elle a raison, répondit-il. N'embête pas cette fille.

— Eh bien, Kalten, voilà une journée qui commence bien ! lâcha Stragen.

Kalten partit bouder dans un coin tandis que les autres arrivaient les uns après les autres et s'installaient pour déguster le petit déjeuner qu'avaient apporté deux hommes d'équipage. La princesse Danaé était assise à l'écart, près de la grande baie vitrée où la brise marine préservait ses narines délicates de l'odeur des saucisses de porc.

Après le petit déjeuner, Émouchet et Kalten montèrent sur le pont pour respirer un peu. Ils s'accoudèrent au bastingage et regardèrent défiler la côte sud de la Cammorie. Il faisait un temps radieux. Le soleil brillait de tous ses feux et le ciel était d'un bleu intense. Ils voguaient par vent arrière et leur bâtiment aux voiles blanches, gonflées comme autant de nuages, menait la petite flottille sur les vagues couronnées d'écume.

— D'après le capitaine, nous devrions passer au large de Miruscum vers midi, fit Kalten. Nous avançons plus vite que prévu.

— La brise est bonne, nota Émouchet. Et ton dos, ça va ?

— Beuh… Je ne suis qu'une vivante ecchymose.

— Au moins, tu te tiens droit.

— Mirtaï n'y va pas avec le dos de la cuillère, hein ? grommela Kalten avec amertume. Je me demande toujours par quel bout la prendre. Je veux dire, comment sommes-nous censés la traiter ? C'est quand même une femme.

— Tu as remarqué, hein ?

— Ah, ah. Ce que je veux dire, c'est qu'on ne peut pas la traiter comme une *vraie* femme. Elle est aussi baraquée qu'Ulath, et on dirait qu'elle s'attend que nous la traitions comme un camarade de chambrée.

— Et alors ?

— Eh bien, je trouve ça contre nature.

— Considère que c'est un cas particulier. C'est ce que je fais, personnellement. C'est plus facile que de discuter avec elle. Bon, tu veux un conseil ?

— Ça dépend du conseil.

— Mirtaï croit qu'il est de son devoir de protéger la famille royale, et sa protection s'étend à la camériste de ma femme. Je t'engage vivement à réfréner tes pulsions. Personne ne peut dire au juste ce qui se passe dans la tête de Mirtaï, ni jusqu'où elle irait au juste. Même si Aleanne te donne l'impression de ne pas te décourager, à ta place, je laisserais tomber. Ça pourrait être un jeu très dangereux.

— Cette fille m'aime bien, objecta Kalten. Je la connais depuis assez longtemps pour le savoir.

— Tu as peut-être raison, mais je ne crois pas que ça fasse la moindre différence pour Mirtaï. Fais-moi une faveur, Kalten : laisse cette fille tranquille.

— Mais c'est la seule fille à bord ! protesta Kalten.

— C'est ta peau, après tout, fit Émouchet en se retournant.

Il vit que le patriarche Emban et l'ambassadeur Oscagne étaient plantés à la barre. Ils formaient un couple étrangement disparate. Le patriarche d'Ucera avait troqué la soutane pour une robe de bure et un pourpoint marron. Il était presque aussi large que haut et il avait une bonne bouille joviale. Oscagne, au contraire, était un homme mince, à l'ossature délicate et à la peau couleur de bronze pâle. Mais leur esprit fonctionnait de la même façon. C'étaient deux politiciens consommés. Émouchet et Kalten les rejoignirent.

— Tout le pouvoir est centralisé autour du trône tamoul, Votre Grâce, lui expliquait Oscagne. Rien ne se fait sans ordre exprès de l'empereur.

— En Éosie, nous déléguons davantage, Votre Excellence, répondit Emban. Nous choisissons un homme de valeur, nous lui expliquons ce que nous attendons de lui et nous lui laissons le soin de régler les détails.

— Nous avons essayé de faire ça, mais ça ne marche pas très bien dans notre culture. Notre religion est assez superficielle ; ça n'encourage pas la loyauté personnelle comme chez vous.

— C'est donc à votre empereur qu'incombent toutes les décisions ? demanda Emban d'un ton un peu incrédule. Comment trouve-t-il le temps de tout faire ?

— Non, non, Votre Grâce, répondit Oscagne avec le sourire. Les décisions au jour le jour sont dictées par les usages. Nous croyons beaucoup aux usages. C'est l'un des défauts majeurs de notre système. Quand un Tamoul tente d'en sortir et d'improviser, ça se passe généralement mal. Il donne toujours plus ou moins l'impression d'agir en fonction de son intérêt personnel. Nous nous sommes aperçus qu'il valait mieux décourager ces initiatives. De toute façon, l'empereur est la sagesse incarnée, par définition, alors autant le laisser faire.

— Le terme de « sagesse » ne recouvre pas forcément la même notion pour tout le monde, Votre Excellence. Nous avons un sage, nous aussi. Nous nous plaisons à penser que l'archiprélat est guidé par la voix de Dieu. Cela dit, nous avons eu, dans le passé, un certain nombre d'archiprélats qui n'avaient pas l'ouïe très fine.

— Nous avons constaté le même phénomène, Votre Grâce. La définition de la sagesse semble recouvrir une gamme de significations très étendue, en effet. Pour être honnête avec vous, mon ami, nous avons parfois eu des empereurs d'une stupidité consternante. Nous avons plutôt de la chance, en ce moment. L'empereur Sarabian ne manque pas de qualités.

— Comment est-il ? demanda Emban avec intérêt.

— C'est une institution — hélas. Il est aussi prisonnier que nous des usages. Il se borne, par nécessité, à débiter des formules toutes faites, alors il est presque impossible d'arriver à le connaître. Enfin, la visite de la reine Ehlana l'humanisera peut-être, fit l'ambassadeur avec un sourire. Il devra la traiter en égale — pour des raisons politiques — or il a été élevé dans l'idée qu'il n'a pas d'égaux. J'espère que votre jolie petite reine blonde sera gentille avec lui. Je l'aime bien, ou du moins je l'aimerais bien si nous pouvions franchir la barrière des conventions sociales, et je serais désolé qu'elle dise des choses qui lui briseraient le cœur. Au sens propre du terme.

— Ehlana sait ce qu'elle fait, Votre Excellence, lui assura Emban. Nous sommes des bébés à côté d'elle. Euh, Émouchet… vous n'avez pas besoin de lui répéter ce que je viens de vous dire.

— Euh, Votre Grâce… combien ? renvoya Émouchet avec un rictus.

Emban le foudroya du regard et se tourna ostensiblement vers Oscagne.

— Votre Excellence sait-elle à quel accueil nous devons nous attendre en Astel ?

— Très lacrymal, j'imagine, répondit Oscagne.

— Je vous demande pardon ?

— Les Astels ont la larme facile. Un mouchoir qui tombe et ils éclatent en sanglots. Leur culture rappelle beaucoup celle du royaume de Pélosie : ce sont d'insupportables bigots rétrogrades. Ils ont eu cent fois la preuve que le servage était une institution archaïque et inefficace, rien n'y fait : ils s'y cramponnent contre vents et marées. Avec la complicité des serfs eux-mêmes, d'ailleurs. Les nobles astels n'ayant jamais rien fait de leur vie, ils n'ont aucune idée des limites de l'endurance humaine, et leurs serfs en profitent scandaleusement. Les serfs astels ont la réputation de tourner de l'œil à la seule mention de mots aussi affreux que « moissons » ou « labours ». Et ces nobles ont le cœur si tendre que les serfs s'en sortent à tous les coups. L'ouest de l'Astel est un endroit stupide peuplé de gens stupides. Ça s'arrange au fur et à mesure qu'on va vers l'est.

— Espérons-le. Je ne sais pas quelle dose de stupidité je…

Émouchet reconnut tout de suite la chose noire, fluctuante, qui planait à la limite de son champ de vision. Elle était accompagnée par la sensation de froid habituelle. Le patriarche Emban s'interrompit et tourna vivement la tête dans l'espoir de la voir plus nettement.

— Qu'est-ce que…

— Ça va passer, annonça Émouchet d'une voix tendue. Essayez de vous concentrer dessus, Votre Grâce, et vous aussi, si je puis me permettre, Votre Excellence.

C'était la première fois qu'ils voyaient l'ombre, et leurs réactions pourraient lui être utile. Émouchet les observa attentivement alors qu'ils tournaient la tête dans l'espoir de regarder en face les ténèbres inquiétantes qu'ils apercevaient du coin de l'œil. Puis l'ombre s'en fut.

— Bon, commença sèchement Émouchet. Qu'avez-vous vu au juste ?

— Moi, pas grand-chose, répondit Kalten. C'était un peu comme si quelqu'un s'approchait de moi par-derrière.

Il avait déjà vu le nuage à plusieurs reprises, mais c'était la première fois qu'il avait affaire à l'ombre.

— Qu'est-ce que c'était, messire Émouchet ? demanda Oscagne.

— Je vais vous l'expliquer tout de suite, Votre Excellence. Mais d'abord, pourriez-vous essayer de nous dire avec précision ce que vous avez vu et ressenti ?

— J'ai vu quelque chose de sombre, répondit Oscagne. De très sombre. Ça paraissait assez dense, tout en réussissant à se déplacer juste assez pour que je ne puisse le voir en face. J'avais beau tourner la tête, braquer les yeux dans tous les sens, il n'y avait jamais rien à l'endroit où je regardais. Comme si c'était juste derrière ma tête.

Emban acquiesça d'un hochement de tête.

— Moi, j'ai eu une impression de froid. J'en tremble encore, à vrai dire.

— Et c'était hostile, ajouta Kalten. Pas tout à fait prêt à attaquer, mais presque.

— Autre chose ? insista Émouchet. N'importe quoi, un détail même anodin ?

— J'ai senti une odeur particulière, répondit Oscagne.

Émouchet le regarda avec un intérêt accru. Ça, c'était un fait nouveau.

— Quel genre d'odeur, Votre Excellence ?

— Une drôle de puanteur. Comme une charogne pourrie.

— J'ai eu la même impression, grommela Kalten. Et ça m'a laissé un très mauvais goût dans la bouche.

Emban opina vigoureusement du chef.

— J'ai le nez fin. Ça sentait la viande avariée, absolument.

— Nous sommes plus ou moins debout en demi-cercle, fit Émouchet d'un ton songeur. Et chacun de nous a eu l'impression que la chose était derrière lui. L'un de vous l'a-t-il vue derrière quelqu'un d'autre ?

Ils secouèrent tous la tête en signe de dénégation.

— Vous pourriez nous expliquer ce phénomène, Émouchet ? demanda Emban, un peu irrité.

— Dans un instant, Votre Grâce.

Émouchet s'approcha d'un marin qui réalisait une épissure dans une anse de cordage, de l'autre côté du pont. Il s'entretint quelques minutes avec lui et rejoignit ses amis.

— Il l'a vu aussi, annonça-t-il. Séparons-nous et interrogeons tous les matelots qui sont sur le pont. Je ne voudrais pas vous donner l'impression de faire des mystères, messieurs, mais je souhaiterais recueillir leur témoignage avant qu'ils n'oublient l'incident. J'aimerais savoir jusqu'où allait la vision que nous avons eue.

Une demi-heure plus tard, ils se retrouvèrent près de l'escalier des cabines avant, et ils avaient l'air assez excités.

— L'un des hommes a entendu une sorte de crépitement, comme si quelque chose brûlait, annonça Kalten.

— L'homme à qui j'ai parlé a cru voir une ombre vaguement rougeâtre, ajouta Oscagne.

— Non, objecta Emban. Elle était verte. Le marin que j'ai questionné m'a tout de suite dit qu'elle était verte.

— Moi, j'ai interrogé un matelot qui venait de monter sur le pont, et il n'a rien vu ni senti, ajouta Émouchet.

— C'est très fascinant en vérité, messire Émouchet, dit

Oscagne, mais pourriez-vous nous expliquer à présent de quoi il retourne ?

— Kalten sait déjà de quoi il s'agit, messieurs, répondit Émouchet. Il semblerait que nous ayons reçu la visite des Dieux des Trolls.

— Attention, Émouchet, fit Emban. Là, vous frisez l'hérésie.

— Les chevaliers de l'Église jouissent d'une certaine tolérance en la matière, Votre Grâce. Quoi qu'il en soit, nous avons déjà vu cette ombre, Ehlana et moi. Nous supposions que c'était parce que nous portions des anneaux dont les pierres avaient été taillées dans des éclats du Bhelliom. L'ombre semble un peu moins sélective, tout à coup.

— Ce n'était qu'une ombre et rien d'autre ? releva Oscagne.

— Elle peut aussi prendre la forme d'un nuage très sombre, répondit Émouchet, et lui, tout le monde peut le voir.

— Mais pas les choses qui sont cachées dedans, ajouta Kalten.

— Quelles choses ? s'enquit Oscagne.

Émouchet jeta à Emban un coup d'œil en coulisse.

— Je ne voudrais pas lancer une querelle théologique, Votre Excellence. Nous n'avons pas vraiment envie de passer la matinée à débattre de religion, n'est-ce pas ?

— Je ne suis pas doctrinaire à ce point, Émouchet, protesta Emban.

— Que me répondriez-vous, Votre Grâce, si je vous disais que les humains et les Trolls sont apparentés ?

— Je serais obligé de m'interroger sur l'état de votre âme.

— Alors il vaut mieux que j'évite de vous dire la vérité sur nos cousins. Enfin, Aphraël nous a dit que l'ombre — et plus tard le nuage — étaient des manifestations des Dieux des Trolls.

— Qui est Aphraël ? demanda Oscagne.

— Nous avions un mentor en magie styrique lorsque nous étions novices, Votre Excellence, répondit Émouchet. Aphraël est sa Déesse. Nous pensions que le nuage était plus ou moins associé à Azash, mais nous nous trompions. La couleur rouge et la chaleur que l'un des marins a aperçues sont celles de Khwadj, le Dieu du feu. Le vert et l'odeur de charogne sont associés à Ghnomb, le Dieu du manger.

— Je pensais que c'était une de ces superstitions comme les marins en ont souvent, fit Kalten en fronçant les sourcils, mais l'un d'eux m'a dit qu'il avait eu des idées lubriques alors que l'ombre se profilait derrière lui. Les Trolls auraient-ils, par hasard, un Dieu de la fertilité ?

— Il me semble que oui, répondit Émouchet. Ulath nous le dira. C'est notre spécialiste.

— C'est très intéressant, messire Émouchet, reprit Oscagne d'un air perplexe, mais je ne vois pas ce que tout cela veut dire.

— Vous avez été confronté, Votre Excellence, à des incidents surnaturels qui paraissent avoir un rapport avec les troubles qui agitent la Tamoulie. Des manifestations tout à fait comparables se produisent au Lamorkand, et elles sont accompagnées par le même genre de phénomènes. Nous avons eu l'occasion d'interroger un homme qui savait des choses à ce sujet ; le nuage l'a englouti et massacré avant qu'il ait eu le temps de parler. Tout semble indiquer que ces événements sont liés. Il se peut que l'ombre ait été présente en Tamoulie aussi, mais que personne n'ait compris de quoi il s'agissait en réalité.

— Alors Zalasta avait raison, murmura Oscagne. Vous êtes bien l'homme de la situation.

— Les Dieux des Trolls sont de nouveau à tes trousses, Émouchet, nota Kalten. Je m'interroge sur l'étrange fascination que tu sembles exercer sur eux. On peut probablement exclure une attirance physique, encore que... puisqu'ils aiment les Trolls, si tu vois ce que je veux dire.

Émouchet regarda pensivement le bastingage.

— Tu aimerais suivre le bateau en courant derrière, Kalten ?

— Non merci, Émouchet. J'ai fait assez d'exercice pour aujourd'hui avec cette Mirtaï qui utilise d'honnêtes chevaliers en guise de paillasson.

Le vent se maintint, et le temps resta au beau fixe. Ils contournèrent la pointe sud du Zémoch et longèrent la côte orientale vers le nord-est. Émouchet et sa fille étaient plantés à la proue lorsqu'il décida de satisfaire une curiosité croissante.

— Depuis combien de temps en réalité sommes-nous en mer, Danaé ? lui demanda-t-il de but en blanc.

— Cinq jours, répondit-elle.

— J'aurais dit que ça faisait au moins deux semaines.

— Merci, Père. Ça répond à ta question concernant ma capacité à jouer avec le temps ?

— Nous n'avons sûrement pas mangé en cinq jours ce que nous aurions englouti en deux semaines. Tu n'as pas peur que le maître coq se doute de quelque chose ?

— Regarde derrière nous, Père. Pourquoi crois-tu que tous ces poissons sautent si joyeusement dans notre sillage ? Et que font toutes ces mouettes à nous suivre comme ça ?

— Elles mangent peut-être les poissons.

— Il n'y en aurait sûrement pas assez pour autant de mouettes. Il faut croire que quelqu'un leur lance de la nourriture par le pont arrière.

— Quand fais-tu ça ?

— La nuit, répondit-elle sur le ton de l'évidence. Les poissons m'en sont extrêmement reconnaissants. Je crois qu'il ne faudrait pas grand-chose pour qu'ils se mettent à me vouer un culte. Ce serait la première fois que je serais adorée par des poissons, reprit-elle en riant, et je ne parle pas très bien leur langue. Il faudrait que j'apprenne à déchiffrer les bulles. Tu crois que je pourrais avoir une baleine apprivoisée ?

— Non. Tu as déjà un chat.

— Je vais bouder.

— Tu auras l'air fin. Enfin, si ça te fait plaisir, ne te gêne pas.

— Et pourquoi je ne pourrais pas avoir une baleine ?

— Parce qu'elle serait malheureuse à la maison. Les baleines ne font pas de bons animaux domestiques.

— C'est une réponse ridicule, Émouchet.

— C'était une question ridicule, Aphraël.

Le port de Salesha était niché au fond du golfe de Daconie. C'était une vilaine cité, à l'image de la culture dominante au Zémoch depuis près de dix-neuf siècles. Les Zémochs n'avaient apparemment pas encore digéré ce qui s'était passé dans leur capitale six ans auparavant. On avait beau leur dire et leur répéter qu'Otha et Azash avaient à jamais disparu, ils sursautaient au moindre bruit et réagissaient généralement à tous les événements inattendus en détalant ventre à terre.

— Je suggère vivement à Votre Majesté que nous passions la nuit à bord de nos bâtiments, décréta Stragen après avoir procédé à une brève investigation des conditions d'hébergement offertes par la ville. Je ne ferais pas entrer un chien dans la plus belle maison de Salesha.

— À ce point-là ? demanda-t-elle.

— Pire, ma reine.

Ils passèrent donc la nuit à bord et, le lendemain matin, la colonne prit la route qui montait vers le nord et les premiers contreforts des montagnes séparant la côte et la ville de Basne. La piste était pleine de pierres et de nids de poule, et la voiture dans laquelle la reine et sa suite avaient pris place cahotait effroyablement. Au bout d'une heure à peine, Talen remonta la colonne vers l'avant. En tant que page de la reine l'une des prérogatives du gamin consistait à porter les messages de Sa Majesté, mais Talen n'apportait pas de message, cette fois. Il avait pris la fille d'Émouchet en croupe, et elle chevauchait les bras noués autour de sa taille, la joue collée sur son dos.

— Elle veut monter avec toi, Émouchet, dit Talen. Ta femme, Emban et l'ambassadeur n'arrêtent pas de parler politique. La princesse a bâillé à s'en décrocher la mâchoire jusqu'à ce que la reine lui donne la permission de quitter la voiture.

Émouchet acquiesça. La couardise des Zémochs faisait de cette partie du trajet une véritable promenade de santé. Il se pencha, souleva sa fille et l'assit devant lui, sur le cou de Faran.

— Je croyais que tu aimais la politique, lui dit-il lorsque Talen fut reparti auprès de la voiture.

— Oscagne décrit l'organisation de l'Empire tamoul, répondit-elle. Et je sais déjà tout ce qu'on peut savoir sur la question. Il ne raconte pas trop de bêtises, je dois dire.

— Tu vas réduire la distance qui nous sépare de Basne ?

— À moins que tu n'apprécies les longs trajets fastidieux à travers de mornes contrées. Les chevaux sont rudement contents que je raccourcisse un peu les distances. Hein, Faran ?

Le grand cheval rouan hocha la tête avec enthousiasme.

— Bonne bête, fit Danaé en s'appuyant contre le pectoral d'acier de son père.

— Faran ? C'est une brute et il a un caractère impossible.

— Parce que c'est le comportement que tu escomptes de lui, Père. Il réagit en fonction de tes attentes. Il faut vraiment que je fasse quelque chose à ce sujet-là, fit-elle en flanquant de petits coups de poings sur son armure. Comment peux-tu supporter cette odeur épouvantable ?

— On s'y fait.

Les chevaliers de l'Église portaient tous des armures

complètes et des pennons multicolores flottaient au bout de leur lance. Émouchet s'assura d'un rapide coup d'œil que personne ne risquait de surprendre leurs paroles.

— Aphraël, dit-il tout bas, tu pourrais faire en sorte que je voie le temps qui passe réellement ?

— Personne ne voit passer le temps, Émouchet.

— Tu sais ce que je veux dire. Je voudrais voir ce qui se passe en réalité, pas l'illusion que tu crées pour dissimuler ce que tu fais.

— Pourquoi ?

— J'aimerais voir ce qui se passe, c'est tout.

— Ça ne va pas te plaire, je te préviens.

— Je suis un chevalier de l'Église ; je suis habitué à voir et à faire des choses qui ne me plaisent pas.

— Si tu insistes !

Il ne savait pas très bien ce que ça allait donner — un mouvement saccadé, accéléré, peut-être, à entendre ses amis pépier comme des oiseaux, leurs conversations étant condensées en petites éruptions de bredouillis inintelligible. Ce ne fut pas du tout, du tout ça. La marche de Faran était d'une lenteur inimaginable. Le grand cheval donnait l'impression de survoler le sol — ou plutôt, le sol semblait couler comme un fleuve sous ses sabots. Émouchet déglutit péniblement et regarda ses compagnons. Ils avaient le visage de bois et les yeux à demi clos.

— Ils dorment, là, lui expliqua Aphraël. Ils vont bien. Ils croient qu'ils ont fait un bon dîner et que le soleil s'est couché. Je leur ai arrangé un joli campement. Arrête le cheval, Père. Tu vas m'aider à me débarrasser du surplus de nourriture.

— Tu ne peux pas la faire disparaître ?

— Pourquoi la gâcher ? fit-elle, choquée. Les oiseaux et les animaux ont besoin de manger eux aussi, tu sais.

— Combien de temps nous faudra-t-il, en réalité, pour arriver à Basne ?

— Deux jours. Nous pourrions aller plus vite, mais pour quoi faire ? Il n'y a pas le feu.

Émouchet retint son cheval et suivi sa petite fille vers l'endroit où les animaux de bât attendaient patiemment.

— Tu as tout ça en tête à chaque instant ? demanda-t-il.

— Ce n'est pas si difficile, Émouchet. Il suffit de faire un peu attention aux détails, c'est tout.

— J'ai l'impression d'entendre Kurik.

— Il aurait fait un très bon Dieu. Le souci du détail est la première chose qu'on nous apprend, et la plus importante. Va mettre ce quartier de bœuf près de l'arbre foudroyé, là. Il y a un ourson dans les buissons. Il a perdu sa mère et il a très faim.

— Tu gardes tout ce qui se passe autour de toi en mémoire ?

— Il faut bien que quelqu'un le fasse, Émouchet.

La ville zémoch de Basne se trouvait dans une jolie vallée où la route principale qui allait d'est en ouest franchissait une jolie rivière cristalline. C'était un important centre d'affaires. Même Azash n'avait pas réussi à faire fléchir l'instinct humain du commerce. Il y avait un campement juste en dehors de la ville.

Émouchet s'était laissé rejoindre par la voiture afin de remettre la princesse Danaé dans les bras de sa mère et il chevauchait à côté des femmes de sa vie lorsqu'ils amorcèrent la descente vers le fond de la vallée et s'approchèrent du campement.

Mirtaï semblait inhabituellement nerveuse.

— Eh bien, Mirtaï, on dirait que votre soupirant a obéi à vos injonctions ! observa joyeusement la baronne Mélidéré.

— Naturellement, répondit la géante.

— Ça doit être monstrueusement agréable de savoir qu'on exerce un contrôle absolu sur un homme.

— J'avoue que ça ne me déplaît pas, admit Mirtaï. De

quoi j'ai l'air ? soyez honnête, Mélidéré. Je n'ai pas vu Kring depuis des mois, et je ne voudrais pas qu'il soit déçu.

— Vous êtes magnifique !

— Vous ne dites pas ça pour me faire plaisir ?

— Noon ! Vous me connaissez.

— Qu'en pensez-vous, Ehlana ? demanda la Tamoule d'une voix un peu incertaine.

— Je vous trouve très en beauté, Mirtaï.

— Enfin, je saurai à quoi m'en tenir quand je verrai sa tête, fit Mirtaï, puis elle réfléchit un moment. Je devrais peut-être l'épouser, en fin de compte, dit-elle. Je crois que je me sentirais plus en sûreté si je lui imprimais ma marque.

Elle se leva, ouvrit la porte de la voiture, tira sur la longe de son cheval qui était attaché derrière et vola littéralement sur son dos. Mirtaï montait toujours à cru.

— Bon, soupira-t-elle, je crois qu'il vaut mieux que j'y aille. Je vais bien voir s'il m'aime toujours.

Elle talonna les flancs de sa monture et galopa à bride abattue vers le fond de la vallée et son domi qui l'attendait.

CHAPITRE IX

Les Péloïs étaient des éleveurs nomades qui vivaient dans la région marécageuse de la Pélosie orientale. C'étaient des cavaliers remarquables et de farouches guerriers. Ils parlaient une forme un peu archaïque d'élène, émaillée de mots tombés en désuétude, comme « domi », terme honorifique qui signifiait à peu près « chef », encore que, comme l'avait dit une fois Ulath, la traduction ne parvînt pas à en rendre toute la richesse.

L'actuel domi des Péloïs s'appelait Kring. Kring était un

homme mince, de taille moyenne, aux jambes arquées à force de vivre à cheval et toujours vêtu de cuir noir. De terribles balafres striaient son visage et son crâne rasé, selon la coutume de son peuple. Ces marques de sabre trahissaient l'âpreté du processus d'accession aux postes d'encadrement chez les Péloïs. C'était un ami d'une loyauté farouche, qui avait voué une véritable adoration à Mirtaï à l'instant où il avait posé les yeux sur elle. Mirtaï avait toujours refusé de s'engager mais ne l'avait pas découragé non plus. Ils formaient un couple assez insolite en vérité, car l'Atana dominait son soupirant de plus d'un pied.

Les Péloïs avaient le sens de l'hospitalité. Convier des étrangers à « échanger le sel » tout en « parlant affaires » (formule recouvrant des implications aussi nombreuses que variées, allant de doctes considérations sur la pluie et le beau temps à des déclarations de guerre en bonne et due forme) consistait à les installer sous un vaste pavillon, au centre du campement, et à leur faire ingurgiter d'énormes quantités de bœuf rôti accompagné de libations généreuses.

Lorsqu'ils furent rassasiés (et amplement abreuvés), le soleil descendait sur l'horizon, allongeant sur la riante vallée l'ombre des pics qui se dressaient à l'est. Des lumières s'allumaient aux fenêtres de la ville, à un quart de lieue de là. Kring entreprit alors de leur raconter ce qu'il avait constaté en traversant le Zémoch à la tête de sa centaine de Péloïs.

— Ça n'a jamais été un vrai royaume, ami Émouchet. Pas comme nous l'entendons. Il y a trop de races différentes au Zémoch pour que tout le monde arrive un jour à s'entendre. Ils ont vécu un moment réunis dans la terreur d'Otha et d'Azash, et depuis leur disparition, les Zémochs se perdent de vue. Ce n'est pas qu'ils se fassent la guerre ou rien de tel, non, chacun repart de son côté, avec ses soucis, et n'a plus de raison de parler aux autres.

— Il n'y a pas de gouvernement centralisé ? s'étonna Tynian.

— Il y a bien un cadre administratif, ami Tynian, répondit le domi. Tous les départements d'État se sont repliés sur Gana Dorit. Personne ne met plus les pieds à Zémoch. Les bureaucrates de Gana Dorit passent leur temps à rédiger des directives que les messagers déchirent sitôt arrivés au village voisin. Au bout d'un laps de temps raisonnable ils reviennent dire que tout va bien, et c'est vrai que tout va bien : les gratte-papier sont ravis, les messagers sont encore plus contents de ne pas être obligés de s'éloigner de chez eux, et les gens vaquent à leurs affaires comme si de rien n'était. Ce n'est pas une si mauvaise forme de gouvernement, au fond.

— Et leur religion ? demanda Bévier.

Le jeune chevalier dévot parlait beaucoup de Dieu et y pensait encore plus. Ce qui n'empêchait pas ses compagnons de l'apprécier.

— Ils ne parlent guère de leurs croyances, ami Bévier, répondit Kring. La religion leur a attiré trop d'ennuis ; ils ont appris à éviter le sujet. Ils cultivent leur terre, ils s'occupent de leurs chèvres et de leurs moutons et ils laissent les Dieux régler leurs comptes entre eux. Ils ne menacent plus personne.

— Si ce n'est qu'une nation en voie de désintégration éveille vite la convoitise des pays limitrophes dotés d'une armée même embryonnaire, intervint l'ambassadeur Oscagne.

— Qui le Zémoch pourrait-il intéresser ? objecta Stragen. Il n'y a rien qui vaille la peine qu'on se baisse pour le ramasser. Les voleurs eux-mêmes sont obligés de trouver une occupation honnête pour joindre les deux bouts. L'or d'Otha était une illusion ; il a disparu à la mort d'Azash. On n'a pas idée, d'ailleurs, du chagrin que ça a fait à tous ceux qui avaient soutenu le primat de Cimmura, ajouta-t-il avec un petit rire sardonique.

Tout à coup, la physionomie de Kring subit une curieuse métamorphose. Le farouche cavalier dont le seul nom faisait cailler le sang dans les veines de ses ennemis blêmit puis devint d'un beau rouge vif. Mirtaï venait d'émerger du pavillon des femmes où la coutume péloï l'avait reléguée ainsi que ses consœurs. Curieusement, la reine Ehlana n'avait émis aucune objection, ce dont Émouchet avait conçu une légère inquiétude. L'Atana en avait profité pour « se refaire une beauté », et le résultat produit sur le domi était stupéfiant.

— Si vous voulez bien m'excuser, bredouilla-t-il.

Il se leva précipitamment et fila, tel un lapin de course lâché sur une carotte, vers la femme de sa vie.

— Je pense que nous assistons à la naissance d'un mythe, nota Tynian. Les Péloïs vont passer les cent prochaines années à composer des odes narrant les amours de Kring et de Mirtaï. Toutes les Atanas se comportent-elles comme Mirtaï, Votre Excellence ? Il est visible qu'elle apprécie les attentions de Kring, alors pourquoi se refuse-t-elle à lui donner une réponse ferme et définitive ?

— Elle se comporte conformément à la coutume, messire Tynian, répondit Oscagne. Les Atanas apprécient qu'on leur fasse longuement la cour. Elles savent que la plupart des hommes s'intéressent à autre chose après le mariage. Il est normal qu'elle tente de prolonger cette période de sa vie au cours de laquelle elle se sait le centre de l'attention du domi. Il paraît que cette attitude n'est pas rare chez les femmes.

— J'espère qu'elle ne le fait pas marcher, remarqua Bérit. J'aime bien le domi, et je ne voudrais pas qu'elle lui brise le cœur.

— N'ayez crainte, messire Bérit. S'il l'importunait, il y a belle lurette qu'elle l'aurait tué.

— Faire la cour à une Atana doit être une entreprise assez éprouvante pour les nerfs, observa Kalten.

— Ça, vous l'avez dit ! s'esclaffa Oscagne. C'est un exercice de funambulisme pour l'homme. S'il est trop entreprenant, la femme le trucide, et s'il ne l'est pas assez, elle en épousera un autre.

— C'est de la barbarie, nota Kalten d'un ton réprobateur.

— Les Atanas semblent y trouver leur compte. Mais il faut dire, aussi, que les femmes sont plus proches que nous des réalités élémentaires.

Ils quittèrent Basne tôt le lendemain matin et prirent la route de l'est qui menait vers Esos et la frontière avec le royaume d'Astel. Ce fut un voyage très bizarre pour Émouchet. Il aurait juré qu'il avait duré trois jours. Il se souvenait distinctement de chaque lieue parcourue. Pourtant, quand sa fille le réveillait alors qu'il croyait dormir sous une tente, il découvrait avec stupeur qu'il somnolait sur le dos de Faran, et la position du soleil prouvait sans doute possible que ce qu'il avait cru être une journée de voyage n'avait pas duré plus de six heures. La princesse Danaé le secoua notamment pour une raison très pratique au cours de ce qui n'était, en réalité, qu'une journée de cheval : l'arrivée des Péloïs avait considérablement accru la quantité de provisions dont ils devaient se débarrasser tous les « soirs », et elle avait besoin d'aide.

— Que faisais-tu de tous ces vivres lorsque nous voyagions avec l'armée de Wargun ? demanda Émouchet lors de la seconde « nuit », qui avait en réalité duré une demi-heure au cours de l'après-midi de cette journée sans fin.

— Je les faisais disparaître, répondit-elle évasivement.

— Tu ne pourrais pas faire pareil cette fois ?

— Si, bien sûr, mais je préfère les laisser aux animaux. Et puis ça nous donne l'occasion de parler alors que personne ne nous écoute. Va vider ce sac de grain sous ces buissons, Émouchet. Il y a un nid de cailles dans les herbes. Elles n'ont pas eu grand-chose à manger, ces derniers temps, et les jeunes ont très faim.

— Tu avais quelque chose de précis à me dire ? demanda-t-il en ouvrant le sac avec sa dague.

— Non, répondit-elle. C'est juste que j'aime bien

bavarder avec toi, et que tu es toujours trop occupé pour t'occuper de moi.

— Et puis ça te permet de frimer un peu, hein ?

— Bah, à quoi bon être une Déesse si on ne peut pas faire un peu d'esbroufe de temps en temps ?

— Je t'adore ! dit-il en riant.

— Ça, c'est gentil, Émouchet ! s'exclama-t-elle, enchantée. Tu aimerais que je teigne l'herbe en mauve pour te montrer comme je suis contente ?

— Je me contenterai d'un baiser. Les chevaux risqueraient de ne pas comprendre ce soudain changement de nuance.

Ils arrivèrent à Esos dans la soirée. La Déesse-Enfant dominait à la perfection la fusion du temps réel et du temps apparent, et ils se raccordaient miraculeusement. Émouchet était un chevalier de l'Église, habitué à employer la magie, mais son imagination se cabrait à l'idée des pouvoirs que détenait cette petite divinité fantasque qui — elle le lui avait dit lors de la confrontation avec Azash dans la cité de Zémoch — s'était éveillée à la vie par la seule force de sa volonté, et avait décidé de renaître sous la forme de sa fille.

Ils dressèrent le campement pour la nuit à distance raisonnable de la ville, et après avoir mangé, Talen et Stragen prirent Émouchet à part.

— Que dirais-tu d'aller tâter un peu le terrain ? suggéra Stragen.

— Toi, tu as une idée derrière la tête.

— Esos est une ville de belle taille, répondit le Thalésien blond, et on peut être certain que les voleurs y sont assez organisés. Nous devrions glaner un certain nombre d'informations rien qu'en approchant leur chef.

— Tu n'as pas peur qu'il te reconnaisse ?

— Il y a peu de chance. Emsat n'est pas tout près.

— Et qu'est-ce qui te fait penser qu'il aura envie de te dire ce qu'il sait ?

— La courtoisie, Émouchet. Les voleurs et les assassins sont d'une exquise courtoisie les uns envers les autres. Question de prudence, tu comprends.

— S'il ne te reconnaît pas, comment saura-t-il qu'il doit faire preuve de courtoisie à ton endroit ?

— Il reconnaîtra certains signes.

— Tu évolues dans une société bien complexe, hein ?

— Elles le sont toutes, Émouchet. C'est l'un des fardeaux de la civilisation.

— Il faudra que tu m'apprennes ces signaux, un jour.

— Ça, n'y compte pas.

— Et pourquoi pas ?

— Parce que tu n'es pas un voleur. Encore une de ces complexités que tu évoquais à l'instant. Bon, je t'explique : notre seul point de départ est l'évaluation que l'ambassadeur fait de la situation, et je la trouve plutôt vague. Je pense que ça ne nous ferait pas de mal d'avoir un peu plus de détails, pas toi ?

— Je te l'accorde.

— Alors, je te propose d'aller fouiner un peu à Esos. Nous n'avons rien à perdre, après tout.

— Rien du tout, comme tu dis.

Les trois hommes revêtirent des tenues discrètes et quittèrent le campement à cheval, en faisant un bon détour par l'ouest afin d'entrer en ville par la direction opposée à celle d'où ils venaient en réalité.

En approchant des remparts, Talen jeta un regard critique sur la porte non gardée.

— Je les trouve bien décontractés pour des gens qui vivent si près de la frontière, remarqua-t-il.

— Le Zémoch ne constitue plus une menace, objecta Stragen.

— Les vieilles habitudes ont la vie dure, messire Stragen. Il n'y a pas si longtemps, Otha massait ses troupes à la frontière, sous la bénédiction d'Azash.

— Je doute que ces gens aient trouvé Azash très impressionnant, reprit Émouchet. Le Dieu d'Otha n'avait aucune raison de venir par ici. Il regardait vers l'ouest, parce que c'était là qu'était le Bhelliom.

— Tu as peut-être raison, concéda Talen.

Esos était une ville de taille moyenne, un peu comparable à la cité de Lenda, en Élénie centrale, mais sa fondation remontait au commencement des âges et elle avait quelque chose d'archaïque : les rues pavées étaient étroites et tortueuses, et ils s'aventurèrent un peu au hasard, sans logique particulière.

— Comment allons-nous trouver le quartier général de tes collègues ? demanda Émouchet. Nous n'allons tout de même pas taper sur l'épaule d'un passant et lui demander où la pègre a élu résidence.

— Nous allons nous en occuper, répondit Stragen. Talen, va demander à un de ces vide-goussets si son repaire est loin.

— J'y vais, répondit Talen en mettant pied à terre.

— Ça pourrait lui prendre la nuit, objecta Émouchet.

— Il faudrait qu'il soit frappé de cécité, rétorqua Stragen alors que le gamin s'engageait dans une artère plus fréquentée. J'ai vu six tire-laine depuis que nous sommes entrés en ville, et je ne les cherchais pas spécialement. Leur technique est un peu différente ici, fit-il avec une moue pensive. C'est probablement dû à l'étroitesse des rues.

— Quel rapport ?

— Dans les ruelles étroites, les gens se bousculent. Les voleurs d'Emsat ou de Cimmura ne pourraient pas se contenter de rentrer dans le client comme ils le font ici. C'est très efficace, je te l'accorde, mais on doit vite prendre de mauvaises habitudes de travail.

Talen revint quelques minutes plus tard.

— Ils sont près de la rivière, annonça-t-il.

— Ben tiens, répondit Stragen. Je ne sais pas pourquoi, les voleurs du monde entier sont toujours attirés par les cours d'eau.

— C'est probablement pour pouvoir se sauver à la nage si les choses tournent mal, avança Talen en haussant les épaules. Je propose que nous y allions à pied. À cheval, nous risquerions d'attirer inutilement l'attention. Il y a une écurie au bout de la rue. Nous pourrions y laisser nos bêtes.

Ils s'arrangèrent rapidement avec le logeur de chevaux et repartirent *pedibus*.

Le repaire des voleurs d'Esos était un bouge immonde situé au fond d'une impasse sordide. Une enseigne censée représenter une grappe de raisins pendait au bout d'une chaîne rouillée. Deux soiffards à la mine patibulaire étaient vautrés sur le pas de la porte, des quarts de métal bosselés à la main.

— Nous cherchons un homme du nom de Djukta, dit Talen.

— Qu'est-ce 'ous lui voulez ? grommela l'un des gaillards d'un ton peu amène.

— Parler affaires, répondit froidement Stragen.

— Quel genre d'affaires ? renvoya l'homme en se levant.

Il avait un gourdin à la main.

— Ça commence à devenir fastidieux, soupira Stragen en portant la main à la poignée de sa rapière si vite que la fine lame sortit de son fourreau avant que les deux malfrats aient eu le temps de comprendre ce qui leur arrivait. Écoute, l'ami, dit-il avec lassitude, il n'y a que deux solutions : soit tu as envie de t'enfiler trois pouces d'acier en guise d'en-cas, soit tu t'écartes.

Et la pointe de la rapière s'enfonça un tantinet dans la bedaine de l'homme.

L'autre fit un pas de côté en portant furtivement la main à sa dague.

— Je ne te le conseille pas, voisin, fit Émouchet d'une voix affreusement calme en écartant les pans de sa cape, révélant sa cotte de mailles et la poignée de son épée. Si ça se trouve, tu as le ventre plein et nulle envie d'un en-cas. On devrait arriver à démêler ça sans problème quand ta tripaille sera répandue dans le caniveau que voici.

L'individu s'arrêta net et avala péniblement sa salive.

— Le couteau, fit Émouchet avec un mouvement de menton. Tu le lâches.

La dague tomba sur les dalles avec un tintement clair.

— Je suis bien content que nous ayons pu régler ça à l'amiable, ironisa Stragen. Bon, si vous nous présentiez Djukta, maintenant ?

La taverne était une grande salle basse de plafond, au sol couvert de paille moisie, éclairée par quelques lampes à suif.

Émouchet n'avait jamais vu un homme aussi velu que ce Djukta. Ses bras et ses mains disparaissaient sous une toison noire, bouclée. De grosses mèches de poils sortaient du col de sa tunique. Des oiseaux auraient pu nicher dans ses oreilles et ses narines, et sa barbe lui remontait jusque sous les paupières inférieures.

— Qu'est-ce que c'est ? demanda une voix émanant de la fourrure qui lui mangeait la figure.

— Y nous ont obligés, Djukta, geignit l'un des deux cerbères à la manque en indiquant la rapière de Stragen.

Djukta plissa ses petits yeux porcins d'une façon inquiétante.

— J'espère que vous n'allez pas faire d'histoires, commença Stragen. Et puis je trouve que vous pourriez faire un peu attention. Ça fait deux fois que je fais le signe de reconnaissance et vous ne l'avez même pas remarqué.

— Si, mais entrer ici l'épée à la main n'est pas le meilleur moyen de faire partir une relation du bon pied. Si je puis me permettre.

— Nous étions un peu pressés. Je crois que nous sommes suivis, fit Stragen en rengainant sa rapière.

— Vous n'êtes pas du coin, hein ?

— Non. Nous venons d'Éosie.

— C'est pas la porte à côté.

— C'est voulu. Les choses commencent à tourner au vinaigre, là-bas.

— Vous êtes dans quoi, au juste ?

— Nous sommes des aventuriers dans l'âme et nous cherchons fortune et renommée sur les grands et les petits chemins de Pélosie. Un prélat de haut rang a fait un soudain malaise alors que nous parlions affaires avec lui. Les chevaliers de l'Église ont décidé de faire une enquête sur les causes de son décès, et c'est là que nous avons décidé, mes amis et moi-même, d'aller voir ailleurs si l'herbe était plus verte.

— Ces chevaliers de l'Église sont-ils aussi redoutables qu'on le dit ?

— Pires encore. Tels que vous nous voyez, nous sommes les seuls survivants d'une bande de trente hommes.

— Et vous avez l'intention de vous installer dans le pays ?

— Nous n'avons pas encore pris de décision. Nous pensions prendre un peu de recul, vérifier que nous avions bien réussi à semer les chevaliers, tout ça.

— Seriez-vous d'humeur à nous dire comment vous vous appelez ?

— Ben non. Nous ne sommes pas sûrs de rester, et je ne vois pas l'intérêt d'inventer de nouveaux noms si c'est pour repartir demain.

— Si vous n'êtes pas sûrs de rester, fit Djukta en riant, à quoi devons-nous l'honneur de votre visite ?

— Question de savoir-vivre, d'abord. Il n'y a rien de plus grossier, je trouve, que de passer dans une ville sans faire un petit bonjour aux confrères. Ensuite, nous nous sommes dit que vous pourriez peut-être nous faire gagner un temps précieux en nous mettant au parfum des coutumes locales dans le domaine de l'application de la loi. Si vous pouvez nous consacrer quelques minutes de votre précieux temps, c'est-à-dire.

— Je n'ai jamais mis les pieds en Éosie, mais j'imagine

que la situation doit être à peu près la même partout. Les bandits de grands chemins ne jouissent pas d'une bonne considération.

— Nous sommes des incompris, soupira Stragen. Ils ont les pandores et autres argousins habituels, j'imagine ?

— Il y a des gens d'arme, en effet, répondit Djukta, mais ils ne sortent pas de chez eux, dans cette partie de l'Astel. Ce sont les nobles qui font plus ou moins la police sur leurs terres. Ceux qui devraient assurer le maintien de l'ordre se contentent de collecter les impôts, et ils ne sont pas très populaires quand ils s'aventurent dans les campagnes.

— C'est très intéressant. Nous n'aurions donc affaire qu'à des serfs mal entraînés qui s'y entendent sûrement mieux à attraper les voleurs de poules qu'à courir après les vrais bandits. C'est le rêve du bandit de grands chemins, fit Stragen avec un sourire radieux.

— Pas tout à fait, rectifia Djukta. Je vous déconseille de faire du ramdam dans la région. Le bailli ne vous pourchasserait peut-être pas, mais il préviendrait la garnison de Canaé, et l'ennui c'est que celui qui courra assez vite et assez loin pour échapper aux Atans n'est pas né, or n'a jamais pu leur apprendre à faire des prisonniers.

— Ça pourrait être ennuyeux, convint Stragen. Y a-t-il autre chose que nous devions savoir ?

— Celui qui pourrait vous faire le plus d'ennuis est un dénommé Ayachin. Vous en avez entendu parler ?

— Non. Qui est-ce ?

— Akros ! beugla Djukta en tournant la tête. Viens un peu par ici parler d'Ayachin à nos collègues. Je ne suis pas très doué en histoire, reprit-il un ton plus bas, mais Akros était répétiteur jusqu'à ce qu'il se fasse fiche dehors pour avoir volé son patron. J'espère que son discours ne sera pas trop incohérent ; il en a parfois un petit coup dans le nez...

Akros était un pauvre hère aux yeux injectés de sang et qui ne s'était pas rasé depuis cinq jours.

— Qu'est-ce tu me veux, Djukta ? demanda-t-il en tanguant sur ses jambes.

— Viens dire à nos amis ici présents ce que tu sais d'Ayachin. Si tu n'es pas trop soûl pour ça.

Le répétiteur ivre sourit et une lueur s'alluma dans ses yeux chassieux. Il se laissa tomber sur une chaise et effectua un prélèvement dans sa chope de bière.

— J'suis juste un peu gris, fit-il d'une voix pâteuse.

— Ça c'est vrai, confirma Djukta. Quand il est vraiment pété, il ne peut plus parler du tout.

— Ces messieurs connaissent-ils l'histoire de l'Astel ? demanda Akros.

— Pas vraiment, admit Stragen.

— Alors j'vais vous en rappeler les grandes lignes. Au neuvième siècle, un des archiprélats de Chyrellos décida que l'Église élène devait être réunifiée. Sous sa bannière, naturellement.

— Pourquoi voudriez-vous que quelqu'un unifie quoi que ce soit sous une autre bannière que la sienne ? fit Stragen avec un sourire entendu.

Akros se frotta la figure.

— Je suis pas très féru de cette époque, alors faut pas m'en vouloir si j'oublie quelques détails. C'était avant la fondation des chevaliers de l'Église. L'archiprélat a donc obligé les rois d'Éosie à lui fournir des hommes, et ils ont traversé le Zémoch à marche forcée. C'était avant même la naissance d'Otha. Le Zémoch n'a pas opposé de résistance. L'archiprélat rêvait d'une Église unifiée, mais les nobles de son armée avaient d'autres projets. Ils ont mis l'Astel en coupe réglée jusqu'à l'arrivée d'Ayachin.

Talen se pencha en avant, une lueur avide dans le regard. Ce gamin avait un problème. La moindre histoire avait le don de le pétrifier.

Akros s'humecta un peu la glotte.

— On ignore la véritable identité de cet Ayachin, reprit-il.

Toutes sortes de versions contradictoires ont circulé. Pour certains c'était un prince, pour d'autres un baron, et il y a même des gens pour prétendre que c'était un simple serf. Une seule chose est sûre : c'était un fervent patriote. Il a réussi à soulever des nobles qui n'avaient pas encore vu l'envahisseur, et puis il a fait ce que personne n'avait osé faire avant lui : il a armé les serfs. La campagne de reconquête a duré des années, jusqu'à une grande bataille que tout le monde a cru perdue pour lui. Ayachin a fui vers le sud, attirant l'armée éosienne dans les marécages. C'était une feinte. Il avait conclu une alliance secrète avec des patriotes de l'Édom, et une énorme armée attendait à la limite sud des marais. Les serfs de la région ont guidé les troupes d'Ayachin à travers les fondrières et les sables mouvants, mais les Éosiens ont essayé de passer en force, et la plupart se sont engloutis dans la boue. Les rares individus qui ont réussi à arriver de l'autre côté ont été massacrés par les hommes d'Ayachin et ses alliés édomites.

« Le peuple en a fait un immense héros, bien sûr, mais les nobles n'ont pas digéré qu'il ait armé les serfs. Ils ont conspiré contre lui, et ils ont fini par avoir sa peau.

— Pourquoi faut-il toujours que ça finisse comme ça ? geignit Talen.

— Notre jeune ami ici présent est critique littéraire, expliqua Stragen. Il voudrait toujours que ça finisse bien.

— Enfin, les histoires, c'est bien joli, grommela Djukta. Le problème, c'est que cet Ayachin est revenu — ou du moins, c'est ce que racontent les serfs.

— Dans le folklore de l'Astel, reprit Akros, il y a une légende selon laquelle, un jour, une crise profonde secouera l'Astel, Ayachin reviendra d'entre les morts et mènera les serfs à la victoire.

— Quand inventera-t-on enfin une histoire originale ? soupira Stragen.

— Que voulez-vous dire ? s'étonna Djukta.

— Bah, pas grand-chose. Il y a une histoire tout à fait similaire qui court en ce moment en Éosie. Et en quoi serions-nous concernés si nous décidions de nous installer dans le coin ?

— Dans le folklore dont parle Akros, il y a des légendes assez ahurissantes. Les serfs croient dur comme fer qu'Ayachin va revenir pour les émanciper. Et voilà qu'une tête brûlée les excite en ce moment même. Nous ne connaissons pas son vrai nom, mais les serfs l'appellent « Sabre ». Il se promène partout en racontant qu'il a vu Ayachin. Les serfs rassemblent secrètement des armes — ou en fabriquent. Ils se glissent dans les forêts, la nuit, pour écouter ses discours. Il vaut mieux que vous soyez prévenus de leur présence, parce que si vous tombiez dessus à l'improviste, ça pourrait être dangereux. Ce n'est vraiment pas mon genre, poursuivit-il en se grattant la barbe d'un air un peu embarrassé, mais je voudrais bien que le gouvernement mette fin aux agissements de ce Sabre, en le pendant haut et court, par exemple. Par sa faute, les serfs sont dans tous leurs états. Ils parlent de renverser l'oppresseur, sans préciser lequel. Il se pourrait qu'il parle des Tamouls, mais beaucoup de ses séides pensent plutôt qu'il parle des classes supérieures. Et des serfs agités, c'est des serfs dangereux. Personne ne sait combien ils sont au juste, et s'ils commencent à se faire des idées sur l'égalité et la justice, Dieu seul sait où ça peut nous mener.

CHAPITRE X

— Les similitudes sont trop nombreuses pour que ce soit le fait du hasard, dit Émouchet le lendemain matin, alors qu'ils suivaient la route de Darsas.

Ils étaient réunis, ses compagnons et lui-même, autour de la voiture d'Ehlana, et commentaient les révélations de Djukta. Le ciel était bas et il n'y avait pas un souffle d'air.

— Je suis assez d'accord, répondit Oscagne. Si ce que vous me dites du Lamorkand est exact, il semblerait que les choses se précisent. Notre empire n'est sûrement pas une démocratie, et j'imagine que la situation est à peu près comparable dans vos royaumes occidentaux, mais nous ne sommes pas des dictateurs. Je pense pourtant que nous en sommes arrivés à incarner les injustices sociales qui règnent dans toutes les cultures. Je ne dis pas que le peuple nous hait. Tous les citoyens du mondent abominent leurs gouvernants — sans vouloir vous offenser, Majesté, fit-il avec un sourire.

— Je fais de mon mieux pour que mon peuple ne me déteste pas trop, Votre Excellence, répondit Ehlana.

Elle portait une cape de voyage de velours bleu ciel, et Émouchet la trouvait particulièrement séduisante ce matin-là.

— Comment pourrait-on détester une aussi jolie femme, Votre Majesté ? rétorqua l'ambassadeur en souriant. Cela dit, il faut bien voir que la frustration est une donnée universelle, et que quelqu'un exploite ces mécontentements isolés afin d'ébranler l'ordre établi : l'Empire ici, en Tamoulie, les monarchies et l'Église en Éosie. Quelqu'un cherche à semer le désordre, et je ne pense pas qu'il soit motivé par la soif de justice sociale.

— Nous comprendrions sûrement beaucoup mieux la situation si nous savions ce qu'il attend au juste, ajouta Emban.

— Une opportunité, suggéra Ulath. Quand la situation est figée, que la fortune et le pouvoir sont distribués, les gens n'ont plus aucun espoir d'ascension sociale. Pour eux, le seul moyen d'obtenir quelque chose est de secouer l'anse du panier et de tout retourner.

— C'est une théorie politique assez radicale, messire Ulath, fit Oscagne d'un ton réprobateur.

— C'est le monde qui est radical, Votre Excellence, répliqua Ulath avec un haussement d'épaules.

— Je ne suis pas d'accord, décréta Bévier d'un ton buté.

— Explique-toi, mon jeune ami, répondit Ulath avec un sourire. Je ne crains pas la contradiction.

— Je trouve qu'il y a un véritable progrès politique. Le sort du peuple est bien meilleur aujourd'hui qu'il y a cinq cents ans.

— D'accord, mais qu'en sera-t-il l'année prochaine ? objecta Ulath, et le regard de ses yeux bleus devint pensif. Les gens ambitieux ont besoin de faire des prosélytes, et le meilleur moyen pour que les gens vous suivent, c'est de leur promettre qu'on va changer tout ce qui ne va pas dans le monde. Les promesses sont très excitantes, mais il n'y a que les bébés pour croire qu'elles seront tenues.

— Tu es un cynique, Ulath.

— Dis plutôt un homme réaliste.

Le temps devint menaçant vers la fin de la matinée. De lourds nuages violets se levèrent à l'ouest, et des éclairs commencèrent à zébrer l'horizon.

— On dirait qu'il va pleuvoir, remarqua Tynian.

— C'est probable, répondit Khalad en scrutant les nuages à son tour.

— Combien de temps nous donnes-tu avant de prendre la saucée ?

— Une heure environ. Moins si le vent se lève.

— Qu'en penses-tu, Émouchet ? fit Tynian. Devons-nous chercher un abri ?

Un grondement de tonnerre couvrit la fin de sa phrase.

— Je pense que ça répond à ta question, lâcha Émouchet. Des hommes vêtus d'acier n'ont rien à faire sous un orage.

— Très juste, acquiesça Tynian. Deuxième question : où allons-nous nous réfugier ? Je ne vois pas un bois à des lieues à la ronde.

— Il va falloir que nous dressions les tentes.

— Quelle corvée !

— Tu préfères griller dans ton armure si la foudre te frappe ?

Kring remonta la colonne suivi par une petite charrette à deux roues conduite par un homme aux cheveux blonds, à l'air mou et veule. Il portait des vêtements qui avaient dû être à la mode une quarantaine d'années auparavant en Occident.

— C'est le propriétaire Kotyk, annonça le domi en arrivant à la hauteur d'Émouchet. Il se dit baron. Il veut faire ta connaissance.

— Je suis infiniment honoré, messire Chevalier, de rencontrer les piliers de l'Église, bredouilla l'individu.

— Tout l'honneur est pour nous, baron Kotyk, répondit Émouchet en inclinant aimablement la tête.

— Mon manoir n'est pas loin, reprit précipitamment Kotyk, et le temps s'annonce menaçant ce me semble. Puis-je vous offrir l'hospitalité de ma modeste demeure ?

— Comme je le dis toujours, Émouchet, murmura Bévier, remettons-nous entre les mains de Dieu, Il y pourvoira.

Le regard intrigué de Kotyk valait un roman.

— Pardonnez, messire, cette piètre tentative d'humour, fit Émouchet. Nous évoquions justement, mes compagnons et moi-même, la nécessité de trouver un asile, et votre offre généreuse nous ôte, vous l'imaginez, une sérieuse épine du pied.

Émouchet ignorait évidemment les coutumes locales, mais le langage fleuri du baron incitait à un certain formalisme.

— Je crois remarquer qu'il y a des dames parmi vous, reprit Kotyk en regardant la voiture d'Ehlana. Leur confort sera notre premier souci. Nous pourrons faire plus ample connaissance lorsque vous serez à l'abri sous mon toit.

— Nous vous suivons, messire, acquiesça Émouchet. Menez-nous où bon vous semble, nous vous en prions, et laissez-nous le soin d'informer les dames de notre providentielle rencontre.

Si Kotyk voulait des cérémonies, il allait être servi. Émouchet tourna bride et remonta la colonne.

— Qui est ce gros poussah dans cette petite voiture ? demanda Ehlana.

— Nous serions reconnaissants à Sa Majesté de s'abstenir de tenir des propos désobligeants sur notre hôte.

— Euh, tu ne te sens pas bien ?

— Ce gros poussah, comme tu dis, s'offre à nous abriter de l'orage qui va nous péter à la gueule d'un instant à l'autre, aussi daigneras-tu, lumière de ma vie, le traiter avec gratitude sinon avec respect.

— Quel brave homme !

— Je préférerais ne pas lui dévoiler notre véritable identité. Nous ignorons où nous mettons les pieds, après tout. Que dirais-tu si je te présentais comme une aristocrate, disons…

— Une margravine, improvisa-t-elle. La margravine Ehlana de Cardos.

— Cardos ? Pourquoi Cardos ?

— C'est une jolie région montagneuse. La côte y est fort belle, le climat idéal, le peuple honnête et travailleur, le…

— Tu n'as pas l'intention de le lui vendre, quand même ?

— Non, mais si tu veux que je lui déballe une histoire convaincante, il faut bien que je me pénètre de certains détails.

— Très bien, ma dame, soupira Émouchet. Pénétrez-vous donc. Et n'oubliez pas, tant que vous y êtes, de mettre au point un pedigree convaincant pour vos compagnons. J'espère, Votre Grâce, que votre morale est assez élastique pour supporter quelques entorses à la réalité, ajouta-t-il en regardant Emban.

— Ça dépend de l'ampleur des mensonges que vous attendez de moi, Émouchet.

— Qui parle de mentir ? releva Émouchet avec un bon sourire. Si nous destituons ma femme, vous serez le membre le plus prestigieux du groupe. La présence de l'ambassadeur Oscagne, que voici, suggère une visite d'un certain niveau. Je me contenterai de raconter au baron Kotyk que vous êtes l'émissaire personnel de l'archiprélat à la cour impériale, et que les chevaliers ne sont point l'escorte de la reine mais la vôtre.

— Ma conscience devrait pouvoir supporter ce petit exercice d'assouplissement, acquiesça Emban. Allez-y, Émouchet. Déformez la vérité tant que vous voudrez, vous avez ma bénédiction. Cet orage arrive vraiment trop vite sur nous.

— Talen, appela Émouchet. Passe dans la colonne prévenir les chevaliers de ce qui se passe. Un « Majesté » de trop pourrait révéler la supercherie.

— Nous devrions pouvoir tirer quelque chose de votre mari, margravine Ehlana, nota Stragen. Confiez-le moi un moment et j'en ferai un excellent vide-gousset. Il a de bonnes dispositions, mais sa technique est encore un peu balbutiante.

Le manoir du baron Kotyk était un véritable palais entouré d'un parc somptueux, perché au sommet d'une colline. Au pied était niché un village de belle taille. Un certain nombre de bâtiments annexes se dressaient derrière la maison de maître.

— Je me réjouis, messire Chevalier, d'avoir la place d'héberger un groupe aussi important que le vôtre, déclama le baron. Il est à craindre, toutefois, que les quartiers où vos hommes seront logés ne soient un peu spartiates. Ce sont les dortoirs des journaliers embauchés pour les moissons.

— Nous sommes des chevaliers de l'Église, messire Kotyk, et habitués à vivre à la dure, répondit Émouchet.

— Nous n'avons pas de telles institutions ici, en Astel, fit Kotyk avec un soupir funèbre. Tant de choses font défaut à notre pauvre pays reculé…

Ils suivirent la longue allée de gravier bordée d'ormes majestueux qui menait à la demeure, et s'arrêtèrent au pied des larges marches de pierre montant vers une immense porte cintrée. Le baron descendit péniblement de sa voiture et tendit les rênes à un serf barbu qui était aussitôt sorti de la maison.

— Je vous en prie, messires et gentilshommes, dit-il. Trêve de cérémonie. Entrez, je vous en prie, avant que la tourmente ne se déchaîne.

Émouchet se demandait si le langage ampoulé de l'homme était une caractéristique commune à tous les habitants du pays, une idiosyncrasie personnelle, ou s'il était impressionné par le rang de ses visiteurs. Il fit signe à Kalten et Tynian.

— Allez voir comment sont installés les chevaliers et les Péloïs, leur dit-il tout bas, et retrouvons-nous à la maison. Khalad, va avec eux. Assure-toi que les serfs ne laissent pas les chevaux sous la pluie.

La porte du manoir s'ouvrit en grand devant trois dames vêtues de robes antiques et solennelles. La première était grande et tout en os. Elle avait des cheveux noirs somptueux et avait dû être très belle dans sa jeunesse, mais le temps ne l'avait pas arrangée. Son visage hautain, angulaire, était strié de rides, et elle avait une coquetterie dans le regard. Les deux autres étaient blondes, molles, et ressemblaient indéniablement au baron. Derrière elles se tenait un jeune homme à la peau translucide, vêtu de velours noir. Ses cheveux noirs, artistement bouclés, cascadaient sur ses épaules. Un rictus condescendant planait sur ses lèvres.

Kotyk expédia les présentations et fit entrer tout le monde. La grande femme brune était la femme du baron, Astansia. Les deux blondes étaient ses sœurs, comme le subodorait Émouchet : Ermude, l'aînée et Katina, la plus jeune. Le jeune homme au visage blafard était le frère de la baronne, Elron — un poète, ainsi qu'elle le leur susurra d'un ton proche de la vénération.

— Si j'essayais de me défiler en invoquant un mal de tête à tout casser ? murmura Ehlana à l'oreille d'Émouchet alors qu'ils suivaient le baron et sa famille le long d'un interminable corridor qui menait dans les entrailles de la maison. Je suis sûre que ça va être mortel.

— Si je dois supporter ça, je ne vois pas pourquoi tu y couperais, répondit-il entre ses dents. Nous avons eu de la chance de trouver cet individu ; la moindre des choses est de lui faire bonne figure.

— Ce serait moins pénible si toute la baraque ne puait pas le chou-fleur…, soupira-t-elle.

On les mena dans un « salon d'apparat » à peine moins vaste que la salle du trône de Cimmura, tendu de jaune moutarde, meublé de sièges au dossier raide et inhospitalier, et qui sentait le renfermé.

— Nous sommes tellement isolés, ici, soupira Katina, qui avait jeté son dévolu sur la baronne Mélidéré. Il nous est fort difficile en vérité de nous tenir au courant des choses. Mon pauvre frère fait de son mieux pour s'informer de ce qui se passe à l'ouest, mais nous sommes si loin de tout que nous ne voyons personne. C'est comme si nous étions en prison. Nous avons bien essayé de le convaincre, Ermude et moi, de s'installer à la capitale où nous serions au cœur des événements, mais elle ne veut pas en entendre parler. Mon frère a reçu cette demeure en dot, et sa femme est terriblement provinciale. Figurez-vous que nous devons nous faire faire nos robes par *des serfs* !

— Seigneur ! s'exclama Mélidéré en portant les mains à ses joues d'un air parfaitement horrifié.

Des larmes de désespoir perlèrent aux yeux de Katina qui pêcha un mouchoir dans sa manche.

— Votre Atana ne serait-elle pas plus à l'aise avec les serfs, margravine ? demanda la baronne Astansia en regardant Mirtaï avec un retroussis dédaigneux de la lèvre.

— J'en doute, ma chère, répondit Ehlana. Et même si tel

était le cas, je serais, personnellement, beaucoup moins à l'aise. J'ai de puissants ennemis, et mon mari est très impliqué dans la vie politique en Élénie. La reine se repose beaucoup sur lui, et je dois songer à ma protection.

— J'admets que votre Atana en impose, margravine, répondit Astansia avec un reniflement. Mais ce n'est qu'une femme, malgré tout.

— Ma chère baronne, vous devriez dire ça aux hommes qu'elle a tués, rétorqua Ehlana avec un sourire.

La baronne la dévisagea avec horreur.

— Le continent éosien n'est qu'à peine civilisé, ma dame, lui susurra Stragen. Sous le vernis de culture, nous sommes encore très sauvages.

— Ce voyage est très pénible, bien sûr, disait le patriarche Emban au baron Kotyk. Mais l'archiprélat et l'empereur sont entrés en contact après l'effondrement du Zémoch, et ils se sont dit que le moment était venu de procéder à des échanges d'émissaires. Le malentendu résulte trop souvent de l'absence de contact direct, et le monde a connu suffisamment de guerres comme ça.

— C'est fort sage, Votre Grâce, dit Kotyk en se rengorgeant d'héberger sous son toit des gens aussi prestigieux.

— Je dois dire, messire Bévier, que je jouis d'une assez jolie réputation à la ville, disait Elron d'un petit air pincé. Mes poèmes sont très appréciés par l'intelligentsia. Il faut bien voir, toutefois, qu'ils passent loin au-dessus de la tête des gens incultes. On me reconnaît surtout un grand talent de coloriste. Je crois que la couleur est le cœur, l'âme du monde. Je travaille depuis six mois sur une Ode au Bleu.

— Quelle persévérance ! murmura Bévier.

— Je m'efforce d'être aussi exhaustif que possible, déclara Elron. J'ai déjà composé deux cent soixante-trois strophes et je crains de ne pas être au bout de mes peines.

— En tant que chevalier de l'Église, j'ai peu de temps à consacrer à la littérature, nota Bévier avec un soupir funèbre.

Ma vocation m'amène surtout à étudier des ouvrages militaires et des livres pieux. messire Émouchet est plus érudit que moi. Il nous livre parfois des descriptions assez poétiques de gens ou de lieux qu'il a pu voir.

— Voilà qui est intéressant, mentit Elron, son visage trahissant le mépris du professionnel pour les velléités de l'amateur. Se consacrerait-il, par hasard, à la couleur ?

— À la lumière, plutôt, je crois, répondit Bévier. Mais c'est la même chose, au fond, n'est-ce pas ? Que serait la couleur sans lumière ? Je me souviens l'avoir entendu décrire, une fois, une rue de Djiroch. C'est une ville de la côte du Rendor où le soleil s'abat sur la terre comme un marteau frappant une enclume claire. Juste avant le lever du soleil, quand la nuit commence à peine à pâlir, le ciel a la couleur de l'acier en fusion. Il n'y a pas d'ombres et toute chose semble gravée dans une grisaille venue de nulle part. Tandis que les hommes se terrent derrière d'épais murs blancs, les femmes se hâtent d'aller aux puits afin d'éviter la chaleur du jour. Elles sont voilées de noir des pieds à la tête. Une par une, elles émergent des porches et des ruelles, chacune portant une jarre d'argile sur l'épaule. Et ces femmes marchent avec une grâce exquise quc leur envieraient bien des danseurs. Telles des ombres, elles saluent l'aube selon un rituel aussi ancien que les âges, et la splendeur de cette procession silencieuse marque le commencement du jour. Avez-vous jamais vu cette lumière particulière qui précède l'aube, Elron ?

— Je me lève rarement avant midi, rétorqua le jeune homme avec raideur.

— Vous devriez essayer de voir ça au moins une fois, suggéra gentiment Bévier. Un artiste doit savoir se sacrifier pour son art.

— Si vous voulez bien m'excuser, fit sèchement le jeune homme aux boucles noires.

Il s'inclina imperceptiblement et détala, une expression mortifiée remplaçant son rictus arrogant.

— Je ne te savais pas si cruel, Bévier, fit Émouchet d'un ton de reproche. Et je n'ai jamais prononcé les paroles que tu me prêtes. Cela dit, je reconnais que tu parles bien.

— En tout cas, j'ai obtenu le résultat désiré. Si ce jeune crétin prétentieux m'avait parlé sur ce ton protecteur une seconde de plus, je l'étranglais. Une ode de deux cents strophes à la couleur bleue ? Mais je rêve !

— La prochaine fois qu'il te bassine avec le bleu, décris-lui le Bhelliom.

— Ne compte pas sur moi pour ça, Émouchet, se récria Bévier en frissonnant. À cette seule idée, je me sens défaillir !

Émouchet éclata de rire et jeta un coup d'œil par l'une des portes-fenêtres à la pluie qui s'écrasait sur les vitres.

Danaé s'approcha de lui et lui prit la main.

— Nous sommes vraiment obligés de rester ici, Père ? demanda-t-elle. Ces gens me donnent la nausée.

— Il faut bien que nous nous abritions de la pluie quelque part, Danaé.

— Je pourrais la faire cesser, s'il n'y a que ça. Qu'une de ces sales bonnes femmes me parle bébé encore une fois, et je la change en crapaud.

— Je crois que j'ai une meilleure idée, fit Émouchet en la prenant dans ses bras. Fais semblant de dormir.

Danaé se laissa aller dans ses bras comme une poupée de chiffon.

— N'en fais pas trop ou ils vont croire que tu es morte, protesta-t-il en traversant le salon pour l'allonger sur un divan. Et ne ronfle pas. Tu es encore trop petite pour ça.

Elle lui jeta un regard innocent.

— Je ne ferais pas une chose pareille. Tu pourrais essayer de trouver mon chat ? demanda-t-elle, puis son sourire se figea. Émouchet, regarde bien notre hôte et sa famille. Il serait bon que tu voies à quel genre de personnages tu as affaire en réalité.

— Qu'est-ce que tu mijotes ?

— Oh, rien de spécial. Je pense juste qu'il serait utile que tu saches à quoi ils ressemblent en réalité.

— Je le vois assez bien comme ça.

— Non. Pas vraiment. Ils font des efforts de politesse, ils se surveillent. Tâchons de voir ce qu'il y a sous la surface. Pendant le restant de la soirée ils vont dire ce qu'ils pensent vraiment.

— J'aimerais autant éviter.

— Allons, Émouchet, un grand garçon courageux comme toi ! Cette horrible famille est typique de la petite noblesse de l'Astel. Quand tu les auras compris, tu verras ce qui cloche dans le royaume. Ça pourrait t'être utile. Il y a quelque chose derrière tout ça, fit-elle, les yeux et la voix d'une gravité soudain mortelle. Et nous devons absolument savoir quoi.

— Tu sais ce que c'est ?

— Je n'en suis pas sûre. Fais bien attention, Père. Quelqu'un va dire quelque chose d'important ce soir. Maintenant, va chercher mon chat.

Le souper qu'on leur servit était fort quelconque, mais la conversation qui l'accompagna fut tout simplement insensée. Libérés de toute inhibition par un enchantement de Danaé, le baron et sa famille se laissèrent aller à dire des choses qu'ils auraient normalement gardées pour eux, et leur vanité complaisante, méprisante, fut encore exaltée par l'influence du mauvais vin qu'ils ingurgitaient comme des pochards dans un bouge.

— Je n'étais pas faite pour cet isolement digne d'une barbare, confia Katina d'une voix larmoyante à la pauvre Mélidéré. Dieu ne voulait sûrement pas que je m'épanouisse ignorée du monde, si loin des lumières et de la gaieté de la capitale. Nous avons été cruellement abusés avant le mariage de notre frère par cette femme redoutable. Ses parents nous ont fait croire que le domaine nous apporterait la fortune et le rang, mais il nous permet tout juste de survivre. Nous n'avons plus l'espoir de nous offrir une demeure à Darsas. Que vais-je devenir ? geignit-elle en s'enfouissant le visage dans les mains. Où sont les lumières, les bals, les hordes de courtisans faisant la queue devant ma porte, éblouis par mon esprit et ma beauté !

— Ne pleure pas, Katina, gémit Ermude. Si tu pleures, je ne vais pas pouvoir me retenir.

Les sœurs se ressemblaient tellement qu'Émouchet avait du mal à les distinguer. Leurs formes molles évoquaient plutôt la brioche que la chair. Leurs cheveux queue de vache étaient plats et ternes, elles avaient une mine de papier mâché et donnaient l'impression de ne pas se laver souvent.

— Je m'efforce de protéger ma pauvre sœur de ce détestable endroit qui est en train de la détruire, bredouilla Ermude à la malheureuse Mélidéré. La vie culturelle est inexistante, ici. Nous vivons comme des bêtes, comme des serfs. Ça n'a pas de sens. La vie devrait avoir une signification, mais quelle direction pourrions-nous lui donner, si loin de la capitale ? Cette horrible femelle ne permettra jamais que mon pauvre frère vende cette sordide bâtisse pour que nous puissions acquérir une demeure digne de nous à Darsas. Nous sommes piégées ici, piégées, je vous le dis, et nous finirons nos jours dans la solitude hideuse de ce taudis.

Elle se prit la tête dans les mains et se mit à pleurer à son tour.

Mélidéré poussa un soupir et leva les yeux au ciel.

— J'ai une certaine influence sur le gouverneur de la province, pontifiait le baron Kotyk qui avait entrepris le patriarche Emban. Il attache beaucoup d'importance à mon jugement. Les bourgeois de la ville nous donnent du fil à retordre. Rien que de la racaille, tout ça, des serfs en rupture de bans, si vous voulez mon avis. Il faut les entendre couiner chaque fois que nous augmentons les impôts et voir comment ils essaient de les répercuter sur nous. Nous payons déjà bien assez de taxes comme ça, merci bien, et ils sont seuls à profiter des investissements. Qu'est-ce que vous voulez que ça me fasse, à moi, que les rues de la ville soient pavées ? Seules les routes comptent. C'est ce que je n'arrête pas de dire et de répéter à Son Excellence le gouverneur.

Le baron avait déjà tellement bu qu'il avait la langue pâteuse et dodelinait de la tête.

— C'est sur nos épaules que reposent toutes les charges de la province, déclara-t-il, et la tristesse de son sort lui fit venir les larmes aux yeux. Je dois entretenir cinq cents serfs à ne rien faire — des serfs tellement paresseux que même le fouet ne parvient pas à les mettre au travail. C'est trop injuste. Je suis un aristocrate, mais ça compte pour du beurre, de nos jours.

Les larmes roulaient sur ses joues et s'égouttaient au bout de son nez.

— Personne ne semble se rendre compte que l'aristocratie est un don que Dieu a fait aux hommes. Les bourgeois ne nous traitent pas mieux que des purotins. Considérant nos origines divines, cet irrespect est la pire forme d'impiété. Je suis sûr que Votre Grâce sera d'accord avec moi, fit le baron en reniflant.

Le père du patriarche Emban était tavernier à Ucera, et Émouchet aurait mis sa tête à couper que le petit prélat obèse n'était pas d'accord du tout.

La femme du baron avait mis le grappin sur Ehlana, qui commençait à avoir l'air vraiment désespéré.

— Le domaine m'appartient, bien sûr, déclarait Astansia d'une voix froide et hautaine. Mon père était gâteux lorsqu'il m'a mariée à ce gros porc répugnant. Kotyk n'avait d'yeux — ces petits yeux porcins que vous voyez — que pour les revenus de la propriété. Mon père était tellement impressionné par le titre de cet imbécile qu'il n'a pas vu ce qu'il était en réalité : un opportuniste titré affublé de deux grosses sœurs laides à pleurer.

Elle eut un rictus sardonique, et le sourire s'effaça de sa figure, laissant place aux larmes inévitables.

— Ma seule consolation, les seules choses qui me font un peu oublier mon triste sort sont la religion, l'art de mon cher frère, et la satisfaction que j'éprouve à l'idée que ces deux grognasses ne verront jamais les lumières de Darsas. Elles croupiront ici — jusqu'au jour où mon gros porc de mari se sera fait exploser la panse, fit-elle dans un reniflement. Alors je les ficherai dehors, une main devant une main derrière, avec les vêtements qu'elles auront sur le dos pour tout bagage. J'ai hâte de voir ça, ajouta-t-elle, et une lueur malsaine brilla dans ses prunelles. J'aurai ma revanche, et nous pourrons vivre en paix ici, l'être d'exception qu'est mon frère et moi-même.

La princesse Danaé grimpa sur les genoux de son père.

— Quels braves gens, hein ? dit-elle tout bas.

— C'est toi qui fais ça ? demanda-t-il d'un ton accusateur.

— Non, Père. J'en serais incapable. Personne n'en serait capable. Les gens sont ce qu'ils sont. On ne peut pas les changer.

— Je pensais que tu étais capable de tout.

— Il y a des limites à tout, Émouchet. Mais je vais faire quelque chose, ajouta-t-elle, et ses yeux sombres devinrent soudain impitoyables. Ton Dieu élène me doit une bonne manière. Je lui ai rendu un signalé service, une fois.

— Et pourquoi as-tu besoin de son aide ?

— Ces gens sont des Élènes. Ils sont à lui. Je ne peux rien leur faire sans sa permission. Ce serait extrêmement grossier.

— Je suis élène, et tu me fais bien des choses à moi.

— Tu es Anakha, Émouchet. Tu n'appartiens à personne.

— C'est très déprimant. Je suis seul au monde, sans Dieu pour me guider !

— Tu n'as pas besoin de ça. De conseils, parfois, mais d'être guidé, sûrement pas.

— Ne fais rien d'exotique, hein ? Nous ne savons pas ce qui nous attend quand nous nous enfoncerons dans la Tamoulie profonde. N'annonçons pas notre présence alors que nous n'y sommes pas obligés. Au fait, personne n'a encore rien dit de déterminant, ajouta-t-il, la curiosité reprenant le dessus.

— Écoute bien, Émouchet. Ça va venir.

— Qu'as-tu l'intention de demander à Dieu de faire à ces gens ?

— Rien du tout, répondit-elle. Absolument rien. Je ne lui demanderai pas de changer quoi que ce soit. Je lui demanderai seulement de faire en sorte que ça dure très, très longtemps.

Il parcourut les convives du regard et regarda les visages hargneux de leur hôte et de sa famille.

— Tu vas les emprisonner ici, fit-il d'un ton accusateur. Enchaîner ici, pour l'éternité, cinq individus qui se détestent cordialement, afin qu'ils s'étripent mutuellement.

— Pas pour l'éternité, Émouchet, rectifia la petite fille. Encore que… c'est sans doute l'impression que ça leur fera.

— C'est très cruel.

— Non, Émouchet. C'est juste. Ces gens n'ont pas volé ce qui va leur arriver. Je tiens à ce qu'ils aient tout le temps de s'apprécier mutuellement.

— Que dirais-tu de prendre un peu l'air ? demanda Stragen en se penchant sur l'épaule d'Émouchet.

— Sous cette pluie ?

— Tu ne vas pas fondre.

— Après tout, ce n'est pas une mauvaise idée.

Émouchet déposa sa fille endormie sur le divan de la pièce voisine où Mmrr se faisait voluptueusement les griffes sur un coussin, et la recouvrit d'une cape de voyage. Il suivit Stragen sur la véranda qui longeait tout l'arrière de la maison.

— Tu as des fourmis dans les jambes ? demanda-t-il au Thalésien.

— Non, je suis révolté. J'ai connu des gens peu recommandables, dans ma vie, et je ne suis pas un ange, mais cette petite famille me fait froid dans le dos. Tu n'as pas séjourné chez un marchand de poisons, au Rendor ?

— Je réprouve les poisons.

— Là, c'est peut-être une vision un peu étriquée des choses, mon ami. Le poison est une manière élégante d'apprendre à vivre aux gens invivables.

— Je crois me souvenir que c'était aussi l'avis d'Annias.

— J'oubliais ça, admit Stragen. Je comprends que tu en aies conçu un certain préjugé contre une solution aussi commode à des problèmes inextricables. Mais il faudrait faire quelque chose pour ces monstres.

— C'est déjà fait. Ne me demande ni quoi ni comment. Je n'ai pas le droit d'en parler.

Ils s'accoudèrent à la balustrade et regardèrent la pluie tomber sur le jardin plongé dans les ténèbres.

— Ça n'a pas l'air de vouloir s'arranger. Combien de temps peut-il pleuvoir comme ça à cette époque de l'année ?

— Tu demanderas à Khalad. Le temps, ça le connaît.

— Messieurs ?

Stragen et Émouchet se retournèrent comme un seul homme.

C'était Elron, le poète — le beau-frère du baron.

— Je suis venu vous dire que nous n'étions pas, ma sœur et moi, responsables de Kotyk et de ses sœurs, déclara-t-il.

— Vous n'aviez pas besoin de nous le dire, Elron, murmura Stragen.

— Tout ce qu'ils avaient au monde, c'était le titre de Kotyk. Leur père a perdu leur héritage au jeu. Ça me fait mal au ventre de voir ces aristocrates décavés nous regarder de haut comme ils le font.

— Nous avons entendu dire des choses, avança Stragen,

changeant de sujet en douceur. On nous a dit à Esos que le mécontentement grondait parmi les serfs. On nous a raconté des choses assez incohérentes à propos d'un certain Sabre et d'un dénommé Ayachin, mais nous n'y avons rien compris.

Elron regarda derrière lui tel un comploteur de mélodrame.

— Il n'est pas prudent de mentionner ces noms en Astel, messire, dit-il dans un souffle rauque qu'on aurait entendu à l'autre bout de la propriété. Les Tamouls ont des oreilles partout.

— Les serfs sont dont mécontents des Tamouls, hasarda Stragen, un peu surpris. Je pensais qu'ils n'avaient pas besoin d'aller si loin pour trouver des gens à haïr.

— Les serfs sont des animaux superstitieux, messire, lâcha Elron d'un ton méprisant. On les mènerait par le bout du nez avec un mélange de religion, de folklore et de boissons fortes. Le vrai mouvement est dirigé contre les diables jaunes. L'honneur de l'Astel exige que nous rejetions le joug tamoul. C'est le but réel du mouvement. Sabre est un patriote, une figure mystérieuse qui surgit de la nuit pour inspirer les Asteliens, les inciter à se lever et à briser les chaînes de l'oppression. Il est toujours masqué, vous savez.

— Ah, je l'ignorais.

— Eh oui. Il ne saurait en être autrement. En fait, c'est un personnage bien connu qui dissimule ses opinions et son identité réelle par précaution. Le jour, c'est un membre de l'aristocratie comme il y en a tant, mais la nuit, c'est un justicier masqué, un brandon de discorde qui attise le patriotisme de ses concitoyens.

— Je vois que vous avez vos opinions, vous aussi, risqua Stragen.

Elron affecta une attitude prudente et détachée.

— Je ne suis qu'un poète, messire, dit-il avec une feinte modestie. Je ne m'intéresse qu'à l'aspect dramatique de la situation. Pour l'amour de l'Art, vous comprenez.

— Bien sûr.

— Et cet Ayachin, que vient-il faire là-dedans ? demanda Émouchet. Si j'ai bien compris, il est mort depuis longtemps.

— Il se passe de drôles de choses en Astel, messire, reprit Elron. Des choses que les vrais Asteliens tètent avec le lait maternel depuis des générations. Nous savons, au plus profond de nous-mêmes, qu'Ayachin n'est pas mort. Il ne peut pas mourir, jamais, pas tant que la tyrannie régnera.

— Juste une considération pratique, Elron, reprit Stragen d'un ton suave. Ce mouvement semble essentiellement reposer sur les serfs. Qu'en retireront-ils ? Pourquoi des hommes liés à la terre se préoccuperaient-ils de savoir qui est à la tête du gouvernement ?

— Ce sont des moutons. Ils courront comme un seul homme dans la direction qu'on leur indiquera. Soufflez-leur à l'oreille le mot « émancipation » et ils vous suivront dans la gueule de l'enfer.

— Sabre n'a donc pas vraiment l'intention de les libérer ?

Elron éclata de rire.

— Mon pauvre ami, qu'est-ce qui pourrait bien amener un homme raisonnable à faire une chose pareille ? Autant lâcher du bétail dans la nature ! Mais les autres vont remarquer mon absence, fit-il en promenant sur les environs un regard de conspirateur. Kotyk me déteste, et rien ne lui plairait davantage que de trouver un prétexte pour me dénoncer aux autorités. Quand je pense que je suis obligé de faire bonne figure à ce porc immonde et à ces deux grosses truies pendues à ses basques ! Je n'en dirai pas plus, messieurs, mais le jour où nous serons enfin libérés, il y aura du changement par ici, j'en prends Dieu à témoin. Le changement social s'accompagne parfois de violence, et je puis vous assurer que Kotyk et ses sœurs ne verront pas se lever l'aube de ce nouveau jour. Mais je n'en dirai pas plus, messieurs, fit-il en plissant les paupières d'un air entendu. Je n'en dirai pas plus.

Il partit dans une grande envolée de cape noire et rentra dans la maison la tête haute et l'expression résolue.

— Un jeune homme fascinant, vraiment, observa Stragen. Je ne sais pas pourquoi, mais j'ai la rapière qui me démange de…

Émouchet grommela son assentiment et leva les yeux vers le ciel.

— J'espère que ça va s'arrêter, dit-il. J'ai hâte de sortir de ce cloaque.

CHAPITRE XI

Le lendemain matin, le temps était bouché, mais au moins il ne pleuvait plus. Émouchet et ses compagnons mangèrent un morceau et se hâtèrent de partir avant que le baron et sa famille ne se lèvent. Une heure après le lever du soleil, ils étaient sur la route de Darsas, et ils pressèrent encore l'allure. Aucun d'eux ne le dit, mais ils tenaient à s'éloigner le plus vite possible de cette funeste demeure.

Vers le milieu de la matinée, ils arrivèrent à la borne de marbre blanc qui marquait la limite des terres du baron et poussèrent un soupir de soulagement. La colonne ralentit l'allure. Émouchet et ses compagnons entourèrent la voiture.

Ehlana et la baronne Mélidéré essayaient de consoler Aleanne, qui pleurait toutes les larmes de son corps.

— C'est une si douce enfant, expliqua Mélidéré. L'horrible atmosphère de cette maison l'a émue aux larmes.

— Quelqu'un lui aurait-il manqué de respect ? demanda sèchement Kalten, qui avait adopté une attitude assez étrange vis-à-vis de la pauvre enfant : depuis qu'il avait renoncé à l'importuner, il était devenu assez farouchement protecteur.

Si quelqu'un l'a insultée, j'y retourne et je lui apprends les bonnes manières !

— Non, messire, répondit la fille éplorée. Il ne s'est rien passé de tel. Seulement ils sont tous prisonniers de cet horrible endroit. Ils se détestent, et ils vont vivre ensemble jusqu'à la fin de leurs jours, à s'entre-déchirer. C'est affreux !

— Une personne de ma connaissance a, un jour, qualifié ça de justice immanente, observa Émouchet en évitant de regarder sa fille. Enfin, nous nous sommes tous entretenus avec l'un ou l'autre des membres de la maisonnée. Quelqu'un a-t-il appris quelque chose d'utile ?

— J'ai un peu parlé avec les serfs, messire, répondit Khalad. Ils sont au bord de l'insurrection. Le père de la baronne était un bon maître. Mais à sa mort, Kotyk leur a révélé sa vraie nature. C'est une brute, et il adore utiliser le knout.

— Qu'est-ce que le knout ? demanda Talen.

— Une sorte de matraque, répondit son demi-frère d'une voix atone. Les serfs sont paresseux, Émouchet. On ne peut pas dire le contraire. Et ils ont poussé à la perfection l'art de faire l'idiot ou de feindre la maladie ou les blessures. Je suppose qu'ils jouent à ce petit jeu depuis que le servage existe. Tout le monde sait à quoi s'en tenir. Mais, il y a quelques années, le jeu a changé. Au lieu d'essayer de prendre les serfs par la douceur, les maîtres se sont mis à jouer du knout, renonçant du jour au lendemain à mille ans de tradition. Kotyk n'est pas seul à maltraiter ses gens. Il paraît que c'est comme ça dans tout l'ouest de l'Astel. Les serfs ont un peu tendance à dramatiser, bien sûr, mais ils semblent convaincus que leurs maîtres se sont délibérément lancés dans une campagne destinée à éradiquer les droits traditionnels et à les réduire en esclavage. La différence, c'est qu'un serf ne peut être vendu, mais un esclave si. Celui qu'ils appellent Sabre en fait tout un plat : dites à un homme que quelqu'un a l'intention de vendre sa femme et ses enfants, et vous verrez s'il ne va pas se remuer.

— Ça ne colle pas très bien avec ce que me racontait le baron Kotyk, objecta le patriarche Emban. D'après lui, le but de Sabre serait avant tout de chasser les Tamouls d'Astel. Pour être honnête avec vous, Émouchet, j'avais peine à croire ce que le voleur d'Esos vous avait dit au sujet de ce Sabre, mais il est certain qu'il a l'oreille des nobles. Il pose le problème des discriminations raciales et religieuses entre les Élènes et les Tamouls, que Kotyk appelle les « chiens jaunes sans Dieu ».

— Nous avons des Dieux, Votre Grâce, objecta calmement Oscagne. Si vous m'accordez un instant, je pourrais même retrouver le nom de certains d'entre eux.

— Notre ami Sabre n'est pas très cohérent, intervint Tynian. Il dit une chose aux nobles et une autre aux serfs.

— Je pense que ça s'appelle tenir un double langage, nota Ulath.

— L'Empire devrait vraiment songer à tenter d'identifier ce « Sabre », fit Oscagne d'un ton rêveur. C'est d'une banalité consternante, mais nous autres, oppresseurs sanguinaires et chiens jaunes sans foi ni loi, aimons assez mettre un nom sur les fauteurs de troubles et autres boutefeux.

— Afin de les capturer et de les pendre haut et court ? fit Talen d'un ton accusateur.

— Pas forcément, jeune homme. Quand un talent naturel se manifeste dans le peuple, il faut lui permettre de s'épanouir. Je suis sûr que nous devrions trouver un moyen d'exploiter les aptitudes de ce garçon.

— Mais il déteste votre empire, Excellence, objecta Ehlana.

— Ça n'en fait pas automatiquement un criminel, Majesté, rétorqua Oscagne en souriant. Ce serait plutôt une preuve de bon sens. Il y a des jours où l'empereur lui-même en a pardessus la tête. La présence de révolutionnaires est un bon révélateur des choses qui clochent dans une province donnée.

L'agitateur fait un travail utile en les mettant en évidence. Autant le laisser faire et arranger les choses. J'ai connu quelques séditieux qui ont fait d'excellents gouverneurs de province.

— C'est une vision intéressante, Votre Excellence, fit Ehlana, mais comment parvenez-vous à convaincre des gens qui vous détestent de travailler pour vous ?

— En les prenant à leur propre piège, Majesté. Ils sont tous persuadés qu'ils feraient mieux ; il suffit de leur donner carte blanche. Ils comprennent généralement au bout de quelques mois qu'ils se sont fait avoir. Le travail de gouverneur de province est le plus impopulaire qui soit.

— Et cet Ayachin, que fait-il là-dedans ? demanda Bévier.

— Je suppose que c'est une figure emblématique, répondit Stragen. Un peu comme Drychtnath au Lamorkand. Comment un héros du neuvième siècle pourrait-il comprendre quelque chose à la politique contemporaine ?

— Kotyk m'a raconté qu'Ayachin était un nobliau à la solde de l'Église astelienne, précisa Emban. Au neuvième siècle, le pays fut envahi à l'instigation de l'Église d'Éosie. Votre voleur d'Esos avait raison sur ce point, au moins. Pour les Asteliens, notre Sainte Mère de Chyrellos est hérétique. Ayachin aurait rallié les nobles et finalement gagné une grande victoire dans les marais d'Astel.

— Les serfs racontent une autre histoire, leur dit Khalad. Ils croient qu'Ayachin était un serf déguisé en noble. Il avait pour but l'émancipation de sa classe, et la victoire dans les marais était l'œuvre des serfs, non de la noblesse. Plus tard, quand les nobles ont découvert qui était vraiment Ayachin, ils l'ont fait assassiner.

— C'est vraiment l'archétype du héros, conclut Ehlana. Avec lui, il y en a pour tous les goûts.

— Rien ne justifie qu'on maltraite les serfs, si paresseux qu'ils soient, fit Emban en se renfrognant. En les brutalisant, on ne fait que les encourager à la révolte, un crétin congénital comprendrait ça. Émouchet, se pourrait-il que la conduite suicidaire de la noblesse soit l'effet d'un sortilège ?

— Je ne vois pas lequel, Votre Grâce, répondit Émouchet alors que ses compagnons hochaient tous la tête en signe de dénégation, à l'exception de la princesse Danaé qui acquiesça discrètement. Mais je n'écarte pas complètement cette hypothèse, ajouta-t-il. Le fait qu'aucun de nous ne connaisse de sort capable d'obtenir ce résultat ne prouve rien. Si quelqu'un voulait semer la discorde en Astel, rien ne pourrait mieux servir son but qu'un soulèvement des serfs, et le meilleur moyen d'y arriver serait que la noblesse se mette à les molester.

— Et ce Sabre s'y connaît pour verser de l'huile sur le feu, reprit Emban. Il soulève les nobles contre les chiens jaunes impies — pardon, Oscagne — et en même temps, il incite les serfs à se révolter contre leurs maîtres. Quelqu'un a-t-il appris quelque chose à son sujet ?

— Elron nous a raconté que Sabre se promenait la nuit, un masque sur la figure, en faisant des discours, raconta Stragen.

— Tu veux rire ? demanda Bévier, incrédule.

— Pathétique, n'est-ce pas ? Nous avons manifestement affaire à un esprit juvénile et immature. Elron était très excité par l'aspect mélodramatique de la chose.

— Ce n'est rien de le dire, soupira Bévier.

— On dirait un héros issu de l'imagination d'un plumitif de troisième zone, non ? fit Stragen avec un sourire.

— Ce qui correspond parfaitement à la description d'Elron, confirma Tynian.

— Là, tu le flattes, grommela Ulath. Il m'a acculé dans un coin, hier soir, et il m'a récité quelques vers de sa composition. La troisième zone ne voudrait pas de lui.

Émouchet était troublé. Contrairement à ce que lui avait annoncé Aphraël, en dehors de la révélation de quelques travers personnels peu ragoûtants, personne ne lui avait rien dit de transcendant chez Kotyk. Puis il songea qu'Aphraël n'avait pas précisé que la chose lui serait révélée à lui. Ce détail important avait peut-être été divulgué à l'un de ses compagnons. Le moyen le plus simple d'être fixé aurait été d'interroger sa fille, mais ça lui aurait valu un commentaire désobligeant sur ses facultés intellectuelles, et il préférait encore se débrouiller tout seul.

D'après leur carte, ils étaient à une dizaine de jours de Darsas. Mais le trajet fut beaucoup plus court, bien sûr.

— Je crois avoir compris comment tu arrivais à faire croire à nos compagnons que nous avancions normalement, dit-il à Danaé alors qu'ils avançaient à ce pas accéléré. Mais les gens qui nous voient passer à cette allure, que leur fais-tu ?

— Nous n'avançons pas comme ça quand il y a des étrangers dans les parages, Émouchet, répondit-elle. De toute façon, ils ne nous verraient pas. Nous allons trop vite.

— Tu figes le temps comme Ghnomb l'a fait en Pélosie ?

— Non, c'est juste le contraire. Ghnomb avait figé le temps, vous faisant parcourir une seconde éternelle, alors que moi... Bon, pour simplifier, fit-elle en soupesant son père du regard, nous faisons un bond de quelques lieues puis nous avançons normalement pendant un moment, et nous recommençons. Les raccords posent un vrai casse-tête. Enfin, ça m'occupe l'esprit pendant ces longs trajets fastidieux.

— L'information importante dont tu m'as parlé a-t-elle été prononcée ? demanda-t-il.

— Oui.

— Qu'est-ce que c'était ?

Il avait décidé qu'un bref instant d'humiliation serait vite passé, tout compte fait.

— Je n'en sais rien. Je savais que quelqu'un allait dire une chose significative, c'est tout.

— Alors tu n'es pas omnisciente ?

— Je n'ai jamais prétendu l'être.

— Ne penses-tu pas que la chose aurait pu être dite par bribes, un ou deux mots à Emban, quelques autres à Stragen ou à moi, par exemple, et que nous devrions les assembler comme un puzzle afin de déchiffrer le message ?

— Eh, mais c'est génial, Père ! s'exclama-t-elle.

— Merci, fit-il ironiquement, puis il décida de pousser un peu son avantage. Se pourrait-il que quelqu'un influe sur le comportement des gens ici, en Astel ?

— Oui, bien sûr. Ça arrive partout.

— Alors quand la noblesse s'est mise à maltraiter les serfs, ce n'était pas de sa propre volonté ?

— Bien sûr que non. La cruauté délibérée est un état d'esprit difficile à maintenir longtemps. Ça exige de la concentration. Les Asteliens sont trop flemmards pour ça. Cette attitude leur a été imposée du dehors.

— Crois-tu qu'un magicien styrique en serait capable ?

— Un styrique pourrait sélectionner un noble et en faire un monstre. Peut-être deux, rectifia-t-elle après réflexion. Trois à tout casser. Mais au-delà, il y a trop de paramètres à combiner pour un être humain.

— Ce serait donc un Dieu qui les aurait amenés à maltraiter leurs serfs il y a quelques années ? Enfin, un ou plusieurs Dieux.

— Je croyais te l'avoir déjà dit.

Il ignora ce commentaire et poursuivit.

— Tout ça dans le but de provoquer la colère des serfs et de les amener à écouter celui qui les inciterait à la révolte ?

— Ta logique m'éblouit, Émouchet. Allez, vas-y, il est presque temps que je réveille les autres.

— Le soudain ressentiment dirigé contre les Tamouls a été suscité de façon similaire, pas vrai ?

— Et sans doute simultanée, acquiesça-t-elle. Autant éviter d'intervenir plusieurs fois sur l'esprit des individus. C'est tellement fastidieux.

Une pensée lui passa par la tête.

— A combien de choses peux-tu penser en même temps ? demanda-t-il.

— Je n'ai jamais compté. Plusieurs milliers, j'imagine. Il n'y a pas vraiment de limite. J'imagine que, si je voulais, je pourrais penser à tout en même temps. Je vais essayer, un jour, et je te le dirai.

— C'est la différence essentielle entre nous, hein ? Tu peux penser à plus de choses à la fois que moi.

— Eh bien, c'est une des différences, en effet.

— Il y en a d'autres ?

— D'abord, tu es un garçon, et moi une fille.

— Ça, c'est assez évident. Et pas très important.

— Tu te trompes, Émouchet. C'est beaucoup plus important que tu ne crois.

Ils traversèrent l'Antun et entrèrent dans une région boisée où des surrections rocheuses dépassaient par endroits de la cime des arbres. Les Péloïs de Kring n'étaient pas à l'aise dans la forêt. Ils restaient prudemment groupés autour des chevaliers de l'Église et regardaient autour d'eux avec inquiétude.

— C'est bon à savoir, nota Ulath, vers la fin de l'après-midi, en indiquant d'un mouvement de menton deux guerriers à l'air farouche.

Ils suivaient Bérit de si près que leurs chevaux manquaient monter sur les sabots de derrière de sa monture.

— Quoi donc ? demanda Kalten.

— Il ne faut pas emmener les Péloïs dans les bois. J'ai connu une fille à Heid, qui était plus ou moins comme ça, reprit-il en se calant plus confortablement sur sa selle. Elle était absolument terrorisée dans les bois. Les jeunes gens de la ville avaient fini par y renoncer, et pourtant elle était d'une beauté… Heid est une petite ville où tout le monde vit les uns sur les autres, et on ne peut pas faire un pas chez soi sans tomber sur une tante, une grand-mère ou un petit frère. Les jeunes gens trouvaient dans les bois l'intimité dont on a besoin de temps à autre, mais la fille ne voulait pas y mettre les pieds. C'est là que j'ai fait une découverte stupéfiante : elle avait peur des arbres, mais pas des granges à foin. Ni des cabanes à chèvres, d'ailleurs ; je l'ai vérifié plusieurs fois.

— Je ne vois vraiment pas le rapport, déclara Kalten. Tu nous faisais remarquer que les Péloïs ne sont pas à l'aise dans les bois. Si quelqu'un nous attaquait ici, dans la forêt, nous n'aurions pas le temps de leur construire une grange, si c'est ça que tu veux dire.

— Ça, sûrement pas.

— Bon, alors, quel rapport ?

— Je ne t'ai jamais dit qu'il y en avait un.

— Dans ce cas, pourquoi m'as-tu raconté cette histoire ?

— Ben, c'était une bonne histoire, non ? fit Ulath, l'air un peu vexé.

Talen arriva au galop.

— Ces messieurs pourraient-ils se rapprocher de la voiture ? demanda-t-il en essayant vainement de contrôler son hilarité.

— Il y a un problème ? demanda Émouchet.

— Nous avons de la compagnie. Ou plutôt, on nous observe.

Les chevaliers remontèrent la colonne jusqu'à la voiture.

— Il faut que tu voies ça, Émouchet, dit Stragen en essayant de réprimer un fou rire. Tâche de faire preuve de discrétion, mais il y a un cavalier en haut de cette crête, sur la gauche de la route.

Émouchet se pencha comme pour parler à sa femme et leva les yeux vers l'endroit indiqué.

Le cavalier était perché sur un éperon rocheux, à une quarantaine de toises de là, et se détachait à contre-jour sur le soleil couchant. Il était vêtu de noir et montait un cheval noir. Sa cape couleur d'encre flottait au vent, et il portait un chapeau à large bord. Son visage était couvert d'un masque noir qui évoquait un sac percé de gros trous un peu décentrés.

— Tu as déjà vu quelque chose de plus ridicule ? s'esclaffa Stragen.

— Très impressionnant, murmura Ulath. Enfin, pour lui.

— Je regrette de ne pas avoir d'arc à portée de la main, nota Kalten. Bérit, tu ne voudrais pas essayer de décorer son chapeau avec une flèche ?

— Ce serait risqué, avec ce vent, objecta le jeune chevalier. Je risquerais de la lui ficher dans le crâne, et ce serait mauvais pour sa santé.

— Combien de temps va-t-il rester planté là ? demanda Mirtaï.

— Vu le mal qu'il s'est donné pour monter là haut, il va sûrement attendre d'être sûr que tout le monde l'a bien vu, répondit Stragen. Dis-moi, Émouchet, tu penses que c'est le type dont nous a parlé Elron ?

— La cagoule correspond à la description, en tout cas, acquiesça Émouchet. Mais je ne m'attendais pas à tout le reste.

— C'est-à-dire ? demanda Emban.

— A moins que nous ne nous trompions, Émouchet et moi, Votre Grâce, nous avons le privilège de nous retrouver en présence d'une légende vivante. Je pense que c'est Sabre, le je-ne-sais-quoi masqué, qui fait sa ronde nocturne.

— Et que fait-il, au nom du ciel ? fit Oscagne, sidéré.

— J'imagine qu'il redresse les torts, venge la veuve et l'orphelin et se rend ridicule d'une façon générale. En attendant, on dirait qu'il s'amuse bien.

Le cavalier masqué fit se cabrer son cheval dans une attitude dramatique, et sa cape voltigea autour de lui. Puis il plongea vers l'arrière de l'éperon rocheux et disparut.

— Attendez ! fit Stragen d'un ton pressant. Ne bougez pas !

— Qu'y a-t-il ? demanda Kalten.

— Écoutez !

Une note vibrante, étrangement discordante se fit entendre.

— Je le savais ! expliqua Stragen. Un numéro pareil n'aurait pas été complet sans un coup de trompe. Peut-être que s'il s'entraîne il arrivera à en tirer un petit air, ajouta-t-il avec un grand rire.

Darsas était une antique cité construite sur la rive orientale de l'Astel. Le pont d'une seule arche qui enjambait le fleuve semblait être là depuis un millier d'années, et la plupart des bâtiments de la ville paraissaient au moins aussi anciens. Les rues pavées suivaient probablement le chemin que les vaches empruntaient pour aller s'abreuver, des milliers d'années auparavant. Malgré cet archaïsme dépaysant, la ville avait quelque chose de profondément familier. C'était une ville élène typique, et Émouchet eut l'impression que toutes les fibres de son être entraient en résonance avec cette architecture particulière. L'ambassadeur tamoul les mena par un labyrinthe de ruelles sinueuses et de bazars encombrés vers une gigantesque place au bout de laquelle se dressait un palais de conte de fées, au majestueux portail et aux innombrables tourelles hérissées d'étendards multicolores.

— Le palais royal, annonça-t-il. Je vais dire deux mots à mon confrère, Fontan, l'ambassadeur tamoul en Astel, et il nous emmènera voir le roi Alberen. Je reviens tout de suite.

— Kalten ! appela Émouchet, formons les rangs. Tâchons de faire bonne impression.

Lorsque Oscagne ressortit de l'ambassade de Tamoulie, qui était commodément placée dans un bâtiment voisin du palais, il était accompagné par un Tamoul d'âge vénérable, ridé comme une vieille pomme sous un crâne chauve.

— Prince Émouchet, annonça cérémonieusement Oscagne, j'ai l'honneur de vous présenter Son Excellence, l'ambassadeur de Sa Majesté Impériale au royaume d'Astel — messire Fontan.

Émouchet et ledit Fontan échangèrent des courbettes fort respectueuses.

— Me permettez-vous, monseigneur, de présenter Son Excellence à Sa Majesté la reine ? reprit Oscagne.

— Mortel, pas vrai, Émouchet ? remarqua Fontan d'une voix craquante comme un vieux parchemin. Oscagne n'est pas un mauvais garçon. C'était mon élève le plus prometteur, mais il a toujours eu une passion coupable pour le rituel et les formules cérémonieuses.

— Fontan, je vais emprunter une épée à un de ces chevaliers et m'immoler sur-le-champ ! menaça Oscagne.

— Je t'ai déjà vu manier l'épée, Oscagne, rétorqua Fontan. Si tu veux vraiment mettre fin à tes jours, je vous suggère d'aller plutôt chatouiller un cobra, sans cela, nous y sommes encore dans une semaine.

— Eh bien, on dirait que vous êtes contents de vous revoir, tous les deux, nota Émouchet.

— Il faut tempérer un peu l'excellente opinion qu'Oscagne a de lui-même, Émouchet, répondit Fontan. C'est un brillant sujet, mais il y a des moments où il manque singulièrement de simplicité. Bon, si vous me présentiez à votre femme ? Elle est beaucoup plus mignonne que vous, et un messager a crevé trois chevaux sous lui pour m'apporter de Mathérion l'ordre impérial d'être horriblement gentil avec elle. Nous allons bavarder un moment, puis je vous emmènerai voir mon cher et incompétent ami, le roi, qui ne manquera pas de se répandre sur l'honneur indicible que constitue votre visite.

Ehlana fut ravie de faire la connaissance de l'ambassadeur. Émouchet sut que c'était vrai, parce qu'elle le dit elle-même. Elle invita le vénérable Tamoul, qui était le véritable chef de l'Astel, à monter dans sa voiture, et le groupe s'ébranla majestueusement vers les portes du palais.

Le capitaine de la garde était sur les dents. Quand on voit débarquer deux cents tueurs professionnels marchant au pas, il est fréquent que l'on soit sur les dents. L'ambassadeur Fontan s'empressa de le rassurer, et trois messagers furent envoyés informer le roi de leur arrivée. (Émouchet s'abstint de demander au capitaine pourquoi il y en envoyait trois. Le pauvre homme avait eu une assez dure journée comme ça.) Le groupe fut escorté dans la cour du palais où tout le monde mit pied à terre et remit son cheval entre les mains d'une horde de palefreniers.

Une activité fébrile régnait en cet endroit. Les fenêtres n'arrêtaient pas de s'ouvrir, et des gens de passer la tête au-dehors pour les regarder, tout excités.

— Je pense que c'est à cause de leurs tenues d'acier, observa Fontan. D'ici que l'escorte de Votre Majesté ne lance une nouvelle mode, et qu'une génération entière de tailleurs soit obligée d'apprendre à forger le fer... Enfin, c'est un métier utile. Ils pourront toujours ferrer les chevaux si la vogue passe. Tu aurais dû les fai e prévenir, Oscagne, fit-il en regardant son élève, qui était revenu auprès de la voiture. Maintenant, nous allons être obligés d'attendre que tout le monde soit retourné à son poste et prêt à nous recevoir.

Au bout d'un moment, un groupe d'hommes en livrée brandissant des trompettes apparut au balcon juste au-dessus de la porte du palais et se fendit d'une sonnerie à tout casser. La cour était entièrement fermée, et les échos de cette fanfare auraient suffi à faire vider les étriers aux chevaliers. Fontan descendit de la voiture et offrit son bras à Ehlana avec une exquise civilité.

— Votre Grâce est fort courtoise en vérité, murmura-t-elle.

— J'ai eu une jeunesse agitée, ma chère.

— Les manières de votre maître nous rappellent étrangement quelqu'un, Oscagne, nota Stragen avec un sourire.

— Je ne suis que l'ombre de la perfection de mon maître,

messire, répondit l'ambassadeur en regardant son vieux mentor avec affection. Nous nous efforçons tous de lui ressembler. Ses succès diplomatiques sont légendaires. Ne vous y trompez pas, Stragen, faire de l'humour, c'est désarmer son interlocuteur et en obtenir des informations qu'il n'a même pas l'impression de révéler. Fontan peut lire dans un homme à livre ouvert rien qu'en le regardant hausser le sourcil.

— J'imagine que je serais pour lui une vivante énigme, dépourvu de caractère comme je le suis, fit Stragen.

— Vous vous dépréciez, messire. Vous n'êtes pas aussi dépourvu de principes que vous voudriez nous le faire croire.

Un gigantesque gaillard vêtu d'une somptueuse livrée écarlate et portant un lourd bâton les escorta dans le palais puis le long d'un vaste couloir. L'ambassadeur Oscagne lui emboîta le pas tout en lui soufflant le nom des membres de la délégation.

Les larges portes vers lesquelles menait le couloir s'ouvrirent à la volée sur une immense salle du trône grouillante de courtisans en ébullition. Le chambellan frappa solennellement le sol du bout de son bâton.

— Messires et gentes dames, fit-il d'une voix tonitruante, j'ai l'honneur de vous présenter Sa Divine Majesté, la reine Ehlana du royaume d'Élénie !

— Divine ? murmura Kalten à l'oreille d'Émouchet.

— Tu verras quand tu la connaîtras mieux, répondit-il sur le même ton.

Le héraut poursuivit ses annonces, embellissant laborieusement chacun des titres. Oscagne avait bien fait son travail. L'homme dépoussiéra des titres honorifiques rarement usités. C'est ainsi que le titre de baronnet de Kalten refit surface après des années d'oubli, et que tous redécouvrirent que Bévier était vicomte, Tynian duc et Ulath comte. Le plus surprenant fut peut-être la révélation que Bérit, ce bon et brave Bérit, dissimulait une couronne de marquis dans ses bagages. Stragen fut présenté comme baron.

— Le rang de mon père, murmura le jeune voleur blond d'un ton d'excuse. Comme je l'ai tué, ainsi que tous mes frères, j'imagine qu'il me revient, au moins théoriquement. Appelons ça des dommages de guerre, si vous voulez.

— Seigneur ! murmura la baronne Mélidéré, extatique. J'ai l'impression de me retrouver au milieu d'une constellation d'étoiles.

— Je voudrais qu'elle arrête ça, souffla Stragen.

— Quoi donc ? demanda Kalten sur le même ton.

— Elle essaie de nous faire croire que la lumière qui brille dans ses yeux entre par un trou qu'elle a derrière le crâne et lui traverse la tête, mais je sais que c'est une petite futée. Je déteste les gens malhonnêtes.

— *C'est toi qui dis ça ?*

— Oh, ça va, Kalten.

La révélation de la dignité des visiteurs plongea la salle du trône dans un silence de mort. Le roi Alberen d'Astel semblait se recroqueviller à l'annonce de chaque nouveau titre. C'était un petit bonhomme à l'air inoffensif, vêtu d'un manteau de cour trop grand pour lui d'une taille ou deux. Il avait une mauvaise vue, et son regard myope lui donnait l'air d'une de ces créatures inoffensives et désarmées qui attisent l'appétit des prédateurs. Il semblait atrophié par la splendeur de la salle du trône, par tous ces tapis et ces tentures écarlates, ces meubles dorés, ces lustres de cristal et ces colonnes de marbre. S'il espérait remplir un jour ce décor héroïque, ce n'était pas gagné.

La reine d'Élénie s'avança majestueusement au bras de l'ambassadeur Fontan, encadrée de chevaliers cuirassés d'acier marchant comme un seul homme. Le roi Alberen parut hésiter sur la conduite à tenir. En tant que monarque régnant d'Astel, il aurait parfaitement pu rester sur son trône, mais en voyant toute sa cour mettre un genou en terre sur le passage d'Ehlana, il se crut obligé de se lever et descendit de son estrade pour venir à sa rencontre.

— Nous sommes comblée : notre vie aura vu son apothéose, déclama solennellement Ehlana. Voici que nous nous trouvons enfin, ainsi que Dieu l'a assurément décrété lui-même depuis le commencement des âges, en présence de notre frère d'Astel, notre bien-aimé frère que nous mourions d'envie de connaître depuis que nous étions petite fille.

— Elle parle pour elle, murmura Talen à l'oreille de Bérit. En ce qui me concerne, je n'ai jamais été une petite fille.

— Elle emploie le nous de majesté, expliqua Bérit. La reine s'exprime au nom de tout le royaume.

— Nous sommes plus honorés que nous ne saurions dire, Majesté, répondit Alberen d'une voix tremblante.

Ehlana ayant tout de suite pris la mesure de leur hôte adopta en douceur un ton moins formel. Elle renonça au cérémonial et joua de tout son charme sur le pauvre garçon si bien qu'au bout de cinq minutes ils bavardaient comme s'ils s'étaient toujours connus. Dix minutes plus tard, il lui aurait donné sa couronne si elle la lui avait demandée.

Après les échanges rituels, Émouchet et les autres membres de la suite d'Ehlana s'éloignèrent du trône pour faire le tour de l'assistance en parlant de la pluie et du beau temps. La pluie et le beau temps sont deux sujets politiquement corrects sous tous les climats. Emban et l'archimandrite Monsel, le chef de l'Église d'Astel, échangèrent des platitudes théologiques sans effleurer les différences de dogme qui avaient si longtemps séparé les deux Églises. Monsel portait une mitre et une soutane ornées de broderies compliquées. Il portait aussi une barbe noire qui lui arrivait à la taille.

Émouchet avait découvert précocement qu'un air renfrogné était la meilleure défense dans les situations de ce genre, et il avait pris l'habitude d'intimider des salles entières de gens qui lui auraient, sans cela, rebattu les oreilles de propos d'une débilité affligeante.

— Ça ne va pas, prince Émouchet ? demanda tout bas

l'ambassadeur Fontan. On dirait que vous avez des aigreurs d'estomac.

— C'est stratégique, Votre Excellence, répondit Émouchet sur le même ton. Quand un homme d'armes ne veut pas qu'on l'embête, il creuse une tranchée et il plante au fond des bouts de bois taillés en pointe. La hargne remplit la même fonction dans les réunions mondaines.

— Vous avez l'air assez hargneux au naturel pour ne pas vous forcer, mon garçon. Allons faire le tour des remparts, profiter de la vue, de l'air frais, et d'un peu de calme. J'ai des choses à vous dire, et je n'aurai peut-être plus l'occasion de vous parler seul à seul. La cour du roi Alberen est pleine de gens inconséquents et d'évaporées qui donneraient leur vie pour pouvoir lâcher dans la conversation qu'elles vous ont rencontré en personne. Vous avez une certaine réputation, vous comprenez.

— Grandement exagérée, Votre Excellence.

— Vous êtes trop modeste, mon garçon. Bon, on y va ?

Ils quittèrent discrètement la salle du trône et gravirent plusieurs volées de marches qui menaient aux créneaux battus par les vent.

Fontan jeta un coup d'œil à la cité située en contrebas.

— Un peu lourdingue, vous ne trouvez pas ?

— Toutes les villes élènes sont lourdingues, Votre Excellence. Il y a cinq mille ans que les architectes élènes n'ont pas eu une idée neuve.

— Attendez de voir Mathérion, Émouchet. Enfin, l'Astel est au bord de l'effondrement. Le reste du monde aussi, mais l'Astel est vraiment au bout du rouleau. Je fais ce que je peux pour préserver l'état des choses, malgré Alberen. Il est tellement malléable... une vraie marionnette. Il signerait n'importe quoi. Vous avez entendu parler d'Ayachin, évidemment ? Et de son chien courant, Sabre ?

Émouchet hocha la tête.

— J'ai chargé tous les agents de l'Empire en poste en

Astel d'identifier Sabre, mais nous n'y sommes pas encore arrivés. Il démantèle impunément un système que l'Empire a mis des siècles à créer. Et nous ne savons presque rien de lui.

— C'est un adolescent, Votre Excellence. Quel que soit son âge réel, ce n'est qu'un gamin.

Il lui décrivit rapidement l'incident de la forêt.

— C'est toujours ça, déclara Fontan. Aucun de mes hommes n'a réussi à infiltrer une seule de ces fameuses réunions, et nous n'avions pas idée du genre d'individu auquel nous avons affaire. Les nobles lui mangent dans la main. Il y a quelques semaines, j'ai arrêté Alberen juste à temps pour l'empêcher de signer une proclamation déclarant hors la loi tout serf qui prenait la fuite. Je crois que, ce coup-ci, ç'aurait été la fin du royaume. La fuite est, depuis toujours, le dernier recours des serfs quand la situation devient intolérable. Tant qu'il a la possibilité de prendre du recul pendant un an et un jour, il est libre. Enlevez-leur ça et les serfs se révolteront. Cette idée est trop hideuse pour que je veuille l'envisager.

— C'est tout à fait délibéré, Votre Excellence, lui révéla Émouchet. Sabre agite aussi les serfs. Il souhaite qu'ils se soulèvent. C'est lui qui a usé de son influence sur les nobles pour leur faire commettre exactement les bourdes qu'il fallait pour mettre les serfs au bord de la rébellion.

— A quoi pense-t-il ? répliqua Fontan. Il veut mettre l'Astel à feu et à sang ?

— Je doute qu'il se préoccupe vraiment de l'Astel, Votre Excellence, hasarda Émouchet. Pour moi, Sabre n'est qu'un instrument. Il fait le jeu de quelqu'un qui vise beaucoup plus gros.

— Ah bon ? Et quoi donc ?

— Ce n'est qu'une hypothèse, Votre Excellence, mais il y a dans le coin un individu qui a jeté son dévolu sur le monde entier, et je suis prêt à parier qu'il sacrifierait volontiers l'Astel et tous ses habitants pour parvenir à ses fins.

CHAPITRE XII

— C'est une espèce de tristesse généralisée, dit la baronne Mélidéré, ce soir-là. Ils passent leur temps à soupirer.

La famille royale s'était retirée dans les gigantesques appartements mis à sa disposition. Les femmes s'étaient mises à l'aise et, à part Mirtaï, portaient des robes d'intérieur de teintes claires. Mélidéré brossait les cheveux aile de corbeau de Mirtaï tandis qu'Aleanne coiffait Ehlana.

— J'ai remarqué la même chose, confirma Ehlana. Alberen donne l'impression de ne pas savoir sourire, et pourtant, j'y ai mis le paquet.

— Votre seule présence suffit à nous réjouir, ma reine, déclara Talen.

Le page de la reine était élégamment vêtu de velours prune : un pourpoint et des chausses qui s'arrêtaient au genou, fort à la mode en Élénie. Ehlana avait tenté de faire adopter cette tenue à Émouchet, et, devant son refus obstiné, avait dû se contenter de ridiculiser son page.

— Tu es censé devenir chevalier, Talen, disait Mélidéré. Non un courtisan.

— Stragen dit qu'il faut toujours avoir plusieurs cordes à son arc, baronne, dit-il d'une voix qui hésitait drôlement entre le soprano et le baryton.

— Ça lui ressemble bien, fit la baronne avec un reniflement.

Mélidéré affectait de réprouver le comportement de Stragen, mais Émouchet n'était pas si sûr qu'elle fût sincère.

Talen et la princesse Danaé étaient assis par terre et jouaient à la balle, jeu auquel Mmrr participait avec enthousiasme.

— Ils semblent tous intimement convaincus que le monde va s'écrouler d'un instant à l'autre, poursuivit la baronne. Ils ont l'air gai et enjoué, comme ça, mais quand on creuse un peu, ils sont en proie à la plus noire des mélancolies, et ils boivent comme des trous. A votre place, ma chère, fit-elle en soulevant une mèche de cheveux de Mirtaï, je tresserais une chaîne d'or dedans.

— Non, Mélidéré, décréta fermement Mirtaï. Je n'ai pas encore le droit de porter de l'or.

— Toutes les femmes en ont le droit, rétorqua Mélidéré en riant. À condition de trouver un homme à qui l'extorquer.

— Pas dans mon peuple. L'or est réservé aux adultes. Il est interdit aux enfants.

— Vous n'êtes plus une enfant, Mirtaï.

— J'en serai une jusqu'à certaine cérémonie. De l'argent, Mélidéré. Ou de l'acier.

— On ne peut pas faire des bijoux d'acier.

— Si, à condition de le polir suffisamment.

— Va me chercher les chaînes d'argent, Talen, soupira Mélidéré.

C'était la seule fonction de Talen, pour le moment : aller chercher ci ou ça. Ça ne lui plaisait pas beaucoup, mais il s'exécutait. Mirtaï était beaucoup plus grande que lui, aussi.

On frappa à la porte et Talen alla ouvrir. C'était l'ambassadeur Oscagne. Il s'inclina respectueusement devant Ehlana.

— J'ai parlé avec Fontan, Majesté, annonça-t-il. Il envoie chercher deux légions d'Atans à la garnison de Canaé pour nous escorter jusqu'à Mathérion. Avec ces deux mille Atans, vous pourriez conquérir l'Édom, reprit Oscagne avec un sourire. Sa Majesté aimerait-elle prendre pied sur le continent darésien ? Ça ne devrait pas poser de problème. Nous, les Tamouls, administrerions le protectorat pour vous — aux conditions habituelles, évidemment, et nous vous enverrions tous les ans des rapports aussi enthousiastes que mensongers.

— Accompagnés de profits substantiels ? avança-t-elle en ouvrant de grands yeux.

— Oh non, Majesté ! s'esclaffa-t-il. Je ne sais pas pourquoi, mais le budget de tous les royaumes du monde est déficitaire. Sauf celui de la Tamoulie, évidemment.

— Pourquoi voudriez-vous que je m'embarrasse d'un royaume qui ne me rapporterait rien ?

— Pour le prestige, Majesté. Ça vous ferait un titre et une couronne de plus.

— Les miens me suffisent, Votre Excellence. D'abord, je n'ai qu'une tête. Allons, que le roi d'Édom garde son royaume déficitaire. Je n'en veux pas.

— C'est probablement plus sage, Majesté, acquiesça-t-il. L'Édom est un endroit assez ennuyeux. Il n'y pousse que du blé, et les fermiers sont des brutes obsédées par le temps.

— Quand ces légions doivent-elles arriver ? demanda Émouchet.

— D'ici une semaine ou deux. Elles viennent à pied ; ce sera plus rapide qu'à cheval.

— Je pensais qu'on allait plus vite à cheval qu'à pied, s'étonna Mélidéré. J'ai dit une bêtise ? demanda-t-elle comme Mirtaï s'esclaffait.

— Quand j'avais quatorze ans, un homme, en Daconie, m'a insultée. Il était ivre. Lorsqu'il a cuvé son vin, le lendemain matin, il s'est rendu compte de ce qu'il a fait et il a pris la fuite à cheval. C'était l'aube. Je l'ai rattrapé juste avant midi. Son cheval était mort d'épuisement. Le pauvre. J'ai encore de la peine pour lui chaque fois que j'y pense. Un guerrier entraîné peut courir toute la journée, pas un cheval. Il n'est pas fait pour galoper plus de quelques heures d'affilée. D'abord, il doit s'arrêter pour manger, alors que nous, nous pouvons manger en courant.

— Et qu'avez-vous fait à l'homme qui vous avait insulté ? s'informa Talen.

— Tu veux vraiment le savoir ?

— Euh... non, Mirtaï, tout compte fait, je m'en passerai.

Ils avaient donc une semaine devant eux. La baronne Mélidéré la passa à briser les cœurs. Les jeunes nobles de la cour du roi Alberen lui tournaient autour comme des mouches. Elle flirtait outrageusement, faisait toutes sortes de promesses qu'elle n'avait pas la moindre intention de tenir, et se laissait parfois embrasser dans les coins sombres par les soupirants les plus obstinés. Elle s'amusa beaucoup et recueillit énormément d'informations. Un jeune homme amoureux d'une jeune fille se laisse souvent aller à partager avec elle des secrets qu'il ferait probablement mieux de garder pour lui.

À la grande surprise d'Émouchet et de ses amis chevaliers, Bérit fit presque autant de ravages dans les cœurs des jeunes femmes de la cour.

— C'est stupéfiant, dit Kalten, un soir. Il ne dit pas un mot ; il ne leur sourit pas, il ne les regarde même pas. Je voudrais bien savoir ce qu'elles lui trouvent pour que, dès qu'il entre dans une pièce, toutes les filles se pâment.

— C'est un jeune homme très séduisant, Kalten, souligna Ehlana.

— Bérit ? Il ne se rase même pas tous les jours !

— Allons ! C'est un grand chevalier aux épaules larges, bien élevé, il a les yeux les plus bleus que j'aie jamais vus de ma vie et des cils de fille. Que demander de plus ?

— Ce n'est qu'un gamin !

— Il y a un moment que tu ne l'as pas regardé, on dirait. Et puis les jeunes personnes qui poussent des soupirs et trempent leur oreiller de larmes toutes les nuits sont assez jeunes elles aussi.

— Le plus agaçant, c'est qu'il ne sait même pas l'effet

qu'il fait sur elles, observa Tynian. C'est tout juste si ces pauvres filles n'arrachent pas leur robe devant lui pour attirer son attention, et il les ignore.

— Ça fait partie de son charme, messire chevalier, répondit Ehlana avec un sourire. Cette innocence le leur fait trouver d'autant plus séduisant. Messire Bévier ici présent est un peu comme ça, à une différence près : il sait qu'il est séduisant mais il décide de ne pas en profiter à cause de ses convictions religieuses, alors que Bérit, lui, ne le sait pas.

— Peut-être devrions-nous le mettre au courant, suggéra Ulath.

— Ne faites pas ça, objecta Mirtaï. Il est très bien comme il est. Fichez-lui la paix.

— Mirtaï a raison, approuva Ehlana. Ne le pervertissez pas, messieurs. Laissez-nous-le encore un peu dans cet état d'innocence bénie. Messire Bévier, en revanche, ferait un très bon mari, ajouta-t-elle avec un petit sourire malicieux.

— Je suis déjà marié, Majesté, fit Bévier avec un pâle sourire. À l'Église.

— Fiancé, messire chevalier, peut-être, mais marié, pas encore. Attendez un peu avant d'acheter votre soutane. Nous nous refusons à croire que tout espoir est perdu pour vous.

— Si vous tenez absolument à marier quelqu'un, Majesté, vous avez messire Kalten à portée de la main.

— Kalten ? répéta-t-elle, incrédule. Ne dites pas de bêtises, Bévier. Je ne ferais jamais ça à une femme.

— Majesté ! se récria le jeune homme.

— Je vous aime de tout mon cœur, Kalten, dit-elle en souriant, mais vous n'êtes pas fait pour le mariage. D'abord je ne pourrais me passer de vous. Ensuite, en toute conscience, je ne saurais ordonner à une femme de vous épouser. Tynian, à la rigueur, mais Dieu a voulu que vous restiez vieux garçons, Ulath et vous.

— Moi ? releva timidement Ulath.

— Oui, dit-elle. Vous.

Stragen et Talen firent leur apparition sur ces entrefaites. Leur tenue révélait qu'ils étaient allés se promener dans les rues.

— Alors ? demanda Émouchet.

— Nous l'avons trouvé, répondit Stragen en tendant sa cape à Aleanne. Ce n'est pas vraiment mon genre. Il est vide-gousset de son état, et les vide-goussets ne font pas de bons chefs. C'est une question de caractère ; il leur manque quelque chose.

— Stragen ! s'indigna Talen.

— Ce n'était pas ta vocation, mon jeune ami, juste un passe-temps en attendant d'achever ta croissance, reprit Stragen. Bref, le chef local s'appelle Kondrak. Il a tout de suite compris que nous avions, les uns et les autres, intérêt à la stabilité de l'État, il faut lui laisser ça. Piller les maisons quand c'est la révolution dans les rues est un moyen de se faire rapidement de l'argent, mais à la longue, un bon voleur peut accumuler une plus grosse fortune quand la paix règne dans les ménages. Évidemment, Kondrak ne peut pas prendre tout seul une décision de cette importance. Il va consulter ses collègues des autres villes de l'Empire.

— Ça va prendre un an, sinon plus, nota sèchement Émouchet.

— Mais non, objecta Stragen. Les voleurs sont plus mobiles que les honnêtes gens. Kondrak va faire passer le message en présentant la chose sous le meilleur éclairage possible, et il y a de bonnes chances que les voleurs de tous les royaumes de l'Empire collaborent avec nous.

— Et comment connaîtrons-nous leur décision ? s'informa Tynian.

— Je rendrai des visites de politesse chaque fois que nous passerons par une ville d'une certaine importance, répondit Stragen. Nous ne devrions pas tarder à recevoir une réponse officielle. Probablement avant d'arriver à Mathérion. Votre Majesté a beaucoup appris sur les gouvernements occultes, au cours des dernières années, fit-il en regardant Ehlana. Pensez-vous que cette information relève du secret d'État ? Nous sommes tout prêts à coopérer et même au-delà s'il le faut, mais il vaudrait peut-être mieux que les autres monarques du monde ne sachent pas trop comment nous comptons procéder. Si un croisé se mettait dans la tête d'écraser le gouvernement clandestin, ça pourrait être embêtant pour nous.

— Combien êtes-vous prêt à donner pour cela, messire Stragen ? demanda-t-elle pour le taquiner.

— C'est une décision qui vous appartient, Ehlana, répondit-il gravement, envoyant promener le rang et les précautions oratoires. J'ai essayé de vous aider chaque fois que je le pouvais parce que je vous aime bien. Mais si vous laissez échapper une parole imprudente, si vous avez la langue un peu trop longue et que les autres monarques apprennent des choses qu'ils ne devraient pas savoir, je ne serai plus en mesure de vous aider.

— Vous m'abandonneriez, messire Stragen ?

— Jamais, ma reine. Mais mes collègues me feraient tuer. Et une fois mort, je ne vous servirais plus à grand-chose, n'est-ce pas ?

L'archimandrite Monsel était un grand gaillard imposant avec ses yeux noirs perçants et sa barbe noire. C'était une barbe autoritaire, dictatoriale, impossible à ignorer, et dont il se servait comme d'un bélier. Elle le précédait d'un pied où qu'il aille. Elle frémissait lorsqu'il était en colère — ce qui était fréquent —, par temps humide, elle faisait plus de nœuds que le plus épineux des débats, et elle ondoyait au gré de son discours, soulignant des arguments bien à elle. Le patriarche Emban était absolument fasciné par la barbe de l'archimandrite.

— On a l'impression de parler avec une haie vivante, confia-t-il à Émouchet alors qu'ils arpentaient les couloirs du palais pour se rendre à une audience privée avec le dignitaire astelien.

— Y a-t-il des sujets à éviter, Votre Grâce ? s'informa Émouchet. Je ne suis pas très familiarisé avec l'Église d'Astel, et je préférerais éviter de provoquer une controverse théologique.

— Notre différend avec les Asteliens repose sur la politique de l'Église, Émouchet. Les véritables problèmes de dogme sont mineurs. Nous avons un clergé séculier, alors que leur Église est organisée de façon monastique. Leurs prêtres sont des moines. La différence est mineure, mais c'en est une tout de même. Ils ont aussi beaucoup plus de prêtres et de moines que nous. Ils représentent probablement un dixième de la population.

— Tant que ça ?

— Eh oui. Chaque maison noble d'Astel a sa chapelle privée et son prêtre particulier, qui participe à toutes les décisions.

— Où trouvent-ils tant de gens prêts à entrer dans les ordres ?

— Parmi les serfs. Entrer dans l'Église présente certains inconvénients, mais ça vaut toujours mieux que de rester serf. Monsel vous respectera parce que vous appartenez à un ordre religieux. Au fait, puisque vous êtes le précepteur par intérim des chevaliers pandions, vous avez techniquement rang de patriarche. Ne vous étonnez pas qu'il vous donne du « Votre Grâce ».

Un moine à la longue barbe — Émouchet avait remarqué que tout le clergé astelien portait la barbe — les fit entrer dans une petite pièce lambrissée de bois foncé, garnie d'un tapis marron foncé. Les fenêtres étaient entrouvertes et les lourdes tentures noires palpitaient dans la brise. Les murs et toutes les surfaces horizontales étaient couverts de livres et de parchemins cornés.

— Ah, Emban ! fit Monsel. Vous êtes en retard. Je commençais à me demander ce qui vous avait retenu.

— Le Mal, Monsel. Je m'efforçais de convertir les païens.

— Vraiment ? Et vous en avez trouvé ? Je pensais que la plupart des païens vivaient dans la basilique de Chyrellos. Asseyez-vous, messieurs. Je vais faire apporter du vin et nous pourrons parler théologie.

— Vous connaissez Émouchet ? demanda Emban.

— J'ai eu le plaisir de faire sa connaissance, répondit Monsel. Comment va Votre Grâce ?

— Fort bien. Et comment Votre Grâce se porte-t-elle ?

— Ma Grâce est surtout intriguée. Pourquoi cet entretien privé ?

— Nous sommes tous trois des hommes d'Église, Votre Grâce, souligna Emban. Émouchet porte la plupart du temps une soutane d'acier, mais il appartient au clergé. Nous venons vous parler d'une question qui vous préoccupe probablement autant que nous. Je crois assez bien vous connaître pour savoir que vous êtes un homme pratique et que vous ne vous laisserez pas obnubiler par le fait que nous ne nous agenouillons pas comme il faut. Nous mettons le genou droit en terre, expliqua-t-il en réponse au haussement de sourcil intrigué d'Émouchet. Ces pauvres païens effleurent le sol du genou gauche.

— Affreux, murmura Émouchet. Pensez-vous que nous devrions venir ici en force et obliger ces obscurantistes à se conduire convenablement ?

— Vous voyez ce que je vous disais, Monsel ? fit Emban. Vous devriez remercier Dieu de ne pas être contaminés par les chevaliers de l'Église. Je les soupçonne tous d'adorer en secret des Dieux styriques.

— Seulement les Dieux Cadets, Votre Grâce, susurra Émouchet. Nous avons eu des mots avec les Dieux Aînés.

— Il dit ça d'un ton si désinvolte, nota Monsel en frissonnant. Bon, si vous pensez avoir épuisé le sujet de la génuflexion, Emban, peut-être pourriez-vous entrer dans le vif du sujet ?

— Je vous le dis en confidence, Votre Grâce, la raison qui nous amène en Tamoulie n'est pas tout à fait celle que l'on pourrait croire. C'est une initiative de la reine Ehlana, bien sûr. Elle n'est pas du genre à aller où que ce soit parce qu'on le lui demande, et tout ce tralala est un subterfuge destiné à dissimuler notre but réel, qui est d'amener Émouchet sur le continent darésien. Le monde est en déliquescence, et nous avons décidé de le rafistoler.

— Je pensais que c'était la tâche de Dieu.

— Dieu est occupé en ce moment, et il s'en remet à Émouchet. J'ai cru comprendre que toutes sortes de Dieux avaient en lui une confiance aveugle.

Monsel lui fit les gros yeux, et sa barbe se mit à frémir.

— Du calme, Monsel, fit Emban. Les hommes d'Église comme nous ne sont pas obligés de croire aux autres Dieux. Tout ce qu'on nous demande, c'est de permettre aux autres d'envisager leur hypothétique existence.

— Si ce ne sont que des hypothèse, évidemment…

— Il y a une chose qui n'est pas une hypothèse, Votre Grâce, intervint Émouchet. Vous avez des ennuis, ici, en Astel.

— Votre Grâce est très observatrice.

— Vous l'ignorez peut-être, parce que les Tamouls n'ont pas envie de le crier sur les toits, mais nous avons constaté des incidents comparables dans plusieurs autres royaumes darésiens, et nous commençons à rencontrer le même genre de problème en Éosie.

— Pour moi, les Tamouls gardent le secret sur des tas de sujets juste pour le plaisir, grommela Monsel.

— J'ai un ami qui dit exactement la même chose au sujet de notre Église d'Éosie, dit Émouchet, sans se mouiller : tant qu'ils ne sauraient pas à quoi s'en tenir sur les opinions politiques de l'archimandrite, un mot de travers et non seulement ils pouvaient dire adieu à l'aide du personnage, mais encore ils risquaient de compromettre toute leur mission.

— Savoir, c'est pouvoir, reprit Emban d'un ton sentencieux. Et seul le fou partage le pouvoir s'il n'y est pas obligé. Pardonnez ma brutalité, Monsel, mais que pensez-vous des Tamouls ?

— Je ne les aime pas, répondit Monsel sans ambages. Ce sont des païens, ils ne sont pas de notre race, et on ne peut jamais savoir ce qu'ils pensent.

Émouchet sentit le cœur lui manquer.

— Mais je vais vous dire : quand ils ont absorbé le royaume d'Astel dans l'Empire, c'est la meilleure chose qui nous soit jamais arrivée. Qu'on les aime ou non n'a aucune importance. Leur passion pour l'ordre et la stabilité a évité la guerre à plusieurs reprises rien que de mon vivant. Il y a eu d'autres empires dans le passé, et ces époques ont été marquées par des horreurs et des souffrances indicibles. Je pense qu'on peut le dire : les Tamouls sont les meilleurs impérialistes de l'histoire. Ils n'interviennent pas dans les coutumes et les religions locales ; ils ne disloquent pas la structure sociale, et ils gouvernent par le biais des structures en place. Leurs impôts, quoique nous nous en plaignions, sont minimes. Ils construisent de bonnes routes, ils encouragent le commerce. En dehors de ça, ils nous fichent à peu près la paix. Tout ce qu'ils exigent de nous, en fin de compte, c'est que nous ne nous fassions pas la guerre. Et ça, croyez-moi, ça ne me dérange pas — contrairement à certains de mes prédécesseurs qui trouvaient insupportable que les Tamouls ne les aient pas laissés convertir leurs voisins à la pointe de l'épée.

Émouchet poussa intérieurement un soupir de soulagement.

— Mais je m'égare, reprit Monsel. Vous évoquiez, je crois, une sorte de complot à l'échelle mondiale ?

— Est-ce ce que nous évoquions, Émouchet ? demanda Emban.

— Je crois que oui, Votre Grâce.

— Votre théorie, messire Émouchet, s'appuie-t-elle sur des éléments concrets ? reprit Monsel.

— Disons un raisonnement logique, Votre Grâce.

— Tant que ça ne va pas à l'encontre de mes convictions...

— Si des séries d'événements à peu près identiques se produisent simultanément en différents endroits, vous admettrez qu'on peut être tenté d'envisager l'éventualité d'une origine commune, n'est-ce pas ?

— À titre provisoire, tout au moins.

— C'est à peu près notre seule hypothèse de départ pour le moment, Votre Grâce. Le fait que des événements similaires se produisent en même temps en deux endroits différents pourrait n'être qu'une coïncidence, mais quand la chose se produit en cinq ou dix endroits, ça ne peut plus être l'effet du hasard. Les désordres suscités ici, en Astel, autour d'Ayachin et du dénommé Sabre sont presque la reproduction exacte de ce qui se passe au Lamorkand, en Éosie. Et l'ambassadeur Oscagne nous assure que des phénomènes identiques se produisent dans d'autres royaumes de Darésie. L'histoire est toujours la même : d'abord, on entend des rumeurs selon lesquelles un héros prodigieux de l'antiquité serait revenu. Puis des fauteurs de troubles agitent le peuple. Ici, en Astel, vous avez ces histoires ébouriffantes au sujet d'Ayachin. Au Lamorkand, ils parlent de Drychtnath. Ici, vous avez celui qu'on appelle Sabre, au Lamorkand c'est un certain Gerrich. Je suis à peu près sûr que nous découvririons la même chose en Édom, en Daconie, en Arjuna et en Cynesga. D'après Oscagne, leurs héros nationaux sont eux aussi revenus d'entre les morts.

Émouchet évita prudemment de citer le nom de Krager. Il ne savait pas encore très bien de quel côté allaient les sympathies de Monsel.

— Votre dossier tient la route, Émouchet, concéda Monsel. Mais cette vaste conspiration ne pourrait-elle être dirigée directement contre les Tamouls ? Ils ne sont pas très populaires, vous savez.

— Votre Grâce oublie le Lamorkand, répondit Emban. Il n'y a pas de Tamouls, là-bas. Ce n'est qu'une idée, mais je dirais que le grand complot, s'il y en a un, est dirigé contre l'Église d'Éosie et non contre l'Empire.

— Une anarchie organisée, peut-être.

— Ces termes sont antinomiques, Votre Grâce, objecta Émouchet. Je ne suis pas sûr que nous en sachions assez à l'heure actuelle pour avancer des conclusions sur les causes. Nous nous efforçons encore pour le moment de faire le tri dans les effets. Si nous avons raison, si ces complots ont une origine commune, alors nous avons affaire à un personnage qui a un plan fondamental dont il modifie les éléments en fonction des coutumes spécifiques. Ce que nous voudrions vraiment, c'est identifier ce Sabre.

— Pour le faire tuer ? avança Monsel d'un ton accusateur.

— Non, Votre Grâce. Ce ne serait guère astucieux. Il serait aussitôt remplacé par un autre, et tout serait à refaire. Non, je veux seulement savoir qui il est, ce qu'il est, ce qu'il a dans la tête, ce qui le fait agir et quelles sont ses motivations personnelles. Quand je saurai tout ça, je pourrai le neutraliser sans mettre fin à ses jours. Pour être tout à fait honnête avec vous, ce n'est pas Sabre qui m'intéresse ; c'est celui qui tire les ficelles.

« Si nous pouvons nous fier à Oscagne, et je ne vois pas pourquoi nous mettrions sa parole en doute, quelqu'un utilise des forces occultes dans cette affaire, reprit Émouchet. C'est pour ça que les chevaliers de l'Église ont été créés au départ : pour traiter des problèmes liés à la magie. La religion élène ne peut le faire parce qu'il n'y a pas de place pour ça dans le dogme. Nous devons contourner la foi — adopter les méthodes styriques — pour apprendre à lutter contre la magie. Ça nous a ouvert certaines portes que nous aurions préféré laisser fermées, mais c'est le prix à payer. Quelqu'un ou quelque chose de l'autre côté utilise une magie très puissante. Je suis là pour mettre fin à ses agissements — ou à sa vie s'il le faut. Quand il sera parti, les Atans s'occuperont de ce Sabre. Je connais une Atana, et si tout son peuple est comme ça, nous pouvons compter sur eux.

— Vous me troublez, Émouchet, admit Monsel. Votre dévotion à votre mission est presque inhumaine, et votre résolution va encore au-delà. Vous me faites honte, ajouta-t-il avec un soupir pensif en se tiraillant sa barbe, puis il se redressa. Bon, Emban, pouvons-nous contrevenir à tous les usages ?

— Que voulez-vous dire ?

— Je ne voulais pas vous en parler, poursuivit l'archimandrite. D'abord, parce que ça va probablement faire dresser les cheveux sur votre tête de doctrinaire, mais surtout parce que je n'avais pas très envie de partager ça avec vous. Votre implacable Émouchet m'a fait changer d'avis. Si je ne vous dis pas ce que je sais, il va tout retourner en Astel pour savoir ce qui se passe, pas vrai, Émouchet ?

— Je n'aimerais pas être obligé d'en arriver là, Votre Grâce, mais si j'y étais contraint et forcé...

Monsel réprima un frisson.

— Vous êtes tous les deux des hommes d'Église, alors je vais invoquer le secret de la confession. J'espère, Emban, que vous n'avez pas encore changé ça à Chyrellos ?

— Pas encore. À moins que Sarathi ne l'ait fait après mon départ. Quoi qu'il en soit, vous avez notre parole de ne rien dévoiler de ce que vous nous direz.

— Sauf à un autre homme d'Église. J'irai jusque-là, concéda Monsel en s'appuyant au dossier de son fauteuil. Les Tamouls ne mesurent pas le pouvoir réel de l'Église dans les royaumes élènes de Darésie occidentale, poursuivit-il en se caressant la barbe. D'abord, leur propre religion se résume plus ou moins à des fêtes. Les Tamouls ne pensent jamais à la religion et ils ne peuvent pas comprendre la profondeur de la foi dans le cœur des dévots, et les serfs d'Astel sont probablement les gens les plus dévots du monde. Ils racontent leurs problèmes à leurs prêtres, et pas seulement leurs problèmes, mais aussi ceux de leurs voisins. Les serfs sont partout, ils voient tout, et ils racontent tout à leurs prêtres.

— Je crois me souvenir qu'on appelait ça cafarder quand j'étais au séminaire, nota Emban.

— Nous avions de plus vilains noms pour ça pendant mon noviciat, ajouta Émouchet. Toutes sortes d'accidents désagréables se produisaient sur le terrain d'exercice à cause de ça.

— Personne n'aime les mouchards, acquiesça Monsel, mais que ça nous plaise ou non, le clergé astelien sait absolument tout ce qui se passe dans le royaume. On nous fait jurer le secret, évidemment, mais nous sommes pénétrés de l'idée que nous sommes d'abord responsables de la santé spirituelle de nos ouailles. Comme une large proportion de nos prêtres étaient des serfs au départ, ils n'ont pas l'entraînement théologique voulu pour aborder les problèmes spirituels complexes. Nous avons mis au point une méthode pour leur fournir les conseils dont ils ont besoin. Les prêtres-serfs ne révèlent pas le nom de ceux qui sont venus les trouver, mais ils rapportent les affaires sérieuses à leurs supérieurs et leurs supérieurs me les rapportent à moi.

— Je n'y vois aucun inconvénient, admit Emban. Tant que les noms restent secrets, la règle de confidentialité n'est pas levée.

— Je sens que nous sommes faits pour nous entendre, Emban, fit Monsel avec un bref sourire. Les serfs considèrent Sabre comme un libérateur.

— C'est ce que nous avions cru comprendre, confirma Émouchet. Cela dit, son discours manque de cohérence. Il raconte aux nobles qu'Ayachin veut rejeter le joug tamoul, et il dit aux serfs que le vrai but d'Ayachin est l'abolition du servage. De plus, c'est lui qui a convaincu les nobles d'user de brutalité à l'encontre des serfs, ce qui est non seulement écœurant mais encore irrationnel. Les nobles devraient essayer de se concilier les bonnes grâces des serfs, pas de se les aliéner. D'un point de vue strictement objectif, Sabre n'est qu'un agitateur, et il n'est même pas très subtil. Sur le plan politique, c'est un gamin.

— C'est peut-être aller un peu loin, objecta Emban. S'il est si médiocre, comment expliquez-vous son succès ? Comment expliquez-vous que les Asteliens le suivent comme un seul homme ?

— Ce n'est pas lui qu'ils suivent, c'est Ayachin.

— Auriez-vous perdu l'esprit, Émouchet ?

— Pas du tout, Votre Grâce. Je vous ai dit que notre adversaire utilisait la magie. C'est de ça que je parle. Les gens d'ici ont vraiment vu Ayachin en personne.

— C'est absurde ! fit Monsel, l'air profondément troublé.

— Pour ménager les convictions religieuses de Votre Grâce, fit Émouchet avec un soupir, disons qu'il s'agit d'une sorte d'hallucination, d'une illusion collective provoquée par un habile charlatan, ou qu'un complice revêtu d'une tenue archaïque apparaît tout à coup d'une façon spectaculaire. Quoi qu'il en soit, si ce qui se passe ici ressemble à ce qui se produit au Lamorkand, votre peuple est absolument convaincu qu'Ayachin est revenu d'entre les morts. Il est probable que Sabre fait un discours — une succession délirante de platitudes sans rime ni raison —, puis l'apparition survient, accompagnée de toutes sortes de manifestations spectaculaires, et confirme toutes ses prédictions. Ce n'est qu'une supposition, bien sûr, mais je ne dois pas être loin de la réalité.

— Ce serait donc un canular élaboré ?

— Si c'est ce que vous voulez croire, Votre Grâce.

— Mais vous, Émouchet, vous ne croyez pas à un canular.

— J'ai été entraîné à ne pas douter par principe, Votre Grâce. Peu importe que l'apparition de cet Ayachin soit réelle ou que ce soit un tour de magie. Seul compte ce que croit le peuple, or je suis persuadé qu'il croit au retour d'Ayachin, et que Sabre parle par sa voix. C'est ce qui le rend si dangereux. Avec cette apparition pour apporter du poids à ses dires, il peut faire gober n'importe quoi au peuple. Voilà pourquoi il faut que j'en sache plus long sur lui. Si je veux pouvoir le contrer, il faut que je sache ce qu'il mijote.

— Je vais faire comme si je croyais ce que vous venez de me dire, Émouchet, fit Monsel d'une voix un peu chevrotante. Cela dit, je pense que vous auriez plutôt besoin d'une aide spirituelle. Nous savons qui est Sabre, dit-il enfin avec gravité. Nous le savons depuis plus d'un an maintenant. D'abord, nous avons cru comme vous que ce n'était qu'un fanatique perturbé, animé par le goût du mélodrame. Nous pensions que les Tamouls allaient lui régler son compte, et nous n'avons pas cru bon d'intervenir nous-mêmes. Mais j'en suis revenu depuis quelque temps. Je vais vous révéler son identité à la condition que vous ne la répétiez à personne, à part à un autre homme d'Église.

— Vous avez notre parole, Votre Grâce, jura Emban.

— Eh bien, Sabre est le plus jeune beau-frère d'un nobliau de province qui a un domaine à quelques lieues à l'est d'Esos.

Les pièces du puzzle s'assemblèrent tout à coup dans la tête d'Émouchet.

— Ce nobliau est un certain baron Kotyk, un imbécile et un bon à rien, leur apprit Monsel. Et vous aviez raison, Émouchet. Sabre est un adolescent exalté appelé Elron.

CHAPITRE XIII

— C'est impossible ! s'exclama Émouchet.

— Nous en avons la preuve irréfutable, messire Émouchet, assura Monsel, un peu choqué de sa soudaine véhémence. Le serf qui nous a révélé ce fait le connaît depuis l'enfance. Vous avez rencontré cet Elron, je crois.

— Le baron Kotyk nous a hébergés pendant un orage, confirma Emban. Vous savez, Émouchet, cet Elron pourrait bien être Sabre. Il en a la mentalité, en tout cas. Pourquoi êtes-vous si sûr que ça ne peut pas être lui ?

— Il n'aurait jamais pu nous suivre, fit Émouchet, décontenancé.

Monsel parut intrigué.

— Nous avons vu Sabre dans les bois, en venant ici, expliqua Emban. Il nous a gratifiés du numéro convenu : le justicier vêtu et masqué de noir, monté sur un cheval noir et se cabrant à contre-jour sur fond de soleil couchant. Je n'avais jamais rien vu de plus ridicule. Nous n'allions pas si vite, Émouchet. Elron aurait pu nous rattraper assez aisément.

Émouchet ne pouvait pas lui dire qu'Aphraël jonglait avec le temps et l'espace et qu'ils se déplaçaient en fait beaucoup trop rapidement pour qu'un cavalier ait pu les suivre. Il ravala ses objections.

— Franchement, je n'en reviens pas, éluda-t-il. Nous avons parlé avec le dénommé Elron, Stragen et moi. Je ne le vois pas rameuter les serfs. Il n'a que du dédain pour eux.

— C'est peut-être une façade, répliqua Monsel. Une opinion qu'il affiche pour dissimuler ses vrais sentiments.

— Je ne crois pas qu'il soit capable d'une telle subtilité, Votre Grâce. Il m'a fait l'impression d'être trop primaire pour ça.

— Méfiez-vous des jugements à l'emporte-pièce, Émouchet, fit Emban. S'il y a de la magie là-dessous, peu importe au fond la véritable nature de ce Sabre. Ne se pourrait-il qu'il soit sous influence ?

— C'est possible, en effet, admit Émouchet.

— Je m'étonne un peu que vous n'ayez pas envisagé cette possibilité. C'est vous l'expert en magie. Les convictions personnelles d'Elron n'ont probablement aucune importance dans l'affaire. Quand Sabre parle, c'est en réalité l'homme qui le manipule, notre véritable adversaire, qui s'exprime par sa bouche.

— J'aurais dû y penser, acquiesça Émouchet, furieux contre lui-même de ne pas avoir imaginé seul cette hypothèse qui paraissait évidente — tout comme la raison pour laquelle Elron avait réussi à les rattraper : si Aphraël avait le pouvoir de comprimer le temps et l'espace, un autre Dieu en était assurément capable. Jusqu'où va son mépris pour les serfs, Votre Grâce ? demanda-t-il pour changer de sujet.

— « Feignant » est le terme le plus anodin qu'il emploie pour les qualifier. C'est malheureusement une attitude assez répandue, répondit Monsel avec un soupir. Par ailleurs, il a réussi à persuader la moitié de l'aristocratie qu'ils avaient partie liée avec les Tamouls dans un vaste complot ténébreux visant à leur émancipation et à la redistribution des terres. Les nobles ont réagi comme on pouvait s'y attendre par des flambées de haine envers les Tamouls. Ils croient mordicus que les serfs sont leurs complices, et que leurs domaines et leurs titres sont menacés par cette alliance. Et comme ils n'osent pas heurter les Tamouls de front à cause des Atans, ils se défoulent sur les serfs. On déplore des manifestations de sauvagerie gratuite sur une classe de gens qui monterait au ciel comme un seul homme lors du jugement dernier. L'Église fait ce qu'elle peut, mais elle n'a pas le pouvoir d'empêcher la noblesse de nuire.

— Les chevaliers de l'Église vous seraient bien utiles, Votre Grâce, nota Émouchet avec gravité. Nous sommes très doués pour faire régner la justice. Arrachez le knout des mains d'un noble et appliquez-le-lui fermement au bas du dos, vous verrez que la vérité lui apparaîtra très vite.

— Je voudrais bien que ce soit possible ici, en Astel, messire Émouchet, dit tristement Monsel. Seulement voilà...

Ce fut la même sensation de froid, la même frange noire,

frémissante, obsédante, à la limite du champ visuel. Monsel s'interrompit et tourna vivement la tête.

— Qu'est-ce que… ? commença-t-il.

— C'est une apparition, Votre Grâce, lui dit Emban d'une voix tendue. Ne vous démanchez pas le cou, ça ne servira à rien. Enchanté de te revoir, mon vieux ! dit-il en haussant légèrement la voix. Nous commencions à nous dire que tu nous avais oubliés. Tu voulais quelque chose de particulier, ou tu te sentais juste un peu seul sans nous ? C'est très flatteur, bien sûr, mais nous sommes débordés en ce moment. Va jouer plus loin. Nous bavarderons une autre fois.

Le froid laissa aussitôt place à une forte chaleur, et l'ombre se densifia.

— Vous avez perdu la tête, Emban ! s'exclama Émouchet.

— Pas du tout, répliqua le petit patriarche obèse. Figurez-vous que votre ami ou vos amis vacillants commencent à m'agacer.

L'ombre disparut et la température de la pièce redevint normale.

— Qu'est-ce que c'était ? s'étonna Monsel.

— Le patriarche d'Ucera vient d'insulter un Dieu, sinon plusieurs, répondit Émouchet entre ses dents. Il s'en est fallu d'un rien qu'il nous fasse anéantir, tous les trois. Je vous en prie, Emban, ne faites plus jamais ça. Je comprends maintenant ce que Séphrénia doit si souvent éprouver, ajouta-t-il avec un petit rire contrit. Je lui ferai mes excuses la prochaine fois que je la verrai.

— J'ai dû les déstabiliser, non ? fit Emban, hilare.

— Je conjure Votre Grâce de ne pas recommencer, insista Émouchet. J'ai vu ce qu'ils sont capables de faire aux hommes. Attendez au moins que je sois sorti la prochaine fois que vous les insulterez.

— Notre Dieu me protège.

— Annias implorait notre Dieu lorsque Azash l'a réduit en charpie. Croyez-moi, ça ne lui a pas servi à grand-chose.

— C'était vraiment stupide, déclara Emban.

— Je suis content que vous l'admettiez.

— Je ne parlais pas de mon attitude, Émouchet, mais de la prestation de notre adversaire. Pourquoi s'est-il manifesté ? Il aurait pu s'abstenir de cette démonstration spectaculaire et se contenter de nous espionner. Il aurait eu une chance d'apprendre ce que nous tramons. En outre, il a apporté à Monsel la preuve de nos dires. Jusque-là, l'archimandrite n'avait que notre parole ; il est bien obligé, maintenant, de nous croire.

— Ça vous ennuierait de m'expliquer ce qui se passe ? éclata Monsel.

— C'étaient les Dieux des Trolls, Votre Grâce, lui expliqua Émouchet.

— Ridicule ! Les Trolls n'existent pas, comment pourraient-ils avoir des Dieux ?

— Eh bien, ce n'est pas gagné, marmonna Émouchet avec lassitude. Si, Votre Grâce, les Trolls existent.

— Vous en avez déjà vu ? fit Monsel d'un ton de défi.

— Un, Votre Grâce. Il s'appelait Ghwerig. C'était un nain, alors il ne faisait que sept pieds de haut. N'empêche que j'ai eu un mal de chien à le tuer.

— Vous l'avez tué ? hoqueta Monsel.

— Il avait quelque chose que je voulais à tout prix, Votre Grâce. Ulath en a vu beaucoup plus que moi. Il pourra vous en parler en long et en large. Il connaît même leur langue. Je l'ai parlée moi aussi pendant un moment, mais je l'ai à peu près oubliée, maintenant. Du fait qu'ils sont capables de converser on peut déduire qu'ils sont en partie humains, et donc qu'ils ont des Dieux. D'accord ?

Monsel quêta du regard l'appui d'Emban.

— Ne me reluquez pas comme ça, mon ami, répondit le petit patriarche grassouillet. Ça dépasse de loin mes compétences théologiques.

— Bref, en attendant plus ample information, vous allez

être obligé de me croire, reprit Émouchet. Il y a des Trolls, ils ont cinq Dieux, et ce ne sont pas de joyeux lurons. L'ombre que le patriarche Emban vient de congédier de cette façon cavalière ressemblait beaucoup à leur manifestation. Voilà ce qui essaie de détruire l'Empire et l'Église, ou plus vraisemblablement nos Églises, si vous voulez mon point de vue. Je regrette de lâcher le morceau aussi brutalement, Monsel, mais si vous voulez vous défendre efficacement, mieux vaut que vous sachiez à quoi vous en tenir. Vous n'êtes pas obligé de croire ce que je viens de vous raconter, mais je pense que vous y avez intérêt ; sans ça, vous êtes fichus, votre Église et vous.

Les Atans arrivèrent quelques jours plus tard. Une chape de silence tomba sur la ville de Darsas, comme si tous les habitants s'étaient terrés chez eux. Aucun homme n'est assez innocent dans le secret de son âme pour que la soudaine apparition de quelques milliers de gens armés jusqu'aux dents ne l'incite à une saine prudence. Les Atans étaient de magnifiques géants. Les deux mille guerriers et guerrières entrèrent dans la cité en courant d'un même pas, en rang par quatre. Ils — et elles — portaient de courtes jupes de cuir noir, des pectoraux d'acier étincelant et des demi-bottes de cuir noir. Leurs membres dorés luisaient au soleil comme s'ils avaient la peau huilée, et ils avaient le visage grave et inexpressif. C'étaient manifestement des soldats, mais ils arboraient une collection hétéroclite d'épées, de courtes lances, de haches et autres armes dont Émouchet ignorait jusqu'au nom. Ils avaient tous plusieurs dagues attachées aux bras et aux jambes dans des fourreaux. En guise de casque, ils avaient le front ceint d'un mince anneau d'or.

— Seigneur ! hoqueta Kalten. Je n'aimerais pas avoir affaire à eux sur le champ de bataille. Rien que de les regarder, j'en ai la chair de poule.

— C'est le but du jeu, répondit Émouchet. Mirtaï est déjà

impressionnante toute seule, alors quand on en voit plusieurs milliers à la fois, on comprend que les Tamouls aient conquis le continent en claquant des doigts. J'imagine que les troupes adverses ont rendu les armes rien qu'en les voyant approcher.

Les deux hommes étaient postés sur les remparts du palais lorsque les Atans entrèrent sur la place et reformèrent les rangs devant la résidence de l'ambassadeur de Tamoulie. Un géant, il n'y a pas d'autre mot, s'approcha de la porte d'unc démarche éloquente : si la porte ne s'ouvrait pas tout de suite devant lui, il la traversait.

— Je te propose que nous descendions, suggéra Émouchet. J'imagine que Fontan va nous amener cet individu d'ici quelques instants. Surveille tes paroles, Kalten. Ces gens-là ne me font pas l'impression d'avoir le sens de l'humour. Ils ne comprendraient pas tes plaisanteries, je t'assure.

— Là, je suis bien d'accord, souffla Kalten.

La reine d'Élénie et ses proches se retrouvèrent dans les appartements mis à la disposition de Sa Majesté et attendirent en se dandinant d'un pied sur l'autre l'arrivée de l'ambassadeur de Tamoulie et de son général. Émouchet regarda Mirtaï, curieux de voir sa réaction lorsqu'elle retrouverait ses frères de sang après toutes ces années. Elle avait revêtu une tenue qu'il ne lui connaissait pas et qui ressemblait beaucoup à celle de ses compatriotes, mais au lieu du pectoral d'acier elle portait un justaucorps de cuir noir sans manche, et l'anneau qui lui ceignait le front était d'argent et non d'or. Son visage paraissait serein et ne trahissait aucune excitation ou appréhension particulière. Elle attendait, c'était tout.

Puis Fontan et Oscagne apparurent avec l'homme le plus grand qu'Émouchet ait jamais vu, et le présentèrent sous le titre d'Atan Engessa. Engessa faisait plus de sept pieds de haut, et à son arrivée, la pièce sembla rétrécir. Il était difficile de lui donner un âge, ce qui semblait être une caractéristique de la race. Il était mince, musclé, arborait une expression austère, et donnait l'impression de ne pas être commode.

Il fit une chose curieuse, en entrant dans la pièce : il s'approcha de Mirtaï comme si les autres n'existaient pas. Il porta le bout des doigts de ses deux mains à son pectoral d'acier et inclina la tête.

— Mirtaï-Atana, dit-il respectueusement.

— Engessa-Atan, répondit-elle en imitant son geste.

Puis ils baragouinèrent quelques paroles en langue tamoul.

— Que disent-ils ? demanda Ehlana à Oscagne.

— Ils échangent les salutations rituelles, Majesté, répondit l'ambassadeur. Les rites de la politesse sont assez compliqués chez les Atans. Ça contribue à réduire la quantité de sang versé, si j'ai bien compris. Pour le moment, Engessa interroge Mirtaï sur son statut d'enfant — le bandeau d'argent, vous comprenez. C'est l'indication qu'elle n'a pas encore subi le Rite de Passage.

Il s'interrompit et écouta un moment ce que disait Mirtaï.

— Elle lui explique qu'elle a été séparée des humains dès son enfance et n'a jamais eu l'occasion de subir le rituel.

— Séparée des humains ? releva Ehlana. Pour quoi nous prend-elle ?

— Les Atans se considèrent comme les seuls êtres humains au monde. Je ne sais pas très bien comment ils voient les autres. Elle a vraiment tué tant de gens que ça ? demanda-t-il en accusant le coup.

— Une dizaine ? avança Émouchet.

— Elle a dit trente-quatre.

— Impossible ! s'exclama Ehlana. Elle est à ma cour depuis sept ans. Je saurais si elle avait tué qui que ce soit.

— Pas si elle l'a fait quand nous sommes couchés, ma reine, objecta Émouchet. Elle nous enferme dans nos chambres toutes les nuits. Elle dit que c'est pour notre protection, mais c'est peut-être pour pouvoir aller et venir à son gré. Il faudra que nous revoyions la procédure quand nous rentrerons chez nous. Nous essaierons de l'enfermer, elle, et non le contraire.

— Elle enfoncerait la porte à coups de pied, Émouchet.

— C'est juste. Eh bien, nous pourrions l'enchaîner au mur.

— Émouchet ! s'exclama Ehlana.

— Nous verrons ça plus tard. Ah, voilà Fontan et le général Engessa…

— Engessa-Atan, Émouchet, rectifia Oscagne. Engessa est un guerrier — un Atan. C'est le seul titre dont il semble vouloir se parer. Je doute que vous souhaitiez l'insulter en le traitant de « général ».

Engessa parlait la langue élène d'une voix calme et grave, un peu saccadée, et avec un léger accent exotique. Lorsque Fontan les leur présenta, il répéta soigneusement chacun de leurs noms comme pour les graver dans sa mémoire. Le titre d'Ehlana ne sembla pas l'impressionner outre mesure, à moins que le concept de reine lui fût entièrement étranger. Il reconnut Émouchet et les autres chevaliers comme des guerriers, et sembla les respecter pour cela. Le statut du patriarche Emban, de Talen, de Stragen et de la baronne Mélidéré le laissa visiblement perplexe. Toutefois, il salua Kring selon la tradition péloï.

— Mirtaï-Atana me dit que cet homme veut l'épouser, déclara-t-il.

— C'est exact, répondit Kring avec une certaine pugnacité. Ça pose un problème ?

— Ça dépend. Combien cet homme en a-t-il tué ?

— Plus que je ne saurais en dénombrer.

— Ça peut vouloir dire deux choses : soit que cet homme en a tué beaucoup, soit qu'il n'est pas doué pour les chiffres.

— Je sais compter au-delà de deux cents, déclara Kring.

— C'est un nombre respectable. Cet homme est domi de son peuple ?

— En effet.

— Qui lui a fait ça ? demanda Engessa en indiquant les cicatrices qui striaient le crâne et la face de Kring.

— Un ami. Nous comparions nos aptitudes respectives pour le poste de chef.

— Pourquoi s'est-il laissé entailler ?

— J'étais occupé quand c'est arrivé. J'avais mon sabre dans son ventre et je regardais ce qu'il y avait à l'intérieur.

— Alors ses cicatrices sont honorables. Je les respecte. Était-ce un bon ami ?

— Le meilleur, répondit Kring avec componction. Nous étions comme des frères.

— Cet homme lui a donc épargné les inconforts de l'âge.

— Ça c'est vrai. Il n'a pas vécu un jour de plus.

— Je ne m'opposerai pas à ce que vous fassiez la cour à Mirtaï-Atana, décréta alors Engessa. C'est une enfant sans famille. En tant que premier Atan adulte qu'elle ait rencontré, c'est à moi qu'il incombe de lui servir de père. Avez-vous un oma ?

— Émouchet sera mon oma.

— Envoyez-le-moi. Nous discuterons de tout ça. Me permettez-vous, domi, de vous appeler ami ?

— Ce serait un grand honneur pour moi, Atan. Puis-je aussi vous compter au nombre de mes amis ?

— J'en serai très honoré moi aussi, ami Kring. J'espère que nous pourrons, votre oma et moi, fixer le jour de votre marquage.

— Dieu fasse que ce jour soit proche, ami Engessa.

— J'ai l'impression d'assister à une cérémonie venue du fond des âges, murmura Kalten à l'oreille d'Émouchet. À ton avis, que serait-il arrivé s'ils s'étaient pris en grippe ?

— Ç'aurait sûrement fait des tas de saletés.

— Quand veux-tu partir, Ehlana, reine d'Élénie ? demanda Engessa.

— Demain ? risqua Ehlana en interrogeant ses amis du regard.

— Tu n'as pas à demander, Ehlana-Reine, rétorqua Engessa d'un ton de reproche. C'est à toi d'ordonner. Si quelqu'un élève une objection, dis à Émouchet-Champion de le tuer.

— Nous essayons de ne pas trop faire ça, Engessa-Atan, répondit-elle. Ça fait des taches difficiles à ravoir sur les tapis.

— Ah, fit-il. Je savais qu'il y avait une raison. Bon, alors, demain ?

— Demain, Engessa.

— J'attendrai à la première heure du jour, Ehlana-Reine.

Sur ces mots, il fit volte-face et quitta la pièce.

— Un gaillard plutôt abrupt, non ? remarqua Stragen.

— Ça, il ne fait pas de discours inutiles, acquiesça Tynian.

— Émouchet, je voudrais te dire un mot, fit Kring.

— Mais bien sûr.

— Tu me serviras d'oma, n'est-ce pas ?

— Très volontiers.

— Tâche de ne pas lui accorder trop de chevaux. Euh..., ajouta-t-il en fronçant le sourcil, pourquoi a-t-il prononcé marquage au lieu de mariage ? ça veut dire quelque chose ou c'est sa langue qui a fourché ?

— Non, non, c'est une coutume de mariage atan. Au cours de la cérémonie, les jeunes mariés sont marqués au fer rouge. Chacun porte la marque de l'autre pour l'éternité.

— Une marque au fer rouge ?

— C'est ce que j'ai cru comprendre.

— Et si un couple décide de se séparer ?

— J'imagine qu'on efface la marque.

— Et comment peut-on effacer une telle marque ?

— Au fer rouge. On fait littéralement une croix dessus. Tu veux toujours te marier, Kring ?

— Avant, tu pourrais te renseigner sur l'endroit où cette marque est appliquée ?

— Je vois. Il y a des endroits où tu préférerais éviter qu'on t'applique un fer rouge.

— En effet, Émouchet. Il y a des endroits où je préférerais éviter.

Ils quittèrent Darsas aux premières lueurs de l'aube et prirent la route de l'est qui menait à Pela, dans les steppes d'Astel central. Les Atans encadraient la colonne, réglant leur foulée magnifique sur l'allure des chevaux. Émouchet, qui s'en faisait pour la sécurité de sa reine, fut bientôt rassuré. Mirtaï n'avait pas précisément demandé à sa maîtresse la permission de voyager avec ses frères de sang. Elle l'en avait informée d'un ton assez péremptoire. La géante à la peau dorée semblait avoir subi un changement assez particulier. La tension, la méfiance qui la caractérisaient avaient disparu.

— Je ne peux pas dire pourquoi au juste, avoua Ehlana vers le milieu de la matinée, mais j'ai l'impression qu'elle n'est plus elle-même.

— C'est vrai, Majesté, confirma Stragen. C'est parce qu'elle est rentrée chez elle, et qu'en présence d'adultes de son peuple elle retrouve sa place d'enfant — à ses yeux du moins. Elle n'a jamais parlé de son enfance, mais j'imagine que ça n'a pas dû être une période calme et heureuse. Il est arrivé quelque chose à ses parents et elle a été vendue comme esclave.

— Les Atans sont tous esclaves, messire Stragen, objecta Mélidéré.

— Il y a différentes sortes d'esclavage, baronne. Celui des Atans par les Tamouls est institutionnel ; celui de Mirtaï est personnel. Elle a été enlevée alors qu'elle était enfant, vendue comme esclave et obligée de prendre des mesures pour se protéger. Le fait d'être revenue parmi les Atans lui permet de retrouver une part d'enfance. Je n'ai jamais eu cette chance, bien qu'ayant moi-même connu une autre sorte de servitude, ajouta-t-il d'un ton morne. Le meurtre de mon père ne m'a pas vraiment libéré.

— Vous devriez arrêter de ressasser, messire Stragen, coupa Mélidéré. Vous avez tort de tout fonder sur cette conception abusive de l'existence. Il y a des choses bien plus importantes dans la vie.

Stragen lui jeta un regard acéré puis éclata d'un rire un peu penaud.

— Vous trouvez que je m'apitoie sur mon sort, n'est-ce pas, baronne ?

— Pas vraiment, mais vous n'arrêtez pas de parler de cette histoire. Vous devriez arrêter de la tourner et de la retourner dans votre tête. Ça ne change rien pour nous, alors à quoi bon ?

— Tu vois ce que je te disais, Émouchet ? fit Stragen. Cette fille est la personne la plus malhonnête que je connaisse.

— Messire Stragen ! s'exclama Mélidéré, offusquée.

— Eh oui, ma chère, reprit Stragen avec un grand sourire. Vous ne mentez pas avec votre bouche mais avec toute votre personne. Vous voudriez qu'on vous prenne pour une écervelée, et vous mettez à bas, d'un mot, une façade qu'on a mis des années à construire. Une « conception abusive de l'existence », vraiment ! Vous avez réussi à vulgariser la tragédie centrale de toute ma vie.

— Me pardonnerez-vous jamais ? fit-elle en ouvrant de grands yeux d'une innocence trompeuse.

— J'y renonce ! fit-il en levant les bras au ciel dans une attitude faussement désespérée. Où en étais-je ? Ah oui ! Le changement de personnalité de Mirtaï. Je pense que le Rite de Passage revêt une énorme importance pour les Atans, et que c'est une raison supplémentaire pour notre petite géante bien-aimée de se mettre à parler l'équivalent social du langage de bébé. Engessa va manifestement lui faire passer ce rite quand nous serons arrivés chez eux, alors elle profite à fond de ses dernières journées d'enfance.

— Je peux monter avec toi, Père ? demanda Danaé.

— Si tu veux.

La petite princesse se leva, tendit Rollo à Aleanne, Mmrr à Mélidéré et les bras à Émouchet. Il la déposa à sa place habituelle, devant lui, sur sa selle.

— Je voudrais faire un tour, Père, demanda-t-elle d'une voix qu'elle savait irrésistible.

— Nous revenons tout de suite, annonça-t-il à la cantonade, et ils s'éloignèrent à un petit trot allègre.

— Il y a des moments où Stragen me tape sur les nerfs, dit-elle sèchement. J'ai hâte que Mélidéré y remédie.

— Quoi ?! s'exclama Émouchet, sidéré.

— Mais où as-tu les yeux, Père ?

— Tu crois qu'ils ont des vues l'uns sur l'autre ?

— Elle, en tout cas, elle en a. Elle lui fera comprendre ce qu'il éprouve, lui, quand elle sera prête. Que s'est-il passé à Darsas ?

Émouchet batailla un instant avec sa conscience.

— Dirais-tu que tu es un personnage ecclésiastique ? demanda-t-il enfin avec circonspection.

— C'est une façon originale de voir les choses.

— Réponds à ma question, Danaé. Es-tu ou non affiliée à une religion ?

— Voyons, Émouchet, évidemment ! Je *suis* le point focal d'une religion.

— D'une façon générale, pourrait-on dire que tu es un homme — euh, une fille d'Église ?

— Où veux-tu en venir, Émouchet ?

— Réponds-moi oui, Danaé, c'est tout ce que je te demande. Je cherche un moyen de violer un serment et j'aimerais avoir une excuse pour ça.

— Pff... Oui, on peut dire que j'appartiens à l'Église — une Église différente, certes, mais une Église quand même. Ta définition s'applique à moi, va.

— Merci. J'ai juré de ne révéler une certaine chose qu'à

un autre homme d'Église, enfin, tu vois ce que je veux dire. Bref, je peux t'en parler.

— C'est pure hypocrisie, Émouchet.

— Je sais, mais ça me soulage. Sabre n'est autre qu'Elron, le beau-frère du baron Kotyk. C'est encore un de tes coups ? demanda-t-il d'un ton suspicieux.

— Moi ? qu'est-ce que tu racontes ?

— Je trouve que tu commences à pousser les coïncidences un peu loin, Danaé, dit-il. Tu savais depuis le début ce que je viens de te dire, hein ?

— Pas en détail, non. Ce que tu appelles « l'omniscience » est un concept humain. Il a été inventé pour donner l'impression aux gens qu'ils ne pouvaient pas s'en tirer s'ils agissaient mal. J'ai des intuitions, des visions ponctuelles, mais c'est tout. Je savais qu'il allait se passer quelque chose d'important chez ce Kotyk, et je savais que, si vous faisiez attention, toi et les autres, vous le découvririez.

— Alors c'est un genre d'intuition ?

— C'est le mot qui convient, Émouchet. La nôtre est un peu plus développée que celle du commun des mortels et nous y attachons plus d'importance que vous — surtout les hommes. Mais il s'est passé autre chose à Darsas, n'est-ce pas ?

— Oui. L'ombre nous est a nouveau apparue. Nous bavardions, Emban et moi, avec l'archimandrite Monsel quand elle nous a rendu visite.

— Quel que soit celui qui est derrière tout ça, il est vraiment stupide.

— S'il s'agit des Dieux des Trolls, on ne saurait mieux les définir.

— Nous ne sommes pas absolument sûrs qu'il s'agisse d'eux, Émouchet.

— Tu devrais le savoir, non ? Je veux dire, tu dois bien avoir un moyen d'identifier celui qui s'oppose à toi ?

— Hélas non, Émouchet. Nous avons le pouvoir de nous

dissimuler aux autres. Cela dit, la stupidité de cette apparition montre du doigt les Dieux des Trolls. Nous n'avons jamais réussi à leur faire comprendre que le soleil se levait à l'est. Ils savent qu'il se lève tous les matins, mais ils n'ont pas encore enregistré où au juste.

— Tu exagères.

— Bien sûr. Enfin, ne nous emballons pas ; rien ne prouve pour le moment que nous avons affaire à eux. Il y a des différences subtiles. Il est vrai que ça pourrait être la conséquence de votre rencontre au temple d'Azash. Tu leur as flanqué une sacrée trouille, tu sais. Mais je suis plus encline à penser qu'ils ne sont plus seuls dans le coup. Livrés à eux-mêmes, les Dieux des Trolls agiraient sans détours. Si quelqu'un d'autre est impliqué dans l'affaire, il agit d'une façon un peu puérile. Il ne connaît pas les usages. Il s'environne de gens pas très futés, et il juge l'ensemble des humains à l'aune de ses adorateurs. L'apparition de Darsas était vraiment une grosse bêtise. Tout ce qu'il a réussi à faire, en fin de compte, c'était de confirmer à cet homme d'Église ce que vous saviez déjà. Tu lui as tout raconté, n'est-ce pas ?... Mouais. Il faut vraiment que nous allions à Sarsos parler à Séphrénia.

— Alors tu vas encore jouer avec le temps.

— Ça vaudrait mieux. Je ne vois pas très bien ce que mijotent nos adversaires, mais j'ai comme l'impression qu'ils ont passé la vitesse supérieure, et je n'aimerais pas qu'ils prennent trop d'avance sur nous. Conduis-moi à la voiture, Émouchet. Stragen a probablement fini de ramener sa science, et l'odeur de ton armure me lève le cœur.

Les trois factions différentes de la force qui escortait la reine d'Élénie étaient mues par une indéniable communauté d'intérêt, mais Émouchet, Engessa et Kring décidèrent d'éviter, dans toute la mesure du possible, de mettre leurs hommes en contact les uns avec les autres. Les différences culturelles rendaient la promiscuité peu souhaitable. Les risques de malentendu étaient tout simplement trop nombreux. Chacun des chefs expliqua à ses hommes la nécessité d'agir envers leurs collègues avec la plus exquise courtoisie et n'obtint d'eux qu'une tension et une raideur exagérées. Au fond, les Atans, les Péloïs et les chevaliers n'étaient que des alliés, pas des camarades. Le fait que peu d'Atans parlent élène ne fit rien pour détendre l'atmosphère entre les différentes composantes de la petite armée qui s'engageait dans les steppes.

Ils rencontrèrent les Péloïs d'Orient à quelque distance de la ville de Pela, en Astel central. Les ancêtres de Kring avaient quitté ces grandes prairies trois mille ans auparavant, mais malgré le temps et la distance, les deux branches de la famille péloï avaient conservé des coutumes — vestimentaires en particulier — d'une similitude stupéfiante. La seule différence marquante semblait résider dans la préférence des Péloïs de l'Est pour le javelot, alors que le peuple de Kring affectionnait plutôt le sabre. Après un échange rituel de salutations, Kring et son cousin de l'Est s'assirent en tailleur dans l'herbe pour « échanger le sel et parler de leurs affaires » alors que les deux armées se regardaient en chien de faïence par-delà trois cents toises de prairie. La décision de ne pas se faire la guerre ce jour-là fut apparemment prise, et Kring mena son hôte et lointain parent vers la voiture afin de faire les présentations. Le domi des Péloïs de l'Est s'appelait Tikumé. Il était un peu plus grand que Kring, mais il avait le crâne rasé comme lui, coutume qui remontait à la plus haute antiquité chez ces peuples de cavaliers.

Tikumé les salua tous avec effusion.

— Il est curieux de voir des Péloïs s'allier avec des étrangers, remarqua-t-il. Kring-Domi m'a exposé la situation en Éosie, mais je n'avais pas réalisé qu'elle avait conduit à des arrangements aussi particuliers. Évidemment, il y a plus de dix ans que nous ne nous sommes parlé.

— Vous vous connaissez ? s'étonna le patriarche Emban.

— En effet, Votre Grâce, confirma Kring. Tikumé-Domi est venu en Pélosie avec le roi d'Astel, il y a quelques années, et il avait absolument tenu à me rencontrer.

— Le père du roi Alberen était beaucoup plus avisé que son fils, souligna Tikumé. Il avait beaucoup lu. Il voyait toutes sortes de similitudes entre la Pélosie et l'Astel, alors il était allé rendre une visite d'État au roi Soros. Il m'avait invité à l'accompagner. J'aurais refusé si j'avais su que nous irions en bateau, ajouta-t-il d'un air dégoûté. J'ai été malade pendant deux mois sans discontinuer. Mais nous nous sommes bien entendus, Kring-Domi et moi. Il m'a fait l'honneur de m'emmener dans les marais, chasser les oreilles.

Puis Mirtaï s'approcha de la voiture.

— C'est l'élue ? demanda Tikumé à Kring.

Kring hocha vigoureusement la tête.

— N'est-elle pas sublime ?

— Magnifique, acquiesça Tikumé avec ferveur, puis il mit un genou en terre. Doma, fit-il en joignant les mains devant son visage.

Mirtaï regarda Kring d'un air interrogateur.

— C'est un mot péloï, ma bien-aimée, expliqua-t-il. Ça veut dire « femme du domi ».

— Rien n'est encore décidé, Kring, souligna-t-elle.

— Peut-il y avoir le moindre doute ? répliqua-t-il.

Tikumé était encore à genoux.

— Tu entreras dans le campement avec tous les honneurs qui te sont dus, Mirtaï-Doma, déclara-t-il. Car pour notre peuple, Tu es une reine. Chacun s'agenouillera devant Toi et Te cédera le pas. Poèmes et chansons seront composés en Ton honneur, de riches présents Te seront offerts.

— Là, évidemment…, fit Mirtaï.

— Tu as la beauté des Dieux, Mirtaï-Doma, poursuivit Tikumé, en veine d'inspiration. Ta seule présence illumine ce sinistre monde et fait pâlir le soleil. La sagesse dont mon frère Kring a fait preuve en Te choisissant pour compagne m'emplit d'un respect voisin de la vénération. Entre dans notre campement, ô divine présence, de sorte que mon peuple puisse T'adorer.

— Seigneur ! souffla Ehlana. Personne ne m'a jamais parlé comme ça à moi.

— Nous n'en faisons rien pour ne pas vous embarrasser, ma reine, lâcha impudemment Stragen. Sinon, c'est tout à fait ce que nous pensons.

— Mmm, joli, approuva Ulath.

Mirtaï regarda Kring avec un intérêt renouvelé.

— Pourquoi ne m'avez-vous jamais dit tout ça, Kring ? fit-elle.

— Je pensais que vous étiez au courant, ma bien-aimée.

— Eh bien non, je l'ignorais, répondit-elle avec une moue méditative. Enfin, maintenant que je le sais... Vous avez choisi un oma ?

— Émouchet a consenti à me faire cet honneur, ma bien-aimée.

— Je vais vous dire ce que vous devriez faire, Émouchet. Vous devriez aller parler à Engessa-Atan. L'informer que je n'ai rien contre la cour de Kring-Domi, par exemple.

— Ça, Mirtaï, c'est une idée de génie, acquiesça Émouchet. Je me demande pourquoi je n'y ai pas pensé tout seul.

CHAPITRE XIV

La ville de Pela, en Astel central, était le point de ralliement de tous les négociants en bestiaux qui venaient là acheter les bêtes des éleveurs péloïs. C'était un endroit sans charme et sans confort. La plupart des maisons n'étaient que des façades ornementées derrière lesquelles étaient dressées de larges tentes. Il n'était venu à l'idée de personne de paver les rues de terre battue, aussi les roues des voitures et les troupeaux de bête soulevaient-ils des nuages de poussière qui prenaient à la gorge. Au-delà des limites imprécises de la ville proprement dite s'étendait une marée de tentes, les maisons portatives des nomades péloïs.

Tikumé les conduisit à travers la cité de tentes vers une colline où des pavillons rayés de couleurs vives entouraient une vaste zone dégagée. Au milieu, sous un dais de toile étaient disposés des tapis jonchés de coussins et de fourrures.

Mirtaï était le centre de l'intérêt général. Elle avait troqué sa tenue de voyage contre la robe longue, violette, réservée aux femmes de chef. Kring et Tikumé l'escortèrent cérémonieusement jusqu'au centre du campement et la présentèrent à l'épouse de Tikumé, Vida, une femme au visage taillé à coups de serpe, elle aussi vêtue d'une robe violette et qui toisa Mirtaï avec une hostilité non déguisée.

Émouchet et les autres rejoignirent les chefs péloïs à l'ombre du dais central.

La femme de Tikumé se rembrunissait à mesure que les guerriers péloïs défilaient devant Kring pour le complimenter sur le choix de sa promise et couvrir celle-ci d'éloges plus dithyrambiques les uns que les autres. Puis il y eut des cadeaux et un certain nombre de chants vantant la beauté de la géante à la peau dorée.

— Comment ont-ils trouvé le temps de composer des chansons sur elle ? s'émerveilla Talen.

— J'imagine que ce sont des airs connus de tout le monde, et qu'on se contente d'y mettre le nom de l'intéressée, répondit Stragen. Je ne serais pas étonné qu'il y ait aussi des poèmes. Je connais un rimailleur, à Emsat, qui gagne très bien sa vie en écrivant des odes et des lettres d'amour pour les jeunes nobles trop flemmards ou qui n'ont pas assez d'inspiration pour en composer tout seuls. Il existe une branche entière de la littérature où les noms restent en blanc et qui ne sert qu'à ça.

— Et on remplit le blanc avec le nom de la fille ? demanda Talen, stupéfait.

— Tu ne voudrais pas qu'on y mette le nom d'une autre fille ?

— Mais c'est de la triche ! s'indigna Talen.

— Voilà une attitude originale, Talen, fit le patriarche Emban en riant. Surtout venant de vous.

— On n'est pas censé tricher quand on exprime ses sentiments à une fille, insista Talen, qui avait récemment découvert l'existence de la gent féminine.

C'est-à-dire qu'elle avait toujours existé, mais il venait seulement de s'en rendre compte. Et il s'était forgé des convictions assez fortes. Il faut porter au crédit de ses amis que cette manifestation d'intégrité ne leur arracha aucun hurlement de rire. Quant à la baronne Mélidéré, elle lui sauta au cou et l'embrassa impulsivement.

— Qu'y a-t-il ? demanda-t-il avec méfiance.

— Oh rien, répondit-elle en lui caressant doucement la joue. Quand vous êtes-vous rasé pour la dernière fois ?

— La semaine dernière. Ou celle d'avant. Je ne sais plus.

— Alors vous devriez recommencer. Hein, Talen ? Vous êtes un grand garçon, maintenant.

Le jeune homme devint rouge vif.

La princesse Danaé jeta à Émouchet un petit sourire entendu.

Après les échanges de cadeaux, les poèmes et les chansons vint le temps des démonstrations de force et d'habileté. Les hommes de Kring montrèrent ce qu'ils savaient faire avec leur sabre. Ceux de Tikumé firent de même avec leur javelot, qu'ils lançaient et utilisaient comme une courte lance. Bérit fit mordre la poussière à un cavalier cyrinique aussi jeune que lui, et deux Génidiens aux tresses blondes se livrèrent un combat à la hache pour rire, d'un réalisme assez effrayant tout de même.

— Rien que de très classique, Emban, remarqua Oscagne. (L'ambassadeur de Tamoulie et le patriarche d'Ucera étaient maintenant assez amis pour omettre leurs titres lorsqu'ils s'adressaient l'un à l'autre en privé.) Les cultures guerrières ne perdent pas une occasion d'organiser des cérémonies.

— C'est ce que j'ai remarqué, Oscagne, acquiesça Emban avec un sourire. Les chevaliers de notre Église sont les hommes les plus courtois et les plus cérémonieux qu'il m'ait été donné de rencontrer.

— Par prudence, Votre Grâce, lâcha énigmatiquement Ulath.

— Vous vous y ferez, Excellence, assura Tynian. Notre Ulath déteste les discours superflus.

— C'est très clair, Tynian, reprit Ulath. Je veux seulement dire qu'il vaut toujours mieux faire preuve de courtoisie envers un homme qui brandit une hache.

Engessa-Atan se leva et s'inclina avec raideur devant Ehlana.

— Puis-je mettre ton esclave à l'épreuve, Ehlana-Reine ? demanda-t-il.

— Qu'entendez-vous par là, Engessa-Atan ? demanda-t-elle avec méfiance.

— Le moment est venu pour elle de se soumettre au Rite de Passage. Nous devons décider si elle est prête. Je ne lui ferai pas mal. Tous le monde fait la démonstration de son habileté. C'est le moment idéal pour éprouver Mirtaï-Atana.

— Si vous le dites, Atan, consentit Ehlana. Tant que l'Atana n'y voit pas d'inconvénient.

— Si c'est une vraie Atana, elle n'élèvera pas d'objection, Ehlana-Reine.

Il se tourna d'un bloc et alla trouver Mirtaï qui était assise parmi les Péloïs.

— Mirtaï est vraiment la vedette du jour, observa Mélidéré.

— Je trouve ça très bien, fit Ehlana. Elle qui est toujours

en retrait, elle n'a pas volé qu'on s'occupe un peu d'elle.

— C'est purement politique, remarqua Stragen. Le peuple de Tikumé en fait des tonnes pour le bénéfice de Kring.

— Ça ne fait rien, je me réjouis qu'elle soit à l'honneur aujourd'hui. Émouchet, je considérerais comme une faveur personnelle que tu fasses avancer les négociations de mariage avec l'atan Engessa. Mirtaï a bien mérité d'être heureuse.

— Je vais voir ce que je peux faire pour elle, ma reine.

Mirtaï accepta d'emblée l'épreuve que lui proposait Engessa. Elle se leva gracieusement, déboutonna le col de sa robe violette qui tomba à terre.

Les Péloïs étouffèrent un hoquet de surprise. Leurs femmes étaient, dans l'ensemble, beaucoup moins succinctement vêtues. Vida, la femme de Tikumé, esquissa un pâle sourire. Mirtaï était indéniablement de sexe féminin. Elle était aussi armée jusqu'aux dents, ce qui était très choquant pour les Péloïs. Engessa la mena vers une sorte d'arène ménagée devant le dais, ils se saluèrent respectueusement et dégainèrent.

Émouchet croyait connaître la différence entre le combat et le duel, mais la frontière entre les deux lui parut s'estomper lors de l'affrontement qui suivit. Mirtaï et Engessa semblaient déterminés à s'entre-tuer. Ils maniaient divinement l'épée, mais d'une façon qui impliquait beaucoup plus de contacts physiques que l'escrime telle qu'on la pratiquait en Occident.

— On dirait un mélange de lutte et de combat à l'épée, observa Kalten.

— Exact, acquiesça Ulath. Je me demande si on pourrait faire la même chose à la hache. Tu as vu comment elle lui a envoyé son pied dans la figure ? Imagine qu'on fasse suivre le mouvement d'un revers de hache, on en remporterait des combats, hein ?

— Je le savais ! ricana Kalten alors qu'Engessa atterrissait sur le dos, dans la poussière. Elle m'a fait le coup, une fois.

Mais Engessa ne resta pas à se morfondre par terre comme naguère Kalten. Il roula deux fois sur lui-même et se releva. Il n'avait pas lâché son épée. Il esquissa une sorte de salut avec sa lame et reprit les hostilités.

Au bout de quelques minutes, un Atan aux cheveux blancs donna un coup de poing sur son pectoral, marquant la fin de l'épreuve.

Mirtaï et Engessa échangèrent un nouveau salut, et il la raccompagna à sa place, où elle remit sa robe et se rassit sur un coussin. Vida ne souriait plus.

— Elle est prête, annonça Engessa à Ehlana. Plus que prête, ajouta-t-il en palpant un endroit sensible sous son pectoral. C'est une adversaire redoutable. Je suis fier d'être celui qu'elle appellera « Père ». Elle fera honneur à mon nom.

— Nous l'aimons beaucoup, Engessa-Atan, répondit Ehlana avec un sourire. Je suis bien contente que nous soyons du même avis.

Elle laissa le temps à son sourire ravageur de faire son effet sur l'Atan. Peu à peu, les commissures de ses lèvres se retroussèrent, métamorphosant son visage de marbre.

— Je crois qu'il a perdu deux combats aujourd'hui, murmura Talen.

— Nous n'avons jamais réussi à les rattraper, ami Émouchet, dit Tikumé, ce soir-là, alors qu'ils bavardaient autour du feu de camp. Ces steppes sont plates comme le dos de la main ; il ne s'y trouve que quelques bouquets d'arbres. Il n'y a aucun endroit où se cacher, et un cheval ne peut galoper dans ces hautes herbes sans y laisser une trace qu'un aveugle pourrait suivre. Ils sortent de nulle part, massacrent les éleveurs et mettent le bétail en fuite. J'ai moi-même suivi un de ces groupes de maraudeurs. Ils avaient volé une centaine de bêtes et laissé une large trace dans l'herbe. Au bout de quelques lieues, la piste s'arrêtait net. Rien n'indiquait qu'ils se soient dispersés. Ils avaient juste disparu, c'est tout.

On aurait dit que quelque chose avait tendu la main et les avait emmenés au ciel.

— Il n'y a pas eu d'autres problèmes, Domi ? demanda Tynian avec circonspection. Je veux dire, vous n'avez pas remarqué de désordres parmi votre peuple ? Des histoires insensées, ou des choses de ce genre ?

— Rien du tout, ami Tynian, répondit Tikumé en souriant. Nous sommes un peuple sans mystère. Nous ne cherchons pas à dissimuler nos sentiments. Je saurais s'il y avait quelque chose. J'ai appris ce qui était arrivé à Darsas, et je vois de quoi vous voulez parler. Il ne se passe rien de tel chez nous. Nous n'adorons pas nos héros ; nous nous efforçons seulement de leur ressembler. Quelqu'un vole notre bétail et tue nos gardiens de troupeaux. Je ne voudrais pas que Son Excellence se sente insultée, continua-t-il en dardant sur Oscagne un regard un peu accusateur, mais elle pourrait peut-être suggérer à l'empereur de demander à ses Atans de s'intéresser au problème. Si nous devons nous en occuper nous-mêmes, ça risque de déplaire à nos voisins. Les Péloïs ont tendance à ne pas faire de détail quand on leur vole leurs bêtes.

— Je vais porter l'affaire à l'attention de Sa Majesté Impériale, promit l'ambassadeur.

— Faites vite, Oscagne, lui recommanda Tikumé. Faites très, très vite.

— C'est une guerrière avisée, Émouchet-Chevalier, dit Engessa le lendemain matin alors que les deux hommes étaient assis autour d'un petit feu de camp.

— Certes, répondit Émouchet. Mais selon vos traditions, c'est encore une enfant.

— C'est pourquoi il m'appartient de négocier à sa place, releva Engessa. Si elle était adulte, elle le ferait toute seule. Il arrive que les enfants ne connaissent pas leur valeur.

— D'un autre côté, une enfant ne peut pas avoir la même valeur qu'une adulte.

— Ce n'est pas toujours vrai, Émouchet-Chevalier. Plus jeune est la femme, plus grand est son prix.

— Oh, c'est absurde ! coupa Ehlana.

Il s'agissait d'une négociation délicate, et normalement, elle aurait dû avoir lieu en privé. Mais l'adverbe « normalement » ne s'appliquait pas à la femme d'Émouchet.

— Ta proposition est complètement irrecevable, Émouchet.

— Tu es l'amie de qui, ma chérie ? demanda-t-il doucement.

— De Mirtaï, mon chéri. Et je ne te permettrai pas de lui faire insulte. Dix chevaux, vraiment ! J'en obtiendrais le double de Talen.

— Tu veux le vendre, lui aussi ?

— C'était juste pour dire.

Messire Tynian s'était arrêté en passant. De tout leur groupe, c'était lui qui était le plus proche de Kring, et il avait un sens très vif des responsabilités qu'implique l'amitié.

— Quelle sorte d'offre Votre Majesté considérerait-elle comme respectable ? demanda-t-il à Ehlana.

— Soixante chevaux, pas un de moins, déclara-t-elle d'un ton sans réplique.

— Soixante ! s'exclama Tynian. Mais vous allez le mettre sur la paille ! quelle genre de vie Mirtaï mènera-t-elle si vous lui faites épouser un misérable ?

— Kring est loin d'être misérable, messire chevalier. Le roi Soros lui a donné beaucoup d'or pour ces oreilles de Zémochs.

— Ce n'est pas son or, Majesté, objecta Tynian. C'est l'or de son peuple.

Émouchet eut un sourire et fit un discret signe de tête à Engessa. Les deux hommes s'écartèrent du feu.

— Pour moi, ils devraient arriver à se mettre d'accord sur trente chevaux, avança Émouchet.

— Je le pense aussi, acquiesça Engessa.

— Il me semble que c'est un nombre raisonnable. Qu'en dites-vous ?

Décidément, la suggestion prenait de plus en plus des airs de proposition.

— C'est plus ou moins celui que j'avais moi-même en tête, Émouchet-Chevalier.

— Moi aussi, Engessa-Atan. Alors, c'est d'accord ?

— Topons là !

Les deux hommes se tapèrent dans la main.

— Bon, si nous les prévenions que nous avons trouvé un terrain d'entente ? demanda l'Atan avec un imperceptible sourire.

— Ils ont l'air de tellement s'amuser, répondit Émouchet, hilare. Laissons-les faire. Nous verrons bien à quel nombre ils vont arriver. Et puis ces négociations sont très importantes pour Kring et Mirtaï. Si nous nous mettons d'accord trop vite, ils risquent de se sentir floués, de trouver ça dévalorisant.

— Émouchet-Chevalier a dû en voir de drôles, pour si bien connaître l'âme des hommes et des femmes, observa Engessa.

— Aucun homme ne connaîtra jamais vraiment l'âme d'une femme, Engessa-Atan, répondit Émouchet d'un ton mélodramatique.

Les négociations entre Tynian et Ehlana frisaient la tragédie, chacun accusant l'autre de lui arracher le cœur et autres extravagances. Ehlana jouait son rôle à la perfection. La reine d'Élénie était une actrice consommée et une prodigieuse oratrice. Elle improvisa longuement sur la pingrerie sordide de messire Tynian, sa voix s'enflant et retombant d'une façon très théâtrale en vérité. Le chevalier alcion, quant à lui, faisait preuve d'un pragmatisme glacé qui ne le dispensait pas, à certains moments, d'exprimer une certaine émotivité.

Kring et Mirtaï étaient assis non loin de là, main dans la main, et suivaient les négociations en retenant leur souffle.

Les Péloïs de Tikumé avaient formé un cercle autour des débatteurs et n'en perdaient pas une miette.

Cela dura des heures. Le soleil se couchait lorsque Ehlana et Tynian parvinrent péniblement à un compromis — trente chevaux — et conclurent le marché en se crachant dans la paume et en se tapant dans la main. Émouchet et Engessa scellèrent leur accord de la même façon, et un tonnerre d'acclamations monta de la foule fascinée. L'un dans l'autre, ça n'avait pas été une mauvaise journée. La soirée fut meilleure encore. Elle fut fort bruyante et se poursuivit tard dans la nuit.

— Je suis vi-dée ! confia Ehlana à son mari lorsqu'ils se retirèrent enfin sous leur tente pour dormir.

— Ma pauvre chérie, compatit Émouchet.

— Enfin, heureusement que je m'en suis mêlée ! Tu étais trop timoré, Émouchet. Sans moi, le domi l'aurait eue pour rien.

— J'étais de l'autre côté, Ehlana, je te rappelle.

— C'est ce que je ne comprends pas, Émouchet. Comment as-tu pu traiter cette pauvre Mirtaï d'une façon aussi dégradante ?

— C'est la règle du jeu, mon amour. Je défendais les intérêts de Kring.

— Tu m'as beaucoup déçue quand même, Émouchet.

— Heureusement que vous étiez là, Tynian et toi. Nous n'aurions jamais fait aussi bien, Engessa et moi.

— Enfin, nous y avons passé la journée, mais tout est bien qui finit bien, pas vrai ?

— Tu as été merveilleuse, ma chérie. Absolument merveilleuse.

— J'en ai vu, des villes, Émouchet, dit Stragen, le lendemain matin. Mais comme Pela, jamais. Elle a été plusieurs fois abandonnée, tu savais ? Enfin, abandonnée... disons plutôt déplacée. Pela est là où les Péloïs dressent leur campement d'été.

— C'est les gens qui font les cartes qui doivent être contents.

— Comme tu dis. C'est une ville temporaire, mais qui pue l'argent. Il en faut un paquet pour acheter un troupeau de bétail.

— Tu as réussi à prendre contact avec les voleurs locaux ?

— En réalité, ce sont eux qui sont venus nous trouver, répondit Talen avec un grand sourire. Un gamin de huit ans a fauché la bourse de Stragen. Il était assez doué, mais il avait les jambes trop courtes. Je l'ai vite rattrapé. Et quand nous lui avons expliqué qui nous étions il s'est fait un plaisir de nous emmener voir son chef.

— Le conseil des voleurs a-t-il arrêté une décision ? demanda Émouchet.

— Ils réfléchissent encore, répondit Stragen. Ils sont un peu conservateurs, dans cette région de Darésie. L'idée de coopérer avec les autorités leur paraît, comment dire ? immorale. Mais nous devrions avoir une réponse en arrivant à Sarsos. Les voleurs de Sarsos ont beaucoup de poids dans l'Empire. Il s'est passé quelque chose pendant notre absence ?

— Kring et Mirtaï se sont fiancés.

— Ils ont fait vite. Il va falloir que j'aille les féliciter.

— Vous feriez mieux de dormir, tous les deux, suggéra Émouchet. Nous partons pour Sarsos dès demain. Tikumé nous accompagnera jusqu'à la limite des steppes. Je pense qu'il aimerait aller un peu plus loin, mais les Styriques de Sarsos le mettent mal à l'aise. Allez vous reposer, fit-il en se levant. J'ai deux mots à dire à Oscagne.

Tout était calme dans le campement des Péloïs. C'était le début de l'été et la chaleur de la mi-journée était telle que les nomades se réfugiaient dans leur tente. Émouchet s'approcha du pavillon que partageaient l'ambassadeur Oscagne et le patriarche Emban. Sa cotte de mailles tintait au rythme de ses pas. Le campement étant bien gardé, les chevaliers avaient renoncé à l'inconfort de leurs armures complètes.

Il trouva les deux hommes en train de manger un melon sous un dais de toile, devant leur tente.

— Salut à toi, sire chevalier, fit Oscagne en le voyant approcher.

— C'est une forme d'adresse archaïque, Oscagne, remarqua Emban.

— Je suis moi-même un personnage assez archaïque, Emban.

— Je me posais une question, commença Émouchet en s'asseyant à côté d'eux.

— C'est une caractéristique de la jeunesse, remarqua Oscagne avec un sourire.

— Cette partie de l'Astel semble très différente de celle que nous avons traversée en venant, observa Émouchet.

— C'est vrai, confirma Oscagne. L'Astel est le creuset qui a donné naissance à toutes les cultures élènes, tant en Darésie qu'en Éosie.

— Il faudra que nous reparlions de ça un jour, murmura Emban.

— La Darésie est plus ancienne ; ça ne veut pas dire qu'elle soit meilleure, répondit Oscagne, évacuant l'objection d'un haussement d'épaules. Enfin, ce que vous avez vu de l'Astel jusqu'ici doit beaucoup ressembler au royaume élène de Pélosie, non ?

— Il existe certaines similitudes, en effet, convint Émouchet.

— Elles vont disparaître lorsque nous quitterons les steppes. Les deux tiers occidentaux de l'Astel sont élènes ; de la limite des steppes jusqu'à la frontière avec l'Atan, l'Astel est styrique.

— Comment cela se fait-il ? demanda Emban. En Éosie, les styriques sont très dispersés. Ils vivent dans leurs propres villages, selon leurs lois et leurs coutumes.

— Vous sentez-vous d'humeur œcuménique, aujourd'hui, Emban ?

— Dois-je prendre cela pour une critique voilée de mon provincialisme ?

— Pas le moins du monde. L'Élène typique est un bigot. Laissez-moi finir avant d'exploser, continua Oscagne. La bigoterie est une forme d'égotisme et vous m'accorderez, je pense, que les Élènes se font une très haute idée d'eux-mêmes. Ils donnent l'impression de penser que Dieu leur sourit tout particulièrement.

— Pourquoi ? Ce n'est pas vrai ? releva le petit prélat avec un feint étonnement.

— Je vous en prie, Emban. Pour des raisons que Dieu seul connaît, les Styriques agacent particulièrement les Élènes.

— Je vois très bien pourquoi, rétorqua Emban. C'est ce fichu complexe de supériorité. Ils nous traitent comme des enfants.

— De leur point de vue, c'est ce que nous sommes, Votre Grâce, répondit Émouchet. La civilisation styrique remonte à quarante mille ans. La nôtre est beaucoup plus récente.

— Enfin, quelle qu'en soit la raison, poursuivit Oscagne, le premier mouvement des Élènes a été de fiche les Styriques dehors — ou de les tuer. C'est pour ça que les Styriques sont arrivés en Éosie bien avant les Élènes, vos ancêtres. Ensuite, ils furent repoussés dans les étendues sauvages par les préjugés des Élènes. Mais l'Éosie ne fut pas leur seule terre d'asile. Beaucoup se réfugièrent, dès l'antiquité, le long de la frontière avec l'Atan. Après la formation de l'Empire tamoul, nous avons prié les Élènes d'arrêter de tabasser les Styriques qui vivaient dans la région de Sarsos.

— Demandé ?

— Assez fermement, en réalité. Et nous avions tous ces grands Atans qui n'avaient rien de spécial à faire. Bref, nous avons toléré que le clergé élène profère en chaire des dénonciations tonitruantes, mais nous avons placé des garnisons d'Atans autour de Sarsos pour empêcher les deux communautés d'entrer en conflit et assurer le calme et la tranquillité. Les Tamouls ont une prédilection pour le calme et la tranquillité. Je pense que vous aurez une surprise en arrivant à Sarsos, messieurs. C'est un endroit stupéfiant. La seule cité typiquement styrique au monde. Dieu semble y sourire d'une façon très particulière.

— Vous n'arrêtez pas de parler de Dieu, Oscagne, nota Emban. Je pensais que le souci de Dieu était le propre des Élènes.

— Votre Grâce a l'esprit plus œcuménique que je ne pensais.

— Que recouvre au juste pour vous le mot « Dieu » ?

— Oh, pour nous, c'est un terme générique. La foi tamoule n'est pas très profonde. Nous avons tendance à penser que les relations de l'homme avec son ou ses Dieux sont ses oignons.

— C'est de l'hérésie, Votre Excellence. Si tout le monde faisait comme vous, l'Église se retrouverait au chômage !

— C'est vrai, Emban, sourit Oscagne. l'Empire tamoul encourage l'hérésie. Ça nous fait un sujet de conversation pour les longues soirées d'hiver.

Ils repartirent le lendemain matin, escortés par une quantité phénoménale de Péloïs. Le groupe qui prit la route du nord-est tenait moins maintenant de l'armée en marche que de la migration. Kring et Tikumé chevauchèrent souvent ensemble pendant les jours suivants, renouant les liens du sang et mettant au point un échange de bêtes destinées à la reproduction.

Émouchet profita du trajet pour procéder à une expérience, mais malgré tous ses efforts, il ne put détecter l'intervention d'Aphraël sur le temps et l'espace. La Déesse-Enfant était trop douée, et ses manipulations trop subtiles.

Une fois qu'elle se promenait avec lui sur le dos de Faran, il aborda un sujet qui le troublait depuis un moment.

— Je ne voudrais pas être indiscret, commença-t-il, mais j'ai l'impression que nous avons débarqué à Salesha depuis une cinquantaine de jours. Combien de temps cela fait-il en réalité ?

— Beaucoup moins, Émouchet, répondit-elle. La moitié tout au plus.

— Combien au juste, Danaé ?

— Je ne suis pas très douée pour les chiffres, Père. Je connais la différence entre un peu et beaucoup, c'est tout. Mais ça suffit, au fond, non ?

— Ça manque un peu de précision, je trouve.

— Je ne te savais pas si pointilleux, Émouchet.

— On ne peut raisonner logiquement sans précision, Danaé.

— Alors renonce à la logique. Essaie de te montrer intuitif, pour changer. Tu découvriras peut-être que ça te plaît.

— Combien de temps, Danaé ? insista-t-il.

— Trois semaines, répondit-elle en haussant les épaules.

— Voilà qui est mieux.

— Enfin, à peu près.

La limite des steppes était marquée par une forêt de bouleaux. Tikumé et ses hommes rebroussèrent chemin et, comme le soir tombait, l'escorte royale dressa le campement à la lisière du bois. Ils attendraient le lendemain matin pour prendre la route ombragée qui s'engageait entre les troncs fantomatiques.

Lorsqu'ils eurent dressé les tentes et préparé les feux, Émouchet prit Kring à part et ils allèrent chercher Engessa.

— Nous sommes confrontés à une situation un peu particulière, annonça-t-il alors qu'ils allaient se promener en bordure de la forêt.

— Qu'y a-t-il, Émouchet-Chevalier ? demanda Engessa.

— Notre groupe est composé de trois sortes de guerriers qui ont probablement trois approches différentes du combat. Je pense que nous devrions évoquer le problème afin de ne pas avoir un conflit d'intérêt à régler en cas d'urgence. L'approche standard des chevaliers de l'Église est fonction de son équipement : nous portons une armure et nous montons de gros chevaux. Quand nous sommes attaqués, nous avons pour habitude d'écraser le centre de l'équipe adverse.

— Quant à nous, nous préférons peler l'ennemi comme un oignon, observa Kring. Nous fonçons sur lui à toute vitesse et nous taillons des tranches dedans au passage.

— Nous nous battons à pied, répondit Engessa. Nous sommes entraînés au combat individuel. Nous fonçons dans le tas et nous engageons le corps à corps.

— Et ça marche ? demanda Kring.

— À tous les coups, affirma Engessa.

— En cas de problème, je pense que nous avons intérêt à nous répartir la tâche, reprit Émouchet. Sans cela, nous risquons de nous marcher sur les pieds. Bien, voilà ce que je suggère si nous sommes attaqués par une force d'une taille significative : Kring et ses hommes la prennent à revers, je leur rentre dans le chou à la tête des chevaliers et Engessa-Atan répartit ses forces sur un large front. Quand les chevaliers auront ouvert une trouée dans le centre, l'ennemi se pliera en deux, comme toujours. L'attaque de Kring sur l'arrière-garde et sur les flancs devrait ajouter à la confusion. Les hommes se désorganiseront et la plupart se retrouveront plus ou moins coupés de leurs chef. C'est alors qu'Engessa attaquera. Les meilleurs soldats du monde ne valent plus grand-chose quand personne n'est là pour leur gueuler des ordres.

— C'est une tactique intéressante, convint Engessa. Je suis un peu surpris de découvrir que notre peuple n'est pas seul à savoir établir des plans de bataille.

— L'histoire de l'homme n'est qu'un long combat, Engessa-Atan, répondit Émouchet. Nous en avons tous l'expérience, et nous mettons au point des tactiques susceptible de mettre nos compétences en valeur. Bon, on fait comme ça ?

Kring et Engessa se consultèrent du regard.

— N'importe quel plan fera l'affaire, répondit Kring en haussant les épaules, du moment que nous savons ce que nous avons à faire.

— Comment saurons-nous que nous devons donner l'assaut ? demanda Engessa.

— Mon ami Ulath a une trompe, répondit Émouchet. Au premier coup, mes chevaliers chargeront. Deux coups, et les hommes de Kring s'attaqueront à l'arrière-garde. Quand l'ennemi ne saura plus où donner de la tête, Ulath soufflera trois fois dans sa trompe, et ce sera à vous de jouer.

Une lueur avide illumina les yeux d'Engessa.

— Cette stratégie ne laisse pas beaucoup de chances de survie à l'ennemi, Émouchet-Chevalier, dit-il.

— C'est un peu le résultat recherché, Engessa-Atan.

La forêt de bouleau montait graduellement des steppes d'Astel central vers les premiers contreforts des montagnes qui marquaient la frontière avec l'Atan. La route était large et bien entretenue. Les fantassins Atans s'en écartaient sur près d'une demi-lieue, et pendant les trois premiers jours, ils ne virent en guise d'êtres vivants que de gros troupeaux de daims. L'été n'avait pas encore asséché la forêt, et l'air était frais et humide dans la pénombre tavelée de lumière. On y reconnaissait l'odeur des jeunes pousses et du renouveau.

Les arbres bouchant toute perspective, ils avançaient avec circonspection. Ils établissaient le campement bien avant le coucher du soleil, et élevaient des fortifications rudimentaires afin d'éviter toute surprise après la tombée de la nuit.

Le matin du quatrième jour, Émouchet se leva de bonne heure et s'approcha, dans les premières lueurs grisâtres de l'aube, des chevaux au pacage. Il y retrouva Khalad. Le fils aîné de Kurik avait attaché la tête de Faran au tronc d'un bouleau et inspectait soigneusement ses sabots.

— J'allais justement m'en occuper, dit Émouchet, tout

bas. J'ai remarqué qu'il boitait légèrement du pied gauche, hier.

— Il a heurté une pierre, répondit laconiquement Khalad. Vous devriez le mettre au vert quand nous rentrerons chez nous. Il n'est plus de la première jeunesse.

— Moi non plus, si tu vas par là. Je trouve de moins en moins drôle de dormir à la dure.

— Vous vous ramollissez, Émouchet.

— Merci. Tu penses que le temps va se maintenir ?

— Ça devrait. Ah, ne me mords pas ! fit Khalad en reposant le sabot du gros rouan sur le sol. Si tu fais ça, je te flanque un coup dans les côtes !

Le long nez de Faran parut s'allonger d'une aune.

— C'est une brute et il a un sale caractère, nota l'écuyer, mais c'est de loin le cheval le plus futé que j'aie jamais vu. Vous devriez lui faire saillir quelques juments. Ce serait intéressant de dresser des poulains pas trop bornés, pour changer. La plupart des chevaux ne sont guère malins.

— Je pensais que les chevaux comptaient parmi les animaux les plus intelligents.

— C'est un mythe, Émouchet. Si vous voulez un animal rusé, prenez le cochon. On n'a jamais pu construire une cabane dont un cochon n'ait réussi à trouver le moyen de sortir.

— Ils sont un peu trop courts sur pattes pour qu'on leur monte dessus. Allons plutôt voir où en est le petit déjeuner.

— Qui s'en occupe, ce matin ?

— Kalten, il me semble. Ulath nous le dira.

— Kalten ? Je crois que je vais rester ici et manger avec les chevaux. Ce sera toujours meilleur que la tambouille de Kalten.

Ils repartirent peu après le lever du soleil, dans la forêt fraîche que trouaient des rais de lumière. Les oiseaux chantaient à gorge déployée. Émouchet eut un sourire amusé. Il avait longtemps cru que ce chant exprimait un amour éperdu de la musique, jusqu'au jour où Séphrénia lui avait ôté ses illusions.

— En fait, mon petit, ils se tiennent mutuellement en respect. Ça paraît très joli comme ça, mais tout ce qu'ils se disent en réalité c'est : « Mon arbre, mon arbre, mon arbre. »

Vers la fin de la matinée, Mirtaï revint vers eux en courant sans fatigue apparente sur la route. Elle n'était même pas essoufflée.

— Émouchet, dit-elle tout bas en arrivant au niveau de la voiture, les éclaireurs d'Engessa-Atan ont repéré un groupe de gens droit devant.

— Combien ? demanda-t-il laconiquement.

— Nous n'en savons rien encore. Les éclaireurs n'ont pas voulu s'approcher. Ce sont des soldats, et on dirait qu'ils nous attendent.

— Bérit ! va voir de quoi il retourne — sans te presser, essaie d'avoir l'air naturel. Et demande à Kalten et aux autres de nous rejoindre. Mirtaï, reprit Émouchet en essayant d'empêcher sa voix de trahir son excitation, y a-t-il une position défendable dans le coin ?

— J'allais vous en parler, répondit-elle. Il y a une sorte de colline, ou plutôt un gros tas de rochers couverts de mousse, à quatre ou cinq cents toises vers l'avant.

— Pourrions-nous y faire monter la voiture ?

Elle secoua la tête.

— Vous devrez marcher, ma reine, dit-il à sa femme.

— Rien ne prouve qu'ils soient hostiles, Émouchet, remarqua Ehlana.

— C'est exact, admit-il, mais rien ne prouve qu'ils ne le soient pas non plus, et nous ne pouvons écarter cette hypothèse.

Kalten, Kring, Engessa et les autres arrivèrent peu après.

— Que font-ils, Engessa-Atan ? demanda Émouchet.

— Ils nous regardent, c'est tout, Émouchet-Chevalier. Ils

sont plus nombreux que nous ne pensions au début : au moins un millier, sans doute davantage.

— Ça ne va pas être du gâteau avec tous ces arbres, souligna Kalten.

— Je sais, soupira Émouchet. Khalad, nous allons nous arrêter comme pour déjeuner. Tu vas mener les passagers de la voiture en haut de la colline. Faites comme si vous vous promeniez. Nous autres, nous allons nous déployer au pied de la colline, faire du feu et entrechoquer chaudrons et marmites. Ehlana, une fois là-haut, je voudrais que vous fassiez les folles, la baronne et toi. Stragen, prends quelques hommes et dressez une sorte de pavillon en haut de la butte. Tâchez de donner à tout ça des allures de fête. Entassez des pierres au sommet sous prétexte de les écarter de votre chemin.

— Nous allons encore défendre un siège, Émouchet ? protesta Ulath.

— Tu as une meilleure idée ?

— Pas vraiment, mais tu sais ce que je pense des sièges.

— Personne ne te demande d'aimer ça, Ulath, répliqua Tynian.

— Faites passer la consigne, ordonna Émouchet. Et débrouillez-vous pour que ça ait l'air naturel.

Ils repartirent sur la route à un pas de promenade, mais ils étaient très tendus. Lorsque la colline apparut, au détour de la route, Émouchet se félicita aussitôt de son potentiel stratégique. C'était l'un de ces entassements rocheux comme il en surgit inexplicablement dans toutes les forêts du monde, un amas conique de roches arrondies d'une quarantaine de pieds de haut, et dépourvu de végétation, qui se dressait à deux cents toises à peu près sur la gauche de la route. Talen s'en approcha au galop, mit pied à terre, grimpa au sommet et jeta un coup d'œil alentour.

— C'est exactement ce que vous cherchiez, ma reine ! hurla-t-il de toutes la force de ses poumons. Le panorama est magnifique.

— Très convaincant, nota Bévier. A condition que nos amis parlent élène, bien sûr.

Stragen, qui avait disparu du côté des bêtes de somme, revint en brandissant un luth.

— La cerise sur le gâteau, ma reine, fit-il avec un sourire.

— Vous savez en jouer, messire ? demanda-t-elle.

— Tous les gentilshommes savent en jouer, Majesté.

— Pas Émouchet.

— Nous travaillons toujours sur la définition dudit Émouchet, ma reine. Il n'est pas certain que le terme « gentilhomme » s'applique à lui. Sans vouloir vous offenser, monseigneur, ajouta-t-il précipitamment comme le grand pandion le toisait en battant une petite marche avec ses doigts sur le pectoral de son armure.

— Je peux faire une suggestion, Émouchet ? demanda Tynian.

— Dis toujours.

— Nous ne savons rien des gens qui nous attendent, mais ils ne savent rien de nous non plus. Ou du moins pas grand-chose.

— Et alors ?

— Alors, le fait qu'ils nous observent ne prouve pas qu'ils projettent de nous attaquer tout de suite — à supposer qu'ils en aient l'intention. Et même dans ce cas, rien ne les empêche d'attendre tranquillement que nous reprenions la route pour passer à l'action.

— Exact.

— Or nous voyageons avec de nobles dames écervelées — pardon, Majesté — et les nobles dames ont parfois des raisons d'agir que la raison ne connaît pas.

— Vous n'allez pas vous rendre très populaire dans la région, messire Tynian, fit Ehlana entre ses dents.

— Votre Majesté m'en voit consterné, mais ne pourrait-elle décider, sur un coup de tête, qu'elle en a assez de voyager, a été conquise par cet endroit et souhaite y passer la journée ?

— Ce n'est pas bête, Émouchet, approuva Kalten. Tout en mangeant, nous pourrions améliorer discrètement le système de défense de cette butte. Puis, dans quelques heures, quand il sera évident que nous n'avons pas envie de repartir, nous dresserons le campement comme chaque soir, avec fortifications de campagne et tout le bastringue. Nous n'avons pas de rendez-vous, dans le fond, alors une demi-journée de plus ou de moins... La sécurité de la reine est beaucoup plus importante que de battre des records de vitesse, tu ne penses pas ?

— Tu sais ce que je vais te répondre, Kalten.

— J'étais sûr qu'on pouvait compter sur toi.

— C'est parfait, Émouchet-Chevalier, approuva Engessa. Laissez la nuit à mes éclaireurs, et non seulement nous saurons combien ils sont, mais encore comment ils s'appellent.

— Cassez une roue, suggéra Ulath.

— Pardon ? fit Oscagne, perplexe.

— Ça nous donnera une bonne raison de rester là, expliqua le Thalésien. Comment voulez-vous que nous repartions avec une roue cassée ?

— Vous savez réparer une roue, messire Ulath ?

— Non, mais nous pourrons toujours fabriquer une sorte de patin en attendant de trouver un forgeron.

— Voyons, sur un patin, la voiture va rebondir et nous serons monstrueusement secoués ! protesta le patriarche Emban, consterné.

— Ça, c'est probable, acquiesça Ulath.

— Je suis sûr, messire chevalier, que vous trouverez un autre prétexte de bivouaquer là. Vous imaginez comme ce serait pénible pour nous ?

— J'avoue n'y avoir pas beaucoup réfléchi, Votre Grâce, convint Ulath sans rire. Mais si vous voulez que je prenne votre place dans la voiture, c'est d'accord.

CHAPITRE XV

Une douzaine de guerrières atanas furent conviées à rejoindre la reine et ses compagnes au sommet de la colline, afin de parfaire la comédie du pique-nique en famille (encore qu'il fût difficile de persuader les Atanas que le fait de sourire un peu de temps en temps ne leur fendrait pas la figure, et que les Dieux n'avaient rien contre le rire). Bérit et un certain nombre des jeunes chevaliers distrayaient ces dames tout en écartant les pierres éparses dans la cuvette formée en haut de la butte et en les déposant autour. En moins d'une heure, ils entassèrent ainsi, mine de rien, suffisamment de pierres pour former un rempart rudimentaire.

Des feux de camps entourant le pied de la colline montaient des volutes de fumée bleutée qui planait entre les troncs blancs des bouleaux. L'armée étrangement disparate affectait de préparer le repas, et le tintement des ustensiles de cuisine, les cris et les rires faisaient un vacarme impressionnant. Les Atans d'Engessa empilèrent des bûches de dix pouces de diamètre et de dix pieds de longueur, mais tous les cuistots décrétèrent qu'ils préféraient les copeaux pour leurs feux. Il fallut donc tailler le bout des troncs en pointe, et de joli tas bien nets de pieux de dix pieds de long furent bientôt disposés à intervalles réguliers autour de la butte, prêts à servir soit de bois de chauffage, soit de palissades. Les chevaliers et les Péloïs attachèrent leurs chevaux non loin de là et se prélassèrent au pied de la colline pendant que les Atans se déployaient un peu plus loin, sous les arbres.

Émouchet observait les travaux, planté au sommet de la

colline. Un dais de toile avait été tendu au centre de la cuvette afin d'abriter ces dames. Stragen pinçait les cordes de son luth en chantant de sa belle voix grave.

— Comment ça se passe en bas ? demanda Talen en s'approchant d'Émouchet.

— Khalad devrait réussir à assurer notre sécurité sans que ça se voie trop, répondit Émouchet.

— Il est vraiment génial, tu ne trouves pas ? fit Talen avec fierté.

— Ton frère ? Oh oui. Votre père a fait du bon travail avec lui.

— J'aurais bien voulu grandir avec mes frères, fit Talen d'un petit ton nostalgique. Enfin... Des nouvelles d'Engessa ?

— Nos amis sont toujours là-bas.

— Ils vont attaquer, hein ?

— Probablement. On ne réunit pas sans raison un groupe aussi important d'hommes armés jusqu'aux dents. Et cette raison est généralement belliqueuse.

— J'aime bien ton plan, Émouchet, mais je crois qu'il a une faille.

— Ah bon ?

— Quand ils auront compris que nous sommes incrustés ici, ils pourraient bien profiter de la nuit pour nous sauter dessus. Et ce n'est pas la même chose que de se battre en plein jour, hein ?

— D'habitude, non, mais nous tricherons. Il y a des sorts qui permettent de faire la lumière sur bien des choses quand il le faut, expliqua Émouchet en réponse au regard interrogateur du gamin.

— J'oublie toujours !

— Tu devrais commencer à t'y faire, Talen, fit Émouchet avec un petit sourire. Quand nous rentrerons chez nous, tu commenceras ton noviciat.

— Quand avons-nous décidé ça ?

— Tout de suite. Tu as l'âge voulu, et si tu continues à

pousser comme ça, tu seras bientôt assez grand.

— C'est difficile d'apprendre la magie ?

— Il faut faire attention. Le styrique est une langue compliquée. Un mot de travers, et il peut arriver toutes sortes de choses désagréables.

— Merci Émouchet. C'était tout ce qui me manquait : un nouveau sujet d'inquiétude.

— Nous en parlerons avec Séphrénia quand nous arriverons à Sarsos. Peut-être consentira-t-elle à se charger de ton éducation. Flûte t'aime bien ; elle te pardonnera si tu fais des bêtises.

— Qu'est-ce que Flûte vient faire là-dedans ?

— Si Séphrénia devient ton mentor, tu devras soumettre tes requêtes à Aphraël.

— Mes requêtes ?

— C'est ça, la magie, Talen. Ça consiste à demander à un Dieu de faire les choses pour soi.

— À le prier, en somme ?

— En quelque sorte.

— Emban sait-il que tu adresses des prières à une déesse styrique ?

— Très probablement. Seulement l'Église décide d'ignorer le fait, pour des raisons pratiques.

— C'est de l'hypocrisie.

— A ta place, j'éviterais de dire ça à Emban.

— Tirons les choses au clair tout de suite : si je dois devenir un chevalier de l'Église, je devrai adorer Flûte ?

— Lui adresser des prières, Talen. Je n'ai pas dit adorer.

— Prier, adorer, quelle différence ?

— Séphrénia t'expliquera tout ça.

— Tu as dit qu'elle était à Sarsos ?

— Je n'ai pas dit ça, fit Émouchet en maudissant sa grande gueule.

— Si, tu l'as dit.

— Bon. Alors garde ça pour toi.

— C'est pour ça que nous sommes venus par voie

terrestre, pas vrai ?

— C'est l'une des raisons, en effet. Bon, tu n'as rien à faire, là ? Alors trouve-toi une occupation, sinon je vais t'en inventer une, moi, fit Émouchet en le foudroyant du regard.

— Ça va, ça va, ne te fâche pas. Je vais jouer avec Danaé et son chat.

Émouchet le regarda rejoindre les joyeux fêtards, sous la tente. Il avait intérêt à faire attention à ce qu'il disait devant ce gamin. Il était d'une intelligence redoutable, et un mot de trop pouvait dévoiler des choses qu'il était censé garder pour lui. La discussion avait tout de même eu un effet positif. Émouchet s'approcha du groupe réuni au sommet de la colline et prit Bérit à part.

— Va dire aux chevaliers que, si l'ennemi décide d'attendre le coucher du soleil pour attaquer, je ferai en sorte que nous ne nous battions pas dans le noir. Qu'ils ne s'en occupent pas, surtout ; ce serait le meilleur moyen de tout faire rater. Je vais prévenir Kring et Engessa. Je ne tiens pas à ce que les Atans et les Péloïs succombent à la panique si le ciel s'éclaire tout à coup en pleine nuit.

— C'est ce que tu comptes faire ? demanda Bérit.

— La situation s'y prêterait. Une grosse lumière est plus facile à contrôler que plusieurs petites, et c'est beaucoup plus troublant pour l'ennemi.

Bérit se fendit d'un grand sourire.

— Je dois dire que si le soleil se relevait au beau milieu de la nuit, alors que je suis en train de ramper dans les bois, ça me ferait un choc.

— On a évité des tas de batailles rien qu'en rallumant la lumière en pleine nuit, Bérit. Et il vaut parfois mieux éviter une bataille que la gagner.

— Je m'en souviendrai, Émouchet.

L'après-midi s'éternisa et le groupe, sur la colline, commença à éprouver une certaine tension. Les sujets de rigolade n'étaient pas illimités, non plus que les bonnes blagues. Les guerriers qui entouraient le pied de la colline fourbissaient leurs armes ou faisaient semblant de dormir.

Émouchet rencontra les autres vers le milieu de l'après-midi près de la route.

— S'ils n'ont pas encore compris que nous allions passer la nuit ici, c'est qu'ils sont vraiment bornés, commenta Kalten.

— Je peux te donner un conseil, Émouchet ? proposa Tynian.

— Pourquoi me demandes-tu toujours ça ?

— Question d'éducation, je suppose. On m'a appris à être aimable et respectueux avec mes aînés. Le meilleur des sorts ne nous donnera jamais la même lumière que celle que nous aurons avant le coucher du soleil. Nous savons qu'ils sont là-bas, nous avons l'avantage de la position et nous sommes bien reposés. Pourquoi ne tenterions-nous pas de les amener à attaquer maintenant, en plein jour ?

— Comment peut-on décider quelqu'un à attaquer s'il n'en a pas envie ? demanda le patriarche Emban.

— En prenant ostensiblement certaines dispositions, Votre Grâce, répondit Tynian. Nous pourrions ériger la palissade autour du pied de la colline et commencer à creuser les tranchées, par exemple.

— Et couper les arbres, ajouta Ulath. Pour dégager de larges avenues dans les bois et y empiler les troncs d'arbres de façon à retarder l'avance des assaillants qui tenteraient de traverser la forêt. S'ils veulent donner l'assaut, qu'ils le fassent en terrain découvert.

Ça alla étonnamment vite. Les pieux destinés à l'érection de la palissade furent plantés en un rien de temps. Des centaines de bouleaux tombèrent en un tournemain sous la hache des guerriers et furent aussitôt traînés dans la forêt environnante afin de former d'énormes tas désordonnés, impossibles à franchir même pour des hommes à pied.

Émouchet et ses compagnons remontèrent en haut de la colline pour surveiller les préparatifs.

— Je me demande ce qu'ils attendent. Que nous soyons fin prêts, peut-être ? demanda Emban d'une voix tendue.

— Une attaque ne s'organise pas comme ça, en claquant des doigts, Votre Grâce, expliqua Bévier. Il faut le temps que les éclaireurs reviennent au camp, raconter aux généraux ce qui se passe. Ensuite, les généraux doivent se faufiler dans les bois pour jeter un coup d'œil par eux-mêmes, puis ils vont se réunir et palabrer afin d'arrêter une stratégie. Ils avaient prévu de nous tendre une embuscade ; ils ne sont pas prêts à attaquer une position fortifiée. Nous les avons obligés à revoir leurs plans, et ça peut durer longtemps.

— Très longtemps ?

— Tout dépend de la personnalité du chef. S'il avait vraiment décidé de nous tendre un guet-apens, ça peut lui prendre une semaine.

— Alors il sera mort avant, Bévier-Chevalier, dit Engessa d'un ton sinistre. Quand nous avons vu les guerriers dans les bois j'ai envoyé une douzaine de mes hommes à Sarsos. Si l'ennemi met plus de deux jours à se décider, il se retrouvera avec cinq mille Atans sur les bras.

— Bien joué, Engessa-Atan, approuva Tynian. Ça me donne une idée, Émouchet. En attendant que notre ami, là-bas, arrête une ligne de conduite, nous pourrions renforcer nos défenses autour de cette colline : des tranchées, des pieux aiguisés, la panoplie habituelle. Chaque amélioration que nous apporterons l'obligera à cogiter un peu plus, ce qui nous donnera le temps de perfectionner encore nos fortifications, et le forcera à réfléchir encore davantage. Si nous pouvons l'amener à gamberger pendant deux jours, les Atans de Sarsos le prendront à revers et l'écraseront sans qu'il ait eu le temps de nous faire une égratignure.

— Bien vu, commenta Émouchet. Allons-y.

— Moi qui croyais que la vie militaire consistait simplement à cogner sur des gens avec des haches et des épées, avoua Emban.

— Ça se passe souvent comme ça, Votre Grâce, fit Ulath avec un sourire. Mais rien n'interdit d'essayer de se montrer plus malin que l'ennemi. Des machines ? demanda-t-il en regardant Bévier.

Bévier accusa le coup. Cet Ulath avait le chic pour le désarçonner avec ses questions sibyllines.

— Puisque nous avons un peu de temps devant nous, nous pourrions ériger des catapultes au sommet de la colline, développa patiemment le Génidien. C'est toujours embêtant d'attaquer sous un déluge de pierres. Je ne sais pas pourquoi, un type qui prend un caillou de cinquante livres sur le crâne a du mal à se concentrer, après. Si nous devons soutenir un siège, autant le faire comme il faut. Mais dites-vous bien que je n'ai jamais aimé ça et que ce n'est pas près de changer, ajouta-t-il en les défiant du regard.

Les guerriers se mirent au travail tandis que les dames et les jeunes gens désignés pour les distraire reprenaient leurs facéties. Leur hilarité était un peu forcée, maintenant.

Émouchet et Kalten renforcèrent les parapets en haut de la butte. Sa femme et sa fille allaient se trouver à l'intérieur de ces fortifications, et leur robustesse revêtait un intérêt tout particulier pour le chevalier pandion.

Sous le pavillon, les rires étaient de plus en plus contraints. Stragen comblait les silences en jouant des airs du temps jadis sur son luth.

— Il va s'user les doigts, grommela Kalten en déplaçant un autre rocher (le millième, sans doute).

— Il aime se donner en spectacle, répondit Émouchet en haussant les épaules. Tant qu'il aura un public, il faudrait que les os lui sortent de la peau pour qu'il s'arrête.

Stragen se mit à chanter. Émouchet n'avait vraiment pas l'oreille musicale, mais il lui sembla que le voleur Thalésien avait un bel organe.

Puis la baronne Mélidéré joignit sa voix à la sienne. Ses inflexions de contralto s'harmonisaient à la perfection avec le baryton de Stragen. Ils formaient un duo merveilleusement équilibré, harmonieux et vibrant. Émouchet sourit intérieurement. La baronne poursuivait sa campagne personnelle. Depuis qu'Aphraël lui avait ouvert les yeux, il avait surpris une douzaine de petits artifices mis au point par la blonde créature pour attirer sa proie dans ses rets. Pour un peu, il aurait plaint Stragen, puis il se dit que ça ne lui ferait pas de mal, au fond. Des applaudissements saluèrent la fin du chant. Émouchet jeta un coup d'œil vers le pavillon et vit Mélidéré poser négligemment la main sur le poignet de Stragen et l'y laisser un instant de trop. Lillias lui avait jadis expliqué le pouvoir de ces attouchements en apparence anodins, et Lillias était la plus grande séductrice du monde, la moitié des hommes de Djiroch en auraient juré.

Stragen amorça un autre air traditionnel et une nouvelle voix se leva, pure, aérienne, douce et aussi claire que le cristal. Kalten se lâcha sur le pied la pierre qu'il soulevait, mais il ne s'en aperçut même pas. C'était une voix d'ange, qui prenait son essor avec une aisance dérisoire, survolant les notes qui auraient arrêté une soprano avec la fraîcheur, la spontanéité d'un chant d'oiseau.

C'était Aleanne, la camériste d'Ehlana. La fille aux yeux de biche, si discrète et réservée, était debout au milieu du pavillon, et elle chantait, le visage illuminé par une lumière intérieure.

Émouchet entendit Kalten renifler, et vit, avec stupeur, de grosses larmes rouler sur ses joues. Le blond Pandion pleurait comme un veau.

Sa récente conversation avec la Déesse-Enfant avait peut-être éveillé l'intuition d'Émouchet. En tout cas, il sut à cet instant que deux campagnes étaient en cours. L'offensive menée par la baronne Mélidéré n'était que la plus ostensible.

Il dissimula son sourire derrière sa main.

— Seigneur, que cette fille a une belle voix ! fit Kalten, subjugué, puis il se plia en deux. Aïe ! Ouille ! s'exclama-t-il en massant le pied sur lequel il s'était lâché la pierre, cinq minutes plus tôt.

Les préparatifs se poursuivirent jusqu'au coucher du soleil, puis les armées combinées se retirèrent derrière la palissade. Bévier et ses chevaliers achevèrent la construction de leurs catapultes et projetèrent des pierres dans la forêt, comme pour s'amuser.

— Que visent-ils, Émouchet ? demanda Ehlana après le souper.

— Les arbres, répondit-il en haussant les épaules.

— Ils ne nous ont rien fait.

— Non, mais il y a probablement des gens cachés derrière. En réalité, ma chérie, les hommes de Bévier testent la portée de leurs engins. On ne sait jamais, nos amis inconnus pourraient profiter des jolies avenues que nous avons ouvertes dans la forêt pour donner l'assaut.

— Le métier de soldat est injustement méconnu. Il ne consiste pas seulement à astiquer son épée, hein ?

— Nous sommes heureux que vous vous en rendiez compte, ma reine.

— Bien. Si nous allions nous coucher, alors ?

— Désolé, Ehlana, mais je ne dormirai pas cette nuit. Si notre ami, ici présent, passe à l'offensive, je veux pouvoir réagir vite. Où est Danaé ?

— Là-bas, avec Talen. Ils regardent Bévier lancer des pierres sur les arbres.

— Je vais la chercher. Je préférerais que tu la gardes près de toi cette nuit.

Il s'approcha de l'endroit où Bévier dirigeait les manœuvres de ses artificiers.

— C'est l'heure d'aller au lit, annonça-t-il à la fillette en la prenant dans ses bras. Euh… tu es très formaliste, question dévotions ? reprit-il alors qu'ils étaient à mi-chemin de la tente.

— Je n'ai rien contre les génuflexions, répondit-elle, mais je peux m'en passer. En cas d'urgence.

— Parfait. Si l'ennemi attaque cette nuit, nous aimerions avoir un peu de lumière pour le voir.

— Beaucoup de lumière ?

— Disons… comme en plein midi, par exemple.

— Impossible, Émouchet. Tu te rends compte des ennuis que je m'attirerais si j'obligeais le soleil à se lever avant l'heure ?

— Je me suis mal exprimé. Je voudrais juste assez de lumière pour que des gens ne puissent pas se jeter sur nous en profitant de l'obscurité. Ça exigerait un enchantement interminable, horriblement compliqué, et je risque d'être un peu à court de temps, alors je me demandais… Tu serais terriblement offensée si je te demandais de faire un peu de lumière ? Je te fais confiance pour les détails.

— C'est complètement irrégulier, Émouchet, fit-elle d'un petit ton pincé.

— Juste pour cette fois ?

— Oh, bon… Mais n'en fais pas une habitude. J'ai une réputation à maintenir, tu sais.

— Je t'adore ! répondit-il en riant.

— Si c'est comme ça, tout va bien. On peut enfreindre des tas de règles pour les gens qui nous aiment vraiment. Tu n'as qu'à demander la lumière, Émouchet. Je veillerai à ce que tu en aies autant que tu veux.

L'attaque survint peu avant minuit. Elle commença par une pluie de flèches presque aussitôt suivies par une offensive sur les piquets des Atans. Ces assauts se révélèrent une erreur tactique, pour dire les choses sobrement. Les Atans étaient les meilleurs fantassins du monde, et ils adoraient le combat au corps à corps.

Émouchet ne voyait pas nettement les assaillants du haut de la colline, mais il parvint à réfréner sa curiosité. Il était trop tôt pour donner l'ordre d'illuminer le champ de bataille.

Comme prévu, l'ennemi mit à profit ces premières tentatives pour tenter de franchir les tas d'arbres abattus conçus pour ralentir son avance dans les trouées qui partaient en étoile à partir de la colline. Il s'avéra que lorsque les Cyriniques de Bévier envoyaient des pierres dans la forêt, ce n'était pas par jeu mais pour régler leur tir. Des paniers pleins de pierres grosses comme le poing volèrent dans l'air et s'abattirent sur les hommes qui tentaient de démanteler les barricades ou d'élargir les passages étroits délibérément ménagés afin de permettre aux Péloïs d'aller s'amuser un peu. Une pierre de deux livres n'est pas une arme mortelle, mais elle fait des dégâts. Au bout d'une dizaine de minutes, les hommes qui étaient dans les bois battirent en retraite.

— Je dois avouer, Émouchet-Chevalier, dit gravement Engessa, que toutes ces précautions me paraissaient un peu ridicules. Les Atans ne se battent pas ainsi. Mais je conviens que cette approche présente certains avantages.

— Nous vivons dans des sociétés différentes, Engessa-Atan. Vous combattez dans des endroits sauvages où on ne rencontre que des ennemis isolés ou des petits groupes. Chez nous, la nature a été domestiquée, et nos ennemis se sont regroupés. Nous vivons dans des forts, et au cours des siècles, nous avons perfectionné les moyens permettant de les défendre.

— Quand la lumière viendra-t-elle ?

— Au moment où ce sera le plus embêtant pour notre ennemi, c'est-à-dire quand il aura engagé le gros de ses troupes. Il faut du temps pour faire passer des ordres à des hommes en action. Nous devrions arriver à en éliminer une bonne partie avant qu'il réussisse à battre en retraite.

— Et après, Émouchet-Chevalier ? Mes Atans n'ont pas pour habitude de faire de quartier.

— L'ennemi reculera pour réfléchir, sans doute en nous

envoyant des flèches. Puis il tentera probablement un nouvel assaut en empruntant l'une de ces avenues dégagées.

— Pourquoi une seule ? Pourquoi n'essaierait-il pas de nous attaquer de plusieurs côtés à la fois ?

— Parce qu'il ne sait pas encore de quoi nous sommes capables. Il faut d'abord qu'il s'en assure. Il le découvrira bien assez tôt, et cette information va lui coûter cher. Quand nous aurons tué la moitié de ses soldats, soit il prendra la fuite, soit il nous balancera dessus tout ce qu'il peut de toutes les directions à la fois.

— Et après ?

— Après, nous finirons le nettoyage et nous repartirons, répondit Émouchet avec un haussement d'épaules. Pourvu que tout marche comme prévu, bien sûr.

A deux cents pas de distance, de vagues silhouettes s'engagèrent au centre de l'une des trouées ouvertes par Ulath et attendirent que d'autres les rejoignent. Elles formaient maintenant une masse indistincte dans le noir.

— Je ne peux pas le croire ! s'exclama Kalten en regardant, bouche bée, la sombre multitude qui approchait.

— Il y a quelque chose qui ne va pas, messire Kalten ? demanda Emban d'une voix un peu trop aiguë, peut-être.

— Pas le moins du monde, Votre Grâce, répondit gaiement Kalten. C'est juste que nous avons affaire à un imbécile. Bévier ! appela-t-il en tournant légèrement la tête. Ils avancent sur nous par la route !

— Tu veux rire !

— Que des betteraves me poussent dans le ventre si je me trompe !

Bévier aboya un certain nombre d'ordres et ses chevaliers firent pivoter les catapultes pour les braquer sur l'avenue invisible menant à la route.

— Faites passer le message, Émouchet ! s'écria le jeune Cyrinique.

— C'est parti ! répondit Émouchet sur le même ton. Vous pourrez y aller dès que nous serons au pied de la butte. Nous vous laisserons le temps de les pilonner un moment avant de charger. Nous vous serions reconnaissants de cesser le bombardement dès cet instant.

Bévier le regarda avec un grand sourire.

— Veillez sur ma femme pendant mon absence.

— Naturellement.

Émouchet et ses compagnons commencèrent à descendre la colline.

— Je vais diviser mes hommes en deux groupes, ami Émouchet, annonça Kring. Nous allons contourner l'ennemi par la gauche et par la droite, regagner la route un quart de lieue derrière eux de chaque côté et attendre le signal.

— J'espère que Kring-Domi nous en laissera, fit Engessa. Mes Atans sont grognons quand on les prive de leur part du gâteau.

Ils arrivaient au pied de la colline quand les catapultes entrèrent en action, projetant d'énormes blocs de pierre vers la route. Les bruits qui se faisaient entendre d'un peu partout indiquaient que les chevaliers cyriniques avaient trouvé la bonne distance.

— Bonne chance, Émouchet, fit Kring d'une voix étouffée avant de disparaître dans les ténèbres.

— Prenez garde à ces souches, messieurs, dit Khalad. Elles sont dangereuses dans le noir.

— Il ne fera plus noir quand nous chargerons, Khalad, murmura Émouchet. J'ai pris mes dispositions.

Engessa se glissa sans bruit par une ouverture de la palissade et rejoignit ses guerriers dans la forêt.

— C'est mon imagination, ou vous avez aussi l'impression que nous avons affaire à des débutants ? demanda Tynian. On dirait qu'ils n'ont aucune idée des techniques de guerre moderne ou des derniers progrès de la technologie.

— Le mot que tu cherches est stupide, Tynian, fit Kalten

avec un petit rire.

— Je n'en suis pas sûr, répondit Tynian. Il faisait trop noir pour que j'y voie grand-chose de là-haut, mais j'ai eu l'impression qu'ils formaient la phalange. Il y a plus de mille ans que personne n'a fait ça dans l'Ouest.

— Ce n'est pas très efficace contre des cavaliers, nota Kalten.

— Tout dépend de la longueur des lances et de la taille des boucliers superposés. Ça pourrait être très embêtant.

— Bérit, appela Émouchet. Remonte là-haut et dis à Bévier de faire un peu pivoter ses catapultes. Je voudrais qu'il démantèle la formation ennemie.

— D'accord.

Le jeune chevalier fit demi-tour et remonta à tâtons.

— S'ils forment la phalange, continua Tynian, ça veut dire qu'ils n'ont jamais eu affaire à des cavaliers, et qu'ils se battent d'habitude en terrain dégagé.

Les catapultes de Bévier commençaient à projeter des blocs de pierre sur la masse indistincte, au bout de l'avenue dégagée.

— Allons-y, décida Émouchet. Voyons à quoi nous avons affaire.

Il grimpa sur le dos de Faran et mena les chevaliers hors de la palissade. Puis il inspira profondément. *Nous aurions besoin d'un peu de lumière, maintenant, ô Divine !* projeta-t-il mentalement, sans se donner la peine de traduire sa pensée en styrique.

Ça ne se fait vraiment pas, Émouchet, fit la voix d'Aphraël à ses oreilles. *Tu sais que je ne suis pas censée répondre aux prières formulées en élène.*

Tu connais les deux langues. Quelle différence cela peut-il faire ?

C'est une question de style, Émouchet.

Je ferai un effort la prochaine fois.

J'apprécierais vraiment. Que dis-tu de ça ?

Une lueur mauve, palpitante, apparut sur l'horizon, au nord. Puis de longs tentacules de lumière multicolore s'en élevèrent, se déployèrent tels des voiles diaphanes, ondoyants, et formèrent un immense dais opalescent sous la voûte noire du ciel.

— Qu'est-ce que c'est que ça ? s'exclama Khalad.

— Une aurore boréale, grommela Ulath. Je n'en avais jamais vu sous ces latitudes, ni de si lumineuse. Émouchet, je suis très impressionné.

Le rideau de lumière chatoyante, fluctuante, monta dans le ciel, effaçant les étoiles et emplissant la nuit de toutes les teintes de l'arc-en-ciel.

Un formidable gémissement de consternation et de terreur mêlées monta de l'armée massée près de la route. Émouchet scruta intensément l'avenue jonchée de souches d'arbres. Les soldats qui se dressaient devant eux portaient des armures antiques — des pectoraux, des casques garnies de crin de cheval, de lourds boucliers ronds. Ils étaient armés de courtes épées et de lances de douze pieds. Les catapultes de Bévier avaient ouvert des brèches dans les premiers rangs formés par les hommes abrités sous leurs boucliers superposés, et le déluge de pierres poursuivait ses ravages parmi les hommes si étroitement serrés les uns contre les autres qu'ils ne pouvaient fuir.

Émouchet les regarda un moment comme s'il voulait graver ce sinistre spectacle sans sa mémoire.

— C'est bon, Ulath, dit-il enfin. Chante-leur la chanson de l'Ogre.

Ulath eut un grand sourire, porta sa corne d'Ogre à ses lèvres et en tira une note plus vibrante qu'une cloche d'airain.

Les troupes ennemies, d'abord sérieusement ébranlées par les catapultes puis terrorisées par cette soudaine clarté tombée du ciel, n'étaient pas préparées à affronter la terrible charge des chevaliers en armure et de leurs énormes chevaux. Il y eut un vacarme assourdissant, et les premiers rangs des fantassins roulèrent comme des quilles sous les sabots des chevaux de bataille. Les chevaliers lâchèrent alors leur lance et se forcèrent un passage dans la masse humaine à coups d'épée ou de hache.

— Ulath ! hurla Émouchet. Aux Péloïs, maintenant !

Messire Ulath souffla deux fois dans sa corne d'ogre.

Les Péloïs donnèrent l'assaut en poussant d'étranges cris de guerre stridents, modulés. Émouchet jeta un rapide coup d'œil en direction de la route. Les guerriers que les Péloïs de Kring affrontaient n'étaient pas les mêmes que ceux qui se dressaient devant les chevaliers. Émouchet menait une charge contre des fantassins portant des pectoraux et des casques garnis de crin de cheval. Kring avait affaire à des cavaliers vêtus de robes flottantes, coiffés de turbans et armés de cimeterres. L'armée assaillante était manifestement composée de deux forces distinctes. Mais l'heure n'était pas aux spéculations.

Émouchet fit décrire à son épée d'amples mouvements de va-et-vient, tranchant aveuglément dans la marée de casques à crête qui se refermait autour de lui. Il poursuivit son manège pendant plusieurs minutes puis les bruits montant de la route indiquèrent que les Péloïs étaient entrés en action.

— Ulath ! rugit-il. Fais donner les Atans !

Les échos d'un combat sans merci retentirent entre les arbres. Les soldats ennemis qui avaient cru trouver un refuge dans les bois devaient être cruellement déçus. Les Atans d'Engessa, silencieux et mortels, s'étaient avancés dans l'étrange lumière pulsatile qui tombait du ciel, et les massacraient impitoyablement.

— Émouchet ! hurla Kalten. Regarde ! Je pensais que cette saleté était morte !

Émouchet tourna la tête et son sang se glaça dans ses veines.

Une sorte de halo verdâtre entourait une silhouette vêtue d'une cape noire, montée sur un cheval décharné, et qui semblait émettre des ondes de haine implacable. Émouchet le regarda un peu plus attentivement et poussa un soupir de soulagement.

— Ce n'est pas le Fureteur, conclut-il. Il a des mains humaines. Cela dit, c'est probablement notre ennemi.

Puis un autre homme en noir apparut un peu plus loin entre les arbres. Celui-ci portait une tenue presque théâtrale. Il arborait un chapeau noir à larges bords et il avait sur la tête une cagoule percée de trous informes au niveau des yeux.

— C'est une blague ? demanda Tynian. C'est bien ce que je crois ?

— Le chef doit être celui à la robe noire, répondit Ulath. Ce Sabre ne serait même pas capable de garder un troupeau de chèvres.

— Savoure ta victoire, Anakha, si vide de sens qu'elle soit ! fit la silhouette d'une étrange voix métallique. Je me contentais de t'éprouver pour mesurer ta force… et ta faiblesse. Tu peux reprendre ta route, à présent. J'ai appris ce que je voulais savoir. Je ne te troublerai plus… pour l'instant. Mais ne t'y trompe pas, ô Homme Sans Destinée. Nous nous reverrons. Et ce jour-là, je te soumettrai à de nouvelles épreuves, plus significatives.

Puis Sabre et son compagnon encapuchonné de noir vacillèrent et se dissipèrent.

Les plaintes et les gémissements des blessés qui les entouraient cessèrent soudain. Émouchet regarda rapidement autour de lui. Les hommes aux armures étranges qu'ils avaient combattus s'étaient évanouis. Seuls restaient les morts. Sur la route, les Péloïs de Kring retenaient leurs chevaux, sidérés. Leurs adversaires avaient disparu, eux aussi, et des cris de stupeur retentissaient plus loin, entre les arbres, comme si la même mésaventure était arrivée aux Atans.

— Que se passe-t-il ? s'exclama Kalten.

— Je n'en sais trop rien, répondit Émouchet, mais ce dont je suis sûr, c'est que ça ne me plaît pas du tout.

Il descendit vivement de cheval et retourna un des cadavres du bout de sa botte. Le corps n'était plus qu'une sorte de chrysalide jaunie, desséchée, ratatinée comme le corps d'un homme mort depuis plusieurs siècles sinon davantage.

— Nous avons déjà vu cela une fois, Votre Grâce, expliquait Tynian au patriarche Emban. La dernière fois, il s'agissait d'anciens Lamorks. Cette fois, je ne sais pas de quelle époque ils viennent.

L'aube approchait, et ils étaient à nouveau réunis au sommet de l'amas de pierres. Ils regardaient les deux corps momifiés que les Atans avaient remontés en haut de la colline.

— Celui-là doit être un Cynesgan, fit l'ambassadeur tamoul en indiquant l'un des cadavres.

— On dirait un Rendor, non ? observa Talen

— Un peu, admit Oscagne. Cynesga est un désert, comme le Rendor, et les vêtements adaptés à ce genre de climat se ressemblent toujours plus ou moins.

Le macchabée en question portait une robe ample, d'un tissu qui avait dû être léger, et avait la tête enroulée dans une longue bande de tissu qui retombait sur sa nuque pour l'abriter du soleil.

— Ils ne valent rien au combat, commenta Kring. Ils se sont effondrés dès que nous avons donné l'assaut.

— Et les autres, ceux en armure ? demanda Tynian. Eux, ils savaient se battre.

— Celui-là, c'est un pur produit de l'imagination, déclara l'ambassadeur, les yeux dans le vague.

— Ça, Votre Excellence, j'en doute, objecta Bévier. Les hommes que nous avons rencontrés en Éosie avaient été ramenés du passé. Ils étaient assez exotiques, je vous l'accorde, mais ils avaient bel et bien vécu à un moment donné de l'histoire. Ce gaillard n'est pas une invention, et cette tenue est l'uniforme qu'il portait dans le temps.

— Selon la légende, reprit Oscagne d'un ton rêveur, il y aurait eu, il y a très, très longtemps, en Cynesga, des gens qui dévoraient la population. On les appelait les Cyrgaïs. Les Cynesgans d'aujourd'hui seraient leurs descendants abâtardis.

— On dirait qu'ils viennent de deux parties différentes du monde, nota Kalten.

— Cyrga, la ville des Cyrgaïs, se trouvait, dit-on, au bord d'un grand lac alimenté par une source, sur les hauts plateaux de la Cynesga centrale, bien au-dessus du niveau du désert. Le climat était très bon. Les Cyrgaïs n'avaient pas besoin de se protéger du soleil comme leurs rejetons dégénérés seraient obligés de le faire plus tard. J'imagine que les différentes strates de la société étaient soumises à des considérations de statut, comme partout ailleurs, et que les Cyrgaïs veillaient à empêcher leurs inférieurs de porter le costume traditionnel.

— Ils vivaient donc à la même époque ? avança Tynian.

— La légende est un peu vague à ce sujet, messire Tynian. Il est évident qu'ils ont cohabité à une certaine époque. Sans doute sous la domination des Cyrgaïs. Mais que dis-je là ? Ce n'était qu'un mythe, rectifia-t-il précipitamment.

— Pour un mythe, je le trouve rudement tangible, rétorqua Emban en enfonçant le bout du pied dans l'un des Cyrgaïs momifiés. Ces gaillards avaient dû se tailler une sacrée réputation, je suppose.

— Pour ça oui, soupira Oscagne. Ils avaient des mœurs répugnantes, une culture fondée sur le militarisme et la violence. Ils vivaient à l'écart des autres peuples afin d'éviter d'être contaminés, comme ils disaient. Ils étaient obsédés par la pureté de la race, et radicalement opposés à toute idée nouvelle.

— C'est une obsession vouée à l'échec, nota Tynian. Tout échange entraîne la confrontation à des idées nouvelles.

— Ils avaient bien compris ça, sire chevalier. D'après la

légende, toujours, le commerce était interdit. Ils étaient censés être complètement autosuffisants. Ça allait très loin : la détention d'or et d'argent était un crime.

— C'est fou ! s'exclama Stragen. Ils n'avaient aucune monnaie ?

— Des barres de fer. Assez lourdes, sans doute, pour décourager les échanges. Ils ne vivaient que pour la guerre. Tous les hommes étaient dans l'armée et les femmes passaient leur temps à mettre bas. Quand ils étaient trop vieux pour se battre ou pour mettre des enfants au monde, ils devaient mettre fin à leurs jours. D'après la légende, toujours, c'étaient les meilleurs soldats que le monde ait jamais connu.

— La légende embellit toujours la réalité, Oscagne, fit Engessa. J'en ai tué cinq de mes propres mains. Au lieu de faire de la gonflette et de décrire des moulinets avec leurs armes, ces matamores auraient été mieux inspirés de prendre garde à ce qui leur arrivait.

— Ça ne rigolait pas, en ce temps-là, Engessa Atan, murmura Oscagne.

— Qui était le type en robe noire ? demanda Kalten. Celui qui semblait vouloir se faire passer pour un nouveau Fureteur ?

— Je dirais qu'il joue un rôle similaire à celui de Gerrich au Lamorkand et de Sabre dans l'ouest de l'Astel, avança Émouchet. J'ai été un peu surpris de voir Sabre par ici, ajouta-t-il prudemment, car ils avaient tous les deux juré, Emban et lui, le secret sur la véritable identité de Sabre.

— Courtoisie professionnelle, sans aucun doute, murmura Stragen. Son apparition confirme plus ou moins ce que nous soupçonnions, à savoir que tous ces troubles sont liés. Il y a quelqu'un derrière tout ça — quelqu'un dont l'identité nous est encore inconnue. Il faudrait que nous réussissions à mettre le grappin sur un de ses sous-fifres et que nous le fassions parler. Bon, et maintenant ? demanda-t-il en regardant autour de lui.

— Combien de temps avez-vous dit qu'il faudrait à vos Atans pour nous rejoindre, Engessa ? demanda Émouchet.

— Ils devraient arriver après-demain, Émouchet-Chevalier. Enfin, demain, rectifia-t-il après un coup d'œil vers l'horizon. Le jour se lève déjà.

— Eh bien, nous allons les attendre en nous occupant de nos blessés, décida Émouchet. Dans des moments pareils, on aime bien être entouré de visages amicaux.

— Une question, Émouchet-Chevalier, reprit Engessa. Qui est Anakha ?

— C'est Émouchet, répondit Ulath. C'est comme ça que les Styriques l'appellent. Ça veut dire : «Sans destinée».

— Tous les hommes ont une destinée, Ulath-Chevalier.

— Tous sauf Émouchet, à ce qu'il paraît. Et vous ne pouvez pas savoir ce que ça énerve les Dieux.

La garnison de Sarsos arriva le lendemain vers midi, comme l'avait prévu Engessa, et l'escorte de la reine d'Élénie repartit vers l'est. Deux jours plus tard, en franchissant une colline, l'armée — car c'en était une, à présent — contempla la cité de marbre qui s'étendait dans une immense prairie verte, à la lisière d'une forêt noire barrant l'horizon.

Émouchet, qui sentait une présence familière depuis le début de la matinée, devança impatiemment la colonne.

Séphrénia l'attendait au bord de la route, sur sa blanche haquenée. C'était une belle petite femme aux cheveux noirs, à la peau blanche comme du lait et au regard bleu intense. Sa robe blanche était d'un tissu plus fin que celles qu'elle portait jadis en Éosie.

— Bonjour, petite mère, dit-il comme s'ils s'étaient quittés la semaine passée. J'espère que tu vas bien.

Il enleva son heaume et la regarda en souriant.

— Ça va à peu près, Émouchet, répondit-elle de sa belle voix grave, au phrasé si particulier.

— Me permets-tu de te saluer ? demanda-t-il ainsi que le

voulait la coutume pandion lorsque la séparation avait été prolongée.

— Bien sûr, mon cher petit.

Émouchet mit pied à terre et lui embrassa la paume des mains, à la mode styrique.

— Et toi, petite mère, me béniras-tu ? demanda-t-il.

Elle lui prit affectueusement la tête entre ses mains et prononça la bénédiction styrique rituelle.

— Aide-moi à descendre, Émouchet, ordonna-t-elle ensuite.

Il prit sa taille presque enfantine entre ses mains et la souleva. Elle ne pesait pas plus lourd qu'une plume. Mais avant qu'il ait eu le temps de la reposer à terre, elle fit une chose inattendue : elle passa ses bras autour de son cou et posa ses lèvres sur les siennes.

— Tu m'as manqué, mon cher petit, dit-elle dans un souffle. Tu ne peux pas savoir comme tu m'as manqué.

TROISIÈME PARTIE

ATAN

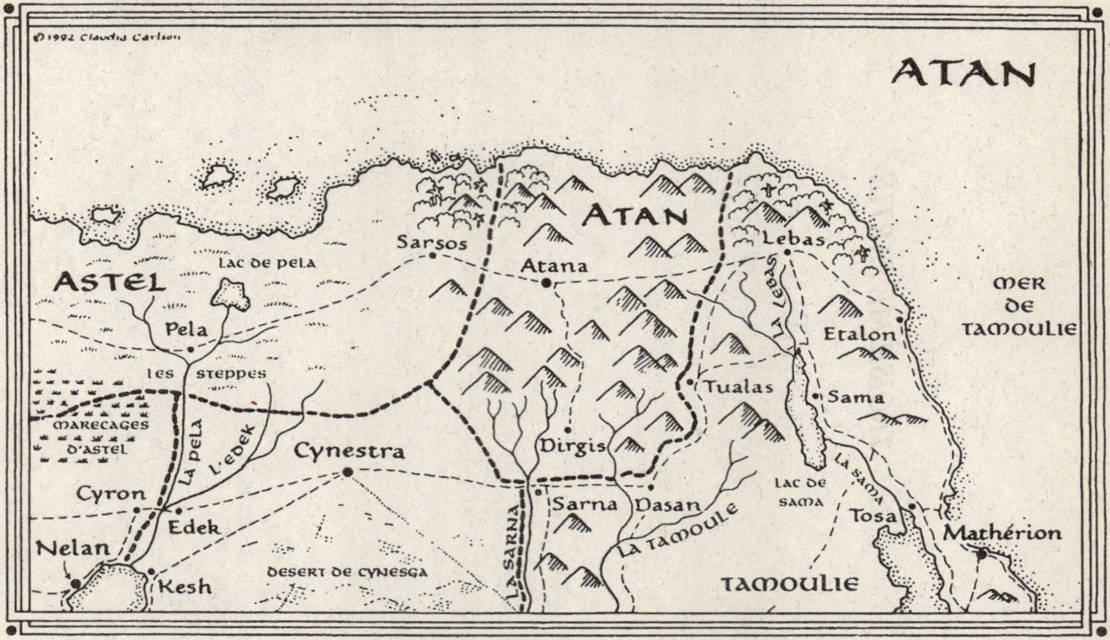
©1992 Claudia Carlson
ATAN
ATAN
ASTEL
Lac de Pela
Pela
les steppes
Marecages d'Astel
La Pela
L'Edek
Cyron
Edek
Nelan
Kesh
Cynestra
Desert de Cynesga
Sarsos
Atana
Dirgis
La Sarna
Sarna
Dasan
La Tamoule
Tualas
Lebas
La Lebas
Etalon
Sama
Lac de Sama
La Sama
Tosa
Mathérion
Tamoulie
Mer de Tamoulie

CHAPITRE XVI

Lorsque la voiture arriva au niveau d'Émouchet et de Séphrénia, Ehlana, qui parlait avec animation avec Oscagne et Emban, s'interrompit tout à coup et ouvrit de grands yeux.

— Séphrénia ! s'écria-t-elle. C'est elle ! C'est Séphrénia !

Et la reine d'Élénie dégringola de la voiture, faisant fi de toute dignité.

— Cramponne-toi, murmura Émouchet avec un gentil sourire.

Ehlana courut vers eux, se pendit au cou de Séphrénia et l'embrassa en pleurant de joie.

La reine ne fut pas seule à verser des pleurs cet après-midi-là. La plupart des chevaliers de l'Église, qui en avaient pourtant vu d'autres, avaient les larmes aux yeux. Kalten fit encore mieux : au moment de s'agenouiller devant Séphrénia pour recevoir sa bénédiction, il éclata en sanglots.

— La femme styrique aurait-elle une importance particulière, Émouchet-Chevalier ? demanda Engessa, déconcerté.

— Très particulière, Engessa-Atan, répondit Émouchet en regardant ses amis entourer la petite femme. Elle est extrêmement chère à notre cœur. Si elle nous le demandait, nous retournerions chaque pierre de ce monde.

— C'est une autorité énorme, Émouchet-Chevalier, commenta Engessa d'un ton approbateur, car il respectait profondément l'autorité.

— Certes, acquiesça Émouchet. Et ce n'est pas son seul

don. Elle est sage et belle, et je suis à peu près persuadé qu'elle pourrait arrêter les marées si elle le voulait vraiment.

— Elle est tout de même très petite, commenta Engessa.

— Pas vraiment. À nos yeux, elle fait au moins cent pieds de haut. Peut-être même deux cents.

— Les Styriques sont de drôles de gens dotés d'étranges pouvoirs, mais j'ignorais qu'ils avaient celui de changer de taille, releva Engessa qui était un matérialiste et rigoureusement imperméable à l'hyperbole. Deux cents pieds, hein ?

— Sinon plus, Atan.

Émouchet observa Séphrénia tandis que ses amis se pressaient affectueusement autour d'elle. Elle avait changé. D'abord, elle semblait plus spontanée. Aucun Styrique ne pourrait jamais complètement baisser sa garde parmi des Élènes. Des milliers d'années de préjugés et d'oppression leur avaient appris la méfiance, même vis-à-vis des Élènes qu'ils aimaient le plus. La bulle protectrice de Séphrénia, une armure invisible qu'elle portait depuis si longtemps qu'elle n'en avait probablement même plus conscience, avait disparu. Les portes étaient grandes ouvertes.

Mais il y avait autre chose. Son visage, naguère lumineux, était radieux. Cette espèce de nostalgie, de mélancolie qui semblait toujours voiler son regard avait disparu. Pour la première fois depuis qu'Émouchet la connaissait, Séphrénia avait l'air parfaitement heureuse.

— Ça va durer longtemps, Émouchet-Chevalier ? demanda poliment Engessa. Sarsos est tout près, mais…

Il n'acheva pas sa phrase. Le sens en était assez clair.

— Je vais leur parler, Atan. Il se pourrait que j'arrive à les convaincre de remettre ça à plus tard.

Émouchet s'approcha du groupe en effervescence massé auprès de la voiture.

— Engessa-Atan a eu une idée de génie, annonça-t-il. Comme bien des idées géniales, elle est assez révolutionnaire, évidemment : il suggère que nous fassions ça à

Sarsos. Qui est tout près, comme vous pouvez le constater.

— Je vois qu'il n'a pas changé, nota Séphrénia. Il se croit toujours obligé de nous imposer ces pitoyables tentatives d'humour.

— La question que je posais en réalité, mesdames, est celle-ci : voulez-vous que nous entrions en ville, ou préférez-vous que nous dressions les tentes pour la nuit ?

— Rabat-joie, fit Ehlana d'un ton accusateur.

— Il vaudrait mieux que nous y allions, répondit Séphrénia. Vanion nous attend, et vous savez qu'il n'est pas spécialement patient.

— Vanion ? s'exclama Emban. Je le croyais mort, depuis le temps.

— Pas du tout ! Il est en pleine forme. Je dirais même en très grande forme, à certains moments. Il m'aurait bien accompagnée s'il ne s'était tordu la cheville hier.

Stragen la souleva sans effort et la déposa dans la voiture.

— À quoi ressemble Sarsos, chère sœur ? lui demanda-t-il dans un styrique irréprochable.

Ehlana lui jeta un regard surpris.

— Vous m'aviez caché ça, messire Stragen. J'ignorais que vous parliez styrique.

— Il a toujours été dans mes intentions de vous le dire, Majesté, mais je ne sais pourquoi, l'occasion ne s'est jamais présentée.

— Attendez-vous à quelques surprises, Stragen, répondit Séphrénia. Ça vaut pour vous tous.

— Quel genre de surprises ? releva Stragen. Rappelle-toi que je suis un voleur, Séphrénia, et que les voleurs n'aiment pas les surprises. Elles sont généralement nuisibles pour leur santé.

— Toutes vos idées préconçues risquent d'en prendre un coup, avança Séphrénia. Ici, rien ne nous oblige à avoir l'air simple et rustique, et vous allez découvrir, dans les rues, un genre de Styriques que vous ne soupçonnez pas.

Elle s'installa dans la voiture et tendit les bras à Danaé. La petite princesse s'assit sur ses genoux et l'embrassa. Tout ça paraissait très innocent et parfaitement naturel, mais Émouchet s'étonna en secret qu'elles ne soient pas entourées par un halo de lumière éblouissante.

Puis le regard de Séphrénia tomba sur Emban.

— Seigneur ! s'exclama-t-elle. Je ne m'attendais pas à vous voir ici, Votre Grâce. Vos préjugés sont-ils toujours aussi fermement ancrés ?

— Je vous adore, Séphrénia, répondit le petit prélat obèse. J'en veux aux Styriques de refuser la vraie foi, mais je ne suis pas un indécrottable bigot.

— Je peux vous donner un conseil, mon ami ? hasarda Oscagne.

— Je vous écoute.

— Je vous suggère de considérer votre visite à Sarsos comme des vacances, et de remiser provisoirement votre théologie sur une étagère. Écoutez tant que vous voudrez, mais laissez passer sans les relever les choses qui ne vous plaisent pas. L'Empire apprécierait vraiment votre coopération sur ce point précis. En d'autres termes, Emban, ne semez pas la révolution chez les Styriques. C'est un peuple très chatouilleux et doté de facultés que nous ne comprenons pas tout à fait. Évitons donc de provoquer une explosion.

Emban ouvrit la bouche comme s'il s'apprêtait à répondre, mais il dut se raviser car il referma le bec sans rien dire.

Émouchet s'entretint brièvement avec Oscagne et Séphrénia et il fut décidé, par précaution, que le gros des chevaliers de l'Église camperaient avec les Péloïs hors des murailles de la ville. Engessa envoya ses Atans dans leur garnison au nord, et la voiture d'Ehlana, entourée par ses amis, entra par une porte non gardée.

— Qu'y a-t-il, Khalad ? demanda Séphrénia en constatant que le jeune homme regardait autour de lui en fronçant le sourcil.

— Ce ne sont pas mes oignons, dame Séphrénia, dit-il,

mais est-il bien raisonnable de construire des bâtiments de marbre dans ces régions septentrionales ? Ne sont-ils pas horriblement froids en hiver ?

— C'est bien le fils de son père, commenta-t-elle avec un sourire. Tu viens de mettre le doigt sur un de nos défauts, Khalad : la vanité. En réalité, ces bâtiments sont en brique. Le marbre n'est qu'un revêtement extérieur destiné à les enjoliver, pour le plus grand prestige de notre ville et de ses habitants.

— Même la brique n'est pas facile à chauffer, dame Séphrénia.

— Si, quand on fait des doubles parois et qu'on emplit le vide entre les deux avec un pied de plâtre.

— Ça doit être horriblement compliqué et prendre un temps fou.

— Ah, Khalad, si tu savais combien de temps et d'efforts les gens sont prêts à consacrer à la satisfaction de leur vanité ! Et puis, on peut toujours tricher un peu si nécessaire. Nos Dieux aiment les bâtiments de marbre, et nous voulons qu'ils se sentent bien ici.

— Quand même, le bois est tellement plus commode, répéta-t-il obstinément.

— Certainement, Khalad, mais c'est un matériau commun. Nous aimons être différents.

— Ça, pour être différent, c'est différent.

Même l'odeur était différente, à Sarsos. Une légère puanteur planait sur toutes les cités élènes du monde, un mélange pas très agréable de fumée et de chou pourri, auquel se mêlaient des relents de fosses d'aisance rudimentaires et pas assez souvent curées. À Sarsos, au contraire, ça sentait les arbres et les roses. C'était l'été et il y avait des rosiers dans tous les jardins. L'expression d'Ehlana devint méditative. Émouchet vit, en un éclair fulgurant, le grand programme de travaux publics qui se pointait à l'horizon dans la capitale d'Élénie.

L'architecture et l'urbanisme de la ville étaient d'un luxe raffiné. Les rues étaient larges et droites, sauf quand les habitants en avaient décidé autrement pour des raisons esthétiques. Les bâtiments étaient tous plaqués de marbre et précédés de colonnes blanches. La ville n'avait décidément rien de commun avec les cités élènes.

Chose étrange, les habitants n'avaient pas l'air styriques. Leurs frères de l'Ouest portaient tous des robes de tissu blanc, au tissage lâche. Cette tenue était tellement universelle qu'elle en était devenue une sorte de moyen d'identification. Alors que les Styriques de Sarsos portaient de la soie et du lin. Et si le blanc paraissait encore être leur couleur de prédilection, ils se vêtaient aussi de bleu, de vert, de jaune, et même de rouge vif. On voyait peu de femmes styriques, à l'Ouest, alors que là, il y en avait partout. Elles portaient, elles aussi, des vêtements colorés et avaient des fleurs dans les cheveux.

Mais plus que tout, c'était leur attitude qui était différente. Les Styriques de l'Ouest étaient timides, humbles et soumis — attitude censée amadouer les Élènes agressifs, et qui n'avait souvent d'autre effet que d'attiser leur agressivité. Les Styriques de Sarsos étaient tout sauf humbles et soumis. Ils ne marchaient pas les yeux baissés, lorsqu'ils parlaient c'était avec aplomb et non plus d'une voix assourdie et hésitante. Ils discutaient au coin des rues, ils riaient à gorge déployée. Ils marchaient la tête haute dans les larges avenues de leur ville et paraissaient vraiment fiers d'être styriques. Et surtout, les enfants jouaient dans les parcs et les jardins sans le moindre signe de crainte.

Emban avait les mâchoires serrées et les narines pincées comme s'il rentrait une rage indicible. Émouchet comprenait aisément son dépit. L'honnêteté l'obligeait à s'avouer en privé qu'il le partageait. Tous les Élènes prenaient les Styriques pour des êtres inférieurs, et malgré leur endoctrinement, les chevaliers de l'Église partageaient cette conviction refoulée dans un coin, tout au fond de leur conscience. Émouchet se sentait effleuré par des idées indésirables. Pourquoi ces grandes gueules de Styriques outrecuidants avaient-ils une plus belle cité que les Élènes ne sauraient jamais en construire ? Comment osaient-ils vivre heureux et prospères ? De quel droit se pavanaient-ils dans ces rues comme s'ils étaient aussi bons à tout point de vue que les Élènes ?

Puis il vit que Danaé l'observait d'un air attristé, alors il extirpa ces mauvaises pensées et tordit le cou à ses ressentiments. Il prit fermement le contrôle de ces répugnantes émotions et les regarda en face. Ce qu'il vit ne lui plut pas beaucoup. Tant que les Styriques étaient humbles et soumis et vivaient dans des taudis misérables, il était prêt à voler à leur secours. Mais quand ils osaient le regarder droit dans les yeux, sans baisser la tête, d'un air presque provocateur, il était pris d'une envie irrésistible de leur apprendre à vivre.

— C'est dur, hein, Émouchet ? dit Stragen avec un sourire torve. Ma bâtardise m'a toujours fait éprouver une certaine fraternité envers les faibles et les opprimés. Je trouvais une telle inspiration dans la prodigieuse humilité de nos frères styriques que je suis allé jusqu'à apprendre leur langue. Mais je reconnais que ces gens me font grincer des dents. Ils semblent tous insupportablement satisfaits d'eux-mêmes.

— Stragen, il y a des moments où tu es tellement civilisé que tu me donnes envie de vomir.

— Eh bé, on est encore de bonne humeur, aujourd'hui !

— Pardon. Je viens de découvrir en moi quelque chose qui ne m'a pas plu, et ça me met de mauvais poil.

— Il ne faudrait jamais sonder son propre cœur, Émouchet, fit Stragen dans un soupir. Je ne pense pas qu'un seul d'entre nous aime tout ce qu'on peut voir ici.

Émouchet n'était pas seul à éprouver des sentiments mitigés à l'égard de la cité de Saros et de ses habitants. À en juger par la tête qu'il faisait, Bévier était encore plus amer que les autres. Il donnait l'impression d'avoir pris un coup dans l'estomac.

— On m'a raconté une drôle d'histoire, une fois, commença Ulath.

Émouchet comprit qu'il allait s'embarquer dans un de ces récit déconcertants qui annonçaient toujours une idée plus profonde qu'il n'y paraissait. C'était l'un de ses traits de caractère : Ulath ne parlait jamais pour ne rien dire.

— Il y avait un Deiran, un Arcien et un Thalésien, fit-il d'un ton méditatif. C'était il y a très, très longtemps, et ils parlaient dans leurs dialectes d'origine. Une chose en entraînant une autre, ils s'interrogèrent sur la langue de Dieu, et ils en vinrent aux mains. Ils finirent par décider d'aller à Chyrellos et de demander à l'archiprélat d'interroger Dieu.

— Et alors ? demanda Bévier.

— Eh bien, chacun sait que Dieu répond toujours aux questions de l'archiprélat, alors la réponse finit par arriver, et elle régla la controverse une fois pour toutes.

— Et alors ?

— Alors quoi ?

— Eh bien, quelle est la langue originelle de Dieu ?

— Comment ça ? Le thalésien, évidemment. Tout le monde sait ça, Bévier.

Ulath était le seul homme capable de dire une chose pareille en restant parfaitement impassible.

— C'est parfaitement logique. Dieu était un chevalier génidien avant de prendre l'univers en main. Ne me dis pas que tu l'ignorais !

Bévier le regarda un moment et partit d'un rire un peu gêné.

Ulath regarda Émouchet et ferma lentement l'une de ses paupières en un clin d'œil délibéré. Une fois de plus, Émouchet se sentit obligé de revoir son opinion sur son ami thalésien.

Séphrénia avait une maisons à Sarsos, ce qui était une

surprise de plus. Elle leur avait toujours donné l'impression de ne faire que passer, de ne tenir à rien. Et voilà qu'elle habitait une grande maison située dans un vaste parc aux douces pelouses ombragées par des arbres vénérables, plantées de fleurs et ponctuées de fontaines murmurantes. Comme toutes les maisons de Sarsos, elle semblait faite de marbre, mais surtout elle leur rappelait des souvenirs...

— C'est de la triche, petite mère, fit Kalten en l'aidant à descendre de voiture.

— Je te demande pardon ?

— Tu as reproduit le temple d'Aphraël que nous avons vu en rêve, sur cette île. Même la colonnade de la façade est identique.

— C'est vrai, mon cher petit, mais c'est normal, ici. Les membres du Conseil du Styricum sont tous très fiers de leur Dieu. Et que veux-tu ? Si tel n'était pas le cas, nos Dieux pourraient se sentir légitimement offensés.

— Tu es membre du Conseil de cet endroit ? releva-t-il, un peu surpris.

— Évidemment. Je suis la Grande Prêtresse d'Aphraël, après tout.

— C'est drôle de trouver une Éosienne au Conseil municipal d'une cité de Darésie.

— Et qu'est-ce qui te fait penser que je suis originaire d'Éosie ?

— Quoi, tu n'es pas... ?

— Bien sûr que non. Ensuite, le Conseil de Sarsos n'est pas une instance de gouvernement locale. Nos décisions concernent tous les Styriques, où qu'ils puissent être. Bon, si nous entrions ? Vanion nous attend.

Ils gravirent la volée de marches menant à la grande porte de bronze ornée de sculptures, et ils entrèrent dans la maison.

Elle était construite autour d'un ravissant jardin intérieur, lui-même orné en son centre d'une fontaine de marbre. Vanion était allongé sur une méridienne, la jambe posée sur une pile de coussins. Il avait la cheville bandée et l'air complètement écœuré. Il avait les cheveux et la barbe argentés maintenant, ce qui lui conférait une grande distinction. Son visage n'avait pas une ride. Il était complètement affranchi des soucis qui pesaient jadis sur lui, mais ça ne suffisait pas à expliquer le changement surprenant qui s'était opéré en lui. Même les effets du terrible fardeau des épées qu'il avait obligé Séphrénia à lui remettre semblaient s'être dissipés. Émouchet ne l'avait jamais trouvé si jeune. Il baissa le parchemin qu'il lisait.

— Émouchet ! dit-il d'un ton un peu sec. Je commençais à me demander ce que tu faisais !

— Content de te voir, moi aussi, répondit Émouchet.

Vanion lui jeta un regard acéré et éclata d'un rire un peu penaud.

— Ce n'était pas très aimable, hmm ?

— Assez hargneux, messire, répondit Ehlana. Je dirais même très hargneux.

Puis elle renonça à toute dignité, courut vers lui et se jeta à son cou.

— Nous sommes mécontente de vous, messire Vanion, dit-elle d'un ton fort cérémonieux, puis elle lui planta deux baisers retentissants sur les joues. Vous nous avez privée de vos conseils et de votre compagnie alors que nous en avions tant besoin. C'était très mal élevé, fit-elle en l'embrassant à nouveau, de prendre congé sans notre permission.

Et elle l'embrassa encore une fois.

— Suis-je en disgrâce, ou ma reine me pardonne-t-elle ? demanda-t-il, un peu déconcerté.

— Un peu des deux, messire, répondit-elle. Je me suis dit que nous allions gagner du temps et faire les deux à la fois. Je suis vraiment très, très heureuse de vous revoir, Vanion. Mais j'ai été fort marrie que vous quittiez Cimmura furtivement, en pleine nuit, comme un voleur.

— Le terme est impropre, nota Stragen à titre d'information.

Les voleurs s'efforcent généralement de passer inaperçus, or se déplacer furtivement est le meilleur moyen d'attirer l'attention.

— Je lui ai fait quitter Cimmura pour raison de santé, précisa Séphrénia. Il se mourait, là-bas, et je tenais particulièrement à ce qu'il reste en vie. Alors je l'ai emmené à un endroit où je savais pouvoir m'occuper de lui et lui rendre la santé. J'ai harcelé Aphraël sans répit pendant des années, et elle a fini par céder. Je peux être insupportable quand je veux vraiment quelque chose, et je voulais vraiment Vanion.

Elle ne faisait plus mine de dissimuler ses sentiments à présent. Elle osait enfin, après tant d'années, exprimer l'amour qu'elle éprouvait pour Vanion. Elle ne faisait pas mystère non plus de la situation qui était aussi scandaleuse dans les deux cultures styrique et élène : ils vivaient ouvertement dans le péché, le Précepteur Pandion et elle, et ni l'un ni l'autre ne donnait l'impression d'en éprouver le moindre remords.

— Comment va ta cheville, mon tant aimé ? lui demanda-t-elle.

— J'ai l'impression qu'elle enfle à nouveau.

— Je t'avais dit de la plonger tout de suite dans la glace.

— Je n'avais pas de glace sous la main.

— Tu n'avais qu'à en faire, Vanion. Tu connais le sort.

— Je trouve ma glace moins froide que la tienne, Séphrénia, dit-il d'un ton un peu plaintif.

— Ah, les hommes ! fit-elle avec une feinte exaspération. Tous des enfants.

Elle disparut précipitamment pour aller chercher une cuvette.

— Comment vous êtes-vous tordu la cheville, messire Vanion ? demanda Bérit.

— En faisant une démonstration. J'ai dit au Conseil du Styricum que les jeunes de Sarsos étaient en très mauvaise condition physique, et je le leur ai prouvé en devançant toute la ville à la course. Je ne m'en sortais pas mal du tout lorsque j'ai mis le pied dans un terrier de lapin.

— Quel dommage, messire Vanion, fit Kalten. Pour ce que j'en sais, c'est la première fois que vous perdez une compétition sportive.

— Qui a dit que j'avais perdu ? J'avais beaucoup d'avance et j'étais assez près de la ligne d'arrivée, alors je l'ai franchie à cloche-pied, et j'ai gagné. Le Conseil va enfin songer à donner aux jeunes gens une sorte d'entraînement militaire. Salut, Khalad. Comment vont tes mères ?

— Très bien, monseigneur. Nous sommes passés les voir en emmenant la reine à Chyrellos afin qu'elle puisse donner la fessée à l'archiprélat.

— Khalad ! protesta Ehlana.

— Je n'aurais peut-être pas dû dire ça, Majesté ? C'est pourtant bien ce que nous pensions que vous aviez l'intention de faire en quittant Cimmura.

— Eh bien… en quelque sorte, oui, mais ce ne sont pas des choses à dire.

— Pardon. Je trouvais, personnellement, que c'était une très bonne idée. Notre Sainte Mère a besoin d'un abcès de fixation, de temps en temps. Ça l'empêche de faire des bêtises.

— C'est stupéfiant, Khalad, murmura sèchement le patriarche Emban. Tu as réussi à insulter l'Église et l'État en moins d'une minute.

— Que s'est-il passé en Éosie depuis que je suis parti ? demanda Vanion.

— Ce n'était qu'un léger malentendu entre Sarathi et moi, messire Vanion, reprit Ehlana. Khalad exagère tout le temps. Quand il n'est pas occupé à insulter l'Église et l'État en même temps.

— On dirait que nous avons un nouvel Émouchet en préparation, remarqua plaisamment Vanion.

— Dieu défend l'Église, déclara Emban.

— Et la Couronne aussi, ajouta Ehlana.

La princesse Danaé bouscula tout le monde et s'approcha de Vanion. Elle tenait Mmrr d'une main passée sous son ventre, et les pattes de la pauvre bête pendaient lamentablement de chaque côté.

— Bonjour, Vanion, dit-elle en grimpant sur ses genoux et en lui plantant sur la joue un baiser désinvolte.

— Vous avez grandi, princesse, dit-il avec un sourire.

— Tu ne t'attendais pas à ce que je rétrécisse, quand même ?

— Danaé ! fit Ehlana d'un ton de reproche.

— Oh, Mère ! Nous sommes de vieux amis, Vanion et moi. Il me prenait sur ses genoux quand j'étais bébé.

Émouchet regarda son vieil ami en essayant de déterminer s'il était au courant ou non pour la petite princesse. Mais le visage de Vanion était indéchiffrable.

— Tu m'as manqué, princesse, dit-il.

— Je sais. On ne peut pas se passer de moi. Tu as vu Mmrr ? C'est mon chat. Un cadeau de Talen. C'est gentil, hein ?

— Très gentil, Danaé.

— C'est aussi ce que je me suis dit. Mon père va le faire entraîner quand nous rentrerons à la maison. Il vaut probablement mieux se débarrasser de ça tout de suite.

— Tiens donc ? Et pourquoi ça, princesse ?

— Parce que je vais me marier avec lui quand je serai grande, et je préférerais que ces stupides histoires d'entraînement soient derrière nous à ce moment-là. Tu veux tenir mon chat ?

Talen devint écarlate et partit d'un gloussement nerveux, comme s'il s'efforçait de prendre l'annonce de Danaé à la blague, ou pour un caprice de gamine. Mais son regard exprimait un léger affolement.

— Il ne faut pas les prévenir comme ça, petite princesse, protesta Mélidéré. On est censé attendre le dernier moment avant de lâcher le morceau.

— Ah bon, c'est comme ça qu'on fait ? Dans ce cas, mettons que je n'aie rien dit, fit Danaé en regardant Talen. De toute façon, ça ne va rien changer pendant les dix ou douze prochaines années, alors… Enfin, mettons huit. À quoi bon perdre du temps, hein ?

Dans les yeux que Talen braqua sur elle, un observateur attentif aurait reconnu une petite lueur d'épouvante.

— Elle te taquine, Talen, lui assura Kalten. Et même sans ça, je suis sûr qu'elle changera d'avis avant d'arriver à l'âge dangereux.

— Ça, Kalten, ja-mais, l'avertit Danaé d'une voix tranchante comme un rasoir.

Ce soir-là, quand toutes les dispositions eurent été prises pour le logement des membres de l'escorte, Émouchet, Séphrénia et Vanion se retrouvèrent dans l'oasis qu'était le jardin aménagé au centre de la maison. La princesse Danaé était assise au bord de la fontaine avec son chaton. Mmrr avait découvert qu'il y avait des poissons rouges dans l'eau et il était perché sur la margelle, la queue frémissante, les yeux écarquillés et l'air absolument fasciné.

— Je voudrais d'abord savoir une chose, fit Émouchet en regardant Séphrénia. Que lui as-tu dit au juste ? demanda-t-il avec un mouvement de menton en direction de Vanion.

— Absolument tout. Je n'ai pas de secrets pour lui.

— Mais encore, Séphrénia ? fit Émouchet en s'efforçant de l'interroger sans en dire trop long.

— Ne tourne pas autour du pot, Émouchet, fit Danaé. Vanion sait qui je suis. Ça n'a pas été tout seul, au début, mais il a plus ou moins admis cette idée à présent.

— Pas tout à fait, objecta Vanion. Mais mon problème n'est rien à côté du tien, Émouchet. Comment gères-tu la situation ?

— Mal, répondit Danaé avec un reniflement. Il n'arrête

pas de poser des questions. Il devrait savoir, depuis le temps, qu'il ne comprendrait même pas les réponses.

— Ehlana s'en doute ? demanda gravement Vanion.

— Bien sûr que non, répondit la Déesse-Enfant. Nous avons décidé dès le début de ne rien lui dire. Raconte-leur ce qui est arrivé, Émouchet, et n'y passe pas la nuit. Mirtaï va bientôt venir me chercher.

— Ça doit être l'enfer, fit Vanion d'un ton compatissant.

— Pas à ce point-là. Mais il faut que je la surveille. Une fois, elle a convoqué un essaim de fées pour polliniser les fleurs des jardins du palais.

— Les abeilles ne vont pas assez vite, soupira-t-elle.

— Peut-être, mais les gens s'attendent que ce soient elles qui fassent ce boulot. Si tu le confies à des fées, ça va jaser. Séphrénia t'a parlé des Lamorks et de Drychtnath, je suppose ? demanda-t-il à Vanion en se calant au dossier de son fauteuil.

— Oui. Ce sont des histoires de fou, non ?

— Pas du tout, rectifia Émouchet en secouant la tête. Nous avons rencontré des Lamorks de l'âge de bronze devant Démos. Quand Ulath a escagassé leur chef, ils ont tous disparu, sauf les morts. Oscagne pense que c'est une sorte de diversion, un peu comme les petits jeux grâce auxquels Martel espérait nous empêcher d'entrer à Chyrellos pendant les élections de l'archiprélat. Nous avons aperçu Krager, et ça appuie un peu la théorie d'Oscagne, mais tu nous as toujours dit que la même eau ne coulait jamais deux fois sous le même pont, alors je réserve mon jugement sur ce qui se passe au Lamorkand. J'ai quand même du mal à croire qu'on puisse se donner autant de mal pour empêcher les chevaliers de l'Église d'entrer en Tamoulie, d'autant que les Atans y sont déjà.

— Il faudrait vraiment quelqu'un pour t'épauler, à Mathérion, Émouchet, soupira Vanion. La culture tamoule est très subtile ; tu pourrais faire des bourdes énormes sans même t'en rendre compte.

— Merci, Vanion.

— Je ne te vise pas spécialement. Tes compagnons ne sont pas des modèles de diplomatie non plus, et Ehlana a tendance à grimper aux rideaux quand elle s'énerve. Elle a vraiment eu une prise de bec avec Dolmant ?

— Ce n'est rien de le dire ! s'exclama Danaé. J'ai dû leur faire des mamours à m'en arracher la peau des joues pour qu'ils se décident à enterrer la hache de guerre.

— Qui pourrions-nous envoyer, Séphrénia ? demanda Vanion.

— Moi.

— C'est hors de question. Je refuse d'être séparé de toi.

— C'est vraiment adorable, mon tant aimé. Dans ce cas, tu n'as qu'à nous accompagner.

— C'est-à-dire que…

— Ne fais pas l'andouille, Vanion, le gourmanda Danaé. Tu ne vas pas mourir à la minute où tu quitteras Sarsos. Pas plus que lorsque tu as quitté mon île. Tu es complètement guéri, maintenant.

— Je ne m'en faisais pas pour moi, mais pour Séphrénia, répondit-il. Elle ne peut plus quitter Sarsos. Elle est membre du Conseil du Styricum.

— Il y a des siècles que je suis membre du Conseil du Styricum, Vanion, objecta Séphrénia. Et il m'est déjà arrivé de m'absenter, pour des périodes parfois prolongées. Les autres membres du Conseil comprennent. Ça leur arrive à tous, de temps en temps.

— Je ne suis pas très au fait des coutumes de ce conseil, admit Émouchet. Je savais que les Styriques étaient en contact les uns avec les autres, mais j'ignorais que ce contact était aussi structuré.

— Nous ne le crions pas sur les toits, répondit Séphrénia. Si les Élènes étaient au courant, ils hurleraient à la conspiration.

— Et ce conseil, reprit Émouchet, joue-t-il un rôle important, ou n'est-ce qu'une assemblée honorifique ?

— Pas du tout, Émouchet, se récria Vanion. Il joue un rôle

primordial. Le Styricum est une théocratie, et le Conseil est l'assemblée des plus grands prêtres et prêtresses des Dieux Cadets.

— Être la prêtresse d'Aphraël n'est pas une fonction épuisante, fit Séphrénia en regardant la Déesse-Enfant avec tendresse. Elle ne passe pas son temps à se mettre en avant, puisqu'elle réussit généralement à obtenir ce qu'elle veut par d'autres moyens. Et ça me vaut certaines avantages, comme la maison, mais je dois assister aux réunions des Mille, ce qui est parfois fastidieux.

— Les Mille ?

— C'est ainsi que nous appelons le Conseil entre nous.

— Il y a mille Dieux Cadets ? releva Émouchet, un peu surpris.

— Bien sûr, Émouchet, répondit Aphraël. Tout le monde sait ça.

— Et pourquoi mille ?

— C'est un joli nombre rond et qui sonne bien. En styrique, ça se dit *ageraluon*, ce qui veut plus ou moins dire dix fois dix fois dix. Nous avons eu toute une discussion à ce sujet avec un de mes cousins. Son crocodile familier lui avait arraché un doigt et il avait du mal à compter depuis. Il aurait aimé que nous soyons *ageralican*, c'est-à-dire neuf fois neuf fois neuf, mais nous lui avons expliqué que nous étions déjà plus nombreux que ça, et que si nous voulions être *ageralican* il faudrait anéantir certains d'entre nous. Nous lui avons demandé s'il voulait être du nombre, et il a renoncé à cette idée.

— Comment peut-on avoir un crocodile apprivoisé ?

— Nous aimons avoir comme favoris des animaux que les êtres humains ne peuvent apprivoiser. Les crocodiles ne sont pas de mauvaises bêtes. Au moins, on n'a pas besoin de leur donner à manger ; ils se débrouillent tout seuls.

— Certes, mais il faut recompter les enfants tous les matins. Je comprends maintenant d'où te vient cette envie de baleine.

— Tu peux être incroyablement obtus, par moments, Émouchet. Tu te rends compte de l'impression que je ferais à ma famille si j'avais une baleine ?

— Je pense que nous nous égarons, intervint Vanion. Séphrénia me dit que tu as des soupçons assez tirés par les cheveux.

— Je m'efforce de comprendre une situation dont je n'entrevois que des bribes, Vanion. C'est comme si j'essayais de reconstituer un cheval en n'ayant que sa queue pour tout indice. Enfin... Pour moi, il y a un lien entre toutes les choses que nous avons vues jusque-là, et probablement beaucoup de celles que nous n'avons pas vues. Et je suis persuadé qu'il y a une volonté unique derrière tout ça. Vanion, je crois que nous avons affaire à un Dieu ou plusieurs Dieux.

— Tu es sûr que, depuis ta rencontre avec Azash, tu ne vois pas des divinités hostiles sous les lits et dans les placards ?

— Je tiens d'une source on ne peut plus autorisée que seul un Dieu peut ramener une armée entière du passée. Et c'est une autorité fort autoritaire en vérité.

— Allons, Père, fit Danaé d'un petit ton pincé. C'est trop complexe, Vanion, expliqua-t-elle. Pour soulever une armée, il faut ranimer chaque soldat individuellement, ce qui oblige à tout savoir de lui. Ce sont les détails qui font la perte des magiciens humains quand ils tentent le coup.

— Des idées ? demanda Vanion à la ronde.

— Plusieurs, grommela Émouchet. Et aucune n'est très plaisante. Tu te souviens de l'ombre qui m'a suivi dans toute l'Éosie après que j'ai tué Ghwerig ? Eh bien, elle a reparu. Et cette fois, tout le monde peut la voir.

— Ça ne sent pas bon.

— Comme tu dis. La dernière fois, cette ombre était la manifestation des Dieux des Trolls.

Vanion réprima un frisson et les deux hommes tournèrent leur regard vers Séphrénia.

— C'est bon de se sentir désirée, hein ? remarqua Danaé.

— Je passerai voir Zalasta demain, soupira Séphrénia. Il suit toutes ces affaires pour l'empereur. Il sait probablement des choses intéressantes.

On entendit un grand « splash ».

— Je t'avais prévenu, Mmrr, dit la fillette d'un petit ton supérieur tandis que le chaton se débattait frénétiquement dans l'eau du bassin en ouvrant des yeux affolés.

Son problème était aggravé par le fait que les poissons défendaient leur territoire en lui flanquant des coups de museau dans les pattes et le ventre.

— Repêche-le, Danaé, lui ordonna Émouchet.

— Je vais être toute trempée, Père, et ma mère va me gronder. Il s'est mis là-dedans tout seul, il n'a qu'à s'en sortir tout seul.

— Il va se noyer.

— Mais non, voyons, Émouchet. Regarde : il nage comme un petit chat.

— Il quoi ?

— Il nage comme un petit chat. On ne peut pas dire qu'il nage comme un petit chien, hein ? D'ailleurs, en styrique, on dit toujours « nager comme un petit chat ». Pas vrai, Séphrénia ?

— C'est la première fois que j'entends cette expression, murmura Séphrénia.

CHAPITRE XVII

Une grande partie du plaisir venait du fait que ses parents ne pouvaient prévoir ses visites matinales. La princesse Danaé ne venait pas les voir tous les matins ; il arrivait qu'elle ne vienne pas de la semaine. La visite de ce matin-là était évidemment à l'image du reste : la suite dans les idées est l'une des principales qualités des Dieux. La porte s'ouvrit à la volée. La princesse surgit dans la chambre, cheveux au vent, et bondit dans le lit de ses parents. Après, c'était la routine : elle se tortillait et fouissait jusqu'à ce qu'elle se retrouve fermement nichée entre ses parents.

Elle ne venait jamais seule. L'ennui, c'est que si Rollo était un jouet discret et bien élevé, Mmrr était une vraie plaie. Il adorait Émouchet et il avait le chic pour se faufiler dans des recoins où une souris n'aurait pu passer. tre réveillé par un chaton aux griffes pointues comme des aiguilles est une expérience éprouvante. Émouchet serra les dents.

— Les oiseaux sont réveillés, annonça Danaé d'un ton accusateur.

— J'en suis fort aise, grinça Émouchet.

— Tu as encore l'air bien luné, ce matin, dis donc !

— J'étais de très bonne humeur jusqu'à ton arrivée. Dis à ton chat d'aller faire ses griffes ailleurs.

— Il fait ça parce qu'il t'aime.

— Oui, eh bien, je ne suis pas une pelote à épingles.

— Il est toujours comme ça le matin, maman ?

— Des fois, fit Ehlana en riant. Je pense que ça dépend de ce qu'il a mangé la veille au soir.

Mmrr se mit à ronronner voluptueusement. Les chats adultes ronronnent généralement avec une modération empreinte de dignité. Pas les chatons. Ce matin-là, le petit chat de Danaé vrombissait comme tout un orage.

— Ça va, vous avez gagné, je vous laisse la place ! fit Émouchet en envoyant promener les couvertures. Allez, viens, Rollo.

Il sortit du lit, enfila une robe de chambre, attrapa le chien en peluche de Danaé par une patte et quitta la pièce.

Sa femme et sa fille échangèrent un coup d'œil surpris, puis ennuyé. Il les entendit murmurer dans son dos. Il flanqua le jouet dans un fauteuil.

— Elles sont impossibles, mon pauvre vieux, fit-il de telle sorte que les femmes de la maisonnée l'entendent bien. Je t'admire de supporter ça. (Silence dans la chambre voisine.) On devrait fiche le camp d'ici, tous les deux. Elles commencent à nous traiter comme des meubles.

Silence, silence. Il faut dire que Rollo répondait rarement.

C'est alors qu'une voix s'éleva, du côté de la porte.

— Ça ne va pas, Émouchet ?

C'était Séphrénia. Et elle avait l'air très surprise.

— Si, si, petite mère. Pourquoi cette question ?

Il n'avait pas prévu que ce numéro, uniquement destiné à Ehlana et Danaé, aurait d'autres spectateurs.

— Tu sais que tu étais en train de parler à un jouet en peluche, n'est-ce pas ?

Émouchet regarda Rollo avec une feinte surprise.

— Eh, mais tu as raison ! Je n'avais pas remarqué. C'est drôle. C'est peut-être parce que j'ai été tiré du lit aux premières lueurs de l'aube.

Minable, minable, se dit-il.

— Au nom du ciel, Émouchet, que se passe-t-il ?

— Tu vois, Rollo ? reprit-il, en s'efforçant désespérément de sauver la situation. Il n'y en a pas une pour racheter l'autre.

— Ah, prince Émouchet ! fit Aleanne. (Il ne l'avait pas entendue entrer, celle-là.) Ça va ? demanda-t-elle, l'air préoccupé.

Décidément, tout foutait le camp.

— C'est une longue histoire, Aleanne, répondit-il en soupirant.

— Vous avez vu la princesse, monseigneur ? demanda la camériste en le regardant d'un air bizarre.

— Elle est dans le lit de sa mère, lâcha-t-il, ayant décidé que tout était fichu. Je vais à la salle de bains. Au cas où ça intéresserait quelqu'un.

Il se drapa dans les lambeaux de sa dignité et quitta la pièce.

Zalasta était un ascète aux sourcils noirs, en broussaille, qui tranchaient avec ses cheveux et sa longue barbe d'argent. Il avait le visage angulaire, à l'air inachevé, de tous les Styriques, et une voix grave et vibrante. C'était le plus vieil ami de Séphrénia, et on le considérait généralement comme le magicien le plus puissant et le plus avisé du Styricum. Il portait une robe blanche à capuchon et tenait un bâton, sans doute pour compléter sa tenue, car il était vigoureux et n'en avait pas besoin pour marcher. Il parlait très bien l'élène, quoique avec un fort accent. C'est ce qu'Émouchet et ses amis découvrirent ce matin-là, chez Séphrénia. Ils étaient tous réunis dans son jardin intérieur où Zalasta leur racontait ce qui se passait en réalité en Tamoulie.

— Nous ignorons s'ils sont réels ou non, dit Zalasta. Ceux qui ont signalé leur présence les ont à peine entrevus.

— On peut quand même être sûr que ce sont des Trolls ? demanda Tynian.

— C'est indéniable, affirma Zalasta. Rien ne ressemble à un Troll.

— Ça, c'est la vérité du bon Dieu, murmura Ulath. Il se peut très bien qu'ils aient vu de vrais Trolls. Ils ont tous quitté la Thalésie. Personne n'a eu l'idée d'en arrêter un pour lui demander pourquoi.

— On a aussi vu des Hommes-de-l'aube, poursuivit Zalasta.

— De quoi s'agit-il, Très Sage ? demanda le patriarche Emban.

— Ce sont des êtres humanoïdes du commencement des âges, Votre Grâce. Ils sont un peu plus grands que des Trolls, mais beaucoup moins évolués. Ils se déplacent en meutes, et ils sont très sauvages.

— Nous en avons rencontré, ami Zalasta, déclara sèchement Kring. J'ai perdu beaucoup de compagnons, ce jour-là.

— Il n'y a peut-être pas de rapport, poursuivit Zalasta. Les Trolls sont des créatures contemporaines alors que les

Hommes-de-l'aube viennent du passé. Leur espèce est éteinte depuis une cinquantaine de siècles. On aurait aussi vu des Cyrgaïs, mais ce n'est pas confirmé.

— Si, depuis la semaine dernière, annonça Kalten. Ils nous ont gratifiés d'un numéro assez distrayant, une nuit.

— C'étaient des guerriers redoutables, reprit Zalasta.

— Ils en imposaient peut-être à leurs contemporains, objecta Kalten, mais ils sont un peu dépassés par les armes et les stratégies modernes. Ils ont paru sidérés par les catapultes et les chevaliers en armure.

— Et qui sont les Cyrgaïs, Très Sage ? demanda Vanion.

— Je t'ai passé les parchemins, Vanion, intervint Séphrénia. Tu ne les as pas lus ?

— Je n'en suis pas là. Le styrique est une langue compliquée. Quelqu'un devrait essayer de simplifier l'alphabet, un jour.

— Dis donc, Séphrénia, c'est nouveau, ça ! coupa Émouchet d'un ton accusateur. Alors comme ça, tu sais lire ?

— Le styrique, oui.

— Pourquoi ne nous l'as-tu jamais dit ?

— Ça ne vous regardait pas, mon cher petit.

— Tu nous as menti !

Cette idée le choquait, il n'aurait su dire pourquoi.

— Pas du tout. Je suis incapable de lire l'élène. Principalement parce que je n'en ai pas envie, d'ailleurs. C'est une langue sans grâce, et votre écriture est hideuse. On dirait un grouillement d'araignées.

— Tu nous as délibérément fait croire que tu étais trop simplette pour apprendre à lire.

— Il fallait bien, mon petit. Les novices pandions ne sont pas très raffinés ; vous teniez là une raison de vous croire supérieurs..

— Allons, Séphrénia, murmura Vanion.

— Écoute, Vanion, j'ai bien entraîné une douzaine de générations de ces grands ballots, et pendant tout ce temps j'ai dû supporter leur insupportable condescendance. Oui, Émouchet, je sais lire et je sais compter. Je peux parler philosophie et même théologie s'il le faut, et la logique n'a pas de secrets pour moi.

— Je ne vois pas pourquoi tu me cries après, fit-il un ton plus bas en lui embrassant les paumes. J'ai toujours pensé que tu étais assez gentille — pour une Styrique, ajouta-t-il en lui baisant à nouveau les mains.

Elle se dégagea brutalement et remarqua alors seulement son sourire sardonique.

— Oh ! tu es impossible, dit-elle en souriant à son tour.

— Je crois que nous parlions des Cyrgaïs, susurra Stragen. Qui sont-ils au juste ?

— Qui étaient-ils, rectifia Zalasta, car ils ont heureusement disparu. Ils n'étaient apparemment pas de la même souche que les autres races de Darésie, les Tamouls, les Élènes et encore moins les Styriques. On se demande aujourd'hui s'ils n'étaient pas la famille des Valésiens.

— Ça, Très Sage, c'est fort improbable, objecta Oscagne. Les Valésiens sont le peuple le plus heureux du monde : ils n'ont pas de gouvernement et l'idée de guerre leur est étrangère. Je ne vois pas comment ils pourraient être apparentés aux Cyrgaïs.

— Le tempérament est souvent fonction du climat, Votre Excellence, rétorqua Zalasta. La Valésie est un paradis ; on ne saurait en dire autant du centre de la Cynesga. Quoi qu'il en soit, les Cyrgaïs adoraient un Dieu du mal appelé Cyrgon, dont ils avaient pris le nom, à l'instar de la plupart des peuples primitifs. Question d'égotisme, je suppose. Chacun est persuadé que son Dieu est le meilleur et d'être la race supérieure. Les Cyrgaïs ont poussé ce principe à l'extrême. Comme ils se sont éteints, nous en sommes réduits aux conjectures, mais tout semble indiquer qu'ils se croyaient d'une espèce différente du reste de l'humanité. Ils croyaient aussi que toute vérité avait été révélée par Cyrgon, et ils étaient radicalement opposés aux idées nouvelles. Ils avaient poussé à l'absurde la notion de société guerrière. Ils avaient deux obsessions : la pureté de leur race et sa perfection physique. Les bébés handicapés étaient abandonnés dans le désert. Les soldats qui avaient été mutilés au combat étaient mis à mort par leurs amis. Les femmes qui mettaient trop de filles au monde étaient étranglées. Ils avaient bâti une cité-État à côté de l'oasis de Cyrga, et vivaient en autarcie complète, coupés des autres peuples et de leurs idées. Les Cyrgaïs avaient une peur panique des idées. Leur culture est peut-être la seule de l'histoire humaine qui ait érigé la stupidité en idéal : ils considéraient l'intelligence comme un défaut, et les enfants trop brillants étaient tués.

— Braves gens, murmura Talen.

— Ils ont conquis leurs voisins, des nomades du désert, et les ont réduits en esclavage, évidemment. Mais, les soldats étant ce qu'ils sont, un certain métissage s'est opéré.

— Normal, intervint sèchement la baronne Mélidéré. Le viol n'a jamais été interdit, que je sache ?

— Si, justement, baronne, répondit Zalasta. Tout Cyrgaï pris à « fraterniser » était abattu sur-le-champ.

— Voilà une idée rafraîchissante, murmura-t-elle.

— La femme avec, bien sûr. Malgré tout, les Cyrgaïs ont eu un certain nombre de bâtards. Au départ, ils devaient être supprimés, le métissage étant considéré comme une abomination, mais, avec le temps, Cyrgon a vu l'utilité de ces sang-mêlé et changé d'avis : ils étaient enrôlés dans l'armée. On les appelait « Cynesgans », et avec le temps ils en sont arrivés à désigner la partie de l'armée qui faisait le sale boulot et plus particulièrement celui qui consistait à mourir. Comme tous les militaristes, Cyrgon avait un but.

— La domination du monde ? avança Vanion.

— Exactement. Les Cynesgans furent encouragés à se reproduire et les Cyrgaïs les utilisèrent pour repousser leurs limites territoriales. Ils contrôlèrent bientôt tout le désert et s'attaquèrent à leurs voisins. C'est là que nous les avons rencontrés. Les Cyrgaïs n'étaient pas vraiment préparés à affronter les Styriques.

— Ça, j'imagine, ironisa Tynian.

Zalasta eut petit sourire condescendant.

— Les prêtres de Cyrgon ne faisaient pas le poids. Peut-être, au fond, est-ce notre vrai secret. Les autres peuples n'ont qu'un Dieu — ou un petit groupe de Dieux tout au plus. Nous en avons un millier, qui s'entendent plus ou moins, mais sont généralement d'accord sur l'essentiel. En tout cas, l'incursion des Cyrgaïs sur les terres styriques se révéla désastreuse pour eux. Les Cynesgans furent à peu près exterminés, ainsi que la majeure partie des Cyrgaïs de race pure. Ils battirent en retraite dans le plus grand désordre. Les Dieux Cadets décidèrent de les encourager à rester chez eux et l'un d'eux eut une idée géniale par sa simplicité et son efficacité. Un aigle gigantesque fit tout le tour de la Cynesga en un jour, et son ombre laissa une marque invisible sur le sable. Cette marque ne signifiait rien pour les Cynesgans, les Atans, les Tamouls, les Styriques, les Élènes ou même les Arjunis ; mais elle revêtait une importance cruciale pour les Cyrgaïs : tous ceux qui la franchissaient mouraient à l'instant.

— Attendez un peu, objecta Kalten. Nous avons rencontré des Cyrgaïs à l'ouest de cet endroit. Comment ont-ils réussi à franchir la ligne ?

— Ils venaient du passé, messire Kalten, expliqua Zalasta en écartant les mains devant lui. Nous pouvons supposer que cette ligne n'existait pas pour eux, parce que l'aigle n'avait pas encore accompli son vol lorsqu'ils ont commencé à marcher vers le nord.

— La logique n'est pas mon fort, fit Kalten en se grattouillant la barbe, mais je crois qu'il y a une faille quelque part.

— La logique ne résout pas tout, lâcha Emban d'un ton

sentencieux. J'espère que vous n'irez pas raconter à Dolmant que j'ai dit ça, ajouta-t-il très vite.

— Peut-être l'enchantement a-t-il cessé d'agir ? suggéra Séphrénia. Il serait devenu superflu, les Cyrgaïs ayant disparu.

— Nous ne le saurons jamais. Nous ne pourrons pas prouver le contraire non plus, fit Stragen avec un petit rire. Si ça se trouve, cette terrible malédiction est toujours en vigueur mais il n'y a aucun moyen de s'en assurer, les gens auxquels elle s'adresse s'étant éteints il y a des milliers d'années. Au fait, comment ont-ils disparu ?

— Eh bien, messire Stragen, ils ont cessé de se reproduire. Les rares Cynesgans survivants revêtirent tout à coup une importance vitale pour Cyrgon puisqu'ils étaient seuls à pouvoir franchir la frontière. Il ordonna aux Cyrgaïs de se consacrer à l'élevage de ces sujets naguère méprisés. En parfaits soldats, les Cyrgaïs obéirent à la lettre. Ils négligèrent leurs propres femmes au profit des Cynesgannes. Le temps qu'ils réalisent leur erreur, toutes les Cyrgaïes avaient passé l'âge de procréer. D'après la légende, le dernier Cyrgaï serait mort il y a dix mille ans.

— C'est ce qui s'appelle élever l'imbécillité au niveau d'une institution, observa Stragen.

Un sourire fugitif effleura les lèvres de Zalasta.

— En tout cas, ce qui était jadis Cyrga est maintenant la Cynesga, un territoire peuplé de dégénérés qui survivent parce qu'ils sont sur le passage de la grande route commerciale qui va de la Tamoulie, à l'est, à l'Élénie, à l'ouest. Le reste du monde n'a que mépris pour ces descendants des invincibles Cyrgaïs. Ce sont des gens fourbes, lâches, voleurs et d'une servilité répugnante — quelle ironie du sort pour les héritiers d'une race qui se croyait jadis destinée par les Dieux à régner sur le monde !

— La Cynesga n'est pas le seul endroit où le passé soit revenu nous hanter, nota Zalasta.

— C'est ce que nous avons remarqué, répliqua Tynian.

Les Élènes de l'ouest de l'Astel sont tous persuadés qu'Ayachin est revenu.

— Vous avez donc entendu parler du dénommé Sabre ? demanda Zalasta.

— Nous l'avons même rencontré à deux reprises, confirma Stragen en riant. Je ne crois pas qu'il constitue une menace sérieuse. C'est un adolescent exalté.

— N'empêche qu'il répond aux attentes des Astels de l'Ouest, ajouta Tynian. Ce sont des gens assez superficiels.

— J'ai eu l'occasion d'en rencontrer, acquiesça Zalasta avec un petit sourire torve. Kiméar de Daconie et son porte-parole, le baron Parok, sont un peu plus sérieux. Kiméar avait réussi, il y a mille ans, à unir les deux royaumes élènes d'Astel occidental en un de ces empires comme on en voit surgir de temps en temps et qui s'écroulent à la mort de leur fondateur. Le héros de l'Édom s'appelle Incetes. Il revient de l'âge du bronze. C'est lui qui avait réussi à infliger la première défaite aux Cyrgaïs. Son porte-parole, si l'on peut dire, s'appelle Rebal. Ce n'est pas son vrai nom, évidemment. Ayachin, Kiméar et Incetes répondent aux pulsions élènes les plus primitives. Sans vouloir vous offenser, mes amis, les Élènes donnent souvent l'impression de penser avec leurs muscles.

— C'est une maladie génétique, concéda Ulath.

— Les Arjunis posent un problème légèrement différent, continua Zalasta. Ce sont des Tamouls, et leurs motivations sont un peu plus compliquées. Ils ne cherchent pas à dominer le monde ; ils veulent juste le posséder, fit-il avec un petit sourire à l'intention d'Oscagne. Cela dit, les Arjunis ne sont pas des représentants très séduisants de l'espèce. Leur héros est l'inventeur du commerce des esclaves.

Mirtaï étouffa une inspiration sifflante et porta la main à sa dague.

— Il y a un problème, Atana ? demanda doucement Oscagne.

— J'ai fait l'expérience du marché aux esclaves d'Arjuna,

Oscagne, répondit-elle laconiquement. Je me suis juré d'y retourner un jour, et ce jour-là, je ne serai plus une enfant.

Émouchet réalisa que Mirtaï ne leur avait jamais raconté comment elle était devenue esclave.

— Le héros des Arjunis est d'une cuvée un peu plus récente que les autres, poursuivit Zalasta. Il date du douzième siècle. Il s'appelait Sheguan.

— Nous en avons entendu parler, intervint Engessa d'un ton sinistre. Ses marchands d'esclaves venaient voler les enfants Atans dans les camps d'entraînement. Nous avons plus ou moins réussi à les convaincre de cesser.

— Je vois ça d'ici, commenta Mélidéré, *mezzo voce*.

— Ce fut un vrai carnage, confirma Oscagne. L'affaire remonte au dix-septième siècle. Des marchands d'esclaves arjunis avaient fait une incursion en Atan. Mû par une vertueuse indignation, un administrateur impérial autorisa les Atans à mener une expédition punitive en Arjuna, sans prendre de mesures conservatoires. Bref, les Atans y sont allés très fort : ils ont pendu le roi d'Arjuna et chassé ses sujets dans les jungles du Sud. Il nous a fallu près de deux cents ans pour les convaincre de redescendre des arbres. Le bouleversement économique a eu des conséquences effroyables pour le continent tout entier.

— Notre peuple chante encore ce haut fait, reprit Engessa d'un ton presque rêveur.

— Ces événements sont sensiblement plus récents, nota Zalasta. Les Arjunis ont toujours été des esclavagistes, et Sheguan n'était que l'un de ceux qui opéraient au nord du pays. Il s'est surtout contenté d'organiser les choses : c'est lui qui a créé les marchés de Cynesga et codifié les pots-de-vin qui protègent les routes des esclaves. La situation a ceci de particulier que le porte-parole est plus important que le héros. Il s'appelle Scarpa, et c'est un homme redoutable.

— Que se passe-t-il en Atan et en Tamoulie proprement dite ? demanda Emban.

— Il semble que nous soyons immunisés contre cette infection, Votre Grâce, répondit Oscagne. Peut-être est-ce dû au fait que les Tamouls sont trop imbus d'eux-mêmes pour adorer des héros et que les Atans de l'antiquité étaient plus petits que leurs descendants, si bien que les Atans d'aujourd'hui n'ont que du mépris pour leurs ancêtres. Le monde attend en retenant son souffle le jour où le premier Atan atteindra les dix pieds de haut, fit-il en regardant Engessa avec un sourire malicieux. Vos informations, Zalasta, sont beaucoup plus détaillées que celles dont nous disposions, ajouta-t-il d'un ton admiratif.

— Je dispose de ressources inconnues de l'Empire, Excellence, répondit Zalasta. Enfin, à eux seuls, ces antiques héros ne nous inquiéteraient guère ; les Atans en viendraient aisément à bout, seulement voilà... Quelqu'un s'est mis à fouiller dans les recoins les plus sombres de l'imagination humaine, et en a exhumé toutes les horreurs du folklore : des vampires, des loups-garous, des goules, des ogres, et même un géant de trente pieds de haut. Les autorités mettent ces visions sur le compte de la crédulité et de la superstition, mais en Tamoulie, le peuple est en proie à une terreur abjecte. On ne peut être sûr et certain de la réalité d'aucun de ces phénomènes, mais additionnez tous ces monstres, les Trolls, les Hommes-de-l'aube et les Cyrgaïs, et vous obtenez un mélange profondément démoralisant. Et ce n'est pas tout : les forces de la nature se sont mises de la partie. Il y a eu des orages titanesques, des tornades, des tremblements de terre, des éruptions volcaniques et même des éclipses de soleil isolées. Le petit peuple de Tamoulie est tellement terrorisé qu'à la vue d'un lapin ou d'un vol d'hirondelle, il se met à courir. On ne peut discerner aucune logique véritable derrière tous ces incidents. Et comme ils se produisent de façon aléatoire, il n'y a aucun moyen de prévoir où et quand ils vont se produire. Voilà à quoi nous avons affaire, mes amis : une campagne de terreur à l'échelle d'un continent, en partie réelle, en partie imaginaire, relevant en partie de la magie. Si nous n'agissons pas très vite, le peuple va devenir fou. L'Empire s'effondrera, et ce sera la terreur absolue.

— Je croyais vous avoir entendu dire que vous aviez de mauvaises nouvelles pour nous, Zalasta, intervint Vanion.

— Très drôle, messire Vanion, fit Zalasta avec un sourire fugitif. Mais vous en saurez plus long cet après-midi, mes amis. Vous êtes invités à assister à la réunion des Mille. Votre visite revêt une grande importance sur le plan politique, et le Conseil s'apprête à faire cause commune avec vous, bien que ce ne soit pas son habitude. Attendez-vous, cependant, à devoir surmonter certains antagonismes, ajouta-t-il avec un soupir. Il existe au Conseil une faction réactionnaire à qui le seul mot d'Élène met l'écume à la bouche. Je crains que vous ne soyez en butte à la provocation.

— Il y a quelque chose qui cloche et je ne sais pas quoi, Émouchet, murmura Danaé, un moment plus tard.

Émouchet s'était retiré dans un coin du jardin de Séphrénia avec l'un des parchemins styriques de Vanion et s'efforçait de déchiffrer l'alphabet styrique. Danaé l'avait débusqué et s'était juchée sur ses genoux.

— Moi qui te croyais d'une sagesse absolue, dit-il. C'est une de tes caractéristiques, si je ne me trompe ?

— Arrête ce persiflage. Ce n'est pas le moment. Il y a quelque chose qui cloche, je te dis.

— C'est à Zalasta que tu devrais en parler. C'est un de tes adorateurs, je crois.

— Qu'est-ce qui t'a donné cette idée ?

— Je pensais qu'ils avaient grandi dans le même village, Séphrénia et lui.

— Et alors ?

— Eh bien, je croyais que tout le village t'adorait. Il serait logique que tu aies choisi de voir le jour dans un village où tu n'avais que des adeptes.

— Tu ne comprends vraiment rien aux Styriques. C'est l'idée la plus ennuyeuse que j'aie jamais entendue. Un village entier de gens qui adoreraient le même Dieu ? Et puis quoi encore !

— Les Élènes le font bien.

— Les Élènes mangent du porc, aussi.

— Qu'est-ce que tu as contre les cochons ?

Elle frémit.

— Bon, alors, selon toi, qui Zalasta adore-t-il, s'il n'est pas un de tes adeptes ?

— Il ne me l'a pas dit, et il serait très impoli de le lui demander.

— Comment se fait-il qu'il soit membre du Conseil des Mille ? Je pensais qu'il fallait être grand-prêtre pour en faire partie.

— Il n'en est pas membre. Il se contente de les conseiller. Je ne devrais pas te dire ça, Émouchet, ajouta-t-elle en faisant la moue, mais ne t'attends pas que le Conseil fasse preuve d'une grande sagesse. Les grands prêtres sont des dévots, ça ne veut pas dire qu'ils soient sages. Certains des Mille sont d'une stupidité à faire peur.

— Tu n'as vraiment aucun moyen de savoir quel Dieu pourrait être à l'origine de ces désordres ?

— Tu penses bien que non. Quel qu'il soit, il ne tient pas à ce que les autres connaissent son identité, et nous avons des moyens de nous dissimuler. Tout ce que je peux te dire, c'est que ce n'est pas un Styrique. Fais très attention à ce qui se dira aujourd'hui, Émouchet. Je suis de culture styrique, et tout ce cérémonial m'est tellement familier que des tas de choses risquent de m'échapper.

— A quoi veux-tu que je fasse plus particulièrement attention ?

— Je n'en sais rien. Fie-toi à ton intuition. Guette les fausses notes, les lapsus, tous les détails susceptibles de trahir un individu qui ne serait pas celui qu'on croit, par exemple.

— Tu penses qu'un membre des Mille pourrait travailler pour la partie adverse ?

— Je n'ai pas dit ça. Il y a quelque chose qui cloche, c'est tout. J'ai encore une de ces prémonitions comme chez Kotyk, et ma vie en dépendrait-elle que je ne pourrais t'en dire plus. Essaie de trouver ce que c'est, Émouchet. Il faut absolument que nous le sachions.

Le Conseil des Mille se réunissait dans un bâtiment de marbre orgueilleusement dressé au centre de la cité. Comme bien des édifices publics, il était totalement dépourvu de chaleur et d'humanité. C'était une immense bâtisse traversée par d'immenses couloirs de marbre qui résonnaient sous les pas, menant à d'immenses portes de bronze destinées à donner aux individus la notion de leur insignifiance.

Les réunions proprement dites avaient lieu dans un vaste amphithéâtre constitué par dix rangées de gradins de marbre montant en pente raide et garnis de sièges régulièrement espacés. Tout cela était très logique. Les architectes sont généralement des gens logiques, les bâtiments de ceux qui ne le sont pas ayant une fâcheuse tendance à s'effondrer.

Craignant que les Styriques ne procèdent à des associations d'idées déplaisantes en se retrouvant face à des Élènes en armure, Séphrénia avait suggéré à Émouchet et à ses compagnons de revêtir de simples robes blanches. Mais sous leur robe, les chevaliers portaient leur cotte de mailles et leur épée.

La salle était à moitié pleine, une partie des membres du Conseil était toujours occupée ailleurs. Certains étaient tranquillement assis, ou bavardaient entre eux. Plusieurs se déplaçaient d'un air décidé parmi leurs collègues et leur parlaient d'un air grave et pénétré. D'autres blaguaient et s'esclaffaient. Quelques-uns dormaient.

Zalasta les mena vers le devant de la chambre, où des fauteuils avaient été placés en demi-cercle sur une estrade, face à l'assistance.

— Il faut que j'aille m'asseoir, leur dit tout bas Séphrénia. Je vous demande de rester calmes, même si on vous insulte. Des milliers d'années de ressentiment sont accumulées dans cette salle ; il ne serait pas étonnant qu'il y ait certains débordements.

Zalasta monta sur l'estrade et attendit sans mot dire que le silence se fasse dans l'assistance. Les règles de la courtoisie étaient assez obscures en vérité dans cet endroit. Peu à peu les discussions cessèrent, et les membres du Conseil gagnèrent leur siège.

— Mesdames, messieurs, membres du Conseil, commença Zalasta en styrique, notre assemblée s'honore aujourd'hui de recevoir de nobles hôtes…

— Tu parles d'un honneur ! rétorqua un des membres. Ces « hôtes » m'ont tout l'air d'être des Élènes, et je ne m'en ressens pas de fricoter avec des mangeurs de cochon.

— Ça s'annonce plutôt bien, commenta tout bas Stragen. Nos cousins styriques semblent aussi peu imaginatifs que sous nos climats.

Zalasta ignora l'interruption et poursuivit.

— Sarsos est placée sous l'égide de l'Empire tamoul, rappela-t-il, lien hautement profitable pour notre nation.

— Les Tamouls nous le font payer assez cher, lança un autre membre du Conseil.

Zalasta l'ignora pareillement.

— Je suis sûr que vous vous joindrez tous à moi pour accueillir Son Excellence Oscagne, ministre des Affaires étrangères de l'Empire.

— Là, tu t'avances un peu, Zalasta, ironisa quelqu'un avec un rire insultant.

Oscagne se leva.

— Nous sommes comblés de ce témoignage d'estime et d'affection, dit-il sèchement dans un styrique parfait.

Des cris d'animaux s'élevèrent parmi les rangées de sièges, mais les lazzis moururent sur les lèvres lorsque

Engessa se leva à son tour, croisa les bras sur sa poitrine et toisa les trublions sans même prendre la peine de froncer le sourcil.

— Voilà qui est mieux, poursuivit Oscagne. Je suis heureux de constater que la légendaire courtoisie du peuple styrique reprend enfin ses droits. Si vous m'y autorisez, je voudrais vous présenter rapidement les membres de notre délégation, après quoi nous soumettrons une affaire urgente à votre considération.

Il commença par le patriarche Emban. Un murmure courroucé parcourut l'assemblée.

— Ces protestations s'adressent à l'Église, Votre Grâce, lui expliqua Stragen. Pas à vous personnellement.

Lorsque Oscagne présenta Ehlana, un membre du Conseil situé sur le rang du haut murmura à l'oreille de son voisin une remarque qui fut saluée par un rire vulgaire. Mirtaï se dressa comme un cobra et porta les mains à ses dagues.

Engessa lui souffla quelques paroles apaisantes en langue tamoule. Elle secoua la tête, les yeux lançant des éclairs, la mâchoire crispée, et dégaina une de ses dagues. Elle ne comprenait pas le styrique, mais elle savait ce que signifiait ce rire.

Émouchet se leva à son tour.

— C'est à moi qu'il appartient de répondre, Mirtaï, dit-il fermement. Il s'agit d'une instance officielle, et nous devons observer un certain protocole. Vous pourriez répéter ce que vous venez de dire, mais un peu plus fort, voisin ? demanda-t-il en styrique à l'intention de l'insolent personnage juché sur son perchoir. Si c'est drôle, nous aimerions en profiter.

— Dites donc ! ironisa le gaillard. Un chien qui parle !

Séphrénia se leva d'un bond.

— Je demande aux Mille d'observer la minute de silence rituelle, déclara-t-elle en styrique.

— Pourquoi, quelqu'un est mort ? demanda la grande gueule.

— Toi, Camriel, dit-elle doucement, aussi nous consolerons-nous vite. Celle que tu viens d'insulter est la femme du prince Émouchet, l'homme qui a anéanti le Dieu Aîné Azash. Souhaites-tu être inhumé conformément aux rites ? Pourvu, bien sûr, qu'il reste de quoi mettre en terre lorsqu'il en aura fini avec toi.

La mâchoire dudit Camriel retomba et il devint d'une pâleur livide. Les autres membres du Conseil parurent aussi se recroqueviller sur leur siège.

— On dirait que son nom ne leur est pas inconnu, nota Ulath.

— C'est évident, acquiesça Tynian. Notre insolent ami ici présent semble plongé dans une sinistre rumination sur la mortalité.

— Conseiller Camriel, reprit Émouchet d'un ton cérémonieux, je vous suggère de ne pas interrompre les délibérations des Mille par une affaire strictement personnelle. Je viendrai vous trouver après la séance et nous prendrons alors les mesures qui s'imposent.

— Qu'a-t-il dit ? demanda Ehlana.

— La même chose que d'habitude, Majesté. Je suppose que le conseiller Camriel va bientôt se rappeler qu'il a un rendez-vous urgent à l'autre bout du monde.

— Le Conseil va-t-il laisser ce barbare me menacer ? bredouilla Camriel.

Un Styrique aux cheveux d'argent éclata d'un rire sardonique à l'autre bout de l'amphithéâtre.

— Tu viens d'insulter personnellement un visiteur d'État, Camriel, déclara-t-il. Dans ces conditions, les Mille ne sont pas tenus de prendre ta défense. Ton Dieu a dû négliger ton instruction. Tu n'es qu'un imbécile et un malappris. Je me réjouis d'être bientôt débarrassé de ta présence.

— Comment osez-vous me parler ainsi, Michan ?

— Tu sembles aveuglé par le fait qu'un Dieu s'est un jour pris d'un vague intérêt pour toi, Camriel, reprit Michan d'un ton traînant assez insultant. Tu oublies que nous partageons tous, ici, cette faveur très spéciale. Et je ne serais pas surpris que ton Dieu soit en train de revoir son jugement à ton égard en ce moment précis. Tu dois lui faire terriblement honte. Mais tu perds un temps précieux. Dès la fin de la séance, je suppose que le prince Émouchet va venir te chercher — avec un instrument tranchant. Vous avez bien une arme blanche sur vous, Votre Altesse ?

Émouchet eut un grand sourire et écarta légèrement sa robe, révélant la poignée de son épée.

— Magnifique, mon vieux, commenta Michan. Je vous aurais volontiers prêté la mienne, mais on travaille toujours mieux avec ses propres outils. Comment, tu es encore là, Camriel ? Si veux voir le soleil se coucher, je crois que tu ferais mieux de prendre tes jambes à ton cou.

Le conseiller Camriel détala sans demander son reste.

— Que s'est-il passé ? demanda impatiemment Ehlana.

— Disons que le conseiller vient de présenter ses excuses à Sa Majesté, « traduisit » Stragen.

— Nous n'acceptons pas les excuses, coupa Mirtaï d'un ton implacable. Puis-je lui courir après et le tuer, Ehlana ?

— Laisse-lui un peu d'avance, Mirtaï, décida la reine.

— Combien ?

— Combien de temps pensez-vous qu'il puisse courir, messire Stragen ? demanda Ehlana.

— Jusqu'à la fin de ses jours, probablement, ma reine.

— Ça me convient parfaitement.

Zalasta exposa ensuite la situation aux Mille, et ils réagirent comme il fallait s'y attendre. La teneur des réponses traduisait d'ailleurs le fait qu'ils n'étaient pas très surpris. Le Conseil semblait divisé en trois factions : un certain nombre de conseillers défendirent, comme prévu, une position selon laquelle les Styriques étaient de taille à se défendre et n'avaient pas de raison de s'impliquer dans l'affaire. Les promesses élènes leur inspiraient la plus vive méfiance, les dirigeants élènes ayant manifesté dans le passé une fâcheuse tendance à les oublier sitôt le danger passé.

Le second groupe était plus modéré. Ses membres firent remarquer que la crise actuelle concernait les Tamouls plutôt que les Élènes, et que la présence d'une petit groupe de chevaliers de l'Église d'Éosie était assez incongrue en vérité. Comme Michan le fit remarquer, « les Tamouls ne sont pas vraiment nos amis dans tous les sens du terme, mais au moins ils ne sont pas nos ennemis. N'oublions pas que leurs Atans empêchent les Astels, les Édomites et les Dacites de nous envahir. » Or Michan était très respecté, et son opinion avait beaucoup de poids au Conseil.

Le troisième parti était très minoritaire et si radicalement anti-élène qu'il alla jusqu'à déclarer que les intérêts du Styricum seraient mieux défendus par une alliance avec les fomentateurs des troubles qu'avec les Élènes. Ces discours ne pouvaient être pris au sérieux et ceux qui les prononcèrent ne s'attendaient pas qu'ils le soient. Les orateurs profitaient plutôt de l'occasion pour énumérer leurs griefs, vitupérer et proférer des diatribes haineuses.

— Ça commence à devenir fastidieux, conclut Stragen en se levant.

— Que fais-tu ? demanda Émouchet.

— Ce que je fais ? Ben, je vais répondre, mon vieux.

Il s'avança sur le devant de l'estrade et se dressa résolument sous les cris et les quolibets. Le vacarme cessa peu à peu, plus parce que ceux qui le provoquaient étaient à cours d'énergie et d'imagination que parce qu'ils se demandaient ce que l'élégant Élène blond avait à dire.

— Je suis ravi de constater une fois de plus que les hommes sont tous aussi méprisables, commenta-t-il de sa belle voix grave et qui portait loin. Je désespérais de trouver une faille dans le caractère styrique, mais je découvre que vous ne valez pas mieux que les autres. La bigoterie que vous avez affichée cet après-midi apaise mes craintes. Je me réjouis de découvrir le cloaque de médiocrité qui fermente dans votre âme, car j'y vois la preuve que, pris en groupe, les hommes se valent tous, les Styriques comme les autres.

Ces paroles ravivèrent le concert de protestations. Entrelardées, cette fois, de jurons. Stragen attendit calmement que le calme revienne.

— Vous me décevez, mes chers frères, dit-il enfin. Un enfant élène de sept ans trouverait des insultes plus originales. Enfin, est-ce tout ce que la sagesse assemblée du Styricum réussit à produire ? Vous ne pouvez pas inventer mieux que « sale bâtard élène » ? D'ailleurs, ce n'est pas particulièrement insultant en ce qui me concerne, car il se trouve que je suis vraiment un bâtard. Je suis aussi un voleur et un meurtrier, ajouta-t-il en promenant sur l'assistance un regard fort civil en vérité, juste un peu méprisant. J'ai des tas d'habitudes répugnantes. J'ai commis des crimes pour lesquels il n'y a même pas de nom, et vous pensez que vos petites injures médiocres peuvent m'atteindre ? Quelqu'un a-t-il une vraie accusation digne de ce nom à proférer avant que je passe à l'inventaire de vos propres travers ?

— Vous nous avez réduits en esclavage ! brailla quelqu'un.

— Ah, moi, sûrement pas ! se récria Stragen. Pour rien au monde on ne me forcerait à prendre un esclave qu'il faudrait nourrir même s'il ne fiche rien. Non, éliminons cette accusation tout de suite. Bon, nous avons établi le fait que j'étais un bâtard, un voleur et un assassin, mais vous, qu'êtes-vous ? Le mot pleurnichard vous choquerait-il ? Parce que, pour ce qui est de pleurnicher, vous vous y entendez, vous autres, les Styriques. Vous avez patiemment constitué le catalogue des méfaits dont vous avez eu à souffrir au cours des derniers millénaires, et vous prenez un plaisir pervers à les ruminer, assis dans le noir, là où ça pue le plus, à les régurgiter comme autant de renvois d'un plat indigeste et à les remâcher. Vous voulez à tout prix coller vos malheurs sur le dos des Élènes. Franchement, ça vous surprendrait si je vous disais que je ne me sens absolument pas coupable de ce qui a pu vous arriver ? J'ai assez de raisons de culpabiliser avec tout le mal que j'ai pu faire pour ne pas battre ma coulpe pour des événements qui se sont déroulés mille ans avant ma naissance. Je vais vous dire, mes amis, tous ces grands airs de martyrs me gonflent considérablement. Vous n'en avez pas marre de vous lamenter, de vous apitoyer sur votre sort ? Je vais peut-être vous offenser encore plus gravement, mais il faut que je vous le dise : si vous tenez absolument à renifler, plaignez-vous de ce qui vous arrive aujourd'hui. Nous vous donnons l'occasion de vous joindre à nous et d'affronter un ennemi commun. C'est pure courtoisie de notre part, parce qu'il faut bien que vous vous colliez ça dans la tête : nous n'avons pas besoin de vous. Vraiment pas. En réalité, vous seriez un boulet pour nous plutôt qu'autre chose. J'ai entendu quelques handicapés mentaux, ici, suggérer une alliance avec notre ennemi. Qu'est-ce qui vous fait croire qu'il voudrait de vous comme partenaires ? Les paysans élènes seraient probablement ravis que vous fassiez un coup pareil, parce que ça leur donnerait un prétexte pour bouffer du Styrique d'ici jusqu'au détroit de Thalésie. Le fait de vous joindre à nous ne vous garantira pas un amoindrissement des préjugés des Élènes, mais pactisez avec notre ennemi, et vous pouvez être sûrs que d'ici dix ans, il n'y aura plus un Styrique en vie dans aucun royaume d'Élénie du monde.

Il se gratta pensivement le menton et les parcourut du regard.

— Bon, je crois que j'ai plus ou moins résumé la situation, dit-il. Je vous suggère d'en parler entre vous, maintenant. Nous partons pour Mathérion demain matin, mes amis et moi. Vous aurez peut-être envie de nous faire part de votre décision avant notre départ, mais c'est vous que ça regarde. Je n'ai pas de mots pour vous dire l'indifférence que peuvent nous inspirer les faits et gestes d'un peuple aussi insignifiant. Bien, fit-il en se tournant vers Ehlana pour lui offrir son bras. Si nous y allions ?

— Que leur avez-vous dit, Stragen ?

— Je viens de les insulter, répondit-il en haussant les épaules. À tous les niveaux possibles. Et puis je les ai menacés d'extinction, et je les ai invités à rejoindre nos alliés.

— Tout ça en un seul discours ?

— Il a été assez brillant, Majesté, fit Oscagne avec enthousiasme. Il leur a dit des choses qu'ils auraient dû entendre depuis très, très longtemps.

— J'étais assez bien placé pour ça, Votre Excellence, fit Stragen en souriant. Mon personnage est tellement contestable que personne n'escompte que je sois poli.

— Alors que tu es, en fait, d'une exquise politesse, objecta Bévier.

— Je sais, messire Bévier, mais les gens s'y attendent si peu qu'ils ne peuvent pas croire ça de moi.

Séphrénia et Zalasta arboraient une expression offusquée et glaciale, ce soir-là.

— Je ne voulais pas vous insulter personnellement, leur assura Stragen. J'ai entendu un certain nombre de gens très cultivés dire exactement la même chose. Nous avons de la sympathie pour les Styriques, mais nous en avons par-dessus la tête de ces jérémiades incessantes.

— Tu as aussi proféré des contrevérités, fit Séphrénia d'un ton accusateur.

— Évidemment. C'était un discours politique, petite mère. Personne n'attend d'un politicien qu'il dise la vérité.

— Le pari était risqué, messire Stragen, fit Zalasta d'un ton critique. J'ai failli avaler ma langue quand vous avez dit que les Élènes et les Tamouls n'avaient pas besoin de nous et que s'ils nous proposaient une alliance, c'était par pure courtoisie. En entendant ça, le Conseil aurait très bien pu décider de tirer un trait sur toute l'affaire.

— Non, parce qu'il prenait tout le Styricum en otage, Très Sage, objecta Oscagne. C'était un brillant discours politique. Cette allusion pas très subtile à l'éventualité d'une nouvelle vague de pogroms élènes ne laissait pas le choix aux Mille. Quelle a été la réaction générale ?

— À peu près celle que vous attendiez, Votre Excellence, répondit Zalasta. Messire Stragen a coupé l'herbe sous le pied des Styriques en fustigeant leur tradition d'autoapitoiement. Il est très difficile de jouer les martyrs quand on vient de s'entendre dire qu'on avait l'air complètement idiot dans ce rôle-là. Un ressentiment formidable gronde actuellement parmi les Mille. Les Styriques n'aiment rien tant que se plaindre et se lamenter, et vous avez tout gâché. Personne n'a vraiment envisagé de faire cause commune avec l'ennemi — en admettant que nous sachions à qui nous avons affaire — mais Stragen nous a très efficacement forcés à aller plus loin. La neutralité est hors de question, maintenant, parce que la paysannerie élène la considérerait comme revenant à peu près à la même chose qu'une alliance objective avec l'ennemi inconnu. Les Mille vont vous soutenir, Votre Excellence. Ils feront tout ce qui est en leur pouvoir, ne serait-ce que pour protéger leurs frères et leurs sœurs d'Éosie.

— Tu as bien gagné ta journée, Stragen, fit Kalten avec admiration. Nous aurions pu passer un mois à travailler les Styriques au corps pour les persuader de nous rejoindre.

— Et la journée n'est pas finie, fit Stragen. Mais le prochain groupe que je dois essayer de convaincre a la tête beaucoup plus dure.

— Puis-je vous aider ? proposa Zalasta.

— J'en doute, Très Sage. Quand il fera noir, nous irons, Talen et moi, rendre visite aux voleurs de Sarsos.

— Voyons, Stragen, il n'y a pas de voleurs à Sarsos !

Stragen et Talen échangèrent un coup d'œil et ne purent retenir un hurlement de rire.

— Il ne m'inspire pas confiance, Émouchet, fit Ehlana, tard dans la soirée, alors qu'ils étaient au lit. Il y a quelque chose qui sonne faux chez lui.

— Je crois que c'est son accent. J'ai eu la même impression jusqu'à ce que je me rende compte que, s'il parle parfaitement l'élène, il ne place pas l'accent tonique là où il faut. Le phrasé du styrique et de l'élène sont différents. Mais rassure-toi, Ehlana. Si on ne pouvait pas faire confiance à Zalasta, Séphrénia le saurait. Elle le connaît depuis très, très longtemps.

— N'empêche que je ne l'aime pas, insista-t-elle. Il est tellement onctueux qu'il brille comme s'il était plein d'huile. Et ne dis pas que c'est un préjugé de ma part, fit-elle en levant la main pour prévenir son objection. Je considère Zalasta comme n'importe quel être humains, pas comme un Styrique. Je n'ai pas confiance en lui, c'est tout.

— Ça passera quand nous le connaîtrons mieux.

On frappa à la porte.

— Je vous dérange ? demanda Mirtaï.

— Que veux-tu que nous fassions à cette heure-ci ? demanda impudemment Ehlana.

— Vous voulez vraiment que je vous le dise ? Talen est là. Il veut vous parler.

— Fais-le entrer, dit Émouchet.

La porte s'ouvrit et Talen entra dans le cercle de lumière de l'unique bougie éclairant la pièce.

— On se croirait revenus au bon vieux temps, Émouchet.

— Comment ça ?

— Devine qui nous avons vu dans la rue en sortant de notre réunion avec les voleurs ? Krager. Tu te rends compte ? Eh bien, ça m'a presque fait plaisir de le revoir. Il commençait à me manquer.

CHAPITRE XVIII

— Nous n'avons absolument pas le temps, Émouchet, dit calmement Séphrénia.

— Je vais le prendre quand même, petite mère, répondit-il d'un ton implacable. Ce ne sera pas long. Nous allons rester ici, Stragen et moi, et nous occuper de lui. Krager n'est pas un Styrique ; nous devrions arriver à le retrouver sans trop de mal. Nous vous rattraperons quand nous l'aurons capturé et fait parler. Je vais lui tirer les vers du nez si fort qu'on lui verra la cervelle.

— Et qui veillera sur la mère pendant que le père s'amusera ici, Émouchet ? demanda Danaé.

— Une véritable armée, Danaé.

— Tu es son Champion, Père. Ce titre est-il si vide de sens que tu puisses en faire table rase dès que tu as d'autres chats à fouetter ?

Émouchet regarda sa fille avec désespoir. Puis il flanqua un coup de poing sur le mur comme pour évacuer sa frustration.

— Tu vas te faire mal, murmura Séphrénia.

Ils étaient dans la cuisine. Émouchet s'était levé tôt et était allé chercher sa tutrice pour lui raconter ce que Talen avait trouvé et ce qu'il projetait de faire pour amener Krager à répondre d'une longue liste de méfaits. La présence de Danaé n'était pas très surprenante.

— Tu aurais dû le battre à mort quand tu as mis le grappin dessus, à Chyrellos, dit froidement Séphrénia.

— Séphrénia ! s'exclama Émouchet, plus surpris par la

sécheresse avec laquelle elle avait proféré ces paroles que par leur signification proprement dite.

— C'est vraiment dommage, mon cher petit. Il ne serait pas revenu nous hanter comme ça. Tu sais ce que dit toujours Ulath. Il ne faut jamais laisser un ennemi derrière soi.

— J'ai l'impression d'entendre parler une Élène, petite mère.

— Je te dispense de tes insultes.

— Le fait de t'écraser la main sur le mur t'a-t-il ramené au sens des réalités, Émouchet ? demanda Danaé.

— Tu as raison, soupira-t-il. Bien sûr. Je me suis laissé emporter. Je ne sais pas pourquoi, le fait de savoir Krager en vie me scandalise. C'est un résidu malpropre de Martel. J'aimerais bien nettoyer ce coin de ma vie une fois pour toutes.

— On peut vraiment tirer la cervelle de quelqu'un par le nez ? demanda sa fille.

— Je n'en sais rien. Je te le dirai quand j'aurai mis la main sur ce Krager. Enfin, je pense que nous devrions aller à Mathérion, fit-il en massant son poing endolori. Séphrénia, comment va vraiment Vanion ?

— C'est un certificat d'aptitude que tu me demandes ? répliqua-t-elle sèchement.

— Ça ne me regarde pas, petite mère. Tout ce qui m'intéresse, c'est de savoir si oui ou non il peut faire le voyage.

— Oh oui, répondit-elle avec un sourire. Tout à fait.

— Parfait. Tant mieux. Je serai heureux de remettre les rênes du pouvoir entre ses mains, avec toutes les joies que ça comporte.

— Ça, il n'en est pas question.

— Et pourquoi donc ?

— Vanion a trop longtemps porté ce fardeau. C'est ce qui l'a rendu malade avant tout. Il vaudrait mieux que tu t'y fasses, Émouchet, tu *es* le Précepteur pandion. Il ne refusera assurément pas de te conseiller, mais c'est à toi, désormais, de prendre les décisions. Je ne te laisserai pas le tuer.

— Rien ne s'oppose donc à ce que vous veniez tous les deux avec nous à Mathérion ?

— Bien sûr qu'ils vont venir, Émouchet, intervint Danaé. C'est arrangé depuis longtemps.

— J'aurais apprécié que quelqu'un songe à me prévenir.

— Pourquoi ? Tu n'as pas besoin de tout savoir, Père chéri. Fais ce que nous te disons, c'est tout.

— Mais qu'est-ce qui t'a pris de t'encombrer de celle-là, Séphrénia ? demanda Émouchet. Tu n'avais pas d'autre Dieu sous la main ? Un brave Dieu troll, par exemple...

— Émouchet ! hoqueta Danaé.

Il lui dédia un grand sourire.

— Zalasta vient avec nous, lui aussi, annonça Séphrénia. Il a été appelé à Mathérion, et son aide nous sera vraiment précieuse.

— Ça risque de poser un problème, petite mère, fit Émouchet en fronçant le sourcil. Ehlana le trouve louche.

— C'est absurde, Émouchet. Je le connais depuis toujours. Je pense honnêtement que si je lui disais de rester ici il en mourrait.

— Ma mère t'a-t-elle dit pourquoi il ne lui inspirait pas confiance ? demanda Danaé en le regardant avec attention.

— J'ai l'impression qu'il lui a tout de suite déplu, répondit Émouchet avec un haussement d'épaules. Et sa réputation d'homme le plus sage du monde n'y est sûrement pas pour rien. Elle était probablement mal disposée à son égard avant même de le rencontrer.

— Et puis il est styrique, bien sûr, fit Séphrénia d'un petit ton pincé.

— Allons, Séphrénia, tu connais assez Ehlana pour savoir qu'elle n'est pas comme ça. Je pense qu'il est temps de quitter Sarsos. Les *a priori* locaux commencent à t'embrumer les idées.

— Vraiment ? fit-elle entre ses dents.

— Il est trop facile d'expliquer une animosité en la mettant sur le compte d'un préjugé, et surtout, il n'y a rien de plus stupide. On peut avoir toutes sortes de raisons de détester les gens, tu le sais. Tu te souviens d'Antas ? Eh bien, je ne pouvais pas le voir en peinture.

— Antas ? Je croyais que vous étiez amis !

— Il m'était odieux. J'avais les mains qui tremblaient chaque fois qu'il s'approchait de moi. Si je te disais que j'ai été heureux lorsque Martel l'a tué...

— Émouchet !

— Tu n'as pas besoin de raconter ça à Vanion, petite mère. Je n'en suis pas très fier moi-même. Ce que je veux dire, c'est qu'on a parfois des raisons personnelles de haïr les gens, sans que ce soit l'expression d'un préjugé racial, social ou je ne sais quoi. Ehlana n'aime pas Zalasta, il lui sort par les trous de nez, un point c'est tout. Elle n'aime peut-être pas ses sourcils, va savoir. Il faut toujours envisager les explications les plus simples avant d'aller en chercher de plus compliquées.

— Y a-t-il, messire chevalier, une chose que tu aimerais me voir changer dans ma personne ?

Il la regarda gravement de haut en bas et de bas en haut.

— Tu es vraiment très petite, tu sais. Tu n'as jamais envisagé de grandir un peu ?

Elle manqua répliquer, puis elle éclata de rire.

— Tu es vraiment déconcertant, Émouchet.

— Je sais. C'est pour ça qu'on m'aime.

— Tu comprends maintenant pourquoi je raffole tant de ces grands ballots d'Élènes ? demanda Séphrénia d'un petit ton primesautier à sa sœur.

— Évidemment, répondit Aphraël. C'est parce que ce sont de grands chiots dégingandés, un peu maladroits. Peu de gens savent qui je suis en réalité, poursuivit-elle d'un ton à la fois grave et rêveur. Vous êtes à peu près seuls avec Vanion à me reconnaître dans cette incarnation. Je pense que c'est une bonne chose. Inutile de prévenir l'ennemi, quel qu'il soit, que je suis dans les parages. Il se laissera peut-être aller à faire une ou deux erreurs, s'il l'ignore.

— Tu vas tout de même en parler à Zalasta, non ? avança Séphrénia.

— Je ne vois pas l'intérêt de le lui dire. Non, gardons ça pour nous, pour l'instant. Quand on fait confiance à quelqu'un, on se met aussi en position de faire confiance à ceux à qui il se fie, et ça inclut parfois des gens qu'on ne connaît même pas. Je préfère m'abstenir pour le moment.

— Elle commence à s'y connaître, en logique, observa Émouchet.

— Eh oui, soupira Séphrénia. Elle a de très mauvaises fréquentations depuis quelque temps.

Ils quittèrent Sarsos dans la matinée. Ils sortirent par la porte est et retrouvèrent les chevaliers de l'Église, les Péloïs et les deux légions d'Atans d'Engessa. Il faisait beau et chaud, et le ciel était d'un bleu intense. Le soleil venait d'apparaître juste au-dessus des pics déchiquetés, couronnés de neige, qui se dressaient à l'est. Les ombres bleutées du matin planaient encore à flanc de montagne. Le paysage qui s'étendait devant eux semblait sauvage et accidenté. Engessa faisait la route à côté d'Émouchet, et son visage de bronze arborait une expression plus douce que d'ordinaire. Il indiqua les montagnes d'un geste.

— C'est l'Atan, Émouchet-Chevalier, dit-il. Ma terre natale.

— C'est très impressionnant, Engessa-Atan, approuva chaleureusement Émouchet. Depuis combien de temps en êtes-vous parti ?

— Quinze ans.

— C'est un long exil.

— Très long en vérité, Émouchet-Chevalier. Nous nous connaissons assez bien, maintenant, n'est-ce pas ? reprit-il en regardant la voiture qui roulait derrière eux

Zalasta avait remplacé Stragen, et Mirtaï tenait Danaé sur ses genoux. La géante avait le visage serein.

— Je crois que oui, acquiesça Émouchet. Nos peuples ont des coutumes différentes, mais nous avons surmonté la plupart de ces différences.

Engessa eut un petit sourire.

— Tu as magnifiquement mené les négociations, pour Mirtaï-Atana et Kring-Domi.

— Les gens raisonnables finissent toujours par trouver un terrain d'entente.

— Les Élènes attachent une grande importance à la raison, n'est-ce pas ?

— Je reconnais que c'est l'un de nos travers.

— Je veux te parler d'une de nos coutumes, Émouchet-Chevalier. Je m'efforcerai d'être clair, bien que je m'exprime maladroitement dans ta langue. Mais je compte sur toi pour expliquer les choses aux autres.

— Je ferai de mon mieux, Engessa-Atan.

— Atana Mirtaï va subir le Rite de Passage quand elle rentrera en Atan.

— C'est bien ce que je pensais.

— La coutume de notre peuple veut que l'enfant revive ses souvenirs d'enfance avant d'entrer dans l'âge adulte, et ceci en présence de sa famille. J'ai parlé avec Mirtaï-Atana. Elle n'a pas eu une enfance heureuse. Beaucoup de ses souvenirs sont pénibles, et elle aura besoin d'avoir ceux qu'elle aime auprès d'elle lorsqu'elle les évoquera. Veux-tu prévenir Ehlana-Reine ?

— Comptez sur moi, Engessa-Atan.

— L'Atana viendra te voir quand elle se sentira prête. Elle a le droit de choisir ceux qui l'aideront. Certains de ses choix peuvent te surprendre, mais parmi mon peuple, on considère comme un honneur d'être invité.

— Nous en serons infiniment honorés, Engessa-Atan.

Émouchet avertit rapidement les autres que Mirtaï

convoquerait une réunion au moment de son choix mais il n'entra pas dans les détails, ne sachant trop lui-même à quoi s'attendre.

Ce soir-là, l'Atana géante parcourut le campement avec une discrétion qui lui ressemblait bien peu. Contrairement à son habitude, elle ne leur ordonna pas, sur un ton péremptoire, d'assister à une cérémonie — elle le leur demanda, on pourrait presque dire qu'elle les en pria, et ils lui trouvèrent une étrange fragilité dans le regard. La plupart des gens qu'elle choisit étaient, comme s'y attendait Émouchet, ceux qui avaient été les plus proches d'elle au cours des dernières années de son esclavage. Mais il eut quelques surprises. Elle invita des Pandions qu'Émouchet ne connaissait même pas, ainsi que quelques-uns des Péloïs de Kring et deux Atanas des légions d'Engessa. Elle convia aussi Emban et Oscagne à entendre son histoire.

Ils se réunirent autour d'un grand feu de camp, le soir même, et Engessa, qui assumait le rôle de ses parents disparus, leur dit quelques mots avant de lui laisser la parole.

— Ceux de notre peuple ont l'habitude de dire au revoir à leur enfance avant d'entrer dans l'âge adulte, expliqua-t-il gravement. Mirtaï-Atana va bientôt subir le Rite de Passage, et elle nous a demandé d'être à ses côtés au moment de laisser son passé derrière elle. Cette enfant n'est pas comme les autres jeunes Atanas. D'habitude, poursuivit-il d'un ton pensif, l'enfance est faite de choses simples. Mais Mirtaï-Atana a connu l'esclavage. Elle a survécu et nous est revenue. Son enfance a été plus longue que les autres. Elle a vécu des événements peu habituels, de grands tourments. Nous allons écouter avec amour, même si nous ne comprenons pas toujours. Il serait bon de commencer à l'endroit où tu es née, ma fille, suggéra-t-il en se tournant vers Mirtaï.

— Oui, Atan-Père, répondit-elle respectueusement, comme le voulait la tradition.

Elle s'adressa alors à l'assistance d'une voix sourde, bien

différente de celle qu'ils lui connaissaient. Émouchet eut l'impression qu'ils voyaient ce soir-là une autre Mirtaï, une fille douce et sensible qui dissimulait ses sentiments sous une autorité bourrue.

— Je suis née dans un village situé à l'ouest de Dirgis, près de la source de la Sarna, commença-t-elle en élène, car à l'exception d'Oscagne, d'Engessa et des deux Atans, aucun de ceux qu'elle aimait ne parlait tamoul. Nous vivions dans les montagnes. Mon père et ma mère en faisaient grand cas, ajouta-t-elle avec un petit sourire. Tous les Atans se croient spéciaux, mais les Atans des montagnes se croient particulièrement spéciaux. Et nous nous devons d'être les meilleurs en tout, car nous sommes tellement supérieurs aux autres, fit-elle d'un ton malicieux, et tous comprirent que cette remarque en passant était une pierre dans le jardin des Styriques comme des Élènes.

« J'ai vécu les premières années de ma vie dans les forêts et les montagnes. J'ai marché plus tôt que la plupart des autres enfants, et j'ai couru presque aussi vite. Mon père était très fier de moi. Il disait que j'étais née pour courir. Je m'imposai bientôt des épreuves, comme le veut notre coutume. À cinq ans, je pouvais courir la moitié de la journée ; quand j'en eus six, je courais du lever au coucher du soleil.

« Les enfants du village commençaient leur entraînement vers huit ans, pas avant, parce que le camp d'entraînement de la région était très loin et que nos parents n'aimaient pas se séparer de nous tant que nous étions petits. Les Atans des montagnes sont des gens très sensibles. C'est notre plus grand défaut.

— Étais-tu heureuse, Atana ? demanda doucement Engessa.

— Très heureuse, Atan-Père, répondit-elle. Mes parents m'aimaient beaucoup et ils étaient très fiers de moi. Nous habitions un petit village, et il n'y avait pas beaucoup d'enfants. J'étais la meilleure, et les amis de mes parents disaient que je promettais.

Elle s'interrompit, les larmes aux yeux.

— Et puis, un jour, les marchands d'esclaves arjunis sont venus. Ils avaient des arcs. Ils ne s'intéressaient qu'aux enfants, alors ils ont tué tous les adultes. Ma mère tomba sous la première flèche.

Sa voix se brisa, et elle resta un moment tête basse. Lorsqu'elle releva son visage, ils virent que des larmes coulaient sur ses joues.

La princesse Danaé s'approcha d'elle et lui tendit les bras. Mirtaï la prit machinalement sur ses genoux. Danaé effleura sa joue trempée de larmes et l'embrassa.

— Je n'ai pas vu mourir mon père, poursuivit Mirtaï d'une voix étranglée, puis elle reprit son empire sur elle-même, et son regard devint dur. J'ai tué le premier Arjuni qui a essayé de m'attraper. Ce sont des gens ignorants. Il n'avait pas l'air de savoir que les enfants pouvaient être armés. L'Arjuni tenait une épée dans la main droite, et il m'a pris le bras de la main gauche. Ma dague était bien affûtée. Je la lui ai enfoncée sous le bras, et elle est entrée comme dans du beurre. Un jet de sang a jailli de sa bouche. Il est tombé à la renverse et je l'ai frappé à nouveau, en pleine poitrine, cette fois. J'ai senti son cœur frémir à la pointe de mon couteau. J'ai imprimé une torsion à la lame, et il est mort.

— Oui ! s'exclama Kring d'une voix rauque, et le farouche domi pleurait sans retenue.

— J'ai tenté de fuir, poursuivit Mirtaï, mais un autre Arjuni m'a fait un croche-pied et a essayé de me prendre ma dague. Je lui ai coupé les doigts et je lui ai planté ma lame dans le bas-ventre. Il a mis deux jours à mourir, et il n'a pas arrêté de hurler pendant tout ce temps. Ses cris m'ont fait beaucoup de bien.

— Oui !

Cette fois, c'était Kalten. Il avait, lui aussi, les yeux pleins de larmes. L'Atana lui jeta un petit sourire attristé.

— Les Arjunis ont compris que j'étais dangereuse, et ils

m'ont assommée. Quand je me suis réveillée, j'étais enchaînée.

— Et tout ça t'est arrivé alors que tu n'avais que huit ans ? demanda Ehlana d'une voix étouffée.

— Pas huit, Ehlana, sept, rectifia doucement la géante.

— Vous avez vraiment tué un homme à cet âge ? releva Emban, incrédule.

— Deux, Emban. Celui qui a hurlé deux jours est mort aussi, répondit-elle, puis une lueur de doute s'inscrivit dans son regard. Puis-je aussi revendiquer celui-là, Atan-Père ? Il aurait pu mourir d'autre chose.

— Tu peux t'attribuer sa mort, ma fille, jugea Engessa. C'est ta lame qui lui a ôté la vie.

Elle soupira.

— Je m'étais toujours demandé, confessa-t-elle. Ça m'embrouillait dans mes comptes, et je n'aime pas ça.

— C'était un meurtre légitime, Atana. Ton compte est parfaitement clair.

— Merci, Atan-Père, dit-elle. Il est bon d'être sûr, pour des choses aussi importantes. Je n'ai plus tué pendant près d'une demi-année, poursuivit-elle après un instant de réflexion. Les Arjunis m'ont conduite à Tiana, au sud. Je n'ai pas versé une larme de tout le voyage. Il ne faut jamais montrer à ses ennemis qu'on a du chagrin. À Tiana, mes ravisseurs m'ont emmenée au marché aux esclaves et m'ont vendue à un marchand dacite. C'était un gros homme adipeux et qui sentait mauvais, et qui adorait les enfants.

— C'était un bon maître, alors ? releva la baronne Mélidéré.

— Je n'ai pas dit ça, Mélidéré. Pelaser aimait les petits garçons et les petites filles d'une façon très particulière. Les Arjunis l'avaient mis en garde contre moi, alors il a veillé à ce que je ne puisse pas mettre la main sur un couteau. Mais comme il fallait bien que je mange, il m'a donné une cuillère. Il m'a emmenée chez lui, à Verel, en Daconie, et j'ai passé tout le voyage à affûter le manche de ma cuillère sur mes chaînes. C'était une bonne cuillère de métal, et j'avais obtenu un très bon tranchant. Quand nous sommes arrivés à Verel, il m'a enchaînée dans une petite pièce, sur le derrière de la maison. Je passais tout mon temps à polir ma lame sur le sol de pierre. J'en étais arrivée à beaucoup l'aimer. Vous allez voir si elle est jolie, fit-elle en se penchant.

Elle glissa la main dans sa botte et en sortit une cuillère très ordinaire, à manche de bois. Elle la prit à deux mains, effectua un léger mouvement de torsion et tira du fourreau de bois le manche métallique de la cuillère. Il était incroyablement effilé, poli comme de l'argent, et la pointe aussi acérée qu'une aiguille. Mirtaï la regarda d'un œil critique.

— Elle n'est pas assez longue pour percer le cœur, reprit-elle d'un ton d'excuse, mais elle peut être très utile en cas d'urgence. On dirait tellement une cuillère ordinaire que personne n'a eu l'idée de me l'enlever.

— Génial, murmura Stragen, les yeux brillants. Vole-nous quelques cuillères, Talen, que nous nous mettions tout de suite au travail.

— Pelaser est venu dans ma chambre, une nuit, et il m'a mis ses sales pattes dessus, continua Mirtaï. Je suis restée très calme, et il a cru que je ne résisterais pas. Il a commencé à sourire, et j'ai remarqué qu'il bavait quand il souriait comme ça. Il souriait encore — et il bavait toujours — quand je lui ai arraché les deux yeux. Vous saviez que les yeux de l'homme lui sortaient de la tête quand on les crevait avec un objet pointu ?

Mélidéré poussa un petit cri étouffé et regarda l'Atana au visage serein avec une horreur non dissimulée.

— Il a essayé de crier, poursuivit calmement Mirtaï, mais je lui ai passé ma chaîne autour du cou et je l'ai fait taire. J'aurais bien voulu le découper en petits morceaux, mais je devais tenir la chaîne à deux mains pour l'empêcher de crier. Il a commencé à se débattre, alors j'ai tiré encore plus fort sur la chaîne.

— Oui !

À la surprise générale, c'était Aleanne, la servante aux yeux de biche, qui venait d'exprimer une farouche approbation. Elle étreignit rapidement Mirtaï, avec une férocité qui lui ressemblait assez peu. L'Atana, un peu surprise, caressa affectueusement le visage de la gentille fille et poursuivit.

— Pelaser a vite cessé de remuer. Il avait renversé la chandelle, et il faisait tout noir dans le réduit, alors je ne pouvais pas être sûre qu'il était mort. J'ai tenu la chaîne serrée autour de son cou jusqu'au matin. Quand le soleil s'est levé, j'ai vu qu'il avait la figure toute noire.

— Bien joué, ma fille, commenta fièrement Engessa.

Elle lui dédia un sourire radieux et inclina plaisamment la tête.

— J'ai cru qu'ils me tueraient en découvrant ce que j'avais fait, mais les Dacites des villes du Sud sont vraiment des gens bizarres. Pelaser n'était pas très aimé à Verel, et bien des gens ont dû être secrètement amusés qu'il ait été tué par un des enfants qu'il avait l'habitude de molester. Son héritier était un neveu appelé Gelan. Il m'était très reconnaissant d'avoir fait sa fortune en tuant son oncle, et il a pris ma défense auprès des autorités.

Elle s'interrompit et regarda la princesse nichée dans son giron, qui jouait avec la petite cuillère brillante comme de l'argent.

— Tu pourrais aller me chercher de l'eau, Danaé, s'il te plaît ? Je n'ai pas l'habitude de parler autant et j'ai la gorge sèche.

Danaé obéit docilement et s'éloigna en direction des feux où l'on préparait le souper.

— Elle est encore petite pour entendre certaines choses, murmura Mirtaï. Gelan était un brave jeune homme, mais il avait des goûts particuliers. Il aimait les garçons, et non les femmes.

Bévier étouffa un hoquet de surprise.

— Seigneur ! fit Mirtaï. Êtes-vous à ce point ignorant des choses de la vie, Bévier ? Ce n'est pas si rare, vous savez. Enfin, je m'entendais assez bien avec lui. Au moins, il n'essayait pas d'abuser de moi. Il aimait parler, alors il m'a appris l'élène, et même un peu à lire. Les gens comme lui mènent souvent une vie dissolue, et il avait besoin d'une amie fidèle. On m'avait dit qu'il était poli d'écouter quand les adultes parlent, et au bout d'un moment, il m'a ouvert son cœur. Quand j'ai grandi, il m'a acheté de jolies robes. Il les portait parfois lui-même, mais je crois que c'était seulement pour s'amuser. C'est à peu près à ce moment-là que j'ai connu cette époque difficile de la vie d'une fille où elle devient une femme. Il a été très gentil et compréhensif. Il m'a expliqué ce qui m'arrivait pour que je n'aie pas peur. Il me faisait mettre mes plus jolies robes et il m'emmenait avec lui quand il allait parler affaires avec des gens qui ne connaissaient pas ses goûts. La Daconie est un royaume élène, et les Élènes ont des idées bien arrêtées sur ce genre de chose. Ils en font un problème religieux, je me demande bien pourquoi. Enfin, le fait que Gelan ait toujours une jeune esclave avec lui apaisait les soupçons.

Bévier la regardait comme s'il n'en croyait pas ses oreilles.

— Vous devriez peut-être aller aider la princesse à chercher de l'eau, Bévier, suggéra gentiment Mirtaï. Ça fait partie de mon enfance, alors il faut que j'en parle. Mais vous n'êtes pas obligé de m'écouter si ça vous gêne. Je comprendrai.

— Je suis votre ami, Mirtaï, fit-il, un peu troublé. Je reste.

— Bon garçon, répondit-elle avec un sourire, et de la même voix que Séphrénia lorsqu'elle disait exactement la même chose.

Émouchet fut un peu surpris de constater à quel point l'Atana pouvait être observatrice.

Mirtaï poussa un soupir.

— Nous nous aimions bien, Gelan et moi, mais pas comme les gens l'entendent généralement quand on parle d'un homme et d'une femme. Il y a autant de sortes d'amour que de gens, je crois. Seulement il avait des ennemis. Beaucoup d'ennemis. C'était un commerçant avisé, et il avait presque toujours le dessus dans les négociations. Le monde est plein de gens mesquins qui prennent ce genre de chose pour un affront personnel. Une fois, un marchand édomite s'est tellement énervé qu'il a essayé de tuer Gelan et j'ai dû utiliser ma cuillère pour le protéger. Comme j'ai dit, la lame n'est pas assez longue pour tuer proprement, et ça a fait beaucoup de saletés. J'ai gâché une très jolie robe de soie, ce soir-là. J'ai dit à Gelan qu'il ferait vraiment mieux de m'acheter des lames dignes de ce nom afin que je puisse tuer les gens sans me salir. L'idée d'avoir une fille de douze ans comme garde du corps l'a d'abord surpris, mais il a tout de suite vu les avantages de la situation. C'est lui qui me les a achetées, fit-elle en effleurant la garde des dagues d'argent glissées dans sa ceinture. Je les ai toujours tendrement chéries. J'ai trouvé un moyen de les dissimuler sous mes vêtements quand nous allions en ville. Après que j'en ai usé sur quelques personnes, ça s'est très vite su et ses ennemis ont arrêté d'essayer de le tuer.

« Il y avait d'autres jeunes gens comme Gelan, à Verel, et ils se rendaient mutuellement visite. Chez eux, ils n'étaient pas obligés de dissimuler leurs sentiments. Ils étaient tous très gentils avec moi. Ils me donnaient des conseils, ils me faisaient de beaux cadeaux. Je les aimais beaucoup. Ils étaient tous très polis, très intelligents, et ils sentaient toujours bons. Je n'aime pas les hommes qui sentent mauvais, fit-elle avec un regard éloquent à Kring.

— Je me lave ! protesta-t-il.

— Parfois, précisa-t-elle d'un ton quelque peu critique. Tu montes beaucoup à cheval, Kring, et le cheval a une odeur particulière. Mais nous parlerons de ça quand je t'aurai appliqué ma marque au fer rouge, fit-elle en riant. Je ne voulais pas t'effrayer avant d'être sûre de toi.

Elle avait un sourire réellement affectueux, et Émouchet réalisa que ces paroles faisaient parties du Rite de Passage, et qu'elle ne s'exprimerait probablement plus jamais avec une telle franchise. Elle avait baissé sa garde atan pour cette soirée. Il se sentit profondément honoré d'avoir été invité à la séance.

Elle soupira et se rembrunit.

— Gelan était... disons très proche d'un séduisant jeune homme appelé Majen. Je ne l'aimais pas. Il profitait de lui et il faisait exprès de lui dire et de lui faire des choses blessantes. C'était un homme frivole, égoïste, et très imbu de sa personne. Mais il était aussi infidèle, et ça, c'est méprisable. Avec le temps, il s'est lassé de Gelan et il est tombé amoureux d'un autre jeune homme sans cœur. J'aurais dû les tuer tous les deux quand j'ai compris. Je me suis mordu les doigts de ne pas l'avoir fait. Gelan avait eu la bêtise d'inviter Majen à utiliser une magnifique demeure qu'il avait aux environs de la ville, et de lui dire qu'il avait pris des dispositions pour qu'elle lui revienne s'il lui arrivait quelque chose. Majen et son nouvel ami convoitaient cette maison, et ils ont tramé un complot contre Gelan. Ils l'ont attiré dans la demeure, une nuit, ils l'ont tué et ils ont jeté son corps à la rivière. J'ai pleuré pendant des jours, parce que je l'aimais vraiment beaucoup. C'est l'un de ses autres amis qui m'a raconté ce qui s'était passé, mais je n'ai rien dit, rien fait. J'ai attendu que les deux meurtriers croient qu'ils s'en étaient tirés. La sœur de Gelan a hérité de moi ainsi que de tous ses autres biens. C'était une assez brave personne, mais horriblement bigote. Elle n'avait que faire d'une esclave. Elle disait vouloir que nous soyons amies, mais je lui ai plutôt conseillé de me revendre. Je lui ai dit que je savais qui avait tué Gelan, que j'allais les tuer et qu'elle avait intérêt à me revendre à une personne qui partirait peu après afin d'éviter d'avoir à expliquer la présence des cadavres et tout ce qui s'ensuit. Je pensais qu'elle ferait des histoires, mais elle a plutôt bien pris la chose. Elle aimait beaucoup son frère, au fond, et elle approuvait mes projets. Elle m'a vendue à un marchand élène qui partait pour Vardenais, et elle lui a dit qu'elle me livrerait à lui le matin de son départ. Elle lui avait fait un très bon prix, alors il n'a pas discuté.

« Enfin, la veille de mon départ, je me suis déguisée en garçon et je suis allée dans la maison où vivaient Majen et l'autre garçon. J'ai attendu que Majen sorte pour frapper à la porte. Le nouvel ami de Majen est venu m'ouvrir, et je lui ai dit que je l'aimais. J'avais vécu six ans avec Gelan ; je savais exactement comment il fallait me comporter pour que ce jeune imbécile me croie. Il a été tout excité quand il a entendu ça, et il m'a embrassée plusieurs fois.

Elle eut une grimace de dégoût.

« Il y a des gens qui sont incapables d'être fidèles. Enfin, quand il a été très, très excité, ses mains sont parties à la découverte. Il a trouvé des choses qui l'ont beaucoup surpris. Il a été encore plus étonné quand je lui ai ouvert le ventre par le travers.

— Mmm, joli, approuva Talen, les yeux très brillants.

— Ça, ça ne m'étonne pas, commenta Mirtaï. Tu n'aimes que les histoires sanglantes. Bref, quand j'ai ouvert ce joli garçon en deux, toutes sortes de choses en sont tombées. Il s'est affalé dans un fauteuil et il a essayé de se les remettre dedans. Mais les gens sont très gluants, à l'intérieur, et il n'y est pas arrivé.

Ehlana étouffa un hoquet.

— Vous ne saviez pas, pour les entrailles ? demanda Mirtaï. Demandez à Émouchet de vous raconter, un jour. Il en a sûrement beaucoup vu. J'ai laissé le jeune homme assis là, et je me suis cachée derrière une porte. Quand Majen est rentré, un peu plus tard, il a été très embêté de retrouver son ami dans cet état.

— Ça, j'imagine, commenta Talen en riant.

— Mais il a été encore plus ennuyé quand je me suis jetée sur lui par-derrière et que je lui ouvert le ventre exactement de la même façon.

— Ce n'est pas une blessure fatale, Atana, commenta Engessa d'un ton critique.

— Je ne voulais pas qu'elle le soit, Atan-Père, répondit-elle. Je n'en avais pas fini avec eux. Je leur ai dit qui j'étais, et que je venais leur apporter un cadeau d'adieu de Gelan. Ce fut la meilleure partie de la soirée. Après, j'ai mis Majen dans un fauteuil en face de celui de son ami, pour qu'ils puissent se regarder crever. Puis j'ai plongé mes mains dans leur ventre et j'en ai sorti les choses gluantes dont je vous parlais.

— Et vous les avez laissés comme ça ? demanda avidement Talen.

— Oui, mais d'abord, j'ai mis le feu à la maison. Majen et son ami n'ont pas réussi à mettre leurs intérieurs suffisamment en place pour arriver à s'enfuir. En attendant, ils ont beaucoup crié.

— Seigneur ! s'exclama Emban.

— Le châtiment était juste, Atana, remarqua Engessa. Nous le décrirons aux enfants, dans les camps d'entraînement. C'est un exemple à suivre.

Mirtaï inclina humblement la tête.

— Eh bien, Bévier ? fit-elle en relevant les yeux.

— Les péchés de votre maître ne regardaient que lui, répondit-il lentement comme s'il cherchait ses mots. Enfin, c'était entre Dieu et lui. Vous avez fait ce qu'on doit faire pour un ami. Je ne vois pas où est le mal.

— Vous m'en voyez heureuse, murmura-t-elle.

Bévier eut un petit rire penaud.

— C'était un peu pompeux, non ?

— C'était très bien, Bévier, lui assura-t-elle. Je vous aime, de toute façon. Mais il faut voir, aussi, que dans mon passé, j'ai aimé des gens très étranges.

— C'est bien dit, approuva Ulath.

Danaé revint avec un gobelet d'eau et le tendit à Mirtaï.

— Tu as fini de raconter les choses que je ne dois pas entendre ? demanda-t-elle.

— À peu près. Merci d'être si compréhensive. Et merci pour l'eau, répondit sincèrement Mirtaï.

Il en aurait fallu un peu plus pour la prendre au dépourvu.

Ehlana, quant à elle, rougit comme une pivoine.

— Il se fait tard, reprit Mirtaï. Alors je résume un peu. Le marchand élène qui m'avait achetée m'a emmenée à Vardenais et vendue à Platime. J'ai fait semblant de ne pas parler élène, et Platime s'est trompé sur mon âge parce que j'étais très grande. Platime peut être très fin pour certaines choses et complètement ignorant sur d'autres. Il n'a jamais réussi à comprendre qu'on ne peut pas forcer une Atana à faire des choses qu'elle n'a pas envie de faire. Il a essayé de me mettre au travail dans un de ses bordels. Il m'a pris mes dagues, mais j'avais toujours ma cuillère. Je n'ai pas tué trop d'hommes, mais tous ceux qui m'approchaient, je les ai gravement blessés. Ça s'est su. Les affaires ont beaucoup baissé dans ce bordel. Platime m'en a sortie, mais il ne voyait pas quoi faire de moi. Je refusais de mendier, je refusais de voler, et il fut très déçu quand il découvrit que je ne serais jamais une tueuse à gages parce que je ne tue que pour des raisons personnelles. Puis l'occasion s'est présentée au palais, alors il m'a donnée à Ehlana, avec soulagement je crois. C'était la première fois qu'on me donnait au lieu de me vendre, Atan-Père, ajouta-t-elle avec un froncement de sourcils. Platime m'a-t-il fait offense ? Dois-je retourner à Cimmura et le tuer ?

Engessa réfléchit un instant.

— Je ne crois pas, ma fille. Je pense que c'était un cas particulier. Peut-être même était-ce te faire honneur.

Mirtaï eut un bon sourire.

— Je préfère ça, Atan-Père. J'aime bien ce Platime. Il est assez amusant parfois.

— Et que penses-tu d'Ehlana-Reine ?

— Je l'aime beaucoup. Elle ne sait rien, elle ne parle même pas comme il faut, mais elle fait presque tout ce que je lui dis. Elle est jolie, elle sent bon et elle est très gentille avec moi. C'est la meilleure maîtresse que j'aie jamais eue.

Ehlana poussa un petit cri étranglé et se pendit au cou de la géante à la peau dorée.

— Moi aussi, je t'aime, Mirtaï, fit-elle d'une voix entrecoupée de sanglots. Tu es ma meilleure amie, ajouta-t-elle en l'embrassant.

— C'est une occasion très spéciale, Ehlana. Alors ça va pour cette fois, fit l'Atana en ôtant doucement les bras que la reine avait passés autour de son cou. Mais juste pour cette fois. D'abord, il ne convient pas de se montrer aussi démonstratif en public. Ensuite les filles ne doivent pas s'embrasser entre elles. Les gens pourraient se faire des idées.

CHAPITRE XIX

— Je me demande où elle a appris à se battre comme ça, soupira Kalten. Elle nous a dit qu'elle n'avait pas commencé son entraînement quand les Arjunis l'ont enlevée. Je m'entraîne à peu près sans discontinuer depuis que j'ai quinze ans, et elle me fait mordre la poussière chaque fois que l'envie l'en prend.

Engessa eut un petit sourire. Il était encore très tôt et une brume diaphane dérivait, fantomatique, parmi les arbres. Ils s'étaient mis en route à l'aube, et l'Atan suivait, à pied, les Pandions à cheval.

— J'ai vu comment tu te battais, Kalten-Chevalier. La tactique dépend beaucoup de l'armement. J'imagine que tu t'entraînes avec cet équipement, n'est-ce pas ? fit-il en donnant un petit coup sur l'armure de Kalten comme on frappe à une porte.

— Nous apprenons, en effet, à utiliser au mieux nos armes et notre armure.

— Et la masse de nos chevaux, ajouta Vanion.

Il portait son armure noire. Le choix de sa garde-robe de voyage avait fait l'objet d'une discussion assez animée entre Séphrénia et lui, la veille du départ. Elle avait attendu, par discrétion, que les Élènes débarrassent le plancher pour s'entretenir avec son cher et tendre, mais ça avait fait tellement de bruit que toute la maisonnée avait profité de l'échange. Et probablement tout Sarsos aussi.

— La moitié au moins de notre entraînement est consacrée au combat à cheval, poursuivit Vanion. Sans son cheval, un chevalier en armure est une tortue sur le dos.

— C'est ce que je dis à tous les novices, confirma Khalad. Et quand ils s'en offusquent, je le leur démontre *manu militari*. Ce qui semble encore plus les offusquer, allez savoir pourquoi.

Engessa eut un petit ricanement.

— Les chevaliers s'entraînent donc avec leur équipement, reprit-il. Nous aussi. La différence, c'est que notre corps est notre seule arme. Nous développons notre force, notre vitesse, notre agilité. Nous pouvons nous entraîner partout, à tout moment. Nous n'avons pas besoin pour ça de terrains d'exercice ou de vastes endroits dégagés, comme vous pour faire courir vos chevaux. Dans le village où elle est née, Mirtaï-Atana voyait les adultes s'efforcer constamment d'améliorer leurs performances. Les enfants apprennent en imitant leurs parents. Nous voyons tout le temps des enfants de trois ou quatre ans se mettre à l'épreuve et se lancer des défis.

— Quand même, il doit y avoir autre chose, objecta Kalten.

— Ta mère, ta grand-mère, tes aïeules depuis cinquante générations étaient-elles des guerrières, Kalten-Chevalier ? rétorqua Engessa. Mirtaï-Atana descend de deux lignées de guerriers. Elle a ça dans le sang. Elle est douée, elle a pu apprendre des tas de choses rien qu'en observant. Elle connaît probablement une demi-douzaine de façons différentes de se battre.

— Voilà une idée intéressante, nota Vanion. Précepteur Émouchet, je suggère que nous envisagions d'inclure un peu plus de combat au corps à corps dans notre programme d'entraînement.

— Pas de ça, Vanion, répondit fermement Émouchet. La Hiérocratie ne t'a pas relevé de tes fonctions, que je sache. Tu es donc toujours Précepteur des Pandions. Je ne suis que le Précepteur par intérim.

— Très bien, Précepteur par intérim Émouchet. Quand nous arriverons en Atan, regarde bien comment ils se battent. Nous ne sommes pas toujours à cheval, tu sais.

— Je vais confier cette mission à Khalad. C'est Kurik qui l'a entraîné, et je n'ai jamais connu personne qui soit aussi doué pour le combat rapproché.

— C'est vrai. Bonne idée, Précepteur par intérim Émouchet.

— Euh… tu es vraiment obligé… ? fit Émouchet.

Ils arrivèrent à la cité d'Atana douze jours plus tard — apparemment, du moins, mais Émouchet avait cessé de réfléchir à la différence entre le temps réel et le temps virtuel. Quoi qu'il puisse dire ou faire, Aphraël n'en ferait qu'à sa tête, alors à quoi bon s'en faire ? Il se demanda si Zalasta pouvait détecter la manipulation et se dit que non, sans doute pas. Le magicien styrique avait beau être doué, ce n'était qu'un homme, et Aphraël était une Déesse. Une pensée étrange lui passa par la tête, une nuit : au lieu de ralentir le passage du temps apparent, sa fille pouvait-elle l'accélérer ? Il y réfléchit un instant et décida de ne pas lui poser la question. Cette seule idée lui donnait la migraine.

La ville d'Atana s'étendait dans une vallée verdoyante. Elle était entourée de murailles, pour la forme, car elles n'étaient ni très hautes, ni très imposantes. C'étaient les Atans eux-mêmes qui rendaient leur cité imprenable.

— Tout dans le royaume s'appelle « atan », n'est-ce pas ? observa Kalten alors qu'ils descendaient dans la vallée. Le royaume, sa capitale, les gens et même les titres.

— Je pense que le mot « atan » désigne plus un concept qu'un nom, répondit Ulath.

— Pourquoi sont-ils si grands ? s'étonna Talen. Les autres Tamouls ne dominent pas tout le monde comme des arbres.

— Oscagne m'a expliqué ça, répondit Stragen. Il paraît que les Atans sont le résultat d'une expérience.

— Magique ?

— Ça, je n'en sais rien, admit Stragen, mais il faut reconnaître que le résultat dépasse ce qu'on peut faire grâce à la magie. À l'aube des temps, déjà, les Atans s'étaient rendu compte que les individus de grande taille étaient avantagés au combat. À cette époque, les parents choisissaient les époux de leurs enfants. La taille est devenue un critère de sélection important.

— Et qu'arrivait-il aux enfants de petite taille ? objecta Talen.

— Sans doute la même chose qu'aux enfants laids dans notre société : ils ne trouvaient pas à se marier.

— Ce n'est pas juste.

— Si tu crois qu'il est juste de voler ce qu'un autre a obtenu à la sueur de son front ! rétorqua Stragen. Quoi qu'il en soit, les Atans attachaient de l'importance à la force, à l'habileté, à l'agressivité et à la volonté homicide. Cette combinaison a donné un drôle de résultat. Regarde Mirtaï : elle est plutôt bonne fille, au fond. Elle est chaleureuse, affectueuse, elle a vraiment le sens de l'amitié et elle est d'une beauté surprenante. Mais tout se passe comme s'il y avait une détente dissimulée en elle, et quand quelqu'un appuie dessus, elle se met à tuer. On dirait que le programme de sélection des Atans est allé trop loin. Ils sont devenus tellement agressifs qu'ils ont commencé à s'entre-tuer, et les femmes étaient aussi redoutables que les hommes. Ils en étaient arrivés à ne plus pouvoir régler le moindre différend de façon pacifique. Oscagne m'a dit que le monde a découvert la sauvagerie des Atanas au douzième siècle, continua Stragen avec un sourire. Une bande de marchands d'esclaves arjunis avaient attaqué un camp d'entraînement d'adolescentes. C'était une mauvaise idée. Ces jeunes femelles, qui faisaient à peine plus de six pieds de haut, ont massacré la plupart des Arjunis et ont vendu les autres aux Tamouls. Comme eunuques.

— Les marchands d'esclaves étaient des eunuques ? s'étonna Kalten.

— Non, Kalten, expliqua patiemment Stragen. Ils le sont devenus après que les filles les eurent capturés.

— Des petites gamines comme ça ?

— Ce n'étaient pas précisément des bébés, Kalten. Elles étaient assez grandes pour savoir ce qu'elles faisaient. Enfin, les Atans ont eu un roi très sage au quinzième siècle. Il a compris que son peuple était au bord de l'autodestruction. Il a pris contact avec le gouvernement tamoul et il a soumis son peuple à l'esclavage perpétuel — pour lui sauver la vie.

— C'est une mesure un peu radicale, nota Ulath.

— Il y a plusieurs formes d'esclavage, Ulath. Ici, en Atan, il est institutionnel. Les Tamouls disent aux Atans où ils doivent aller et qui ils doivent tuer, tout en empêchant les Atans de se massacrer entre eux. Ça ne va pas plus loin. C'est un bon arrangement. La race atana survit et les Tamouls ont la meilleure infanterie du monde.

— Les Atans attachent donc à la taille la même importance que nous à la beauté, par exemple, fit Talen en fronçant le sourcil. Alors pourquoi Mirtaï accepte-t-elle d'épouser Kring ? C'est un bon guerrier, mais il n'est pas beaucoup plus grand que moi, et je n'ai pas fini ma croissance.

— Il doit lui en imposer pour une autre raison, répondit Stragen avec un haussement d'épaules évasif.

— C'est un poète, intervint Émouchet. C'est peut-être ça.

— Vous croyez que ça blufferait une fille comme Mirtaï ? Elle a ouvert le ventre de deux hommes et les a laissés brûler vif, je vous le rappelle. Je ne crois pas que ce soit le genre de fille à se laisser impressionner par la poésie.

— Ce n'est pas à moi qu'il faut demander ça, Talen, fit Stragen en riant. J'ai pas mal roulé ma bosse, mais s'il y a une chose que je n'essaierai même pas de comprendre, c'est pourquoi une fille peut choisir un homme plutôt qu'un autre.

— Ça, c'est bien vu, murmura Ulath.

La ville avait été prévenue de leur arrivée par un message d'Engessa, et l'escorte royale fut accueillie à la porte par une délégation d'Atans en costume de cérémonie, c'est-à-dire enroulés dans de longues capes de laine noire, sans la moindre ornementation. Au milieu de ces géants était planté un petit, tout petit Tamoul en robe mordorée. Il avait des fils d'argent dans les cheveux et l'air particulièrement affable.

— Que sommes-nous censés faire ? demanda tout bas Kalten.

— Nous comporter avec dignité, lui conseilla Oscagne. Les Atans adorent les formalités. Ah, Norkan ! dit-il au Tamoul. Content de te voir. Fontan t'envoie ses amitiés.

— Comment va cette vieille canaille ? répliqua ledit Norkan.

— Elle est ridée comme une vieille pomme, mais elle a encore toute sa tête.

— Je suis bien content de l'apprendre. Pourquoi parlons-nous élène ?

— Pour que tu puisses mettre nos amis au courant des événements. Comment ça va, par ici ?

— La situation est tendue. Nos enfants ne sont pas très contents. Ça barde dans la région, alors nous les envoyons remettre de l'ordre, mais l'ordre refuse de revenir et ça ne leur plaît pas. Tu sais comment ils sont.

— Oh, là, là, oui ! La sœur de l'empereur t'a-t-elle pardonné ?

— Pas encore, hélas, soupira Norkan. Mon pauvre vieux, j'ai l'impression que je suis condamné à moisir ici.

— Tu sais que les courtisans adorent colporter les histoires. Qu'est-ce qui t'a pris de faire cette remarque à haute voix ? Je t'accorde que l'expression « vachette aux grands pieds » colle parfaitement à Son Altesse, mais tu avoueras qu'elle est un peu désobligeante, aussi.

— J'avais trop bu et ça m'a échappé. Enfin, je préfère encore être ici qu'à Mathérion, en butte à ses assiduités. Je n'ai aucune envie d'entrer dans la famille impériale si c'est pour la traîner partout derrière moi, avec ses grands panards.

— Enfin... Quel est le programme des réjouissances, ici ?

— Formalités. Présentations officielles. Discours. Cérémonies. Les niaiseries habituelles, quoi.

— Parfait. Nos amis de l'Ouest sont parfois un peu déchaînés, mais ils ont le sens du décorum. C'est quand les choses deviennent un peu moins formelles que ça tourne mal. Puis-je te présenter la reine d'Élénie ?

— Je me demandais si tu allais me le proposer un jour.

— Majesté, fit Oscagne, je vous présente mon vieil ami Norkan, le représentant de l'Empire à Atan. Un homme de valeur, qui traverse une passe difficile.

— Majesté, fit Norkan en s'inclinant respectueusement devant Ehlana.

— Votre Excellence, répondit-elle avant d'ajouter avec un sourire malicieux : Son Altesse a-t-elle vraiment de si grands pieds ?

— Elle pourrait faire du ski avec les extrémités dont le Créateur l'a dotée, Majesté. Ce qui serait supportable si elle n'était sujette à des crises de fureur incontrôlée lorsque les choses ne se passent pas comme elle veut, et ça me tape sur les nerfs. Mais puis-je vous suggérer de nous rendre à ce que mes enfants ici présents appellent le palais ? fit-il avec un coup d'œil aux énormes Atans en cape noire qui entouraient la voiture. Le roi et la reine nous y attendent. Votre Majesté aime-t-elle parler en public ? Quelques remarques pourraient être les bienvenues.

— L'ennui, Votre Excellence, c'est que je ne parle pas tamoul.

— C'est sans importance, Majesté. Je ferai l'interprète. Vous n'aurez qu'à dire tout ce qui vous passe par la tête. J'arrangerai les choses au passage.

— C'est très aimable de votre part, dit-elle avec une pointe d'aigreur.

— J'aime rendre service, Majesté.

— Très fort, Norkan, murmura Oscagne. Je voudrais vraiment savoir comment tu t'y prends pour te fourrer les deux pieds dans la bouche en même temps.

— C'est un don, fit Norkan en haussant les épaules.

Androl, le roi d'Atan, faisait sept pieds de haut, et sa femme, la reine Betuana, était presque aussi grande. Ils étaient très imposants en vérité. Ils portaient un casque d'or en guise de couronne, et leur manteau de cour de soie bleu nuit ouvert sur le devant révélait qu'ils étaient tous deux armés jusqu'aux dents. Ils vinrent à la rencontre de la reine d'Élénie et de sa suite sur la place, devant le palais royal, celui-ci n'étant, en fait, qu'une demeure privée. En Atan, les cérémonies se déroulaient en plein air.

Les visiteurs approchèrent lentement, à une allure mesurée, la voiture de la reine ouvrant la procession, suivie de son escorte armée. Il n'y eut pas de fanfares ou d'acclamations populaires, aucune de ces manifestations d'enthousiasme forcé généralement orchestrées lors des visites officielles. Les Atans exprimaient leur respect par le calme et l'immobilité. Stragen arrêta la voiture juste devant une plate-forme de pierre érigée devant la maison du couple royal, et Émouchet mit pied à terre pour offrir à sa reine son bras gainé d'acier. Ehlana était d'une beauté radieuse, véritablement royale, et son plaisir n'était pas feint. Elle se répandait parfois en propos cinglants sur les manifestations officielles, qu'elle affectait de trouver fastidieuses, mais en vérité elle adorait les cérémonies.

L'ambassadeur Oscagne s'approcha de la famille royale d'Atan, s'inclina et parla un moment dans la langue fluide, musicale, des Tamouls. Mirtaï, debout derrière Ehlana, lui traduisait rapidement les propos de Son Excellence.

Ehlana avait les yeux très brillants, et deux taches roses ornaient ses joues d'albâtre. Ceux qui la connaissaient bien comprirent qu'elle préparait son discours.

Le roi Androl prononça quelques paroles de bienvenue, et la reine Betuana en remit une couche. Émouchet n'entendit pas la traduction de Mirtaï aussi, pour ce qu'il en savait, le roi et la reine d'Atan auraient-ils aussi bien pu parler du temps qu'il faisait sur la lune.

Puis Ehlana fit un pas en avant, s'arrêta un instant pour ménager son effet et commença à parler d'une voix si claire qu'on devait l'entendre à l'autre bout de la place. L'ambassadeur se dressa à côté de l'estrade de pierre afin de traduire son intervention.

— Mon cher frère, ma chère sœur d'Atan, commença-t-elle, les mots me manquent pour exprimer la joie que j'éprouve à faire votre connaissance.

Émouchet connaissait sa femme et savait qu'elle ne disait pas la vérité : elle ne manquait pas de mots pour exprimer ses sentiments, ainsi que les pauvres gens assemblés sur cette place n'allaient pas tarder à l'apprendre ; elle ne leur ferait grâce de rien.

— Je viens à vous du bout du monde, poursuivit-elle. Et tandis que je traversais les flots d'encre afin de venir ici, en cette terre inconnue, peuplée d'étrangers, je sentais mon cœur s'emplir d'appréhension. Puis vos chaleureuses paroles d'amitié — d'affection, dirais-je même — ont dispersé mes craintes, et de ma vie je n'oublierai la leçon que vous me donnez aujourd'hui. Il n'y a pas d'étrangers en ce monde, mon frère, ma sœur. Il n'y a que des amis que nous ne connaissons pas encore.

— Hé, c'est du plagiat, murmura Stragen.

— Elle n'a aucun respect du droit d'auteur, répondit Émouchet sur le même ton. Quand elle tombe sur une phrase qui lui plaît, elle se l'approprie et elle la ressert *ad nauseam.*

— C'est la raison d'État qui m'amène à vous, bien sûr. Les personnages royaux du monde entier ne sont pas libres d'aller et venir pour des raisons personnelles comme les autres hommes. Le moindre de nos bâillements fait l'objet d'une analyse diplomatique approfondie, ajouta-t-elle d'un ton attristé. Il ne viendrait à l'idée de personne qu'un roi ou une reine puisse être tout simplement fatigué.

Cette phrase — traduite par les bons soins de Norkan — eut l'heur d'arracher un petit sourire au roi Androl.

— Mais j'avais une autre raison de venir en Atan, continua Ehlana. Les hasards de la vie m'ont mise en possession, il y a quelque temps, d'une chose précieuse qui appartenait au peuple atan, et j'ai fait le tour du monde pour vous rapporter ce trésor qui, pourtant, m'est plus cher que je ne saurais dire. Il y a des années, une enfant atana s'est perdue. Cette enfant est le trésor dont je vous parle. C'est ma tendre, ma douce amie, fit-elle en tendant la main à Mirtaï, et je l'aime de tout mon cœur. Le voyage que j'ai fait pour venir jusqu'à vous n'est rien. Je serais allée deux fois, dix fois plus loin pour le plaisir de ramener cette précieuse enfant atana à son peuple.

Stragen s'essuya les yeux du dos de la main.

— Elle me fait le coup chaque fois, Émouchet, fit-il en reniflant. Chaque fois. Elle ferait pleurer des pierres.

Mais Ehlana n'était pas disposée à en rester là.

— Ainsi que le savent nombre d'entre vous, le peuple élène a bien des défauts, le rouge de la honte me monte au front rien que d'y penser. Nous n'avons pas bien traité votre enfant chérie. Des Arjunis sans foi ni loi l'avaient arrachée à votre affection, et un Élène la leur a achetée pour satisfaire des désirs inavouables. Cette enfant — notre enfant, car elle est maintenant autant à moi qu'à vous — lui a appris qu'on ne pouvait user ainsi d'une Atana. Il a payé cette leçon de sa vie.

Un grondement approbateur salua la traduction de ses paroles.

— Notre enfant est passée entre les mains de plusieurs Élènes, la plupart animés des pires motivations — avant d'arriver enfin à moi. Je dois dire qu'elle me fit un peu peur au départ, fit Ehlana avec son sourire le plus charmeur. Vous avez peut-être remarqué que je n'étais pas très grande.

Un petit rire parcourut la foule.

— Je pensais bien que vous l'aviez noté, fit-elle en joignant son rire au leur. Nos hommes sont bornés et ont la vue basse, c'est l'un des moindres défauts de notre culture. On ne m'a pas permis de m'entraîner au maniement des armes. Je sais combien ça peut paraître ridicule, mais je ne suis même pas autorisée à tuer mes ennemis moi-même. Je n'étais pas habituée à voir des femmes capables de se défendre toutes seules, et j'ai eu bêtement peur de mon enfant atana. Ça m'a passé. J'ai découvert en elle une fille solide et droite, gentille, affectueuse, et d'une grande, très grande sagesse. Nous sommes venus en Atan afin que cette chère enfant qui est la nôtre puisse ranger les bijoux d'argent de son enfance et arborer l'or à l'issue de son Rite de Passage. Joignons nos mains et nos âmes, tous ensemble, Élènes et Atans, Styriques et Tamouls, et puissent nos cœurs être unis à la fin de cette cérémonie, car par cette enfant, nous ne sommes plus qu'un.

Norkan finit de traduire ses paroles, et un murmure approbateur parcourut la foule d'Atans, murmure qui se mua en rugissement lorsque la reine Betuana, les yeux pleins de larmes, s'approcha de l'estrade et donna l'accolade à la pâle reine blonde d'Élénie. Après quoi elle s'adressa brièvement à la foule.

— Que dit-elle ? murmura Stragen à l'oreille d'Oscagne.

— Elle informe son peuple que quiconque se risquerait à traiter votre reine avec impertinence lui en rendrait compte personnellement. Et ce n'est pas une menace en l'air. La reine Betuana est l'une des plus redoutables guerrières atanas. Vous pouvez être fier de votre femme, Émouchet, elle vient de réussir un coup diplomatique de première grandeur. Comment diable a-t-elle pu deviner que les Atans étaient de grands sentimentaux ? Trois minutes de plus, et la place était noyée de larmes.

— Elle est très forte, confirma Stragen. Un bon discours repose toujours sur une communauté d'intérêts. Notre Ehlana a le chic pour trouver le point faible de son public.

— C'est ce que je constate. En tout cas, je peux vous dire que Mirtaï-Atana va avoir droit au Rite de Passage du siècle. Après pareille intronisation, ce sera une vraie héroïne nationale. Les chants vont faire du boucan !

— Ça devait être plus ou moins son idée, avoua Émouchet. Elle aime faire le bonheur de ses amis.

— Et le malheur de ses ennemis, ajouta Stragen. Je me rappelle encore les projets qu'elle formulait pour le primat Annias.

— C'est normal, messire Stragen. Pourquoi accepterait-on les rigueurs du pouvoir sinon pour pouvoir récompenser ses amis et punir ses ennemis ?

Engessa s'entretint ensuite avec le roi Androl tandis que la reine Ehlana conférait avec la reine Betuana. Personne ne fut particulièrement surpris de voir Séphrénia faire office d'interprète pour ces dames. La petite Styrique parlait manifestement la plupart des langues du monde connu. Norkan expliqua à Émouchet et aux autres que les parents de l'enfant avaient un rôle important à jouer lors du Rite de Passage. Mirtaï avait timidement demandé à Ehlana d'être sa mère. La requête avait donné lieu à une grande démonstration d'affection entre les deux femmes.

— C'est une cérémonie assez émouvante en vérité, leur expliqua Norkan. Les parents doivent déclarer que leur enfant est prêt à assumer les responsabilités de l'âge adulte. Puis ils proposent de se battre avec tous ceux qui y verraient un inconvénient. Mais ne vous en faites pas, Émouchet, ajouta-t-il avec un petit rire, ce n'est qu'une formule. Le défi n'est presque jamais relevé.

— *Presque.*

— Allons, je vous taquine. Personne ne défiera votre femme en combat singulier. Son discours les a totalement désarmés. Ils l'adorent. J'espère qu'elle apprend vite, tout de même. Parce qu'elle devra parler tamoul.

— On n'apprend pas une langue étrangère comme ça, fit Kalten d'un air dubitatif. Il y a dix ans que j'étudie le styrique et je ne suis pas encore au bout de mes peines.

— Tu n'es pas doué pour les langues, Kalten, fit Vanion. Même en élène tu as parfois des problèmes.

— J'imagine que Séphrénia trichera un peu, ajouta Émouchet. Aphraël et elle m'ont appris à parler troll en cinq secondes, dans la caverne de Ghwerig. Quand la cérémonie doit-elle avoir lieu ?

— A minuit, répondit Norkan. L'enfant passe à l'âge adulte au moment où l'on change de jour.

— C'est d'une logique exquise, observa Stragen.

— La main de Dieu, murmura Bévier d'un ton pénétré.

— Pardon ?

— Même le ciel répond à cette douce voix intérieure, messire Stragen.

— Là, Bévier, vraiment, je n'y comprends rien.

— La logique est ce qui sépare nos Dieux, expliqua patiemment Bévier. C'est le don particulier qu'il a fait aux Élènes, et il nous unit à tous les autres, offrant avec libéralité sa bénédiction aux ignorants.

— Ça fait vraiment partie de la doctrine élène, Votre Grâce ? demanda Stragen.

— Plus ou moins, répondit Emban. Cette vision est assez répandue en Arcie. Le clergé arcien essaie depuis un millier d'années de le faire inscrire dans les registres de la foi, mais les Deirans y sont opposés. La Hiérocratie remet la question sur le tapis chaque fois qu'elle a du temps à perdre.

— Pensez-vous qu'elle trouvera jamais une réponse, Votre Grâce ? demanda Norkan.

— Seigneur ! j'espère bien que non, Excellence. Si nous réglions le problème, de quoi discuterions-nous ?

Oscagne revint de l'autre bout de la place. Un pli soucieux barrait son front. Il prit Émouchet et Vanion à part.

— Vous connaissez bien Zalasta ? leur demanda-t-il.

— Je ne l'avais rencontré qu'une fois avant de venir à Sarsos, répondit Émouchet. Messire Vanion, ici présent, le connaît bien mieux que moi.

— Je commence à avoir des doutes sur sa sagesse légendaire. L'enclave styrique d'Astel oriental est contiguë avec l'Atan ; il devrait donc bien connaître ces gens. Or je viens de le surprendre à suggérer une démonstration d'habileté aux Péloïs et à certains des jeunes chevaliers de l'Église.

— Ça n'a rien d'extraordinaire, Excellence. Les jeunes gens aiment faire de l'esbroufe.

— C'est exactement ce que je veux dire, messire Vanion, répondit gravement Oscagne. Ça ne se fait pas, ici. Les démonstrations de cette nature mènent inévitablement à des effusions de sang. Je suis arrivé juste à temps pour éviter un désastre. Je me demande ce que ce type a dans la tête !

— Les Styriques ont parfois de drôles d'idées, convint

Vanion. Ils peuvent être profondément distraits, parfois. Je dirai à Séphrénia de lui parler et de le rappeler à la prudence.

— Autre chose, messieurs, reprit Oscagne avec un sourire. Il serait bon que vous recommandiez à messire Bérit de ne pas se promener tout seul en ville. Des bataillons entiers de filles atanas en âge de se marier le regardent comme si elles voulaient le manger.

— Bérit ? releva Vanion, surpris.

— Eh oui, Vanion, soupira Émouchet. Notre jeune ami a un je ne sais quoi qui met ces demoiselles dans tous leurs états. Je pense que c'est une question de cils. Ehlana et Mélidéré ont essayé de m'expliquer ça, à Darsas. Je n'ai pas compris ce qu'elles racontaient, mais je les crois sur parole.

— Quelle idée stupéfiante..., fit Vanion.

Il y avait des torches partout, et la brise parfumée de la nuit faisait danser leurs flammes comme un champ de blé en furie. Le Rite de Passage devait se dérouler dans une vaste prairie en dehors de la ville. Un vieil autel de pierre orné de fleurs des champs se dressait entre deux gros chênes au centre de la prairie. Deux énormes coupes de bronze emplies d'huile et placées à chaque extrémité de l'autel faisaient office de lampes.

Un Atan aux cheveux de neige scrutait, debout sur les remparts de la ville, la lueur de la lune qui passait par une étroite fente horizontale et tombait sur un mur proche où étaient gravées des marques régulières. Ce n'était pas le moyen le plus précis de marquer le passage du temps, mais si tout le monde s'accordait à penser que, lorsque le rayon de lune atteindrait l'une de ces graduations, il serait minuit, l'exactitude importait peu : il serait minuit, un point c'est tout.

On n'entendait pas un bruit dans la nuit, en dehors des torches crépitantes et du soupir de la brise dans la forêt bordant la prairie. Tout le monde retenait son souffle en attendant que le rayon argenté de la lune achève sa reptation sur le mur.

Puis le vieil Atan donna le signal. Une douzaine d'hommes soufflant dans des trompettes de bronze saluèrent le nouveau jour, marquant le début des cérémonies qui marqueraient la sortie de l'enfance de Mirtaï.

Les Atans entonnèrent un chant sans paroles, car ce rituel était trop sacré pour les mots. Le chant commençait par une unique voix d'homme, vibrante et grave, qui s'enfla et s'éleva. Elle fut bientôt rejointe par d'autres voix qui tissèrent autour des harmonies complexes.

Le roi Androl et la reine Betuana apparurent au bout d'une large avenue et s'approchèrent à pas lents des arbres sans âge. Leur visage de bronze paraissait serein à la lueur des torches qui arrachait des éclairs à leurs casques. Une fois arrivés à l'autel ils se retournèrent et attendirent.

Le chant vibrant des Atans devint assourdissant. Puis la mélodie se réduisit à un bourdonnement à la fois pénétrant et presque inaudible.

Engessa et Ehlana, tous deux vêtus de robes bleues, émergèrent de l'ombre des remparts, escortant Mirtaï. Celle-ci était tout en blanc et ses cheveux noirs cascadaient librement sur son dos. Elle avançait les yeux modestement baissés alors que ses parents la menaient à l'autel.

Le chant s'enfla à nouveau puis esquissa une nouvelle mélodie accompagnée par un contrepoint différent.

— C'est l'approche de l'enfant, expliqua tout bas Norkan.

Sa voix sophistiquée, d'ordinaire empreinte de cynisme, revêtait des accents respectueux, presque révérencieux, et ses yeux qui en avaient tant vu brillaient comme humides de larmes. Émouchet sentit qu'on lui tirait la manche. Il prit sa fille dans ses bras pour qu'elle y voie mieux.

Mirtaï et ses parents arrivèrent à l'autel et s'inclinèrent devant Androl et Betuana. Le chant reflua et ne fut bientôt plus qu'un soupir.

Engessa s'adressa au roi et à la reine des Atans d'une voix puissante. La langue tamoule coulait, musicale, de ses lèvres alors qu'il déclarait sa fille prête. Puis il se retourna, écarta les pans de sa robe, tira son épée et prononça encore quelques mots d'un air de défi.

— Que dit-il ? murmura Talen.

— Il menace de régler son compte à quiconque objectera au passage de sa fille, répondit Oscagne d'une voix étranglée par l'émotion.

Puis Ehlana prit la parole à son tour. Sa voix retentit comme une trompette d'argent alors qu'elle déclarait, en tamoul, elle aussi, que son enfant était prête à assumer son rôle dans le monde en tant qu'adulte.

— Elle n'était pas censée prononcer ces derniers mots, murmura Danaé à l'oreille d'Émouchet. Elle improvise.

— Tu connais ta mère, répondit Émouchet avec un sourire.

La reine d'Élénie se tourna alors vers les Atans assemblés, tira une épée à poignée d'argent de sa ceinture et défia l'assistance d'un ton inflexible qui stupéfia Émouchet. On aurait dit qu'elle avait fait ça toute sa vie.

Mirtaï s'adressa ensuite au roi et à la reine.

— L'enfant demande le passage, traduisit Norkan.

Le roi Androl fit connaître sa réponse d'une voix ferme, implacable. La reine confirma son accord. Ils tirèrent l'épée à leur tour et rejoignirent les parents de l'enfant dans leur défi.

Le chant des Atans s'éleva à nouveau. Les trompettes y associèrent l'airain de leurs accents, puis tout redevint silencieux.

Mirtaï se retourna, tira ses dagues et s'adressa à son peuple. Émouchet n'avait pas besoin de traduction. Il connaissait ce ton, cette voix.

Le chant retentit à nouveau, triomphant. Les cinq personnages se tournèrent vers l'autel. Au centre de la dalle de pierre ciselée se trouvait un coussin de velours noir sur lequel était posé un anneau d'or tout simple.

Le chant devint assourdissant. Ce fut comme si les ténèbres se mettaient à vibrer.

Alors, du cœur de la nuit tomba une étoile. Une traînée blanche, incandescente, stria un instant le velours du ciel, puis l'astre explosa en une myriade d'étincelles éblouissantes.

— Arrête ça tout de suite ! grinça Émouchet à l'oreille de sa fille.

— Ce n'est pas moi ! protesta-t-elle. J'aurais pu le faire, mais j'ai pensé qu'il valait mieux m'abstenir. Comment ont-ils réussi ce tour-là ? ajouta-t-elle, sincèrement étonnée.

Puis, comme les flammèches tombaient lentement vers le sol, criblant la nuit de mille points lumineux, le bandeau d'or posé sur l'autel s'éleva lentement, sans que personne y touche, dériva telle une volute de fumée. Il sembla hésiter alors que le chant des Atans se teintait d'une mélancolie poignante et, plus léger qu'une libellule, vint se poser sur la tête de Mirtaï. Elle se retourna, le visage extatique. Elle n'était plus une enfant.

Les Atans élevèrent un chant d'allégresse pour l'accueillir en leur sein. Et les montagnes s'en renvoyèrent joyeusement les échos.

CHAPITRE XX

— Ils ne connaissent rien à la magie, dit Zalasta d'un ton emphatique.

— Ce bandeau d'or ne s'est pas envolé tout seul, Zalasta, objecta Vanion. Et je ne peux pas croire que l'étoile filante soit tombée par hasard à cet instant précis.

— Sans doute s'agit-il d'un stratagème quelconque, avança le patriarche Emban. Il y avait un charlatan à Ucera, quand j'étais enfant, qui faisait des tours de ce genre. Pour moi, ils ont fait ça avec des fils invisibles et des flèches enflammées.

Ils s'étaient retrouvés au campement péloï, à l'extérieur de la ville, le lendemain matin, et commentaient, encore sidérés, la conclusion spectaculaire du Rite de Passage de Mirtaï.

— Mais pourquoi auraient-ils fait une chose pareille, Votre Grâce ? demanda Khalad.

— Pour nous en mettre plein la vue, peut-être.

— Ça ne ressemble pas à ce que nous savons des Atans et de leur caractère, objecta Tynian, le sourcil froncé. Vous pensez qu'ils auraient profané une cérémonie sacrée par une tricherie gratuite de ce genre ?

— C'est impensable, messire Tynian, répondit fermement Oscagne. Ce rite est aussi important pour eux que le mariage ou l'enterrement. Jamais ils n'y changeraient quoi que ce soit pour impressionner des étrangers — et ils n'ont pas fait ça pour notre bénéfice. La cérémonie était donnée au profit de Mirtaï-Atana.

— Exactement, acquiesça Khalad. S'ils avaient accroché des fils aux branches des arbres, elle l'aurait su. Ils ne lui auraient pas fait ça. Un truc aussi rudimentaire aurait été une insulte, et nous savons tous comment les Atans — et les Atanas ! — répondent aux insultes.

— Norkan ne devrait plus tarder, annonça Oscagne. Il est en Atan depuis un moment maintenant ; je suis sûr qu'il pourra nous expliquer ça.

— Ce n'était pas de la magie, insista Zalasta.

Ça paraissait très important pour lui, ils n'auraient su dire pourquoi. Émouchet se demanda si c'était une question d'ego racial. Tant que les Styriques étaient seuls à pouvoir exercer la magie et inculquer ses mystères aux autres, ils étaient uniques au monde. Le jour où une autre race en serait capable, le prestige des Styriques en prendrait un coup.

— Combien de temps allons-nous rester ici ? demanda Kalten. Je ne me sens pas tranquille. Un jeune chevalier ou l'un des Péloïs va bien finir par faire une bourde, et si quelqu'un profère une insulte mortelle, je ne donne pas une seconde à tous ces bons sentiments pour disparaître en fumée. Je n'aimerais pas être obligé de faire le coup de poing pour quitter la ville.

— Norkan va nous le dire, répondit Oscagne. Inutile d'offenser les Atans en partant trop vite non plus.

— Nous sommes encore loin de Mathérion, Oscagne ? s'enquit Emban.

— A cinq cents lieues environ.

— Encore deux mois, soupira Emban. J'ai l'impression d'être sur la route depuis des années.

— Vous avez pourtant l'air en pleine forme, Votre Grâce, fit Bévier.

— Je n'ai pas envie d'avoir l'air en forme, Bévier. J'ai envie d'avoir l'air d'un gros coq en pâte. Je voudrais *être* un gros coq en pâte. Et faire un succulent déjeuner avec plein de beurre, de sauces savoureuses, de petits fours et de bon vin…

— C'est vous qui avez insisté pour venir, Votre Grâce, lui rappela Émouchet.

— Il faut croire que j'avais pris un coup sur la tête !

L'ambassadeur Norkan arriva de l'autre bout du campement péloï. Il avait l'air de bien s'amuser.

— Qu'y a-t-il de si drôle ? s'enquit Oscagne.

— Je viens d'assister à une scène cocasse, mon vieux, répondit Norkan. J'avais oublié que les Élènes pouvaient prendre les choses à la lettre à ce point. Un groupe de jeunes filles atanas ont approché le jeune sieur Bérit et ont exprimé un vif intérêt pour le maniement des armes occidentales. Elles espéraient probablement qu'il les entraînerait dans un endroit discret pour leur montrer comment il utilisait son instrument.

— NorkaAan ! gronda Oscagne.

— Quoi ? Qu'est-ce que j'ai dit ? Bref, messire Bérit a organisé une démonstration collective. Il est devant les murs de la ville, en train de donner à ces demoiselles une leçon de tir à l'arc.

— Il va falloir que j'aie une petite conversation avec ce garçon, fit Kalten.

— Je t'ai dit de lui fiche la paix, marmonna Émouchet. Ma femme et ces dames ne veulent pas que tu le pervertisses. Son innocence paraît satisfaire je ne sais quel obscur besoin chez elle. Votre Excellence pourrait peut-être nous aider à trancher une controverse ? reprit-il un ton plus haut à l'intention de Norkan.

— Je suis un pacificateur-né, messire Émouchet. C'est moins amusant que de déclencher les guerres, mais les empereurs aiment mieux ça.

— Que s'est-il vraiment passé la nuit dernière, Norkan ? demanda Vanion.

— Mirtaï-Atana est passée à l'âge adulte, répondit Norkan avec un haussement d'épaules. Vous étiez là, messire Vanion. Vous avez tout vu comme moi.

— Oui, mais je voudrais une explication. Est-ce bien une étoile qui est tombée à la fin de la cérémonie ? L'anneau d'or s'est-il vraiment élevé tout seul pour venir se placer sur la tête de Mirtaï ?

— Oui. Pourquoi ? Il y a un problème ?

— C'est impossible ! s'exclama Zalasta.

— Vous auriez pu le faire, n'est-ce pas, Très Sage ?

— Oui, je suppose. Mais je suis Styrique.

— Et ce sont des Atans, c'est ça ?

— Exactement !

— Eh bien, nous avons été tout aussi troublés lorsque nous avons découvert le phénomène, lui révéla Norkan. Les Atans sont nos cousins. De même, hélas que les Arjunis et les Tegans. Le peuple tamoul est un peuple séculier, vous le savez. Nous avons tout un panthéon de Dieux que nous ignorons, sauf quand nous voulons faire la fête. Les Atans n'en ont qu'un, et ils ne veulent même pas nous dire son nom. Ils peuvent faire appel à lui tout comme vous, les Styriques, faites appel à vos Dieux, et il leur répond de la même façon.

Zalasta blêmit.

— C'est impossible ! répéta-t-il d'une voix étranglée. Nous le saurions. Il y a des Atans à Sarsos. S'ils faisaient appel à la magie, nous le sentirions.

— Ils ne le font pas à Sarsos, Zalasta, répondit patiemment Norkan. Ils ne le font qu'ici, en Atan, et seulement lors de leurs cérémonies.

— C'est absurde !

— À votre place, je me garderais bien de leur dire ça en face. Ils ne tiennent pas les Styriques en très grande estime, vous savez. Ils trouvent un peu impie l'idée de rabaisser un Dieu au rang de serviteur. Les Atans ont l'oreille d'un Dieu, et ce Dieu peut faire la même chose que les autres Dieux. Ils choisissent de ne pas l'invoquer pour des questions triviales, et de ne faire appel à lui que lors de leurs cérémonies religieuses — le mariage, les funérailles, le Rite de Passage... Ils ne comprennent pas que vous fassiez insulte à vos Dieux en leur demandant de faire des choses que vous pourriez faire par vous-mêmes. Je viens de réfléchir que votre Dieu élène pourrait probablement faire la même chose, ajouta-t-il en regardant Emban avec un petit sourire malicieux. Avez-vous jamais songé, Votre Grâce, à le lui demander ?

— Hérésie ! s'écria Bévier.

— Mais non, sire chevalier. C'est ainsi que l'on appelle celui qui s'écarte de l'enseignement de sa propre foi. Je ne suis pas un membre de l'Église élène ; mes spéculations ne sauraient être hérétiques.

— Là, Bévier, il t'a eu, fit Ulath. C'est d'une logique imparable.

— Ça soulève des questions très intéressantes, fit Vanion

d'un ton rêveur. Il est tout à fait possible que l'Église ait fait une grosse bêtise en fondant les ordres combattants. Nous aurions très bien pu apprendre la magie sans nous écarter de notre foi. Si nous lui avions demandé le bon chemin, notre Dieu nous aurait peut-être apporté l'aide dont nous avions besoin. Je compte sur vous, messieurs, pour ne pas raconter à Séphrénia ce que je viens de vous dire, fit-il en toussotant. Si je commence à lui dire qu'elle n'est pas indispensable, elle risque de mal le prendre.

— Messire Vanion, fit Emban d'un ton rigoureux, en tant que représentant de l'Église, je vous interdis d'aller plus loin dans cette spéculation. Vous vous aventurez en terrain dangereux, et je veux en référer à Dolmant avant que de poursuivre sur ce sujet. Et pour l'amour du ciel ! je vous demande de ne pas tenter d'expériences.

— Euh…, Votre Grâce, fit Vanion d'un ton mielleux. En tant que Précepteur de l'ordre Pandion, j'ai le même rang que vous dans l'Église. Techniquement, vous n'avez pas le droit de m'interdire quoi que ce soit.

— C'est Émouchet, le Précepteur, maintenant.

— Il n'a pas été consacré par la Hiérocratie, Emban. Loin de moi l'idée de me soustraire à votre autorité, mon vieux, mais observons les formes, d'accord ? Ce sont les petites choses comme ça qui font que nous restons des êtres civilisés même loin de chez nous.

— Ils sont marrants, ces Élènes, hein ? fit Oscagne.

— Tu m'ôtes les mots de la bouche, répondit Norkan.

Ils rencontrèrent le roi Androl et la reine Betuana vers la fin de la matinée. L'ambassadeur de Tamoulie exposa la raison de leur mission dans sa langue fluide.

— Il leur décrit tes capacités assez uniques, Émouchet, fit Séphrénia, tout bas, un léger sourire aux lèvres. Les représentants de Sa Majesté l'Empereur de Tamoulie semblent avoir un peu de mal à admettre qu'ils sont sans pouvoirs et doivent aller chercher de l'aide au-dehors.

— Nous avons vécu ça, acquiesça Émouchet dans un murmure. Oscagne était très préoccupé par la question lorsqu'il nous a parlé à Chyrellos. Ça paraît être une vision un peu étriquée de la situation. Les Atans *sont* l'armée tamoule. Je ne vois vraiment pas pourquoi on leur fait des cachotteries.

— Où es-tu allé chercher que la politique devait avoir un sens, Émouchet ?

— Ah, petite mère, tu m'as manqué ! fit-il en riant.

— J'espère bien !

Le roi écouta gravement Oscagne décrire ce qu'ils avaient découvert en Astel. La reine Betuana avait l'air un peu moins sombre, sans doute parce que Danaé était assise sur ses genoux. Émouchet avait vu sa fille accomplir ce miracle un grand nombre de fois. Quand la situation risquait d'être tendue, Danaé cherchait une paire de genoux accueillants. Les gens réagissaient invariablement, sans y réfléchir, à ses appels silencieux à la prendre dans leurs bras.

— Elle le fait exprès, hein ? murmura-t-il à l'oreille de Séphrénia. Elle monte sur les genoux des gens pour les contrôler.

— Évidemment. C'est beaucoup plus sûr lorsqu'elle est en contact direct avec eux. Et ça lui permet d'agir plus subtilement.

— C'est pour ça qu'elle est toujours restée enfant, hein ? Pour que les gens la dorlotent, la serrent contre eux, et qu'elle puisse en faire ce qu'elle veut ?

— Eh bien, c'est l'une des raisons.

— Elle ne pourra plus faire ça quand elle grandira, tu sais.

— Je sais, Émouchet, et j'ai hâte de voir comment elle négociera la situation. Ah, Oscagne entre dans le vif du sujet. Il demande à Androl de lui rapporter tous les incidents similaires à ceux que vous avez rencontrés.

Norkan fit un pas en avant pour traduire les propos du roi et Oscagne se rapprocha de la délégation élène pour rendre le même service à ses membres. Les Tamouls avaient perfectionné la technique fastidieuse mais indispensable de l'interprétation afin de la rendre aussi peu gênante que possible.

Le roi Androl réfléchit un instant à l'affaire. Puis il regarda Ehlana en souriant et s'adressa à elle en tamoul, d'une voix très douce.

— Voici ce que dit le roi, commença Norkan avant d'amorcer la traduction. Immense est notre plaisir de saluer à nouveau Sa Majesté la Reine Ehlana d'Élénie car elle réchauffe notre cœur de sa présence comme le soleil revenant après un long hiver.

— Mmm, joli, murmura Séphrénia. On oublie toujours que ces Atans ont une âme de poète.

— Grande est notre joie, continua Norkan, d'accueillir les Illustres Guerriers de l'Ouest et le Sage de l'Église de Chyrellos. Il nous apparaît avec clarté que nous avons des intérêts communs à défendre, et c'est avec la plus grande fermeté que nous unirons nos forces à celles des Guerriers de l'Ouest pour mener toutes les actions qui se révéleraient nécessaires.

Androl poursuivit son discours en s'interrompant de temps à autre pour laisser le temps à Norkan de traduire.

— Notre esprit était naguère troublé, car nous avons échoué dans les tâches que nous avaient assignées nos maîtres de Mathérion. Nous en étions fort marris en vérité, car nous n'avons point l'habitude de l'échec. Nous sommes sûrs, Majesté, poursuivit-il d'un air un peu mortifié, que le porte-parole de l'empereur, l'ambassadeur Oscagne, vous a parlé de nos difficultés dans certaines parties de la Tamoulie qui se trouvent au-delà de nos frontières. Honte à nous ! Force nous est d'avouer qu'il disait vrai.

La reine Betuana dit quelques mots à son mari.

— Elle lui dit d'arrêter ces salamalecs, murmura

Séphrénia à l'oreille d'Émouchet. J'ai comme l'impression qu'il l'agace, avec ses phrases ampoulées.

Androl reprit la parole en secouant la tête d'un air contrit.

— Ça, c'est une surprise, murmura Norkan. Le roi vient d'admettre qu'il ne m'avait pas tout dit, reprit-il un ton plus haut. C'est bien la première fois que ça arrive.

Androl reprit la parole d'une façon un peu moins formaliste, apparemment, car la traduction de Norkan devint plus fluide.

— Il dit qu'il y a eu des incidents ici, en Atan. C'est une affaire intérieure, alors il n'était pas à proprement parler obligé de me tenir au courant. Ils auraient rencontré des créatures qu'ils appellent « les hirsutes », des êtres plus grands que le plus grand des Atans.

— Avec de longs bras ? demanda Ulath d'une voix tendue. Le museau aplati, un faciès bestial, des crocs pointus et fortement charpentés ?

Norkan traduisit ses paroles en tamoul. Le roi Androl regarda Ulath avec surprise et opina du chef.

— Des Trolls ! s'exclama Ulath. Demandez-lui combien ses gens en ont vu à la fois.

— Cinquante, sinon plus.

Ulath secoua la tête.

— Ça, c'est très improbable, dit-il tout net. Il arrive que les Trolls d'une même famille travaillent ensemble, mais cinquante à la fois, je ne peux pas le croire.

— Il ne nous mentirait pas, objecta Norkan.

— Non, non, je ne dis pas ça. Ce que je dis, c'est que les Trolls ne se sont jamais comportés ainsi. Sans ça, ils nous auraient chassés de Thalésie.

— Eh bien, Ulath, on dirait que quelqu'un a changé la règle du jeu, nota Tynian. Y a-t-il eu d'autres incidents, Votre Excellence ? des incidents n'impliquant pas les Trolls ?

Norkan posa la question au roi et traduisit la réponse.

— Ils ont rencontré des guerriers vêtus de drôles d'armures et armés d'une drôle de façon.

— Demandez-lui si ce n'était pas des Cyrgaïs, suggéra Bévier. Des casques avec une crête en crin de cheval, de gros boucliers ronds et de longues lances ?

Norkan traduisit cette question qui le déconcertait visiblement, puis la réponse, qui le stupéfia carrément.

— C'était ça ! s'exclama-t-il. Des Cyrgaïs ! Comment est-ce possible ?

— Nous vous expliquerons plus tard, répondit Émouchet d'une voix rauque. Y en a-t-il eu d'autres ?

Norkan posa rapidement la question, l'air passionné par ces révélations. La reine Betuana se pencha légèrement en avant et prit le relais.

— Des Arjunis, traduisit Norkan, tout excité. Ils étaient lourdement armés et ne faisaient pas mine de vouloir se dissimuler comme ils le font d'habitude. Et une fois, il y avait une armée d'Élènes, des serfs, surtout... Mais c'est impossible, s'écria-t-il, l'œil égaré. Ce n'est qu'un mythe !

— Mon collègue perd son sang-froid, fit Oscagne. La reine dit qu'une fois ils ont rencontré Ceux-qui-brillent.

— De quoi s'agit-il ? demanda Stragen.

— Je comprends Norkan, répondit Oscagne. Ceux-qui-brillent sont des êtres mythiques. C'est ce que je vous disais à Chyrellos : notre ennemi a fourragé dans le folklore et en a ramené toutes les horreurs possibles et imaginables. Ceux-qui-brillent sont comme les vampires, les loups-garous et les ogres. Votre Majesté aurait-elle une objection à formuler contre le fait que nous poursuivions et que nous vous fassions un résumé ? demanda-t-il à Ehlana.

— Pas du tout, Excellence. Allez-y, je vous en prie.

Les deux Tamouls se mirent à parler plus rapidement. La reine Betuana s'exprimait sans hésiter, et Émouchet eut la nette impression qu'elle était beaucoup plus intelligente et résolue que son mari. La princesse Danaé toujours assise sur ses genoux, elle répondait aux questions avec précision, le regard intense.

— Il semblerait que notre ennemi agisse ici, en Atan, de la même façon que partout ailleurs, dit enfin Oscagne. Et il a ajouté quelques nouveaux tours de son cru. Les forces de l'antiquité se comportent comme vos antiques Lamorks, en Éosie, les Cyrgaïs et leurs alliés Cynesgans dans la forêt à l'ouest de Sarsos. Ils attaquent, il y a un combat, et ils disparaissent quand leur chef se fait tuer. Seuls restent les cadavres. Et les Trolls. Il faut les tuer un par un.

— Et Ceux-qui-brillent ? demanda Kalten.

— On n'en sait rien, répondit Oscagne. Les Atans fuient devant eux.

— Ils *quoi* ? releva Stragen, sidéré.

— Tout le monde a peur de Ceux-qui-brillent, messire, répondit Oscagne. A côté d'eux, les vampires, les loups-garous et les ogres sont des personnages de contes de fées.

— Puis-je apporter une petite rectification, Votre Excellence ? suggéra doucement Ulath. Je ne voudrais pas vous inquiéter, mais les Ogres sont réels. On en trouve en Thalésie.

— Vous plaisantez, messire Ulath.

— Pas le moins du monde, fit Ulath en ôtant son casque et en tapotant les cornes fixées de chaque côté. Ce sont des cornes d'Ogre.

— Il y a peut-être, en Thalésie, une créature qu'on appelle l'ogre, avança Oscagne d'un ton dubitatif.

— De douze pieds de haut ? Avec des cornes ? Des crocs, des griffes au bout des doigts ? Voilà ce que nous avons en Thalésie. Si ce ne sont pas des Ogres, je vous propose d'attendre pour les rebaptiser que vous nous en trouviez des vrais.

Oscagne le regardait en ouvrant de grands yeux.

— Ils ne sont pas si redoutables que ça, Votre Excellence. Les Trolls sont beaucoup plus inquiétants, probablement parce qu'ils sont carnivores. Les Ogres mangent de tout. En fait, ils préfèrent les arbres aux hommes, avec une prédilection pour les érables, probablement à cause du goût sucré. On a vu des Ogres se frayer un chemin à coups de pieds à travers une maison pour aller manger l'érable qui se trouvait de l'autre côté.

— C'est vrai ? demanda Oscagne, prenant les autres à témoin.

Tynian se pencha et tapota les cornes d'ogre du casque d'Ulath.

— Pour moi, en tout cas, ça l'est suffisamment, Votre Excellence. Ce qui pose un autre problème : si les Ogres sont réels, il se pourrait que nous soyons amenés à revoir notre position concernant les vampires, les loups-garous et Ceux-qui-brillent. Compte tenu des circonstances, je vous propose de bannir l'adjectif impossible de notre vocabulaire.

— Mais c'est ce que tu es, Mirtaï ! insista la princesse Danaé.

— C'est autre chose, Danaé, répondit l'Atana. Dans mon cas, c'est symbolique.

— Tout est symbolique, Mirtaï, insista Danaé. Chacune des choses que nous faisons signifie autre chose. Nous sommes environnés de symboles. Tu peux dire ce que tu veux, nous avons la même mère, donc nous sommes sœurs.

Ça semblait très important pour elle, en tout cas. Émouchet était assis avec Séphrénia dans le coin d'une vaste salle de la maison du roi Androl. Sa fille s'efforçait de préciser son lien de parenté avec Mirtaï sous le regard de la baronne Mélidéré et d'Aleanne, la camériste d'Ehlana.

— Très bien, Danaé, abdiqua Mirtaï avec un bon sourire. Si c'est ce que tu veux penser, nous sommes sœurs.

Danaé poussa un petit couinement de délices, sauta au cou de Mirtaï et la couvrit de baisers.

— Ce qu'elle est mignonne ! s'exclama la baronne Mélidéré en riant.

— Adorable, approuva chaleureusement Aleanne. Il y a quand même une chose que je ne comprendrai jamais : j'ai beau la surveiller, elle réussit toujours à se salir les pieds, fit-elle en regardant les petons de Danaé qui étaient couverts de taches vertes. Je me dis parfois qu'elle doit avoir des sacs d'herbe dans ses caisses à jouets, et qu'elle se frotte les pieds dedans quand j'ai le dos tourné rien que pour m'embêter.

— Elle aime marcher pieds nus, Aleanne, fit Méliděré en souriant. Vous n'avez jamais eu envie de courir pieds nus dans l'herbe ?

— Je ne suis pas ici pour m'amuser, baronne. Je suis ici pour servir. Mon premier employeur me l'a bien expliqué.

Elle traversa la pièce, s'approcha des deux sœurs et tapota Danaé sur l'épaule.

— C'est l'heure du bain, princesse ! dit-elle.

— Quelle barbe ! Je vais me resalir tout de suite, tu sais.

— Nous sommes censés veiller à ce que ça n'arrive pas, petite majesté.

— Fais ce qu'elle te dit, Danaé, ordonna Mirtaï.

— Oui, ma chère sœur, soupira Danaé.

— Intéressant, hein ? murmura Émouchet.

— Mouais, fit la petite femme d'un air dubitatif. Elle ne devrait pas parler des symboles comme ça. Pas devant des païens.

— J'aimerais que tu emploies un autre mot à notre propos, Séphrénia.

— C'est pourtant bien ce que vous êtes, non ?

— Question de point de vue. Qu'ont-ils de si important, ces symboles, pour qu'elle doive nous les celer ?

— Rien en eux-mêmes, Émouchet ; mais la façon dont elle en parle est révélatrice du fait qu'elle ne voit pas le monde comme nous, qu'elle n'en a pas la même idée que nous. Il revêt pour elle des significations dont nous n'avons même pas idée.

— Je te crois sur parole. Êtes-vous sœurs aussi, Mirtaï et

toi ? je veux dire, si elle est la sœur de Danaé, qui es ta sœur, tu dois aussi être la sœur de Mirtaï ?

— Toutes les femmes sont sœurs, Émouchet.

— C'est une généralisation abusive, Séphrénia.

— Je te trouve bien raisonneur, tout à coup.

Vanion passa la tête par la porte.

— Où est Ehlana ? demanda-t-il.

— En conférence avec Betuana, répondit Émouchet.

— Qui fait la traduction ?

— L'une des filles d'Engessa qui est originaire de Darsas. Tu voulais lui parler ?

— Nous repartons demain. Nous avons parlé avec le roi Androl, Engessa, Oscagne et moi. Oscagne souhaite que nous arrivions à Mathérion le plus vite possible. Il ne veut pas faire attendre l'empereur. Engessa renvoie ses légions à Darsas ; il nous accompagne, surtout parce qu'il parle mieux élène que la plupart des Atans.

— Je m'en réjouis, commenta Mirtaï. Il est mon père, maintenant. Il est bon que nous fassions plus ample connaissance.

— Tu t'amuses bien, hein, Vanion ? fit Séphrénia d'un ton presque accusateur.

— Ça me manquait, admit-il. J'ai été au cœur des événements pendant la majeure partie de ma vie. Je pense que je n'étais pas fait pour me retrouver en haut d'une étagère, comme une potiche.

— Tu n'étais pas heureux quand nous étions tous les deux ?

— Bien sûr que si. J'aurais parfaitement pu vivre en tête à tête avec toi jusqu'à la fin de mes jours, mais nous ne sommes plus seuls. Le monde nous a rattrapés, Séphrénia. Et nous avons des responsabilités. Nous aurons le temps de nous retrouver plus tard.

— Tu es sûr, Vanion ?

— J'y veillerai, ma tendresse.

— Vous voulez que nous vous laissions ? demanda Mirtaï avec un petit sourire espiègle.

— Plus tard, peut-être, répondit Séphrénia sans se démonter.

— Nous ne risquons pas de manquer d'hommes, sans les Atans d'Engessa ? demanda Émouchet.

— Le roi Androl est en train de prendre des dispositions, répondit Vanion. Ne t'en fais pas, Émouchet. Ta femme compte presque autant pour nous que pour toi. Nous ne permettrons pas qu'il lui arrive quelque chose.

— Nous pouvons écarter l'hypothèse d'une exagération, dit Séphrénia. Le caractère atan la rend très invraisemblable.

— Là, je suis d'accord, approuva Émouchet. Ce sont des guerriers ; ils sont habitués à rapporter les faits avec précision.

Vanion et Zalasta hochèrent la tête à l'unisson. C'était le soir et ils avaient décidé d'aller se promener hors de la ville afin de discuter de la situation sans Norkan et Oscagne, non par manque de confiance, mais pour pouvoir parler librement de certaines choses que les Tamouls étaient culturellement incapables d'accepter.

— Nous avons forcément affaire à un Dieu, décréta fermement Zalasta.

— Vous dites ça avec un naturel..., nota Vanion. Êtes-vous habitué à fréquenter des Dieux au point d'en être blasé ?

— J'essaie seulement de définir le problème, messire Vanion, répondit le Styrique en souriant. La résurrection d'armées entières dépasse les facultés humaines, vous pouvez me croire sur parole. J'ai essayé une fois et ç'a été un terrible gâchis. Il m'a fallu des semaines pour remettre tous les cadavres en terre.

— Nous avons déjà affronté des Dieux, fit Vanion en haussant les épaules. Pendant cinq siècles, nous avons vécu séparés d'Azash par une frontière.

— Qui est blasé, maintenant ? fit Séphrénia.

— J'essaie seulement de définir une solution, ma tant aimée, répliqua-t-il. Les ordres combattants ont été fondés pour remédier précisément aux situations de ce genre. Il faut absolument que nous sachions à qui nous avons affaire. Les Dieux ont des adorateurs, et nos ennemis les utilisent forcément. Quand nous saurons de qui il s'agit, nous connaîtrons ses adeptes, et nous pourrons lancer une contre-offensive. Je suis assez clair ?

— Oui, fit Émouchet. La logique l'emporte toujours, au début, du moins. L'idée de nous attaquer à ses adorateurs me plaît. Ça l'obligerait à laisser tomber ce qu'il est en train de faire pour s'occuper de son peuple. Le pouvoir d'un Dieu repose entièrement sur ceux qui croient en lui. Massacrons ses ouailles et nous diminuerons sa force à chaque coup d'épée.

— C'est de la barbarie, fit Séphrénia d'un ton accusateur.

— Tu ne pourrais pas la faire taire, Vanion ? demanda Émouchet. Elle m'a déjà traité de barbare et de païen, aujourd'hui. Même si c'est vrai, ce ne sont pas des choses à dire. Je trouve ça désobligeant.

— C'est la présence des Trolls qui m'inquiète, intervint Zalasta. Eux, ils ne viennent pas du passé. Je ne les connais pas bien, mais je sais qu'ils sont farouchement attachés à leur sol natal. Qu'est-ce qui a pu les amener à entreprendre cette migration ?

— Ulath n'en revient pas, confirma Émouchet. Et j'imagine que les Thalésiens sont tellement contents d'être débarrassés d'eux qu'ils n'iront pas chercher plus loin.

— Les Trolls n'ont pas l'instinct grégaire, ajouta Séphrénia. Même si l'un ou l'autre avait décidé de quitter la Thalésie, il n'aurait jamais entraîné les autres derrière lui.

— Là, mon amour chéri, tu nous amènes à envisager une éventualité très déplaisante, fit Vanion. Crois-tu qu'*ils* auraient pu trouver un moyen de sortir du Bhelliom ?

— Émouchet m'a déjà posé cette question. Je ne peux y répondre. Je ne sais par quel sortilège Ghwerig les y avait emprisonnés. Nous n'utilisons pas les mêmes sorts, les Trolls et nous.

— Alors nous ignorons s'ils sont toujours dedans ou s'ils ont réussi à se libérer.

Elle hocha la tête d'un air soucieux.

— Le fait que les Trolls soient partis de chez eux en masse suggère qu'une entité dotée d'une autorité suffisante sur eux le leur a ordonné, fit Zalasta d'un ton méditatif.

— Et à part leurs Dieux, soupira Vanion, je ne vois pas à qui d'autre ils pourraient obéir. Enfin, nous voulions savoir à qui nous avions affaire. Je pense que nous le savons maintenant.

— Voilà une perspective très réjouissante, lança Émouchet d'un ton amer. Je préfère tout de même attendre d'en savoir un peu plus long avant de déclarer la guerre aux Trolls.

— Comment avez-vous vaincu les Dieux trolls au Zémoch, prince Émouchet ? demanda Zalasta.

— J'ai utilisé le Bhelliom.

— Il semblerait que vous allez être obligé de l'utiliser à nouveau. J'imagine que vous ne l'avez pas sur vous. Je me trompe ?

Émouchet jeta un coup d'œil surpris à Séphrénia.

— Tu ne lui as pas dit ?

— Je te rappelle que Dolmant nous avait demandé de ne pas trop ébruiter la chose.

— J'imagine que vous ne le transportez pas sur vous, prince Émouchet ? insista Zalasta. Il doit être dans un endroit sûr, à Cimmura ?

— Ça, pour être dans un endroit sûr, il est dans un endroit sûr, Très Sage, répondit gravement Émouchet. Mais pas à Cimmura.

— Alors, où est-il ?

— Après avoir détruit Azash, nous l'avons lancé dans la mer.

Le visage de Zalasta devint d'une blancheur crayeuse.

— Dans la fosse la plus profonde du plus profond océan du monde, ajouta Séphrénia.

CHAPITRE XXI

— Cela s'est passé le long de la côte nord, Ehlana-Reine, fit Norkan, traduisant la réponse de la reine Betuana. Des groupes énormes de ces êtres hirsutes que vous appelez les Trolls ont franchi les glaces hivernales, au cours des deux dernières années. Au départ, mon peuple a cru que c'étaient des ours, mais ce n'était pas le cas. Ils évitaient les hommes, et avec la neige et le brouillard, les gens avaient du mal à les voir. Quand ces créatures ont été plus nombreuses, elles se sont enhardies. Les villageois n'ont réalisé que ce n'étaient pas des ours lorsqu'ils en ont tué une.

Le roi Androl n'était pas là. Ses facultés intellectuelles étaient limitées, et il préférait laisser sa femme régler les affaires d'État. Le roi d'Atan avait fière allure, mais il n'était véritablement à l'aise que dans les cérémonies officielles où les surprises étaient peu probables.

— Ehlana, demande-lui s'ils ont vu des Trolls plus au sud, suggéra Émouchet.

— Pourquoi ne le lui demandes-tu pas toi-même ?

— Essayons de respecter les formes, Ehlana. C'est censé être un entretien entre vous deux. Il n'était pas prévu que nous nous y joignions. Ne courons pas le risque de violer un usage dont nous ignorons tout.

Ehlana posa la question et Oscagne la traduisit.

— Non, répondit Betuana par l'intermédiaire de Norkan. Il semblerait que les Trolls soient restés dans les forêts, sur les contreforts du Nord. Pour autant que nous le sachions, ils ne sont pas descendus plus loin en Atan.

— Prévenez-la que les Trolls sont très doués pour se cacher dans les forêts, lui conseilla Ulath.

— Nous aussi, rétorqua la reine.

— Demandez-lui si elle s'offenserait que nous lui donnions certains conseils tactiques, fit alors le chevalier génidien. En Thalésie, nous avons une certaine expérience des Trolls. Très mauvaise, dans l'ensemble.

— Nous sommes toujours prêts à écouter la voix de l'expérience.

Telle fut la réponse de la reine d'Atan.

— Quand nous tombons sur des Trolls, notre stratégie consiste à rester à distance et à leur envoyer quelques flèches, expliqua Ulath à Ehlana. Non dans l'espoir de les tuer, parce qu'ils ont la peau coriace et couverte de poils, mais pour les ralentir dans toute la mesure du possible. Les Trolls courent beaucoup plus vite qu'ils n'en ont l'air, et ils ont les bras très, très longs. On les a vus arracher un cavalier de sa selle en moins de temps qu'il n'en faut pour le dire.

Ehlana prit la peine de répéter les paroles du chevalier.

— Et qu'en fait le Troll ? demanda Betuana, l'air sincèrement intéressée.

— Il commence par arracher la tête de l'homme, puis il mange le reste. Les Trolls n'aiment pas la tête, nous ne savons pas pourquoi.

Ehlana étouffa un petit hoquet.

— Nous n'avons pas l'habitude d'utiliser l'arc au combat, fit Norkan, traduisant les paroles de Betuana. Nous ne l'utilisons que pour chasser le gibier.

— Eh bien, fit Ulath d'un ton un peu dubitatif. Vous pouvez toujours essayer de manger des Trolls, mais je ne sais pas quel goût ça a.

— Messire Ulath, je refuse de répéter ça ! s'exclama Ehlana, indignée.

— Demandez-lui si les Atans consentiraient à utiliser le javelot, suggéra Tynian.

— Ça ne devrait pas poser de problème, répondit Norkan. J'ai vu les Atans s'entraîner au lancer de javelot.

Betuana s'exprima assez longuement, sur un rythme quelque peu précipité.

— Sa Majesté me demande de traduire ses propos dans le style narratif, reprit Norkan. Le soleil est déjà haut, et elle sait que vous devez partir. Oscagne m'a dit que vous prévoyez de prendre la route qui mène de Lebas en Tamoulie. La société atana est organisée en clans, chacun disposant de son territoire. Vous traverserez le territoire de plusieurs clans en allant vers l'est. Un clan n'a pas le droit d'entrer sur le territoire d'un autre ; ce serait très mal vu, et en Atan, on évite généralement d'enfreindre le protocole.

— On se demande bien pourquoi, murmura Stragen.

— Oscagne, continua Norkan, quand vous aurez rejoint la civilisation, sois gentil de me faire envoyer une troupe de messagers impériaux avec de bons chevaux. Sa Majesté voudrait rester en contact étroit avec Mathérion pendant la crise.

— Excellente idée, approuva Oscagne.

Puis Betuana se leva. Elle les dominait de deux bonnes têtes. Elle se pencha pour embrasser affectueusement Ehlana, puis Mirtaï, leur signifiant que le moment était venu pour elles de poursuivre leur voyage vers l'est.

— Je chérirai toujours le souvenir de cette visite, chère Betuana, dit Ehlana.

— Moi aussi, Sœur et Reine tendrement aimée, répondit Betuana dans un élène presque sans accent.

— Je me demandais combien de temps encore vous alliez nous dissimuler que vous parliez notre langue, Betuana, répondit Ehlana avec un sourire.

— Vous le saviez ? demanda Betuana, surprise.

— Il est difficile d'empêcher le visage et les yeux de révéler qu'on a compris tout en attendant la traduction, acquiesça Ehlana. Pourquoi ne vouliez-vous pas le dire ?

— Le temps que le traducteur met à exprimer vos paroles en langage humain me permet de réfléchir à la réponse, expliqua Betuana en haussant les épaules.

— C'est une tactique très utile, remarqua Ehlana, admirative. Je voudrais bien pouvoir l'employer en Éosie, mais tout le monde là-bas parle élène, alors ça ne marcherait pas.

— Bandez-vous les oreilles, suggéra Ulath.

— Pourquoi faut-il toujours qu'il dise des bêtises ? soupira Ehlana.

— Ce n'est qu'une suggestion, Majesté, nota Ulath. Faites semblant d'être sourde, et dites à des complices d'agiter les doigts devant vous comme s'ils traduisaient les paroles de vos interlocuteurs en langage des signes.

— C'est absurde, Ulath, fit-elle en secouant la tête d'un air désespéré. Vous vous rendez compte à quel point ce serait fastidieux ?

— J'ai dit que ce n'était qu'une suggestion, Majesté, répondit-il d'une voix fruitée. Je n'ai pas dit que c'en était une bonne.

Après des adieux officiels essentiellement destinés, encore une fois, à assurer le prestige de Mirtaï, la reine et son escorte quittèrent Atana et prirent la route de Lebas, à l'est. Lorsqu'ils furent hors de la ville, Oscagne, qui avait insisté pour monter à cheval ce jour-là, suggéra à Émouchet, Stragen et Vanion de se joindre aux autres chevaliers, à la tête de la colonne. Tynian distrayait les autres avec une version assez enjolivée d'une aventure amoureuse probablement imaginaire.

— Que se passe-t-il ? demanda Kalten en voyant arriver Émouchet et les autres.

— Nous nous sommes entretenus avec Séphrénia et Zalasta, Émouchet et moi, hier soir, répondit Vanion. Nous voulions vous tenir au courant des fruits de notre réflexion. Loin des oreilles d'Ehlana.

— Tu m'inquiètes, observa le blond Pandion.

— Il n'y a vraiment pas de quoi, répondit Vanion avec un sourire. Nos conclusions ne sont pas fulgurantes, mais je ne vois pas l'intérêt d'alarmer la reine tant que nous n'avons aucune certitude.

— Il y a donc bien de quoi s'inquiéter, nota Talen.

— Il y a toujours de quoi s'inquiéter, décréta Khalad.

— Nous sommes plus ou moins arrivés à la conclusion que nous avions affaire à un Dieu, annonça Vanion. C'est aussi ce que vous pensiez, sans doute.

— Tu étais vraiment obligé de m'inviter à la fête, Émouchet ? ronchonna Kalten. Je ne suis pas qualifié pour traiter avec des Dieux.

— Qui peut se vanter de l'être ?

— Tu ne t'en es pas mal sorti à Zémoch.

— Coup de bol, sans doute.

— Bref, voici le résultat de nos cogitations, poursuivit Vanion. Vous avez revu l'ombre, et le nuage. On dirait bien des manifestations divines, et ces armées du passé — les Lamorks et les Cyrgaïs — n'auraient pas pu être suscitées par un mortel. Zalasta nous a dit qu'il avait essayé une fois et que ça s'était très mal passé. S'il ne peut pas le faire, je ne vois pas qui en serait capable.

— Jusque-là, c'est logique, approuva Bévier.

— Merci. Ensuite, les Trolls ont quitté la Thalésie tous ensemble, il y a un moment déjà, et ont reparu ici, en Atan. Nous sommes à peu près d'accord pour admettre qu'ils ne l'auraient pas fait à moins d'en avoir reçu l'ordre d'une entité investie d'une certaine autorité sur eux. Associez tout ça, et ça montre plus ou moins du doigt les Dieux des Trolls. Séphrénia ne peut affirmer qu'ils sont toujours emprisonnés dans le Bhelliom, et nous avons plus ou moins admis qu'ils avaient dû réussir à s'en échapper.

— Je sens qu'on va encore bien se marrer, fit Talen d'un ton sinistre.

— C'est un peu décourageant, hein ? acquiesça Tynian.

— Et vous ne savez pas le pire, reprit Vanion. Nous sommes d'avis que ce complot impliquant des héros de l'antiquité, la peste du nationalisme et toute la panoplie dépasse un peu la faculté de compréhension des Dieux des Trolls. Il est peu probable qu'ils aient une conception très sophistiquée de la politique. Nous pensons plutôt qu'ils ont partie liée avec quelqu'un, être humain ou immortel, qui se charge de la partie politique et leur donne des directives, les Dieux trolls ayant le pouvoir à la fois de se faire entendre des Trolls et de faire revivre ces pantins du passé.

— En somme, les Trolls se feraient exploiter ? avança Ulath.

— C'est ce qu'il nous semble.

— Ça ne colle pas, monseigneur, objecta abruptement le Thalésien.

— Qu'est-ce qui ne colle pas ?

— Pourquoi les Dieux des Trolls s'allieraient-ils à qui que ce soit alors que les Trolls n'ont rien à y gagner ? Or les Trolls ne peuvent pas espérer diriger le monde, ils ne peuvent même pas descendre des montagnes.

— Et pourquoi pas ? objecta Bérit.

— Leur fourrure, cette peau coriace. Ils sont faits pour vivre dans un pays froid. Mets un Troll dans le désert, tu le fais crever en deux jours. Leur corps est conçu pour garder la chaleur, pas pour l'éliminer.

— C'est une sérieuse objection, messire Vanion, acquiesça Oscagne.

— J'ai peut-être une réponse, intervint Stragen. Notre ami, ou nos amis, veulent réorganiser le monde, pas vrai ?

— Mettons le dessus du panier, rectifia Tynian. Personne,

à ma connaissance, n'a jamais suggéré de retourner le panier et de remettre les rênes du pouvoir entre les mains des paysans.

— Ça viendra peut-être, fit Stragen avec un sourire. Notre ami inconnu veut changer le monde, mais il n'a pas le pouvoir de le faire tout seul. Pour ça, il a besoin des Dieux trolls, mais que peut-il leur proposer en échange ? Que peuvent bien vouloir les Trolls ?

— La Thalésie, répondit Ulath d'un ton lugubre.

— Exactement. Vous ne pensez pas que les Dieux des Trolls sauteraient sur une occasion de chasser les Élènes et les Styriques de Thalésie et de remettre la péninsule entre les pattes des Trolls ? Vous ne pensez pas qu'ils pourraient être intéressés si quelqu'un leur disait avoir trouvé le moyen de se débarrasser des Dieux Cadets du Styricum qui les ont dépossédés et obligés à se cacher ? C'est pure spéculation, évidemment, mais imaginons que notre ami ait trouvé un moyen de libérer les Dieux trolls, et qu'il leur ait proposé une association, en échange de la Thalésie et peut-être des côtes nord des deux continents avec pour faire bon poids ?

— Tu as peut-être mis le doigt dessus, concéda Ulath.

— En tout cas, ça répond à mes objections, admit Bévier. Ce ne sont peut-être pas les termes exacts de l'accord entre notre ami et les Dieux des Trolls, mais ça pourrait y ressembler. Bon, et maintenant ?

— Nous devons rompre leur contrat, répondit Émouchet.

— Nous ne connaissons même pas les deux partenaires, objecta Kalten.

— Nous en connaissons un, nous pouvons déjà nous attaquer à lui. Ta théorie rétrécit le champ des possibles, Vanion. J'ai l'impression que je vais être obligé de déclarer la guerre aux Dieux des Trolls plus tôt que prévu.

— Je ne comprends pas, avoua Oscagne.

— Les Dieux tirent leur force de leurs adorateurs, Votre Excellence, expliqua Bévier. Plus un Dieu a d'adeptes, plus il est fort. Si Émouchet se met à tuer les Trolls, les Dieux des Trolls vont s'en rendre compte. S'il en tue assez, ils battront en retraite. Ils n'auront pas le choix s'ils veulent sauver leur peau, et nous avons découvert à Zémoch qu'ils y tenaient beaucoup. Ils se sont effondrés quand Émouchet a menacé de détruire le Bhelliom, et eux avec.

— Ils sont devenus très coopératifs à partir de ce moment-là, confirma Émouchet.

— Eh bien, messieurs, je vous envie, fit Ulath. C'est très, très amusant de se battre contre des Trolls.

Ils dressèrent le campement, ce soir-là, dans une prairie non loin d'un torrent qui avait ouvert un profond ravin dans la montagne. Des arbres avaient pris racine dans le fond de la gorge qui montait à la verticale vers la falaise située une centaine de pieds au-dessus. C'était une position facile à défendre, songea Émouchet en regardant les flammes jaunes des feux de camp monter dans les ombres qui s'épaississaient à chaque instant. La nuit tombait vite dans ces régions montagneuses. Une brise fraîche se leva, chassant des volutes de fumée bleue vers la vallée.

— Je pourrais vous dire un mot, prince Émouchet ? demanda Zalasta, sa robe styrique blanche brillant d'un éclat presque surnaturel dans la lumière crépusculaire.

— Bien sûr, Très Sage.

— Je crois que votre femme ne m'apprécie guère, observa le magicien. Elle s'efforce d'être aimable, mais je vois bien qu'elle ne m'aime pas. L'aurais-je offensée d'une façon ou d'une autre ?

— Je ne crois pas, Zalasta.

Un petit sourire triste effleura les lèvres du Styrique.

— Ce serait donc ce que mon peuple appelle « le grief élène » ?

— J'en doute. C'est moi qui l'ai plus ou moins élevée, et je lui ai appris que les préjugés élènes étaient sans fondements. Ses schémas de pensée sont calqués sur les miens, et les chevaliers de l'Église, surtout les Pandions, estiment les Styriques. Je vous rappelle que Séphrénia était notre tutrice, et vous savez combien nous l'aimons.

— C'est ce que j'ai cru remarquer, acquiesça le magicien avec un sourire. Nous ne sommes pas nous-mêmes sans reproches dans ce domaine. Nos *a priori* sont à peu près aussi irrationnels que les vôtres. La prévention de votre femme à mon encontre doit donc venir d'autre chose.

— Il peut s'agir d'une chose aussi anodine que votre accent, Très Sage. Ma femme est une petite personne complexe. Elle est très intelligente, mais elle a ses mouvements d'irrationalité.

— Il vaudrait peut-être mieux que je l'évite, dans ce cas. Je voyagerai dorénavant à cheval. Je suppose que la promiscuité de cette voiture ne peut qu'exacerber les irritations. J'ai déjà travaillé avec des gens qui me détestaient ; ce n'est pas un problème. Le moment venu, je saurai la gagner à ma cause. Je peux être très convaincant s'il le faut, conclut-il avec un rapide sourire.

Il plongea le regard dans le précipice où le torrent écumait dans les ténèbres.

— Pensez-vous pouvoir retrouver le Bhelliom, prince Émouchet ? demanda-t-il gravement. Je crains que nous ne soyons fort dépourvus, sans cela. Il nous faudra une arme puissante pour égaliser un peu nos chances contre un groupe de Dieux. Seriez-vous disposé à me dire où vous vous trouviez quand vous l'avez lancé dans l'océan ? je pourrais peut-être vous aider à le retrouver.

— Rien ne m'interdit d'en parler, Très Sage, répondit tristement Émouchet. Il eût été superflu de m'en empêcher, car je j'ai pas la moindre idée de l'endroit où il peut se trouver. C'est Aphraël qui a choisi l'endroit, et elle a bien veillé à ce que nous ne puissions le retrouver. Vous pouvez l'interroger, mais je suis assez sûr qu'elle ne vous dira rien.

Zalasta eut un petit sourire.

— Elle est un peu capricieuse, n'est-ce pas ? Enfin, nous l'aimons tous malgré cela.

— Il est vrai que vous avez grandi dans le même village, Séphrénia, Aphraël et vous, n'est-ce pas ?

— En effet. Je m'honore de penser qu'elles me considèrent comme un ami. Il était très stimulant d'essayer de suivre Aphraël. Elle a l'esprit très agile. Vous a-t-elle dit pourquoi elle souhaitait que l'endroit reste secret ?

— Pour moi, elle estime que ce joyau est beaucoup trop dangereux pour se retrouver abandonné n'importe où dans le monde. Il serait encore plus éternel, et peut-être même plus puissant que les Dieux eux-mêmes. J'ignore d'où il vient au juste, mais il semble participer de ces esprits élémentaires qui ont présidé à la création de l'univers. Ça m'a donné un choc quand je m'en suis rendu compte, ajouta-t-il avec un sourire. Je portais à moins de six pouces de mon cœur une chose capable de faire naître des soleils. Je crois que je comprends les préoccupations que le Bhelliom inspire à Aphraël. Elle nous a dit une fois que les Dieux n'avaient pas une vision claire de l'avenir, et qu'elle ne voyait pas avec précision ce qui se passerait s'il tombait entre de mauvaises mains. Nous avons réellement pris le risque, elle et moi, de détruire le monde pour empêcher Azash de s'en emparer. Elle tenait à ce que personne ne puisse le retrouver.

— Je pense qu'elle a fait un faux calcul, prince Émouchet.

— À votre place, j'éviterais de le lui dire. Elle risquerait de prendre ça pour un reproche.

— Elle me connaît, fit Zalasta avec un sourire. Elle ne m'en veut pas de mes critiques. Si, comme vous le dites, le Bhelliom est une de ces énergies qui ont été impliquées dans la création du monde, on doit la laisser agir. Il manquera quelque chose à l'univers si on l'en empêche.

— Elle dit que ce monde ne durera pas éternellement, répondit Émouchet avec un haussement d'épaules. Qu'il finira par disparaître avec le temps, et que le Bhelliom sera libéré. C'est une notion qui fait frémir, mais j'imagine que le temps qui s'écoulera entre le moment où le Bhelliom a été emprisonné sur ce monde et le moment où le soleil explosera, anéantissant notre monde, ne sera qu'un clin d'œil pour l'esprit qui l'habite.

— J'avoue avoir du mal, moi aussi, à envisager les notions d'éternité et d'infini, admit Zalasta.

— Je pense, Très Sage, qu'il faut nous faire une raison : le Bhelliom est à jamais perdu pour nous. Il est vrai que nous sommes désavantagés, mais nous n'y pouvons rien. Il faudra que nous nous en passions.

— Vous avez peut-être raison, prince Émouchet, soupira Zalasta, mais nous avons vraiment besoin de cette pierre. Le succès ou l'échec en dépendent peut-être. Nous pourrions peut-être essayer de convaincre Séphrénia d'intercéder en notre faveur auprès d'Aphraël. Elle a une énorme influence sur sa sœur.

— Oui, acquiesça Émouchet. Je l'ai remarqué aussi. Comment étaient-elles quand elles étaient enfants ?

Le regard de Zalasta se perdit dans les ombres.

— Le village a beaucoup changé après la naissance d'Aphraël, dit-il d'un ton méditatif. Nous avons tout de suite compris que ce n'était pas une enfant comme les autres. Les Dieux Cadets l'aiment tous beaucoup. C'est la seule Déesse-Enfant, et ils l'ont pourrie-gâtée au cours des âges. Elle a poussé à la perfection l'art d'être enfant, fit-il avec un petit sourire. Aphraël est si douée pour amener les autres à l'aimer qu'elle ferait fondre le cœur le plus endurci. Les Dieux obtiennent toujours ce qu'ils veulent, mais Aphraël nous fait faire ce qu'elle veut par amour.

— C'est ce que j'avais cru remarquer, avoua Émouchet d'un ton mi-figue mi-raisin.

— Séphrénia avait neuf ans à la naissance de sa sœur, et de ce jour, elle s'est entièrement consacrée à son service, reprit le magicien avec une soudaine tristesse. Aphraël semble n'avoir pas eu d'enfance. On aurait dit qu'elle savait parler en naissant. Elle a marché incroyablement vite. Il n'aurait pas été convenable qu'elle fasse ses dents ou qu'elle apprenne à marcher à quatre pattes, alors elle a évité toutes ces étapes. Elle voulait être une enfant, pas un bébé. J'avais quelques années de plus que Séphrénia ; j'étais déjà absorbé par mes études, mais je les ai observées d'assez près. On n'a pas souvent l'occasion de regarder grandir un Dieu.

— C'est très rare, acquiesça Émouchet.

— Séphrénia passait tout son temps avec sa sœur. Il fut évident dès le début qu'il y avait un lien très spécial entre elles. En tant qu'enfant, Aphraël a adopté une position subalterne ; c'est l'une de ses spécificités. Étant une Déesse, elle pourrait ordonner, mais elle ne le fait pas. Pour un peu on dirait qu'elle aime recevoir des réprimandes. Elle est obéissante — quand ça l'arrange — mais il lui arrive de temps en temps de faire une chose radicalement impossible — pour le seul plaisir, sans doute, de rappeler aux gens à qui ils ont affaire.

Émouchet songea à l'essaim de fées pollinisant les fleurs dans les jardins du palais de Cimmura.

— Séphrénia était une enfant raisonnable, en avance sur son âge. Je soupçonne Aphraël d'avoir préparé sa sœur à sa tâche avant même sa naissance. Séphrénia est pour ainsi dire devenue la mère d'Aphraël. Elle s'occupait d'elle, elle la faisait manger, elle lui faisait prendre son bain — ce qui donnait parfois lieu à des discussions épiques. Aphraël déteste qu'on la lave. Comme si elle en avait besoin, d'ailleurs : elle pourrait envoyer la saleté où elle veut. Je ne sais pas si vous avez remarqué, mais elle a toujours les pieds tachés d'herbe. Tout se passe comme si elle avait besoin de ces taches, je ne sais pas pourquoi. Quand Aphraël avait six ans à peu près, poursuivit le Styrique avec un soupir, Séphrénia a bien été obligée de lui servir de mère. Pendant que nous étions dans la forêt, tous les trois, une bande de paysans élènes ivres ont attaqué le village et massacré tous les habitants.

Émouchet inspira profondément.

— Ça explique pas mal de choses, fit-il. D'un autre côté, ça pose d'autres problèmes : après une telle tragédie, qu'est-ce qui a pu donner à Séphrénia l'idée d'éduquer des générations de chevaliers pandions ?

— C'est probablement Aphraël qui la lui a soufflée, répondit Zalasta. Ne vous y trompez pas, prince Émouchet : Aphraël a beau faire semblant d'être une enfant, en réalité, elle n'obéit que lorsque ça l'arrange, c'est toujours elle qui décide en fin de compte, et elle arrive toujours à ses fins.

— Qu'est-il arrivé après la destruction du village ? demanda Émouchet.

— Nous avons erré un moment dans la forêt et nous avons été recueillis dans un autre village styrique. Je me suis assuré que les filles étaient bien installées et je suis reparti poursuivre mes études. Lorsque je les ai revues, des années plus tard, Séphrénia était la belle femme qu'elle est aujourd'hui, mais Aphraël était encore une enfant. Elle n'avait pas vieilli d'un jour depuis que je l'avais quittée. Les moments que nous avons passés ensemble au temps où nous étions enfants sont les plus heureux de ma vie, fit-il en soupirant à nouveau. C'est le souvenir de cette époque qui me donne la force de continuer, de poursuivre, lorsque je suis troublé.

Il leva les yeux vers le ciel où les premières étoiles commençaient à apparaître.

— Excusez-moi, prince Émouchet, je pense que je préfère être seul avec mes souvenirs, ce soir.

— Je comprends, Zalasta, répondit Émouchet en posant une main compatissante sur l'épaule du Styrique.

— Nous l'aimons bien, dit Danaé.

— Pourquoi ne lui dévoiles-tu pas ton identité, alors ?

— Je ne sais pas très bien, Père chéri. C'est peut-être

simplement parce qu'une fille a besoin de secrets.

— Ça n'a pas de sens, tu t'en rends bien compte.

— Non, mais ce que je fais n'a pas besoin d'avoir un sens. C'est l'avantage d'être universellement adorée.

— Zalasta pense que nous aurons besoin du Bhelliom, lâcha Émouchet qui avait décidé de parler de but en blanc.

— Non, répondit fermement Aphraël. J'ai passé trop de temps et j'ai eu trop de mal à le mettre dans un endroit sûr pour retourner le chercher à tout bout de champ. Zalasta veut toujours déchaîner plus de pouvoir que nécessaire. Si nous avons affaire aux Dieux des Trolls, nous pouvons parfaitement nous passer du Bhelliom. C'est ma décision, Émouchet, fit-elle en levant la main pour prévenir ses objections.

— Je pourrais te donner la fessée ; on verrait alors si tu ne changerais pas d'avis.

— Pour ça, il faudrait que je te laisse faire. Enfin, soupira-t-elle, les Dieux des Trolls ne devraient plus nous ennuyer longtemps.

— Comment ça ?

— Les Trolls sont condamnés, dit-elle d'un petit ton attristé. Et quand il n'y aura plus de Trolls, leurs Dieux seront sans pouvoir.

— Pourquoi dis-tu que les Trolls sont fichus ?

— Parce qu'ils sont incapables de changer, Émouchet. Que ça nous plaise ou non, c'est comme ça : les créatures de ce monde doivent changer ou mourir. C'est ce qui est arrivé aux Hommes-de-l'aube. Les Trolls les ont supplantés parce qu'ils n'ont pas réussi à s'adapter. Maintenant, c'est le tour des Trolls. Ils sont ainsi faits qu'ils ont besoin de beaucoup d'espace, quarante ou cinquante lieues carrées par individu, et le moins qu'on puisse dire, c'est qu'ils ne sont pas partageurs. Il n'y a plus assez de place pour eux. Les Élènes abattent des arbres pour construire leurs maisons et pour cultiver la terre. Les Trolls auraient pu survivre s'ils n'avaient eu affaire qu'aux Styriques. Nous n'abattons pas les arbres. Ce n'est pas que nous les aimions particulièrement, expliqua-t-elle avec un sourire, c'est juste que nous ne savons pas faire de bonnes haches. En découvrant le moyen de forger l'acier, les tiens ont condamné les Trolls à mort. Et leurs Dieux avec eux.

— Ça appuierait un peu la théorie selon laquelle les Dieux des Trolls se seraient alliés avec quelqu'un d'autre, nota Séphrénia. S'ils ont compris ce qui les attend, il se peut qu'ils aient désespérément cherché une solution. Leur survie dépend de la préservation des Trolls, donc de leur espace vital.

— Ça expliquerait une chose qui me turlupine depuis un moment, grommela Émouchet.

— Quoi donc ? demanda Séphrénia.

— Les différences que je remarque depuis le début. Je suis tenaillé par l'impression que les choses ne se passent pas comme la dernière fois : de petits détails anodins, mais aussi le fait que ces stratagèmes élaborés faisant appel à des gens comme Drychtnath et Ayachin sont trop subtils pour les Dieux des Trolls. Maintenant, ça pose un autre problème, ajouta-t-il avec un petit sourire mélancolique : comment l'autre aurait-il pu obtenir la coopération des Dieux trolls s'il ne pouvait pas leur faire comprendre ce qu'il allait faire et pourquoi ?

— Ton amour-propre en prendrait-il un coup si je te proposais une explication simple ? demanda Danaé.

— Dis toujours.

— Les Dieux des Trolls savent qu'ils ne sont pas futés, et celui que tu appelles « notre ami » a barre sur eux. S'ils refusent de collaborer, il peut toujours les menacer de les remettre dans le Bhelliom et de les laisser passer plusieurs millions d'années au fond de la mer. Il leur a peut-être tout simplement dit ce qu'il attendait d'eux, sans prendre la peine de leur fournir de raison ou d'explication. Le reste du temps, ils ont le droit de faire toutes les bêtises et tout le boucan qu'ils veulent ; ça ne peut que contribuer à dissimuler ce qu'il mijote en réalité, tu ne crois pas ?

Il la regarda un long moment, puis il éclata de rire.

— Je t'adore, Aphraël ! dit-il en la serrant contre son cœur.

— C'est un si bon garçon, fit la petite Déesse hilare en regardant sa sœur.

Deux jours plus tard, le temps changea tout d'un coup. De lourds nuages chassés par le vent arrivèrent de la mer de Tamoulie, et le ciel devint soudain menaçant. Pour ajouter à l'ambiance, une de ces « ruptures de communication » si fréquentes dans toutes les entreprises gouvernementales se produisit. En arrivant, vers la mi-journée, à la frontière d'un clan marquée par un no man's land de terre nue de plusieurs centaines de toises de large, ils découvrirent qu'aucune escorte ne les attendait. Le clan qui les avait accompagnés jusque-là ne pouvait pas aller plus loin et jetait même des coups d'œil inquiets vers la forêt située de l'autre côté.

— Il y a une vieille rancune entre ces deux clans, Émouchet, lui signala gravement Engessa. Il est très mal vu d'approcher à moins de cinq cents pieds de la ligne de démarcation.

— Dites-leur de rentrer chez eux, Engessa-Atan, répondit Émouchet. Nous sommes assez nombreux pour protéger la reine, et nous n'allons pas déclencher une guerre inter-clanique rien que pour le plaisir de sauver les apparences. L'autre clan ne devrait pas tarder à arriver, et nous ne sommes pas en réel danger.

Engessa parut un peu dubitatif, mais il parla avec le chef de leur escorte, et les Atans tournèrent casaque et s'éloignèrent sans demander leur reste.

— Et maintenant ? demanda Kalten.

— Si on cassait une petite croûte ? suggéra Émouchet.

— Yark ! Je commençais à me dire que tu avais décidé de

nous carotter une pâtée.

— Dis aux chevaliers et aux Péloïs de former le cercle autour de la voiture et de faire du feu. Je vais prévenir Ehlana.

Il rejoignit ce qui tenait lieu de carrosse royal.

— Où est l'escorte ? demanda sèchement Mirtaï.

Elle était encore plus autoritaire, maintenant qu'elle était adulte.

— Elle a dû être retardée, annonça Émouchet. Nous allons déjeuner en l'attendant.

— C'est une idée absolument magnifique, Émouchet, fit Emban, radieux.

— Nous pensions que vous seriez d'accord, Votre Grâce. L'escorte devrait nous rejoindre avant que nous ayons fini de déjeuner.

Mais elle ne vint jamais. Émouchet fit les cent pas en maudissant l'univers entier, puis il finit par perdre patience.

— Ce coup-ci, ça suffit ! déclara-t-il tout haut. Je ne vais pas rester assis ici pendant des jours à attendre le bon vouloir d'un chef de clan atan.

— Nous ferions peut-être mieux de patienter encore un peu, fit Ehlana.

— Pas au milieu de nulle part, comme ça.

— Eh bien, mes amis, je pense qu'il vaut mieux que nous repartions, en effet, fit Ehlana en prenant les autres à témoins. Je connais mon mari, et quand quelque chose commence à le mettre de mauvaise humeur…

— De pire humeur, rectifia Talen.

— Vous avez dit quelque chose, mon page ? demanda Ehlana.

— Il est de *pire* humeur. Émouchet est toujours de mauvaise humeur. Il l'est juste un peu plus tout de suite. Regardez : on voit bien la différence.

— Êtes-vous de pire humeur tout de suite, mon amour ? demanda-t-elle à son mari pour le taquiner.

— Je ne pense pas que ce terme existe, Ehlana. Bien, préparez-vous à partir. La route est bien marquée, nous ne risquons pas de nous perdre.

Les arbres, de l'autre côté de la zone dégagée, étaient des cèdres noirs dont les branches tombaient jusqu'au sol. On n'y voyait rien au-delà de quelques toises. Les nuages qui s'amoncelaient devenaient de plus en plus noirs et la lumière était presque crépusculaire. Ils s'engagèrent sous les arbres et furent aussitôt assaillis par des nuées de moustiques. Il n'y avait pas un souffle d'air, et l'humidité était à couper au couteau.

— J'adore me promener en armure dans les pays infestés de moustiques, nota gaiement Kalten. Je me représente tous ces petits suceurs de sang assis dessus avec de petits marteaux, en train d'essayer de redresser leur bec.

— Si vous croyez qu'ils essaieraient de vous piquer à travers l'acier, messire Kalten, vous vous trompez, objecta Zalasta. Ils sont attirés par l'odeur, et je ne vois pas quelle créature vivante même affamée pourrait trouver appétissante l'odeur d'un Élène en armure.

— Espèce de rabat-joie, va !

— Désolé, messire Kalten.

Un grondement se fit entendre loin vers l'est.

— La fin idéale d'une journée idéale, observa Stragen. Un beau petit orage avec plein d'éclairs, de grêle, de pluie battante et de vents furieux.

Puis, comme en écho, un hurlement rauque, à faire dresser les cheveux sur la tête, s'éleva d'un ravin invisible dans la forêt. Un second cri s'éleva presque aussitôt, en réponse, de la direction opposée.

Ulath poussa un chapelet de jurons aussi mordants qu'un chien cramponné à un chapelet de saucisses.

— Qu'y a-t-il ? s'étonna Émouchet.

— Tu n'as pas reconnu, Émouchet ? fit le Thalésien. Tu as pourtant entendu ça au lac Venne.

— Qu'est-ce que c'est ? demanda Khalad avec appréhension.

— C'est le signal que nous ferions mieux d'ériger des fortifications ! Il y a des Trolls, là-bas !

CHAPITRE XXII

— Ce n'est pas parfait, ami Émouchet, dit Kring d'un air dubitatif, mais le temps presse. C'est un ravin avec un torrent à sec au milieu et fermé, au bout, par une cascade à sec elle aussi. Il y a une grotte au pied. Nous pourrions y mettre les dames à l'abri, et nous y replier si les choses tournaient mal.

Les Péloïs s'étaient aventurés dans la forêt environnante à la recherche d'une position défensive, ce qui était un exploit compte tenu de l'angoisse qu'ils éprouvaient dans les forêts.

— Je pense que c'est déjà fait, commenta Tynian.

— Quelle est la largeur du ravin ? demanda Émouchet d'une voix tendue.

— Il fait peut-être deux cents pieds de largeur à l'entrée, répondit Kring, puis il y a un goulot d'étranglement où il ne fait plus qu'une vingtaine de pieds, et quand on recule encore il s'élargit à nouveau pour former une sorte de bassin où tombe la cataracte.

— L'ennui dans les gorges, c'est qu'on est au fond d'un trou, commenta Kalten. Je ne donne pas cher de notre peau si les Trolls lèvent le nez, remarquent le bord de la gorge et nous balancent des pierres sur le coin du nez.

— Nous avons le choix ? objecta Tynian.

— Bah, je disais ça comme ça.

— Il n'y a rien d'autre ? demanda Émouchet.

— Quelques clairières, répondit le domi en haussant les

épaules. Une ou deux collines par-dessus lesquelles je pourrais cracher.

— Mouais. En somme : c'est ce canyon ou rien, fit Émouchet d'un ton morne. Bon, nous ferions mieux d'y aller et de fortifier cet endroit de notre mieux.

Ils repartirent en entourant étroitement la voiture qui sautait et rebondissait sur la mauvaise route. Ils durent écarter plusieurs fois des arbres abattus par le vent et des branches cassées qui leur barraient le passage. Cinq cents toises plus loin, le sol commença à monter et les arbres à se raréfier.

Émouchet rapprocha Faran de la voiture.

— Il y a une grotte vers l'avant, Ehlana, annonça-t-il. Les hommes de Kring n'ont pas eu le temps de l'explorer, alors nous en ignorons la profondeur.

— Quelle importance ? rétorqua Ehlana.

Elle était encore plus pâle que d'habitude. Les terribles hurlements des Trolls l'angoissaient manifestement.

— Ça pourrait en avoir, répondit-il. Une fois là-bas, demande à Talen de l'explorer. Si elle est assez profonde, ou si elle se ramifie, vous aurez de la place pour vous cacher. Séphrénia n'aura qu'à obstruer l'entrée et les recoins éventuels, de sorte que les Trolls ne vous trouvent pas s'ils réussissent à nous déborder.

— Et si nous entrions tous dans la grotte ? Vous n'auriez qu'à bloquer l'entrée, Séphrénia et toi, et nous attendrions que les Trolls en aient assez et s'en aillent.

— D'après Kring, la caverne ne serait pas assez grande. Ses hommes continuent à chercher et s'ils trouvent mieux nous reverrons nos projets, mais pour l'instant, vous allez vous cacher là-dedans, ces dames, le patriarche Emban, l'ambassadeur Oscagne et toi. Talen y entrera avec vous. Bérit et huit ou dix autres chevaliers garderont l'entrée. Ne discute pas, Ehlana, je t'en prie. Là, c'est moi qui décide, tu étais d'accord pour ça à Chyrellos, je te le rappelle.

— Il a raison, Majesté, fit Emban. Dans la situation présente, c'est d'un général que nous avons besoin, non d'une reine.

— Dites tout de suite que je vous encombre ! lança-t-elle sèchement.

— Pas le moins du monde, ma reine, répondit Stragen d'un ton uni. Votre présence nous stimulera. Nous vous éblouirons par notre bravoure.

— Faisons l'économie de tout ça ; je me ferai un plaisir de simuler l'éblouissement, répliqua-t-elle d'un ton sinistre.

— C'est avec les Trolls que tu devrais négocier ça, rétorqua Émouchet. Et les Trolls ont la tête dure. Surtout quand ils ont faim.

La situation était grave, mais Émouchet ne s'en faisait pas trop pour sa femme ; Séphrénia était là pour assurer sa sécurité, et si les choses tournaient vraiment mal, Aphraël pourrait intervenir aussi. Il savait que sa fille ne permettrait pas qu'il arrive quelque chose à sa mère, même si ça l'obligeait à révéler son identité.

Défendre un canyon présentait des inconvénients indéniables. Le plus évident était celui que Kalten avait évoqué. Si les Trolls grimpaient sur la paroi et se retrouvaient au-dessus d'eux, la situation serait vite intenable. Kalten mit un point d'honneur à le leur rappeler souvent, soulignant chaque fois son intervention d'un « je vous l'avais bien dit ».

— Tu surestimes ces Trolls, Kalten, objecta Ulath. Pour eux, nous sommes du *manger*, pas des ennemis. Ils se fichent d'obtenir une victoire militaire. Ce qu'ils veulent, c'est calmer leurs crampes d'estomac.

— Eh bien, tu as des pensées réjouissantes, aujourd'hui, Ulath, fit sèchement Tynian. Combien peuvent-ils être ?

— C'est difficile à dire. J'ai bien entendu une dizaine de voix différentes, sans doute celles des chefs de famille. Ils doivent donc être une centaine. Au moins.

— Ça pourrait être pire, nota Kalten.

— Je ne vois pas comment, grommela Ulath.

— Il y a des tas de pierres dans le lit du torrent ; nous pourrions ériger une barricade avec, observa Bévier qui était leur expert en fortifications et en positions défensives. Et puis avec tous ces sapins, nous pourrions faire des pieux. A ton avis, Ulath, de combien de temps disposons-nous avant qu'ils attaquent ?

— Si nous avions continué à avancer, ils se seraient sûrement jetés sur nous au passage, répondit-il en se grattouillant le menton. Là, il est probable qu'ils vont prendre le temps de se regrouper. Maintenant, Bévier, les Trolls ne vont pas nous tirer des flèches, alors tes barricades risquent de nous handicaper plus qu'autre chose. Non, notre supériorité sur eux réside dans nos chevaux et dans nos lances. Notre objectif doit être de maintenir les Trolls à distance. Pour ça, les pieux seraient un bon atout. Un Troll choisira toujours le moyen le plus direct d'obtenir ce qu'il veut — nous, en l'occurrence. Je propose que nous rétrécissions l'entrée afin de canaliser le flux. S'ils passent par deux ou trois, nous ne devrions pas avoir trop de mal à leur régler leur compte. Si seulement nous avions une douzaine d'arbalètes comme en avait Kurik…

— J'en ai une, Ulath, proposa Khalad.

— Et la plupart des chevaliers ont des arcs de guerre, ajouta Bévier.

— Bon, alors nous les ralentissons avec les pieux et quand ils ont réussi à passer, nous les accueillons d'une volée de flèches ? suggéra Tynian.

— C'est la meilleure solution, acquiesça Ulath. Tâchons d'éviter le corps à corps avec ces sales bêtes.

— Eh bien, je vous propose de nous y mettre, conclut Émouchet.

Le canyon fut tout à coup le théâtre d'une activité fébrile. Le goulot d'étranglement de la gorge fut encore étréci avec des pierres prélevées dans le lit du cours d'eau, et une forêt de pieux inclinés vers l'extérieur, plantés si près les uns des autres le long de la paroi qu'il était impensable de passer au travers, ceux bordant l'allée qui menait au bassin étant un peu plus espacés afin d'encourager les monstres à suivre ce chemin. Les Péloïs de Kring trouvèrent un énorme roncier qu'ils arrachèrent pour en garnir les pieux les plus serrés, rendant le passage absolument inextricable.

— Que fait Khalad ? haleta Kalten qui croulait sous le poids d'une énorme pierre.

— Il construit je ne sais quoi, répondit Émouchet.

— Tu crois que c'est le moment d'entreprendre des travaux d'urbanisme ?

— C'est un jeune homme sensé. Je suis sûr qu'il agit à bon escient.

Une heure plus tard, ils s'arrêtèrent pour observer leur travail d'un œil critique. L'entrée de la gorge ne mesurait plus que huit pieds de large, et les côtés étaient hérissés de pieux qui leur arrivaient à hauteur de la poitrine, dirigés afin de maintenir les Trolls sur le bon chemin. Tynian avait ajouté un petit perfectionnement à ce dispositif sous forme de chevilles pointues plantées au milieu du chemin.

— Les Trolls marchent pieds nus, hein ? demanda-t-il à Ulath.

— Il faudrait la peau de toute une vache pour faire une paire de chaussures à un Troll, répondit Ulath en haussant les épaules. Et comme ils mangent les vaches avec la peau, ils sont un peu à court de cuir.

— Tant mieux. Nous aimerions qu'ils empruntent le centre du canyon, mais ça n'a pas besoin d'être une partie de plaisir non plus. Des Trolls pieds nus ne devraient pas courir très vite sur ce chemin de roses.

— J'aime ton style, Tynian, fit Ulath avec un grand sourire.

— Ces messieurs pourraient-ils s'écarter un peu ? demanda Khalad.

Il avait coupé deux sapins d'assez belle taille à hauteur

d'homme à peu près, en avait fixé un troisième entre les deux premiers et avait attaché une corde aux deux bouts du sapin horizontal. En tirant dessus, ça faisait un arc gigantesque. Il était pour l'instant bandé à mort et chargé avec un javelot de dix pieds, la corde étant attachée à une souche, juste derrière.

Émouchet et ses compagnons n'eurent que le temps de se rabattre sur les côtés de l'étroite ouverture. Khalad coupa la corde qui maintenait l'arc bandé. Le javelot fila dans l'air avec un sifflement menaçant et s'enfonça dans un arbre, à une bonne centaine de toises, le long du canyon.

— J'aime ce garçon, commenta Kalten. Il tient vraiment de son père.

— C'est une sacrée famille, acquiesça Émouchet. Bien. Positionnons nos archers face à l'entrée.

— Parfait, acquiesça Kalten. Et après ?

— Après, on attend.

— C'est ce que je déteste le plus. Si nous mangions un morceau ? Juste pour passer le temps, bien sûr.

— Bien sûr.

L'orage qui menaçait depuis le début de la matinée était maintenant sur eux. Les énormes nuages violacés, bouillonnants, étaient traversés d'éclairs et des coups de tonnerre ébranlaient le sol comme un tremblement de terre. Il faisait moite. Il n'y avait pas un souffle d'air, et les chevaliers suaient à grosses gouttes sous leur armure.

— Bon, quelqu'un a une autre idée, en attendant l'arrivée des invités ? demanda Tynian.

— J'ai bricolé quelques catapultes avec des sapins, répondit Bévier. Elles ne pourront pas projeter de très grosses pierres et leur portée est limitée, mais c'est toujours ça.

— Tout Troll abattu à distance sera un bon Troll contre lequel nous n'aurons pas besoin de lutter au corps à corps, approuva sentencieusement Ulath.

— Seigneur ! s'exclama Tynian. Je crois que je viens d'en voir un. Ils sont vraiment si gros que ça ?

— Neuf pieds de haut, à peu près ? demanda Ulath sur le ton de la conversation.

— Au moins !

— C'est une taille assez standard. Ils pèsent entre trente-cinq et cinquante pierres.

— Tu plaisantes ?

— Attends un peu, tu pourras en soupeser un toi-même. Bon, les Trolls sont difficiles à tuer. Ils ont la peau et le crâne durs, et une résistance peu commune quand ils sont surexcités. Alors si vous vous trouvez à portée de main, essayez de les estropier. Tout bras coupé sera un bras avec lequel ils ne risqueront pas de vous empoigner.

— Ils ont des armes ? demanda Kalten.

— Des massues, c'est tout. Ils ne savent pas se servir d'une lance et ils n'ont pas les bras faits pour porter des coups de poignard.

— C'est toujours ça.

— L'avantage, avec toi, c'est qu'il ne t'en faut pas beaucoup pour être heureux, remarqua Tynian.

L'attente se poursuivit, ponctuée de roulements de tonnerre assourdissants. Quelques Trolls se montrèrent à la lisière de la forêt et poussèrent des rugissements sans doute destinés à rameuter le gros de la troupe. Le seul Troll qu'Émouchet eût jamais vu auparavant était Ghwerig, et Ghwerig était nain, et grossièrement difforme. Il revit rapidement l'idée qu'il se faisait de ces monstres. Ils faisaient bien neuf pieds de haut, en effet, et ils étaient couverts de poils noirâtres, hirsutes. Ils avaient les bras très longs, d'énormes pattes qui leur pendaient plus bas que les genoux, et des crocs saillants dans un faciès de brute. Leurs petits yeux profondément enfoncés sous des arcades sourcilières proéminentes brûlaient d'une lueur avide terrifiante. Ils avançaient un peu pliés en deux, à la lisière de la forêt, et

Émouchet s'aperçut que leurs longs bras jouaient un rôle significatif dans leur locomotion : tantôt ils s'en servaient pour marcher, tantôt ils leur permettaient de s'accrocher aux arbres. Leurs mouvements fluides, presque gracieux, témoignaient d'une agilité prodigieuse.

— Nous sommes prêts ? Enfin, plus ou moins ? demanda Ulath.

— Personnellement, je pourrais attendre un peu plus longtemps s'il le fallait, répondit Kalten en claquant des dents.

— Ah bon ? Et combien de temps ?

— Quarante ou cinquante ans, ça m'irait très bien. Pourquoi ? Tu as une idée derrière la tête ?

— J'ai vu une quinzaine d'individus différents, nota le grand Thalésien. Ils sortent l'un après l'autre pour jeter un coup d'œil. J'en déduis qu'ils sont tous plus ou moins massés à la lisière des arbres. Je pense que je vais les injurier un peu. Le Troll de base n'est pas un grand penseur, mais un Troll enragé ne réfléchit plus du tout. Je vais essayer de les amener à attaquer en ordre dispersé. Si je réussis à les insulter pour de bon, on peut espérer qu'ils sortiront des bois la bave à la bouche, en poussant des cris et des hurlements. Ils offriront une cible facile aux archers, et même si quelques-uns réussissent à passer, nous pourrons les charger à cheval, avec nos lances. Nous devrions en tuer pas mal avant qu'ils ne reprennent leurs esprits.

— Tu crois que nous arriverons à réduire suffisamment leurs rangs pour que les survivants préfèrent battre en retraite ? avança Kalten.

— Il ne faut pas rêver, mais tout est possible. Si on m'avait dit que je verrais un jour une centaine de Trolls marcher au combat main dans la main…

— Laisse-moi le temps de dire deux mots aux autres avant de déclencher les hostilités, fit Émouchet.

Il s'approcha de l'endroit où Vanion, Stragen, Engessa et

Kring attendaient, plantés à côté de leurs chevaux, l'ordre de faire donner qui les chevaliers, qui les Péloïs.

— Nous sommes prêts à y aller, annonça Émouchet.

— Comment ça ? demanda Stragen. Tu veux dire que tu vas inviter les Trolls à danser ou que nous allons commencer sans eux ?

— Ulath va essayer de les provoquer afin de les amener à passer à l'offensive, répondit Émouchet. Les pieux devraient les ralentir suffisamment pour laisser le temps à nos archers d'en éliminer une quantité non négligeable. S'ils arrivent à passer, nous les chargerons à la lance. Je ne voudrais pas vous insulter, Domi, mais pourriez-vous reculer un peu ? Ulath nous dit que les Trolls ne sont pas faciles à tuer. C'est un sale boulot, mais quand les chevaliers auront chargé, je voudrais que vous veniez achever les blessés.

Kring réfléchit un instant, l'air manifestement dégoûté.

— Nous le ferons, ami Émouchet, acquiesça-t-il enfin. Mais c'est vraiment par amitié.

— Sache que j'apprécie, Kring. Dès qu'Ulath aura réussi à les faire bouger, ceux d'entre nous qui se trouvent près de la barricade reculeront, monteront à cheval et participeront à la charge. Encore une petite chose : ce n'est pas parce qu'un Troll a une lance dans le corps qu'il est hors d'état de nuire. Je vous suggère de leur en planter plusieurs, par mesure de sécurité. Bien, je vais dire à ces dames que nous sommes prêts à passer à l'action, et nous ne devrions pas tarder à y aller.

— Je t'accompagne, fit Vanion, et les deux hommes remontèrent le canyon en direction de la grotte.

Bérit et un petit groupe de jeunes chevaliers montaient la garde à l'entrée.

— Ils arrivent ? demanda le jeune homme.

— Nous avons vu quelques éclaireurs, répondit Émouchet. Nous allons les asticoter pour les inciter à donner l'assaut. Si nous devons les combattre, je préfère que ce soit de jour.

— Et avant que cet orage n'éclate, ajouta Vanion.

— Il y a peu de chance qu'ils réussissent à passer, poursuivit Émouchet, mais tenez-vous sur vos gardes. Si les choses tournaient mal, rentrez dans la grotte.

Bérit hocha la tête. Ehlana, Talen et Séphrénia sortirent de la grotte et posèrent la question rituelle, à l'unisson :

— Ils arrivent ?

Ehlana avait la voix un peu aiguë peut-être pour son standing.

— Pas encore, répondit Émouchet, mais ce n'est qu'une question de temps. Dis-moi, Séphrénia, tu te sens d'humeur à lancer un sort ou deux ?

— Ça dépend du sort.

— Je voudrais que tu élèves un mur devant l'entrée de la grotte afin que les Trolls ne puissent vous atteindre, toi et les autres.

— Possible. Sinon, je pourrai toujours la faire effondrer.

— D'accord, mais en dernier ressort seulement. Et attends pour ça que Bérit et ses compagnons vous aient rejoints. Talen, tu as trouvé quelque chose ?

Les beaux atours du gamin étaient passablement tachés de boue.

— Un endroit où un ours a hiberné, répondit-il en fronçant le nez. Et en me tortillant un peu, j'ai repéré quelques galeries intéressantes.

— Choisis la meilleure. Si Séphrénia doit obstruer l'entrée de la caverne, il vaudrait mieux que vous ayez trouvé un endroit sûr avant.

— Prends garde à toi, Émouchet, fit Ehlana en l'embrassant farouchement.

— Toujours, mon amour.

Séphrénia embrassa Vanion et lui adressa la même mise en garde, puis les deux chevaliers repartirent vers l'entrée du ravin.

— Tu n'es pas d'accord, hein, Émouchet ? demanda gravement Vanion.

— Ça ne me regarde pas, mon ami.

— Je ne t'ai pas demandé si ça te regardait mais si tu y voyais une objection. Nous ne pouvions pas faire autrement, tu sais. Nos deux cultures nous interdisent le mariage.

— Je pense que les lois ne s'appliquent pas à vous, Vanion. Vous avez tous les deux une amie très spéciale qui ignore les lois quand ça l'arrange. En fait, je suis plutôt content, fit-il avec un sourire. J'en avais plus qu'assez de vous voir vous morfondre chacun dans votre coin.

— Merci, Émouchet. Je préfère que les choses soient dites. Mais je ne pourrai plus jamais rentrer en Éosie.

— Ce n'est pas une grande perte, étant donné les circonstances. Vous êtes heureux, Séphrénia et toi, et c'est tout ce qui compte.

— Là, je suis d'accord. Quand tu retourneras voir Dolmant, à Chyrellos, essaie de lui présenter la chose sous l'aspect le plus favorable. Je crains l'explosion quand il apprendra ça.

— Là, Vanion, il te surprendra peut-être.

Ulath était planté au bout de l'entonnoir artificiel qu'ils avaient formé au centre du ravin et beuglait en direction de la forêt dans cette langue qui se prononçait comme un aboiement. Émouchet s'aperçut, non sans surprise, qu'il se rappelait quelques mots de langue trolle. Les meilleurs.

— Que dit-il ? demanda Kalten, l'air sincèrement intéressé.

— Je ne suis pas très doué pour les langues, répondit Émouchet d'un ton d'excuse, mais les insultes trolles font généralement allusion aux besoins corporels. Ne t'excuse pas. Tu serais encore plus désolé si je te les traduisais, fit-il en grinçant des dents en réaction à une imprécation particulièrement vile qu'Ulath venait de balancer aux Trolls.

Il apparaissait que ceux-ci prenaient les insultes très au sérieux. Contrairement aux humains, ils n'y voyaient pas qu'un prélude habituel au combat. Chaque nouvelle horreur proférée par le grand chevalier génidien leur arrachait des hurlements. Un certain nombre de Trolls surgit d'entre les arbres en gesticulant avec fureur, la gueule écumante.

— Combien de temps leur donnes-tu avant de charger ? demanda Tynian.

— On ne peut jamais savoir avec les Trolls, répondit Ulath. Mais je serais étonné que l'un d'eux ne perde pas son sang-froid. Reste à savoir si, en le voyant foncer sur nous, les autres suivront ou non.

Il rugit une nouvelle insulte en direction des énormes créatures massées à la lisière de la forêt. L'une d'elles poussa un beuglement de rage et se mit à courir sur trois pattes, en brandissant une énorme massue dans sa main libre. Plusieurs autres lui emboîtèrent le pas.

Émouchet contrôla rapidement la position de ses archers. Il nota que Khalad avait confié son arc à un jeune Pandion et couvait d'un œil paternel le javelot posé au centre de son engin improvisé.

Le Troll qui menait la charge abattit sauvagement son gourdin sur les pieux, mais les tiges élastiques fléchirent sous ses coups et reprirent leur place. Fou de colère, il leva son vilain mufle et poussa un mugissement de frustration.

Khalad coupa la corde qui bandait son énorme arc. Lequel se tendit presque instantanément, avec un joli bruit. Le javelot décrivit un long arc fluide et s'enfonça dans l'énorme poitrine velue avec un *Chtonk !* assez répugnant.

Le Troll fit un bond en arrière et resta planté là, à regarder stupidement le bout de bois qui dépassait de son torse. Il y mit un doigt, pour voir, comme s'il n'arrivait pas à comprendre comment il était arrivé là. Puis il s'assit, plus vite qu'il n'aurait voulu peut-être, et un flot de sang jaillit de sa gueule. Il empoigna maladroitement le bout de bois à deux mains et y imprima une traction. Il cracha un nouveau flot de sang, poussa un soupir rauque et se renversa sur le côté.

— Bien visé ! beugla Kalten pendant que l'écuyer d'Émouchet, aidé de deux autres jeunes Pandions, bandait à nouveau son engin.

— Préviens les archers que les Trolls s'arrêtent en arrivant aux pieux ! rétorqua Khalad, sur le même ton. Ils les regardent comme s'ils n'y comprenaient rien, et ils font des cibles parfaites.

— Exact, acquiesça Kalten en s'approchant des archers qui se trouvaient du côté du canyon, Bévier allant prévenir les autres.

La demi-douzaine de Trolls qui suivaient le premier ne firent pas l'honneur d'un regard à son cadavre et foncèrent droit devant eux, vers la forêt de pieux.

— L'ennui, c'est qu'ils ont si peu l'habitude de se battre en groupe qu'ils ne font même pas attention à leurs morts, releva Tynian. Ulath dit qu'ils ne meurent jamais de causes naturelles, et qu'ils ne comprennent tout simplement pas de quoi il retourne. Je doute qu'ils reculent pour la simple raison que nous massacrons leurs copains. Ils vont continuer à charger jusqu'à ce qu'ils soient tous morts. Je me demande si nous ne devrions pas revoir notre tactique en conséquence.

D'autres Trolls sortirent des arbres. Ulath les gratifia d'un chapelet d'obscénités.

— Dis donc, Ulath, je pense à quelque chose, tout à coup, fit Kalten en revenant, accompagné de Bévier. Les femelles attaquent-elles, elles aussi ?

— Probablement.

— Comment distingue-t-on les mâles des femelles ?

— Pourquoi ? Ne me dis pas que ça te démange de... ?

— Berk, quelle horreur ! Je refuse de tuer les femmes, c'est tout.

— Les femmes ! Ce sont des Trolls, Kalten, pas des gens. À moins d'y regarder de très près, ce que je te déconseille formellement, rien ne distingue le mâle de la femelle, si ce n'est que la femelle peut avoir des jeunes avec elle. Et ces truies t'arracheraient aussi bien la tête que n'importe lequel de leurs verrats, répliqua le Génidien avant de se remettre à lancer des insultes.

Tout à coup, il y eut un immense rugissement, et la lisière entière du bois entra en éruption, vomissant une horde de monstres qui se rua vers le ravin.

— Ce coup-ci, je crois que j'ai décroché la timbale, fit Ulath avec une certaine fierté. Allons chercher nos chevaux.

Ils coururent rejoindre les autres tandis que les Cyriniques qui manœuvraient les catapultes improvisées de Bévier, et les Pandions qui faisaient fonctionner l'engin de Khalad bombardaient les Trolls en furie. Les archers postés sur les parois du canyon firent pleuvoir un déluge de flèches sur les créatures hirsutes. Quelques Trolls tombèrent, mais la plupart poursuivirent la charge, ignorant les flèches plantées dans leur corps.

— Je doute qu'ils rompent les rangs et prennent la fuite parce que leurs amis ont été tués, fit Émouchet en mettant le pied à l'étrier.

— Des amis ? releva Stragen. Les Trolls n'ont pas d'amis, Émouchet. Ils ne sont même pas particulièrement attachés à leurs compagnes.

— Ce que je veux dire, c'est qu'il n'y aura probablement pas de seconde mi-temps, continua Émouchet. Le combat s'arrêtera, faute de combattants, dès la première manche.

— Ce n'est pas plus mal, ami Émouchet, fit Kring avec un sourire carnassier. Je n'aime pas les combats qui traînent en longueur. Je trouve ça fastidieux. Pas toi ?

— Non, moi j'aime bien. Et toi, Ulath ? demanda doucement Tynian.

Les chevaliers formèrent les rangs, la lance pointée vers les Trolls qui se ruaient sur eux en hurlant.

La première demi-douzaine de Trolls qui avaient donné l'assaut étaient tous à terre, morts ou mourants. Les premiers rangs de la horde hurlante les piétinèrent et leur tombèrent dessus, abattus par les flèches. Mais les suivants se contentèrent de franchir en courant la barricade formée par leurs cadavres et poursuivirent leur charge, les crocs ruisselants de bave.

Les pieux remplirent admirablement leur rôle. Après quelques tentatives infructueuses de franchissement, les Trolls se rabattirent sur l'étroit chenal où, écrasés les uns contre les autres, ils bousculaient impatiemment les brutes qui menaient la charge. Mais les chevilles pointues que Tynian avait enfoncées dans le sol ralentissaient l'avance impétueuse des meneurs. La démonstration était faite que les créatures les plus enragées du monde ont du mal à marcher avec les pattes en sang.

Émouchet regarda autour de lui. Les chevaliers étaient prêts à charger, par quatre de front, la lance légèrement pointée en avant. Les premiers Trolls déboulèrent tant bien que mal, en rang par quatre eux aussi, par l'embouchure de l'entonnoir bordé de pieux, et continuèrent vers le bassin où se déversait la cataracte lorsque le torrent était plein.

— Je crois que c'est bon, dit-il, puis il se dressa sur ses étriers et rugit : Chargez !

La tactique imaginée par Émouchet était simple : les chevaliers de l'Église devaient foncer sur les Trolls dès qu'ils apparaîtraient, les embrocher avec leurs lances et tourner bride aussitôt, deux de chaque côté du goulet, de sorte que la nouvelle rangée de quatre puisse charger à son tour. Ils devaient ensuite remonter la colonne, prendre de nouvelles lances, et recommencer, sans trêve ni relâche. Émouchet était assez fier de son idée. Elle eût probablement échoué contre des êtres humains, mais elle s'avérait assez prometteuse contre des Trolls.

Une quantité phénoménale de carcasses hirsutes commençait à s'amonceler à l'entrée du goulet. Il semblait que les Trolls n'étaient pas assez rusés pour faire le mort. Ils continuaient à attaquer tant qu'ils conservaient une étincelle de vie. Au bout de plusieurs assauts, certains avaient jusqu'à quatre lances enfoncées dans le corps, et ils avançaient toujours, escaladant les cadavres ensanglantés de leurs compagnons.

Émouchet, Vanion, Kalten et Tynian chargèrent pour la seconde fois. Ils embrochèrent les Trolls enragés du premier rang, cassèrent leur lance de ce mouvement de poignet dont ils avaient le secret et dégageaient, laissant la place à leurs collègues.

— Ton plan semble assez bien marcher, nota Kalten. L'avantage, c'est que les chevaux ont le temps de se reposer entre deux charges.

— C'était prévu, répondit Émouchet d'un petit ton suffisant en prenant une lance au râtelier aménagé au bout de la colonne.

Tout à coup, l'orage se déchaîna. Le vent se mit à hurler entre les arbres, et des éclairs éblouissants jaillirent des nuages violets.

Au même instant, des profondeurs de la forêt monta un terrible hurlement.

— Allons bon, qu'est-ce que c'est que ça ? s'écria Kalten.

Une chose énorme venait vers eux en écrasant tout sur son passage. Une odeur atroce, reptilienne, heurta de plein fouet les chevaliers casqués.

— Ça pue comme tout un abattoir ! hurla Tynian pour couvrir le vacarme de l'orage et le tintamarre du combat.

— Tu as une idée de ce que ça peut être, Vanion ? demanda Émouchet.

— Non, répondit le précepteur. Je n'ai jamais rien rencontré qui fasse ce bruit-là. N'empêche, ça a l'air rudement gros.

La pluie s'abattit soudain sur eux en un rideau continu, masquant les Trolls qui avançaient toujours imperturbablement.

— Continuez ! hurla Émouchet de toute la force de ses poumons. Ne les laissez pas avancer !

La charge méthodique se poursuivit sous l'averse. La

stratégie d'Émouchet était bonne, mais elle faisait aussi des victimes. Plusieurs chevaux étaient tombés sous les coups de massue des Trolls, et quelques chevaliers en armure gisaient, inertes, dans la boue rouge de sang.

— Qu'est-ce que c'est que ça ? demanda Tynian en tendant le bras par-delà les Trolls vociférants.

Un point incandescent, brillant d'un éclat plus vif que le soleil, venait d'apparaître juste au-dessus de la lisière de la forêt. Il grandit de façon inquiétante, s'enfla, se dilata, environné par un halo éblouissant de lumière violacée.

— Il y a quelque chose à l'intérieur ! hurla Kalten.

Émouchet plissa les yeux dans un effort désespéré pour percer le mystère de la lumière éblouissante qui baignait maintenant le champ de bataille.

— C'est vivant, dit-il dans un souffle rauque. Ça bouge.

La boule de feu violacé augmenta de volume à une vitesse stupéfiante, et des langues de feu orangées, farouches, hérissèrent sa périphérie.

Quelque chose se tenait au centre de la boule de feu — quelque chose, ou plutôt quelqu'un, une silhouette encapuchonnée, d'un vert luminescent. La silhouette leva le bras, écarta largement les doigts, et un éclair de lumière meurtrière jaillit de la paume de sa main. Un cavalier qui chargeait fut réduit en cendres.

Soudain, derrière cette lumière atroce, mortelle, une forme gigantesque se dressa dans la forêt. Aucune créature vivante ne pouvait être si énorme. Il s'agissait d'un être reptilien, à en juger par la tête monstrueuse, à la fois lisse et écailleuse, au mufle protubérant, dépourvu de lèvres, empli de rangées concentriques de dents incurvées. La chose avait la tête rentrée dans les épaules, le torse étroit, et de petites pattes de devant. Le reste du corps disparaissait miséricordieusement dans les arbres.

— Nous ne pouvons rien contre ça ! s'écria Kalten.

La silhouette encapuchonnée dans la boule de feu violet et

orange leva lentement les bras comme si elle s'apprêtait à frapper, puis elle lança un nouvel éclair, mais cette fois il fut stoppé net et explosa, se muant en une pluie éblouissante d'étincelles.

— C'est toi qui as fait ça ? hurla Vanion à l'intention d'Émouchet.

— Mais non ! Je ne suis pas rapide à ce point.

Une voix grave, vibrante, se mit alors à chanter en styrique, derrière eux. Émouchet fit faire une volte à Faran.

C'était Zalasta. Le sorcier aux cheveux d'argent était debout à mi-hauteur du versant nord, abrupt, de la ravine, sa robe blanche étincelant dans la pénombre. Il avait les bras levés au-dessus de la tête, et de son bâton qu'Émouchet pensait n'être qu'un élément décoratif irradiait une énergie surnaturelle. Il le pointa vivement vers la silhouette encapuchonnée planant dans sa sphère de feu. Une étincelle brillante en jaillit, passa en crépitant au-dessus des têtes des Péloïs et des chevaliers en armure pour aller exploser contre la boule de feu.

La silhouette abritée dans le halo lumineux vacilla et projeta un éclair vers Zalasta. Le Styrique l'écarta dédaigneusement avec son bâton et réagit aussitôt par une nouvelle étincelle de lumière éclatante qui s'écrasa, comme la précédente, sur la sphère incandescente.

L'homme en capuchon chancela plus violemment cette fois. La gigantesque créature qui se trouvait derrière poussa un hurlement et se retira dans les ténèbres. Les chevaliers de l'Église, confondus par le terrible spectacle, s'étaient arrêtés net.

— Nous avons du travail, messieurs ! rugit Vanion d'une voix terrible. Chargez !

Émouchet secoua la tête comme pour s'éclaircir les idées.

— Merci, Vanion, soupira-t-il. Je me suis laissé distraire un instant.

— Prends garde, Émouchet, dit Vanion du même ton sec

qu'il employait en lice, des années auparavant, alors que Kalten et Émouchet étaient novices.

— Oui, messire précepteur, bredouilla machinalement Émouchet, soudain ramené au temps où il n'était qu'un gamin gringalet.

Les deux hommes se regardèrent et éclatèrent de rire.

— Comme au bon vieux temps, fit gaiement Kalten. Bien, si nous reprenions la chasse aux Trolls ? Laissons les problèmes annexes à Zalasta.

Les chevaliers reprirent leurs charges meurtrières tandis que les deux magiciens poursuivaient leur duel farouche au-dessus de leurs têtes. Le nombre des Trolls diminuait, mais pas leur sauvagerie, et ils devaient maintenant escalader une formidable pile de cadavres pour donner l'assaut.

Le combat sanglant se poursuivit impitoyablement au sol pendant que dans l'air, au-dessus du champ de bataille, crépitait et fumait un feu terrible.

— C'est mon imagination ou quoi ? Je trouve notre ami violet ici présent un peu pâle des genoux, remarqua Tynian alors qu'ils reprenaient des lances pour la énième charge.

— C'est le problème de ces tempéraments volcaniques, approuva Kalten. C'est tout feu tout flamme au début, et puis ça retombe comme un soufflé. Regarde : on dirait qu'il met de plus en plus de temps à lancer ses éclairs.

— Vous vous réjouirez plus tard, messieurs, les admonesta Vanion. Nous n'en avons pas fini avec nos Trolls, et je suppose que ce gigantesque lézard est toujours dans la forêt.

— Pff, moi qui essayais justement d'oublier, protesta Kalten.

Tout à coup, aussi soudainement qu'elle était apparue, la boule de feu orange et violacé commença à se contracter. Loin de désarmer, Zalasta accrut le rythme de ses assauts. Les étincelles jaillissant de son bâton allèrent s'écraser, comme une grêle farouche, contre la surface extérieure du nimbe.

Tout à coup, l'orbe flamboyant disparut.

Une acclamation monta des rangs des Péloïs, et les Trolls parurent hésiter un instant sur la conduite à tenir.

Khalad, le visage étrangement atone, plaça un nouveau javelot dans son engin improvisé et coupa la corde. Le mortel projectile jaillit de l'arc immense, parut prendre feu et stria l'air, décrivant une parabole plus haute, plus longue que les précédentes.

Le grand lézard ouvrit son immonde gueule béante au-dessus des arbres, rugit et se cabra. À cet instant, le javelot flamboyant s'enfonça profondément dans sa poitrine. La hideuse créature poussa un formidable cri d'agonie et de colère, ses pattes de devant battirent l'air, grattèrent futilement la tige incandescente. Puis un bruit formidable, étouffé, se fit entendre dans le corps du monstre qui implosa, ébranlant le sol. L'immense lézard éclata, projetant autour de lui un mélange de sang embrasé, de flammes ensanglantées, et ses restes agités de mouvements spasmodiques jonchèrent le sol de la forêt.

Une sorte de frémissement nébuleux apparut à la lisière des arbres, un vacillement qui rappelait les vagues de chaleur montant du sol par une chaude journée d'été, et tous virent quelque chose apparaître dans ce frémissement. C'était un visage, un faciès bestial, immonde, l'image même de la rage et de la frustration. Un regard embrasé de haine brûlait dans des orbites ténébreuses, au-dessus d'un mufle hirsute, hérissé de crocs.

La chose poussa un rugissement si puissant qu'il déchira l'air, puis un autre. Émouchet rentra la tête dans les épaules. L'apparition hurlait en langue trolle ! La créature fit à nouveau entendre sa voix de tonnerre, et son souffle pareil à un vent de tempête coucha les arbres alentour.

— Au nom du ciel ! s'écria Bévier. Qu'est-ce que c'est que ça ?

— Ça, c'est Ghworg, répondit Ulath d'une voix tendue. Le Dieu troll de la mort.

Et sur un dernier hurlement, la bête immortelle disparut.

CHAPITRE XXIII

La belle unité des Trolls disparut avec leur Dieu. Ces créatures n'avaient pas l'instinct grégaire, comme disait toujours Ulath, et sans Ghworg pour les obliger à une forme d'action coordonnée, ils retrouvèrent leur individualisme farouche. Ils commencèrent à se battre entre eux et, en l'espace de quelques instants, la mêlée devint générale à l'entrée du canyon.

— Alors ? demanda Kalten.

— C'est fini, répondit Ulath en haussant les épaules. Pour nous, du moins. Parce que la bagarre entre les Trolls risque de durer un moment.

Il apparut que Kring était arrivé à la même conclusion, et ses Péloïs franchirent d'un pas déterminé, sabre au clair, l'immonde amoncellement de cadavres.

Khalad était toujours planté derrière son engin improvisé, le visage livide, les yeux dans le vague. Puis il sembla s'éveiller.

— Que s'est-il passé ? demanda-t-il en regardant autour de lui d'un air égaré.

— Tu as tué cet énorme reptile, mon jeune ami, répondit Tynian. C'était un coup spectaculaire.

— Moi ? Je ne me rappelle même pas avoir tiré. Je le croyais hors de portée.

Zalasta était redescendu dans le fond du canyon. Sa face brune comme une blatte exprimait une profonde satisfaction.

— Je crains d'avoir dû substituer mes pensées aux vôtres l'espace d'un instant, mon jeune ami, expliqua-t-il à l'écuyer d'Émouchet. J'avais besoin de votre machine pour régler son compte à la bête de tonnerre. J'espère que vous me pardonnerez. Je n'avais pas le temps de vous demander votre avis.

— Je vous en prie, Très Sage. Je regrette seulement de ne pas avoir vu le tir. Quel genre de bête était-ce ?

— Ses ancêtres hantaient le monde il y a des millions d'années. Avant que l'humanité ou même les Trolls ne voient le jour. Notre adversaire paraît très doué pour ressusciter les créatures du temps jadis.

— Qu'y avait-il dans cette boule de feu ? demanda Kalten.

— Je ne puis l'affirmer avec certitude, messire Kalten. Il semblerait que nous ayons beaucoup d'ennemis, à des niveaux divers. Si celui qui est apparu dans la sphère de lumière n'est pas notre principal adversaire, il devait être très haut placé dans la hiérarchie. Il était très doué.

— Occupons-nous des blessés, fit sèchement Vanion.

Il avait beau dire et répéter qu'Émouchet était maintenant responsable des Pandions, il avait le commandement dans le sang.

— Nous devrions peut-être obstruer l'entrée, suggéra Ulath. Ne serait-ce que pour empêcher les Trolls survivants de nous rendre visite sans prévenir pendant la nuit.

— Je vais prévenir ces dames que le pire est passé, annonça Émouchet.

Il fit volter Faran et retourna au galop vers la grotte. Il fut un peu surpris et pas très content de retrouver Ehlana et le reste du groupe plantés devant.

— Je t'avais dit d'attendre à l'intérieur, fit-il sèchement.

— Tu n'espérais quand même pas que je le ferais, si ?

— Si, en fait, je l'espérais.

— On ne peut pas tout avoir, dans la vie, fit-elle d'un ton de défi.

— Ça suffit, les enfants, fit Séphrénia d'un ton las. Le linge sale, ça se lave en famille. Vos querelles domestiques n'intéressent personne.

— Nous ne nous querellions pas, hein, Émouchet ? répliqua Ehlana.

— Nooon. Nous étions juste sur le point de commencer.

— Je te demande pardon, fit-elle d'un ton contrit. Je ne pouvais pas supporter de rester enfermée pendant que vous couriez tous un tel danger. Enfin, reprit-elle avec un petit sourire tordu, il va falloir que je ravale mon orgueil royal et que je fasse amende honorable. J'ai l'impression que j'ai été très injuste avec Zalasta. On dirait qu'il nous a sauvé la mise.

— Ça, nous lui devons une fière chandelle ! confirma Talen.

— Il a été merveilleux ! s'exclama la reine.

— Il est très fort, fit fièrement Séphrénia.

Elle avait pris Danaé dans ses bras, peut-être instinctivement. Elles n'étaient pas sœurs depuis des siècles pour rien.

— Quel était cet horrible visage, à la lisière des bois ? demanda messire Bérit en faisant la grimace.

— D'après Ulath, c'était Ghworg, le Dieu troll de la mort, répondit Émouchet. Je me rappelle vaguement l'avoir vu au temple d'Azash, à Zémoch. Mais j'avais autre chose en tête à ce moment-là et je ne l'ai pas bien regardé. Enfin, petite mère, ajouta-t-il avec un soupir, il faut croire que nous avions raison. Le sort de Ghwerig ne devait pas être aussi puissant que nous le pensions. Les Dieux des Trolls sont de nouveau libres. Ghworg, du moins. La seule chose qui m'étonne, c'est qu'ils ne se soient pas libérés plus tôt. S'ils en étaient capables, pourquoi ne l'ont-ils pas fait quand j'ai menacé de fracasser le Bhelliom, dans le temple ?

— Ils avaient peut-être besoin de quelqu'un pour ça, répondit-elle. Il se peut que notre ennemi leur ait proposé un échange de bons procédés : son aide contre la leur. Nous demanderons à Zalasta. Il le sait peut-être.

Le combat contre les Trolls avait fait un plus grand nombre de blessés parmi les chevaliers qu'Émouchet ne le pensait au départ, et une quinzaine d'entre eux avaient trouvé la mort. Alors que le soir tombait sur le canyon, Engessa s'approcha de lui, le regard dur.

— Je pars, Émouchet-Chevalier, dit-il abruptement.

Émouchet le regarda avec surprise.

— Je vais parler avec le clan de la région. Le fait qu'il ne se soit pas trouvé à la frontière est sans excuse.

— Ils avaient sûrement une bonne raison, Engessa-Atan.

— Aucune ne sera assez bonne pour moi. Je reviendrai demain matin avec assez de guerriers pour protéger Ehlana-Reine.

— Il y a des Trolls dans la forêt, vous savez.

— Ils ne me feront pas grand tort, Émouchet-Chevalier.

— Faites quand même attention, Engessa-Atan. Je commence à en avoir assez d'enterrer des amis.

Engessa lui dédia un sourire éblouissant.

— C'est l'avantage quand on se bat contre des Trolls, Émouchet-Chevalier. On n'a pas besoin d'enterrer les amis. Les Trolls les mangent.

Émouchet réprima un frémissement.

Zalasta était le héros du jour. Tous les Péloïs et la plupart des chevaliers de l'Église le regardaient avec un respect voisin de la vénération. Le duel explosif qu'il avait livré avec la silhouette encapuchonnée enchâssée dans la sphère de lumière violette, la destruction spectaculaire de l'énorme reptile les avaient beaucoup frappés. Il se comportait pourtant avec modestie, affectant de considérer ces exploits stupéfiants comme si tout cela était parfaitement normal. Il parut néanmoins très content d'être rentré dans les bonnes grâces d'Ehlana. Du coup, il s'humanisa aussi — Ehlana avait cet effet sur les gens — et devint un peu moins réservé.

Engessa revint le lendemain matin avec un millier d'Atans. À voir la tête de leurs officiers, il avait dû leur dire sa façon de penser en termes virulents. Les chevaliers blessés furent placés sur des litières portées par des guerriers atans, et le groupe considérablement renforcé regagna lentement la route afin de poursuivre vers l'est et la ville de Lebas, de l'autre côté de la frontière tamoule. Ainsi retardés par les blessés, ils avançaient à une allure de tortue. Telle est, du moins, l'impression qu'ils avaient. Après deux jours de voyage apparent, Émouchet dit deux mots à sa fille, l'avertissant qu'il avait besoin de lui parler. Et lorsque les visages inexpressifs de ses compagnons lui indiquèrent qu'Aphraël avait recommencé à compresser le temps, il remonta la colonne vers la voiture.

— Va droit au but, Émouchet, je t'en prie, lui demanda la petite Déesse. C'est très difficile, cette fois.

— Ce n'est pas comme d'habitude ?

— Tu n'as pas vu que nous avions des blessés ? Je dois faire durer leur douleur, et c'est très déplaisant. Je les fais dormir autant que possible, mais il y a des limites.

— Je comprends. Dis-moi, de tout ce qui s'est passé là-bas, qu'est-ce qui était réel et qu'est-ce qui était une illusion ?

— Comment veux-tu que je le sache ?

— Tu veux dire que tu n'en sais rien ?

— Bien sûr que non, Émouchet. Quand nous suscitons une illusion, elle ne doit pas être détectable. Sinon, ce ne serait pas une illusion.

— Quand tu dis « nous », tu veux dire que l'illusion, si c'en était une, aurait pu être l'œuvre d'un Dieu ?

— Oui, directement ou indirectement. Et dans le second cas, ça veut dire que quelqu'un a une grande influence sur le Dieu en cause, quel qu'il soit. Nous ne déchaînons pas souvent un tel pouvoir — ou pas de notre plein gré. Ne tourne pas autour du pot, Émouchet. Qu'est-ce qui te tracasse ?

— Je ne sais pas très bien, Aphraël, mais tout ça me paraît louche.

— Mais encore ? Je ne peux rien faire si je n'ai pas des faits précis.

— J'ai eu l'impression qu'ils en faisaient des tonnes. Ça avait quelque chose d'enfantin.

— Nous sommes peut-être tous des enfants, Émouchet, répondit-elle avec une petite moue pensive. C'est l'un des risques du métier. Rien ne pourrait nous obliger à grandir, alors nous sommes libres d'en profiter. J'ai constaté ce travers chez moi.

— Noon ? Pas possible !

— Je t'en prie, Père, fit-elle presque distraitement, ses petits sourcils noirs froncés par la concentration. D'un autre côté, ajouta-t-elle, en Astel, ce Sabre a témoigné d'un profond manque de maturité, et il était sous contrôle. Tu as peut-être mis le doigt sur une de nos faiblesses, Émouchet. Je préférerais que tu ne me mettes pas dans le même sac que tous les autres, mais garde toujours présente à l'esprit l'idée que nous sommes un peu immatures. Je crains de ne pas en avoir suffisamment conscience moi-même. Si c'est un travers divin, je suis aussi contaminée que les autres. Nous aimons tous faire de l'esbroufe, et il est de bon ton d'affecter d'être impressionné quand un collègue fait son numéro. Cramponne-toi à ton scepticisme, Émouchet. Ton sens critique pourrait nous être utile. Maintenant, retourne dormir. Je suis très occupée, en ce moment.

Ils franchirent les montagnes d'Atan et amorcèrent la descente vers la frontière. La démarcation entre l'Atan et la Tamoulie était franche et nette. L'Atan était un pays sauvage, caractérisé par ses arbres et ses pics escarpés ; la Tamoulie était un parc paysagé. Les champs étaient d'une netteté irréprochable, et même les collines semblaient avoir été minutieusement sculptées par un artiste, pour le plaisir de l'œil. Les paysans semblaient travailleurs, et ils n'arboraient pas cette expression pitoyable si fréquente sur les visages des paysans et des serfs des royaumes d'Élénie.

— L'organisation, mon cher Emban, disait Oscagne au

petit prélat grassouillet. La clé de notre succès réside dans l'organisation. Tout le pouvoir en Tamoulie est centralisé entre les mains de l'empereur, et toutes les décisions sont prises à Mathérion. Nous allons jusqu'à dire aux paysans quand planter et quand faire les récoltes. J'admets que la planification a des inconvénients, mais la nature tamoule semble en avoir besoin.

— L'ennui, c'est que les Élènes sont très indisciplinés, répondit Emban. L'Église serait beaucoup plus heureuse si ses ouailles étaient un peu plus dociles. Enfin, nous devons faire avec ce que Dieu nous a donné. Et la vie est peut-être plus intéressante comme ça.

Ils arrivèrent à Lebas en fin d'après-midi. C'était une petite ville prospère, élégante, d'allure résolument étrangère, et qui semblait très soucieuse d'harmonie. Les maisons étaient basses et vastes, coiffées de toits gracieux, aux extrémités recourbées comme si les architectes trouvaient la ligne droite un peu incomplète. Les gens qui se promenaient dans les larges rues portaient des tenues de soie de couleurs vives.

L'entrée des Occidentaux fit sensation. D'abord, c'était la première fois qu'ils voyaient des chevaliers élènes. Mais ils furent surtout impressionnés par la reine d'Élénie dont la voiture s'avançait lentement dans les rues. Les Tamouls étant un peuple aux cheveux noirs et à la peau dorée, le spectacle de cette petite reine blonde, à la peau claire, les emplit de stupeur.

Leur premier soin fut de faire soigner les blessés. Oscagne leur assura que les médecins tamouls comptaient parmi les meilleurs du monde. L'ambassadeur semblait jouir d'un pouvoir considérable dans l'Empire. Une maison fut immédiatement mise à la disposition des chevaliers blessés, et il n'eut qu'un mot à dire pour qu'une équipe médicale se matérialise.

— Vous semblez avoir beaucoup d'influence dans la région, Oscagne, remarqua Emban, ce soir-là, après qu'ils eurent mangé un repas exotique constitué d'une profusion de plats raffinés, aux saveurs parfois surprenantes.

— Ne vous méprenez pas, mon ami, répondit Oscagne avec un sourire. Mon ordre de mission est signé par l'Empereur, et derrière sa main, c'est le continent darésien dans son intégralité qui se profile. C'est lui qui a donné l'ordre que chacun en Tamoulie fasse tout son possible et même l'impossible pour rendre les choses agréables à la reine Ehlana. Malheur à qui désobéirait à ses ordres.

— Les Trolls n'ont pas dû en avoir connaissance, laissa tomber Ulath. Évidemment, les Trolls ne voient pas les choses comme nous. Peut-être pensaient-ils que leur cérémonie de bienvenue plairait à la reine Ehlana.

— Il est toujours comme ça ? geignit Oscagne.

— Ulath ? demanda Émouchet. Hélas oui, Votre Excellence. C'est une question de nature. Ces Thalésiens sont des gens abscons, peut-être pervertis.

— Émouchet, voyons ! protesta Ulath.

— Je ne dis pas ça pour toi, mon pauvre vieux. Mais quand même, tu repenseras à toutes ces corvées de cuisine que tu m'as collées alors que ce n'était pas mon tour.

— Arrête de bouger ! ordonna Mirtaï.

— Vous m'en avez mis dans les yeux, protesta Talen.

— Tu n'en mourras pas. Allez, reste tranquille, fit-elle en lui tartinant la figure avec une mixture jaune.

— Qu'est-ce que c'est, Mirtaï ? demanda Mélidéré avec une curiosité non déguisée.

— Du safran. Nous en mettons dans tous nos plats. C'est une épice.

— Que faites-vous ? s'enquit Ehlana en entrant, Émouchet sur ses talons.

— Votre page doit sortir, ma reine, expliqua Stragen. Mirtaï est en train de lui teindre la peau pour qu'il passe inaperçu.

— Tu pourrais faire ça par magie, non, Émouchet ? demanda Ehlana.

— Probablement, répondit-il. Et si je n'y arrivais pas, Séphrénia en serait sûrement capable.

— C'est maintenant que vous le dites, fit Talen avec amertume. Mirtaï m'assaisonne depuis une demi-heure.

— Ça sent rudement bon, je trouve, constata Mélidéré.

— Oui, eh bien, je ne suis pas à manger. Aïe !

— Pardon, murmura Aleanne qui lui appliquait un onguent noir sur les cheveux. Il faut bien que je fasse pénétrer la teinture, ou ça se verra, fit-elle en démêlant un nœud dans la chevelure du jeune homme.

— Combien de temps ce truc jaune va-t-il tenir ? demanda Talen.

— Je ne sais pas, répondit Mirtaï en haussant les épaules. Ça ne s'en ira peut-être jamais. En tout cas, ça devrait bien tenir un mois.

— Stragen, je m'en souviendrai, fit Talen entre ses dents.

— Ne bouge pas ! protesta Mirtaï en continuant son application.

— Il faut que nous prenions contact avec les voleurs locaux, expliqua Stragen. Les voleurs de Sarsos nous avaient promis une réponse définitive ici, à Lebas.

— Il y a une faille dans votre plan, Stragen, répondit Émouchet. Talen ne parle pas tamoul.

— Ce n'est pas un gros problème, répondit Stragen, évacuant l'objection d'un haussement d'épaules. Le chef des voleurs locaux est cammorien.

— Comment est-ce possible ?

— Tous les voleurs sont frères, Émouchet. Nous sommes un peuple cosmopolite, qui reconnaît l'aristocratie du talent. Enfin, dès qu'il pourra passer pour un Tamoul, Talen se rendra au repaire des voleurs locaux et demandera à parler avec Caalador — c'est le nom du Cammorien. Il l'amènera ici, et nous pourrons nous entretenir tranquillement.

— Pourquoi n'y vas-tu pas toi-même ?

— Pour qu'on me colle du safran sur la figure ? Non, mais ça ne va pas, Émouchet ?

Caalador le Cammorien était un homme trapu, rougeaud, aux cheveux noirs et à l'air bonhomme. On aurait plutôt dit un aubergiste jovial qu'un chef des voleurs et des coupe-jarrets. Il ne faisait pas de cérémonie et parlait avec un accent traînant typiquement cammorien, et en maltraitant la grammaire d'une façon qui trahissait des origines cul-terreuses.

— Alors comme ça, c'est vous qui plongez tous les voleurs d'Darésie dans la plus grande perplexité, fit-il à Stragen lorsque Talen le lui présenta.

— Je plaide coupable sur ce point, Caalador, fit Stragen avec un sourire.

— Faut jamais faire ça, frangin. Tâchez toujours d'vous en tirer en mentant.

— Je m'en souviendrai. Que faites-vous si loin de chez vous, l'ami ?

— J'pourrais vous r'tourner la question, Stragen. Z'êtes pas tout près d'la Thalésie, ici.

— Mais pas beaucoup plus près de la Cammorie.

— Bah, ça, c'est facile à expliquer, l'ami. J'ai démarré dans la carrière comme braconnier. J'prenais des lapins et c'genre de bêtes sur des terres où qu'j'avais pas tout à fait l'droit d'aller, mais c't'un rude boulot plein d'risques, et les profits sont rudement minces, alors je m'suis plutôt mis à emprunter des poules dans les poulaillers. Les poules courent moins vite qu'les lapins, surtout la nuit. Pis chuis passé aux moutons, sauf qu'une nuit chuis tombé sur un chien d'berger qu'a rien voulu savoir alors que j'y avais graissé la patte.

— Comment qu'on… pardon, comment peut-on graisser la patte d'un chien ? demanda Ehlana, fascinée.

— Ya rien d'plus facile, ma p'tite dame. Y a qu'à lui envoyer un bout d'bidoche. Bref, c'te sale bête m'a mordu, et pas gentiment, j'vous prie d'le croire, alors j'ai pris la fuite en abandonnant, c'était pas d'bol, un chapeau qu'j'aimais particulièrement et qui pouvait êt' r'connu comme l'mien par la moitié d'la paroisse. Bon, chuis qu'un gars d'la campagne, au fond, et j'avais pas c'qu'y faut pour m'en sortir en ville, alors j'ai pris la mer. Pour résumer l'affaire en deux mots, disons qu'j'ai échoué sur c'te côte et qu'je m'suis enfoncé dans les terres pasque l'capitaine du vaisseau qu'j'avais pris voulait m'parler d'choses qu'avaient été dans la cargaison à un moment donné et qu'y étaient pus. Enfin, vous ai-je assez distrait par mon récit, messire Stragen ? fit-il avec un grand sourire.

— Pas mal, murmura Stragen. Vous en faites peut-être un peu trop, quand même.

— Tss, c'est tellement amusant qu'il m'arrive de me laisser emporter. En fait, messire, je suis chevalier d'industrie, mais j'ai découvert qu'il n'y avait rien de tel que de se faire passer pour un crétin congénital pour désarmer les gens. Et nul n'est plus aisé à flouer que celui qui se croit plus futé que vous.

— Ooh.., fit Ehlana, profondément déçue.

— C'est-y qu'Vot'Majesté se s'rait laissée prend' par mon discours de péqu'naud ? demanda Caalador avec sympathie. J'y en r'donne une p'tit' dose quand é veut. L'ennui, c'est que ce phrasé ralentit considérablement le récit.

— Caalador, vous charmeriez les oiseaux dans les buissons, répondit-elle en éclatant d'un rire ravi.

— Merci, Majesté, fit-il avec une courbette élégante, puis il se retourna vers Stragen. Votre proposition, messire, a sidéré nos amis tamouls. La ligne de démarcation entre la corruption et le vol qualifié est très nette chez eux. Les voleurs tamouls ont une forte conscience de classe, et l'idée de coopérer avec les autorités leur semble contre nature. Par bonheur, nous autres Élènes sommes beaucoup plus corrompus que nos simples frères jaunes, et — ça doit être un don — il semblerait que nous tenions le haut du pavé dans notre société très particulière. Bref, nous avons aussitôt vu l'avantage de votre proposition. Kondrak de Darsas nous a présenté votre projet de façon très éloquente. Il paraît que vous lui avez fait une très forte impression. Les troubles qui agitent la Tamoulie sont désastreux pour le commerce, et quand nous avons commencé à parler du chiffre d'affaires et des bénéfices perdus à cause de ça, les Tamouls ont commencé à écouter la voie de la raison. Ils ont accepté de coopérer. Pas de très bon gré, je vous l'accorde, mais ils vont vous aider à réunir des informations.

— Dieu soit loué ! fit Stragen avec un immense soupir de soulagement. Je commençais à m'inquiéter.

— Z'aviez fait des promesses à vot'reine, et z'étiez pas sûr d'pouvoir les t'nir, s'pas ?

— Vous n'êtes pas loin de la vérité, mon ami.

— J'vais vous donner quèques noms à Mathérion, fit Caalador en regardant autour de lui. Des particuliers assez particuliers, si vous voyez c'que j'veux dire. C'est bien joli tout ça, mais c'est pas très normal d'citer des noms d'vant des reines, des ch'valiers et tout l'fourbi. Et maint'nant, vot'reine, fit-il avec un sourire impudent à l'intention d'Ehlana, ça vous dirait que j'vous raconte en long et large mes aventures dans l'monde ténébreux du crime ?

— J'en serais rââvie, Caalador, répondit-elle en se penchant en avant avec avidité.

Un des chevaliers blessés mourut cette nuit-là, mais les autres semblaient en bonne voie de guérison. Oscagne avait dit vrai : les médecins tamouls étaient excellents, même si leurs méthodes paraissaient parfois étranges aux Élènes. Après une brève conférence, Émouchet et ses amis décidèrent de poursuivre leur route vers Mathérion. Ils avaient réuni beaucoup d'informations au cours de leur traversée du continent, et il leur semblait que le moment était venu de les comparer avec celles du gouvernement impérial.

Ils quittèrent donc Lebas par un beau matin d'été et chevauchèrent vers le sud sous un soleil radieux. Le paysage était attrayant, avec ses champs tracés au cordeau, entourés de murets de pierres. Même les arbres dans les bois poussaient en lignes droites. Tout ce que la nature pouvait avoir de sauvage semblait avoir été domestiqué. Les paysans dans les champs portaient des pantalons serrés, des chemises de lin blanc et de grands chapeaux de paille qui les faisaient ressembler à des champignons. La plupart des plantes étaient étrangères aux Élènes : de drôles de haricots, de curieuses céréales. En passant le long du lac Sama, ils virent des pêcheurs lancer leurs filets depuis d'étranges barques à la proue et à la poupe surélevées, qui ne trouvèrent pas grâce aux yeux de Khalad : « Un coup de vent par le travers et ils chavirent », tel fut son verdict.

Ils arrivèrent à Tosa, à une soixantaine de lieues au nord de la capitale, avec ce sentiment d'impatience fébrile qu'on éprouve toujours vers la fin d'un long voyage.

Le temps était clément. Ils partaient tôt le matin et s'arrêtaient tard le soir, comptant chacune des lieues ainsi parcourues. La route suivait la mer de Tamoulie, en traversant des dunes de sable blanc. De longues vagues venues du bout du monde se brisaient sur le rivage, reculaient en chuintant et revenaient, et repartaient vers les profondeurs limpides de l'océan.

Huit jours environ après avoir quitté Tosa, ils s'arrêtèrent pour la nuit dans une plantation qui sentait les vacances, et Oscagne leur annonça qu'ils n'étaient plus qu'à cinq lieues de Mathérion.

— Nous pourrions continuer, suggéra Kalten. Nous y serions demain matin.

— Ça, messire Kalten, il n'en est pas question ! objecta

Ehlana d'un ton sans réplique. Commencez à faire chauffer l'eau, messieurs, et dressez une tente afin que nous puissions nous baigner. Nous n'entrerons pas en ville, ces dames et moi, avec toute la crasse de la Darésie incrustée sur le corps. Vous voudrez bien tendre des fils, aussi, pour que nous fassions prendre l'air à nos robes et que la brise les repasse. Et puis, messieurs, ajouta-t-elle après leur avoir jeté un coup d'œil critique, je veux que vous vous occupiez de votre personne et de votre tenue. Il y aura revue de détail, demain matin, avant le départ, et vous n'avez pas intérêt à ce que je trouve un point de rouille sur vos armures.

— Oui, ma reine, soupira Kalten d'un ton funèbre.

Ils repartirent le lendemain matin, en formation stricte, la voiture en tête de la colonne. Ils avançaient lentement afin d'éviter de soulever de la poussière. Ehlana, portant une robe bleue, couronnée d'or et de diamants, contemplait le monde qui l'entourait à peu près comme s'il lui appartenait. Il y avait eu un bref mais intense échange de répliques avant leur départ : Son Altesse, la princesse royale Danaé, avait violemment protesté quand on lui avait dit de mettre une robe propre et une jolie petite tiare. Ehlana ne tenta pas de la convaincre par la douceur, comme elle l'aurait fait d'ordinaire ; elle eut une réaction inédite :

— Princesse Danaé, dit-elle d'un ton rigoureux, je suis la reine. Vous m'obéirez.

Danaé cligna des yeux, sidérée. Émouchet aurait juré que personne n'avait jamais osé lui parler ainsi.

— Oui, Votre Majesté, répondit-elle d'un ton que l'on pouvait considérer comme raisonnablement soumis.

La nouvelle de leur approche les avait précédés, évidemment — Engessa y avait veillé. Vers la fin de l'après-midi, ils gravirent une colline au sommet de laquelle les attendait un détachement de cavaliers en armures d'acier émaillé noir, incrusté d'or. Cette garde d'honneur était disposée de chaque côté de la route. Il n'y eut pas de salutations, et en arrivant en haut de la colline, Émouchet comprit pourquoi.

— Seigneur ! soupira Bévier avec quelque chose qui ressemblait à de la vénération.

Une cité en forme de croissant embrassait un port aux eaux bleu foncé. Le soleil, qui commençait à décliner, faisait étinceler la couronne de Tamoulie. L'architecture en était d'une grâce exquise. Chaque bâtiment était doté d'un toit en coupole. La ville n'était pas aussi vaste que Chyrellos, mais ce n'était pas sa taille qui avait arraché un cri admiratif à messire Bévier. La cité était stupéfiante, mais sa splendeur n'était pas celle du marbre. Une brume opalescente irradiait de la capitale ; une brume montant de mille flammes chatoyantes de toutes les couleurs de l'arc-en-ciel, d'un million d'incendies microscopiques embrasant chaque pouce des bâtiments, d'un milliard de feux éblouissants, d'une splendeur inconcevable.

— Admirez ! entonna Oscagne d'un ton solennel. Admirez la source de la beauté et de la vérité ! Le foyer de la raison et du pouvoir ! Voici Mathérion, la cité aux dômes de feu, le centre du monde !

QUATRIÈME PARTIE

MATHÉRION

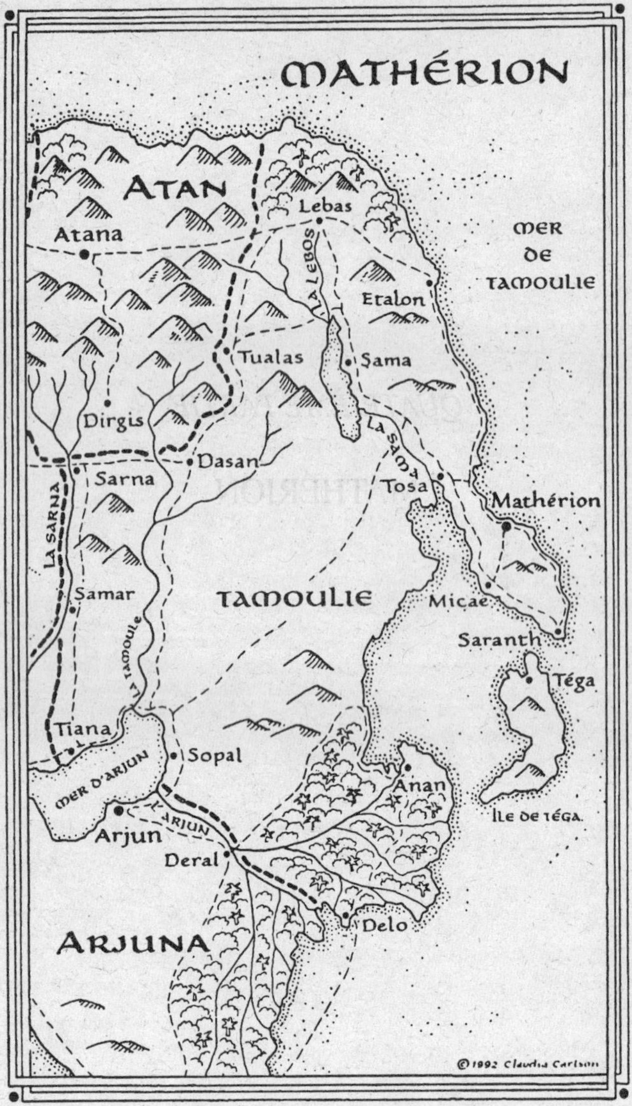
MATHÉRION
ATAN
Atana
Lebas
LA LEBOS
MER
DE
TAMOULIE
Etalon
Tualas
Sama
Dirgis
LA SAMA
Dasan
Sarna
Tosa
Mathérion
LA SARNA
Samar
TAMOULIE
Micae
Saranth
LA TAMOULE
Téga
Tiana
Sopal
MER D'ARJUN
Anan
ÎLE DE TÉGA
Arjun
L'ARJUN
Deral
Delo
ARJUNA
©1992 Claudia Carlson

CHAPITRE XXIV

— C'est comme ça depuis le douzième siècle, leur raconta l'ambassadeur Oscagne alors qu'on les escortait vers le bas de la colline et la cité éblouissante.

— C'est de la magie ? demanda Talen, les yeux émerveillés.

— Si on veut, fit Oscagne avec un sourire mi-figue mi-raisin. Le genre de magie que permettent une fortune et un pouvoir illimités. Les onzième et douzième siècles ont été une période assez dingue de notre histoire. La dynastie micaenne fut la plus stupide de toutes celles qui régnèrent jamais sur la Tamoulie. L'ambassadeur de Tega avait envoyé une boîte de nacre à l'empereur Micaen premier pour ses quatorze ans. Il paraît qu'il restait devant pendant des heures, fasciné par ses couleurs changeantes. Il aimait tellement la nacre qu'il en fit gainer son trône.

— Il avait fallu une sacrée huître, dites donc, nota Ulath.

— Mais non, messire Ulath, rectifia Oscagne en souriant. On découpe la coquille en petits morceaux que l'on colle les uns à côté des autres. Puis on polit la surface pendant des semaines. C'est une technique minutieuse et très onéreuse. Enfin, Micaen deux alla encore un peu plus loin et en fit couvrir les colonnes de la salle du trône. Le troisième en plaqua les murs et ainsi de suite : les Micaen en ont collé sur le palais, tous les bâtiments de la cité impériale, puis ils se sont attaqués aux édifices publics. Deux cents ans plus tard, il n'y avait pas une bâtisse de Mathérion qui ne soit recouverte de ces petites plaques de nacre. Les bouges, sur le front de mer, sont plus somptueux que la basilique de Chyrellos. Une chance que la dynastie se soit éteinte avant d'avoir fait paver les rues de nacre. En attendant, le trésor était vide, l'Empire exsangue, et les plongeurs de l'île de Tega fabuleusement riches. Ils se sont faits de véritables fortunes en pillant le fond de la mer.

— Je croyais que la nacre était aussi fragile que le verre ? objecta Khalad.

— En effet, mon jeune seigneur, et le ciment employé pour la coller n'est pas à toute épreuve. Un bon orage, et le lendemain les rues sont pleines de miettes chatoyantes, les bâtiments donnent l'impression d'avoir la lèpre et il faut remplacer les plaquettes ; une tempête, et c'est la crise financière dans tout l'Empire. Mais les documents officiels parlent de « Mathérion aux dômes de feu » depuis si longtemps que la formule est passée dans la langue courante, et nous devons entretenir cette folie, que ça nous plaise ou non.

— En tout cas, c'est stupéfiant, s'émerveilla Ehlana d'un ton un peu méditatif.

— Ehlana, c'est non ! décréta fermement Émouchet.

— Quoi donc ?

— Tu ne peux pas te le permettre. Nous avons déjà assez de mal, Lenda et moi, à boucler le budget tous les ans.

— Je n'y songeais pas sérieusement, Émouchet, répondit-elle. Enfin, pas trop…

La foule massée le long des larges avenues de Mathérion, qui saluait la procession par des cris et des acclamations, se taisait soudain au passage de la voiture d'Ehlana pour se prosterner, manœuvre consistant à s'agenouiller et à effleurer le sol avec son front.

— Que font-ils ? s'exclama Ehlana.

— L'Empereur a dû donner des ordres, répondit Oscagne.

Cette marque de respect est ordinairement réservée à Sa Majesté Impériale.

— Dites-leur d'arrêter ! ordonna-t-elle.

— Moi, contredire un ordre impérial ? Vous n'y songez pas, Majesté ! Pardonnez-moi, mais je tiens à ma tête. Je détesterais la retrouver plantée au bout d'une pique, à l'entrée de la ville. Et puis le fait que Sarabian ait enjoint à la population de vous traiter comme son égale est un grand honneur. Ça ne s'était jamais fait.

— Et les gens qui ne se couchent pas à plat ventre sont punis ? demanda Khalad avec une sécheresse insolite.

— Bien sûr que non. Ils font ça par dévotion. Enfin, c'est la version officielle. Cette coutume est née il y a un millier d'années. À l'entrée de l'empereur dans la salle du trône, un courtisan ivre avait trébuché et était tombé sur le nez. Sa majesté Impériale n'avait rien compris, ce qui n'étonnera personne, mais avait été très impressionnée et avait aussitôt doté le courtisan d'un duché. Les gens ne se prosternent pas par trouille, jeune homme, mais dans l'espoir d'être récompensés de leur servilité.

— Vous êtes un cynique, Oscagne, fit Emban d'un ton accusateur.

— Non, Emban, répondit l'ambassadeur. Je suis réaliste. Un bon politicien est toujours à l'affût de ce qu'il y a de pire chez les gens.

— Un jour, ils pourraient vous surprendre, Votre Excellence, pronostiqua Talen.

— J'attends toujours.

La cité impériale était à peine plus petite que celle de Démos, en Élénie de l'Est. Le palais proprement dit était le plus grand du domaine, qui comportait pourtant une multitude de demeures, châteaux, manoirs et autres bâtiments somptueux, de tous les styles architecturaux, mais tous garnis du même revêtement chatoyant, bien sûr.

— Seigneur ! s'exclama Bévier, estomaqué. Ce château est presque la réplique exacte du palais du roi Dregos, à Larium !

— On dirait que les poètes ne sont pas seuls à commettre le péché de plagiat, murmura Stragen.

— Disons plutôt que c'est un respectueux hommage, rectifia Oscagne. Nous attirons toutes sortes de gens sous notre aile. Les Élènes adorent les châteaux, alors nous en avons construit un ici pour que les monarques élènes de l'Ouest se sentent comme chez eux lorsqu'ils nous rendent visite.

— Le château du roi Dregos brille moins que celui-ci, je puis vous l'assurer, nota Bévier.

— C'était l'effet recherché, messire Bévier, fit Oscagne avec un sourire.

Ils mirent pied à terre dans l'hémicycle formé par le palais impérial. Une horde de serviteurs obséquieux se ruèrent sur eux.

— Que veut-il ? demanda Kalten en tenant à distance un Tamoul à l'air très déterminé vêtu d'une somptueuse livrée de soie écarlate.

— Vos chaussures, messire Kalten, expliqua Oscagne.

— Et qu'est-ce qu'elles ont, mes chaussures ?

— Elles sont en acier, messire chevalier.

— Bien sûr. Comme tout le reste, puisque je suis en armure.

— Vous ne pouvez entrer dans le palais ainsi chaussé. Ceux qui portent des bottes de cuir doivent les ôter aussi. À cause des sols, vous comprenez.

— Quoi, les planchers sont couverts de coquille d'huître ? s'exclama Kalten, incrédule.

— En effet. Les Tamouls ne portent pas de chaussures chez eux, alors les décorateurs en ont profité pour garnir de nacre les sols de tous les bâtiments de la cité impériale. Ainsi que les murs et les plafonds, d'ailleurs. Ils ne s'attendaient pas à recevoir la visite de chevaliers en armure.

— Je refuse de me déchausser, protesta Kalten en s'empourprant.

— Quel est le problème, Kalten ? s'enquit Ehlana.

— J'ai des trous à mes chaussettes, murmura-t-il, l'air mortifié. Je ne peux pas me présenter devant l'empereur avec les doigts de pieds à l'air. Le premier qui rigole, ajouta-t-il en levant son poing gantelé d'acier, il prend ça dans la figure !

— Votre dignité sera préservée, messire Kalten, lui assura Oscagne. Les serviteurs ont prévu des chaussons molletonnés pour tout le monde.

Quand les visiteurs eurent changé de chaussures, ils furent escortés dans le palais. Des lampes à huile suspendues au plafond par des chaînes faisaient étinceler les murs, les plafonds et les sols des vastes corridors, et les Élènes, éblouis, suivaient les serviteurs comme dans un rêve.

Le palais — comme tous les palais du monde — grouillait de courtisans qui se prosternaient sur le passage de la reine d'Élénie, à l'instar de la foule dans les rues.

— J'espère que tu n'y prendras pas goût, ma tendresse, fit Émouchet. Les citoyens de Cimmura n'accepteraient jamais de faire ça, quoi que tu leur promettes.

— Ne dis pas de bêtises, Émouchet, répondit-elle sèchement. Je n'y songeais même pas. En fait, je voudrais bien qu'ils arrêtent ce manège. Je trouve ça un peu embarrassant.

— Brave fille ! fit-il avec un sourire.

On leur apporta des carafes de vin et de l'eau fraîche, parfumée, pour se bassiner le visage. Les chevaliers sautèrent sur le vin avec enthousiasme tandis que les dames se jetaient sur les cuvettes d'eau.

— Tu devrais te laver un peu, Père, suggéra la princesse Danaé. Ça atténuerait peut-être l'odeur de ton armure.

— Une armure doit puer, répliqua-t-il avec aplomb. C'est stratégique : ça brûle les yeux de l'ennemi, et un ennemi aux yeux larmoyants est un ennemi handicapé.

— Je savais bien qu'il y avait une raison, murmura la petite princesse.

On leur fit ensuite emprunter un interminable couloir au sol couvert d'un tapis rouge brodé d'or et orné de portraits en mosaïque guindés et probablement idéalisés d'empereurs morts depuis longtemps.

— C'est fort impressionnant, Votre Excellence, murmura Stragen au bout d'un moment. À combien de lieues encore la salle du trône se trouve-t-elle ?

— Très drôle, messire, répondit sèchement Oscagne. Je salue, en tout cas, votre sens de l'observation.

— Ça doit prendre une place folle, non ? ajouta le voleur.

— Que veux-tu dire ? s'étonna Tynian.

— Le couloir tourne sur la gauche, répondit Stragen. C'est difficile à repérer à cause des reflets, mais en regardant bien, on peut s'en rendre compte. Nous marchons en rond depuis un quart d'heure.

— Nous décrivons, en fait, une spirale, précisa Oscagne. Cette conception est destinée à donner une notion d'immensité. Les Tamouls sont de petite taille, comme vous avez pu le remarquer, et très impressionnés par la grandeur. C'est pourquoi nous aimons tant les Atans. Mais nous arrivons.

Une sonnerie de trompes retentit soudain dans les couloirs aux reflets changeants. À ces accents tonitruants succédèrent aussitôt un grincement effroyable ponctué de tintements métalliques, puis une succession de notes dissonantes. Mmrr, niché dans les bras de sa petite maîtresse, coucha les oreilles et se mit à cracher.

— Ce chat a l'oreille musicale, remarqua Bévier en grinçant des dents.

— J'avais oublié ça, souffla Séphrénia, l'air navré, à l'oreille de Vanion. Essaie d'ignorer ça, mon chéri.

— J'essaie, répondit-il d'un ton lugubre.

— Dis-moi, Émouchet, je t'ai parlé de l'Ogresse qui était tombée amoureuse de ce pauvre gars, en Thalésie ? rappela

Ulath. Eh bien, quand elle lui donnait l'aubade, ça faisait exactement ce bruit-là.

— Je comprends qu'il soit entré dans un monastère pour lui échapper.

— C'est une de nos particularités, expliqua Oscagne. Le tamoul est une langue si mélodieuse qu'une jolie musique semblerait banale, presque triviale, alors nos compositeurs recherchent l'effet opposé.

— Ils peuvent être rassurés : ils l'ont obtenu au-delà de toute espérance, nota Mélidéré. On dirait qu'on torture une douzaine de cochons dans une forge.

— Je transmettrai vos observations au compositeur, baronne, répondit Oscagne. Je suis sûr que ça lui fera très plaisir.

— Ce qui me ferait plaisir à moi, Votre Excellence, c'est que ce tintamarre s'achève.

L'interminable corridor donnait sur une énorme porte plaquée d'or martelé qui s'ouvrit majestueusement sur une immense salle au plafond en forme de dôme, percé de vitraux de cristal. Le soleil se déversant par ces fenêtres embrasait de splendeur les surfaces de nacre blanche, ponctuées par les touches rouges des tentures de velours écarlate flanquant les colonnes incrustées d'or. Un large tapis cramoisi menait des énormes portes au pied du trône, et la salle était emplie de courtisans tamouls et élènes.

Les trompes sonnèrent à nouveau, annonçant les visiteurs. La reine Ehlana et ses proches firent leur entrée, encadrés par un détachement de chevaliers de l'Église et de Péloïs, et la délégation élène s'avança d'un pas martial sur l'interminable tapis menant au trône de Sa Majesté Impériale, Sarabian de Tamoulie.

Le souverain de la moitié du monde portait une lourde couronne d'or incrustée de diamants, une robe d'un blanc étincelant, serrée à la taille par une large ceinture d'or, sous un manteau de cour écarlate, bordé de larges bandes tissées de fils d'or. Sarabian de Tamoulie était un homme à l'air plutôt ordinaire, qui tranchait avec la splendeur de sa tenue et du décor. Il avait le teint très clair par contraste avec les Atans, sans doute, supposa Émouchet, parce qu'il sortait peu. Il était de taille et de constitution moyennes et son visage n'avait rien de remarquable. Mais ses yeux surprirent Émouchet par leur vivacité. Lorsque Ehlana entra dans la salle, il se leva d'une façon quelque peu hésitante.

— C'est stupéfiant, nota Oscagne. L'empereur ne se lève jamais pour accueillir ses invités.

— Qui sont les dames qui l'entourent ? demanda Ehlana tout bas.

— Ses femmes, répondit Oscagne. Les neuf impératrices de Tamoulie.

— C'est monstrueux ! se récria Bévier.

— C'est politique, sire chevalier, répondit l'ambassadeur. L'empereur doit avoir une épouse de chaque royaume de l'Empire sous peine d'être accusé de favoritisme.

— L'une des impératrices n'a pas eu le temps de finir de s'habiller, on dirait, remarqua la baronne Mélidéré d'un ton aigre-doux, en regardant l'une des épouses impériales, une jeune femme au visage solaire qui portait une jupe rouge vif et une fleur rouge dans les cheveux à l'exception de tout autre vêtement, et que ça ne paraissait pas gêner le moins du monde.

— C'est notre Elysoun, fit Oscagne avec un petit rire. Elle vient de l'île de Valésie et c'est le costume — ou l'absence de costume — traditionnel de l'île. C'est une grande fille toute simple, et nous l'aimons beaucoup. Les règles de fidélité qui gouvernent normalement la vie conjugale ne s'appliquent pas à elle. La notion de péché est étrangère aux Valésiens.

Bévier manqua s'étrangler.

— Personne n'a jamais essayé de la leur inculquer ? demanda Emban.

— Oh, que si, Votre Grâce ! répondit Oscagne avec un

grand sourire. Les royaumes élènes de Tamoulie occidentale ont envoyé des kyrielles de missionnaires en Valésie afin d'expliquer aux indigènes que leur passe-temps favori était un péché scandaleux. Les hommes d'Église sont tous pleins de grandes idées morales et vertueuses au début, mais ça leur passe généralement assez vite. Les Valésiennes sont belles et chaleureuses. Ceux qui finissaient à peu près immanquablement par se convertir, c'étaient les Élènes. La religion valésienne semble obéir à un seul commandement : « Soyez heureux. »

— On a vu pire, soupira Emban.

— Votre Grâce ! s'indigna Bévier.

— Allons, Bévier, fit Emban. Je pense parfois que notre Sainte Mère l'Église est obsédée par certains aspects du comportement humain.

Bévier devint d'un rouge betterave et son visage se figea en une expression réprobatrice.

Les courtisans massés dans la salle du trône, sans doute sur l'ordre de l'empereur, se prosternèrent rituellement au passage d'Ehlana. Ils avaient une telle habitude de se jeter par terre, de heurter le sol du front et de se relever que le tout s'effectuait avec un naturel et une simplicité confondants.

Arrivée devant le trône, Ehlana, très royale dans sa robe bleue, se fendit d'une révérence élégante. Toute son attitude proclamait clairement qu'elle ne se prosternerait pas.

L'empereur s'inclina en réponse et un hoquet de stupéfaction parcourut la foule. La courbette impériale était correcte, quoi qu'un peu raide. Il était clair que Sarabian s'était exercé, mais ce mouvement ne lui était pas naturel. Puis il s'éclaircit la gorge et prononça un discours assez long, en tamoul, s'arrêtant de temps en temps pour permettre à ses interprètes de traduire ses paroles en élène.

— Regarde autre chose, murmura Ehlana entre ses dents tout en souriant gracieusement.

— Pfff, je ne la regardais même pas, protesta-t-il.

— Ah non, vraiment ?

Tous les yeux des chevaliers de l'Église et des Péloïs étaient braqués sur l'impératrice Elysoun, qui trouvait manifestement ça très agréable. Ses prunelles noires lançaient des éclairs et elle arborait un petit sourire polisson. Elle se tenait au côté de son impérial époux et respirait profondément, comme si elle se livrait à un exercice de relaxation habituel parmi son peuple. Elle soupesait ses admirateurs d'un œil où brillait une lueur de défi, et qui rappela à Émouchet le regard d'Ehlana lorsqu'elle choisissait un bijou ou une robe. Il en déduisit qu'ils n'étaient pas au bout de leurs peines avec l'impératrice Elysoun.

L'empereur Sarabian les gratifia d'une enfilade de platitudes ampoulées. Il défaillait de joie. Son cœur débordait de bonheur. Il était foudroyé par la beauté d'Ehlana. Il était submergé par l'honneur qu'elle lui faisait en venant le voir. Il trouvait sa robe très jolie.

Ehlana, qui était une oratrice consommée, fit aussitôt passer aux oubliettes le discours qu'elle peaufinait depuis son départ de Chyrellos et répondit sur le même ton. Elle trouvait Mathérion plus que belle — magnifique. Elle assura Sarabian que son existence de souveraine venait de connaître son apothéose — l'existence d'Ehlana connaissait une nouvelle apothéose chaque fois qu'elle faisait un discours. Elle s'étendit sur l'indicible beauté des épouses impériales, sans faire allusion aux avantages dramatiquement remarquables de l'impératrice Elysoun. Elle menaça aussi de défaillir de joie, puisque ça semblait être la mode sur ce continent. Elle remercia chaleureusement l'empereur Sarabian pour son accueil. Elle s'abstint de justesse de parler de la pluie et du beau temps.

L'empereur Sarabian se détendit. Il redoutait manifestement que la reine d'Élénie n'aborde dans son allocution un point particulier auquel il aurait été obligé de répondre sans consulter personne.

Il la remercia de ses remerciements.

Elle le remercia de la remercier de ses remerciements.

Puis ils se regardèrent. Ils ne pouvaient éternellement échanger des remerciements sans sombrer dans le ridicule.

Alors un officiel à l'air exagérément ennuyé s'éclaircit la gorge. Il était sensiblement plus grand que la moyenne des Tamouls, et avait le visage inexpressif du joueur de poch-ayr[1].

L'empereur Sarabian leur présenta, avec un soulagement visible, son Premier ministre, Pondia Subat.

— Drôle de nom, remarqua Ulath. Vous croyez que ses petites amies l'appellent Pondy chéri[2] ?

— Pondia est un titre de noblesse correspondant à peu près, chez vous, au rang de vicomte, expliqua Oscagne. Méfiez-vous de lui, messieurs. Ce n'est pas un allié. Il prétend ne pas parler élène, mais je le soupçonne fortement de feindre l'ignorance. Subat était violemment opposé à l'idée d'inviter le prince Émouchet à Mathérion. Il estime que, par cette démarche, l'empereur s'abaisse. On dit qu'il a failli faire une crise d'apoplexie en apprenant que Sa Majesté avait décidé de traiter la reine Ehlana sur un pied d'égalité.

— Il est dangereux ? demanda Émouchet.

— Je n'en sais trop rien, monseigneur. Il est d'une loyauté fanatique envers l'empereur, et j'ignore jusqu'où il irait.

Pondia Subat prononça quelques paroles.

— Il dit que vous devez être fatigués par le voyage, traduisit Oscagne. Il vous incite à accepter l'invitation impériale à aller vous rafraîchir et vous reposer. C'est un assez bon prétexte pour conclure l'entretien sans vous laisser le temps de poser des questions qui obligeraient l'empereur à répondre avant que Subat ait eu le temps de lui souffler la réponse.

— Ce n'est pas une mauvaise idée, décida Ehlana. Les choses se sont assez bien passées jusqu'ici. Nous ferions peut-être aussi bien de nous retirer.

1. Jeu populaire sur tout le continent dalésien. *(N.d.T.)*

2. Pondichéry est un comptoir de la côte sud du Rendor. *(N.d.T.)*

— Ainsi soit-il, Majesté, fit Oscagne avec une révérence cérémonieuse.

Ehlana laissa passer.

Après un autre échange fleuri entre leurs Majestés, le Premier ministre raccompagna les visiteurs à la porte de la salle. Ils gravirent un majestueux escalier et suivirent un couloir qui menait de l'autre côté du palais, évitant le plaisir de parcourir en sens inverse l'interminable spirale qu'ils avaient suivie à l'aller.

Pondia Subat leur indiqua, par le truchement d'un interprète, les points d'intérêt tout en marchant. Il affectait un ton désinvolte, énumérant les merveilles comme si c'était peu de chose dans une tentative ostensible de rabaisser les barbares élènes qu'ils étaient. Ils eurent l'impression qu'il se retenait pour ne pas les mordre. Il les ramena, par une promenade couverte, au château élène étincelant, où il les laissa aux bons soins d'Oscagne.

— Cette attitude est-elle très répandue à Mathérion ? demanda Emban.

— Pas vraiment, répondit Oscagne. Subat est le chef d'une faction très minoritaire à la cour. Ce sont des ultraconservateurs qui n'ont pas eu une idée neuve depuis cinq cents ans.

— Comment est-il devenu Premier ministre s'il représente une minorité tellement étroite ? s'étonna Tynian.

— La politique tamoule est assez nauséabonde, messire Tynian. Nous sommes soumis au bon plaisir de l'empereur. Rien ne l'oblige à écouter qui que ce soit dans aucun domaine. Le père de Subat était un ami de celui de l'empereur Sarabian, et la nomination de Subat fut plutôt un témoignage de piété filiale que la reconnaissance d'un mérite objectif. Cela dit, Subat est un bon Premier ministre. En l'absence de tout événement inattendu. Car alors, il a fâcheusement tendance à cafouiller. Le népotisme est l'un des plus grands problèmes de notre gouvernement. Le chef de notre Église n'a pas eu une idée pieuse de sa vie. Il ne connaît même pas les noms de nos Dieux.

— Attendez un peu, fit Emban, sidéré. Vous voulez dire que les dignitaires ecclésiastiques sont nommés par l'empereur ?

— Évidemment. Ce sont des hommes de pouvoir, et les empereurs de Tamoulie n'aiment pas songer que l'autorité pourrait leur échapper.

Ils étaient dans la salle du trône du château, qui ressemblait beaucoup à la salle du trône de tous les châteaux élènes du monde, si ce n'est qu'elle était entièrement recouverte de nacre.

— Les serviteurs sont tous élènes, annonça Oscagne. Alors vous n'aurez aucun mal à vous faire comprendre d'eux. Je vais maintenant vous demander de m'excuser. Je dois faire mon rapport à Sa Majesté Impériale. Pour être tout à fait honnête avec vous, ajouta-t-il en faisant la grimace, Je ne m'en fais pas une joie. Subat ne va pas lâcher le coude de Sa Majesté, et tentera de prendre le contre-pied de tous mes propos.

Il s'inclina devant Ehlana, tourna les talons et quitta la pièce.

— Ça risque de poser un problème, observa Tynian. Tout ce formalisme va nous éloigner de l'empereur, et si nous ne pouvons lui raconter ce que nous savons, il est peu probable qu'il nous accorde la liberté de mouvement dont nous avons besoin.

— L'hostilité du Premier ministre ne va pas arranger les choses, acquiesça Bévier. Je crains que nous ne soyons venus du bout du monde pour nous retrouver prisonniers de cette jolie cage dorée. Ou plutôt nacrée.

— Voyons comment les choses vont tourner avant de rouspéter, conseilla Emban. Oscagne sait ce qu'il fait ; il en a presque autant vu que nous. Je pense que nous pouvons compter sur lui pour expliquer l'urgence de la situation à Sarabian.

— Si vous n'avez pas besoin de nous, Majesté, fit Stragen, nous allons, Talen et moi, prendre contact avec les voleurs locaux. Nos mouvements seront forcément restreints par l'impossibilité d'agir au grand jour, et nous aurons besoin d'aide pour réunir des informations.

— Et comment as-tu l'intention d'entrer en contact avec eux ? s'enquit Khalad.

— Mathérion est une ville très cosmopolite, Khalad. Caalador m'a indiqué plusieurs Élènes qui ont de l'ascendant sur les autres voleurs.

— Vous avez carte blanche, Stragen, répondit Ehlana. Mais ne causez pas d'incident diplomatique.

— Faites-moi confiance, Majesté, répondit-il avec un sourire.

Les appartements royaux étaient situés dans une tour, au centre du château. Bien que purement ornemental, c'était la fidèle reproduction d'un fort élène, et les architectes y avaient intégré des caractéristiques pratiques qu'ils n'avaient probablement même pas reconnues. Et Bévier en était ravi.

— Avec quelques chaudrons de poix et une ou deux machines, je vous défendrais cet endroit pendant des années, jugea-t-il.

— Espérons que nous ne serons pas obligés d'en arriver là, nota Ehlana.

Plus tard dans la soirée, Émouchet et sa famille étendue se retirèrent dans leurs appartements. Le prince consort se prélassait dans un fauteuil, près de la fenêtre, tandis que ces dames se livraient au cérémonial préalable au coucher. Une partie de ces préparatifs étaient compréhensibles ; l'essentiel parfaitement obscur.

— Je regrette, Émouchet, disait Ehlana, mais je ne suis pas rassurée. Si l'impératrice Elysoun est le genre de prédatrice sans scrupules qu'évoque Oscagne, la situation pourrait devenir très gênante. Prends Kalten, par exemple, imagine qu'elle lui fasse des propositions, tu le crois du genre à refuser ? Surtout quand on voit comment elle s'habille.

— Je vais lui dire deux mots, promit Émouchet.

— N'hésitez pas à hausser le ton, suggéra Mirtaï. Ce Kalten a parfois l'oreille dure quand il est absorbé par quelque chose.

— Elle est d'une vulgarité… ! renifla la baronne Mélidéré.

— Moi je la trouve très jolie, objecta Aleanne. Et je ne pense pas que ce soit de l'exhibitionnisme. Elle sait qu'elle a un beau corps, elle le partage avec les autres. C'est de l'altruisme plus qu'autre chose.

— Bon, si on changeait de sujet ? soupira Émouchet.

On frappa furtivement à la porte. Mirtaï alla ouvrir, une main sur la poignée de sa dague.

C'était Oscagne. Il était accompagné d'un individu emmitouflé, comme lui, dans une cape dont il avait relevé le capuchon sur sa tête. Les deux hommes se faufilèrent subrepticement dans la pièce. L'ambassadeur, d'ordinaire calme et pondéré, avait l'air paniqué et roulait des yeux affolés.

— Vous avez un problème, Oscagne ? demanda sèchement l'Atana.

— Je vous en prie, Mirtaï, fermez la porte, souffla l'ambassadeur d'un ton pressant. Si quelqu'un apprend que nous sommes là, mon ami et moi, le palais va nous tomber sur la tête.

Elle s'exécuta en ronchonnant.

Une certitude absolue envahit alors Émouchet, qui se leva d'un bond.

— Soyez le bienvenu, Sire, dit-il en s'inclinant devant le compagnon encapuchonné d'Oscagne.

L'empereur Sarabian repoussa son capuchon.

— Comment diable avez-vous deviné que c'était moi, prince Émouchet ? demanda-t-il dans un élène à peine accentué. Je sais que vous ne pouviez voir mon visage.

— Non, Majesté, répondit Émouchet, mais j'ai vu celui

de votre ambassadeur. On aurait dit un homme qui tenait un serpent par la queue.

— On m'a traité de bien des noms, s'esclaffa Sarabian, mais jamais de reptile !

— Votre Majesté est très habile, fit Ehlana avec une petite révérence. Pas un instant je n'ai soupçonné que vous compreniez l'élène. J'ai lu sur le visage de la reine Betuana à livre ouvert, mais vous avez parfaitement donné le change.

— Betuana parle élène ? Quelle nouvelle stupéfiante ! s'exclama-t-il en ôtant sa cape. En réalité, Majesté, je parle toutes les langues de l'Empire : le tamoul, l'élène, le styrique, le tégan, l'arjuni, le valésien, et même l'horrible jargon des Cynesgans. C'est l'un des secrets d'État les mieux gardés. Je le cache même à mon gouvernement, par mesure de sécurité. J'imagine que vous m'avez tous pris pour un demeuré, avança-t-il d'un petit air amusé.

— Vous nous avez bien donné le change, Majesté, assura Mélidéré.

— Quelle délicieuse enfant, fit-il avec un sourire rayonnant. J'adore abuser les gens. Il y a de nombreuses raisons à ces feintes, mes amis ; des raisons essentiellement politiques, et pas très plaisantes. Bien, si nous en venions au fait ? Ne m'en veuillez pas de ma brusquerie, Ehlana, mais je n'aimerais pas qu'on remarque mon absence. Ça ne vous ennuie pas que nous nous appelions par nos prénoms, j'espère ? Tous ces « Votre Majesté » sont tellement pesants… La raison de cette visite, mes chers amis, est que je suis pieds et poings liés, prisonnier des usages de la cour. Toute infraction à ces règles provoquerait un séisme dont on sentirait les effets jusque dans le golfe de Daconie. Je pourrais passer outre, bien sûr, mais notre ennemi commun en percevrait probablement les répercussions, et nous ne tenons pas à l'alerter.

— Ça, c'est vrai, acquiesça Émouchet.

— Je vous en prie, Oscagne, fermez la bouche, reprit

Sarabian. Je ne vous ai pas dit plus tôt qu'il y avait un cerveau en état de marche sous ce crâne parce que vous n'aviez pas besoin de le savoir. On dirait que vous avez pris un coup sur la tête. Le chef du département des Affaires étrangères doit savoir encaisser de petites surprises sans rien manifester.

— Comprenez, Majesté, qu'il va me falloir un moment pour revoir mon jugement.

— Vous me trouviez donc tellement débile ? C'était exactement ce que je voulais vous faire croire, Oscagne. C'était un moyen de défense, et une de mes meilleures distractions. En réalité, mon vieux, je suis une sorte de génie. Tant pis si ça vous paraît immodeste, reprit-il en regardant Ehlana avec un sourire, c'est la vérité. J'ai appris votre langue en trois semaines, le styrique en un mois. J'ai lu — et compris — à peu près tout ce qui a été écrit. Je vois les failles et les défauts des traités de théologie élènes les plus abstrus. Mais ma plus belle réussite, c'est que j'ai réussi à faire en sorte que ça ne se sache pas. Les gens qui s'intitulent mon gouvernement — ne le prenez pas mal, Oscagne — s'ingénient à me laisser dans les ténèbres. Ils ne me disent que ce qu'ils veulent bien me dire. Si je veux vraiment savoir le temps qu'il fait, je suis obligé de regarder par la fenêtre. Ils font ça pour les plus nobles raisons, bien sûr, pour m'épargner tout désagrément, mais je pense que quelqu'un devrait me dire quand le navire que j'ai l'honneur de commander est en train de couler, vous ne croyez pas ?

Sarabian parlait sur un rythme précipité, comme s'il s'efforçait d'exprimer ses idées aussi vite qu'elles lui venaient. Il avait les yeux très brillants et semblait à la fois surexcité et follement s'amuser.

— Bien. Reste à trouver un moyen de communiquer sans que tout le monde, jusqu'au dernier marmiton des cuisines, ne soit au courant de ce qui se trame. Il faut absolument que je sache ce qui se passe si je veux pouvoir consacrer mon prodigieux intellect à chercher une solution, fit-il d'un ton sarcastique. Des idées ?

— Que pensez-vous de la magie, Majesté ? demanda Émouchet.

— Je ne me suis pas encore fait une opinion, mais je pourrais me forcer à y croire, hasarda Sarabian.

— Ça ne marcherait pas. Pour qu'un sort agisse, il faut être pénétré de son efficacité, sinon ça rate. Nous ne pouvons nous contenter d'espérer que ça fonctionnera, selon votre état d'esprit. Il est trop important que nous puissions échanger des informations pour nous en remettre à la chance.

— C'est exactement ce que je pense, Émouchet. Nous devons trouver un moyen de communication sûr, indécelable et — je parle d'expérience — assez banal pour que personne n'y fasse attention.

— Faites-vous des cadeaux, Majesté, suggéra la baronne Mélidéré d'un petit ton désinvolte. Rien n'est plus banal que l'échange de présents entre monarques. Je pourrais vous apporter ceux de la reine, et l'ambassadeur Oscagne lui transmettrait les vôtres, les uns et les autres dissimulant des messages. Qui oserait nous demander des comptes ? Et au bout de quelques allers et retours, on ne devrait même plus faire attention à nous.

— Où avez-vous trouvé cette merveilleuse enfant, Ehlana ? demanda Sarabian. Je l'épouserais sur-le-champ si je n'avais déjà neuf femmes. À propos, Émouchet, il faudra que je vous parle. Hem, en privé, peut-être. Alors, reprit-il en parcourant les autres du regard, l'un de vous voit-il une faille dans le plan de la baronne ?

— Oui, rétorqua Mirtaï. Quelqu'un pourrait trouver ces échanges suspects, surtout s'ils se poursuivent un moment. J'escorterai Mélidéré lors de ses allées et venues, de sorte qu'il ne vienne à l'idée de personne de l'intercepter.

— Excellent, Atana ! C'est essentiel. Nous ferions mieux

de rentrer, Oscagne. Subat ne peut se passer de moi. C'est fou ce que je peux lui manquer quand je ne suis pas là. Oh, Émouchet, vous voudrez bien me désigner plusieurs de vos chevaliers pour ma femme, Elysoun.

— … Je demande bien pardon à Votre Majesté ?

— De préférence jeunes et beaux. Et qu'ils aient du tempérament, surtout.

— Votre Majesté veut-elle dire ce que je pense ?

— Évidemment. Elysoun adore faire des cadeaux et distribuer ses faveurs. Elle est très démoralisée quand elle ne trouve personne sur qui les déverser. Et quand elle n'a pas ce qu'elle veut, ça fait du barouf. Je compte sur vous, vieux frère, pour m'éviter d'avoir les oreilles cassées.

— Et… euh, combien, Majesté ?

— Oh, une douzaine, ça devrait suffire. Enfin, j'espère. Vous venez, Oscagne ?

Et l'empereur de Tamoulie quitta la pièce.

CHAPITRE XXV

— C'est le propre des gens particulièrement intelligents, confirma Zalasta. Ils parlent très vite parce que les idées se bousculent dans leur tête. L'empereur Sarabian n'est peut-être pas aussi génial qu'il le croit, mais c'est assurément un brillant esprit. Le plus stupéfiant est qu'il ait réussi à cacher ça à ses ministres. Ces gens sont généralement si nerveux, leur comportement est tellement erratique qu'ils finissent tôt ou tard par se trahir.

Ils étaient tous réunis dans les appartements royaux et commentaient les derniers événements. L'ambassadeur Oscagne avait apporté un plan des passages et des cabinets secrets du château élène. Une demi-douzaine d'espions avaient été débusqués et poliment mais fermement renvoyés chez eux.

— N'y voyez rien de personnel, Majesté, s'était-il excusé. C'est la routine politique.

— Je comprends parfaitement, Excellence, avait-elle répondu de bonne grâce.

Ehlana portait une robe vert émeraude, ce matin-là, et elle était particulièrement séduisante.

— Vos réseaux d'espionnage sont-ils très développés, Excellence ? s'informa Stragen.

— Hélas non, messire. Chaque Département d'État a ses espions, mais ils passent le plus clair de leur temps à s'espionner mutuellement au lieu de s'intéresser à ce que fabriquent les étrangers. Nous n'avons pas de service de renseignements spécialisé.

— Vous êtes sûr que tous les espions sont partis ? demanda Emban en scrutant les murs chatoyants d'un air un peu inquiet.

— Faites-moi confiance, Votre Grâce, répondit Séphrénia.

— Elle a changé en crapauds ceux qui auraient pu nous échapper, expliqua Talen en réponse au regard interloqué du patriarche.

— Pas tout à fait, rectifia-t-elle. Mais s'il reste des espions derrière les murs, ils n'entendent plus rien.

— J'aimerais que nous avancions un peu, s'il vous plaît, suggéra Ehlana. Nous allons procéder à quelques échanges de cadeaux avec Sarabian afin de nous assurer que personne n'essaie d'intercepter nos messages, et pour que les courtisans s'habituent à voir Mélidéré trotter dans tous les sens avec des babioles.

— Il n'est pas question que je trotte, Majesté, objecta Mélidéré. Je roulerai des hanches. J'ai eu l'occasion de constater qu'un homme qui regardait vos fesses ne prêtait guère attention à ce que vous faisiez du reste de votre personne.

— Vraiment ? fit la princesse Danaé. Il faudra que je m'en souvienne. Tu me montreras comment on roule des hanches ?

— Pour ça, princesse, il faudrait que vous ayez des hanches, s'esclaffa Talen.

— Ça, Talen, c'est une injure qui se lavera dans le sang, fit-elle, une lueur meurtrière dans le regard.

— Ça, Votre Altesse, j'en doute, répliqua-t-il impudemment. Je cours plus vite que vous.

— Nous avons un problème, reprit Stragen. Le plan magnifique que j'avais conçu il y a quelques mois est tombé dans le lac la nuit dernière. Les voleurs locaux ne nous seront pas utiles à grand-chose. La société tamoule est encore plus cloisonnée que Caalador ne nous l'avait laissé entendre à Lebas. Les voleurs que nous avons rencontrés cette nuit sont tellement inhibés qu'ils n'arriveront jamais à surmonter leurs stéréotypes. Les Élènes de la communauté locale sont assez créatifs, mais les Tamouls sont d'une stupidité inébranlable.

— C'est le moins qu'on puisse dire, acquiesça Talen. Ils n'essaient même pas de courir quand ils sont pris la main dans le sac. Ils restent plantés là, à attendre la maréchaussée. Je n'ai jamais rien vu de plus immoral.

— Nous pourrons peut-être en tirer quelque chose quand même, poursuivit Stragen. J'ai envoyé chercher Caalador. J'espère qu'il saura leur faire entendre raison. Ce qui m'inquiète le plus, c'est leur manque complet d'organisation. Les voleurs ne parlent pas aux assassins, les putains ne parlent pas aux mendiants et personne ne parle aux escrocs. Je me demande vraiment comment ils font pour survivre.

— Ce n'est pas une bonne nouvelle, nota Ulath. Nous comptions sur les voleurs pour nous servir de réseau d'information.

— Espérons que Caalador arrangera les choses, répéta Stragen. Le fait qu'il n'y ait pas d'organisation centrale du renseignement au gouvernement rend ces voleurs cruciaux pour nos plans.

— Caalador pourra les convaincre, affirma Ehlana. J'ai toute confiance en lui.

— Tu dis ça parce que tu aimes l'entendre parler, nota Émouchet.

— A propos, intervint Séphrénia. Vos efforts risquent d'être limités par le fait que la plupart d'entre vous ne parlent pas tamoul. Il va falloir que nous y remédions.

Kalten gémit.

— Ce sera moins pénible cette fois, mon petit, promit-elle en souriant. Nous n'avons pas le temps d'attendre que vous appreniez la langue, alors nous allons tricher un peu, Zalasta et moi.

— Vous pourriez m'expliquer ça, Séphrénia ? demanda Emban, intrigué.

— Nous allons vous enchanter, répondit-elle en haussant les épaules.

— Vous voulez dire qu'on peut enseigner une langue étrangère à quelqu'un *par magie* ? insista-t-il.

— Oh oui, affirma Émouchet. Elle m'a appris à parler troll en cinq secondes dans la grotte de Ghwerig, et j'imagine que le troll est autrement difficile à apprendre que le tamoul. Au moins, les Tamouls sont humains.

— Il faudra quand même que nous prenions garde, les avertit la petite Styrique. Si vous donnez l'impression d'être trop doués pour les langues, ça risque de paraître louche. Nous devrons y aller progressivement, en commençant par un vocabulaire de base et une grammaire rudimentaire.

— Je pourrais vous envoyer des instructeurs, dame Séphrénia, proposa Oscagne.

— Euh... non merci, Excellence. Imaginez ce qui se passerait s'ils se retrouvaient tout à coup face à un bataillon d'élèves extraordinairement doués. Nous ferons ça nous-mêmes ; ce sera plus discret. Je ferai en sorte de donner à nos élèves ici présents un accent abominable au début, et nous aplanirons tout ça au fur et à mesure.

— Séphrénia ? demanda hargneusement Kalten.

— Oui, mon cher petit ?

— Tu as le don d'enseigner les langues par magie ?

— Oui.

— Alors pourquoi as-tu passé toutes ces années à essayer de m'apprendre le styrique alors que tu n'avais qu'à me regarder en remuant les doigts et en récitant une incantation ?

— Kalten, mon cher petit, dit-elle doucement. Pourquoi crois-tu que j'essayais de t'enseigner le styrique ?

— Pour que je puisse faire des tours de magie, je suppose. À moins que ce soit uniquement parce que tu aimes faire souffrir les gens.

— Non, mon petit. C'était aussi pénible pour moi que pour toi. Sans doute même plus, rectifia-t-elle avec un frisson. En réalité, si tu apprenais le styrique, c'est parce que, pour prononcer les enchantements, il faut pouvoir penser dans la langue. On ne peut pas se contenter d'articuler des paroles magiques et d'attendre que ça se passe.

— Attends un peu, coupa-t-il. Tu veux dire que les gens qui parlent des langues différentes ne pensent pas de la même façon ?

— Si, peut-être de la même façon, mais pas avec les mêmes mots.

— Tu veux dire que nous pensons en mots ?

— Mais bien sûr. Que crois-tu que sont les pensées ?

— Je ne sais pas. Nous sommes tous humains. Pourquoi ne pensons-nous pas de la même façon, et dans la même langue ?

— Et dans quelle langue voudrais-tu que tout le monde pense, mon petit ?

— En élène, évidemment. C'est pour ça que les étrangers ne sont pas aussi intelligents que nous. Ils sont obligés de prendre le temps de traduire leurs pensées d'élène en ce bredouillis barbare qu'ils appellent langue et qui ne leur sert qu'à être obtus, c'est tout.

— Tu ne dis pas ça pour rire, hein, mon petit ? fit-elle en le regardant entre ses paupières étrécies.

— Je n'ai jamais été plus sérieux. Je pensais que tout le monde savait que c'est pour ça que les Élènes sont plus intelligents que les autres, fit-il avec une inébranlable gravité.

— Oh, Seigneur ! soupira-t-elle, désespérée.

Mélidéré mit une robe lavande et alla dans les appartements privés de l'empereur en tortillant du croupion, un pourpoint élène de satin bleu sur un bras, Mirtaï sur les talons. Et Mirtaï ne tortillait pas du croupion, elle. Les yeux de Mélidéré reflétaient un vide abyssal. Cette adorable évaporée mordillait son adorable lèvre inférieure comme si elle était tout excitée. Les courtisans de l'empereur Sarabian observaient le mouvement de balancier de son postérieur avec un grand intérêt. Personne ne songea seulement à regarder ce qu'elle tenait dans les mains.

Elle remit le cadeau à l'empereur avec un petit discours essoufflé que Mirtaï traduisit. L'empereur répondit très cérémonieusement. Mélidéré s'inclina et repartit en sens inverse, vers le château élène. Les courtisans parurent toujours aussi fascinés par les mouvements de son arrière-train, qu'ils avaient pourtant eu amplement le temps d'observer à l'aller.

— C'est passé comme une lettre à la poste, c'est le cas de le dire, rapporta la baronne, l'air de sucer un bonbon.

— Ils ont aimé le balancement ? s'enquit Stragen.

— La cour entière est médusée, messire Stragen, répondit-elle en riant.

— Pas tout à fait, rectifia Mirtaï. Un certain nombre de mâles ont résisté à la pétrification et réussi à la suivre. Mélidéré est très douée en balancement. Ce qui se passait dans sa robe ressemblait beaucoup à un navire roulant et tanguant sur une mer en furie.

— Il faut utiliser les dons que Dieu nous a donnés. Vous ne pensez pas, Votre Grâce ? demanda pieusement la blonde baronne.

— Absolument, mon enfant, concéda Emban sans l'ombre d'un sourire.

L'ambassadeur Oscagne arriva peu après avec une boîte d'albâtre posée sur un coussin de velours bleu. Ehlana ouvrit le coffret et en tira une note de l'empereur.

— « Ehlana, lut-elle à haute voix, Votre message est arrivé à bon port. J'ai l'impression que, loin d'entraver les déplacements de la baronne dans les couloirs, les membres de la cour devraient défendre farouchement son droit à les arpenter. Comment cette fille réussit-elle à faire remuer tout ça à la fois ? Signé : Sarabian. »

— Alors ? demanda Stragen à la jeune baronne. Comment faites-vous ?

— C'est un don, messire Stragen.

Les Élènes suivirent ostensiblement des cours de langue tamoule pendant les semaines suivantes, et Oscagne participa à la conjuration en lâchant à tout bout de champ aux membres du gouvernement qu'il avait lui-même enseigné les premiers rudiments de la langue aux visiteurs pendant leur long voyage. Ehlana fit un bref discours en tamoul lors d'un des banquets organisés par le Premier ministre afin de montrer les progrès que faisaient leurs hôtes. Cela donna lieu à des incidents cocasses. À un moment donné, Kalten offensa gravement un courtisan en se fendant de ce qu'il croyait être une gracieuseté.

— Que lui arrive-t-il ? demanda le Pandion, sidéré, en regardant l'individu s'éloigner d'un pas raide.

— Que vouliez-vous lui dire ? demanda Mirtaï en étouffant un petit rire.

— Je lui ai dit : « Belle soirée, hein ? », répondit Kalten.

— Ce n'est pas ce que vous avez dit.
— Et qu'est-ce que j'ai dit ?
— Vous avez dit : « Que le cul vous pèle. »
— J'ai dû me tromper quelque part.
— Ça oui.

Ce feint apprentissage de la langue procura à la reine et à ses amis beaucoup de temps libre. Les manifestations officielles et les distractions auxquelles ils étaient conviés se déroulaient généralement le soir, ce qui leur laissait les journées libres. Ils les passèrent à discuter de choses et d'autres — en tamoul, la plupart du temps. Le sort que Séphrénia et Zalasta avait concocté leur donnait une compréhension presque complète du vocabulaire et de la syntaxe, mais leur prononciation laissait encore à désirer.

Comme l'avait prédit Oscagne, le Premier ministre s'ingénia à leur mettre des bâtons dans les roues : il leur inventa toutes sortes d'activités aussi fastidieuses qu'ineptes à toutes les heures de la journée. Ils assistèrent à des comices agricoles ; on leur remit des diplômes universitaires honorifiques. On leur fit visiter des fermes modèles. Chaque fois qu'ils quittaient le domaine impérial, c'était avec une énorme escorte qui n'en finissait pas de se mettre en place — ses agents en profitaient pour faire disparaître des rues les individus qu'ils auraient justement voulu voir. Et le pire, c'est qu'il les empêchait de voir l'empereur Sarabian. Mais Subat et ses hommes avaient affaire à forte partie. Et plusieurs des Élènes du groupe n'étaient pas tout à fait ce qu'ils avaient l'air d'être. Talen, en particulier, semblait complètement déconcerter les agents du Premier ministre. Ainsi que l'avait depuis longtemps remarqué Émouchet, il aurait semé n'importe qui. Le jeune homme s'amusa beaucoup et recueillit énormément d'informations.

Cet après-midi-là, Ehlana et les dames étaient dans la suite royale et la caméristе de la reine, Aleanne, racontait son histoire lorsque Kalten et Émouchet les rejoignirent.

— Ça arrive plus souvent qu'on ne pense, disait la fille aux yeux de biche. Enfin, c'est l'un des risques du métier.

Comme d'ordinaire, Aleanne portait une robe sévère, d'un gris éteint.

— Qui était-ce ? demanda Ehlana, les yeux comme deux silex.

— Ce n'est pas très important, Majesté, répondit Aleanne, confuse.

— Si, Aleanne, protesta Ehlana. C'est important.

— C'était le comte Osril, Majesté.

— J'ai entendu parler de lui, fit Ehlana d'une voix glaciale.

— Moi aussi, répondit Mélidéré tout aussi froidement.

— Pas en bien, j'imagine, avança Séphrénia.

— C'est ce qu'on pourrait appeler un débauché, dame Séphrénia, répondit Mélidéré. Il se targue d'avoir épargné à Dieu l'inconvénient d'avoir à le juger puisqu'il était né pour aller en enfer de toute façon.

— Mes parents étaient des gens du peuple, continua Aleanne. Ils ignoraient la réputation du comte. Ils pensaient qu'en me mettant à son service ils me donnaient l'occasion de réussir dans la vie. J'avais quatorze ans et j'étais complètement innocente. Le comte m'a paru sympathique, au début. Puis un soir, il est rentré ivre, et j'ai découvert pourquoi il était si gentil avec moi. Je n'avais pas reçu l'entraînement de Mirtaï, alors je n'ai rien pu faire. Ensuite, j'ai beaucoup pleuré, et il a ri de mes larmes. Par bonheur, les choses en sont restées là. Le comte Osril renvoyait ses servantes enceintes avec ce qu'elles avaient sur le dos. Au bout d'un moment, il s'est fatigué de ce jeu. Il m'a payé mes gages et m'a donné une bonne recommandation. J'ai eu la chance de trouver une place au palais. Comme ça n'a pas eu de conséquences, reprit-elle avec un petit sourire crispé, je pense que ça n'a pas tant d'importance.

— Ça en a pour moi, fit Mirtaï d'un ton inquiétant. Vous

avez ma parole qu'il ne vivra pas une semaine de plus après mon retour à Cimmura.

— S'il vous faut tout ce temps-là, Mirtaï, vous arriverez trop tard, fit Kalten sur le ton de la conversation. Le comte Osril ne verra pas le soleil se coucher le jour de mon retour à Cimmura, c'est moi qui vous le dis.

— Il refusera de se battre avec toi, l'avertit Émouchet.

— Il n'aura pas le choix. Je connais un certain nombre d'insultes impossibles à avaler, et si ça ne marche pas, je pourrai toujours commencer à le découper en rondelles. Quand on taille le nez et les oreilles d'un homme il est vite tenté de tirer l'épée.

— Tu te feras arrêter.

— Ça, ce n'est pas un problème, Émouchet, fit Ehlana d'un ton sinistre. Je le gracierai.

— Vous n'avez pas besoin de faire ça, messire Kalten, murmura Aleanne, les yeux baissés.

— Si, répondit Kalten d'un ton inflexible. C'est même une obligation. Je vous rapporterai une de ses oreilles quand j'en aurai fini avec lui. Juste pour vous prouver que j'ai tenu parole.

Émouchet espérait que la douce fille réagirait avec dégoût à la proposition de son champion. Il fut déçu. Elle lui sourit chaleureusement.

— Alors ça, messire Kalten, ce serait vraiment gentil, dit-elle.

— Vas-y, Séphrénia, fit Émouchet. Lève les yeux et les bras au ciel. Il se pourrait même que je sois d'accord avec toi, pour une fois.

— Et pourquoi ferais-je une chose pareille, Émouchet ? demanda-t-elle. Je trouve que messire Kalten propose là quelque chose de très raisonnable.

— Tu es une sauvage, petite mère, fit-il d'un ton accusateur.

— Ah bon ?

Plus tard, cet après-midi-là, Émouchet et Kalten rejoignirent les autres dans la grande salle irisée du faux palais élène. Les chevaliers avaient troqué leur armure d'apparat contre des pourpoints et des chausses.

— Il ne faudrait pas grand-chose, disait Bévier. Les murs sont très épais, il y a un fossé. Le pont-levis est en état de marche, il suffirait de graisser les cabestans. Il ne manque que des pieux dans les douves.

— Et quelques barils de poix, suggéra Ulath. Je sais qu'on adore verser de la poix bouillante sur les gens, en Arcie.

— Messieurs, fit Vanion d'un ton réprobateur. Si vous commencez à renforcer les défenses de ce palais, notre hôte risque de ne pas bien le prendre. Ce ne serait peut-être pas mal quand même de faire venir discrètement quelques pieux, ajouta-t-il d'un ton méditatif. Et quelques tonneaux d'huile pour les lampes. Ça ne vaut pas la poix, mais ça attirerait moins l'attention. Je pense que nous pourrions aussi commencer à emmagasiner des provisions. Nous sommes assez nombreux, alors nous ne devrions pas avoir de mal à remplir les garde-manger sans que ça se voie.

— Qu'est-ce que vous mijotez, Vanion ? demanda Emban.

— Simple précaution, Votre Grâce. La situation est instable, ici, en Tamoulie ; nous ne pouvons pas savoir ce qui va se passer. Nous avons un château parfait, autant y ajouter les derniers perfectionnements, juste au cas où.

— C'est mon imagination ou quoi ? Vous n'avez pas l'impression que l'été est très, très long, cette année ? demanda tout à coup Tynian.

Émouchet dressa l'oreille. Il était fatal que quelqu'un finisse par le remarquer. S'ils poursuivaient sur ce sujet et se mettaient à compter les jours, ils découvriraient fatalement que quelqu'un jouait avec le temps.

— Nous sommes dans une autre partie du monde, Tynian,

dit-il d'un ton anodin. Il est normal que le climat soit différent.

— L'été c'est l'été, Émouchet. Il ne peut pas durer éternellement.

— On ne peut jamais savoir avec le temps, objecta Ulath. Surtout le long de la côte. Il y a un courant chaud qui remonte le long de la côte ouest de Thalésie. Il peut faire un froid de canard à Yosut, sur la côte est, alors que c'est le milieu de l'automne à Horset.

Brave Ulath, se dit Émouchet, soulagé.

— Quand même, je trouve ça bizarre, insista Tynian.

— Avec toi, tout est bizarre, mon pauvre vieux, fit Ulath en souriant. Tu as toujours refusé de venir chasser l'Ogre avec moi.

— Je ne vois pas l'intérêt de tuer ces pauvres bêtes puisqu'on ne les mange pas, rétorqua Tynian en haussant les épaules.

— Tu n'as pas mangé tous les Zémochs que tu as tués.

— Je ne savais pas comment les faire cuire.

Ils éclatèrent de rire, changèrent de sujet et Émouchet poussa intérieurement un gros soupir.

Talen arriva à ce moment-là. Il avait semé les agents du Premier ministre, comme d'habitude, et s'était promené en ville toute la matinée.

— Surprise, surprise ! annonça-t-il d'un ton sardonique. Krager est enfin arrivé à Mathérion. Je commençais à m'inquiéter.

— Ce coup-ci, c'est complet ! éclata Émouchet. Ce gaillard commence vraiment à me courir.

— Nous n'avons pas vraiment eu le temps de nous occuper de lui jusque-là, souligna Khalad.

— Nous aurions peut-être dû le prendre. C'est ce que je voulais faire quand nous l'avons vu à Sarsos. Enfin, maintenant que nous sommes à pied d'œuvre, nous alors pouvoir nous intéresser à cette petite fouine alcoolisée. Dessine quelques portraits de lui, Talen. Distribue-les par-ci par-là et offre une récompense. Je veux absolument lui mettre le grappin dessus. Il y a toutes sortes d'informations dans cette carcasse confite dans la gnôle et je vais les lui arracher avant de l'écrabouiller.

— Monseigneur a ses nerfs, à ce que je vois, fit Tynian avec un doux sourire.

— Il a eu une rude journée, répondit Kalten. Il a appris qu'on avait perpétré un acte de violence à l'encontre d'une des femmes de la maisonnée, et ça l'a mis de mauvaise humeur.

— Allons bon ?

— Il y a un noble à tuer, à Cimmura. Quand je rentrerai, je lui découperai les deux orphelines en tranches minces avant de les lui faire bouffer. Ces dames ont toutes trouvé que c'était une très bonne idée. Leur approbation a mis à mal un certain nombre des illusions d'Émouchet.

— Et qu'a fait ce gaillard ?

— C'est une affaire personnelle.

— Ah bon. Enfin, au moins Séphrénia devait être d'accord avec notre illustre chef.

— Non, en fait, elle était encore plus assoiffée de sang que nous. Elle a même avancé une suggestion qui a fait blêmir Mirtaï.

— Ce type a vraiment dû commettre des atrocités.

— Absolument, mon ami, et je veillerai à ce qu'il ait tout le temps de le regretter, fit Kalten entre ses dents, les narines pincées, en proie à une rage irrépressible.

— Eh, je n'ai rien fait, moi ! Ne me regarde pas comme ça !

— Pardon, fit Kalten. Mais rien que d'y penser, je bous !

— Alors, n'y pense plus.

Ils comprenaient à peu près parfaitement le tamoul, mais ils parlaient encore avec un accent prononcé.

— Qu'en dites-vous ? demanda Émouchet, un soir que l'empereur Sarabian leur rendait visite en coup de vent.

— Pas mal, à condition que vous vous dispensiez de faire des discours, répondit-il. Vous avez quand même un accent épouvantable.

— Je vais là-bas pour écouter, Majesté, non pour parler, répliqua Émouchet. Cet accent dissimule notre connaissance de la langue.

— Si vous le dites, convint Sarabian en haussant les épaules. Enfin, que préparez-vous au juste ?

— Nous allons à la pêche aux renseignements dans votre propre cour, Majesté, répondit Vanion. Votre gouvernement est assez cloisonné, vos ministres ont des secrets les uns pour les autres et personne n'a une image complète de la situation. Nous allons nous répartir les divers Départements, collecter toutes les informations disponibles et les rapprocher. C'est bien le diable si nous ne voyons pas émerger un schéma général.

— J'ai une lourde part de responsabilité dans l'affaire, avoua Sarabian en faisant la grimace. C'est la première fois que la Tamoulie affronte une vraie crise. Nos bureaucrates sont plus intelligents que la moyenne des sujets, et les Atans sont à leur botte. La famille impériale a toujours eu plus peur de son propre gouvernement que des ennemis venus du dehors. Nous n'encourageons pas la coopération entre les divers ministères. Je paye un terrible manque de clairvoyance. Quand tout ça sera fini, j'y mettrai bon ordre. En attendant, que cherchons-nous au juste, messire Vanion ?

— Nous avons observé un certain nombre de phénomènes en venant à Mathérion. Nous pensons avoir affaire à une sorte de coalition et nous avons des raisons de croire que nous connaissons l'un des partenaires. Nous devons absolument découvrir l'autre, à présent. Si vous en êtes d'accord, Majesté, la reine Ehlana et le prince Émouchet aimeraient que vous leur consacriez un peu de votre temps. Et pour cela, il serait souhaitable que vous ayez une petite conversation avec votre Premier ministre, Pondia Subat. Il commence à devenir vraiment embêtant.

— Il fait tout pour nous empêcher de vous voir, Sarabian, insista Ehlana.

— C'est contraire aux ordres que je lui ai donnés, rétorqua Sarabian, furieux.

— Eh bien, Majesté, il ne vous a pas écouté, confirma Émouchet. Nous ne pouvons approcher du palais sans marcher sur ses hommes, et dès que l'un de nous met le nez dehors, des bataillons entiers d'espions se lèvent pour le suivre. Je crains que votre Premier ministre ne nous apprécie guère.

— Il va falloir que je lui explique certaines choses, gronda Sarabian. L'inestimable Pondia Subat oublie manifestement que sa tête n'est pas si fermement attachée sur ses épaules que je ne puisse la lui faire ôter s'il commence à m'embêter.

— Pour quel motif, Sarabian ? demanda Ehlana, intéressée.

— Quel motif ? Voyons, Ehlana, nous sommes en Tamoulie, ici. Je n'ai pas besoin de motif. Je peux lui faire trancher la tête si je décide que sa coupe de cheveux ne me plaît pas. Je vais m'occuper de Pondia Subat, mes amis. Je puis vous assurer de sa pleine et entière coopération à partir de maintenant. Enfin, de la sienne ou de celle de son successeur. Veuillez poursuivre, messire Vanion, je vous en prie.

— Nous allons nous répartir la tâche, reprit Vanion. Le patriarche Emban s'occupera du Premier ministre, quel qu'il soit. Messire Bévier enquêtera à l'université. Les chercheurs recueillent toutes sortes d'informations que les gouvernements ont une fâcheuse tendance à négliger jusqu'à ce qu'il soit trop tard. Ulath, Kring et Tynian observeront l'état-major de l'armée, le haut commandement tamoul, car Engessa-Atan s'occupera de son propre peuple. Stragen et

Talen feront la liaison avec les voleurs de Mathérion, Séphrénia et Zalasta avec la communauté styrique de la région. Aleanne et Khalad fouineront chez les domestiques du palais tandis que Mélidéré et Bérit feront la conquête de tous les courtisans.

— Notre Bérit fait un effet très particulier aux jeunes femmes, nous ne savons pas pourquoi, expliqua Kalten en réponse au regard intrigué de l'empereur.

— Kalten et Mirtaï veilleront sur Émouchet et sur la reine, poursuivit impatiemment Vanion. Nous ne savons pas jusqu'où nos adversaires sont prêts à aller ; ce sera une garantie supplémentaire.

— Et vous, monseigneur Vanion ? demanda l'empereur.

— Vanion et Oscagne centraliseront tous les renseignements, répondit Ehlana. Ils feront le tri et isoleront les failles afin que nous sachions sur quels points faire porter nos efforts.

— Il faut laisser ça aux Élènes, ce sont vraiment des gens méthodiques, nota Sarabian, admiratif.

— Ce sont des obsédés de logique, Majesté, répondit Séphrénia. Un Élène digne de ce nom observera le temps pendant une demi-journée avant de consentir à admettre qu'il pleut. Cela dit, ils obtiennent des résultats.

— Certes, convint Emban. Quand un Élène dit qu'il pleut, on peut être sûr qu'il dit vrai.

— Et Votre Altesse ? demanda Sarabian à la petite fille assise sur ses genoux. Quel rôle compte-t-elle jouer dans le grand complot ?

— Moi, Sarabian, je suis censée te distraire afin que tu ne poses pas trop de questions et de te faire oublier les choses peu convenables que vont faire tes nouveaux amis, répondit calmement Danaé.

— Danaé ! s'exclama sa mère.

— Ce n'est pas vrai, peut-être ? Vous allez mentir aux gens, les espionner, probablement tuer ceux qui se mettront en travers de votre chemin. N'est-ce pas ce que vous voulez dire quand vous employez le mot *politique* ?

— Là, Ehlana, je crois qu'elle vous a damé le pion, fit Sarabian en riant. Sa définition de la politique est peut-être un peu abrupte, mais elle n'est pas très éloignée de la réalité. Elle fera une excellente reine.

— Merci, Sarabian, fit Danaé, et elle lui planta un baiser sur la joue.

Tout à coup, Émouchet éprouva une sensation de froid et une masse sombre, familière, se mit à vaciller à la limite de son champ de vision. Il porta machinalement la main à la poignée de son épée, tout en sachant que c'était inutile, et réprima un juron sulfureux. Tout ce qu'ils venaient de dire avait aussi été révélé à la présence ténébreuse qui les suivait pas à pas depuis des mois.

CHAPITRE XXVI

— Croyez-moi sur parole, Majesté, affirma Zalasta. Ce n'était pas un phénomène naturel.

— C'est vous l'expert, Zalasta, dit le sceptique Sarabian. Tous mes instincts me poussent à chercher d'abord une explication rationnelle. Un nuage passant devant le soleil, peut-être.

— C'est le soir, Sarabian, objecta Ehlana. Le soleil est déjà couché.

— Mouais. Autant pour cette explication. Mais vous avez déjà vu ça ?

— Nous l'avons presque tous vu, Majesté, répondit Oscagne. J'en ai moi-même fait l'expérience, à bord du bateau, et il n'y avait rien entre le soleil et moi. Je pense que nous devons accepter le témoignage de nos amis élènes ici présents. Ils ont l'habitude de ce genre de manifestation.

— C'est grotesque, marmonna Émouchet.

— Plaît-il ? releva doucement Sarabian.

— Excusez-moi, Majesté, s'excusa Émouchet. Je parlais de notre visiteur. Il n'est vraiment pas très malin. Si vous vouliez espionner quelqu'un, je suppose que vous n'annonceriez pas votre présence en battant le tambour.

— Il l'a déjà fait, Émouchet, fit le patriarche Emban. Je vous rappelle qu'il est apparu dans le bureau de l'archimandrite Monsel, à Darsas.

— Il ne sait peut-être pas que nous le voyons, suggéra Kalten. Adus, qui espionnait pour le compte de Martel, avait l'habitude de se glisser derrière les gens. Mais il était fâché avec l'eau et le savon, et il répandait une odeur infecte, si bien qu'on le sentait venir à cent lieues.

— Est-ce possible ? demanda Vanion. Kalten aurait-il mis le doigt sur l'explication ? Oh, pardon, Kalten ! Ce n'est pas ce que je voulais dire. Non, sérieusement, Séphrénia, se pourrait-il que notre visiteur ne sache pas qu'il projette une ombre ?

— Tout est possible, mon très cher.

— Une pollution visuelle ? suggéra Ulath, incrédule.

— Je ne suis pas sûre que ce soit le terme approprié, mais qui sait ? fit Séphrénia en interrogeant Zalasta du regard.

— Ça expliquerait le phénomène, répondit-il d'un ton songeur. Les Dieux sont remarquables, non seulement par l'ampleur de leurs pouvoirs, mais aussi par leurs limites. Notre visiteur ne sait peut-être pas que nous pouvons le sentir lorsqu'il nous rend visite — pour reprendre la métaphore de messire Ulath. Peut-être pense-t-il que ses visites passent inaperçues.

— Nous en parlons toujours après son apparition, objecta Bévier. Depuis le temps, il aurait fini par comprendre qu'il s'était trahi.

— Pas forcément, Bévier, objecta Kalten. Adus ne savait pas qu'il puait comme des latrines. Ce n'est pas une chose qu'on s'avoue facilement. Peut-être son ombre est-elle du même genre, une sorte d'agression inacceptable sur le plan social, comme la mauvaise haleine ou le fait de se fourrer les doigts dans le nez.

— C'est une idée fascinante, fit le patriarche Emban, ravi. Nous pourrions élaborer tout un manuel de savoir-vivre divin à partir de cet incident isolé.

— Dans quel but, Votre Grâce ? s'enquit Oscagne.

— Le plus noble de tous, Votre Excellence : mieux comprendre un Dieu. N'est-ce pas pour ça que nous sommes ici ?

— Mon cher Emban, je ne suis pas sûr qu'un traité sur les bonnes manières des Dieux ferait notablement avancer la somme des connaissances humaines. Enfin, soupira Vanion en se tournant vers l'empereur. Pouvons-nous compter sur Votre Majesté pour nous faciliter l'accès à ses divers cabinets gouvernementaux ?

— C'est accordé, messire Vanion, promit Sarabian. Par la manière douce ou par la manière forte, vous aurez accès à tous les Départements d'État. Après avoir dit ma façon de penser à Pondia Subat, j'entreprendrai les autres ministres. Ils vont voir qui est le chef, ici ! Ehlana, je suis vraiment heureux que vous ayez décidé de venir dans le coin, vos amis et vous, ajouta-t-il en riant. J'ai compris, grâce à vous, que je détenais un pouvoir phénoménal et que je n'en avais rien fait depuis toutes ces années. Je pense que le moment est venu de secouer le cocotier et de dépoussiérer un peu tout ça.

— Oh mon Dieu, fit Oscagne d'un air désespéré. Qu'ai-je fait ?

— Y a c'problème, Stragen, fit Caalador avec cet accent paysan qu'il affectionnait. Nos frangins jaunes s'en r'sentent pas d'enfreindre les barrières sociales.

— Pitié, Caalador, implora Stragen. Épargnez-moi le préambule folklorique. Venez-en au fait.

— Ils trouvent ça contre nature.

Stragen, Talen et Caalador s'étaient retrouvés dans une cave, près du front de mer. C'était le milieu de la matinée, et les voleurs commençaient à s'ébrouer.

— Comme vous l'avez déjà découvert, reprit Caalador, le syndicat du crime de Mathérion est organisé en castes strictement cloisonnées et qui ne communiquent pas entre elles, les tueurs à gages étant carrément parias.

— Ça, c'est vraiment cont'nature, observa Talen.

— Je t'en prie, Talen, tu ne vas pas t'y mettre, toi aussi ? Et pourquoi les meurtriers sont-ils tellement méprisés ?

— Parce qu'ils violent l'un des principes de base de la culture tamoule, soupira Caalador comme s'il avait affaire à un gamin de deux ans. Ils ne se prosternent pas devant leur victime avant de lui couper le cou. En dehors de ça, personne n'aurait rien contre le fait qu'on assassine des nobles pour de l'argent. Les Tamouls attachent une grande importance au savoir-vivre. C'est l'une des raisons pour lesquelles tant de voleurs tamouls se font prendre : on considère comme impoli de s'enfuir en courant.

— C'est dément, murmura Talen. C'est pire que nous ne le pensions, Stragen. Si ces gens ne s'adressent pas la parole, nous n'en tirerons rien.

— Mes bons amis, je vous avais dit de ne pas fonder trop d'espoirs sur les gens du cru, leur rappela Caalador.

— Les autres guildes ont-elles peur des meurtriers ? s'informa Stragen.

— Oh oui, répondit Caalador.

— Alors nous allons partir de là. Quel est le sentiment général à l'égard de l'empereur ?

— Un respect voisin de l'adoration.

— Bon. Prenez contact avec le syndicat des tueurs à gages. Quand Talen vous donnera le signal, dites-leur de rassembler les autres chefs des guildes et amenez-les au palais.

— Je pourrais savoir ce que vous mijotez ?

— Je vais tenter de persuader l'empereur de dire deux mots à nos frères, répondit Stragen avec un haussement d'épaules.

— Vous avez perdu l'esprit ?

— Non, pourquoi ? La vie des Tamouls est complètement régie par des usages, et l'un de ces usages veut que l'empereur ait le pouvoir de les supprimer.

— Vous avez suivi ça ? demanda Caalador.

— Il m'a largué au dernier virage en épingle à cheveux.

— Bien. Tâchons de tirer ça au clair, fit Caalador au grand Thalésien blond. Vous allez violer toutes les lois de la criminalité en vigueur à Mathérion en demandant aux tueurs à gages d'enlever les chefs des autres guildes.

— Oui, admit Stragen.

— Puis vous allez les faire emmener au palais, où ils n'ont absolument pas le droit de mettre les pieds.

— Oui.

— Ensuite, vous voudriez que l'empereur fasse un discours à ces gens dont il n'est même pas censé connaître l'existence, c'est bien ça ?

— C'est plus ou moins ce que j'avais en tête.

— Et l'empereur va leur ordonner de mettre fin à une coutume et à des traditions qui remontent à l'aube des temps et de jeter les bases d'une coopération ?

— Et alors ? Il y a un problème ?

— Nooon, aucun. Je voulais juste être sûr d'avoir tout compris.

— Bon, alors vous vous en occupez, hein, vieille branche, fit Stragen. Parce que, moi, il faut que j'aille parler à l'empereur.

— C'est vraiment de l'enfantillage, soupira Séphrénia.

Les yeux du doyen des Styriques manquèrent lui sortir de la figure.

— Comment osez-vous ! s'écria-t-il en blêmissant.

— Vous vous oubliez, Vénérable Ancien, protesta Zalasta. La conseillère Séphrénia parle au nom des Mille. Est-ce à dire que vous les défieriez, ainsi que les Dieux qu'ils représentent ?

— Les Mille sont mal guidés ! Il n'y aura jamais d'alliance entre le Styricum et les mangeurs de cochon !

— C'est aux Mille qu'il appartient d'en décider, répliqua froidement Zalasta.

— Quand on pense à tout ce que les barbares Élènes nous ont fait, balbutia Salla d'une voix étranglée par l'indignation.

— Vous avez toujours vécu à Mathérion, rétorqua Zalasta. Je doute fort que vous ayez seulement vu un Élène de votre vie.

— Je sais lire, Zalasta.

— Vous m'en voyez ravi. Mais nous ne sommes pas ici pour palabrer. La Grande Prêtresse d'Aphraël vous transmet les instructions des Mille, et vous obtempérerez, que ça vous plaise ou non.

— Ils nous ont massacrés ! bredouilla-t-il, les larmes aux yeux.

— Dites donc, vous m'avez l'air très en forme pour quelqu'un qui a été massacré, releva Séphrénia. Ça vous a fait mal ?

— Vous savez ce que je veux dire, prêtresse.

— Ah oui, soupira-t-elle, ce fâcheux penchant typiquement styrique pour le martyre. Un Styrique se fait poignarder au bout du monde et vous vous mettez à saigner. Vous vivez dans le luxe et l'opulence, et vous passez votre temps à vous apitoyer sur votre sort. Eh bien, si vous tenez tant à être un martyr, Salla, je peux vous arranger ça, proposa Séphrénia avec une rage froide. Les Mille ont pris leur décision. Je ne suis pas tenue de vous l'expliquer, mais je vais le faire pour que vous puissiez transmettre la bonne parole à vos ouailles. Et vous avez intérêt à être convaincant, ou vous ne serez plus du tout, si vous voyez ce que je veux dire.

— Moi vivant, jamais cela ne se fera ! déclara-t-il farouchement.

— C'est exactement ce que je voulais dire, répliqua-t-elle.

— Vous ne feriez pas ça ! hoqueta-t-il en ouvrant de grands yeux.

— On parie ? demanda Séphrénia.

Il y avait des années qu'elle rêvait de prononcer cette phrase. Elle la savoura avec délectation.

— Voilà comment je vois les choses, Salla — vous m'arrêtez si ça va trop vite pour vous. Les Élènes sont des sauvages qui ne reculent devant aucun prétexte pour casser du Styrique. Si nous ne les aidons pas à surmonter cette crise, nous leur apportons ce prétexte sur un plateau d'argent. Eh bien, nous allons les assister parce que, sinon, ils vont exterminer tous les Styriques du continent Éosien. Vous ne voudriez pas qu'ils fassent ça, hein ?

— Mais…

— Salla, vous me dites « mais » encore une fois et je vous patafiole, fit-elle en se repaissant du plaisir de parler et de se comporter comme ces Élènes. Je vous ai transmis la décision des Mille, et par la bouche des Mille, ce sont les Dieux qui parlent. Il n'y a pas de discussion possible, alors cessez de tergiverser. Ou vous obéissez ou vous mourez, point final. Décidez-vous vite, je suis pressée.

Même Zalasta parut un peu choqué par cette proposition. C'était encore meilleur…

— Votre Déesse est cruelle, conseillère Séphrénia, accusa Salla.

Sa main partit avant qu'elle ait eu le temps d'y réfléchir, comme mue par une volonté indépendante. Elle avait passé des générations avec les chevaliers Pandions, et elle savait comment accompagner le mouvement, le faire partir de l'épaule. Ce que Tynian appelait une demi-claque de bûcheron cueillit le doyen des Styriques à la pointe du menton et il recula de trois pas, les yeux vitreux.

Séphrénia commença à entonner les paroles de l'incantation de mort en esquissant ouvertement les gestes qui l'accompagnaient.

Séphrénia, ne compte pas sur moi pour ça ! fit la voix d'Aphraël à ses oreilles.

Ne t'inquiète pas, renvoya mentalement Séphrénia. *C'est juste pour l'impressionner.*

Salla étouffa un hoquet lorsqu'il comprit ce qu'elle était en train de faire. Puis il poussa un hurlement, se laissa tomber à genoux et implora sa pitié en balbutiant.

— Vous allez m'obéir ? lança-t-elle.

— Oui, prêtresse ! Oui ! Grâce ! Je vous en prie, épargnez-moi !

— Je suspends le sort, mais je ne l'annule pas. Je peux l'achever à tout moment. Je tiens votre cœur dans ma main, Salla. Ne l'oubliez pas la prochaine fois qu'il vous viendra à l'idée d'insulter ma Déesse. Maintenant levez-vous et faites ce qu'on vous dit. Venez, Zalasta. Ces jérémiades me lèvent le cœur.

— La vie vous a durcie, remarqua Zalasta d'un ton accusateur lorsqu'ils se retrouvèrent dans les ruelles tortueuses du quartier styrique.

— C'était du bluff, mon vieil ami. Aphraël n'aurait jamais accédé à ma requête. Dites, Zalasta, vous ne savez pas où je pourrais trouver un rebouteux ? Je crois que je me suis tordu le poignet.

— Pas enthousiasmant, hein ? suggéra Ulath.

Le chevalier alcion, Tynian et Kring regagnaient la cité impériale en taillant un petit costard pour l'hiver à l'état-major tamoul dans son ensemble.

— Ça non, soupira Kring. Ils passent leur temps à défiler. Sauf quand ils pensent à défiler. Ce sont de grosses baudruches qui n'ont rien dans le ventre.

— Des courtisans en uniforme, résuma Ulath.

— Il n'y en a pas un pour racheter l'autre, renchérit Tynian. La vraie force militaire de Tamoulie, ce sont les Atans. Le gouvernement prend les décisions, et les officiers se contentent de les transmettre aux commandants Atans. J'ai commencé à m'interroger sur l'efficacité de l'armée impériale quand j'ai appris que les postes de commandement étaient héréditaires. S'il y avait urgence, je préférerais me passer d'eux.

— C'est la vérité du bon Dieu, ami Tynian, approuva Kring. Leur général de cavalerie m'a emmené aux écuries et m'a montré ce qu'on appelle des chevaux, par ici.

— Et alors ? demanda Ulath.

— Affreux, répondit-il en frissonnant. Je n'aurais jamais cru qu'un cheval puisse devenir aussi gros. Ces pauvres bêtes seraient incapables de tirer une charrue. Si quelqu'un s'avise de les mettre au petit trot, il va les faire crever.

— Bon, alors nous sommes d'accord ? Il n'y a rien à tirer de l'armée impériale, avança Tynian.

— Là, je te trouve bien indulgent, ironisa Ulath.

— Il faudrait que nous formulions notre rapport de façon à éviter de choquer Sa Majesté, reprit le chevalier alcion. Peut-être pourrions-nous dire qu'ils manquent d'entraînement ?

— Ça, de toute façon, ce n'est pas faux, acquiesça Kring.

— Et si nous disions qu'ils ne sont pas très au fait des tactiques de combat modernes ?

— C'est indéniable, grommela Ulath.

— Mal équipés ?

— Ce n'est pas tout à fait exact, ami Tynian, objecta Kring. Leur matériel est de bonne qualité. C'est probablement le meilleur équipement du douzième siècle qu'il m'ait jamais été donné de voir.

— Très bien, s'esclaffa Tynian. Je propose donc que nous évoquions leurs « armes archaïques ».

— Ça me convient, approuva le domi.

— Tu ne vas pas prononcer les mots « gros pleins de soupe flemmards et débiles », j'imagine ? avança Ulath.

— Ce ne serait peut-être pas très diplomatique.

— C'est pourtant vrai, fit Ulath d'un ton endeuillé.

Pondia Subat n'était pas d'accord. Il ne l'exprimait pas en paroles, son visage resta diplomatiquement inexpressif, mais Emban et Vanion le sentaient bien. Seulement l'empereur Sarabian lui avait dit deux mots, et Pondia Subat ferait de son mieux pour dissimuler ses sentiments et donner l'impression qu'il coopérait.

— Les détails sont très banals, messieurs, répondit-il d'un ton évasif. Mais les détails du gouvernement au jour le jour le sont toujours, n'est-ce pas ?

— Bien sûr, Pondia, convint Emban. N'empêche qu'en les prenant dans leur globalité, on peut en dégager une tendance générale. D'après ce que j'ai vu ce matin, je suis déjà arrivé à certaines conclusions.

— Vraiment ? demanda Subat d'un ton neutre.

— Votre principal souci semble être la protection de l'empereur. Ce principe m'est très familier, car nous avons le même, à Chyrellos. Le gouvernement de l'Église est presque entièrement consacré à la protection de l'archiprélat.

— Admettez tout de même, Votre Grâce, qu'il y a des différences.

— Certes, mais le fait que l'empereur Sarabian ne soit pas aussi puissant que l'archiprélat Dolmant ne change pas grand-chose.

Les yeux de Subat s'arrondirent un peu, mais il reprit aussitôt son impassibilité.

— Je comprends que ce concept vous soit étranger, Pondia, continua imperturbablement Emban, mais l'archiprélat parle au nom de Dieu, et ça fait de lui l'homme le plus puissant du monde. C'est la vision élène des choses, bien sûr, et il se peut qu'elle n'ait pas grand-chose sinon rien à voir avec la réalité. Mais tant que nous y croirons tous, ce sera la vérité — telle est la doctrine du gouvernement de l'Église. Nous ne ménageons pas nos efforts pour que les Élènes continuent à croire que Dolmant parle au nom de Dieu. Tant qu'ils le penseront, l'archiprélat n'aura rien à craindre. Si vous me permettez une observation, Pondia Subat, votre problème, à Mathérion, c'est que les Tamouls ont une tournure d'esprit séculaire. Votre église n'a presque plus d'influence probablement parce que vous ne pouvez admettre qu'une autorité puisse égaler ou surpasser celle de l'empereur. Vous avez gommé les éléments de foi de votre identité nationale. Je n'ai rien contre le scepticisme ; l'ennui, c'est qu'il échappe vite à tout contrôle. Quand on l'applique à Dieu — ou aux Dieux — il a tendance à faire tache d'huile, et les gens ne tardent pas à mettre le reste en doute : la légitimité du gouvernement, la sagesse impériale, la justice du système fiscal, et ainsi de suite. Dans le meilleur des mondes, l'empereur serait déifié et l'Église et l'État ne feraient plus qu'un. Pardon, Pondia Subat, fit-il avec un petit rire confus, je ne voulais pas vous infliger un sermon. Mettons ça sur le compte de la déformation professionnelle. Nous avons fait la même erreur : vous n'avez pas déifié votre empereur, et nous n'avons pas fait de notre archiprélat un souverain. Nous avons trahi le peuple en lui imposant une autorité incomplète. Il aurait mérité mieux. Mais je vois que vous êtes occupé, et quelque chose me dit que c'est l'heure du déjeuner. Nous en reparlerons, bientôt sans doute. Venez, messire Vanion.

— Vous ne pensez pas vraiment ce que vous venez de dire, n'est-ce pas, Emban ? murmura Vanion alors que les deux Élènes quittaient le ministre.

— Mais non, voyons, répondit Emban en haussant les

épaules. Seulement il faut bien que nous essayions de briser la carapace qui entoure l'esprit de ce Subat. Tant qu'il n'aura pas commencé à réfléchir il suivra aveuglément les sentiers battus de ses préjugés et nous n'en tirerons rien. Il ne nous tient pas en odeur de sainteté, mais c'est tout de même l'homme le plus important du gouvernement, et je préférerais l'avoir avec nous plutôt que contre nous. Bon, si nous y allions, Vanion ? J'ai vraiment l'estomac dans les talons.

— Bleu, alors ? disait Danaé.

Elle était assise avec Mmrr sur les genoux de l'empereur Sarabian et le regardait droit dans les yeux.

— C'est peut-être très bien pour un Élène, mais..., fit l'empereur d'un air dubitatif.

— Oui, acquiesça-t-elle. Avec ta couleur de peau, ce qui irait le mieux...

— Mais pas rouge-rouge non plus. Peut-être qu'avec une pointe de violet...

— Non, le marron serait trop foncé. C'est un bal, pas un...

— Nous ne portons pas de teintes sombres aux enterrements. La couleur du deuil est le...

— Vraiment ? Tiens, c'est intéressant, ça. Et pourquoi pas...

— On considère comme choquant de...

— Les morts s'en fichent, Sarabian. Ils ont la tête ailleurs.

— Tu comprends ce qu'ils se racontent ? demanda Ehlana à l'oreille d'Émouchet.

— En partie. Ils pensent à la même chose, tous les deux, alors ils n'ont pas besoin de finir leurs phrases.

L'empereur Sarabian eut un rire ravi.

— C'est la conversation la plus stimulante que j'aie jamais eue, Votre Altesse, dit-il à la petite fille assise sur ses genoux.

— Merci, Majesté, répondit-elle. Tu n'es pas mauvais non plus à ce jeu-là.

— Danaé ! protesta Ehlana.

— Oh, Mère. Nous faisons juste un peu connaissance, Sarabian et moi.

— Je n'ose espérer que…, fit Sarabian d'un ton méditatif.

— Je crains que non, Sarabian, répondit Danaé. Ne le prends pas mal, mais le prince héritier est beaucoup trop petit pour moi. Ça jase, quand la femme est plus âgée que son mari. C'est un brave petit bébé, cela dit. Mais de toute façon, j'ai décidé qui j'allais…

— Déjà ? Si jeune ?

— Les filles deviennent idiotes quand elles sont d'âge à se marier. Il vaut mieux décider de ces choses-là quand on a encore toute sa tête. Pas vrai, Mère ? Ma mère a commencé à tendre des collets à mon père quand elle avait à peu près mon âge, confia Danaé à l'empereur de Tamoulie tandis qu'Ehlana devenait d'un joli rouge.

— Vraiment, Ehlana ? demanda Sarabian.

— Certes, convint Ehlana d'un petit ton pincé. Mais ce n'est pas une chose à crier sur les toits.

— Il n'avait rien contre, Mère. Pas à partir du moment où il s'est fait à l'idée, en tout cas. L'un dans l'autre, ce ne sont pas de mauvais parents, sauf quand ma mère commence à lui envoyer son titre en pleine poire.

— Ça suffit, princesse Danaé, coupa Ehlana, très reine d'Élénie tout à coup.

— Vous voyez ce que je veux dire, conclut Danaé avec un grand sourire.

— Votre fille fera une reine remarquable, la complimenta Sarabian. L'Élénie aura bien de la chance de vous avoir l'une après l'autre sur le trône. Le problème de la succession héréditaire réside dans les carences inévitables. Un grand monarque est presque fatalement suivi d'un parfait incapable.

— Comment la succession s'effectue-t-elle en Tamoulie,

Sarabian ? demanda Ehlana. Je sais que vous avez neuf épouses. Votre premier-né devient-il le prince héritier, quelle que soit la race de sa mère ?

— Pas du tout. Le trône échoit au premier-né de la première épouse, et la première épouse du prince héritier est toujours une princesse tamoule. J'ai épousé mes autres femmes après avoir été couronné empereur. C'était une cérémonie collective : huit fiancées et un fiancé. Ça élimine les jalousies et les problèmes de préséance. J'étais absolument épuisé le lendemain matin.

— Vous voulez dire que…

— Eh oui. Et pas question d'y couper. Autre façon d'éviter les jalousies. Tout doit être consommé avant le lever du soleil.

— Qui décide de l'ordre dans lequel… ? demanda Ehlana, l'air sincèrement intéressé.

— Ça, je n'en ai pas idée. J'imagine qu'elles jouent ce privilège aux dés. Il y avait quatre chambres à coucher de chaque côté d'un long couloir. J'ai dû frapper à chaque porte à tour de rôle. Mon grand-père en est mort. Ce n'était pas un jeune homme quand il est monté sur le trône, et il n'a pas tenu le coup.

— Bien, si nous parlions d'autre chose ? suggéra Émouchet.

— Pudibond, ironisa Ehlana.

— Je me demande si Dolmant accepterait que j'aie plusieurs maris…, fit Danaé d'un ton rêveur.

— Oublie ça tout de suite, lança Émouchet d'un ton tranchant.

Tout le monde se réunit autour d'une grande table couverte d'un déjeuner constitué de plats délicieux, aussi étranges que mystérieux.

— Comment avez-vous trouvé Subat, Votre Grâce ? demanda Sarabian.

— Eh bien, nous sommes allés à son bureau, et il y était,

Majesté, répondit le primat d'Ucera.

— Emban..., fit Séphrénia entre ses dents.

— Pardon, Majesté, reprit Emban en reluquant d'un air suspicieux un mets indéfinissable. Votre Premier ministre semble avoir encore un peu de mal à revoir sa ligne de conduite.

— Vous avez remarqué, fit sèchement Sarabian.

— En effet, Majesté, confirma Vanion. Sa Grâce ici présente lui a donné matière à réflexion. Elle lui a suggéré que ce dont le monde avait besoin, c'était d'un empereur de droit divin, ou d'un archiprélat impérial. Les deux fonctions telles qu'elles sont assumées actuellement sont incomplètes.

— Moi ? Un Dieu ? Ne dites pas de bêtises, Emban. J'ai déjà assez de problèmes avec mon gouvernement. Ne m'affublez pas, en plus, d'un clergé récalcitrant.

— Je plaisantais, Majesté, le rassura Emban. Je voulais juste ébranlèr un peu ses convictions. Vous lui aviez un peu ouvert les yeux, il ne manquait plus que nous lui ouvrions l'esprit.

— Que t'est-il arrivé ? demanda Vanion à Séphrénia en retroussant sa manche, révélant son avant-bras bandé.

— Je me suis tordu le poignet, répondit-elle laconiquement.

— Sur un Styrique à la tête dure, ajouta Zalasta avec un ricanement.

— Séphrénia ! s'exclama Vanion, estomaqué.

— J'ai mis mon entraînement pandion à profit, mon tant aimé, répondit-elle en souriant. Cela dit, quelqu'un aurait dû me dire de verrouiller le poignet.

— Vous avez flanqué une baffe à quelqu'un ? releva Kalten, incrédule.

— Eh oui, messire Kalten, confirma Zalasta, hilare. Elle l'a collé au mur, puis elle a menacé de le tuer. Elle a prononcé les premières paroles du sort de mort et il est devenu très coopératif tout à coup.

Ils la regardèrent comme s'ils n'en croyaient pas leurs yeux.

— J'avoue que je me suis bien amusée, fit-elle avec un petit rire. C'était la première fois que je bousculais un peu quelqu'un. J'ai trouvé ça très agréable.

— Nous adorons ça, confirma Ulath avec gourmandise.

— Les Styriques vont nous apporter leur coopération, annonça-t-elle.

— Et l'armée ? demanda Emban. Comment cela s'est-il passé ?

— Il n'y a pas grand-chose à espérer du côté des forces impériales, Votre Grâce, répondit Tynian avec circonspection. Leur rôle est essentiellement décoratif.

— Les officiers sont issus des meilleures familles, sire chevalier, protesta Sarabian.

— Eh bien, j'aimerais voir les pires familles, rétorqua Tynian. Il est vrai qu'ils n'ont sans doute jamais livré combat. De toute façon, nous pensions nous en remettre aux Atans, aussi n'aurons-nous pas vraiment besoin d'eux. La garnison locale est-elle conforme au standard, Engessa-Atan ?

— Un peu ramollie, Tynian-Chevalier, répondit l'Atan. Je les ai emmenés faire un peu d'exercice, ce matin, et ils ont donné des signes de fatigue dès les cinq premières lieues. Je leur ai dit ma façon de penser et ça devrait aller mieux d'ici la fin de la semaine.

— Les choses commencent à s'organiser, approuva Vanion.

— Les serviteurs du palais sont comme tous les serviteurs du monde, rapporta Khalad. Ils aiment les racontars. Aleanne fait de gros progrès auprès d'eux. Mieux que moi, mais ça, c'est sûrement parce qu'elle est plus jolie.

— Merci, murmura la fille en baissant les cils.

— Ce n'est pas un grand compliment, Aleanne, souffla Khalad. Enfin, nous devrions avoir suffisamment gagné leur confiance d'ici la fin de la semaine pour commencer à recueillir des secrets.

— Vous me stupéfiez, s'émerveilla Sarabian. Les Élènes semblent véritablement avoir le génie de l'intrigue.

— Il faut dire, Majesté, que vous avez affaire à un échantillonnage assez exceptionnel, précisa modestement Emban. Nous savions, avant de quitter Chyrellos, que notre principale tâche, ici, serait de recueillir des informations ; nous sommes des spécialistes.

— Je suis tombé sur un érudit, au Département d'histoire contemporaine de l'université, raconta Bévier. Les pontes de l'université se reposent généralement sur des lauriers obtenus grâce à une monographie sur un événement ou un autre du passé. Le gaillard dont je vous parle est jeune et il a les dents qui traînent par terre. Il a échafaudé une théorie dont il ne veut pas démordre, peut-être parce que aucun de ses collègues ne s'est encore engagé sur cette voie. Pour lui, tous les troubles actuels auraient leur source en Arjuna, et seraient fomentés par Scarpa.

— Qui est Scarpa ? demanda Kalten.

— Zalasta nous a parlé de lui, lui rappela Ulath. Il fait la même chose en Arjuna que Sabre en Astel et Gerrich au Lamorkand.

— Bref, reprit Bévier, notre homme a réuni une quantité d'indices qui vont en ce sens, certains très troublants. Lancez-le sur le sujet et il vous en parlera pendant des heures sans respirer.

— Quelqu'un à l'université a-t-il une autre hypothèse ? demanda Emban.

— Pas vraiment, Votre Grâce. Ils ne veulent pas engager leur réputation sur une fausse piste. La pusillanimité académique les amène à adopter une position plus ou moins attentiste, c'est l'un de leurs moindres défauts. Si mon jeune enthousiaste est prêt à prendre des risques, c'est qu'il n'a pas de réputation à préserver.

— Ne le lâchez pas, Bévier, conseilla Vanion. Même des conclusions négatives peuvent nous aider à restreindre le champ de nos recherches.

— C'est aussi ce que je pense, messire Vanion.

— Votre Majesté serait-elle prête à entendre une suggestion ? intervint Stragen.

— C'est pour ça que vous êtes là, messire, acquiesça Sarabian avec un bon sourire. Allons, videz votre sac.

— Vous savez qu'il y a des criminels ici, à Mathérion, n'est-ce pas ?

— En dehors des membres du gouvernement, vous voulez dire ?

— Un point pour vous, Majesté, fit Stragen en éclatant de rire. Il y a un monde souterrain dans toutes les grandes villes du monde. Un monde de voleurs, d'escrocs, de cambrioleurs, de mendiants, de putains et de meurtriers. Ils vivent d'expédients, en parasites de la société.

— Nous savons qu'il existe de tels individus, bien sûr, acquiesça Sarabian. C'est pour ça que nous avons une police et des prisons.

— Oui, Majesté. C'est l'inconvénient de vivre en marge de la loi. Mais ce qu'on ne sait pas toujours, c'est qu'il existe une certaine fraternité entre les criminels du monde entier. Il m'a été donné, dans le passé, d'avoir des contacts avec ces gens, poursuivit prudemment Stragen. Ils ont leur utilité. Il ne peut pour ainsi dire rien se passer dans une ville sans qu'ils le sachent. Si vous leur expliquez d'entrée de jeu que vous ne vous intéressez pas à leurs activités, il est probable qu'ils seront tout disposés à vous vendre les informations qu'ils auront pu recueillir.

— Vous me proposez de négocier avec eux ?

— Exactement. Disons que c'est comme d'acheter des marchandises volées. Ce n'est pas très joli, mais il y a des tas de gens qui en vivent.

— Certes.

— Bien. Le problème, c'est que cette belle fraternité que j'évoquais à l'instant n'existe pas ici, à Mathérion. Les Tamouls sont de farouches individualistes. Les différentes corporations n'ont pas de contacts entre elles. Elles sont constituées en syndicats professionnels qui n'ont que de la méfiance sinon du mépris les uns pour les autres. Si nous voulons que ces gens nous servent à quelque chose, il va falloir que nous abattions ces barrières.

— Ça me paraît assez raisonnable, messire.

Stragen sembla respirer un peu mieux.

— J'ai pris certaines dispositions, Majesté. Les responsables des différentes guildes vont venir vous voir. Ils ont un énorme respect pour vous, et ils vous obéiront quoi que vous leur disiez. Enfin, tant que vous ne leur ordonnerez pas de devenir honnêtes, évidemment.

— C'est bien normal. On ne peut pas obliger un homme à renoncer à son gagne-pain.

— Exactement. Mais ce que vous pourriez leur demander, Majesté, c'est de renoncer à leur corporatisme et de s'entendre entre eux. Pour que les renseignements glanés nous soient utiles, il faudra qu'ils les transmettent à un point central. Sans cela, si nous devons contacter chaque syndicat professionnel, leurs informations seront caduques avant même de nous parvenir.

— Je vois. Vous m'arrêtez si je me trompe, messire Stragen : si j'ai bien compris, vous me demandez d'organiser les syndicats du crime de Mathérion de sorte qu'ils puissent écumer plus efficacement les honnêtes citoyens, ceci en échange d'informations aléatoires qu'ils pourraient éventuellement recueillir dans la rue. C'est ça ?

— Je craignais que Votre Majesté voie les choses de cette façon, confirma Stragen en faisant la grimace.

— N'ayez pas peur, messire Stragen. Je serai heureux de m'entretenir avec ces honnêtes criminels. La gravité de la crise actuelle passe avant la réticence que pourrait m'inspirer la perspective d'avoir à traiter avec des filous et des brigands. Dites-moi, messire, êtes-vous bon voleur ?

— J'ai peut-être sous-estimé Votre Majesté, murmura Stragen. En effet. Toute modestie mise à part, je suis probablement le meilleur voleur du monde.

— Comment marchent les affaires ?

— Pas très bien, ces derniers temps, Majesté. Les époques de trouble sont toujours désastreuses pour le vol organisé. Oh, une chose, Majesté : ces hommes viendront vous voir masqués. Ils ont le plus grand respect pour vous, mais il est probable qu'ils préféreront vous cacher leur visage.

— Je comprends. Je me réjouis de rencontrer vos amis, Stragen. Nous réfléchirons ensemble au moyen de circonvenir les autorités.

— Je ne sais pas si c'est une très bonne idée, Majesté, objecta Talen. Vous ne devriez jamais laisser un voleur vous approcher à moins de dix pas.

Il leva la main et montra à Sarabian un bracelet incrusté de pierreries.

L'empereur jeta un rapide coup d'œil à son poignet droit et sursauta.

— Simple démonstration, Majesté, reprit Talen, hilare. Je n'avais pas l'intention de le garder.

— Rends-lui aussi le reste, ordonna Stragen.

— Pfff, soupira Talen. Le mieux, c'est de n'avoir aucun objet de valeur sur soi lorsqu'on parle à des voleurs, ajouta-t-il en tirant plusieurs autres bijoux de son pourpoint.

— Vous êtes vraiment très doué, messire Talen, le complimenta Sarabian.

— Tout est dans le poignet, répondit Talen d'un petit ton désinvolte.

— J'adore ces Élènes ! s'exclama Sarabian. Les Tamouls sont des gens ternes et ennuyeux, mais avec vous, on ne s'ennuie pas. Et quelles révélations surprenantes avez-vous pour moi ? demanda-t-il en regardant Mélidéré avec un sourire malicieux.

— Rien de renversant, Majesté. Le balancement de popotin dans les couloirs m'a valu plusieurs propositions très prévisibles et un certain nombre de bleus consécutifs à des pincements. J'ai remarqué que les Tamouls pinçaient plus que les Élènes, et maintenant je reste le dos au mur. Un ou deux pincements en camarade, ça va bien, mais les bleus mettent longtemps à disparaître.

Tous les regards convergèrent ensuite vers Bérit qui rougit jusqu'à la racine des cheveux.

— Je n'ai rien d'intéressant à raconter, Sire, Majesté, enfin, Vos Altesses, bredouilla le jeune Pandion.

— Bérit, c'est très mal de mentir, vous savez bien, fit gentiment Ehlana.

— Ce n'est pas grand-chose, Majesté, protesta-t-il. Ce n'était qu'un malentendu, j'en suis sûr. Probablement dû au fait que je ne parle pas très bien tamoul.

— Que vous est-il arrivé, mon jeune ami ? insista Sarabian.

— Eh bien, Majesté, c'est votre femme, l'impératrice Elysoun. Celle au costume inhabituel.

— Oui, je vois de qui vous voulez parler.

— Alors, elle s'est approchée de moi dans un couloir et elle m'a dit que j'avais l'air un peu fatigué, peut-être parce que j'avais les yeux fermés.

— Et pourquoi aviez-vous les yeux fermés ?

— Parce que... enfin, son costume, vous comprenez, Majesté. Je pensais qu'il ne serait pas poli de regarder.

— Dans le cas d'Elysoun, l'impolitesse consisterait à ne pas regarder. Elle est très fière de ses attributs.

— Bref, balbutia Bérit en devenant carrément violet, elle m'a dit que j'avais l'air fatigué, qu'il y avait un lit très confortable dans ses appartements et que je pouvais venir me reposer.

— Que lui as-tu répondu ? demanda Kalten, la bave à la bouche.

— Eh bien, je l'ai remerciée, évidemment, mais je lui ai dit que je n'avais pas sommeil.

Kalten s'enfouit le visage dans les mains et poussa un cri de bête blessée.

— Allons, allons, nous sommes là, fit Ulath en lui tapotant l'épaule.

CHAPITRE XXVII

— C'est ben joli, ces trucs-là, vot'Majesté, dit Caalador de sa grosse voix à l'accent traînant. L'ennui, c'est qu'on peut rein en faire.

Il tendit à Ehlana une paire d'ivoires sculptés.

— Magnifique, Caalador, dit-elle d'une voix étranglée.

— Le garde est parti ? murmura Caalador à l'oreille d'Émouchet.

— Mirtaï vient de le fiche dehors, acquiesça Émouchet.

— J'commençais à m'dire qu'il allait rester là toute la journée.

— Vous n'avez pas eu de mal à entrer dans les jardins du palais ? s'informa Ehlana.

— Pas le moins du monde, Majesté.

— C'est bien ce que j'espérais. Après le tintouin que j'ai fait… C'est vraiment très joli Caalador, reprit-elle en regardant plus attentivement les ivoires. Où avez-vous trouvé ça ?

— Au musée de l'Université, répondit-il en haussant les épaules. Ce sont des Tégans du dix-neuvième. Très rares. Et très chers. Puisque Sa Majesté a un faibl' pour les antiquailles, reprit-il avec un sourire impudent, je m'suis dit que j'pouvais aussi bien lui en apporter quèqu' z'unes.

— J'adore sa façon de parler, murmura Ehlana.

La baronne Mélidéré escorta les autres dans les appartements royaux.

— Pas de problème ? demanda Stragen à son frère en rapines.

— Chuis rentré comme une fouine dans un poulailler.

— Je vous en prie, Caalador, épargnez-moi ce patois, soupira Stragen.

Caalador avait approché la reine d'Élénie en se faisant passer pour un marchand d'antiquités. L'un ou l'autre des chevaliers l'avait plusieurs fois accompagné dans le parc, au cours des dernières semaines, afin d'habituer à sa présence les hommes qui montaient la garde aux portes de la cité impériale, mais c'était la première fois qu'il entrait tout seul. Leurs subterfuges divers et variés se perfectionnaient constamment.

— Se serait-il passé quelque chose d'important, messire Caalador ? demanda Zalasta.

— Je ne suis pas sûr, Très Sage, répondit Caalador, et un pli soucieux barra son front. Nous sommes tombés sur quelque chose d'assez insolite.

— Ah bon ?

— Toutes sortes de gens parlent d'une chose appelée « la Cité Occulte ». Comme c'étaient des gens que nous surveillions, nous avons pensé que ça voulait peut-être dire quelque chose.

— Il est assez insolite, en effet, d'entendre cette expression dans la bouche de gens du peuple, acquiesça Zalasta.

— Ça veut donc dire quelque chose ?

— C'est une formule imagée qui désigne la vie de l'esprit, confirma Zalasta. Les Tamouls ont une sorte d'adage qui dit : « Le chemin vers la Cité Occulte est long, mais on y est récompensé au-delà de tout. »

— C'est exactement ça, Très Sage. Deux personnes se

rencontrent dans la rue. L'une dit la première partie de la phrase, et l'autre récite la seconde.

Zalasta opina du chef.

— Ce dicton fait référence à la quête de la connaissance et de la lumière et à ses bienfaits. J'imagine que dans ce cas précis, elle a une autre signification. Vos gens l'ont-ils entendu prononcer par d'autres que des Tamouls ?

— Deux marchands élènes se sont salués ainsi au coin d'une rue, pas plus tard qu'hier, acquiesça Caalador.

— On dirait un signe de reconnaissance, fit Vanion d'un ton rêveur.

— À votre place, je ne perdrais pas de temps sur quelque chose d'aussi anodin, fit Zalasta d'un ton circonspect.

— Bah, y a pas d'problème, Votre Sorcièreté, lui assura Caalador. Chuis plongé jusqu'aux oreilles dans les putains, les voleurs et tout c'petit monde. De c'côté-là, j'ai qu'l'embarras du choix.

— Il dit qu'il a plus qu'assez de gens à sa disposition, Zalasta, traduisit Séphrénia, par pitié pour le Styrique qui paraissait réduit à quia.

— C'est un dialecte pittoresque, observa-t-il prudemment.

— C'est drôle, fit Ulath en fronçant les sourcils, il me semble avoir entendu deux gardes parler de cette « Cité Occulte » il y a quelques jours. Il se pourrait que les conjurés soient plus nombreux que nous ne le pensons.

— Ça ne mènera peut-être à rien, acquiesça Vanion, mais ça ne coûte pas cher d'ouvrir les oreilles. Si Caalador est tombé sur le mot de passe de nos ennemis, ça pourrait nous aider à identifier des conspirateurs qui, sans cela, nous auraient échappé. Faisons la liste de tous ces amateurs de Cité Occulte de l'esprit : si c'est bien un mot de passe, et s'il a un rapport avec ce qui nous intéresse, nous aurons déjà un point de départ.

— Vous commencez à parler comme un policier, messire

Vanion, remarqua Talen d'un ton presque accusateur.

— J'espère que tu me pardonneras un jour.

— Au fait ! J'ai vu un de nos vieux amis à l'université, annonça Bévier avec un petit sourire. Figurez-vous que le beau-frère du baron Kotyk est venu à Mathérion dispenser son indicible talent au département de littérature contemporaine.

— Je pense que le verbe « infliger » conviendrait mieux, Bévier, avança Ulath. J'ai eu l'occasion d'entendre certains des poèmes d'Elron.

— Qui est Elron ? demanda Séphrénia.

Émouchet échangea un regard avec Emban. Ils étaient toujours liés par le serment qu'ils avaient fait à l'archimandrite Monsel.

— Ah, commença-t-il, ne sachant trop comment présenter la chose. C'est un Astelien. Une espèce d'aristocrate dans la dèche, bourré de prétentions littéraires. Nous ne savons pas très bien jusqu'à quel point il est impliqué dans les désordres en Astel, mais sa sympathie semble aller vers l'homme connu sous le nom de Sabre.

— Ce n'est peut-être pas une coïncidence s'il est venu à Mathérion juste au moment où ça se mettait à sentir le poisson pourri dans les rues, qu'en pensez-vous ? demanda Tynian. Pourquoi serait-il venu au centre de la culture et de la civilisation des diables jaunes sans Dieu qu'il fait profession de détester ?

— La coïncidence est assez étrange, convint Ulath.

— Tout ce qui est étrange est suspect, affirma Kalten.

— C'est une généralisation hâtive, accusa Émouchet. Mais dans ce cas précis, tu as peut-être raison. Ça ne peut pas faire de mal de le tenir à l'œil. Je crois que tu devrais ressortir ton bloc à dessin, Talen.

— Vous savez, Émouchet, reprit le gamin, je pourrais me faire beaucoup d'argent avec ces dessins si vous n'étiez pas résolu à faire de moi un Pandion et à m'imposer tous ces idéaux élevés.

— Servir est une récompense en soi, Talen, répondit pieusement Émouchet.

— Dites, Caalador, appela pensivement Séphrénia.

— Oui, Votre Sorcièreté ?

— Je vous en prie, dit-elle avec lassitude. Un certain nombre de têtes brûlées rodent en Tamoulie. Se pourrait-il que certains des voleurs locaux en aient vu quelques-uns ?

— Je vais me renseigner, Dame Séphrénia. Je vais faire demander dans les autres royaumes si on les a vus. Cela dit, les descriptions physiques risquent d'être aléatoires. Quand on dit qu'un homme est de taille moyenne, ça inclut la moitié de la population, par définition.

— Elle est très forte, Caalador, lui assura Talen. Elle n'aura qu'à remuer les doigts devant votre témoin pour faire apparaître la personne qu'il a vue dans un seau d'eau, et je n'aurai plus ensuite qu'à la reproduire.

— Ce ne serait peut-être pas une mauvaise idée d'avoir des portraits de ces divers citoyens, murmura Séphrénia. Si Elron et Krager sont là, d'autres pourraient décider de venir à Mathérion aussi. Et s'ils tiennent un congrès, autant que nous le sachions, pas vrai ?

— Vous ne voulez pas y ajouter la bobine du comte Gerrich ? suggéra Danaé.

— Il est à l'autre bout du monde, au Lamorkand, princesse, objecta Kalten.

— Il est quand même mouillé là-dedans jusqu'au cou. Tant qu'à faire les choses, autant les faire comme il faut. Qu'est-ce que ça nous coûtera ? Quelques feuilles de papier ? Un bout de crayon et une demi-heure du temps de Talen ?

— Très bien, ajoutez-le aux autres. Je doute qu'il se pointe par ici, mais allez-y, dites à Talen de le portraiturer si vous voulez.

— Oh, merci, Kalten, merci, merci, merci !

— Elle ne devrait pas faire la sieste, à cette heure-ci ? demanda aigrement Kalten.

— À propos de Krager, reprit Émouchet, quelqu'un l'a vu récemment ?

— Nous n'avons vu que ces deux-là, répondit Caalador. Est-il du genre à se terrer dans les bas-fonds ?

— C'est tout à fait lui, acquiesça Kalten. Il n'est nulle part plus à l'aise qu'avec les rats d'égout, étant lui-même de la famille du rat d'égout. Tant qu'il y aura quelqu'un dans le coin pour lui apporter du vin, il pourra rester six mois dans un trou à rat.

— Je voudrais vraiment que vous me le trouviez, Caalador, fit Émouchet d'une voix rauque. Mes amis n'arrêtent pas de me répéter que j'aurais mieux fait de le tuer quand je l'avais sous la main. Même Séphrénia voudrait boire son sang.

— Ben, là, mon ami, fit Caalador, reprenant son accent traînant, j'peux vous dire qu'c'est un coup d'pot qu'vous l'ayez pas tué. C'est qu'un genre d'salopiaud à la solde d'l'ennemi, c'qu'y s'rait plus si vous y aviez coupé l'kiki, pas vrai ? On l'connaît, c'Krager, on vous l'retrouv'ra tôt ou tard et on y mettra l'feu aux doigts d'pieds jusqu'à c'qu'y crache l'morceau. Si c'était un parfait étranger, on aurait pas idée d'qui c'est qu'on cherche, pas vrai ?

Émouchet parcourut ses compagnons du regard, un sourire béat accroché à la figure.

— Vous voyez, fit-il. Je vous avais dit que je savais ce que je faisais.

Plus tard, ce jour-là, Émouchet et Ehlana rencontrèrent l'empereur Sarabian et le ministre des Affaires étrangères, Oscagne, pour commenter ce qu'ils avaient appris à ce jour.

— Pensez-vous, Votre Excellence, que quelqu'un au gouvernement ait repéré que des conjurés utilisaient ce signe de reconnaissance ? demanda Émouchet.

— C'est bien possible, prince Émouchet, répondit Oscagne. Mon collègue de l'Intérieur a des espions partout.

L'ennui, c'est que les rapports ne feront probablement pas surface avant six mois ou un an. Il y a beaucoup de paperassiers à l'Intérieur.

— Subat a ses propres espions, mais même s'il a découvert quelque chose, il ne me le dira pas, soupira Sarabian avec amertume. Un voleur entraînerait l'île de Téga à l'autre bout de l'océan qu'il ne me préviendrait pas.

— La culture et la tradition du Premier ministre lui disent de vous protéger, Votre Majesté Impériale, répondit Oscagne. En dépit de la petite conversation que vous avez eue avec lui, il est probable que vous serez obligé de lui arracher les informations à la fourchette à escargot. Il croit avec ferveur que son rôle consiste à vous épargner tout désagrément.

— Quand ma maison est en feu, le principal désagrément qu'on pourrait m'éviter serait de brûler dedans, fit sèchement Sarabian.

— J'ai des informateurs dans les autres ministères, Majesté. Je les ai chargés de se renseigner sur la question. À propos, l'Intérieur reçoit beaucoup de rapports fort préoccupants. Kolata ne sait plus où donner de la tête.

— Kolata ? demanda Émouchet.

— Le ministre de l'Intérieur, répondit Sarabian. Le chef de la police. Il s'y entend presque autant que Subat lorsqu'il s'agit de me faire des cachotteries. Bien, autre chose, Oscagne ?

— En Édom, les morts se lèvent des cimetières, Majesté. Ils se promènent en titubant et en gémissant, le regard vide. Des villages entiers auraient été abandonnés à cause de ça. Des meutes de loups-garous rôdent en Daconie, les vampires des jungles d'Arjuna vont et viennent comme des oiseaux migrateurs et Ceux-qui-brillent terrorisent les populations dans la région de Dasan. Ajoutez à ça que les Trolls sont en marche dans le nord de l'Atan et que la ville de Sarna a été attaquée à deux reprises par ce qui paraît être des Cyrgaïs, et je dirais que la situation devient critique. Jusque-là, ces désordres étaient sporadiques et localisées. Ils semblent à présent se généraliser.

— Merveilleux, fit aigrement Sarabian. Je me demande si je ne devrais pas songer à m'exiler quelque part.

— Vous rateriez le plus drôle, Majesté, objecta Émouchet.

— Ah, parce que vous trouvez ça drôle, vous ?

— Nous n'avons pas encore lancé notre contre-offensive. Si nous sommes à peu près impuissants contre les vampires et autres monstres de légende, en revanche nous avons des moyens de rétorsion contre les Trolls et les Cyrgaïs. Engessa entraîne les Atans locaux dans certaines techniques tactiques élènes. Je pense qu'il devrait être capable de leur régler leur compte.

Sarabian le regarda d'un air un peu surpris.

— Engessa-Atan est le commandant de la garnison de Canaé, en Astel. Il n'a aucune autorité à Mathérion.

— Eh si, Majesté, rectifia Émouchet. Je crois qu'il a reçu des lettres de créances du roi Androl, ou plutôt de la reine Betuana, et que ses confrères des autres garnisons ont pour instruction d'obéir à ses instructions.

— Pourquoi personne ne me dit-il ces choses-là ? geignit Sarabian.

— Question de politique impériale, Majesté, répondit malicieusement Oscagne. Si vous en saviez trop long, vous risqueriez d'interférer avec l'action du gouvernement.

— Enfin, poursuivit Émouchet, Engessa a eu l'occasion d'apprécier nos tactiques de combat en venant ici. Nous entraînons certains de ses Atans aux techniques occidentales.

— Ça, c'est nouveau : voilà que les Atans se mettent à prendre des conseils militaires chez des étrangers, maintenant !

— Engessa est un professionnel, Majesté, et les professionnels sont toujours intéressés par les percées technologiques dans leur domaine. Nous avons rassemblé d'énormes chevaux de trait afin qu'un certain nombre d'Atans puissent monter à cheval et Kalten et Tynian les ont entraînés au maniement de la lance. Nous avons découvert que c'était le meilleur moyen d'en découdre avec les Trolls. Bévier a pris en main un autre groupe auquel il apprend à construire et à manier des engins de siège. Au fait : Khalad a trouvé un arbre criblé de courtes flèches d'acier, devant les murs de la ville. Quelqu'un s'est entraîné au tir à l'arbalète.

— Qu'est-ce que c'est ? demanda Sarabian.

— Une arme lamork, Majesté. Ça ressemble un peu à ça, fit Émouchet en esquissant un rapide croquis. Les bras sont beaucoup plus robustes que ceux d'un arc traditionnel, ce qui donne aux traits un plus grand pouvoir de pénétration et une plus grande portée. C'est une menace sérieuse pour un chevalier en armure. Quelqu'un ici, à Mathérion, a trouvé le moyen de contrer l'avantage que nous confère notre armure.

— J'ai l'impression d'être cramponné à mon trône par le bout des doigts, commenta Sarabian. M'accorderiez-vous l'asile politique si je vous le demandais, Ehlana ?

— Je serais fort honorée de vous accueillir, Sarabian, répondit-elle, mais ne désespérons pas encore. Émouchet a de la ressource, vous savez.

— Comme je disais, poursuivit l'intéressé, nous ne pouvons pas faire grand-chose contre les vampires, les goules, les loups-garous ou Ceux-qui-brillent, mais nous devrions être de taille à réserver quelques surprises aux Trolls et aux Cyrgaïs. Attendons que les Atans se soient un peu entraînés à combattre à cheval et à utiliser les engins de Bévier, et nos adversaires vont voir de quel bois nous nous chauffons. J'aimerais particulièrement décimer les Trolls. Notre ennemi s'appuie beaucoup sur leurs Dieux, et ils renonceront à cette alliance s'ils perdent un trop grand nombre de leurs adorateurs. Je pense que nous devrions pouvoir monter quelques expéditions punitives au début de la semaine prochaine, une au pays des Trolls, l'autre à Sarna. Il est temps de riposter.

— Et sur place ? demanda Oscagne. Toute cette histoire de Cité Occulte de l'esprit ?

— Caalador va s'en occuper. Nous avons leur mot de passe, maintenant, ça devrait nous ouvrir quelques portes. Vanion se charge de dresser une liste de noms. Nous connaîtrons d'ici peu tous les gens de Mathérion qui parlent de la Cité Occulte. Ai-je la permission de Votre Majesté de faire interpeller ces gens si nécessaire ? demanda-t-il en regardant Sarabian. Si nous agissons vite, nous devrions pouvoir écraser leur complot dans l'œuf.

— Faites interpeller, Émouchet, fit Sarabian avec un grand sourire. Nous avons des tas de bâtiments qui feront d'excellentes prisons.

— Très bien, jeune fille, fit Émouchet, quelques jours plus tard. Les mendiants de Caalador ont vu le comte Gerrich dans une rue, tout près d'ici. Comment savais-tu qu'il était à Mathérion ?

Danaé était assise dans un énorme fauteuil et grattouillait les oreilles de son chat qui ronronnait, ravi.

— Je l'ignorais, Émouchet. J'ai juste eu une intuition, répondit-elle imperturbablement. Si Krager et Elron étaient ici, les autres devaient y être aussi. Et ça incluait logiquement Gerrich, tu ne crois pas ?

— Ne mélange pas tout en utilisant les mots « logique » et « intuition » dans la même phrase.

— Oh, Émouchet, un peu de sérieux, je t'en prie. La logique n'est pas autre chose qu'un moyen de justifier ses intuitions. L'esprit recueille des centaines d'informations grâce aux cinq sens. Il les réunit et il en tire des conclusions. L'intuition n'est pas autre chose. Elle est aussi précise que la logique, mais elle n'a pas besoin d'effectuer ce processus interminable qui consiste à passer toutes les données en revue pour en déduire quelque chose. Elle saute immédiatement de l'indice à la conclusion, sans ces fastidieuses étapes intermédiaires. Séphrénia n'aime pas la logique parce qu'elle fait perdre du temps. Elle connaît déjà les réponses auxquelles tu t'efforces laborieusement d'arriver. Et tu en fais bien autant, toi aussi. Pas vrai ?

— C'est à Dolmant que tu devrais raconter ça. Je voudrais voir sa tête si tu lui expliquais qu'il perd son temps avec la logique depuis toutes ces années.

— Il le sait déjà, fit-elle en haussant les épaules. Dolmant est beaucoup plus intuitif que tu n'as l'air de le penser. Enfin... que mijote Krager ?

— Qui peut le dire ?

— Il faudrait vraiment que nous le sachions, Émouchet.

— Je sais. J'ai encore plus envie que toi de mettre la main sur lui. J'adorerais le tordre comme une chaussette mouillée.

— Un peu de sérieux, Émouchet. Tu connais Krager. Regarde-le en faisant « Bouh ! » et il te racontera sa vie.

— Tu as sans doute raison, concéda-t-il. Mais ce sera beaucoup moins amusant.

— Tu n'es pas ici pour t'amuser, Émouchet. Que préfères-tu ? Des informations ou te venger ?

— Je ne pourrais pas avoir les deux ?

— Ah, ces Élènes ! soupira-t-elle en levant les yeux au ciel.

Au début de la semaine suivante, Bévier partit pour Sarna à la tête d'un détachement d'ingénieurs atans fraîchement émoulus. Le lendemain, Kalten, Tynian et Engessa emmenaient deux cents Atans à cheval vers le nord et les territoires ravagés par les Trolls. Vanion avait insisté pour que les troupes quittent Mathérion par petits groupes de deux ou trois afin de ne pas donner l'éveil. Ils se regrouperaient hors des murailles de la ville.

Quelques jours plus tard, Zalasta retourna à Sarsos.

— Je ne devrais pas en avoir pour longtemps, annonça-t-il. Nous sommes plus ou moins mandatés par les Mille, mais je préfère avoir une preuve concrète de leur engagement. Je vais leur demander de passer à l'action, ne serait-ce que pour faire la preuve de leur bonne foi. Je connais mes frères. Je les crois tout à fait capables de s'allier avec nous pour le principe et de se défiler au moment crucial. Ils sont mieux outillés que nous pour régler le problème de ces manifestations surnaturelles, aussi vais-je les arracher à leurs fauteuils confortables et les envoyer vers les zones de trouble. Les voyages forment la jeunesse, dit-on. Ça ne leur fera pas de mal. Espérons que vous n'aurez plus besoin de vous tordre la cheville pour nous démontrer combien nous sommes amollis et paresseux, ajouta-t-il avec un sourire fugitif à Vanion, sous ses sourcils en broussailles.

— J'apprécierais, Zalasta, fit Vanion en riant.

Les journées n'avaient pas assez de vingt-quatre heures pour toutes les choses qu'ils avaient à faire. Tous leurs après-midis et leurs soirées étaient occupés par des cérémonies et des réunions officielles, aussi Émouchet et ses compagnons étaient-ils obligés de travailler tard dans la nuit et de se lever dès l'aube pour mener leurs opérations subreptices dans la ville et la cité impériale. Ils manquaient cruellement de sommeil. Ehlana commençait, en fait, à avoir des cernes sous les yeux, et devenait de plus en plus irritable.

La chance tourna une dizaine de jours après le départ des expéditions vers Sarna et les territoires occupés par les Trolls. Caalador se présenta dans les appartements royaux tôt un matin, le visage radieux et un gros sac de toile sur le dos.

— Un vrai coup de bol, Émouchet, fit-il avec un petit rire.

— Il était temps. Qu'avez-vous découvert ?

— Vous voulez savoir quand exactement cette histoire de Cité Occulte est censée éclater ?

— Ça m'intéresserait, oui. Je déduis de votre expression satisfaite que vous avez trouvé quelque chose.

— En effet, Émouchet, et ça m'est tombé tout cru dans le

bec comme une pêche bien mûre. Imaginez-vous qu'un tire-laine de ma connaissance, un jeune homme entreprenant, au couteau bien affûté, a prélevé la bourse d'un gros marchand dacite et que croyez-vous qu'il a trouvé à l'intérieur, parmi quelques pièces d'argent et de bronze ? Un message qui lui avait été refilé par un autre conspirateur et qui disait textuellement ceci : « La révélation de la Cité Occulte est proche. Tout est prêt. Nous viendrons à votre entrepôt chercher les armes à la deuxième heure après le coucher du soleil, dans dix jours d'ici. » N'est-ce pas intéressant ?

— Très intéressant, Caalador. Mais la note pouvait avoir huit jours.

— Eh non. L'idiot qui a rédigé ça l'a daté, figurez-vous.

— Vous voulez rire ?

— Que des poils me poussent sur la langue si je mens.

— Votre tire-laine a-t-il pu identifier ce marchand dacite ? J'aimerais bien localiser cet entrepôt et savoir quel genre d'armes on y entrepose.

— Nous vous avons devancé, Émouchet, fit Caalador avec un grand sourire. Nous avons suivi le Dacite et j'ai mis à profit mon immense expérience de voleur de poules pour m'introduire chez lui. Dans son poulailler, nous avons trouvé tout un paquet d'épées de pacotille vraisemblablement forgées en Cammorie, et plusieurs centaines de *ça*.

Il ouvrit son sac et en tira une arbalète neuve. Émouchet la tourna et la retourna entre ses mains.

— C'est une arme de qualité médiocre, commenta-t-il.

— Ça ne l'empêchera pas de tirer. Au moins une fois.

— Voilà pourquoi Khalad a trouvé des carreaux enfoncés dans un arbre. On dirait qu'on nous a percés à jour. Notre ami a deviné qu'il aurait affaire à des hommes en armure, sans cela il n'aurait pas fait venir ces arbalètes. L'arc est beaucoup plus rapide contre des adversaires habillés normalement.

— Je crois qu'il faut voir les choses en face, Émouchet,

reprit gravement Caalador. Plusieurs centaines d'arbalètes, ça veut dire plusieurs centaines de conspirateurs, sans compter ceux qui préfèrent tirer l'épée. Je pense qu'il faut nous attendre à une insurrection et à des combats de rue.

— Vous avez probablement raison, l'ami. Voyons ce que nous pouvons faire pour contrer cette populace.

Il ouvrit la porte. Mirtaï était assise comme d'habitude, son épée posée en travers des cuisses.

— Vous pourriez aller me chercher Khalad, Atana ? demanda-t-il poliment.

— Et qui gardera la porte pendant mon absence ? répliqua-t-elle.

— Je m'en charge.

— Et si vous alliez le chercher vous-même tandis que je veille sur la sécurité d'Ehlana ?

— C'est une faveur que je vous demande, Mirtaï.

— S'il arrive quelque chose à Ehlana pendant mon absence, vous en répondrez sur votre vie, Émouchet.

— Je m'en souviendrai.

— Jolie fille, remarqua Caalador lorsque la géante fut sortie.

— À votre place, mon ami, j'éviterais de dire ça quand Kring est dans les parages. Ils sont fiancés, et il est du genre possessif.

— Il vaudrait mieux que je dise qu'elle est moche, alors ?

— Si vous dites ça, c'est elle qui vous tuera.

— Ils sont susceptibles, pas vrai ?

— Oh oui. Ça promet d'être un mariage animé.

Mirtaï revint quelques minutes plus tard, avec Khalad.

— Vous vouliez me voir, Émouchet ? demanda-t-il.

— Pourrais-tu mettre cette arbalète hors d'état de nuire sans que ça se voie ? demanda Émouchet en lui tendant l'arme que Caalador avait apportée.

— Peut-être en coupant la ficelle — là, suggéra-t-il après examen. Elle se romprait dès qu'on essaierait de bander l'arme.

— S'ils bandent les armes à l'avance, ils s'en apercevront, protesta Émouchet, et je veux qu'ils ne puissent pas s'en rendre compte avant qu'il ne soit trop tard.

— Alors on pourrait endommager le mécanisme de détente. Il suffirait de chasser cette cheville et de la remplacer par un petit bout de métal pour que ça ne se voie pas. L'archer pourrait toujours bander et encocher la flèche, mais non tirer.

— Je te crois sur parole. Et ça prendrait longtemps ?

— Quelques minutes.

— Eh bien, tu as quelques bonnes nuits de travail devant toi, mon ami. Il y a plusieurs centaines de ces choses à saboter, sans bruit, et dans une mauvaise lumière. Caalador, vous pourriez faire entrer mon ami ici présent dans l'entrepôt de votre Dacite ?

— Ce n'est pas *mon* Dacite. Et s'il peut se déplacer sans bruit, oui.

— Il devrait y arriver. C'est un garçon de la campagne dans votre genre. Il doit être aussi doué que vous pour tendre des collets et voler des poules.

— Voyons, Émouchet ! protesta Khalad.

— Ce sont des disciplines trop utiles pour qu'on les ait négligées dans ton éducation, Khalad, et je te rappelle que j'ai bien connu ton père.

— Ils étaient prévenus de notre arrivée, Émouchet, lança Kalten, hors de lui. Nous nous étions divisés en petits groupes, nous avons évité les villes et les villages, et ils savaient que nous arrivions. Ils nous ont tendu une embuscade sur la rive ouest du lac Sama.

— Des Trolls ? fit Émouchet d'une voix tendue.

— Pire que ça. C'était un groupe important d'hommes à la mine patibulaire et armés d'arbalètes. Ils ont commis l'erreur de tirer tous en même temps. Sans ça, aucun d'entre nous ne serait revenu te raconter ça. Ils ont décimé les Atans à cheval d'Engessa. Je dois dire que ça ne l'a pas mis de bonne humeur. Je l'ai vu déchiqueter un nombre impressionnant d'agresseurs à mains nues.

— Où est Tynian ? demanda Émouchet, l'estomac tordu par une main de glace.

— Les médecins s'occupent de lui. Il a reçu une flèche dans l'épaule.

— Ça va s'arranger ?

— Sûr. Mais ça ne lui a pas arrangé le caractère. Il manie presque aussi bien l'épée de la main gauche que de la droite, et quand nos agresseurs ont filé dans tous les sens, nous avons dû l'empêcher de les poursuivre. Il saignait comme un cochon. Je pense qu'il y a des espions ici, dans ce château de comédie, Émouchet. Ces gens n'auraient pas pu nous tendre une embuscade sans avoir des informations précises sur la route que nous allions prendre, et sur notre destination.

— Nous allons à nouveau fouiller cet endroit.

— Bonne idée. Et cette fois, nous ne nous contenterons pas de tancer les contrevenants pour leur mauvaise éducation. Il est moins facile de ramper dans un passage secret quand on a les deux jambes cassées. Et c'est moi qui les casserai, reprit Kalten d'un ton sinistre. Je veux être sûr qu'il n'y aura pas de guérisons miraculeuses. Un tibia cassé, ça se ressoude ; des genoux fracassés au marteau de forgeron, c'est une autre histoire.

Bévier, qui ramena les survivants de son propre détachement à Mathérion deux jours plus tard, poussa la suggestion de Kalten un peu plus loin et suggéra l'amputation au niveau de la hanche. Le chevalier cyrinique n'avait pas du tout apprécié l'embuscade, ce qu'il expliqua dans un langage dont Émouchet ne l'aurait jamais cru capable, après quoi il demanda avec contrition l'absolution du patriarche Emban. Lequel ne se contenta pas de lui pardonner mais lui accorda une indulgence en prime, pour le cas où il aurait omis une imprécation et souhaiterait la proférer un peu plus tard.

Ils fouillèrent le château opalescent de fond en comble sans rien trouver, aucun espion, en tout cas, et ils se réunirent pour commenter les derniers événements avec Oscagne et l'empereur Sarabian dès le lendemain du retour de Bévier. Ils se rencontrèrent au sommet de la tour centrale, par mesure de sécurité, et Séphrénia lança un sort styrique destiné à assurer le secret pour être sûre que personne ne surprendrait leur entretien.

— Je n'accuse personne, fit Vanion, alors ne le prenez pas pour vous. Des informations concernant notre plan ont filtré au-dehors, et je crois que nous devons tous jurer que rien de ce que nous dirons ne sortira d'ici.

— Un vœu de silence, messire Vanion ? demanda Kalten, un peu surpris.

Cette coutume pandion était tombée en désuétude au siècle passé.

— Eh bien, quelque chose dans ce goût-là, si ce n'est que nous ne sommes pas tous des chevaliers pandions, ici. Bien, reprit-il en parcourant ses compagnons du regard, résumons la situation : le complot de Mathérion dépasse manifestement le cadre de l'espionnage. Je pense que nous pouvons nous apprêter à une insurrection armée dirigée contre la cité impériale. Notre ennemi semble de plus en plus impatient.

— Ou inquiet, intervint Oscagne. La présence de chevaliers de l'Église — et du prince Émouchet — à Mathérion constitue indéniablement une menace pour lui. Sa campagne de terreur aveugle, de désordres civils et d'insurrection imminente dans les royaumes sujets marchait assez bien, mais il a manifestement décidé que ce processus était trop lent, et résolu de frapper au cœur de l'autorité impériale.

— Ce qui veut dire moi, j'imagine, ajouta l'empereur Sarabian.

— C'est impensable, Majesté ! se récria Oscagne. Dans toute l'histoire de l'Empire, personne n'a jamais attaqué directement l'empereur.

— Je vous en prie, Oscagne, ne me prenez pas pour un demeuré. Je ne sais combien de mes prédécesseurs ont eu des « accidents » ou sont morts de maladie suspecte. Je ne serais pas le premier empereur encombrant qu'on enverrait *ad patres*.

— Mais pas ouvertement, Majesté. C'est affreusement impoli.

— Ça, Oscagne, je suis sûr que les trois ministres du gouvernement qui ont flanqué mon arrière-grand-père par la fenêtre de sa plus haute tour ont fait ça avec la plus exquise politesse, s'esclaffa Sarabian. Nous allons donc avoir une foule armée dans les rues, hmm ? Une foule qui réclamera avec enthousiasme de voir couler mon sang, sans doute ?

— Nous ne pouvons exclure cette possibilité, Majesté, acquiesça Vanion.

— Ça ne me plaît pas du tout, fit amèrement Ulath.

— Quoi donc ? demanda Kalten.

— Pfff... Nous avons un château élène presque aussi bon que si c'était Bévier qui l'avait conçu et trois jours devant nous avant que les rues ne grouillent de civils en armes. C'est couru : nous allons fortifier cette place et soutenir le siège le temps que les Atans ramènent l'ordre. Et je déteste les sièges.

— Nous ne serons pas obligés d'en venir là, messire Ulath, objecta Oscagne. Dès que j'ai eu connaissance du message sur lequel maître Caalador a mis la main, j'ai fait prévenir Norkan à Atan. Il y a dix mille Atans massés à vingt lieues d'ici. Les conspirateurs attendront fatalement la nuit pour bouger. Eh bien, avant midi, je peux remplir les rues d'Atans de sept pieds de haut, et déjouer le coup d'État avant même qu'il n'ait commencé.

— Manquant ainsi l'occasion de les faire tous appréhender, protesta Ulath. Je ne suis pas sûr que ce soit de très bonne politique, Votre Excellence. Nous avons un château fort, ici. Bévier pourrait tenir la place pendant deux ans, au moins.

— Cinq, rectifia Bévier. Il y a un puits intérieur. Ça nous laisse trois ans de mieux.

— Tu apportes de l'eau à mon moulin, acquiesça finement Ulath. Nous allons poursuivre discrètement les travaux de fortification en profitant de la nuit. Nous ferons venir des barils de poix et de naphte. Bévier construira des engins de siège. Puis, juste avant le coucher du soleil, nous ferons entrer le gouvernement et la garnison atana régulière. Les insurgés prendront d'assaut le palais impérial et arpenteront les couloirs de tous les bâtiments du domaine sans rencontrer la moindre résistance. Ils seront d'autant plus surpris, quand ils s'attaqueront à cet endroit, d'essuyer un déluge de pierres et de recevoir de la poix bouillante sur le coin de la figure. Ajoutez à ça que leurs arbalètes ne marcheront pas parce que Khalad est en train de les bousiller dans l'entrepôt du Dacite, et vous aurez un sacré tas de gens sérieusement embêtés. Je les vois d'ici tourner en rond, en proie à la confusion et à la détresse, jusqu'à ce que, vers minuit, le nouveau détachement d'Atans entre dans la cité impériale et les réduise en purée.

— Génial ! s'exclama Engessa avec enthousiasme.

— C'est un plan brillant, messire Ulath, fit Sarabian. Pourquoi vous déplaît-il tant ?

— Je n'aime pas les sièges, Majesté. C'est une question de principe.

— Écoute, Ulath, fit Tynian en portant la main à son épaule blessée qui le lançait, tu es le premier à proposer de nous préparer à défendre la place quand la situation l'exige.

— Les Thalésiens détestent être assiégés, Tynian. Ça fait partie de notre culture. Nous sommes des êtres impétueux, impatients et plus enclins à la force brutale qu'à l'endurance et à la réflexion.

— Le père du roi Wargun a soutenu à Heid un siège qui a

duré dix-sept ans, fit Bévier avec un petit sourire. Il n'en est pas trop mal sorti.

— Ça n'a pas dû lui plaire, Bévier. C'est tout ce que je dis.

— Je pense que nous négligeons une opportunité intéressante, mes amis, nota Kring. La foule va donc se ruer vers la cité impériale, pas vrai ?

— Si nous avons bien compris les intentions de certains individus, oui, en effet, confirma Tynian.

— Admettons que quelques-uns soient embrasés par la ferveur politique, les autres devraient être plus intéressés par le pillage des différents palais.

— Par l'enfer ! jura Sarabian en blêmissant. Je n'y avais pas songé.

— Ne vous inquiétez pas, ami empereur, intervint le domi. Qu'ils soient motivés par l'avidité ou par des raisons politiques, ils viendront tous, vous pouvez y compter. Les murs et les portes de la cité impériale sont hauts et solides. Je pourrais dissimuler des hommes près du poste de garde. Un fois la foule entrée dans la cité, nous fermerons les portes. Les Atans n'auront qu'à se baisser pour les ramasser lorsqu'ils arriveront. Le butin n'appartient au voleur que lorsqu'il a réussi à fuir avec. Nous retrouverons tout et nous n'aurons même pas besoin d'aller chercher ces rats dans leur trou.

— Ça offre des perspectives intéressantes, approuva Kalten.

— Je n'en attendais pas moins de lui, commenta Mirtaï. C'est un brillant guerrier. Et puis c'est mon fiancé.

Kring s'illumina.

— Un dernier détail, ajouta Stragen. Nous avons des tas de questions à poser à certaines personnes dont nous avons la liste. Nous ne voudrions pas qu'elles succombent malencontreusement pendant les combats. Je pense que nous devrions les mettre en sûreté avant le début des hostilités.

— Bonne idée, messire Stragen, acquiesça Sarabian. J'enverrai des détachements le matin du grand jour afin de ramasser les gens que nous voulons récupérer en vie.

— Hem… Majesté, les policiers ont tendance à se faire remarquer quand ils emmènent les gens — les uniformes, les chaînes, ils marchent au pas, vous voyez ce que je veux dire. Je vous propose de laisser Caalador s'en occuper. On n'a pas besoin d'enchaîner un homme pour l'arrêter. Une dague discrètement pointée entre les côtes est aussi efficace, je vous prie de le croire.

— Vous parlez d'expérience, sans doute ? fit Sarabian en lui jetant un regard acéré.

— Majesté, le chef d'une bande de malfaiteurs se doit d'avoir une connaissance empirique de tous les domaines de son secteur d'activité. Question de conscience professionnelle, vous comprenez.

CHAPITRE XXVIII

— C'était Scarpa, nous en sommes sûrs, Émouchet, fit Caalador. Une putain originaire d'Arjuna l'a formellement identifié. Il se trouve qu'elle avait eu affaire à lui.

Les deux hommes étaient sur les remparts du château où ils pouvaient bavarder tranquillement.

— Alors tout le monde est là, sauf le baron Parok de Daconie, nota Émouchet. Nous avons déjà vu Krager, Gerrich, Rebal d'Édom, ce Scarpa d'Arjuna et Elron d'Astel.

— Je croyais que le conspirateur d'Astel s'appelait Sabre, rectifia Caalador.

Émouchet se maudit intérieurement de ne pas avoir su tenir sa langue.

— Sabre avance masqué. Elron est un sympathisant, et probablement plus que ça.

— J'ai connu des Asteliens et des Dacites, acquiesça Caalador avec un hochement de tête entendu. Rien ne prouve que le baron Parok ne se terre pas dans un coin, quelque part. Ils se réunissent tous ici, à Mathérion, c'est sûr. Vous pensez que ce fossé offrira une protection suffisante ? demanda-t-il en regardant pensivement la margelle nacrée des douves. Les pentes sont si douces que l'herbe pousse dessus.

— Il sera moins facile à traverser quand il sera hérissé de piques, répondit Émouchet. Mais nous attendrons le dernier moment pour les planter. Y a-t-il eu un afflux d'étrangers à Mathérion ? Ces grands patriotes ont beaucoup de partisans. Que les habitants de la ville se répandent dans les rues, c'est une chose, mais si la populace se met à déferler de la Tamoulie tout entière, ce sera une autre paire de manches.

— Nous n'avons pas vu un nombre particulier d'étrangers en ville, et on ne signale aucun rassemblement dans les campagnes. Pas à moins de cinq lieues à la ronde, en tout cas.

— Ils pourraient se regrouper plus loin, releva Émouchet. Si j'avais une armée en renfort quelque part, j'attendrais le dernier moment pour la faire approcher.

Caalador eut un mouvement de menton en direction du port.

— C'est le défaut de la cuirasse, Émouchet. Il pourrait y avoir une flotte cachée dans des criques et des golfes le long de la côte. Nous ne la verrions venir que lorsque les bateaux se découperaient à l'horizon. J'ai fait explorer la côte par des pirates et des contrebandiers, seulement voilà..., fit-il en écartant les mains devant lui dans un geste d'impuissance.

— Nous n'y pouvons pas grand-chose, hélas, fit Émouchet. Enfin, nous avons une armée d'Atans à portée de flèche, et ils seront en ville dès le début du soulèvement. Vos gens ont-ils réussi à localiser les cachettes de nos différents visiteurs ? Il serait bon qu'ils les agrafent tous en même temps si possible.

— Ils ne se sont pas précisément regroupés, Émouchet. Ils se déplacent même beaucoup. Je les fais suivre. Nous pourrions les choper tout de suite, si vous voulez.

— Ne dévoilons pas nos batteries. Nous les cueillerons le jour du soulèvement, ça suffira. Et si quelques-uns nous filent entre les doigts, nous pourrons toujours leur courir après ensuite. Je ne veux pas mettre notre plan en danger pour le plaisir douteux de leur compagnie. Vos hommes s'en sortent très bien, Caalador.

— Certes, mais pas de bon cœur, mon ami, admit tristement Caalador. J'ai dû recruter un grand nombre de brigands sans foi ni loi et armés de grosses matraques pour rappeler aux Tamouls que nous avions partie liée dans cette affaire…

— L'idée de Sa Majesté présente quantité d'avantages, nota Bévier après réflexion. C'est pour ça que le fossé était fait, au départ.

— Si nous commençons à remplir les douves, tout le monde à Mathérion va comprendre que nous nous apprêtons à défendre le château, objecta Vanion.

— Vous n'avez pas tout compris, Vanion, répondit patiemment Ehlana. Depuis notre arrivée ici, nous assistons à des bals, des banquets et autres festivités. Il serait normal que je rende ces invitations, et je prévois de donner, dans cette intention, une grande réception à laquelle seront conviés l'empereur et la cour entière. Ce n'est tout de même pas ma faute si ce grand raout doit avoir lieu le soir du soulèvement, hein ? Nous avons un château élène, alors nous allons donner une fête élène. Nous allons faire jouer un orchestre sur les remparts, accrocher partout des lampions et des étendards multicolores, et faire flotter des barques d'apparat sur les douves avec tout le fourniment : des dais, des tables de banquet *et cætera*.

— C'est très ingénieux, messire Vanion, souligna Tynian. Nous aurons tous ceux que nous voulons protéger à portée de la main. Ça nous évitera d'aller les chercher et nous ne risquerons pas de mettre la puce à l'oreille des gens en pourchassant des directeurs de cabinet à travers la pelouse.

L'écuyer d'Émouchet secoua la tête.

— Qu'y a-t-il, Khalad ? demanda Ehlana.

— Le fossé n'a pas été prévu pour retenir l'eau, Majesté. Il risque fort de se vider au fur et à mesure que nous le remplirons.

— La barbe ! s'énerva Ehlana. Je n'avais pas pensé à ça.

— J'en fais mon affaire, Ehlana, fit Séphrénia en souriant. Nous n'allons pas renoncer à cet excellent plan sous prétexte que nous devons violer quelques lois de la nature.

— Pensez-vous le faire avant que nous commencions à remplir les douves ? demanda Stragen.

— Ce serait plus facile. Il y a un problème ? demanda-t-elle en voyant qu'il se rembrunissait.

— Trois tunnels reliés aux passages secrets et aux cachettes ménagées dans le palais débouchent dans le fossé.

— Enfin, nous en avons découvert trois, précisa Ulath.

— C'est exactement ce que je voulais dire. Nous nous sentirions peut-être plus en sûreté si tous ces tunnels — ceux que nous connaissons et les autres — étaient inondés avant le début des combats.

— Très juste, acquiesça Émouchet.

— Je peux attendre pour imperméabiliser le fond des douves que les galeries soient inondées, proposa Séphrénia.

— Qu'en pensez-vous, Vanion ? demanda Emban.

— Les préparatifs de la soirée dissimuleraient pas mal d'activités, convint Vanion. C'est un très bon plan.

— Tout me plaît là-dedans, sauf les barges, déclara Émouchet. Je suis désolé, Ehlana, mais elles risquent de faciliter l'accès de la foule à nos murailles, annulant tout le bénéfice que nous attendons des douves.

— J'y arrive, Émouchet. Le naphte flotte bien sur l'eau, non ?

— Oui, et alors ?

— Une barge n'est pas qu'une plate-forme flottante, tu sais. Il y a une sorte de cale sous le pont. Imagine que nous la remplissions avec des tonneaux de naphte. Dès le début des hostilités, nous pourrions balancer des boulets dessus, depuis les remparts, et fendre les barges comme des coquilles d'œuf. Le naphte se répandrait sur l'eau des douves, et nous n'aurions plus qu'à y mettre le feu, entourant le château d'un mur de flammes. Ça devrait poser un problème aux gens qui essaieraient de l'assiéger, non ?

— Vous êtes géniale, ma reine ! s'exclama Kalten.

— Je suis contente que vous vous en rendiez compte, messire Kalten, répondit-elle d'une voix fruitée. La cerise sur le gâteau, c'est que nous pourrons procéder à tous nos préparatifs au grand jour, sans avoir besoin de sacrifier de précieuses heures de sommeil. Cette grande fête nous fournira le prétexte idéal pour faire à peu près n'importe quoi dans le château sous prétexte de le décorer.

Mirtaï se jeta au cou de sa maîtresse et l'embrassa.

— Je suis fière de vous, ma mère ! dit-elle.

— J'en suis fort aise, ma fille, fit modestement Ehlana. Mais tu devrais faire preuve de plus de réserve. Rappelle-toi ce que tu m'as dit des filles qui s'embrassaient.

— Nous avons encore trouvé deux galeries, Émouchet, annonça Khalad.

Il portait une blouse de toile sur sa veste de cuir noir et surveillait l'avancement des travaux du haut des remparts. Émouchet s'approcha du parapet et jeta un coup d'œil aux ouvriers qui enfonçaient de longues barres de fer dans la terre meuble des douves.

— Ce n'est pas très discret, observa-t-il.

— Officiellement nous enfonçons des bittes d'amarrage

pour ces barges. La plupart des gars qui brandissent ces marteaux de forgeron ne savent pas ce qu'ils font en réalité. Les ouvriers sont encadrés par des chevaliers. Ces galeries risquent de prendre l'eau quand nous commencerons à remplir le fossé.

Il jeta un coup d'œil de l'autre côté de la pelouse. Puis il mit les mains en porte-voix devant sa bouche.

— Faites attention à cette barge ! hurla-t-il en tamoul. Si les coutures lâchent, elle va prendre l'eau.

Le chef de l'équipe tamoule qui traînait laborieusement une énorme barge posée sur des rondins leva la tête.

— Elle est très lourde, noble Sire. Je me demande ce que vous avez mis dedans !

— Du ballast, idiot ! rétorqua Khalad. Il y aura des tas de gens sur le pont demain soir. Tu imagines les ennuis si la barge se retourne et que l'empereur tombe dans les douves ?

Émouchet regarda son écuyer d'un air intrigué.

— Par souci de discrétion, nous avons placé les tonneaux de naphte dans les barges à l'intérieur des entrepôts de construction, expliqua Khalad. Vous n'avez pas besoin de le lui dire, Émouchet, mais nous avons un peu perfectionné le plan de votre femme. Nous avons ajouté de la poix au naphte pour être sûrs qu'il s'enflammera au moment voulu. Et puis les tonneaux sont très lourds. Il ne manquerait plus qu'ils coulent à pic lorsque nous ferons éclater les barges. Je vais mettre deux Péloïs de Kring dans la cale de chaque barge, et ils y donneront des coups de hache à la dernière minute.

— Tu penses vraiment à tout, Khalad.

— Heureusement que quelqu'un a l'esprit pratique dans la bande.

— J'ai l'impression d'entendre parler ton père, tout à coup.

— Oh, Émouchet, un détail : il faudra faire très attention pendant la fête. Il y aura des lampions et sans doute aussi des bougies sur ces barges. Un coup de coude pourrait mettre le feu plus tôt que prévu, et... En fait, nous sommes un peu en avance sur notre programme, Votre Altesse, dit-il en tamoul pour le bénéfice d'une demi-douzaine d'hommes qui approchaient avec une charrette à bras pleine de lampions. Non, non ! brailla-t-il. Vous en mettez deux vertes côte à côte ! Je vous l'ai répété cent fois : blanc, vert, rouge, bleu. Faites ce que je vous dis. Vous manifesterez votre créativité une autre fois. On a tellement de mal à trouver de bons ouvriers, de nos jours, Votre Altesse, dit-il avec un soupir théâtral.

Kring s'approcha d'un pas déterminé.

— Ils ne veulent pas en entendre parler, Émouchet, fit-il de but en blanc. Je le savais, mais je le leur ai suggéré quand même, comme tu me l'avais demandé. Il n'est pas question qu'ils restent enfermés dans le fort pendant que ça chauffera dehors. Quand on y réfléchit, je pense qu'ils seront plus utiles dans le parc. Quelques dizaines de Péloïs à cheval te remueront la populace comme un ragoût sur le feu. Si tu veux que ce soit la confusion, demain soir, tu vas être servi. Un homme qui a peur de prendre un coup de sabre dans la tête ne risque pas de se concentrer sur l'attaque d'un fort.

— Surtout quand son arme est enrayée, ajouta Khalad.

— Mouais. Pourvu que l'entrepôt d'arbalètes de Caalador ait été le seul, grommela Émouchet.

— Ça, nous ne le saurons que demain, hélas, admit Khalad. J'en ai mis près de six cents hors d'état de nuire. Si douze cents archers investissent la cité impériale, nous saurons que la moitié sont en état de marche, et nous aurons intérêt à nous mettre à l'abri. Eh, toi, là-bas ! hurla-t-il soudain en levant la tête. Arrange-moi un peu cet étendard ! ne le laisse pas pendre comme ça !

Il secoua le poing en direction de l'homme qui se penchait dangereusement à la fenêtre d'une des plus hautes tours.

L'individu que Bévier amena devant Ehlana avait le crâne presque chauve malgré son jeune âge. Il était très nerveux, et une lueur de fanatisme brûlait dans son regard. Il se jeta devant Ehlana et heurta le sol du front.

— Ne faites pas ça, malheureux ! gronda Ulath. Ça offense la reine. Et puis vous allez fendre les dalles du sol.

L'homme se releva en tremblant de crainte.

— Je vous présente Emuda, fit Bévier. C'est le docte personnage dont je vous ai parlé. Celui à la théorie intéressante sur Scarpa d'Arjuna.

— Ah oui, fit Ehlana en tamoul. Bienvenue, maître Emuda. Messire Bévier nous a dit grand bien de vous.

Ce n'était pas tout à fait le cas, mais une reine a le droit de prendre certaines libertés avec la vérité.

Emuda lui jeta un coup d'œil empreint d'adulation. Émouchet s'avança pour couper court à un interminable discours.

— Vous rectifierez si je me trompe, maître Emuda, dit-il, mais si nous avons bien compris votre théorie, vous pensez que Scarpa serait responsable des troubles en Tamoulie ?

— C'est un peu plus compliqué que ça, messire… ? fit Emuda en dévisageant d'un air interrogateur le grand chevalier pandion.

— Émouchet, fit Ulath.

Emuda rougit, blêmit, verdit et se mit à trembler de tous ses membres.

— Je suis un grand garçon tout simple, voisin, annonça Émouchet. Ne perdons pas de temps en palabres. Quelle preuve avez-vous que Scarpa est derrière tout ça ?

— C'est très compliqué, messire Émouchet, fit Emuda d'un ton d'excuse.

— Eh bien, résumez. Et vite, mon vieux. Je suis pressé.

Emuda déglutit péniblement.

— Eh bien… euh…, bredouilla-t-il. Nous savons… enfin, nous avons des raisons de penser que Scarpa était le premier des porte-parole de ces prétendus héros du passé.

— Pourquoi dites-vous « prétendus », maître Emuda ? releva Tynian.

Il avait encore le bras en écharpe.

— N'est-ce pas évident, messire chevalier ? demanda Emuda d'un ton un peu condescendant. L'idée que les morts puissent ressusciter est grotesque. Il s'agit forcément d'un canular. Un comparse en costume d'époque apparaît dans un grand éclair de lumière, tous les charlatans qui se produisent dans les kermesses de campagne savent faire ça, il se met à baragouiner des paroles incohérentes, et le « porte-parole » prétend qu'il parle une langue ancienne. C'est élémentaire.

— Faut-il que vous soyez fort pour avoir compris ça, murmura Séphrénia. Nous pensions tous qu'il y avait de la magie dans l'air.

— La magie n'existe pas, ma dame.

— Vraiment ? répondit-elle gentiment. Quelle chose stupéfiante.

— J'engagerais ma réputation là-dessus.

— Je vous trouve très courageux.

— Vous dites que Scarpa a été le premier de ces révolutionnaires à apparaître ? demanda Vanion.

— Il a devancé les autres de près d'un an, messire chevalier. Les premiers témoignages de son activité apparaissent il y a un peu plus de quatre ans, dans des dépêches diplomatiques. Le second fut le baron Parok de Daconie. J'ai un témoignage sous serment d'un capitaine de vaisseau qui déclare avoir emmené Scarpa de Kaftal, au sud-ouest de l'Arjuna, à Ahar, en Daconie. Ahar est le fief du baron Parok, qui a commencé ses activités il y a trois ans. Le lien est évident.

— C'est ce qu'on dirait, en tout cas, fit Émouchet d'un ton rêveur.

— J'ai trouvé à Ahar la preuve des voyages des deux hommes. Parok est allé en Édom, où il a séjourné dans la ville natale de Rebal, ce qui m'a un peu ébranlé, puisque Rebal n'agit pas sous son vrai nom. Nous avons identifié sa province d'origine, et la ville dans laquelle Parok s'est rendu est la capitale de la région. Je pense pouvoir affirmer qu'une rencontre a eu lieu lors de la visite de Parok. Alors que Parok était en Édom, Scarpa a fait tout le voyage jusqu'en Astel. Je n'ai pas réussi à reconstituer son itinéraire avec précision, mais je sais qu'il s'est beaucoup déplacé et qu'il est allé jusqu'au nord des marécages qui se trouvent à la frontière entre l'Édom et l'Astel. C'est précisément là que Sabre a établi son quartier général. Les désordres en Édom et en Astel ont commencé peu après que Scarpa et Parok se furent rendus dans ces royaumes. Le lien entre les quatre hommes est assez évident.

— Et les rapports concernant tous ces événements surnaturels ? demanda Tynian.

— Encore des mystifications, messire chevalier, fit Emuda d'un ton supérieur. Vous avez peut-être remarqué qu'ils se produisent toujours dans les campagnes, devant des paysans superstitieux et des serfs ignorants. Jamais des citadins ne se laisseraient abuser par des impostures aussi grossières.

— Vous êtes sûr des dates ? demanda Émouchet avec un reniflement. Scarpa aurait été le premier fauteur de troubles ?

— Absolument, messire Émouchet.

— C'est donc lui qui aurait contacté les autres et les aurait enrôlés, un an et demi plus tard à peu près ?

Emuda opina du chef.

— Et vous savez où il est allé après avoir recruté Sabre et quitté l'Astel ?

— Je perds sa trace pendant un moment, messire Émouchet. Il s'est rendu, il y a deux ans et demi, dans les royaumes élènes de l'ouest de la Tamoulie et n'a regagné l'Arjuna que huit ou dix mois plus tard. J'ignore ce qu'il a fait dans l'intervalle. Encore une chose : ces prétendus vampires ont commencé à apparaître en Arjuna au moment précis où Scarpa a commencé à raconter aux Arjunis qu'il était en contact avec Sheguan, leur héros national. Les monstres traditionnels des autres royaumes sont aussi apparus au moment où les révolutionnaires locaux lançaient leur campagne. Croyez-moi, Majesté, dit-il avec gravité, si vous cherchez le meneur de la sédition, Scarpa est votre homme.

— Nous vous remercions pour toutes ces informations, maître Emuda, dit suavement Ehlana. Accepteriez-vous d'exposer vos découvertes à messire Bévier ? Des affaires pressantes limitent le temps que nous pouvons vous consacrer, si fascinantes que nous paraissent vos conclusions.

— Je me ferai une joie, Majesté, de mettre messire Bévier au courant de l'avancement de mes travaux.

Bévier leva les yeux au ciel et poussa un soupir à fendre l'âme.

Ils le regardèrent suivre le fanatique dans le couloir.

— Je n'aimerais pas défendre cette affaire devant un tribunal, civil ou ecclésiastique, renifla Emban.

— C'est un peu léger, hein ? remarqua Stragen.

— Il a tout de même dit une chose intéressante, intervint Émouchet. Dolmant m'a envoyé au Lamorkand à la fin de l'hiver dernier pour voir ce que fricotait le comte Gerrich. Quand j'étais là-bas, j'ai entendu toutes sortes d'histoires ébouriffantes sur Drychtnath. On dirait que les Lamorks préhistoriques sont apparus à peu près au moment où notre brillant érudit a perdu la trace de Scarpa. Il me répugne de l'admettre, car cet Emuda est une vraie buse, mais il a peut-être mis le doigt sur quelque chose.

— Il se pose les mauvaises questions, Émouchet, remarqua Emban.

— Je ne m'intéresse qu'à ses réponses, Votre Grâce, répondit Émouchet. Tant qu'elles sont bonnes, je me fiche de savoir par quel biais il les a obtenues.

— Nous ne pouvons pas le faire plus tôt, Émouchet, dit Stragen, vers la fin de la journée.

— Je trouve que vous prenez beaucoup de risques, tous les deux, objecta Émouchet.

— Moins que si nous essayons de capturer leurs chefs avant, intervint Caalador. Nous devons attendre qu'ils aient ouvert l'entrepôt et commencé à distribuer les armes. Voilà comment je vois les choses, si vous permettez : si nous tentons de cueillir les conspirateurs avant qu'ils commencent à armer la foule, ils pourront suspendre l'opération et disparaître. Ils se réorganiseront et recommenceront plus tard, sans nous prévenir, cette fois. Alors que si nous attendons qu'ils se soient passé les armes, ils ne pourront plus reculer. Il y aura des milliers d'hommes dans la rue, à moitié ivres pour la plupart. Nos bons amis ne pourront pas plus les arrêter qu'on ne peut arrêter la marée. Cette tentative d'insurrection travaillera pour nous et non plus pour nos amis de l'ombre.

— Ils pourront toujours disparaître en abandonnant la foule aux chiens, vous savez.

— La justice tamoule est un peu expéditive. Une tentative de coup d'État contre l'empereur risque d'être très mal vue. Plusieurs centaines de gens se retrouveront la tête sur le billot. Après un coup pareil, le recrutement deviendra virtuellement impossible. Ils n'ont pas le choix. Une fois qu'ils auront commencé, ils seront obligés de continuer.

— Ça implique un synchronisme parfait.

— Ce n'est pas un problème, Émouchet, fit Caalador. Il y a, au beau milieu de la ville, un temple plein de poussière et de toiles d'araignées. Il n'y reste plus qu'une poignée de prêtres qui trompent leur ennui dans l'alcool. Il faut les comprendre, aussi : nos petits frères jaunes leur rendent si peu de visites. Bref, quand ils auront bien bu, ils ne lèveront pas le petit doigt pour empêcher le brave garçon compatissant venu les abreuver de prendre un marteau de forge et de taper sur leur cloche. Une belle bête de près de vingt tonnes, qui fait un boucan effroyable. Il paraît qu'on l'entend à dix lieues de la côte. La beauté de la chose, c'est qu'elle sonne n'importe quand. Personne n'y fait plus attention, à Mathérion. Demain matin, toutefois, son tintement revêtira une signification particulière : dès que l'entrepôt s'ouvrira, la cloche apportera son message d'espoir et de joie. Les coupe-jarret infiltrés parmi les gens à qui nous voulons parler entreront en action. Nous aurons cerné tout le monde en moins d'une minute.

— Et s'ils résistent ?

— On ne fait pas d'omelette sans casser des œufs, répliqua Caalador avec un haussement d'épaules. Nous voulons capturer plusieurs douzaines d'individus ; nous pouvons nous permettre d'en sacrifier un ou deux.

— Enfin, le signal s'adresse également à toi, Émouchet, souligna Stragen. Quand tu entendras sonner la cloche, tu sauras qu'il est temps de cornaquer les invités de ta femme à l'intérieur.

— Voyons, Majesté ! vous ne pouvez pas faire ça, protesta le ministre de l'Intérieur d'une voix stridente le lendemain matin alors que d'énormes tuyaux étalés à travers la pelouse de la cité impériale déversaient des trombes d'eau dans les douves.

— Vraiment ? demanda innocemment Ehlana. Et pourquoi ça, Votre Excellence ?

— Euh… eh bien… hem, il n'y a pas de fondations sous les douves, Majesté. L'eau va s'infiltrer dans le sol.

— Oh, si ce n'est que ça, ce n'est pas grave ! C'est juste pour une soirée. Le fossé retiendra bien l'eau jusqu'à la fin de la fête.

Une sorte de geyser de boue entra en éruption au centre du fossé, sous le regard consterné de Kolata.

— Seigneur ! fit Ehlana d'une voix languissante. Il devait y avoir une vieille cave abandonnée à cet endroit. Les rats qui avaient élu domicile dedans ont dû être rudement surpris, vous ne croyez pas, Excellence ? demanda-t-elle avec un petit rire cristallin.

— Euh… Si Votre Majesté veut bien m'excuser, hoqueta Kolata comme s'il était pris d'une soudaine nausée.

Il tourna les talons et s'éloigna précipitamment, sans attendre la réponse.

— Ne le laisse pas partir, Émouchet, dit fraîchement Ehlana. Je pense que tu devrais l'inviter au château afin de lui montrer nos autres préparatifs. Et tu pourrais peut-être demander à messire Kalten et messire Ulath de se joindre à vous pour la visite des oubliettes. Son Excellence aura sûrement à cœur de nous aider à compléter la liste de messire Vanion.

C'est surtout le ton froid, glacial et impitoyable sur lequel elle prononça ces paroles qui glaça le sang d'Émouchet.

— Je crois qu'il est vexé, Émouchet, dit sobrement Vanion. Il est loin d'être stupide et il sait que nous lui cachons des choses.

Les deux hommes regardaient les ouvriers de Khalad « décorer » les vastes portes de la cité impériale.

— Je n'y peux rien, Vanion. Il est trop imprévisible pour que je le mette dans la confidence.

— Disons plus pudiquement qu'il a l'esprit prompt.

— Si tu veux. Que savons-nous de lui, au fond, Vanion ? Et que savons-nous des coutumes de ce pays ? Imagine qu'il tienne un journal. Tu vois les détails de notre plan s'étaler au vu et au su de tout le monde, à commencer par la femme de chambre qui fait son lit chaque matin ?

— Ce ne sont que des suppositions, Émouchet.

— Et ces embuscades en rase campagne, c'étaient des suppositions, peut-être ?

— Tu ne soupçonnes pas l'empereur, tout de même.

— Quelqu'un a prévenu l'ennemi de notre expédition, Vanion. Nous ferons des excuses à l'empereur après la fin de la soirée.

— Non, Émouchet ! Là, ils vont trop loin ! éclata Vanion comme les hommes de Khalad apportaient un lourd treillage d'acier destiné à garnir l'intérieur des portes.

— Ça ne se verra pas quand les portes seront ouvertes, Vanion, et Khalad va accrocher des oriflammes dessus. Séphrénia a réussi à entrer en contact avec Zalasta ?

— Non. Il doit être encore trop loin.

— Je regrette vraiment qu'il ne soit pas là. Si les Dieux des Trolls font une apparition ce soir, nous risquons d'avoir de gros ennuis.

— Aphraël s'en occuperait.

— Pas sans révéler sa véritable identité, et je préférerais éviter ça à ma femme. Je n'aime pas Sarabian au point de risquer la santé mentale d'Ehlana pour l'aider à rester sur son trône.

Le ciel descendait lentement sur l'horizon, mais Émouchet avait l'impression absurde que le globe éblouissant tombait vers la terre à la vitesse d'une étoile filante. Il y avait tellement de détails à régler, tant de choses à faire encore. Le pire, c'est que beaucoup de préparatifs ne pourraient être entrepris qu'après la tombée de la nuit, lorsque l'obscurité les dissimulerait aux centaines d'yeux qui ne pouvaient manquer de les observer.

Kalten se présenta en début de soirée dans les appartements royaux pour annoncer qu'ils avaient rempli le programme fixé. Émouchet poussa un soupir de soulagement. Au moins, ils étaient venus à bout de ce qui devait être fait avant le crépuscule.

— Le ministre de l'Intérieur s'est-il montré coopératif ? demanda Ehlana.

Elle était assise près de la fenêtre où Aleanne et Mélidéré se livraient au processus compliqué appelé « s'occuper de ses cheveux ».

— Oh oui, Majesté, répondit Kalten avec un grand

sourire. Ulath connaît un excellent remède contre l'amnésie à base de sangsues.

— Des sangsues ? Qu'est-ce que c'est que cette histoire ?

— Ça consiste à enfoncer la tête du client dans un seau plein de limaces. Et c'est vrai que c'est bon pour la mémoire. Tout à coup, Kolata s'est souvenu de plein de choses.

— Dieu du Ciel ! fit la reine en frissonnant.

Les invités présents ce soir-là étaient unanimes : la soirée de la reine d'Élénie était le clou de la saison. Les créneaux de nacre brillaient de mille feux à la lueur des lampions, les étendards de soie donnaient un air de fête très réussi, et l'orchestre qui jouait des airs traditionnels élènes sur les remparts conférait un côté agréablement désuet à l'ensemble. Les barges amarrées dans les douves suscitèrent des commentaires émerveillés. Il n'était jamais venu à l'idée des Tamouls qu'on puisse dîner en plein air, et encore bien moins sur des salles à manger flottantes, illuminées par des chandelles et décorées d'oriflammes multicolores. Ça passait leur imagination.

Comme la soirée avait lieu au château élène, et que leur hôtesse elle-même était élène, toutes les dames de la cour avaient eu la même idée originale et mis leurs couturiers à contribution afin qu'ils les habillent à la mode élène. Le résultat n'était pas toujours heureux, lesdits tailleurs ayant puisé leur inspiration à la bibliothèque de Mathérion, dans des ouvrages décrivant des robes souvent démodées depuis plusieurs centaines d'années.

Mais Ehlana et Mélidéré étaient à la mode, elles, et leur tenue faisait l'objet de l'admiration générale. Ehlana portait une somptueuse robe bleu roi, et elle avait niché une tiare de diamants et de rubis dans ses cheveux d'or pâle. Mélidéré était en lavande, qui semblait être sa couleur favorite. Mirtaï avait remis, plus par défi qu'autre chose, la robe bleue sans manches qu'elle portait au mariage de sa maîtresse, et ne faisait rien pour dissimuler ses armes. Chose plutôt étonnante, Séphrénia avait aussi revêtu une robe à la mode élène — d'un blanc de neige, évidemment — qui semblait faire un gros effet sur Vanion. Les chevaliers chargés de la protection rapprochée de la reine étaient en chausses et pourpoint, contre l'avis d'Émouchet. Mais leur armure n'était pas loin.

Les membres de la cour avaient commencé à circuler sur les barges lorsqu'une sonnerie de trompes élène retentit.

— J'ai menacé les musiciens de leur casser la figure s'ils jouaient une seule note de cette cacophonie qu'ils ont le culot d'appeler de la musique, murmura un Stragen élégamment vêtu à l'oreille d'un Émouchet tout aussi distingué en velours noir. Hé, attention ! s'exclama-t-il en bondissant pour redresser une chandelle qu'un serviteur menaçait de renverser en déposant un énorme plat de viande sur l'une des tables. Il va falloir les surveiller, Émouchet. Je ne tiens pas à monter au ciel sous forme de fumée !

Puis l'empereur et ses neuf épouses apparurent sur le pont-levis et descendirent les marches tapissées menant à la première barge.

Tout le monde s'inclina devant l'empereur, mais tous les yeux étaient rivés sur l'impératrice Elysoun de Valésie, radieuse dans une très jolie robe écarlate qui réconciliait le costume élène traditionnel et sa culture personnelle : ces attributs que les femmes élènes avaient coutume de dissimuler et les Valésiennes d'exhiber étaient nichés sur deux aguichants coussins de dentelle neigeuse qui les mettaient particulièrement en valeur.

— Voilà ce qui s'appelle être d'avant-garde, murmura Stragen.

— C'est nouveau, ça vient de sortir, renchérit Émouchet avec un petit rire. Regarde ce malheureux Emban. Il est au bord de l'apoplexie.

La reine Ehlana escorta Sarabian et les impératrices, avec

les honneurs dus à leur rang, de passerelle en passerelle et de barge en barge. L'impératrice Elysoun semblait chercher quelqu'un du regard. Elle le repéra sur la seconde barge, et fondit sur lui toutes voiles dehors. Bérit parut d'abord inquiet, puis désespéré, lorsque Elysoun le cloua au bastingage, et pas avec la main.

— Pauvre Bérit, fit Émouchet d'un ton compatissant. Reste près de lui, Stragen. Je ne sais pas s'il sait nager. Tiens-toi prêt à le repêcher s'il saute dans les douves.

Quand l'empereur eut fait le tour complet, le banquet commença. Émouchet avait judicieusement placé des chevaliers entre les convives, non pour relever la conversation mais pour surveiller les chandelles et les lampions. La pensée de cette multitude de flammes brûlant gaiement si près des charges explosives dissimulées dans les barges les mettait en transes. Et il y avait de quoi.

— Dieu nous ait en Sa sainte garde si le vent se lève, murmura Kalten.

— Comme tu dis, acquiesça Émouchet avec ferveur. Euh, Kalten, mon vieil ami... Tu es censé tenir ces chandelles à l'œil, pas le corsage de l'impératrice Elysoun.

— Quel corsage ? demanda Kalten en tiraillant sur son pourpoint de satin vert qui le boudinait un peu.

— Trêve de gaudrioles. Pense un peu à ce que tu es censé faire ici.

— Comment pousserons-nous ce troupeau de moutons frisottés dans le château quand la cloche sonnera ?

— Selon nos calculs, ils devraient finir le plat principal au moment où nos amis, en ville, commenceront à distribuer les armes. Quand la cloche sonnera, Ehlana les invitera à prendre le dessert dans la salle du château.

— Très futé, fit Kalten, admiratif.

— Tout le mérite en revient à Ehlana. C'est son idée.

— Elle est vraiment douée ! Une chance qu'elle ait insisté pour nous accompagner.

— Ça, je me demande encore si c'était vraiment une bonne idée, grommela Émouchet.

Le festin se poursuivit, entrelardé de toasts et de discours. La reine d'Élénie croula sous les compliments. Compliments souvent chargés d'une ironie involontaire, les fêtards ignorant évidemment ce qui devait se passer ce soir-là.

Émouchet pignocha dans son assiette, les yeux en mouvement constant, les oreilles à l'affût du moindre tintement annonciateur. En attendant, la crise imminente ne semblait pas affecter l'appétit de Kalten.

— Comment peux-tu te bourrer ainsi ? protesta hargneusement Émouchet.

— Je prends des forces, Émouchet. Je m'attends à brûler énormément d'énergie d'ici la fin de la soirée. Dis, si tu n'as rien de mieux à faire, tu pourrais me passer la sauce ?

Soudain, au centre de la cité qui brillait de mille feux sous la lune, une cloche retentit, et sa voix grave annonçait que la seconde partie des distractions de la soirée avait commencé.

CHAPITRE XXIX

— Pourquoi ne me l'avez-vous pas dit, Ehlana ? demanda Sarabian d'une voix sourde.

L'empereur était livide de rage, et sa lourde couronne d'or était légèrement de travers.

— Calmez-vous, je vous en prie, Sarabian, fit la petite reine blonde. Nous n'avons appris tout ça qu'un peu avant midi, et nous n'avions aucun moyen de vous prévenir sans courir le risque de tout compromettre.

— Votre baronne qui fait des huit avec son derrière aurait

pu m'apporter un message, fit-il d'un ton accusateur, en flanquant un coup de poing sur le parapet.

Ils étaient sur les remparts et admiraient ostensiblement la vue. C'était un excellent poste d'observation, doublé d'un endroit discret pour bavarder.

— C'est ma faute, Majesté, convint Émouchet d'un ton d'excuse. Je suis plus ou moins responsable de la sécurité et le ministre Kolata contrôle la police de Tamoulie — les deux : l'officielle et celle qui se dissimule derrière les buissons. Rien ne nous permettait d'affirmer que notre subterfuge impliquant la baronne fonctionnait comme nous l'espérions. La nouvelle de l'implication du ministre était trop sensible pour que nous prenions le moindre risque. La tentative de coup d'état de ce soir devait se dérouler comme prévu. Si l'ennemi avait soupçonné que nous étions au courant de ce qu'il mijotait, il aurait remis les choses à plus tard, mais quand ? Bien malin qui aurait pu le dire.

— Je suis très fâché, Émouchet, se plaignit Sarabian. Votre raisonnement est sans faille, mais vous m'avez personnellement blessé.

— Nous sommes censés admirer le jeu des lumières sur les eaux des douves, Sarabian, lui rappela Ehlana. Il faudrait que vous jetiez un coup d'œil par les créneaux une fois de temps en temps.

— La nouvelle que Kolata est compromis m'en fiche un coup, déclara Sarabian d'une voix tendue. Il contrôle la police, la sécurité du palais et tous les espions de l'Empire. Et, pire que tout, il a une certaine autorité sur les Atans. Si nous les perdons, nous risquons d'avoir de sérieux ennuis.

— Engessa a pris des mesures, Majesté, lui annonça Émouchet. Il a envoyé des messagers aux commandants des forces atanas stationnées hors de la ville afin de les prévenir de ne pa se fier aux émissaires du ministre de l'Intérieur. Ils passeront la consigne à Androl et Betuana.

— Et si les messagers d'Engessa-Atan sont interceptés ?

Vous pensez que nous sommes en sûreté ici ?

— Messire Bévier se fait fort de tenir la place pendant cinq ans, Sarabian, répondit Ehlana. Et Bévier est un expert en la matière.

— Et au bout des cinq ans ?

— Les chevaliers de l'Église seront là bien avant, Majesté, lui assura Émouchet. Caalador a des instructions. Si les choses tournent mal, il fera prévenir Dolmant à Chyrellos.

— Je commence à vous trouver très inquiétants, tous autant que vous êtes.

— Faites-nous confiance, Majesté.

Kalten arriva en haut des marches, à bout de souffle.

— Il nous faudrait du vin, Émouchet, dit-il. Je crois que nous avons eu tort de mettre les tonneaux dans la cour. Les invités de la reine s'y attardent, et ils descendent le rouge d'Arcie comme si c'était de l'eau.

— Me permettez-vous, Sarabian, de mettre quelques-unes de vos barriques en perce ? demanda Ehlana d'un ton suave.

— Pourquoi les faites-vous boire comme ça ? protesta Sarabian. Le rouge d'Arcie est très cher, à Mathérion.

— Les gens ivres sont plus faciles à manier que les gens sobres, Majesté, répondit Kalten en haussant les épaules. Nous allons les laisser faire la fête dans la cour jusqu'à ce que ça commence à chauffer, puis nous pousserons les traînards à l'intérieur avec les autres et nous veillerons à ce qu'ils continuent à boire. Quand ils se réveilleront, demain matin, la plupart ne se seront même pas rendu compte que ça a bardé.

Dans la cour, les fêtards faisaient de plus en plus de bruit. Les grands crus élènes étaient beaucoup plus forts que les vins tamouls auxquels ils étaient habitués, et les esprits étaient assez embrumés. Ça tenait de moins en moins bien sur ses jambes, mais ça riait beaucoup. La reine Ehlana jeta un coup d'œil critique du haut des remparts.

— Combien de temps leur donnes-tu avant d'être complètement ronds ? demanda-t-elle.

— Ça ne devrait plus être long, répondit-il en haussant les épaules. Ne le prenez pas mal, Sarabian, reprit-il en regardant vers la ville, mais je dois dire que vos citoyens manquent complètement d'imagination. Les rebelles viennent par ici en brandissant des torches. C'est un cliché grotesque. La mauvaise littérature arcienne regorge de foules hurlantes et vociférantes qui brandissent des torches.

— Comment faites-vous pour être si calme ? demanda Sarabian. Si quelqu'un toussait derrière moi en ce moment, je ferais un bond de deux toises.

— Ça doit être une question d'habitude. Ce que je redoute le plus, ce n'est pas qu'ils viennent jusqu'ici, c'est qu'ils n'y arrivent pas. Nous voulons qu'ils réussissent leur coup, Majesté.

— Vous ne devriez pas relever le pont-levis ?

— Pas encore. Il y a des conspirateurs dans la cité comme dans les rues. On ne doit pas savoir que nous sommes au courant de leur arrivée.

Khalad passa la tête par un créneau au coin des remparts et fit signe à son seigneur.

— Excusez-moi, Majesté, ma reine, fit poliment Émouchet. Il faut que j'aille mettre ma tenue de travail. Oh, Ehlana, tu pourrais indiquer à Kalten qu'il est temps de faire rentrer tout le monde dans la salle à manger ?

— Pourquoi cela ? s'étonna Sarabian.

— Nous ne tenons pas à les avoir dans les jambes quand ça va commencer à chauffer, répondit la reine en souriant. Le vin devrait les empêcher de remarquer qu'ils sont enfermés.

— Je n'ai jamais vu un tel sang-froid ! fit Sarabian d'un ton accusateur alors qu'Émouchet s'approchait de la tourelle où Khalad l'attendait avec son armure noire.

Quand il revient, dûment cuirassé, Ehlana avait entrepris Sarabian sur un sujet préoccupant.

— Vous ne pourriez pas lui dire deux mots ? demandait-elle. Ce pauvre jeune homme est au bord de la dépression.

— Il n'a qu'à lui donner ce qu'elle veut. Quand ils se seront un peu amusés, il cessera de l'intéresser.

— Messire Bérit est un jeune chevalier aux idéaux intacts, Sarabian. Pourquoi ne court-elle pas plutôt après messire Kalten ou messire Ulath ? Ils ne demandent que ça.

— Messire Bérit constitue un défi à relever pour Elysoun, Ehlana. Personne ne lui a jamais résisté.

— Son infidélité ne vous ennuie pas ?

— Pas le moins du monde. Cette notion lui est étrangère. Pour elle, c'est un passe-temps agréable et sans portée particulière. Je pense parfois que vous y attachez trop d'importance, vous autres, les Élènes.

— Vous ne pourriez pas lui dire de s'habiller un peu ?

— Pourquoi ? Elle n'a pas honte de son corps, et elle aime le partager avec les gens. Soyez honnêtes, Ehlana vous ne la trouvez pas séduisante ?

— C'est à mon mari que vous devriez demander ça.

— Vous n'espérez quand même pas que je vais répondre à ce genre de question ? rétorqua Émouchet. Ah, nos « amis » ont l'air d'avoir trouvé le chemin de la cité impériale, nota-t-il alors que des émeutiers brandissant des torches commençaient à s'engouffrer par les portes et à se répandre sur les pelouses.

— Les gardes sont censés les arrêter, fit rageusement Sarabian.

— Les gardes prennent leurs ordres de Kolata, j'imagine, nota Ehlana.

— Où est la garnison atana ?

— Ici même, Majesté, au château, répondit Émouchet. Nous voulons que ces gens entrent dans la cité, je vous le rappelle. Ça n'aurait pas de sens d'essayer de les en empêcher.

— Ne serait-il pas temps de remonter le pont-levis ?

demanda Sarabian, que cette idée semblait obséder.

— Pas encore, Majesté, répéta froidement Émouchet. Quand ils seront tous dans la cité. À ce moment-là, Kring fermera les portes, puis nous lèveront le pont-levis. Laissons-les mordre à l'appât avant de faire jouer le piège.

— Vous avez l'air terriblement sûr de vous, Émouchet.

— Nous avons toutes les cartes en main, Majesté.

— Cela veut-il dire que les choses ne peuvent mal tourner ?

— Non, ça peut toujours mal tourner, mais les probabilités sont faibles.

— Vous ne m'en voudrez pas de m'en faire un peu quand même ?

— Pas du tout, Majesté. Allez-y, je vous en prie.

Les insurgés continuaient à affluer par la porte principale de la cité impériale. Ils se dispersaient rapidement pour aller forcer les portes des divers palais et bâtiments administratifs. Comme l'avait prévu Kring, beaucoup ressortaient les bras pleins de butin.

Il y eut une brève échauffourée devant le château lorsqu'un groupe de pillards arriva au pont-levis et se heurta à une vingtaine de chevaliers à cheval, placés sous les ordres d'Ulath. Ils étaient là pour couvrir les Péloïs cachés dans la cale des barges et qui avaient attaqués les tonneaux de naphte à la hache dès que les fêtards étaient entrés dans la cour du château. Des traînées luisantes sur les flancs de bois indiquaient qu'ils avaient bien travaillé. Ils passaient à présent de barge en barge pour regagner le pont-levis. Quand les émeutiers essayèrent de les suivre, Ulath leur expliqua sans ambiguïté qu'ils n'étaient pas les bienvenus. Les survivants décidèrent de chercher un autre endroit à piller.

La cour était maintenant déserte. Bévier et ses hommes mettaient leurs catapultes en place sur les remparts. Les Atans d'Engessa avaient rejoint les Cyriniques et étaient accroupis derrière les parapets. Émouchet regarda autour de lui. Tout semblait paré. Seuls approchaient maintenant des portes de la cité impériale des infirmes qui se hâtaient de toute la vitesse de leurs béquilles. Émouchet se pencha par un créneau.

— C'est bon, Ulath ! appela-t-il. Dis à Kring de fermer les portes et viens nous rejoindre.

— Ça marche ! fit Ulath avec un sourire d'une oreille à l'autre.

Il porta sa corne d'ogre à ses lèvres et en tira un sonnerie lugubre. Puis il fit passer le pont-levis à ses chevaliers, les menant à l'intérieur.

Les énormes portes de la cité impériale pivotèrent majestueusement sur leurs gonds et se refermèrent avec un bruit terrible, inexorable, au grand dam des éclopés qui pressèrent désespérément le mouvement.

— Kalten ! appela-t-il dans la cour. Tu veux bien faire dire à ces gens, dehors, que nous ne recevons plus ce soir ?

— Je vais essayer, fit le Pandion blond avec un grand sourire, puis ses hommes commencèrent à tourner les cabestans qui relevaient le pont-levis.

— Quel pitre, marmonna Émouchet.

La simultanéité de la fermeture des portes et du pont-levis ne sembla pas frapper les esprits sur le coup. Puis des cris et des ordres étouffés, quelques bruits d'armes entrechoquées dans les bâtiments voisins annoncèrent que certains des rebelles au moins commençaient à y voir clair, même brumeusement.

La foule commença prudemment, avec méfiance, à converger vers le palais élène d'une blancheur virginale, attirée par les étendards de soie multicolores qui flottaient gaiement dans la brise nocturne et les barges qui dansaient paresseusement sur l'eau des douves illuminées par les lampions et les chandelles.

— Holà, du château ! brailla, dans un élène exécrable, un gaillard à la voix puissante, sur le devant de la foule.

Abaissez le pont-levis ou nous abattons vos murailles !

— Tu veux bien répondre à ça, Bévier ? demanda Émouchet.

Bévier se fendit d'un sourire en tranche de courge et déplaça l'une de ses catapultes avec la délicatesse d'un collectionneur maniant une porcelaine rare. Il visa soigneusement, puis approcha sa torche du mélange de poix et de naphte qui se trouvait dans la cuillère. La mixture s'enflamma aussitôt.

— Je vous ordonne d'abaisser votre pont-levis ! beugla d'un ton arrogant le malappris qui se dressait de l'autre côté des douves.

Bévier coupa la corde retenant le bras de la catapulte. La masse embrasée s'éleva à la verticale en crépitant, puis elle sembla ralentir, resta un instant immobile, comme suspendue dans le vide. Et retomba.

Le brigand qui demandait l'entrée ouvrit un four énorme en voyant la réponse de Bévier s'élever majestueusement dans le ciel nocturne et fondre sur lui telle une comète. Il disparut, englouti par une masse de feu.

— Bien joué ! commenta Émouchet.

— Pas mal, répondit modestement Bévier. Pourtant, ce n'est pas facile, de si près.

L'empereur Sarabian était devenu très pâle.

— Vous étiez vraiment obligé de faire ça, Émouchet ? demanda-t-il d'une voix étranglée alors que la foule, visiblement ébranlée, courait sur les pelouses à la recherche de positions plus ou moins abritées.

— Oui, Majesté, répondit calmement Émouchet. Le temps presse. La cloche qui a commencé à sonner il y a près d'une heure maintenant était un signal. Quand ils l'ont entendue, les coupe-jarret de Caalador ont cueilli les meneurs ; Ehlana a fait entrer tout le monde dans le château, et les légions atanas qui se trouvent à l'extérieur de la ville se sont mises en marche. La grande gueule qui est en train de cramer au bord du fossé démontre assez clairement que des désagréments attendent la foule si elle insiste pour entrer. Il faudra l'y encourager sérieusement pour qu'elle se rapproche.

— Je croyais vous avoir entendu dire que vous aviez les moyens de la repousser.

— Certes, mais pourquoi risquer des vies humaines si nous pouvons faire autrement ? Vous remarquerez qu'il n'y a eu ni cris ni acclamations quand Bévier a tiré. Ces gens regardent un château absolument silencieux, à l'air apparemment désert, qui détruit d'une façon presque surnaturelle ses assaillants. Ça doit être une chose terrifiante à contempler. Cette partie du siège dure souvent plusieurs années. Je pense, Majesté, que le moment est venu pour nous d'entrer dans cette tourelle. Nous ne pouvons affirmer que Khalad ait mis toutes les arbalètes hors de service ni qu'un petit malin, parmi les factieux, n'en ait pas réparé quelques-unes. Nous verrons très bien ce qui se passe de cette tourelle, et je me sentirai beaucoup mieux quand nous serons entourés de jolis murs de pierre.

— Tu ne penses pas que nous devrions mettre ces barges en pièce, maintenant ? demanda Ehlana.

— Pas encore. Nous avons l'occasion d'infliger un vrai désastre à nos assaillants. Ne la gâchons pas.

Certaines des arbalètes qui se trouvaient aux mains des insurgés fonctionnaient, mais elles étaient rares, et ça jurait et ça pestait beaucoup dans la foule.

Les Péloïs déjouèrent une sérieuse tentative de réouverture des portes de la cité impériale en chargeant la foule massée devant les immenses vantaux tout en faisait décrire de grands moulinets à leurs sabres. Leurs cris de guerre étrangement modulés se répercutèrent longtemps sur les murs des palais opalescents voisins.

Puis, comme une fois lâchés il était difficile de les retenir, les Péloïs réduisirent en charpie les malheureux qui rampaient devant eux sur les pelouses. Les gardes du palais qui s'étaient joints à eux tentèrent bien de se défendre, mais les cavaliers péloïs les écrasèrent avec une joie malsaine.

Séphrénia et Vanion entrèrent dans la tourelle. Un rayon de lune filtrant par la porte faisait étinceler la robe blanche de la petite Styrique.

— À quoi penses-tu, Émouchet ? lança-t-elle d'un ton courroucé. Ce n'est pas un endroit sûr pour Ehlana et Sarabian.

— C'est ce que j'ai trouvé de mieux, petite mère. Ehlana, que dirais-tu si je te demandais de rentrer dans le château ?

— Je te répondrais non, Émouchet. Je deviendrais folle si je ne pouvais voir ce qui se passe.

— C'est bien ce que je pensais. Et vous, Sarabian ?

— Allons, Émouchet, comment pourrais-je me planquer en sachant votre épouse dressée ici, sur cette muraille, telle la figure de proue d'un navire de guerre ? Cette témérité insensée est-elle une caractéristique raciale de ces barbares ? demanda-t-il à Séphrénia.

— Si je vous disais de quoi ils sont capables, Sarabian, vous ne me croiriez pas, soupira-t-elle avec un sourire fugitif à Vanion.

— Il y a au moins un individu dans cette foule qui a conservé deux sous de jugeote, Émouchet, fit Vanion. Il vient de réaliser qu'ils ne pouvaient ni entrer ni sortir de la cité impériale et que ça risquait d'avoir des implications désagréables. Il est là, dehors, et il essaie de les galvaniser en leur disant qu'ils sont perdus s'ils ne prennent pas ce château.

— J'espère qu'il leur explique aussi qu'ils sont cuits s'ils essaient, rétorqua Émouchet.

— J'imagine qu'il passe pudiquement ce détail sous silence. J'avais quelques doutes à votre sujet, Kalten et toi, quand vous étiez novices. Vous ressembliez à un troupeau de poulains sauvages à vous tout seuls. Mais à présent que vous êtes un peu calmés, vous n'êtes pas si mal. La stratégie que vous avez mise au point est en tout point brillante. Je dois dire que pour une fois, vous ne me faites pas trop honte.

— Merci, Vanion, grinça Émouchet.

— Y a pas de quoi.

Les émeutiers approchèrent des douves avec appréhension, en scrutant le ciel nocturne à la recherche de l'étincelle annonçant que messire Bévier leur envoyait un autre de ces petits cadeaux dont il avait le secret. Le passage tout à fait fortuit d'une étoile filante leur arracha des cris de terreur, suivis de grands éclats de rire nerveux.

Mais le château étincelant, vivement illuminé, restait silencieux. Pas un soldat n'était en vue sur les remparts. Aucun globe de feu liquide ne surgit du haut de ces murs nacrés.

Les défenseurs attendaient, accroupis derrière le parapet.

— Parfait, murmura Vanion après un rapide coup d'œil par l'une des meurtrières de la tourelle. Quelqu'un a compris le potentiel de ces barges. Ils ont attaché ensemble des échelles d'assaut.

— Il faut que nous crevions ces barges maintenant, Vanion ! s'exclama Ehlana d'un ton pressant.

— Tu ne l'as pas prévenue ? demanda Vanion.

— Non. Elle n'aurait jamais accepté cette idée.

— Alors tu ferais mieux de la faire rentrer au château. Elle risque de ne pas digérer ce qui va se passer.

— Vous voulez bien arrêter de parler de moi comme si je n'étais pas là, tous les deux ? explosa Ehlana, exaspérée. Qu'allez-vous faire ?

— Il vaudrait mieux le lui dire, soupira Vanion.

— Nous allons y mettre le feu d'un instant à l'autre, Ehlana, annonça-t-il aussi gentiment que possible. Dans une situation pareille, le feu est une arme. L'allumer avant que l'ennemi ne soit à portée serait une erreur tactique.

Elle le regarda en blêmissant.

— Ce n'était pas ce que j'avais prévu, Émouchet ! protesta-t-elle avec véhémence. Je n'ai jamais voulu ça ! Le feu était censé les tenir à distance, pas les carboniser.

— Je regrette, Ehlana, c'est une décision militaire. Une arme ne sert à rien si on ne démontre pas qu'on est prêt à en faire usage. Je sais que c'est difficile à accepter, mais en poussant ton plan à l'extrême, nous pourrons peut-être économiser des vies humaines. Nous n'avons pas l'avantage du nombre, ici, en Tamoulie, et nous avons intérêt à nous tailler une réputation d'implacabilité, sinon nous serons écrasés lors du prochain affrontement.

— Tu es un monstre !

— Non, mon amour. Je suis un soldat.

Elle éclata en sanglots.

— Pourrais-tu l'emmener à l'intérieur, petite mère ? demanda Émouchet. Il vaut mieux qu'elle ne voie pas ça, je pense.

Séphrénia acquiesça d'un hochement de tête et conduisit la reine en pleurs vers l'escalier qui descendait de la tourelle. Sarabian déclina l'invitation de Vanion à les suivre.

Une grêle de flèches s'abattit sur le parapet. Les rebelles avaient apparemment remédié aux dommages causés par Khalad.

Quelques téméraires sautèrent à l'eau et allèrent, en nageant maladroitement, détacher les amarres des barges. Les embarcations ainsi libérées furent rapidement tirées vers le rivage. Les rebelles se ruèrent à bord avec leurs échelles d'escalade improvisées et se rapprochèrent de la muraille abrupte du château en prenant appui sur le fond des douves avec des perches.

Émouchet passa la tête par la porte de la tourelle.

— Kalten ! souffla-t-il à son ami accroupi un peu plus loin derrière un merlon. Fais passer : dis aux Atans de se tenir prêts, mais qu'ils attendent le signal avant de bouger.

Le murmure parcourut rapidement les créneaux.

— Tu as bien calculé ton coup, Émouchet, chuchota Vanion. Kring vient de donner le signal, sur les remparts de la cité. Les Atans sont devant les portes. Tu sais que tu as une sacrée veine ? Qui aurait pu prévoir que la foule allait commencer à escalader les remparts au moment précis de l'arrivée des Atans ?

— Personne, acquiesça Émouchet. Je propose tout de même que nous fassions un joli cadeau à Aphraël la prochaine fois que nous la verrons.

Dans les douves, les barges heurtaient les murailles du château et les rebelles entreprenaient l'escalade des échelles menant aux créneaux où régnait toujours un terrible silence.

— Les barges sont toutes contre le mur, Émouchet ! fit Kalten dans un rauque murmure.

— Parfait, répondit Émouchet, puis il respira un grand coup. Dis à Ulath de donner le signal.

— Ulath ! cria Kalten, la discrétion n'étant plus de mise. Tu peux souffler dans ta trompinette !

— Ma *trompinette* ? fit Ulath, offusqué.

Mais la corne d'ogre retentit, hurlant son message de douleur et de mort.

Tout autour des remparts, d'énormes boulets de pierre furent soulevés, oscillèrent un instant au sommet du parapet et s'abattirent sur les ponts grouillants de monde, en dessous. Les barges volèrent en éclats et commencèrent à sombrer. Le mélange visqueux de naphte et de poix se répandit à la surface de l'eau, la couvrant de reflets irisés qu'Émouchet se prit à trouver très jolis.

Les gigantesques Atans sortirent de leur cachette, prirent les lampions commodément accrochés aux remparts et les lancèrent dans les douves comme autant de brandons.

Les insurgés qui avaient sauté des barges pour ne pas couler et se débattaient dans l'eau huileuse poussèrent des cris stridents en voyant la mort fondre sur eux.

Les douves explosèrent. De petites flammes bleues

coururent rapidement sur l'eau couverte de naphte, immédiatement suivies par des langues de feu orange tournoyantes, fuligineuses, puis d'une fumée noire impénétrable. Le feu se communiqua au naphte encore emmagasiné dans les soutes des barges en train de couler, qui entrèrent en éruption. Des geysers de flammes vinrent lécher les rebelles cramponnés aux échelles d'assaut. Ils tombèrent, ou sautèrent des échelles en flammes pour s'engloutir dans un enfer.

Quelques hommes dont les vêtements s'étaient embrasés atteignirent la berge et coururent aveuglément sur les pelouses en poussant des hurlements terrifiants, abandonnant derrière eux des lambeaux de chair calcinée.

Les rebelles qui attendaient impatiemment le moment de traverser le fossé pour escalader les murailles reculèrent avec horreur devant la soudaine éruption qui venait de rendre le château élène aussi inaccessible que la face cachée de la lune.

— Ulath ! rugit Émouchet. Dis à Kring d'ouvrir les portes !

La corne d'ogre retentit à nouveau.

Les énormes portes s'ouvrirent lentement, et les géants atans à la peau dorée, courant d'un même pas, déferlèrent telle une coulée de lave dans la cité impériale.

CHAPITRE XXX

— Je ne sais pas comment ils ont fait ce coup-là, Émouchet, fit Caalador en s'approchant d'Émouchet sur le parapet. Il y a des jours qu'on n'a pas vu Krager. Il est fuyant, l'animal, hein ?

— Plus fuyant qu'une anguille, mon pauvre ami. Et les autres ? Je n'aurais jamais cru Elron capable de réussir un tour pareil.

— Moi non plus. Il ne lui manquait qu'une pancarte marquée « conspirateur ». Toutes ces envolées de cape, ces balades sur la pointe des pieds dans ces ruelles ténébreuses.. Enfin, fit Caalador en secouant la tête, il était descendu chez un noble édomite de la région. Nous savons qu'il était là ; nous l'y avons vu entrer. Nous avons surveillé toutes les issues, personne ne l'a vu ressortir. Et quand nous sommes allés le chercher, il n'y était plus.

Il y eut un grand bruit dans un palais voisin, alors que les Atans enfonçaient les portes pour débusquer les rebelles tapis à l'intérieur.

— Vous avez dit à vos gens de chercher les passages secrets et autres portes dérobées, j'imagine ? demanda Émouchet.

Caalador eut un hochement de tête entendu.

— Ils ont préféré planter le noble édomite pieds nus dans un brasero allumé, histoire de gagner du temps. Il n'y a aucune cachette dans cette maison. Je regrette, Émouchet. Nous avons cueilli tous les seconds couteaux sans problème, mais les chefs..., fit-il en écartant les mains devant lui dans une attitude impuissante.

— Quelqu'un a dû faire appel à la magie. Ce ne serait pas la première fois.

— La magie permet vraiment de faire ce genre de chose ?

— Je suis sûr que Séphrénia en serait capable.

Caalador jeta un coup d'œil au pied des remparts.

— Enfin, nous avons réussi à faire échouer cette tentative de coup d'État. C'est le principal.

— Je n'en suis pas si sûr, répondit Émouchet.

— C'était assez important, Émouchet. S'ils avaient réussi, la Tamoulie entière aurait volé en éclats. Dès que les Atans auront fini le nettoyage, nous pourrons interroger les survivants — et les sous-fifres que nous avons réussi à capturer. Ils pourraient nous diriger vers les comploteurs principaux.

— J'en doute un peu. Krager n'est pas un débutant. Je pense que nous découvrirons que les sous-fifres ne savent pas grand-chose. Quel dommage… J'aurais bien voulu lui dire deux mots.

— J'ai remarqué que vous aviez une drôle de voix quand vous parliez de lui, observa Caalador. Il y a quelque chose de personnel entre vous ?

— Oh oui, et ça remonte à très, très longtemps. J'ai raté un certain nombre d'occasions de le tuer. J'étais obnubilé par l'homme qui l'avait embauché, et c'était peut-être une erreur. Krager fait toujours en sorte de savoir juste assez de choses pour qu'on hésite à l'exterminer. Mais la prochaine fois que je lui mets le grappin dessus, pas de quartier !

Les Atans rassemblèrent les rebelles avec une redoutable efficacité : ils proposaient aux insurgés armés de se rendre chaque fois qu'ils cernaient un groupe, et ils ne le leur proposaient pas une deuxième fois. À deux heures du matin, le calme était revenu dans la cité impériale. Quelques patrouilles atanas fouillaient les jardins et les bâtiments à la recherche des rebelles qui auraient pu se cacher, mais l'activité était fort réduite en vérité.

Émouchet était épuisé. Il n'avait pas physiquement participé à l'écrasement de la rébellion, mais la tension l'avait plus fatigué qu'un tournoi de deux heures. Il était debout sur le parapet et regardait avec lassitude les jardiniers spécialement réquisitionnés pour cette tâche extirper les cadavres qui flottaient sur l'eau des douves.

— Vous devriez aller vous coucher, Émouchet, fit Khalad.

Ses larges épaules nues luisaient à la lueur des torches comme si elles avaient été huilées. Sa voix, son allure générale, ses manières abruptes lui rappelaient tellement son père qu'Émouchet éprouva pour la énième fois ce brusque pincement au cœur.

— Quand je serai sûr que ma femme ne risquera pas de voir un macchabée dans les douves en se réveillant demain matin. Les corps calcinés ne sont pas appétissants.

— J'y veillerai. Allons aux bains. Je vais vous aider à ôter votre armure, et vous pourrez mariner dans l'eau chaude pendant un moment.

— Je ne me suis pas vraiment fatigué, ce soir, Khalad. Je n'ai même pas pris une suée.

— N'empêche. L'odeur est tellement imprégnée dans le métal que cinq minutes après l'avoir enfilée, vous puez comme si vous ne vous étiez pas lavé depuis un mois.

— C'est un des inconvénients du métier. Tu es sûr de vouloir devenir chevalier ?

— Ce n'était pas mon idée, au début.

— Peut-être, quand tout ça sera fini, le monde se calmera-t-il suffisamment pour qu'on n'ait plus besoin de chevaliers en armure.

— Ben voyons. Et peut-être qu'un jour les poules auront des dents.

— Tu es un cynique, Khalad.

— Qu'est-ce qu'il fait là ? demanda Khalad, agacé, en regardant les tours qui se dressaient au-dessus du château.

— Qui ça ?

— Il y a quelqu'un dans la tour sud. C'est la quatrième fois que je vois une lueur briller par la meurtrière.

— Peut-être Tynian ou Bévier ont-ils mis un de leurs hommes là-haut pour monter la garde ? avança Émouchet.

— Sans nous le dire ? Sans prévenir messire Vanion ?

— Si ça te turlupine tant que ça, va jeter un coup d'œil.

— Vous n'avez pas l'air inquiet.

— Je ne le suis pas. Ce château est absolument sûr, Khalad.

— J'irai voir de quoi il retourne quand vous serez couché.

— Non, je t'accompagne.

— Vous venez de me dire qu'il n'y avait rien à craindre.

— On n'est jamais trop prudent. Je ne veux pas être obligé de raconter à tes mères que j'ai fait une bêtise et que tu t'es fait tuer.

Ils descendirent des remparts, traversèrent la cour et rentrèrent dans le corps du château.

Des ronflements tonitruants se faisaient entendre derrière la porte verrouillée de la salle à manger.

— J'imagine la gueule de bois carabinée qu'ils vont se payer demain ! s'esclaffa Khalad.

— Personne ne les a obligés à boire comme ça.

— Ils nous mettront quand même ça sur le dos.

Ils gravirent l'escalier qui menait en haut de la tour sud. Ce n'était qu'une coquille vide, un escalier de bois en colimaçon montant dans un échafaudage grinçant, qu'un architecte avait ajoutée pour faire pendant à la tour nord. L'unique pièce était tout en haut de la tour. C'était une mansarde au plancher de bois, aux poutres grossièrement équarries.

— Je me fais trop vieux pour grimper des escaliers en armure d'acier, haleta Émouchet alors qu'ils étaient à mi-hauteur.

— Vous ne vous entraînez pas suffisamment, Émouchet. Vous passez trop de temps assis, à parler politique.

— Ça fait partie de mon travail, Khalad.

Ils arrivèrent à la porte en haut de l'escalier.

— Il vaut mieux que j'entre le premier, murmura Émouchet en dégainant son épée.

Puis il tendit la main et ouvrit la porte à la volée.

Un homme en guenilles était assis à une table de bois, le visage éclairé par une unique chandelle. Émouchet le connaissait. Les années passées à boire ne l'avaient pas arrangé. Ses cheveux s'étaient encore éclaircis depuis six ans qu'Émouchet ne l'avait vu et il avait des sacoches de cheval sous les yeux. Des yeux chassieux, pleins d'eau, décolorés et qui semblaient voilés par une taie jaunâtre. La main dans laquelle il tenait son gobelet de vin était paralysée, et un tic irrépressible faisait trembler sa joue droite. C'était Krager.

Émouchet n'eut pas le temps de réfléchir. Il s'approcha, leva son épée sur l'ex-bras droit de Martel et plongea.

Son épée s'enfonça dans la poitrine de Krager sans rencontrer de résistance et ressortit dans son dos.

Krager eut un violent spasme et éclata d'un rire grinçant, comme corrodé par l'alcool.

— Dieu ! Quelle expérience stupéfiante ! fit-il sur le ton de la conversation. J'ai presque senti ta lame me passer au travers du corps. Range ton épée, Émouchet, tu ne peux m'atteindre avec.

Émouchet tira sa lame de la silhouette apparemment substantielle de Krager et la lui plongea à coups répétés dans la tête.

— Ne fais pas ça, Émouchet, protesta Krager en fermant les yeux. C'est extrêmement désagréable.

— Mes compliments à ton magicien, Krager, fit Émouchet d'une voix atone. C'est une illusion très convaincante. Tu as l'air tellement vrai que pour un peu ton odeur me lèverait le cœur.

— Je vois que nous sommes entre gens civilisés, fit Krager en ingurgitant une gorgée de vin. Parfait. Tu vas finir par devenir adulte, Émouchet. Il y a dix ans, tu aurais réduit la pièce en cure-dents avant de te décider à entendre raison.

— De la magie ? demanda Khalad.

Émouchet acquiesça d'un hochement de tête.

— Et un sortilège très élaboré, encore. En réalité, Krager est assis dans une pièce à une lieue ou plus de là. Quelqu'un projette son image dans cette tour. Nous pouvons le voir et l'entendre, mais non l'atteindre.

— C'est bien dommage, murmura Khalad en caressant la poignée de sa lourde dague.

— Tu t'es surpassé, cette fois, Émouchet, fit Krager. On

dirait que tu te bonifies en vieillissant, comme le bon vin.

— C'est un expert qui parle, ironisa le chevalier pandion.

— Minable, Émouchet, vraiment minable, fit Krager avec un rictus méprisant. Avant de te lancer dans une orgie d'autosatisfaction, sache que ce n'était qu'une de ces épreuves dont un de mes amis t'a parlé il y a un petit moment. J'ai parlé de toi à mes associés, mais ils voulaient te voir de leurs propres yeux. Nous avons organisé quelques distractions afin que tu puisses faire la démonstration de tes capacités et de tes limites. Les catapultes ont vraiment surpris les Cyrgaïs, la tactique que tu as mise au point contre les Trolls était presque géniale et tu t'en es remarquablement sorti dans l'environnement urbain de Mathérion. Là, je dois dire que tu m'as surpris, Émouchet. Tu as découvert notre mot de passe plus vite que je ne pensais, et tu as intercepté le message concernant l'entrepôt en un temps record. Le marchand dacite n'a eu qu'à traverser la ville trois fois de part en part avant que ton espion le lui vole. Félicitations.

— Tu bois trop, depuis beaucoup trop longtemps, Krager. Tu commences à perdre la mémoire. Tu oublies ce qui s'est passé à Chyrellos pendant les élections. Si je me souviens bien, là-bas, déjà, nous avions contré tous les stratagèmes que Martel et Annias avaient concoctés.

— Ce n'était guère difficile, Émouchet. Martel et Annias n'étaient pas des adversaires dignes de ce nom. J'ai bien essayé de leur dire que leurs intrigues étaient rudimentaires, mais ils ne voulaient rien entendre. Martel était trop préoccupé par les salles du trésor qui se trouvent dans la crypte de la basilique, et Annias était tellement aveuglé par la mitre de l'archiprélat qu'il ne voyait rien d'autre. Tu as loupé une occasion en or, là-bas, Émouchet. J'ai toujours été ton plus sérieux adversaire. Tu me tenais à ta merci, et tu m'as laissé partir pour des bribes d'informations et quelques témoignages outranciers devant la Hiérocratie. Tu as vraiment manqué de jugeote, mon pauvre vieux.

— Les festivités de ce soir n'étaient donc qu'un leurre, si j'ai bien compris.

— Évidemment, Émouchet. Le jour où nous voudrons investir Mathérion, nous viendrons à la tête de nos armées.

— Bien, si nous entrions dans le vif du sujet ? J'ai eu une dure journée.

— Ces épreuves ont été conçues pour t'obliger à engager toutes tes forces, Émouchet. Nous avions besoin de savoir quels atouts tu avais dans ta manche.

— Tu ne les as pas tous vus, Krager. Tu n'en as pas vu la moitié.

— Khalad, c'est ça ? reprit Krager en regardant l'écuyer d'Émouchet. Dis à ton maître qu'il devrait s'exercer un peu à mentir. Il n'est pas très convaincant — oh, à propos, tu transmettras mes salutations à ta mère. Nous nous sommes toujours bien entendus, tous les deux.

— Ça, j'en doute, rétorqua Khalad.

— Sois réaliste, Émouchet, poursuivit Krager. Ta femme et ta fille sont ici. Tu veux vraiment me faire croire que tu n'aurais pas mis toutes tes forces dans la bataille alors que tu les croyais en danger ?

— Nous avons dosé notre effort, Krager. On ne fait pas donner la cavalerie pour écraser un insecte.

— Tu ressemble tellement à Martel, Émouchet. Vous auriez dû être frères. Je désespérais de le voir devenir adulte. Il était d'une innocence atterrante quand il était jeune. Il n'était que ressentiment. Un ressentiment monstrueux, principalement dirigé contre Vanion et toi. Et contre Séphrénia aussi, bien sûr, à un moindre degré. C'est moi qui l'ai littéralement fait sortir de la petite enfance. Dieu, la patience qu'il m'a fallu, les heures que j'ai passées à extirper de lui toutes ces vertus chevaleresques !

— Tu feras du pathos un autre jour, Krager. Viens-en au fait. Martel appartient au passé. La situation est différente. Il n'est plus là.

— Je pensais que ça te ferais plaisir d'évoquer le bon vieux temps, Émouchet. J'ai trouvé un nouvel employeur, tu t'en doutes.

— C'est ce que j'avais cru comprendre.

— Quand je travaillais pour Martel, j'avais peu de contacts directs avec Otha et presque aucun avec Azash. La situation aurait pu tourner tout autrement si j'avais été directement en contact avec le Dieu zémoch. Martel était trop obsédé par le désir de vengeance et Otha trop débauché. Ils n'arrivaient plus à se servir correctement de leur cervelle. Et comme ils étaient monstrueusement limités, ils donnaient de très mauvais conseils à Azash. J'aurais pu lui fournir une vision beaucoup plus réaliste de la situation.

— À condition de ne pas être trop soûl pour parler.

— Tu m'avais habitué à mieux, Émouchet. Oh, j'admets que je bois un peu de temps en temps, mais pas au point de perdre le nord. Les choses ont très bien tourné pour moi, en fin de compte. Si c'était moi qui avais conseillé Azash, il t'aurait massacré. J'aurais été inextricablement lié à lui, et j'aurais été détruit lorsqu'il a affronté Cyrgon — c'est le nom de mon nouveau patron, au fait. J'imagine que tu as entendu parler de lui ?

— Une ou deux fois, fit Émouchet en affectant l'indifférence.

— Parfait. Nous allons gagner du temps. Fais bien attention, maintenant, Émouchet, c'est là que ça devient intéressant. Cyrgon veut que tu rentres chez toi. Ta présence sur le continent darésien l'importune. Oh, tout juste, je te rassure. Si tu avais le Bhelliom dans ta poche, nous te prendrions peut-être au sérieux, mais ce n'est pas le cas, alors… Tu es tout seul, ici, mon pauvre vieux, sans le Bhelliom, sans les chevaliers de l'Église. Tu n'as que les résidus de la garde d'honneur d'Ehlana, et une centaine de ces singes à cheval de Péloïs. Tu ne pèses vraiment pas lourd, Émouchet. Si tu rentres chez toi, Cyrgon s'engage à ne rien entreprendre contre le continent Éosien avant une centaine d'années. Tu seras mort depuis longtemps à ce moment-là, et tous ceux à qui tu tiens avec toi. Ce n'est pas une si mauvaise proposition, tu sais. Tu obtiens cent ans de paix rien qu'en montant sur un bateau à destination de Cimmura.

— Et si je refuse ?

— C'est la mort. Pour toi, ta femme, ta fille et tous ceux que tu aimes en ce bas monde. Il y a une autre possibilité, évidemment. Tu peux te joindre à nous. Cyrgon veillerait à ce que tu vives plus vieux qu'Otha lui-même. Il m'a expressément dit de te le proposer.

— Tu le remercieras pour moi. Si tu le revois jamais.

— J'en déduis que tu refuses.

— Évidemment. J'ai encore des choses à voir en Darésie et j'ai l'intention de finir la visite. Et puis je n'aimerais pas me retrouver en compagnie de Cyrgon et de sous-fifres dans ton genre.

— J'avais bien prévenu Cyrgon qu'il n'y avait rien à espérer, mais il a insisté pour que je t'en parle quand même.

— S'il est tout-puissant, comme tu le prétends, pourquoi tente-t-il de me circonvenir ?

— Par respect, Émouchet. Tu imagines ça ? Il te respecte parce que tu es Anakha. Ça le bluffe. Je crois honnêtement qu'il aimerait faire ta connaissance. Tu sais comme les Dieux peuvent être puérils, parfois.

— A propos de Dieux, je me demandais pourquoi il aurait bien pu faire alliance avec les Dieux des Trolls, mais je crois que j'ai compris : le pouvoir d'un Dieu dépend du nombre de ses adeptes. Les Cyrgaïs sont éteints, de sorte que Cyrgon n'a plus que quelques pauvres petites voix grinçantes pour prononcer des prières sépulcrales dans des ruines, quelque part en Cynesga — que du bruit, sans rien derrière.

— On t'a raconté des salades, Émouchet. Les Cyrgaïs sont loin d'être éteints — ainsi que tu le découvriras à tes dépens si tu restes en Tamoulie. Cyrgon a conclu une alliance avec les Dieux des Trolls afin d'amener les Trolls en Darésie. Tes Atans sont très impressionnants, mais ils ne font pas le poids contre les Trolls. Cyrgon tient beaucoup au peuple qu'il a élu. Il préférerait ne pas perdre ses ouailles sans raison, dans des escarmouches avec une race de monstres, alors il a conclu un arrangement avec les Dieux trolls. Les Trolls auront le plaisir de tuer — et de manger — les Atans, fit Krager en asséchant son gobelet. Bon, je commence à en avoir assez, Émouchet, et je n'ai plus rien à boire. J'ai dit à Cyrgon que je te transmettrais sa proposition. Il te donne une chance de vivre heureux et en paix jusqu'à la fin de tes jours. Je te conseille de sauter dessus. Elle ne se représentera pas. Vraiment, mon pauvre vieux, qu'est-ce que tu as à fiche de ces Tamouls ? Ce ne sont que des singes jaunes, après tout.

— Question de politique. Politique de l'Église, s'entend. Notre Sainte Mère voit loin. Krager, tu vas dire à Cyrgon qu'il peut se carrer sa proposition quelque part, et très profondément. Je reste.

— Alors, tu es mort, Émouchet, fit Krager en riant. J'enverrai des fleurs à tes funérailles. J'aurai eu la joie de connaître deux anachronismes vivants : Martel et toi. Je boirai à ta mémoire, de temps en temps. S'il m'arrive de penser à toi.

Et l'illusion de la canaille en haillons disparut.

— C'était donc Krager, fit Khalad d'une voix frémissante de haine. Je suis bien content d'avoir eu l'occasion de faire sa connaissance.

— Qu'as-tu en tête au juste, Khalad ?

— Je pensais que vous pourriez me le laisser tuer. Chacun le sien, Émouchet. Vous avez eu Martel, Talen a eu Adus, Krager est à moi.

— Ça me paraît juste, acquiesça Émouchet.

— Il avait bu ? demanda Kalten.

— Je ne l'ai jamais vu à jeun, répondit Émouchet. Mais il n'était pas ivre au point de prendre des risques. Bon, vous autres, allez-y, criez tous en chœur : « Je te l'avais bien dit », qu'on en finisse. Oui, il aurait probablement mieux valu que je le tue la dernière fois que je l'ai vu, mais si nous n'avions pas eu son témoignage devant la Hiérocratie au moment des élections, Dolmant ne serait peut-être pas archiprélat à l'heure qu'il est.

— J'aurais survécu, murmura Ehlana.

— Allons, Ehlana, fit Emban.

— Je disais ça pour rire, Votre Grâce.

— Tu nous as répété mot pour mot ce qu'il a dit ? demanda Séphrénia.

— À peu près, petite mère, confirma Khalad.

— C'est encore une combine, vous vous en rendez bien compte, fit-elle en fronçant le sourcil. Krager ne nous a vraiment rien dit que nous ne sachions déjà, ou que nous n'aurions pu deviner.

— C'est la première fois que nous entendons le nom de Cyrgon, Séphrénia, objecta Vanion.

— Et il se pourrait bien que nous ne l'entendions plus jamais, répliqua-t-elle. Il me faudra un peu plus que la parole de ce Krager pour croire que Cyrgon est dans le coup.

— Enfin, il y a bien quelqu'un derrière tout ça, nota Tynian. Quelqu'un qui en impose aux Dieux des Trolls, et Krager ne correspond pas à cette description.

— Sans compter qu'il est incapable d'utiliser la magie. C'est tout juste s'il connaît le mot, ajouta Kalten. Un Styrique aurait-il pu lancer ce sort, petite mère ?

— C'est très difficile, admit-elle en secouant la tête. Si ça n'avait pas été fait à la perfection, Émouchet aurait transpercé le vrai Krager avec son épée. Il aurait initié le coup dans la pièce en haut de la tour, et il l'aurait achevé dans une mansarde à une lieue de là, l'enfonçant dans le cœur de Krager.

— En tout cas, fit Emban en arpentant la salle, ses petites mains rondouillardes nouées dans le dos, nous savons maintenant que le prétendu soulèvement de ce soir n'était pas sérieux.

— Non, Votre Grâce, nous n'en avons pas la certitude, objecta Émouchet. Quoi que Krager ait pu dire, il a beaucoup appris de Martel, et essayer de faire passer un échec pour un succès en racontant que la tentative n'était pas sérieuse est tout à fait dans son style.

— Vous le connaissez mieux que moi, grimaça Emban. Pouvons-nous être sûrs, au moins, que Krager et les autres ont partie liée avec un Dieu — Cyrgon ou un autre ?

— Même pas, Emban, répondit Séphrénia. Les Dieux trolls sont dans le coup ; ils auraient très bien pu faire les choses que nous avons constatées et qui dépassaient les facultés d'un magicien humain. Il y a un sorcier derrière tout ça, c'est certain, mais rien ne prouve qu'il y ait un Dieu — en dehors des Dieux des Trolls.

— Mais ça pourrait en être un, non ? insista Emban.

— Tout est possible, Votre Grâce, fit-elle dans un soupir.

— C'est ce que je voulais savoir, répondit le petit prélat obèse. On dirait que je vais être obligé de faire un saut à Chyrellos.

— C'est allé un peu vite pour moi, Votre Grâce, avoua Kalten.

— Nous allons avoir besoin des chevaliers de l'Église, Kalten, répondit Emban. Tous les chevaliers.

— Ils sont au Rendor, Votre Grâce, lui rappela Bévier.

— Le Rendor attendra.

— L'archiprélat pourrait être d'un avis différent, objecta Vanion. La réconciliation avec le Rendor est l'un des buts de notre Sainte Mère depuis plus d'un demi-millénaire.

— Elle patientera encore un peu. Il le faudra bien. C'est grave, Vanion.

— Je vous accompagne, Votre Grâce, déclara Tynian. Je

ne serai pas d'une grande utilité ici tant que mon épaule ne sera pas guérie, et je saurai mieux que vous exposer la situation militaire à Sarathi. Dolmant a suivi l'entraînement des Pandions ; il comprendra la terminologie guerrière. Pour l'instant, nous nous retrouvons en rase campagne, le cul nu — pardon, Majesté.

— La métaphore est intéressante, messire Tynian, répondit Ehlana en souriant. Et elle évoque une image fascinante.

— Je suis d'accord avec le patriarche d'Ucera, reprit très vite Tynian. Il faut que les chevaliers de l'Église viennent ici, et en vitesse. Sinon, la situation va nous filer entre les doigts.

— Je vais faire prévenir Tikumé, proposa Kring. Il nous enverra plusieurs milliers de cavaliers péloïs. Nous ne portons pas d'armure, nous ne pratiquons pas la magie, mais nous savons nous battre.

— Pourrez-vous tenir la place en attendant l'arrivée des chevaliers de l'Églisc, Vanion ? demanda Emban.

— Demandez ça à Émouchet, Emban. C'est lui le chef, maintenant.

— Ce n'est pas le moment de jouer à ça, Vanion, objecta Émouchet. Engessa-Atan, avez-vous eu du mal à convaincre vos guerriers de se battre à cheval ? Croyez-vous que vous pourriez en persuader d'autres ?

— Je vais leur dire que cet ivrogne de Krager les a traités de race de monstres, et ils m'écouteront, Émouchet-Chevalier.

— Bien. Krager nous aura au moins servi à ça. Vous êtes donc convaincu, mon ami, qu'il vaut mieux attaquer les Trolls à cheval et à la lance ?

— C'était la première fois que nous rencontrions les Trolls-bêtes, et ça nous a paru très efficace, Émouchet-Chevalier. Mon peuple aura peut-être un peu de mal à l'admettre, mais je m'engage à leur faire essayer les chevaux. Pourvu que nous en trouvions d'assez gros et en assez grand nombre.

— Krager a-t-il fait allusion aux mendiants et aux voleurs que nous utilisons en guise d'yeux et d'oreilles ? s'enquit Stragen.

— Pas dans ces termes, répondit Khalad.

— Il reste donc une inconnue dans notre équation, reprit Stragen d'un ton songeur. Nous ignorons si Krager sait que nous avons utilisé la pègre de Mathérion comme espions. S'il est au courant, il pourrait s'en servir pour nous faire passer de fausses informations.

— Ils doivent s'en douter, remarqua Caalador. Ça expliquerait que nous ayons vu les chefs de la conspiration entrer dans une maison et ne jamais en ressortir. Ils ont eu recours à des illusions. Ils n'auraient pas pris cette peine s'ils n'avaient pas soupçonné que nous les suivions.

Stragen tendit la main et la fit osciller comme une barque agitée par les vagues, selon l'expression universelle du doute.

— Ça, Caalador, ce n'est pas sûr. Il ignore peut-être les détails de notre organisation.

— Nous nous sommes fait avoir, mes amis, lâcha Bévier d'un air écœuré. Toutes ces armées du passé, ces héros ressuscités, ces vampires, ces goules et tout le toutim... ce n'était qu'un stratagème destiné à nous faire venir ici sans nos compagnons au grand complet.

— Et pourquoi nous feraient-ils maintenant rentrer chez nous ? répliqua Talen.

— Ils nous ont peut-être trouvés plus coriaces qu'ils ne pensaient, grommela Ulath. Ils ne devaient pas s'attendre à nous voir repousser l'assaut de ces Cyrgaïs, exterminer une centaine de Trolls ou étouffer cette révolte dans l'œuf comme nous l'avons fait. Il est très possible que nous les ayons surpris et même dérangés. La visite de Krager pourrait n'être qu'un coup de bluff, vous savez. Gardons-nous de toute confiance exagérée, mais je ne pense pas que le pessimisme soit de mise. Nous sommes des professionnels, après tout, et nous avons gagné tous les combats que nous avons menés jusque-là. Ne jetons pas le manche après la cognée pour quelques menaces vides de sens proférées par un ivrogne.

— Voilà qui est parler ! murmura Tynian.

— Nous n'avons pas le choix, Aphraël, dit Émouchet un peu plus tard, lorsqu'ils furent seuls avec Séphrénia et Vanion dans une petite pièce située quelques étages au-dessus de l'appartement royal. Il faudra au moins trois mois à Emban et Tynian pour regagner Chyrellos, et neuf mois aux chevaliers de l'Église pour rejoindre la Darésie par voie terrestre. Encore ne seront-ils, à ce moment-là, que dans les royaumes de l'Ouest.

— Ils ne pourraient pas venir par la mer ? demanda la princesse qui paraissait un peu renfrognée et tenait Rollo serrée contre sa poitrine.

— Les chevaliers de l'Église sont cent mille, Aphraël, lui rappela Vanion, vingt-cinq mille dans chacun des quatre ordres. Je doute qu'il y ait assez de navires au monde pour transporter autant d'hommes et de chevaux. Nous pourrions faire prendre le bateau à quelques milliers d'entre eux, mais le gros des troupes devra venir par voie terrestre. Et même ainsi, le temps qu'Emban et Tynian arrivent à Chyrellos et reviennent, nous ne pouvons espérer voir arriver les premiers milliers avant au moins six mois. En attendant, nous serons exposés à tous les dangers.

— Et le cul nu, ajouta-t-elle.

— Surveille ton langage, fillette ! protesta Émouchet.

Elle écarta cette réprimande d'un haussement d'épaules.

— Tout me pousse à croire que c'est une très mauvaise idée, leur dit-elle. J'ai eu un mal fou à trouver un endroit sûr où me débarrasser du Bhelliom, et au premier coup de torchon, tu me demandes d'aller le récupérer. Tu es sûr que tu n'exagères pas le péril ? Il se pourrait qu'Ulath ait raison, tu sais, et que Krager t'ait raconté des craques. Je pense encore que tu devrais essayer de te débrouiller sans le Bhelliom.

— J'en doute, objecta Séphrénia. Je connais les Élènes mieux que toi, Aphraël. Ils ne sont pas du genre à dramatiser, au contraire.

— Le problème, c'est que ta mère est peut-être en danger, reprit Émouchet. Tant que Tynian et Emban n'auront pas ramené les chevaliers de l'Église en Tamoulie, nous serons en situation d'infériorité. Les Dieux des Trolls n'étaient vraiment pas futés, et pourtant, si nous avons réussi à les vaincre, c'est bien grâce au Bhelliom. Même toi tu n'as pas pu en venir à bout, si je me souviens bien.

— Tu n'as pas besoin de te montrer blessant, Émouchet, fit-elle, furieuse.

— J'essaie de regarder la réalité en face, Aphraël. Sans le Bhelliom, nous sommes très vulnérables, ici. Et je ne parle pas seulement de ta mère et de tous nos amis. Si Krager a dit vrai, si nous avons affaire à Cyrgon, il est au moins aussi redoutable qu'Azash.

— Es-tu sûr de ne pas me sortir toutes ces excuses vaseuses juste parce que tu aimerais remettre la main sur le Bhelliom ? Personne n'est à l'abri de son irrésistible séduction, tu sais. Ça doit être grisant de disposer d'un pouvoir illimité…

— Tu me connais assez pour savoir que je ne suis pas comme ça, Aphraël, dit-il d'un ton de reproche. Je ne cours pas après le pouvoir.

— Si c'est bien Cyrgon, son premier mouvement consistera à exterminer les Styriques, lui rappela Séphrénia. Il nous en veut à mort pour ce que nous avons fait à ses Cyrgaïs.

— Vous avez décidé de me faire tourner en bourrique, tous les deux, constata Aphraël.

— Tu es vraiment têtue, répliqua Émouchet. Lancer le Bhelliom à la mer était une très bonne idée sur le coup, mais la situation a évolué. Je sais que tu n'es pas du genre à avouer quand tu as fait une boulette, mais cette fois, c'en était une belle.

— De mieux en mieux !

— La situation a changé, Aphraël, insista patiemment Séphrénia. Tu m'as dit et répété que tu avais une vision imprécise de l'avenir, il t'était donc impossible de prévoir tout ce qui arriverait ici, en Tamoulie. Ce n'était pas vraiment une erreur, petite sœur, mais il faut savoir s'adapter. Vas-tu laisser le monde voler en éclats pour préserver ta réputation d'infaillibilité ?

— Oh, ça va ! céda Aphraël.

Elle se jeta dans un fauteuil et se mit à sucer son pouce tout en les foudroyant du regard.

— Ne fais pas ça ! dirent à l'unisson Émouchet et Séphrénia.

Elle les ignora.

— Sachez bien, tous les trois, que j'en ai gros sur le cœur. Vous avez été très grossiers et vous avez cruellement heurté ma sensibilité. J'ai honte de vous. Allez-y. Je m'en fiche. Allez récupérer le Bhelliom si vous pensez que vous en avez absolument besoin.

— Euh, Aphraël, fit Émouchet, un peu radouci. Je te rappelle que nous ne savons pas où il est.

— Ce n'est pas ma faute, dit-elle d'un petit ton boudeur.

— Oh si. Tu as fait en sorte que nous ne sachions pas où nous étions lorsque nous l'avons lancé dans la mer.

— Ça, Père, ce n'est vraiment pas gentil.

Une horrible pensée lui passa tout à coup par la tête.

— Tu sais où il est, hein ? demanda-t-il avec angoisse.

— Ne dis pas de bêtises, Émouchet. Bien sûr que je sais où il est. Tu ne t'imagines pas que je t'aurais laissé le mettre à un endroit où je n'aurais pas pu le retrouver, tout de même ?

Ici s'achève *Les Dômes de feu*,
premier livre de **La Trilogie des Périls**.
Dans le livre deux, *Ceux-qui-brillent*,
se poursuivent la reconquête du Bhelliom
et le combat contre des forces étranges
en de lointaines contrées.

Achevé d'imprimer en mars 2000
sur les presses de l'Imprimerie Bussière
à Saint-Amand (Cher)

POCKET - 12, avenue d'Italie - 75627 Paris Cedex 13
Tél. : 01-44-16-05-00

— N° d'imp. 620. —
Dépôt légal : avril 2000.

Imprimé en France

Achevé d'imprimer en mars 2000
sur les presses de l'Imprimerie Bussière
à Saint-Amand (Cher)

POCKET - 12, avenue d'Italie - 75627 Paris Cedex 13
Tél. : 01-44-16-05-00

— N° d'imp. [illegible]. —
Dépôt légal : mars 2000

Imprimé en France

Les Galaxies de la Science-fiction

HERBERT
La maison des mères

Les Planètes de la Science-Fantasy

McCAFFREY
Le dragon blanc

Les Univers de la Fantasy

MOORCOCK
La quête de Tanelorn

Les Abîmes de la Dark Fantasy

LOVECRAFT
La trace de Cthulhu